大河三部曲

大波

上

李劼人 著

四川文艺出版社

图书在版编目（CIP）数据

大波/李劼人著. —3版. —成都：四川文艺出版社，
2020.8（2021.1重印）
 ISBN 978-7-5411-5660-1

Ⅰ.①大… Ⅱ.①李… Ⅲ.①长篇小说－中国－当代
Ⅳ.①I247.5

中国版本图书馆CIP数据核字（2020）第126216号

DA BO
大波

李劼人 著

出 品 人	张庆宁
责任编辑	周 轶
封面设计	张 军
内文设计	史小燕
责任校对	蓝 海
责任印制	崔 娜

出版发行　四川文艺出版社（成都市槐树街2号）
网　　址　www.scwys.com
电　　话　028-86259287（发行部）　028-86259303（编辑部）
传　　真　028-86259306

邮购地址　成都市槐树街2号四川文艺出版社邮购部　610031
排　　版　四川胜翔数码印务设计有限公司
印　　刷　四川五洲彩印有限责任公司
成品尺寸　146 mm×210 mm　　开　本　32开
印　　张　20.25　　　　　　　　字　数　530千
版　　次　2020年8月第三版　　印　次　2021年1月第二次印刷
书　　号　ISBN 978-7-5411-5660-1
定　　价　75.00元（全二册）

版权所有・侵权必究。如有质量问题，请与出版社联系更换。028-86259301

◀ 1938年时的作者，刚刚完成了自己一生中最重要的代表作《死水微澜》《暴风雨前》《大波》的创作。

作者为创作《大波》而撰写的人物表。

《大波》书影。（1937年7月中华书局初版）

出版说明

长篇小说《大波》的版本主要分为两个系统：其一为中华书局1937年版《大波》，通称"老版《大波》"，全书分为上、中、下三卷，近五十万字，1949年后从未再版。其二为1949年后出版的各种版本的《大波》，通称"新版《大波》"，是作者因各种原因所作的重写本，共分四部，重新写作的部分达四十余万字。

本书系据初版整理。字词标点用法与今日相异者，均保持原貌，以存其真。原版将作者注释置于每章末尾，今一律处理为当页脚注，并由编者适当增写了部分新的注释。

CONTENTS
目录

上卷 001
    第一部份 003
    第二部份 062
    第三部份 133

中卷 179
    第一部份 181
    第二部份 261

下卷 381
    第一部份 383
    第二部份 513

李劼人自传 613
李劼人简历 630

上卷

第一部份

一

依据太阴历算来，是五月中旬的一天。成都的平原气候，向来是有次序的，春夏秋冬，从不紊乱。只管有这句成语"吃了五月粽，才把棉衣送，"而往往在吃粽这天，已够穿绸单衫的了。何况现又在送棉衣之后十来天，挥扇看戏，岂非当然？

东玉龙街的清音戏园——这是自宣统二年上半年来，一时流行，一时鼎盛的一种灯影戏园。灯影是以生牛皮雕出人物，染以五彩，应活动之处，都有小竹杖联系着，以便演者提制。戏文与大戏班的一样，只戏台是两丈多长，五尺多高的一幅白布，演员则是二尺许长的皮人。虽不娱目，却能悦耳，布置亦复简单。在昔只是酬神时，唱不起大戏，便唱这东西，本不足以登大雅之堂的。不知是什么人，在那时忽然感觉得爱看戏的成都人，因了可园、大观园等唱川戏的戏园，动辄正座五角，附座三角，不免太费，而去挤戏场，又太辛苦，复非中等人干的；于是便将就人家住宅的一所大厅，搭起一座灯影戏台，台前以及左右全是方桌方凳，入场票只售一角，还有一碗毛茶喝。中年以上的妇女，半成人以下的姑娘，全可入场杂坐。并物色了几个向以唱灯影著名的角色，如唱侧喉咙的李少文，如唱大花面的贾培芝，逐日演唱。这恰恰投合了那时一般萧闲度日，而又不愿花费太多娱乐费的中等人的心理。于是开创之后，就惹红了许多善做生意的人的眼睛，而清音戏园，到底是老牌子，到底算个中翘楚。——虽是那么扇子像蝴蝶似的，满园乱飞，但锣鼓胡琴，以及大花面的震耳的吼声，小旦的刺耳的尖锐声，以及观客们满意的喝采，茶堂倌的吆喝，嘈嘈杂杂，仍一直要闹到制台衙门放了二炮，全城二更锣声鞕鞕的敲起来时，方曳然而止。

观客们把脱下的长衫穿起，一涌而出，还一路上在批评某个角色在某出戏中，唱得是如何的好法。对于李少文李老幺的《绛霄楼》，大家都是一致在赞美，尤以黄澜生先生恭维得无以复加。他说："一个人的变化，真想不到！像李老幺这个人，十年之前，不过是一个很平常的旻子①娃娃而已。那时我们乔②起他耍时，只图他还腻③得好，比婆娘家，比那逢人配的韩二，还腻得劲。后来，忽然的发了体，变成一个大胖子，满身黄肉，满身油汗，热天时，躺在大竹椅上，更是臃肿得难堪。大家都说李老幺的相饭④吃不成，只好饿死了。那时他就同一般唱灯影的在打堆⑤了，以前的保爷们，谁见了他不就远远的躲开！不料如今居然红了起来！嗓子那么的好！又清楚，又婉转，又有韵味，而且又响亮，尽唱尽是那样。单以嗓子而论，不说现在川班上这般出名的旦角，如像杨素兰，邓少怀，湘裙，小平等，没一个赶得上，就是以往的永春儿，安安等人，也未必能及。倒是洗沙圆觉那个丑东西，庶可与之颉颃，但是圆觉儿太粗，太野，太俗，那里比得上李老幺的蕴藉。李老幺到底读过几句书，所以吐辞念句，很能够

---

① 旻音姬，古有此字，意谓将男作女即娈童是也。成都人呼娈童曰旻子。——作者注
② 成都下流话，言携带曰乔，读为乔字去声。——作者注
③ 成都下流话，撒娇谓之腻。——作者注
④ 吃相饭，吃相公饭之简语。相公，像姑之谐音，即娈童之意。——作者注
⑤ 川西方言，同起居同行动曰打堆。——作者注

体贴戏文。如此看来,一个人真有一个人的际遇,假使李老幺不发体,至今还不是一个旯子娃娃,他那天生的嗓子,岂不委误了?可见古人说的,塞翁失马,未始非福,的确是有道理,而老子的祸福相倚,也就把天地间的一切道理都说尽了!我们单看李老幺一个人的变化,也就可以推想到国家大事了!……"

月色甚好,把行人稀少的街道,好像浸在清水里。天空是暗蓝的,几片白云,衬着月光,格外的白,格外的亮,并且时时都在变花样。初夏的夜风,凉凉的吹在脸上,的确比在戏园里自己用扇子扇着,加十倍的舒服。每百步之遥,一盏菜油街灯,——大家都呼之为警察灯,因为自光绪三十年开办警察时,才有了这个创举。——豆大的灯蕊,就不摇摇欲灭,也太不好意思去与明月争光,不过市民既出了灯油捐,警察先生总不能不要它负责,非到五更,是不许罢明的。

走到更宽的新街,行人更稀少了,两边卖陈衣,卖皮货的老陕们,早都紧闭铺门,高卧了。

黄澜生抬头把广阔的青空一望,星光很稀,并且都闪闪灼灼,真如儿童们所唱"星宿儿,挤眼睛,"的样子。几条电线,界画在空间,仿佛蓝纸上打的格子,这是甲午以后,厉行新政最早的特征。此外,便是机器间的汽哨了,那是要在白天才听得见。夜里之有汽哨,是近三年劝业场开后,附设的一个直流电灯公司成立以来才有的,但一定要在十一点钟,熄灯时才放。

夜气甚凉,简直不像初夏气象,又那么和平静穆。不说黄澜生,就任何人来,也断不会在这样的空气里,嗅得出一点儿快有大变动发生的臭味。

然而这几天,恰是铁路风潮将要展开扩大的时候。原因是四川省的铁路,在光绪二十九年,全国举行新政时,四川总督锡良,按照鄂湘等省的办法,奏请由川人自办。款项哩,则分股征集,绅商股由绅士与商人自由认购,民股便按全省田亩税租摊派,有从年收租谷十石以上起股者，有按照粮款勒派股银几两者，其一二钱不能成股的，则合为地方之公股，约计每年民股所入，在二百万两以上，完全由绅士们所组织的铁路公司收集，放存商号钱庄。几年之间，据闻已达一千五百多万两。不过顶大多数的人民，只晓得是铁路附加，奉命出钱，股票是没有看见过，股息是没有领取过，帐目更是不该晓得；虽然有奏设的股东会，有股东会所组织的董事局，还不是那几位有名的绅士，你公举我，我公举你担任了。并且都是不懂数字的一伙老酸，纵然按期到铁路总公司开起董事会来，也不过领领舆马费，吃吃好菜，谈谈闲话，看看永远弄不清楚的帐单，而一塌糊涂的收支，除了成、渝、宜、沪一伙经手的职员先生们自己明白外，惟有全知全能的上帝才明白。

虽说全线共长三千里，估计共需款项七千万元，但是民股业经集到千万两以上，到底该动工了呀，何以迟至宣统二年十月，才在宜昌动工，修到宣统三年三月，开支了四百几十万两，始将由宜昌至万县的路基，建筑成二百余华里？其故便在动工以前，先有了一番争论的好处。

四川省的铁路线，是东起湖北省的宜昌，西迄四川省的省会成都。沿着扬子江上游一段，与湖北省东部干线衔接，直通汉口，所以又称为川汉铁路。川汉铁路在川省界内一段，由宜昌到重庆，沿江重山峻岭，溪谷回合，打洞架桥，工程太大。后来虽测定不走夔门三峡，而由湖北省的施南利川，绕道西上，然而运材构工，终属很费时费事的。所以四川铁路，据各专门家说起来，要以这一段花钱最多，建筑最难，费时也最久。但这一段恰是四川的咽喉，以前就苦于咽喉太狭小，并且常常发炎，有时不但吞吐维艰，甚至出气都困难。设若一旦把铁路修通，那吗，百体皆和了。即以运货而论，把四川土产集中重庆，由火车运至宜昌，纵然宜汉铁路尚未完成，然而轮船是方便的，可以免却三峡中凶滩恶水的惊恐损失。至于把外货运入，其安全方便，更不可以言语形容了。因此，一般有见识的先生们，便出而主张动工时，宜先修宜昌到重庆的宜渝段。

　　但是，讲办新政，总该先从效果上着眼，收效是一层，而从速又是一层，善施政者，理应兼筹并顾。况乎民性偷惰，难与图始，所以在提倡之际，要人民能够兴起，努力输将，最好的办法，是检容易着手，容易成功的，先做几件标榜出来，叫大家看看，该不是空谈欺人罢！然后倡办其次的，大家也才相信，也肯出钱。四川铁路，以重庆至成都一段，最为平坦，最为不费事，最少花钱，仅仅八百多华里，分段赶修，不出三年，可以修成。估量现集之款，已经够了，况又在腹地，正是丝、茶、糖、油、土产最富之区。三年内外，人民既得了大便宜，则建筑艰险的第二段，不但工人熟悉了，就叫大家一口气把钱拿出，也愿意呀！重庆以下的水路，诚然很险，但是终可以想法行驶小火轮的，——那时，我们无形中所利赖的一位英国船主，尚未把川江水流同滩险测量研究清楚，而他特为川路公司所计画的特殊机器，特殊建造的川江第一只商轮蜀通号，是在宣统二年洪水时节才航行的。——则运材运货，总比在重庆以上，用驼马，用小木船，缓缓搬运的方便得多！因此，另一般有见识的先生们，也出面主张动工时宜先修成都至重庆的成渝一段。

　　四川铁路，比如是个病人，两派先生，比如是医生，各人看的病既不相同，自然且不忙开方子，先来一个争吵了。到底主张先修宜渝段的理由要充分些，言论要精湛些，势力也要大些，后一派才让了步，才同意委定李稷勋为宜昌铁路公司总理，而将全国闻名的大工程家詹天佑聘为名义上的总工程师，据帐目上说，每月致送的薪水是一千二百两。于是四川铁路，才由宜昌的东山铁路坝开了工，缓缓的建筑起来。

预言家说：四川铁路，定有修成功的一天，那一天呢？猴子幺年①的一天！

不幸横祸飞来，上海正元各钱庄倒闭，连带四川铁路路款，也着倒去了二百多万两，这还不要紧；跟着是宣统三年太阴历的四月十一日，由宣统皇帝溥仪溥先生的生父，清朝第二个摄政王，载沣载先生听了阁臣的进言，把光绪三十四年给事中石长信奏参路弊的折子，交部议决；复根据邮传部大臣盛宣怀的覆奏，在北京的皇宫中下了一道上谕曰：

邮传部奏，遵议给事中石长信奏，铁路亟宜明定干路支路办法一折，所筹办法，尚属妥协。中国幅员广阔，边疆辽远，绵延数万里，程途动需数阅月之久。朝廷每念边防，辄劳宵旰，欲资控御，惟有速成铁路之一策。况宪政之谘谋，军务之征调，土产之运输，胥赖交通便利，大局始有转机！熟筹再四，国家必待有纵横四境诸大干路，方足以资行政，而握中央之枢纽。从前规画未善，并无一定办法，以致全国路政，错乱纷歧，不分枝干，不量民力，一纸呈请，辄行批准。商办数年以来，粤则收股及半，造路无多；川则倒帐甚巨，参追无着；鄂则开局多年，徒资坐耗；竭万民之脂膏，或以虚糜，或以侵蚀，旷时愈久，民困愈深，上下交受其害，贻误何堪设想！用特明白晓谕，昭示天下，干路均归国有，定为政策。所有宣统三年以前，各省分设公司，集股商办之干路，延误已久，应即由国家收回，赶紧兴筑。除支路仍准商民量力酌行外，其从前批准干路各案，一律取销！至应如何收回之详细办法，着度支部邮传部凛遵此谕，悉心筹画，迅速请旨办理。该管大臣勿得依违瞻顾，一误再误！如有不顾大

---

① 四川方言，谓时间永不可靠而遥遥无期，曰猴子幺年。——作者注

局,故意扰乱路政,煽惑抵抗,即照违制论!特此通谕知之。钦此!

这一道上谕,便是这次大变动的爆炸弹。是时,清政府已经商借得英、美、德、法四国银行一千万镑,日本横滨银行一千万元,作为考定币制,振兴实业,推广铁路之用。同时并把川汉铁路线由宜昌至夔府一段六百华里,画为国路干线,收归国有。夔府至成都一大段,仍为民营支路。谕派端方端先生为督办粤汉川汉铁路大臣。同时并由邮传大臣盛宣怀,同督办铁路大臣端方,两位先生,合电咨四川护理总督王人文王先生,切实查明川路公司未用股款,实有若干?现存何处?已用股款,实计若干。并说度支部已商定了处理四川铁路股票的两种办法:"一、该公司股票,不分民股商股官股,准其更换国家铁路股票,六厘保息;须定归还年限,须准分派余利,须准大清银行、交通银行抵押。二、该公司股票,如愿换领国家保息之股票,则该公司历年虚糜之款,除倒帐外,准不折扣股本,俟将来得有余利,再行分别弥补,以示体恤。"这一道电咨,便是爆炸弹的信管。

要生生夺去在掌握中的经济权,要查帐,这个真非拼命不可了!不必要等湖南谘议局电请四川谘议局据理力争,不必要等宜昌董事局电请四川谘议局开会协争,一般明的暗的绅士们,早已大声喧哗起来:"反对国有!誓死反对国有!"谘议局呈请护院代奏,请收回成命,着一个奉旨申斥!铁路公司呈请护院代奏,请取销国有,着一个应勿庸议!而住省各法团,以年龄最大,资格最老的翰林院侍讲学士衔编修伍肇龄的名义领衔,又来了一个"为吁恳电奏事"的呈文。说是京外股东们,一听见商办干路,收回国有,已经"闻命惶惑,愤激异常!"又奉上谕,叫川湘两省"刊刻誊黄,停止租股,"又听见政府已先派员接收,于是"人心益形愤激!"总意是,请旨饬下邮传部与督办大臣,暂勿派员接收,免致激乱人心,别生枝节;且等闰六月十二日开了股东特别大会,议决办法后,再行请旨定夺。末后的恐骇话,不外"民心浮动,岌岌可危,""股东误会,人民愤极,贻误后来不浅!"同时,一家报纸上,也由一个正在中学读书的少年,做了一篇激刺性很重的"恭注四月十一日上谕"的文章,来向人民呐喊。

然而爆炸弹的信管毕竟还未点燃哩!只管说"民心浮动,""人民愤激,"到底是笔尖上的话,而浮动愤激的,仍只顶少数的一伙明的暗的有作用的无作用的绅士。于何以见之?于此时此际,依然在寻乐的黄澜生的消闲态度上可以看出了。他不但极端欣赏了李老幺的嗓子,并且当此良夜,心头更有点飘然,十余年前的心情,大有复活之势。不禁向他身畔同行的楚子材提议道:"月色太好了!我们喝一杯酒去,好不好?"

楚子材是他的一个表侄儿,刚满二十一岁的一个对什么都是恍惚的少年。老家住在省城西南百里外的新津县城内。三年前就已在省城一个有名的中学堂读书了,因为亲戚关系,而黄表叔又不是一个吝啬的有钱人,每上省来,送一份乡土间特产,于是星期六日出学堂来,总在他家里食宿,并常常陪着他逛公园、看戏、吃茶、喝酒。

当下便回说:"好嘛!表叔打算在那里喝呢?"

"这时卖允丰正绍酒的自仙楼,怕已不行?只好到锦江春去,将就喝点鸿仪号的眉州仿绍罢!"

"劝业场里的吗?怕已快关门了!"

"不,青石桥的,稍为转一点,也不妨,有月亮!"

二

当他们回到西御街的黄公馆,已是十点过钟,快放电灯哨了。门口的警察正在换班,一派很斩齐,很沉着的皮鞋声,好像一个人在走似的,橐橐橐的走了过去。月亮当了顶,把院子里一些花木同观音竹,照得格外生姿。墙角上一架金银花,引路侧两盆栀子花,还有几丛胭脂花,都争着放出一阵阵的清香。

黄澜生穿上一件旧绸夹衫,捧着一根苏白铜水烟袋,靸着一双新买的陆军制革厂出品的皮拖鞋,在阶沿上踱来踱去,老不想睡。厢房里犹有灯光,并有椅子摇动的声响,遂度到厢房阶沿上来,隔窗纸问道:"子材还没有睡吗?"

"没有哩,表叔也没有吗?"

"难得遇见恁好的月亮,真不想睡!这几天局里的事情也闲,明早去晏点,倒不妨的。"

楚子材从经验上晓得自己断不能早睡的了,便打开房门,走到外间的小敞厅上。月光反映过来,敞厅里看得很清楚,连壁上悬着的一幅张船山的横披,也看得一字不差。他顺手在衣袋中摸了支强盗牌纸烟,接过黄澜生的纸捻吸燃,一歪身便躺在一张时兴的花牛皮卧椅上。

大家都望着月亮,正一片薄云从它旁边飞过,把它的清光略为遮蔽了一下。夜风徐来,柔条垂垂的柳树不住的摇曳。虫声甚烦,尤其是泥地上的蚯蚓,唱得同小孩吹的笛子一样。街上野狗,自被警察署员路广锤出来查夜着咬了一次,恨极了,下令打杀肃清之后,少了许多;各家带了铜牌的看门狗,是无故不许声张的。因此,即在这月明之夜,西御街那么长的一条街,竟不像以前了,简直听不见一点儿汪汪之声。

黄澜生吹了一次烟蒂后,忽然问道:"你们进过学堂的,天文与人事的关系,大概是不相信的罢?"

楚子材不明瞭他说话的意旨,只"唔"了一声;觉得不大对,赶快模棱的说道:"或者有关系的罢!……"

"我相信它是有关系的。《御批通鉴》上,常有太史奏曰:白虹贯日，主动刀兵。天子若不减膳撤乐来禳解，国中一定有事；还有啥子太白星走入帝座，就主改朝换代。我想载在御批通鉴上的，必不是无稽之谈，一定是从前史官们从观察天象的经验中，体会出来的。可惜我没有学过天文，不能够详细讲出那中间的道理。上月的彗星，你看见过的，那就怪啦！硬像扫把一样，一到晚就看见了。有一晚顶凶，十来丈的光芒，散开来有水桶粗，似乎还有一种洒洒洒的响声。像这样的彗星依照御批通鉴说，就是主动刀兵的。本来自从光绪末年以后，啥子事都变了样了，外国人闹得也凶，革命党闹得也凶。像今年二月广东省城的变乱，以前何尝听过！彗星也出来了！以后还不晓得要咋个闹哩！"

他浩叹了一声，将福建烟丝装了一斗，嘘了，又接着说了起来："四川的事也大不如前了！官场里头更糟！在前，诚然也在讲钻营，但是那能及现在之凶。就拿我们局子来说，小到那样，总办薪水才一百二十多两，也不算好差事啦！自然，在我们当小委员的眼中，数目不为不大，可是在观察大人们，还不够他们捐官银子的月息哩！本是知府班子的黑差事，干巴巴一百二十多两银子，又没有外水陋规，现在道台班子的大人们，也你争我夺起来，王观察刚刚到差三个月，前天听说沈观察又在搞干①了，闹到这样，咋个不闹出彗星来呢？……"

他把头又向更清明的天空抬了起来，月亮更明得出奇。

他道："今夜的景象却好，……如此良宵！……天意到底难知，晓得明天后天又是咋个的？"

又浩叹了一声，挟烟丝的铜夹子又在烟斗上工作起来。

黄澜生今年才四十晋一，正是做官的时候。他生于成都，长于成都，自幼迄今全吃的是成都的米粮，呼吸的是成都空气，口里说的是

---

① 四川方言，搞干含有运动斡旋诸义，搞音稿。——作者注

成都话，讨的老婆也是成都人，父与母也葬在莲花堰地方。但因他老底子是江苏仪征人，父亲游宦来川，就舍不得回去，一直死在成都，所以他也就一直不自认是四川人，而自居于客籍。二十几岁上，也读过一些书，《御批通鉴》就是那时候点过的，也学过制义，既不能回籍去下科场，又不能冒籍在这里考试，因就老实报捐了一个候补知县。作官本是为的体面，倒也不甚热中，有差事没差事并不在乎。三十四岁以前，诚如他自己批评的，简直是个四浑头子，嫖赌嚼摇，无一门不精，现在归正了。只还喜欢喝点酒，吃点南味，福烟，发点使人不甚了了的议论。尤其爱那七岁的小儿女婉姑，对于十岁的第二个儿子振邦，倒随随便便的。——大儿子要是不死，已十四岁了，是他太太龙孺人过门第二年十九岁上生的。

楚子材把纸烟蒂尽力向院子里一掷，站了起来道："月亮是死了的地球，星宿也是地球。……"

"讲新学的都这样说，我总不敢信。何以呢？因为现在随便讲啥子，总是以西洋人说的为准。西洋人的数学格致，诚然讲得不错，但是讲到天外，也只凭的一架天文镜。镜子照见的，果就千真万确了吗？未必然罢？我不曾看过天文镜，但我可以想得到。我说个比喻你听，你表妹上次赶东大街夜市，买了一面小镜子，不过稍为有点不平整，把人就照得奇形怪状了。我房里那面穿衣镜，就是西洋的玻砖制的，可谓精致以极，但是人的颜色，总要照变。所以我想镜子未见得就十分准！……我也并不信世俗人的说法，以为大富大贵的人，便是天上啥子星宿降生的。皇帝定是紫微星，状元定是文曲星，虽然《御批通鉴》上也有记载，我总不信。因为世界万国，皇帝并不止我们中国一个，西洋也是有状元的，不过名称不同罢咧！不过分野，……从分野的天文上去观察某一地的人事，我相信有关系，《御批通鉴》上曾说过，……"

好几年不翻书了，到底不像从前记得，他遂思索起来。

他的表侄，是向来不在议论上与人冲突的。这因为楚子材的远祖，趁着张敬轩讳献忠的，以及摇黄十三家，以及当日一般据地自雄的土英雄，努力把四川人口杀尽，把四川地面腾空之后若干年，跟着招募人员，毅然决然舍去了湖广省麻城县孝感乡的瘠土，来到四川新津县，用竹竿插占了一片沃土，从此便以稼穑传家。三世以降，财产日丰，看见读书人的霸道，不免由羡生妒，才拼着一年花上一千八百文小钱，把子弟送到左近一位老师宿儒的私馆中来求学，挣功名。虽然头一世读完了一本《三字经》，到四世竟读到四书五经，然而一直到科举废了，还没有挣到提考篮的资格，不过也因此才换了个耕读传家的美名，渐能与乡绅们来往，以至通了婚媾。到楚子材这一辈子弟，就一个个的不比祖若宗那样老实，而楚子材更是出类拔萃的人物。第一，他舅舅姓侯，与新津大袍哥侯保斋是一家人，他血管里先就有了非农人的不安本分的细胞；第二，他这一房虽是两代单传，到他这辈才多添了两个女花儿，但家产却比别房多，父亲又当过两年公事，世故是通的，自小就送他到小学堂读书，所见所闻，已不像那般留住在乡下的兄弟伯叔。不过父系的秉赋，即是说世传的农人的柔懦性格，终竟没有从他血份上失完，所以一直读到省里一个中学堂，尽管说是学生应有的恶气习：虚、骄、浮、惰样样都沾染了些，毕竟胆子还小，光是口角，业经不敢了。

据一般人说，他虽是失之于怯懦，但聪明却是相当有的，也相当肯用功。英文可以缀句，算学可以算"鸡兔同笼"而不求人，国文也行，不起稿子可以在两小时内挥写二百多字的策论。只一点，爱笔误，三行中总不免有一个别字。同学们讥诮他是卖石灰的，他不服，他说："古字多通用。"

自从他到省城读中学堂以来，除了年假暑假回新津去外，一直是黄公馆的长客。因为他从不在议论上与人冲突，遇事又肯随和，表叔便觉得他性质良好，恂恂有儒家风。因为他凡事小心，又会在小处巴结人，表婶也觉得他品格温存，是个受人怜，逗人爱的大孩子。小表弟小表妹更喜欢他了，因为他也爱买顽意，爱吃零碎，又耐得烦，会将就孩子们。下至于丫头、老妈子、跟班等，都和他好，都愿伺候他，听他的使唤，毫不厌烦，因为他肯同他们说话，不拿架子，而又肯使小钱。

总而言之，楚子材是这么一个人：胆小，怕事，不得罪人，讨好，取巧，会使小聪明。但是于自己有损的，却不来。

黄澜生沉吟着想不起《御批通鉴》上的史例，楚子材如何能让这寂寞延长，以窘与他说话的人？因就故意把话头一岔道："表叔这几天在局里，可曾听见一点真消息？"

"那一方面的？"

"就是铁路方面的。"

"左右不过那些话，只听说护院王大人已着严旨申斥，大概铁路收回国有，是定了局的了，绅士们起初也并不见得咋个反对，邓孝可不是还做了一篇文章，登在《蜀报》上，很赞成这事的？他意思说，川省股款不够，倒是收回国有，借洋债来从速修起的好。他又主张把已收的一千多万款子保存着，拿来办理别的实业。这文章我没有看见，我根本就不爱看报的，是一个留心时事的同事告诉我的。他今天向我说，这几天不对了，绅士们都反了过来，全在反对国有了。听说是盛大臣端大臣有封电报打跟王护院，是初五的电。说要把川路股款全部提去，不主张借洋债来还这款子，依旧用这款子来修路，只以后不再招股，把现有的股票，换成国家股票，并要查算铁路公司的帐。王护院不敢把这电报给人看，后来是端大臣打个电问宜昌李总理看见初五的电没有？李总理打电到总公司清问，大家才去问王护院要电报看。这下，才把铁路公司同谘议局的绅士们惹毛了，一齐起来反对国有，反对查帐，听见王护院派去查帐的人，简直进不去。这几天，反对国有的绅士们正忙着在商量。王护院又是婆婆妈妈的好脾气，盛大臣端大臣已经同外国人订了合同了，那能让步？据那同事的说，事情是僵了，只看端大臣如何来转环。"

楚子材道："这确不对！既是把铁路收回去借洋款来修，为啥子又把四川的款子一下提去呢？照规矩说，不惟现存的款子不该提，就是已经用了的，还应该由国家还跟我们哩！"

黄澜生笑道："你也反对国有了，你又不是绅士，又不是股东，又不是董事，又不是啥子职员。其实反对就不该，何以呢？四川人也是国家的人民，国家修铁路，四川人多出点钱，并不算亏，何况铁路修在四川，得铁路之用的还不是四川人？你说叫国家把已用的钱还出来，国家又在那里去拿钱呢？盛大臣端大臣就说得好：还钱必借洋债，借洋债必拿四川的东西作抵，没有抵押品，洋债是好借的吗？这一来，还是四川人吃亏了。我是客籍，我又不是当事的大官，我可以说句公道话，四川人本就爱闹事，每每无风生浪，要是官府力量大，镇压得住，倒也闹不起来。这次，先吃亏王护院太懦弱了，其次哩，有了谘议局一伙绅士们。这伙人从前只有仰官府鼻息的，现在竟与官府平起平坐，争吵起来，这一下，官府力量越小，绅士的气焰就越高。这也是国运如此，清朝该倒霉！所以才信了留学生的话，讲啥子预备立宪，才弄成了这个局面。要是以前，大家都不准说话，要办啥子事，下一道上谕，立刻就办通了，那个敢反对？反对的，就砍他脑壳！"

他说得那么正经，楚子材安得不连连点头，表示他说得对？

月光已照进了敞厅。婉姑大概要小解了，不住的在床上哼，黄太太被哼醒了，起来打发女儿小解后，走到窗子跟前，从玻璃窗心，望见丈夫还在敞厅里，便拉起嗓子喊着问道："你还不睡吗，夜深了？"

黄澜生也拉起嗓子喊着回答道："明早不上局，晏点不妨！……口有点渴，叫菊花倒两杯热茶出来。"

春茶是煨在灯壶上的，并且就在房间里靠壁的条桌上，距黄太太的手,顶多有四尺远。然而黄太太为了身份,不能不大声的把在套间里睡熟了的十四岁的丫头叫起来,好一会,才用一个贵州漆茶盘端了两杯茶出来。

金银花栀子花香得更浓,黄太太在房里也闻见了。不由掩着夹衫衣襟,也端了一杯茶,踱到堂屋门前,把院子里月色一望道:"难怪你们不睡,怎好的月亮!真是好久没看过了。明天怕又是好天气!"

楚子材又吸燃了一支强盗牌纸烟,顺便把黄太太一望,堂屋里黑魆魆的,仅仅看见一个模糊的人影。遂说:"表婶出来看看不好吗?今夜说不定有月华!"

黄太太似乎是笑着在说:"我怕着凉!你明天要进学堂,还不早点睡吗?"

黄澜生才恍然道:"哦!你为啥不说呢?今天是你的星期日,明早我尽可以睡懒觉,你不行,该早点进去睡了!"

三

早晨七点一刻的时候,楚子材赶到了学堂。在稽查处取了名牌,到监学室消假时,幸而还没有逾限。

学生们都已从寝室中一跳一跳的来到自习室,有读书的,有谈话的,有写课本的,甚至有唱川戏,有唱京调的,一排十几间的自习室里,全是嘈嘈杂杂的人声。照例,直到八点钟上讲堂以前,是不受干涉而有绝对放大声带的自由。

在学生生活中,一日之计,当然以上讲堂听课为要,而尤重要的则在吃饭。

所以在七点半钟吃饭铃一响,真有如欧洲国家之下了动员令一样,全堂一百多人,莫不争先恐后,意气扬扬的抢进食堂。这时包厨大师傅站在旁边，老是挥着一把汗，生恐手下伙计们一时疏忽，或者菜里多下了一点盐，或者饭煮来炣①硬没有合度，或是故意被挑剔出一点小毛病，于是，哗喇一声，碗甑齐飞，不但倒霉受气，而且还要赔礼赔本钱。照例，在食堂里闹事，老是学生先生们的对，老是包厨大师傅的不对，这是金科玉律。不过学生们却也牺牲过不少的精神与时间，甚至还牺牲了几个学籍，才获得了这最后的胜利。

楚子材在一班中岁数不算顶大，身材却算顶高，依照讲堂习惯，是该坐在顶后一排的。顶后一排，本不是好位子，看也看不清楚，听也听不明白，假使先生说得低一点，写得潦草一点。但他偏高兴坐这排，在他以为大有好处。第一，可以免去教习先生的诘问；所学的课，不大懂得的太多了，英文算术越来越深，而且有了代数了，有了第三册的纳氏文法了，物理化学更是莫名其妙，随便一问，都可以着问得面红筋涨，大张着口而合不拢来。第二，可以在课本之下，随意看别的闲书小说；教习先生只管不是近视眼，也只能照料到前几排，监学先生来查点，也不像上年才接事时那样的认真，大抵害怕学生们咳嗽，也只在窗子跟前略为望一望，对于坐顶后一排的学生，似乎知道都是些较难于说话的，竟自眼角也不抹到就溜走了。

其实难于说话的，并非楚子材，乃是他身旁坐的那个王文炳，他只算秃子跟着月亮走，沾了光了。

这天，王文炳恰没有上课，楚子材并不注意，只伏在桌上，一心一意去看那掩在课本底下的一本石印的《野叟曝言》去了。他本不要看小说的，小说太曲折了，好看的只一点点，而闲言闲语太多，看不起劲。不过借此混混，免得去听这堂郝又三先生所讲的毫无趣味的博物课，在上堂时，才顺手在一个同学的自习桌的抽屉中，抓了这一本。

---

① 川语，谓软曰炣。俗字。实为腐字重唇音。——作者注

然而不经意的忽然察觉讲堂上并不只郝先生一个人斯斯文文永远不起波澜的声音，而是有好几个人在说话。他好奇的凝神一听，向来不于课本之外说闲话的郝先生，此时所讲的并不是雄蕊雌蕊，而是"与外国人订立合同，借外债来修路，据罗先生说，只是一句骗人的话。合同已有人看见，主权损失太多，直无异于把路卖跟了外国人。路，比如就是我们人身上的血脉，血脉已叫人吸住了，你们想，这个人的死活，还能自主吗？……"

这话还新奇，比叶绿素呼吸管等听得入耳些。并且是当前的事实。楚子材向不经心的，不由也留心了。

"况且现在是预备立宪时代，已不是专制时代，首都有资政院，各省有谘议局，关于国家应兴应革的事，岂有不交由资政院议决，而内阁就直接处理了的？铁路是关于一省人民生死存亡的，纵有改革，也应先交谘议局议一下，看看人民的公意，到底愿吗不愿？也没有只由度支部邮传部督办大臣会议了，就算完事，并且不准人民过问，不准一省的封疆大吏争执的。如此看来，立宪是假的了！卖路是真的了！盛宣怀简直是朝鲜亡国时的李完用！……"

好几个学生同声说道："我们不是朝鲜人，我们要反对！……"

"自然该反对！所以谘议局的议员，铁路公司的股东董事，学界中的先生们，以及好些绅士，已在商量要成立一个保路会，来保存我们的路，不许奸人盗卖！"

一个只顾写讲义而年纪只有十五岁的学生，忽然问道："他们把路卖了，我们不是只好飞吗？"

教习呆住了，反问他道："飞？"

"唔！飞哩！他们把路卖了，我们就没有路可走了，不飞，不是只好守在家里了？"

这话引起了不少的笑声，郝又三也笑道："你这话太幼稚了一点！外国人买的只是铁路建筑权，他们买去，将铁路建筑起来，我们依然可以坐火车的。"

"自己尽建筑不成,那就让跟人家去建筑好了!"

又是一阵笑声,还有几声:"亡国奴!……亡国奴!"

郝又三忙把手向众人一挥道:"他年轻,还不了然这中间的利害,若果了然,必不说这个幼稚话了。……我告诉你,人家把铁路建筑成功,人家就有主权,就可以自由运兵,自由运货。这下,就比如毒菌钻进我们的血管,你这个人还想生活吗?"

又一个学生问道:"盛宣怀为啥子要卖我们的铁路?"

"老实说起来,不过为的是钱。但是,据我想,我们先骂盛宣怀一个人,也不对。因为他只是一个邮传部大臣,并没有好大势力,他之敢于一切不顾,还不是受了奕劻那桐一般满朝亲贵的支使?你们要晓得,满洲人不过是辽东的鲜卑女真之后,一种向与汉人为敌的东胡,在明朝末年,趁火打劫,抢去了我们的汉土,一霸就是二百年,直到洪杨以后,眼见我们汉人强了起来,他们满人一天一天的弱下去,生怕我们不甘心,要报仇,天天防备我们,压制我们,欺骗我们。又见外国人厉害,一步一步的逼来,想把中国瓜分了,他们抵御不住,便想,与其把中国让跟旧主人去弄好,不如趁早卖跟外国人,大家多弄些钱,等瓜分之后,好回老家去享福!所以他们才这样说:宁可亡于洋人,不让汉奴得志!你们看,他们把汉人原来是当成奴才在看啊!……"

这篇演说吹在各个学生胸里,犹如严冬寒风,把众人的精神都吹得很是耸然。

郝又三的额上也微微沁出了些汗,把手巾揩了揩,又鼓起眼睛向众人说道:"我们汉人,本是黄帝子孙,文明贵胄,有几千年的光荣历史,西洋人说起来也很佩服的。但是人家何以要拿待印度,待埃及,待波兰的方法,来待我们?并不是我们汉人没有力量,维新不起来,就只是满朝的亲贵们不肯,不肯让我们汉人强盛。所以要欺骗我们,压制我们,拿些假立宪,假维新,来诳我们!把我们人民土地拿来零卖,倒是真的!……"

郝又三还要说下去时,忽从窗口上看见那个绰号土端公的监督,一摇一摆的从对过讲堂门口走来。监督也是一个举人,捐了个内阁中书衔,平日讲的是忠君敬上,虐下弄钱的大道理的。自言平生最恨的是革命党,维新派,"若得其人,必手刃之!"

郝又三连忙打开教科书,似乎继续在讲的一般,说道:"植物也有吃肉的,……"

学生们很是茫然。土端公正走到窗外,觉得这话真乃闻所未闻,"夫肉食者,人也,鸷禽也,猛兽也;亦有刍食者,牛羊马是也。自圣人教民以稼穑,民亦杂刍食矣,此载诸经传,童而习知者也!植物也,而能食肉!则文王之囿,不胥为虎兕之柙乎?是不可以不一闻其详!"

于是监督便弓腰驼背的站住了。学生们也才恍然了,都把头埋下去,虽然教科书上并不是这一节。

四

自习室里,菜油灯光正自荧荧的争辉着,五音六律的人声正自尽量发挥着之际,王文炳满脸通红,董的一脚,向第四自习室踏将进来。室里六个人,——连楚子材在内——都抬起头,把他望着:他不但脸红气粗,连眼睛似乎都有点矇眬,自然又喝醉了,而且眉毛倒竖,还带着几分怒气。

他大踏步的一直走到自己书桌跟前,在坐下之先,又訇的一拳打在桌子上,无目的的骂道:"杂种!非革命不可!"

"非革命不可,"这是他的口头语,凡他在不得意的时候,这句话就自然而然的冲口而出。也不知是他自己的创作,也不知是习染而来。在上学期,监督初初接事时,为这一句话,几乎把他连同几个目为不安本分的学生,一并挂牌斥退,说他是叛臣逆子,"不与同中国。"后来得亏监督的那位强有力的上司,轻轻说了一句:"我听说你学堂里一个叫王文炳的学生,很非凡的,他同胡先生有点啥子瓜葛亲罢?"监督才自行收回成命,自抹稀泥①,示意监学,叫他写了一张悔过书,誓不再言"非革命不可,"然后记小过一次,"准予自新,以观后效。"可是不到两月,他这句口头话,又自然而然的恢复起来,乃至因一件很小的事,——在自习室里抓去他一部古本的《蜃楼志》,监督拿回家去与太太共读,不知怎么,在散学发还他这书时,着他查出在最淫秽的字句上,加上了许多浓圈胖点的一件事。——他与监督理论起来,说监督不该把学生的淫书抄去自己看,看了还把好好的书弄得这么脏法之际,竟一句一个"非革命不可!"监督只是力辩圈点不是他亲手加的,而对于他的"革命,"竟似乎没有听见。自此,他这句"非革命不可,"也就等于注了册,而失去了它的刺激性,竟和普通的"性骂"相同了。

"杂种非革命不可!现在是啥日子?国都要亡了,大家都要当亡国奴了,他妈的还拿记过来虎骇人!……国都要亡了!怕你记过?杂种!非革命不可!……"

"老王,又犯了啥子规则了,要着记过?"

王文炳已坐下了,两手把纷披在额前的长刘海向头上一揽,使得枯燥刚硬的头发更其蓬松了,一面掉头向问他的罗鸡公道:"你问吗?就是那一窍不通的李矮子,说我请了两点钟的假,耽搁到现在才回来,逾限得太久,要记我的小过。杂种!我臭训了他一顿!我问他:你晓得我今天请假出去为的啥子?我是四川铁路股东的一份子,特为

---

① 四川熟用语,凡谓作事敷衍不澈底者曰抹稀泥,即扯淡之意。——作者注

到铁路总公司去开会的!你晓得盛宣怀办的借款合同已寄到了不?你晓得合同内容是咋个的?杂种!非革命不可!据人说,那简直是他妈个卖路合同,亡国合同,我们要承认了,无异承认当亡国奴!大家闹得很凶,蒲先生等都很激烈的主张反对,大家还很商量了一会。你们不信哩,只管看,不出三日,必有大事!……"

罗鸡公说道:"商量时,你也在场吗?"

"也可以这样说,因为我在我们同乡的陆先生房里,恰与他们隔个壁头,十有六七,是我亲耳听见的。"

"那于你喝酒逾限何干呢?"

王文炳便跳了起来道:"凉血动物!亡国奴!你也与李矮子一样了!杂种!非革命不可!……"

罗鸡公也跳了起来道:"你胡闹!开口骂人!先就革你的命!"

王文炳两拳一伸道:"不怕死的就来!……"

不提防发辫着背后另一只手揪住,只一拉,王文炳便向后一跤,跌坐在地上。罗鸡公等都哈哈大笑起来。王文炳跳了起来叫道:"是那个阴谋家?"

楚子材拈着笔管笑道:"林傻子。"

"杂种!是他!这回非鹖到注①,非鹖到递了降表是不放手的!"于是登登登的便奔了出去。

罗鸡公回到坐位上去道:"老王这几天就同掉了魂的一样,天天朝铁路公司跑。我想股东会里,未必有他,就是各法团开会,他又不是代表,不晓得他在干些啥子?"

一个姓陆的道:"干啥子?救国!"

楚子材也插嘴道:"他到底是不是革命党,只听他口里随时都在喊革命?"

---

① 鹖,蜀语,凡害人弄人皆曰鹖;到注,澈底而不通融也。——作者注

姓陆的道:"倒有点像。"

罗鸡公道:"今天那个教博物的郝公爷,还更像些哩!"

另一个人道:"我也是这个意思。真看不出来,平常一个很规矩很谨慎的人,也公然说起排满的话来了。"

楚子材回想起郝又三说话的情形,觉得这确是应该钦仰了,他是革命党。

姓陆的笑道:"革命党连皇帝都要推翻的,为啥子单单害怕监督?你们没见忽然讲起食虫草时,满脸通红,又惶恐,又忸怩,时时拿眼睛扫着土端公的那样子,真说不出的可怜!"

罗鸡公辩护道:"这怪不得他,土端公本不是个啥子好东西,不但腐败透顶,并且狼心狗肺,随时都在想陷害人,若是晓得他在讲堂讲革命,讲排满,他很可以去告发,把他的脑壳砍下来的。"

姓陆的道:"革命党讲究的流血,就不应该怕呀!……"

王文炳气呼呼的走了进来,将姓陆的瞅着道:"你在说那个?"

"没有说你!"

"谅你也不敢!"

楚子材在抽屉里摸出一支纸烟,就着菜油灯嘘燃,刚抽了两口,王文炳便走了过来道:"楚子,让为王的先抽三口!"

这是学堂里不成文法的公约,任何人的纸烟,都是公吸的,一支纸烟,至少要经过四张口。

楚子材把烟递给他道:"我看你一天到晚东不对,西不好,总是气势汹汹的。你说句真话,你到底是不是革命党?"

王文炳把眼睛一眨道:"你要当侦探吗?"

"笑话了,我岂是福尔摩斯?"

"那也倒非你楚子所能。若罗鸡公在,其庶几乎!"

罗鸡公道:"你不要装疯,臭绷啥子革命党,你入过同盟会不曾?"

"革命党一定要入了同盟会才算吗？难道就没有别的社会了？你既安心当侦探，我又何必告诉你呢？"

姓陆的便来一个反轰道："谅你也不敢！"

大家都笑了起来。

王文炳将纸烟一丢道："你们这般人，都是清朝的顺民，都是凉血动物，都是胡虏！"说着，便拿起一本洋装的康有为的《法国游记》，走过去，在众人颈项上一比，连素不与人相争的楚子材，也着他比了一下，一面念念有词："手执钢刀九十九，杀尽胡儿方罢手。"

铃声响了，已是入寝室的时候，第四自习室的有趣自习方告结束了。

五

这时候的成都，已渐渐的不安定起来。

所谓不安定，并不是市面上怎样的惊惶，怎样的无秩序。你从表面看去，是看不出一点与平日有什么不同的现象。全城的公馆住户，还不是那样开着大门，寂寂静静，看门老头子很萧然的躺坐在他们的高脚椅上？倘然门是大开着，轿厅上全摆着轿子，门口簇拥着轿夫，则你直觉的就明白其中必有什么欢乐的宴会了。商店哩，依然天明就开张了，伙计先生们还不是那样不言不语的，石像般坐在柜台里，或是手上做着什么，或是呆相着街上行人，还不是那样面目和善，态度雍容，十足表现出安分守己的样子？全城作手工业的，还不是那样从天色刚明，一碗早茶之后，就两手不停的一直作到打二更，除了吃饭、喝茶、抽烟、大小便外，向不休息，向不十分说话的？所以一般工作愈久，岁数愈大的人们，不但脑经①逐渐变了僵石，就是说话的机器也逐渐迟钝，有时运用起来，好像经年不启的铁门似的，生了锈了，开阖之间，好生不方便，并且文法也简单，字汇又少，句与句之间，总不免留出很大的间隙，这不得已只好拿性骂来补充，用动作来补充。这般人更其安静，就是工余自劳，也只靠着杂货铺或小酒店的柜台，要几个钱的烧酒，或是一块盐水豆腐干，或是一堆炒胡豆，悄悄密密喝到脸红，便躺上床去，伸脚一觉，管你世界上出了什么，老是那样不闻不问的。在各条街上叫卖的小贩们，则各有各的铿锵声韵，尤其是卖鲜花的，因为要庭院深深里的人们都听得见的原故，他不能不要引吭高歌，那婉转的声音，是我们重形字描写不出的，这般小贩们，也和平时一样，不但来往的时间没有很大差错，就是声音里面你也丝毫听不出什么不安的调子来。穿制服的警察，依然极有精神极整齐的站在岗位上，手上仍只那一根木棍。官人们，半绅半官的人们，也依然意气扬扬的摆着狗烤火的式子，坐在三人抬，或五人抽换着抬的拱竿大轿中，任凭腰硬腿软的精壮轿夫们，赤脚打在石板上，又细碎，又整齐的飞跑过去，飞跑过来。学生们也安安静静的；依然穿着蓝洋布长衫，墨青布长袖马褂，戴着平顶硬边草帽，登着绒靴，昂昂藏藏的在人丛中走，从他们的脸上，也看不出有什么令其关心的样子。各处大小酒馆，大至如一品香，小至如锦江桥的广兴隆，还不是那样食客满堂，只听见猜拳赌酒，以及堂倌们报来算帐的声音。并且除了国忌外，可园的川戏，大观园的陕戏，悦来茶园的京戏，以及一年以来新兴的十几家因陋就简的灯影戏园，傀儡戏园，以及几家茶铺里特设的成都所独有的洋琴清唱，还不是那样从午至夜的丝管沸天，做弄出锦城的繁华来。

---

① 作者认为思考是脑部神经在起作用，故写作"脑经"为正，写作"脑筋"为误，其作品均依此说。——编者注

从表面上看，岂不逐处都还是太平景象，逐处都还是二百五十余年以来，从未听过兵器声的太平景象吗？但是你们只须走进茶铺去，便立刻感觉到人们的内心，实在不似平日，实在已渐渐动摇，近之颇有点庚子年闹八国联军，辛丑年闹红灯教时的光景。然而也大有不同处。在庚子年时，成都留心时务的人，除了在院门口买木印的《京报》，看一些残缺不具的上谕与奏疏外，便只有从私人的信函中得一点街谈巷议的消息。并且北京与成都相距如此的远，事情的变动，不能直接影响于一般人的生活，所以关怀国事的，只是一小部份人，即这一小部份人，也只具着一种隔岸观火的心理，在那里议论那拉氏之愚，而甚快其着外国人的鞭挞。自丁未年以后，便大大不同了，成都已有了石印的日报，不过难得有一种继续出上三个月的，其原因自由其篇幅太小，内容太贫乏，不但抓不到定阅的人，就送给人，也没有人看。后来邮政开办了，上海的报纸，不到两个月就可寄达成都，学堂是得风气之先的，便有一些学堂，设起阅报室来。其时顶风行的是《神州日报》，是由《民吁》《民呼》化身而来的《民立报》。于是有一小部份人，对于国家大事，社会琐闻，渐渐生了兴趣，也渐渐懂得了些办报的方法，以及采访新闻的手段。所以到辛亥这一年，成都日报用铅字印，而居然长久出版的，竟有了几家。一是官办的官报书局出版的《成都日报》，著重的是上谕，辕门抄，也有一点无关紧要的社会消息。一是商会出钱办的《商会公报》，每天都有一篇恭颂宪政，或是无关大计的论文，商场新闻并不很多，但是有了各县的每条不过二十字的通信。而较有生气，常常有着抨击政府的论文的，只有私人集赀办的《西顾报》，以及铁路事起，应运而生，极富讽刺性的《启智画报》。就大体上说，那时报上的记事，虽不免太幼稚点，但是有些地方也受了《民立报》的影响，颇能夹叙夹论，无形中给人一些煽动。一自四月下旬以后，铁路问题发生，绅士们首先发了言，报纸上也跟着说了些向不敢说的硬话。更因为在辛亥春天花会，——即是以往南门外青羊宫的神会农会,周孝怀任警察总办时,提倡改办的劝业会,后来因年年卖花的占了主要部份,而春天又是百花盛开之际,游人中爱花的居多数,大家遂不知不觉改称了花会。——出了一件小事,到此,更给办报的人增了不少胆气。事的原委,是因为那时巡警道道台周肇祥,本是一个因案罣误,开去道职的胡涂蛋。不知以何姻缘,竟得了前任四川总督赵尔巽的宠爱,把他调到四川,奏保开复。及至前任巡警道贺纶揆升任去后,便补了这个缺。大概他太得意了一点罢,一般绅士对他都不甚满意,但又把他没计奈何。恰逢这年二月那天,是清朝一个什么皇帝的忌辰,他忘记了,竟在花会下的聚丰园大请其客,着一个报馆晓得了,遂借这机会,痛痛快快批评他一顿。以一个虮虱般的报纸,而攻击到巡警道,这在周肇祥看来,真无异于谋反叛逆了;幸而是预备立宪时代,又是废止刑询的运动时代,才开恩舍了抓人,仅仅把报馆封了。偏偏这个办报的人,又是一个不怕事的,所谓劣绅,便在聚丰园将他亲笔点菜的单子,查了出来,印成一张传单。到处一分送,证明所报不虚。谘议局一些议员,借此就大肆指摘官场的腐败专制,行文总督,要他澈查奏参,治以大不敬之罪。赵尔巽当然置诸不理,周肇祥不但不理,并逢人便骂谘议局议员"一般狗王八蛋的东西,仗谁给他们撑腰子,敢这们侮慢我?好罢!总有一天,他们的脑袋子要着我砍掉的!"不幸赵尔巽调授东三省总督,升授四川边务大臣赵尔丰为四川总督,在赵尔丰莅任以前,着四川藩司新任四川边务大臣王人文暂行护理。于是谘议局趁这档口,又旧事重提。王人文久已不满周肇祥的恃宠专横,便老老实实行文署理藩司尹良澈查。于是周肇祥也胆怯了,赶快请与四川绅士们向有来往的署理提法使司——即以前的陈臬——周孝怀出来,向谘议局议长蒲殿俊,副议长罗伦、萧湘等说好话,甘愿请客赔礼,只求不要打破他的饭碗,除脱他的前程。可是蒲、张等不答应,非叫他滚蛋不可。到这时,形势更不妙了,他只好自请开缺,借着调查警政,一趟子仍跑往东三省去投靠他的爱主赵尔巽去了。

　　周肇祥一失败，办报的方晓得自己原来有这么大的力量，自然对于向不满意的专横麻木的官场，不客气的加以指摘，披露他们可笑的新闻，口口声声提说着这就是立宪时代的言论自由。而看报的，也才渐渐由惊奇报纸的势力，而感生了兴趣，觉得一天费几分钟的时候来浏览一下报纸，倒也轻松，并且同人谈说起来，也有些资料，不致尽是那些话。不过每天要花费二十文小钱去买一份来看，还没有这种习惯。一般留心世事的先生们，便于吃了早饭之后，走到几家设有报纸的大茶铺，如商业场的宜春、同兴两个茶楼，与其前场门正对的第一楼茶楼等处，也只花小钱二十文，既有茶吃，又有报看，并且得朋友聚会之乐，有开怀畅谈之机，这是大茶铺的情形。至于较小较平凡的茶铺，成都城内就很多了，凡是职业上的会合，贸易上的来往，大抵某个茶铺，某个时间，都有一定。除此之外，一般有空闲的人，都喜欢坐茶铺，其原因就在讲新闻听新闻。是时，你们只须一到茶铺里去，无论其为大者小者，你们一定听得见人家对于铁路事件，都在议论了，广播了。

　　这时，谘议局大开，各县选送来局的议员们，有一多半是官场所目为不安本分的读书人，是素爱预闻地方公事，使父母官闻之头痛的绅衿们；有一小半是关怀国事，主张缩短预备立宪年限的维新派；也有很小一部份，受过《民报》《国粹学报》的洗礼，又看过《黄书噩梦》等禁书，颇具民族思想，主张排满，而尚不知民主共和为何物的志士。这三种人，第一是读过书，有过科名，为一方的知名之士，确能左右众人的；第二是岁数都在三四十之间，朝气未泯，具有大欲的。谘议局是假立宪所特许的言论机关，与平日只可仰其鼻息的官僚是对抗的，可以放言高论而得社会信托，不受暴力摧残的，有了这个凭藉，所以四川的绅气，便一反以往专门迎合官场，以营私利的行为，而突破了向日号称驯良的藩篱，而大伸特伸起来。

除谘议局外,而为四川民众思想之中枢的,也是上列所说的三项人。不过凭藉的,并非言论机关,而是当时与官场对抗,与社会绝缘,自以为清高而超越一切的学界。——当时的学堂,虽受提学使司的管辖,但监督与教习却不是职官,而由地方公推,官府聘请,犹之以前的书院办法。而监督与教习,也确乎有点以前山长的风度,能够自重,而与官场以敌体来往。就在小学堂,也如此。所以当时社会,对于学堂中的先生们,也还具有对于山长的尊师重道的隆重态度。——诚然办学的人们中,未尝没有楚子材他们的监督土端公那种趋炎附势,寡廉鲜耻,不知办学为何事的浑蛋,到底大多数都是极不满意现状,"蒿目时艰,奋发有为,"而又受了张之洞的影响,主张缓进,主张中学为体,西学为用,主张效法日本,不必效法法兰西的有知识的中年人。

这三种人既暂时结为了一体,而隐然与官场相抗,在言论与思想上,它的力量便甚大了,在省会地方,竟自可以左右人众。不过他们自己还不甚明白,而官场中之有见解,有头脑的,却很明白了,并预感到时代潮流之不可抵抗,也想到自己前途的安危,也观察出清政之日趋末途,便想联合上列的三种人,从这乱流中间,调停出一条中和的道路:政治可以改良,俊杰可以登进,社会可以得其平,而绝不蹈入代谢之际的危险。

总而言之,这般改革派是取的温和步骤,造反革命等要流血的激烈手段,不但不敢,就是偶一想反,也大不以为然的。不过这种人都没有实现其主张的力量。

那时,也有走极端的很激烈的革命党,他们说:"中国事情,要是还在满洲人的手上,那是绝对没有真正弄好的可能。你们看,清廷的施设,那一件不是假的,不是欺骗汉人,而只求有益于他们亲贵的?奕劻、那桐只知弄钱的老贼,至今踞住中枢,不说了,并且还借维新为名,把以前满汉平分的政府,一律改用了一般载字辈溥字辈一事不知的青年浑蛋，十一部中，仅仅三部是汉大臣。而所行所为，又只知道弄钱，唱京调，亲热外国人。至于一般疆吏，更不必说了，有几个不是虐民以逞的酷吏？不是贪保禄位，阻碍新政的浑虫？宪法哩，是钦定的，并且还要预备七年；自治哩，是官办的，并且还要开所讲习。却不知瓜分之祸，已迫眉睫，列强环伺，谁不是视眈眈而欲逐逐？我们要救亡图存，只有一途：就是革命！革清廷的命！只要把清廷推翻，我们就立刻得救了！富强了！"

不过革命党总还占不着势力。因为社会秩序未乱，生活方式未变，大家本是有路可走的，谁甘愿把自己所有的毫不顾惜，打个稀烂，另造一个新的呢？不过对于革命党人表同情的，比以前渐渐多了；便是民族观念，也渐渐普遍，无论如何，满洲亲贵是不该久踞要津，而残虐汉人，只知寻乐卖国的。因此，铁路回收国有之议一兴，纵就没有查帐之说，而一般知识份子，便已朦胧的被怂动了："一定的国有其名，而出卖其实！……日暮途穷的满洲亲贵同汉奸们，那能做出啥子好事，就是好事，也给他们弄坏了！"所以，一经湖南谘议局电询，便勃然而兴，联合起来：议员，学绅，在籍的京官，铁路公司的关系人，都仗着绅气正旺，姑且起来争一争。却好，又值赵尔丰尚未由打箭炉动身，正是王人文护理时节，王人文虽是贵州省籍，然而生于四川，是四川米粮喂大的，也可以说是四川人，平时既与四川绅士接近，而性情又根本忠厚平易，思想也比较维新。于是经人一吹，便凭着有出奏之权，认为清廷这种办法，来得太专，既蔑视有关系的封疆大臣，又蔑视预备立宪时代的人民，便一面反对盛宣怀的政策，一面驳复盛宣怀、端方所拟的办法，一面就放任绅士去干，并代为出奏。绅士们的气势就百倍了，都相信只要官绅能够合作，大家绝无危险，而清廷定有所顾忌，纵不根本取消国有，多少总可以让点步。在董事想来：至少可以不说查帐的话了。

思想的中枢既已如此动作起来，一般的视听，当然要不安了，何况更有报纸的鼓吹。所以不到一个半月,第一,成都各茶铺中,便已把铁路事件,做成了重要谈资;第二,各县路款股东纷纷进省之后,把成都的情形与报纸,各各写寄回县中,而各县的士绅又大抵视成都士绅为转移,于是也动作起来。据老年人说,就是从前闹李短褡褡、蓝大顺时,也无如此普遍的骚动,闹红灯教与余蛮子时,更无论已,那时世道只管不好,人心却是安定的。因此,有经验的老年人便断定了四川一定要大乱,但是如何的乱法,乱到怎么样子,却说不出,想来总是杀人如麻而已。

六

这一天,照太阴历算来,是辛亥年——即清宣统三年,中华民国建元前五个月。——五月二十二日。

这一天,在四川人经过的历史上,算是顶可注意的一天。尤其是在自经张敬轩讳献忠的残破之后,清康熙初年重修,清乾隆四十八年福康安奏请发帑银六十万两澈底重修以来,从东门至西门直径足长九里三分,从南门至北门直径足长七里七分的成都,更是空前未有的一桩掀天动地的大事。

这一天,是成都各法团的精英在三倒柺街铁路总公司内联合成立保路同志会的极可纪念的日子。

这一天,是四川人在满清统治下二百余年以来,第一次的民众,——不是,第一次有知识的绅士们反抗政府的大集合。

这一天,黄澜生家里的早饭也较往日迟一点。但是请你们放心,这与保路同志会无干,因为来了个奇怪朋友的原故。

此人来得很早,看门的老头子是认得他的,虽然看见他身上只穿了一件洗白了的蓝洋布长衫,下面一双快要没有底的青缎鞋,额上的短发大约有七八分长了,也没有剃,显得连脸似乎都未曾洗过的,却也相当有礼貌,而又亲热的将他先引到敞厅中坐下,才说:"老爷还没起来哩!吴老爷,请你宽坐一下,我即刻叫菊花禀上去。……吴老爷。我想你是前年走的罢?……吴老爷,你更发福了!"

吴老爷很是谦逊,一直是站着没有坐,一直是和颜悦色的。不过说话的声音大一点,把睡在厢房里的楚子材搅醒了,——因为是星期日——走出房来,看见一个满脸黄汗,身体很结实,年约二十八九岁的汉子。

吴老爷先就自己介绍道:"兄弟贱姓吴,草字凤梧,……凤凰的凤,梧桐的梧,……和黄澜翁是十年交好,以前在川边赵大人那里带兵,昨天才回来,特来拜访他的。……老哥尊姓楚,尊章是那两个字!……雅致得很!……现在呢?……那就好极了;现在看来,还是老哥们能够读文学堂的高雅些。如今世道只管说文武平等了,不像以前文官开个嘴,武官跑断腿,其实,文的还是要高一头。就拿川边来说罢,当个管带,统领四哨人,一见了师爷,就比矮了,还不要说大人身边的文官。说起来,兄弟还是学堂出身的哩,不过是速成学堂,武的,那就不能与老哥的文学堂比并了!……"

楚子材和学堂以外的人碰头,除了几个同乡的,本不很多,而能像吴老爷这样谦恭和蔼,你哥子,我兄弟的称呼着的,那更少了,登时心上就发生了一种新奇之感,拿新名词说出来,大概就是什么"同情"罢?既然感觉得吴凤梧这个人真一点不讨厌,够得上做个朋友了,遂等不得漱口,赶快把强盗牌纸烟拿出,连同洋火送了过去。

黄澜生的儿子振邦,同着他妹子婉姑,不知为什么,一路笑着闹着㧐①到敞厅。一下看见吴凤梧,都站住了。振邦很规矩的给吴凤梧请了个安。

---

① 蜀语,谓追逐驱赶皆曰㧐,音捻,与赶字相近而实非。——作者注

吴凤梧赶快站起来还了个安，笑说："不敢当呀！少爷小姐都好吗？你们都长了一头了，还认得我老吴！可怜老吴运气不好，此番又是空手走回来，没跟你们带一点玩意儿，真对不住！……"又把纸烟加劲嘘了三四口，把其余的半支放在茶几上，并张着两腿，蹲了下去，把婉姑揽过去，握着她两臂问道："婉小姐长得更好了！你妈妈好吗？现在在读书了罢？……如今的小姐们，都是要读书的了！"

黄振邦到底是儿子，年龄大点，比较胆大活泼些，在旁边又笑又跳的道："妈妈在教她读《唐诗》哩，读了两年，连头一本还没有读完，爹爹说，不要她读了，明年叫她检狗屎去！……"

婉姑在吴凤梧手上连连扭着道："他乱说的！……你乱说，我前天就把头本读完了的哩！……爹爹说的是你，儿娃子才去检狗屎。妈妈说，明天起，就教我写字，邦娃子爱逃学，二天拿去当警察兵！"

"哼！当警察兵！我当警察兵，就拿你去当监视户①！"

楚子材吴凤梧都一齐笑着叱他道："老邦不许胡说！这是说不得的，你爹爹妈妈听见，要打你哩。"

黄澜生恰好走来，问道："邦娃子又在这里胡说些啥子？"

吴凤梧忙站起来，彼此一揖到地，一面道："小娃娃的嘴本是没高低的，倒也没有说啥子。"

婉姑却已扑去，抱着他爹爹的膝头道："哥哥说，拿我去当……"
黄振邦笑嘻嘻的回头就朝里面跑了。

楚子材便挽住婉姑的手道："来！我还有一张洋画哩！"一直把她挽进了书房。

罗升正好把泡好的茶送出来，黄澜生便道："去跟老张说，早饭添两样菜，就摆在这里来好了！……凤梧，来得这们早，一定还没吃

---

① 清光绪三十年周孝怀开办成都警察时，凡娼妓门前皆钉一木牌刊"监视户"三字，以示与良民有别，虽行之不久，而监视户之名则至今犹存。——作者注

早饭。……我简直不晓得你回来了,是几时到省的?"

吴凤梧嘘着那半支纸烟道:"不要费事,你我老朋友,家常便菜就好。……我是昨天才到,真说不得,运气坏透了!……这回丢了差事不说,几乎连命都丢了!……真可以说是逃出昭关的。……仗恃老朋友的交情,才敢空手来见你。……以后还有话同你商量,这武行道真干不得!……"

黄澜生捧着水烟袋,很留心的把吴凤梧看着道:"大概你的行李都损失了?"

"何消说哩!撤差的消息一到,我晓得屠户的脾气,说不定有厉害的把戏跟着就要来的,——他是有这个脾气的。——我赶不及收拾行李,在一个同事伍管带那里,借了三元钱,连夜连晚就跑了出来。不瞒你老朋友说,一过雅州,钱已使干净了,从百丈驿到邛州的一站,连半碗饭都没吃。幸得在邛州遇见了一个同学,告靠了一元钱,才奔回来的。"

"到底为了啥子事,弄到这样凶法?"

"事情本不要紧,粮子上看来,当得狗屁不疼。因是我部下一个兵,赌得输慌了,在外面乱想方子,向一个姓王的茶商估借了几两银子。据那犯兵说,还是凭中写了纸,许了期的。但那王茶商却不是他妈个好东西,竟偷偷的递了个密呈,不但把犯兵告了,竟说我知情故纵!……老朋友,这才活天冤枉哩!那犯兵干这事时,我连一点风声都不晓得!……老朋友,你不清楚边上的情形,若遇见蛮家,你不用顾忌,奸淫占霸,样样都干得;就是不高兴,随意杀块把人,顶多不过打几十军棍,插一回耳箭。汉商你却动不得,那怕就敲诈一碗糌粑,也算犯了杀头大罪!平时,我于这上头就很在意,屡屡告诫哨官们:小心啦!小心啦!把弟兄伙好生招呼着!就对蛮家,也不要太武辣了。眼见大帅调署总督部堂,我们跟着大帅效了几年的力,吃了不少的辛苦,趁这时候,挣个好声名,看我们还落得一点好处不?我倒这样在想,不料事情偏偏出在我的部下,日他蛮娘!那犯兵才是在关外搞久了,把脾气搞惯了,补到我部下又不久!老朋友,你看这不是运气吗?……这是十八的事,吃午饭时,一支令箭把我扎了去,风声很不好。幸而是傅师爷问的案,同王茶商对质之下,又把犯兵细审了一番,才问明白我没有罪,只把犯兵立刻正了法,说我驭下不严,有损军誉,当夜就把我差事撤去,扎子也追了,凭照也追了,叫我静候处分。……若果只是傅师爷在办理,我倒不怕,拼着记过罢了。屠户于这件事情,他是晓得的,他那脾气,……我的妈!倒是逃跑了,另自改个行,这个吃饭家伙,或者还牢实一点!"

黄澜生静静的等他说完,一直抽到第九袋水烟上,才道:"也好!你在川边辛苦了两年,既着了这冤枉,把差事搞掉,说不定还是你的运气,现在,就借此休息一下不好吗?"

吴凤梧蹙眉愁眼得几乎要哭了道:"黄哥,黄老爷!你是便家,收租吃饭的,作官不作官倒不在乎,我们当穷光蛋的,可不能这样说!挣一天,吃一天。……你我十年的老朋友,难道还不晓得我的情形,咋个同我打起官话来了!"说到末一句,大有泪随声下的光景。

罗升拿着碗筷出来,调放桌子。

黄澜生笑道:"凤梧,你把我的话听差了。我的意思,只是打算说事情是急不来的,你也才回来,稍缓一下,多找几个朋友商量,总有办法的。你的事情,我岂有不晓得?又这样的回来,自然很窘。这样罢,我先借二十元钱跟你,总可以敷演月把天气了罢?……"

"二十元钱!"这好比救生船了,而且是头号救生船!目前已是热天,不必添补衣服,省俭点用,岂只月把天气,就两个月也够了。

虽然罗升还在那里,楚子材同婉姑也出来了,吴凤梧却感激得忘了形,跳起来,冲着黄澜生便一揖到地,又顺便请了一个安,站起来又把右手举到耳朵边,行了个军礼,一面眉花眼笑的说道:"老朋友当中,只有你最是行侠仗义的,所以今早先来找你,也就晓得……

是，是，是！感激的空话，我就不说了，且等将来有了出息，定然加一万倍的报答！"

黄澜生也觉得高了兴，便叫罗升去给太太说，烫一壶绍酒出来，一面解释道："姑且作为洗尘，改日约几个朋友再认真接风好了！"

七

楚子材与吴凤梧说得很是投机。他本是一个不通人情世故的中学生，平日在年长者，以及在略有地位者的跟前，全无说话资格的，而今日竟有一个年纪比他大，又做过官的人，——只管是武官，但在乡下人眼中看来，到底与平民不同呀！——居然不拿一点身份，同他攀谈；并且还很谦和，于他每一句话，都表示着十分的同情，十分的注意，无形之中，已把他抬得高高的了。虽然还是一个正在读书的中学生，所学的未必便有真知灼见，而对于世事未必便弄得清楚，但是据姓吴的说起来，似乎十分之十都是对的。这种情形，就是平日和自己极说得来的黄表叔，也未尝有此，然则黄表叔不过是关心的亲戚，姓吴的方算是一见如故的知己了。

因此之故，在吃了早饭后，黄澜生各自坐轿上局去了，叫楚子材代为奉陪时，他遂向吴凤梧提说，要约他到商业场宜春去喝茶。

有了白花花重沉沉二十枚龙洋放在肚兜里，两个月衣食无愁，既然与成都别了两年，又何必不去逛逛呢？况楚君情致殷殷，就不是老黄的亲戚，自己正在困厄时候，安能随随便便的拂人的盛意？并且酒醉饭饱之后，得此消遣消遣，也是好的。于是就欣然应诺。

宜春老是那样的热闹！雪白干净的洗脸帕，精白铜抽福建烟丝的水烟袋，一个铜元一碟的五香瓜子，老是来得那样的殷勤！蛮山瘴水的川边，安能有此？

楚子材要让他到中间特别座去，他不肯，说："那太贵了！两个人打伙吃一壶，也要一角钱。并且不能不吃点洋点心，我们才吃了饭的。官场里的人在那里吃茶的也多，碰见了不好。"两个人遂走入右手边的普通座中，角落里正有一张空桌子。

高大而伶俐的堂倌不等招呼，早已高举铜壶添上了两碗茶。吴凤梧拿着一枚龙洋，要抢着给茶钱时，楚子材已摸了四枚铜元，放在堂倌手里。堂倌便高喊一声："茶钱跟了，道谢啦！"这就表明不必再给，让你们慷慨的人争到打架，也与他无干的了。

吃茶的人都在谈话，都在高声武气的谈话。假如把一个轻言细语的，沉着的，受过中等教育的欧洲人，骤然安置到这种地方来一参听，他一定相信这里是演说练习场，而在这里的人都是在练习演说的。这是四川人，尤其是成都人的天性，叫嚣而光昌，只要两人对语，似乎彼此都在以聋子相待，大约除了谈自己的阴私外，绝不会故意把调子放低。况乎在茶酒馆中说话，更是该公开，该提高嗓子，如其不然，是不能压倒旁桌语潮，而使你对语的人听得见的。又何况乎现在语潮所荡漾的，正是应该慷慨激昂的题材：四川铁路事件。

幸而宜春茶楼的黑漆桌凳——用黑漆的，式样翻新，高矮合度，大小适中的方桌，配上也是黑漆的，式样翻新的牙牌凳，这是宜春茶楼的创作。——安得很稀，不像别的茶铺拥挤到吃茶的人几乎是背抵着背，所以四面涌起的语潮，尚能清清楚楚的传到吴凤梧的耳中。

吴凤梧不胜惊诧起来。什么是铁路收归国有？国有二字，怎么解呢？盛宣怀端方是两个什么人？为何人人都在提说他们的名字，说他们在卖路？尤其怪的是昨天下午要走拢时，在南门城门洞外一家小茶铺里歇脚，便已听见好些人都在说这件事，自己为什么简直不能留心去听？为什么也不问问人？此刻又为什么居然留心起来？自己想了想，真想不出道理。

楚子材正在问他："川边怕也听见这事了吧？"

吴凤梧忙把心神一收道:"啥子事?"

"就是四川铁路收归国有的事!"

"我正要请教你哩!说老实话,川边真是闭塞得很,同外间硬像隔了一重天的一样,只有边务署常常有电报同外间来往。这件事,边务署里一定有电报,但也只是边务大臣同几个师爷晓得,我们粮子上和百姓们是不晓得的。除非这新闻已经闹臭,传到了雅州,再由商号上慢慢传进去,三几个月,我们才能晓得。就是在路上,也还没有听见人说,一直到昨天下午在南门外才算听见了。所以许多话我还听不很懂,你们听了这们久,一定是很清楚的了。"

楚子材笑着把头一摇道:"这事叫我说起来,倒不大容易。我在学堂里的时候多,又不大看报,自从这事发生,我又不大留心,黄表叔或者晓得详细些,你二天问他罢。"他的强盗牌纸烟又摸了出来,一人咂燃一支。

吴凤梧道:"你又谦逊起来了!你们是守在制台脚下的,再说弄不清楚,总比我们耳目清明得多!你只管说,说得不很清楚,也不要紧。我先问你,啥子叫收归国有?"

楚子材噓着纸烟想了一想道:"大概是这样的。朝廷里曾经向外国银行借了一笔大钱,现在没有还的,就打了一个主意,要把我们的四川到湖北的铁路——以前原是答应我们商办的——收回去,说是这条路要归国家所有,大家说打这主意的,是邮传部大臣盛宣怀同铁路督办端方两个人。……在名义上,只管说是把铁路收回去由国家修,其实就是抵跟外国银行去了。……我们又是出过多少修铁路的钱,已经动工在修了,大家自然要反对,不答应朝廷收回去。……黄表叔说王护院也是和我们一鼻孔出气的,我们说的话,递的呈文,都由他打电奏了上去。我们这里,算是官民一致,朝廷再横,总不好过于违反民气的。"

吴凤梧道:"借了外国银行的钱,拿我们的铁路去抵,自然该反对，就是我也不答应的。不过我还不甚懂得，啥子东西叫铁路？几年来常听见人人在说：修铁路，走火车，四川也要修铁路了。我可是至今不明白，铁路是啥样子？难道把路修成铁的？"

说到这上面，楚子材到底要高明些，不但在物理学上讲过蒸汽行船行车的道理，还从朋友买的杂志上，看见过铁路火车的照片，还看见过机器局在花会上陈列过的铁路火车的小模型。既经问着，便老实不客气的尽其所知，尽其所不知，向吴凤梧长长讲解了一番。这在吴凤梧，真算是闻所未闻了，虽然还有些地方，未经楚子材说得十分明白，但是不好太贻乡愚之讥，只好装做很懂得的样子，顺便又把楚子材恭维了一番，说他见多识广。

楚子材更其兴致勃勃起来。忽然听见别桌上有人在说，今天罗梓青罗先生，张表方张先生，颜雍耆颜先生，邓孝可邓先生，王又新王先生，一般绅士和铁路股东们在铁路总公司，成立保路同志会，"好热闹呀！内内外外全挤满了的人！"于是遂想着铁路总公司离此并不远，王文炳今天一定在那里的，何不去找他谈谈，他于这中间的详细情形，一定比黄表叔还弄得清楚些，并且去看看保路同志会成立的情形。

他遂向吴凤梧提议往铁路总公司去，吴凤梧自然又是奉陪了。

铁路总公司原是杨侯爷的府第，光绪年间捐给铁路总公司的。因为是侯府，所以大门的派头就很不同，迎门一道砖照壁，一丈三四尺高，三丈来宽，二尺来厚，虽不如三大宪衙门的照壁雄壮，却也很够份的。照壁之内，一片砖砌的广场，过去，才是高高大大明一柱的黑漆大门，两畔是水磨的八字砖墙。今天果然热闹，满街都是人，广场上的人更拥挤得像在戏场里一般。

吴凤梧虽不高大，因是在军营中生活了几年，身体很结实，两膀很有气力，便挤进人堆，从间隙中生生辟了一条路。楚子材紧跟在他背后，慢慢挤到大门门口，猛的听见里面传出一片哭声，——号啕大哭的哭声,——是男子的洪大的哭声,——是许多人全在哭的哭声。还夹着一片叫嚣谩骂的声气。

吴凤梧把楚子材看着道:"出了啥子乱子了吗?"两个人便站住了。

哭声渐渐低了,叫骂声也平了下去了。

楚子材道:"管他啥子事,既来了,总该进去看看!"

大门内正有一个人站在板凳上,大声的在向众人说:"各位请到里面去!……今天成立保路同志会!……愿意加入的,请进去写名字!……罗先生正在演说!……你听,大家都感动得正在哭哩!……要听演说的,请进去嘛!……别都挤在外面!……外面听不见的!……"

然而挤在门口的人,仍是痴呆呆的,也不后退,也不前进。

楚子材吴凤梧才分开人众,一直挤到二门,在这里站立的人就松动得多了。

再进去,便是一个很大的院子,上面搭着篾篷,下面安了许多条凳,檐阶前搭了一张高台,台上一张方桌,摆着铜铃茶碗之属。

此刻,台上正站着一个满脸哭丧着的大胖子,在大声的叫喊:"……可怜四川人的血汗钱这样被人抢去!……我们只有誓死反对!……反对到底!……我们的责任……第一在保全国土!……第二在保全四川!……第三在保全……我……们……的……人格!"

坐在院子篾篷下的好几百人,连同四面檐阶上站立着的人众,——都是刚才号啕过来的。——都一齐拍着巴掌叫道:"赞成!"

吴凤梧不由的于照样拍着喊着之后,便掉头问楚子材:"这就是罗梓青罗先生吗?"

楚子材点了点头道:"是他,我们到谘议局去旁听时,看见过他,他是副议长。……"

罗梓青用衣袖把眼睛一揩,又喊了起来:"我们不是反对朝廷！……朝廷也被一般奸臣蒙蔽着的！……我们只反对勾结英、法、德、美、日本，只知弄钱，不惜出卖广东……湖南……湖北……四川……四省铁路的邮传部大臣……盛宣……怀！"

又是震耳的拍掌，又是震耳的"赞成。"

"所以我们才不得已要发起这个保路同志会。……我们的宗旨，……我们四川人是一心一德的要保全我们的铁路！……要反对一般奸臣，尤其是盛宣怀！……等到朝廷俯允了，取消了收归国有的成命，……我们的会也就自行取消！……否则！……我们就反对到底！……誓死不当亡国奴！"

会场里的情绪又涌动了。

罗梓青正要下去时，忽然一个人跳上台子说道："愿意加入同志会的，请到那里书名！已经写了的，就不必再写了！"说时，指着台侧一张大方桌。

于是遂有百多人拥了过去。

楚子材也兴奋起来，便也跟着人众，走到方桌跟前。吴凤梧抢了一支笔，在一本白纸簿上刚写完了，楚子材接过笔，忽见那行墨迹未干的，并不是吴凤梧——凤凰的凤，梧桐的梧。——三个字，而是孙凤。

楚子材举眼把吴凤梧一看，吴凤梧向他把眼睛一挤，凑着他耳朵，轻轻说道："胡乱写一个，以后再告诉你。"

演说台上，另是一位先生在那里煽动。

八

成都有两个城，据说是有来历的。《名胜记》有言曰：

初，张仪张若筑成都，屡坏不能立，忽有大龟出于江，周行旋走，巫言依龟行处筑之，城乃得立，所掘处成大池，龟伏其中，故曰龟城。周回十二里，高七丈。秦张仪又于大城之西墉，别筑子城，《蜀都赋》所谓亚以少城，接乎其西也。王右军法帖曰：往在成都，见诸葛禺，曾问蜀事；云：成都城屋楼观，皆是秦时司马错所修；令人远想慨然，具示，为广异闻。李石诗序曰：张仪司马错所筑大城，自秦惠王乙巳岁，至宋绍兴壬午，一千四百八十七年，虽颓圮，所存如断壁峭立，亦奇观也。范成大诗注曰：少城，张仪所筑子城也，土甚坚，横木皆朽，有穿眼，土相著不解。然则，秦城至宋犹存矣。隋，蜀王秀附张仪旧城，增筑西南二隅，通广十里，亦曰少城。唐乾符六年，高骈于子城外增筑，周二十五里，曰罗城，亦曰太元城。后唐天成二年，孟知祥于罗城外增筑，周四十余里，曰羊马城。今城周二十二里，非其故矣。后蜀孟昶僭拟宫苑，城上尽种芙蓉，曰芙蓉城，又曰锦城。

可见大城少城，在前原是两个城，直到宋朝犹然。明朝改筑，便合而为一。当时城池甚大，据故书所载，张献忠初入成都时，城郭周长四十余里，光是水井，有三万多口。其后，他先生实施斩尽杀绝主义后，人是杀完了，城池是踏平了，只剩下蜀王宫——即是他先生的皇宫——三道宫门，同一段宫墙，三道横跨御河的石桥，以及一道长二十余丈高四丈余的王宫照壁。——至今名为红照壁，但照壁已在民国十四年，被四川当政的人抵押给成都商会，着商会将它拆卖了。——中间有十八年，不见人烟，而为虎狼所踞。直至清康熙初，才由官吏捐资，修筑土城，便把城垣缩小到周长二十二里，将以前的十八门，减少到四门。直至满洲八旗兵开来驻防，也在大城偏西画出一大片地方，缭以短垣，专驻满人，大家遂叫这地方为满城。现在大城满城又合而为一了，大概在民国五六年以后的成都人，虽然还知道少城这个名词，——民国建元以来，满城之名便废，复称少城。——可是已不复能指其形式，已不知道现在繁华的东城根街，即是以前满城的城垣。这里且说一说：

> 满城在成都之西，画大城一角。清康熙五十七年建筑，城垣周四里五分，计八百一十一丈七尺三寸，高一丈三尺；门五：北门通大城守经街，大东门通大城羊市街，小东门通大城西御街，南门通大城君平街，以及大城之两门。各门皆有敌楼三间。每一旗，官街一条，披甲兵丁小胡同三条；八旗官街共八条，兵丁胡同共三十三条。每一步甲，占地五十方丈，马甲，占地六十方丈。

到底地旷人稀，隙土甚多，树木甚众，房屋甚疏，街道甚阔。又因为驻防满人只准吃粮当兵，以防汉人，不许兼营他业。因此，在弓马之余，生活很是清闲自在，消遣之方，全在栽花饲鸟，植树钓鱼。以此，满城之内，不但到处古木参天，花树扶疏，抑且到处鸟声繁碎，积潦成池。也因为口粮有限，生活费用逐年增涨，人哩，又都养得懒懒的，没一点生产能力，所以十分之九的满人，都很穷，到处都显出土垣半圮，矮屋欹斜，没有余力培修。在大城人烟稠密处住久了的人，往往一进满城，就觉得到了另一世界，是那么的静寂！是那么的荒凉！偶尔遇见几个男子，不是拿着钓竿，就是掌着鸟笼，偶尔遇见几个妇女，都是搽脂抹粉的打扮着，并靸着半截鞋子，吧着长叶子烟竿，又都是那么的逍遥自在！但这绝不是乡野之趣，而是有诗的趣，有画的意。

不过在前满汉之界甚严，你们但从各城门上俱建有敌楼的用意上，就可看得出了。满人是可以到大城来，而汉人却不能随便进去，不是不准，是满人的气焰难受；就是一个小孩，他也有权力可以无原无故的打你的耳光，唾你的口水，扯你的发辫，叫你做奴才，而估逼你尊称他们的男女为老爷，为太太。更不必说要调戏妇女，要估吃霸赊了。

直到庚子以后，满人一天一天更其不行，穷的越穷，不能振作的越不能振作，气焰也就大不如昔。跟着排满的声浪传来，他们虽然还有所恃，却也不能不略有所恐了。于是稍有资产的子弟，竟有不遵祖训，跑到大城各学堂来读书的了，穷妇女们也有偷偷溜到大城，给汉人当仆妇，当临时姨太太的了，汉人也有侵进去做叫卖生意的了。后来提倡满汉通婚，想把二百余年来两个民族的仇恨，借男女的性器来调和冲淡，自然是个转机，可是汉人又不肯起来；把女嫁给他，讨厌他那臭架子受不得，娶他们的女，又讨厌她但能吃好，但能懒做。

宣统年间，放来一个将军，——专门管理满人的，非满人不能作，官阶与总督同为一品。——叫做玉昆的。此人比起一般满人要算明白得多。知道驻防满人已经走入末途，再照老规矩办下去，若不改弦更张，则全部满人，就不被汉人排斥杀尽，自己也只有死路一条。因此，一来就提倡招佃汉人到满城内去杂住和做生意，以增进满人的生资。后来又特意把那从小东门进去不远，关帝庙旁，一片广大的野树丛生，杂花满地的隙地，和一片大荷花池，开辟出来，改为公园；马马虎虎修造几所假洋楼，以及一些亭榭，招了几家餐馆茶铺，出卖门票，每人当十铜元二枚。

这是自有成都以来，破天荒的一个大公园，虽然屋宇修得太不好，毕竟树木还多，地方还大，又有池塘，又有金河，因此，公园一开，生意登时就兴隆起来。玉昆先生便一举两得，既有门票收入的利，又博了个颇颇开通的名。

从五月起，天气渐热，少城公园的游人也加多了。荷花池一带，更有佳趣，隔池便是丈多宽的流水润润的金河。金河边，与关帝庙的水榭相对，生生用砖石砌了一只洋船，居然有桅樯，有烟筒，楼头匾额,也居然题了"乘风破浪"四个大字,想来定是玉昆先生的得意之作。当时很引起了许多游人的讥笑,说满巴儿到底是俗物。却不知他还是临摹那拉氏颐和园的石船哩,俗物的责任,他真代负得冤枉!

这也是卖茶卖酒的地方。

下午五点过钟,蝉声噪得正厉害。淡淡的太阳,从阵雨后的湿云隙中漏出,照着池里碧绿的荷叶,静观楼周遭苍翠的柏树,从这"乘风破浪"的楼栏边望去,确不是大城里和田野间找得出的。只是相距不远处一排卖茶的水榭,临河撑出的参差篾篷,很为碍眼。这种总有缺憾的地方,倒是中国园林的特点,我们姑且置而不论,我们只须拿眼去看那楼栏边,那里不是有一张小桌子,不是有三个年轻人在那桌上小酌吗?你看,他们一面观赏斜阳里的景致,一面举着酒杯,一口一口的抿着,意态萧然,不是很像能与自然接近的三个幽人?

否否,不然!这三个人,并非什么幽人,而是我们已经认识过的楚子材,王文炳,罗鸡公,是也。

此日是他们学堂里试验完毕,正式放暑假的头一天。平日各人只管随便听课,用心也好,不用心也好,然而一到年暑假试验,大家都非临时抱抱佛脚不可。有志气的便不睡觉的温习课本,没志气的也不睡觉的抄写挟带,名字叫抄汞子。不过话也难说,罗鸡公是专门抄汞子的,能于一寸见方的纸上,抄十六个代数公式,两年以来,在同学中,已得了个矿务大臣的徽号;然而罗鸡公却抱负甚大,每每谈到天下国家大事,未尝不激昂慷慨,颇有经纶满腹,舍我其谁的样子,如此能说他没意气吗?楚子材怎的平庸小胆,并未打算过自己将来有多大作为,偏是个温习课本的人,希望分数及格,又不敢挟带,自然惟有"三更灯火五更鸡,"把不懂的硬记下来。王文炳则既不温课文,又不抄挟带,他的本事顶大,就是专门写别人的;比如上午试验数学,他先举眼一看,知道姓胡的数学向有心得,一上讲堂,他就坐在姓胡的身边,——那时学堂试验是不编坐次的——待姓胡的草稿做好，便不客气的拿过来先抄写。以他平日的威望，同学们自不便不受他的驱使，即监堂的监学与稍差一点的教习们，似乎也未尝想到要得罪他。所以每逢试验，他一直是逍遥自在的，而一直也未考在总平均八十五分以下。不过到底辛苦了，试验完毕，总要检平日彼此说得拢的，邀约几个，到小酒馆里，结结实实的慰劳一番。

王文炳当下用筷子挟了一块卤鸡，一面吃着，一面问楚子材："你今年还是要回去吗？"

"我很近，通共只有一天的路程，回去转来，都方便，你呢？"

"大概不回去了，明天就搬到会府南街同乡处去。罗鸡公新婚远别，一定不能留在省里的了。"

罗鸡公笑了笑，又把大曲酒呷了一口，悠然望着天上的云花，似乎他的心早已越山渡水，飞回泸州去了。

王文炳笑道："呃！我问你，讨了老婆，到底有啥子味儿？我想，不过睡觉时两个人挤在一堆，有点好处而已。其实是绊脚索，是消磨志气的东西，所以古人才说：匈奴未灭，何以家为。罗鸡公就是一个好例，从今年开学以来，一天到黑，迷迷胡胡，去年的那种豪气，一点都没有了。我劝你，罗鸡公，得看开点，婆娘是到处都有的。……"

楚子材插嘴道："我想鸡母一定生得好看，说不定还是一个美人哩，所以鸡公才念念不忘的。"

王文炳呵呵大笑道："此一说也，姑存之！"

罗鸡公仍微笑道："你们都是些鄙人，女人一定要生得好看，才可爱吗？等你们到有了与女人接近的机会，才晓得女人自有她可爱的地方，自有她使人留恋的地方，好看不好看，那不过是表面上的事！"

王文炳道："好好！我明白了！俗话说的，中看的不中吃，中吃的不中看，大概罗鸡母是中吃的了。这也像朱云石的李小姐一样，在我的眼睛里，真就看不出李小姐的好看地方在那里，然而我们这位名士却颠之倒之，闹得满城风雨。若不是如罗鸡公的一样见解，就是所谓的色重一点了。"

说时把他的折扇递给罗鸡公道："这是上星期我请他挥写的。这首诗，就是他去秋草堂情诗十四首之一，正把李小姐迷恋得神魂不定的时候做的。"

楚子材也偏过头去共看那诗：

短束征衣过草堂，马蹄零落乱秋香；
小栏画阁人何处？一树孤花对夕阳！

楚子材呷了一口酒道："听说朱山出省了。那天演说时，激烈得很，硬把一根指头砍断了，可是真的？"

王文炳笑道："你是从《同志会报告》上看见的吗？你不晓得，那是邓慕鲁撰稿时，故意跟他渲染的，其实，那里是这样一回事哩！那天是我亲眼看见的，他演说的时候，倒也激烈得很，大概说得高兴了，一拳打下去，刚好就打在面前的茶碗上，碗打破了，手也划破了，果然出了一些血。接着邓慕鲁就登台报告，借题发挥了一长篇，说朱志士不惜断指沥血来反对卖国贼，大家若果都有朱志士的气概，岂止盛宣怀不敢卖国，就是朝廷中一般少不更事的亲贵，也有所顾忌而不敢乱搞了。登时朱云石的志士之名大著，场内场外的人无一个不恭维他。第二天，就由会中派他往川东一带去讲演，并一路去鼓吹成立同志分会，同志支会，拿日子算来，该到重庆了。"

楚子材笑道："如此看来，历史教习刘先生的话真不错！他说，历史根本就不可信，且不说后人与旁边人的记载，有入主出奴的偏见，就是自己记自己的事时，也没有逼真的。我们看朱云石这件事，刘先生的话真不错！"

罗鸡公道："这回事体，想不到一般老酸倒跳得这们有劲。平常说的秀才造反，三年不成，这回却不同了。光看同志会成立那天，罗梓青那们一哭，把几百人都引动了，我向来不哭的，都不知不觉流下泪来。那时，只要他喊一声造反，我相信立刻就可暴动起来。"

楚子材道："那天你也去了吗？我咋个没有看见你呢？"

"你在那一排凳上？我坐在顶前头的。"

"我挤进来时，你们都哭过了，只听见罗先生喊大家一致反对。跟着有人叫写名字，跟着就挤了出来。"

王文炳道："罗梓青果然会哭，果然哭得动人，但是据我看来，会哭的先生还很多哩！比如王又新王先生，他自从二十九那天，同彭兰荪聂丕承几个人担任了讲演部的事情以来，无一次不是开口就哭，闭口也哭。以前，啥子人说过，宋太祖的天下是哭得来的，我看清朝的天下，恐怕会着我们四川几个老酸哭下台的。"

罗鸡公眼睛忽然几眨道："老王，你是常在同志会跑的，我问你，那会里掌大权的是那个？"

"骨子里是蒲伯英，但他并不露水面，在表面上指挥一切的，自是罗梓青，他们倒很扣手，还有张表方，也是主动的一个人。文牍部长邓慕鲁，也有实权。像王又新等人，那是打旗旗的了，无足道也。你问他们做啥？"

罗鸡公端起酒杯道："问一问，没啥子。再喝一杯好了！"

太阳更西下了，湿云散尽，满天碧澄澄的。一阵清风，带过一派荷叶的清香，吹在微醺的发烧的脸上，很是沁脾。酒已差不多了，楚子材拿出纸烟来，与王文炳各唾燃一支，刚回身向栏杆上一靠，忽听见河边上一个人在高声的招呼他。

他也打着回声道："啊！吴管带！……在柏树边静观楼上吗？……好，好！我就来！"

罗鸡公道："你的朋友吗？"

"新近才认识的，是舍亲的老朋友，曾经在川边当过管带，才丢了差事出来。"

王文炳道:"那你就去罢,我们也快走了,只是你吃饱了没有?"

九

六月天气在成都应该火热了,但今年不同,就到了六月半间,犹然可以穿软底夹衫,即在正午,而洋伞之下还可以穿两件布衫,因为今年有闰六月,以节候算来,盛暑时当在闰六月下半月,与七月的上半月。

所以在六月十七这天,只管太阳很大的当空照着,而黄澜生居然能够毫不怕热的,在局里告了一天假,答应了吴凤梧的邀约,到城外草堂寺侧新建的公园中去游玩一天。——吴凤梧之作此约,一则还他洗尘接风的人情,二则楚子材要回新津去,带着给他饯行,三则有个新都的老亲戚来到成都,借此招待他一下。说是请在家里哩,没人会做菜,老婆是乡下人,就是炒腰花也不大行的;请在馆子里哩,又无趣味,又不免花费大点,所以才约到城外公园,大家散淡散淡,随便吃点东西就是了。

早饭之后,楚子材与黄振邦坐了一乘下乡小轿,他带着婉姑坐着自己的三丁拐轿,一同走出南门,——由他的公馆到草堂寺,本应对直出西门,可以少走七八里路,却因历来的习惯,满城里是不大容你巍轩轩的轿子闯来闯去,而大西门又是除了满人之外,向不准汉人的棺材出去,汉人的行李进来的。虽然近年已无此禁,却是轿夫们依然守着老规矩,宁可多走七八里,而不取这捷路。——过了窄小而全街几乎都是扎鸡毛帚,因而奇臭逼人的柳阴街,来到乡间的大道。

大道很是平坦,是沿着护城河,沿着城墙脚下,一直向西引去。上面是碧蓝的天,天上逐处有些白云,下面是油绿的田野,而道旁又点缀了些荒坟乱冢。不到三里,已到城墙的转角,护城河由岷江支流流到此地,也汇成了一个深碧色的深潭。临着潭边,建有一所庙宇,占地仅仅几弓,却于神殿方丈之外,还有一座水榭,一间草亭,院子中间的楠树,亭亭如盖,到处打扫得干干净净,居然可以闲眺,可以下棋,这是几十年前一个学台黄云鹄所辟画的。庙宇名叫宝云庵,地名则叫百花潭。经过一道小小石桥,就是有名的双孝祠。这是一个姓马的富商,欲求身后之名,特为他一个害痨病而死的儿,和一个害瘰痫疾而死的女,托名孝儿孝女,而建造的。祠中花木甚盛,荷舫幽篁里几处池塘高榭,小楼危阁,布置得颇颇可观。每逢正月开放,游人很众,就在平常时候,官绅们借以宴客的也不少。祠外横跨大道,还竖了一座石牌坊,刻着孝儿孝女的姓名,和赞美双孝的对联,据一般传说,单为坊顶上贴金的圣旨两个字,因为刻早了些,不及等到礼部的文到,曾被制台衙门的礼房敲磕了二千多两银子。

  石坊之左,是放生池。初建筑时,都还看得,有堂有榭,绕池树木森森。现在既无人培修,又改为了警察派出所,于是能看得的,就只有一道砖门。

  石坊之右,是有名的道士庙二仙庵。不过在大路上尚只能远远望见庵的围墙,以及墙内的黑压压的丛林,以及庙门外一片秋瓜色的楠木林,而中间还旷出一片几百亩大的菜地。这菜地,就是每年春二月时的花会的会场。与二仙庵一墙之隔,而在其西的,是有名的道士发源大庙青羊宫,青羊宫的房子虽没有二仙庵的多而衔接,但是占地却长得多,建筑也雄伟些。它的大门就临着大道,八字红墙,大门三楹,旁门二道,石狮一对,石鸾表一对,这气派就超过了许多庙宇,虽然着道路上的尘土,给它们穿上了一件灰色外套。与青羊宫庙门正对的,是一条小街,名曰青羊场北街,街尽头是一座很大很拱的七洞石桥,名曰迎仙桥。过桥向右边一条小路走去,即是往草堂寺去的大道。

来此,又是田畴,又是荒冢,桤木成林,或远或近,若干黄土筑墙,灰瓦盖顶的农家。

由青羊宫来,不过四里,即是草堂寺了。而在半路上,还有一个古迹,名字叫做笔砚冢。如今看来,虽然只是一个大土丘,平地堆起,很像一座大坟,但据故老相传,这中间乃有一段令人酸鼻的惨史。

当黄澜生楚子材已到公园,与吴凤梧同他那位新都亲戚姓廖的会了面,——他二人是从迎仙桥乘坐木轮东洋车来的,在公园门口卖票处等候着在。——带着振邦婉姑在假山——也不过是一堆尚未生草的黄土小丘。——后面,一个茶馆中,痛快洗脸喝热茶时,便谈及这个笔砚冢的故事,因为黄澜生熟读过《滟滪囊》《蜀难纪略》《欧阳氏遗书》《蜀碧》等书,所以对于张献忠的逸事,谈得很像亲眼看见的一样。他说:"当张献忠改元登基之后,成都人同川西坝的人都已杀得差不多了,忽然想到当了皇帝,总得有一个开科取士的盛典才对,不然就太不合乎称孤道寡的排场了。因就诏下各府厅州县,限定各须解送士人若干来省应试。要考试时,他忽然想了个杀人妙计,在西门城门口勒着一根绳子,凡应试的士子,由东门进,由西门出,全要走绳下经过。高过于绳的杀,矮过于绳的杀,不高不矮,刚刚合式的,张献忠说:别人都长得不合式,偏你这样合式,杀!于是应试的人杀完了,把遗下的笔砚聚为一堆,就成了现今的笔砚冢了。"

吴凤梧笑道:"像我的身材,大概是合式的了。"

黄振邦喝了一碗热茶,正在揩汗,便接嘴道:"杀!"还把右手举起,在吴凤梧的项脖上一砍。

黄澜生连忙喝道:"太没规矩了!看我捶你!"

吴凤梧笑道:"不要紧,他并不是张献忠。……不过,老侄,你这举动,若果拿到我们兵营里去,你却要着打的!吃粮的人,顶忌讳的就是这一下。好在我现在已不吃这碗饭了,倒不要紧。"

黄澜生道:"邦娃子这样烦法,又不听话,我真想送你到武学堂去,受点折磨,或者懂得一点规矩。"

"澜哥这话虽是散谈子①的,其实要学规矩,真只有在武学堂才行。首先,就教你服从,在黑板上写一个牛字,教官说这是马字,那你们要是说了牛字,或在脸上露出一点不了然的样子,好!你们就准备到禁闭室去吃盐水饭!一定要练到长官们的一句话,比方就是圣旨,要你死,你就得死,那才是顶有资格的军人。"

那姓廖的却打岔的问道:"吴老表,我问你,你带了几年兵,可曾杀过人来?"

"杀人分两种,一种是用枪打死,叫枪毙,这只在战阵上看见过,我也用手枪打过夷人。一种是用刀把脑壳砍下,凡是犯了军令,明正典刑的,就砍头。这个,我却没有干过,看是看得很多。砍头真不是件容易事!专门当宰把手的,都要学,都要练习。我还记得小戴挨刀时,遇着了个新毛子,一连八刀,才把脑壳砍下,看起来真惨!"

吴凤梧把两眼一闭,似乎还看见那惨象:一个身材娇小,生得又好看,又柔媚的小跟班,五花大绑扎出辕门时,青宁绸军衣下面,还露出水红色的里衣。又白又嫩的小脸蛋儿,已惨变得更其白,白得同石灰一样。平日极呼灵的一双水汪汪的眼睛,也呆得同死鱼眼珠一般,大睁着,没一点儿神光。柔绿似的头发,已刷了胶青,在脑顶上挽了个大髻,露出羊脂一样的白项脖。一刀砍下,白嫩可爱的地方便冒出了一道鲜红的血,刀锋砍在颈骨上,痛得小跟班连声啊呀的呼天唤娘。……

黄澜生偏偏问道:"小戴?……摆来听听!"

吴凤梧拿白竹布手巾把眼睛揩了揩,似乎把幻景揩去了,又喝了两口茶,一面挥着广东来的芭蕉扇,一面说道:"啊!你还不晓得小

---

① 成都下流话,谓开顽笑曰散谈子,又曰使伴。——作者注

戴?小戴就是赵屠户身边一个顶得宠的北京小跟班。据说是一个有名的相公。那娃儿长得真不错!在我眼睛里头,还没看过那样好看的男子娃娃哩!笑起来迷人得很!大家都晓得他就是屠户的夜壶之一,顶说得起话的。因为打稻城,……"

那姓廖的又插嘴道:"稻城?不就是乡城吗?"

黄澜生接着说道:"不是的,乡城因为仗火打得凶,成都都曾轰动过,所以很出名。稻城是另外一个地方。"

吴凤梧点头道:"着!不错!澜哥留心世事的人,弄得真清楚!……稻城并不大,也没有城,蛮家也少,只是几个喇嘛寺。可是打下来时,却费了不少的事,克实说起来,比打乡城还多死了些人。一则也因仗火打得太久,官兵都打疲了,提不起劲,蛮子却打滑了,会守会攻。打到后来,赵大人没办法了,有一天,忽然下令叫小戴以管带职衔带了几哨兵去进攻。当时,全营的人,那个不诧异?那个不说大人越胡涂了,打仗是何等大事,咋个这样的儿戏,把个婴子娃娃也提拔起来,带兵掌令,并且一来就是管带,这把我们正正经经的官兵,看成了啥子东西?大家自然不敢明说,却也不约而同,全打算着袖手旁观。看那婴子娃娃有好大的本领!哈哈!你们万想不到,赵大人的办法真个太妙了,我们从前在武学堂里,除了操典教程外,何尝讲论到这些兵法。赵大人是读过书的人,心思自然细得多,想点办法,那里是我们武棒棒想得到的。小戴当时自然不懂得,说不定赵大人把他搂在怀里时,还跟他说过一些甜话哩。所以起身时,多得意的,以为大人当真爱他,当真要他立个大功,好归入正途去做官,同湖北的张统制一样。不想从稻城一败下来,——也不算败,只是弟兄伙不服气,不甘心受一个婴子娃娃的统率,还未走到喇嘛寺,一阵空枪,糟蹋一些子弹,便齐说喇嘛反攻过来了,厉害,厉害。纷纷的一退,小戴何曾见过仗火,早骇得单人独马,奔了回来,报称打败了。——赵大人老实不客气,闻风不动的,只叫绑去砍了!……"

黄澜生把水烟蒂一吹,拿纸捻在空中画了几个圈道:"妙极,妙极!赵季帅若不这等心狠手辣一下,稻城如何打得下来。这计策用得甚好!"

楚子材道:"赵尔丰老实这样凶吗?"

黄澜生道:"难道你还不晓得他做永宁道时杀人的事吗?所以才有赵屠户之称。凤梧,我们私下说的话。我想,赵季帅将来来省之后,铁路事情恐怕要生大变化哩!首先,他是汉军旗人。其次,不像王护院这等好说话,任凭谘议局铁路公司一般人,咋样说,咋样好。还公然朝衣朝冠的站到大堂上来和小百姓说话,口口声声向大家说,官可不做,绝不辜负四川人的期望。就好的方面说,像王护院这样,自然是好官,又不拿架子,又爱护百姓。就不好的方面说,四川这伙绅士们也由于他太姑息,太纵容,才一天一天的越闹越凶。一般官场也附和着他,没一个敢当硬人,闹到目前,势非要朝廷将成命收回不可。然而朝廷未必肯这样做,我想,王护院到目前,一定感觉到一发而不可收的困难,赵季帅来后,必不会再学他的?"

那姓廖的道:"黄澜翁的话真对!我们股东中也有半数的人,明白这场事全靠的是王大人。当初若没有他作主,单靠我们绅士,那里会闹到这种声势。听说湖南闹了一下,就因为巡抚大人不准许,连电报都没打出就完了事,不过我们已搞到这步田地,赵屠户就来了,也压制不下,也只有照着我们的话去办。上前天,同志会已把往各县去演说的人员都派出了,王大人起初还不肯,经罗、邓、张、王几位先生力争之后,王大人才说,我也快走了,管不了这许多,只要你们规规矩矩,不搞出乱子来,使我对得住朝廷,就是赵大人来,也不会把你们咋样的。王大人都这样说法,所以据我看来,只要我们齐心,赵屠户敢把我们咋个?"

两个小孩子不耐烦听这些没甚趣味的大议论,便闹着要去游玩。

大家既来此处,烟茶吃够了,也觉得要看一看这个园子,遂都起身绕着池塘走去。池塘很大,恰当园的中心。本来是田,却从田中生生挖掘了一个大坑，掘起的土，就堆成了一个毫无可取的小丘，锡与一个嘉名曰假山。如此一来，所谓公园，就只布署了这么一个储积污水的池塘。从池的这面，一眼就把那面的围墙房舍看了个无余，新栽的竹木，都未成林，所以丝毫不能掩荫。池心修了一座形势并不甚佳，彩漆十分刺眼的亭子，有一道七曲石板桥通过去，假如新种的菱藕都能成盖朵花，倒也有几分西湖三潭映月的气味，可惜池中只有绿萍，只有孑孓，只有听得见声音，一时寻觅不出的青蛙。不过孩子们到底是爱水的，振邦兄妹早一跳一跳的向池心亭奔去了。

吴凤梧与楚子材走在顶后头，仍然谈着赵尔丰在："我看保路同志会也太闹得无法无天了，遍街演说，把朝里大官们骂得半文不值，连一个十二三岁的小学生也会又说又哭的起来。闹得人心惶惶，士农工商都不能归业，像这样子，那个敢保没有革命党维新党不在中间怂动，一下作起乱来，这只有连累好人的！……就不说这个，我们光看赵屠户赵大人在川边的威风，说一是一，说二是二，那个敢驳回他半个字？听说他那位四少爷也是很霸道的，搞干点啥子事，同他老子一样，有斩有断的。比如傅华封老爷就算红透了，差不多就是军师，要同他商量啥子，也得低声下气的，敢同他争长论短吗？现在升了制台，官更大了，权更重了，要他卑躬屈节来将就你四川绅士们，像王大人一样，只要你蒲先生罗先生张先生，还有啥子商界的学界的先生们，走来就会，说了就依，叫打电就打电，叫出奏就出奏，嚡！赵大人恐怕就不会这样罢？且不说他是一品大员，不能这样太失身份，何况他脾气素来是那们刚法？……那时，若果大家还要拿对王大人的办法去对他，我看，一定要弄出大事来的。"

楚子材忽然害怕起来道："哦！我懂得那天你在铁路公司写假名字的意思了，这才糟糕哩！那时你没告诉我，我也不曾想到后来的厉害，竟写的是真名真姓。……"

"写你的学名楚用吗？"

"不是，是我的号。"

"这还不要紧，自然喽，写个假姓名是顶好的了。像我在川边干过事的，又在赵大人手上把差事弄脱了，他是那样的人，难免不记得我，若是一下出了事，把名簿抄去一查，啊！有你吴丹书在中间吗？好！抓来砍了！那又要逼得我出去跑滩，才不犯着哩。你不要紧，光是一个姓名，晓得你是啥子人？在各学堂去查，多困难，何况又写的是号？"

楚子材心里总觉得横梗了一大块，甚怪吴凤梧当时何不阻止他，或者代他写个假名字也好。

吴凤梧又向他追问道："你没有写住址罢！"

"没有罢？"却又不敢自信简直没有写，反问他道："你呢？"

"我自然没有写，我只写了个姓名，就把笔递跟你了。"

"那我大概没有写，因为我是照着你在写。……我若是写地址，自然只有两个：学堂与黄表叔家。等我想想看！……像没有写过，你总看见，你站在我的身边？"

吴凤梧想了想道："我也不甚记得清楚了。那时人很多，我在你耳边说了一句后，就着人挤开了，我觉得你跟着就出来了。……一定没有写！咋个呢？要是写，必不会那么快就放笔的，你再想一想，是不是？"

其时大家都已来到池心亭中，四面飞栏椅，坐有两三个乡下人，并且正在大声武气的谈论：

"八十几亩地，修毯一个花园子，少收他妈的一百七八十担租，这把草堂寺和尚鸠到注了！"

"说是周秃子出的主意喽！"

"不是他龟儿，还有那个像他这样滥心肺的？前几年鸠昭觉寺和尚，硬把和尚的老婆娃娃搜了出来，罚毯他千多亩田！如今草堂寺和尚又悖他的时了！这龟儿秃子，有了他，我们四川人该遭殃！……"

黄澜生身上穿着湖色熟罗夹衫,香云纱马褂,脚下是长勒青缎粉底官靴。黄黄一张圆脸,两撇黑八字胡,鼻梁高高的,眼睛鼓鼓的,手上捏了柄朝扇。就没有带跟班,打官衔灯笼,而官的气派却是十足的。这一下,就把乡下人的话头打断,并且逼得他们踟踟蹰蹰的站起来,向着石板桥一溜的就走了。

十

吴凤梧站在亭子当中,四面一望道:"这园子倒清爽得好,光光生生的!我想,在大热天,一定很热啦!"

姓廖的道:"那几个乡下人倒说得不错,实在可惜,这一片好地,一年一百八十几担租谷,就拿现在行市来说,三钱七分银子一担,三八二十四,七八五十六,二十九两六分再加三十七两,一年要收六十六两六分银子的谷价,再加一季小春,也算小小一份家当了,真可惜啦!"

吴凤梧笑道:"你们当粮户的,眼睛里看的,心上想的,口头说的,总是租谷,总是钱!草堂寺和尚悖了时,遭了殃,你姓廖的,倒为他抱起屈来了。"

"不是这们说法!你不晓得,田地是有用的,天之所生,地之所产,人之所养。土地上一年多出一百八十几担谷子,百姓就多得九十多担白米吃,这是何等好事!如今拿来改为公园,不惟一年里头少养活九十几个人,还格外要花些钱来修造,修起了,也不过等大家进来游玩一遍,这有啥子好处?难道看一下池塘花草,肚里就饱了吗?岂但如此,……游的人也要花钱的。我们来算算看,来回的轿钱三百文,——从青羊宫坐东洋车来回,像我们一样,自然要少些。——一碗茶三十文,一盒福烟十六文,若再吃点儿点心,我看过那价目,包子每个八文，就比城里贵四文，炸酱面每碗五十文，也贵多了，城里锦春江的炸酱面，才二十四文！你算算看，一个人来游一趟公园，顶少顶少要花费四百钱，这就是半元了。开些地方出来，光叫人花钱，反转一年少养活九十多人，这可划得过不？周秃子这东西，真是鸩人的好家伙！"

罗升把水烟袋提了来，黄澜生接过去，抽了两袋，笑道："廖先生当真相信这园子是周孝怀周大人办的吗？……孟夫子的话真有道理，他说，纣之不善，不如斯之甚。又说，天下之恶皆归之。可见一个人做事，稍为差一点，众人一传开去，以后就不管是啥子人干的过恶，都一齐拿来加到你身上。周大人，我伺候过他的，人并不坏，又能干；就只为厉行新政。爱打人的头子①，得罪了一般守旧的老先生；认真办理警察，犯了事的丝毫不通融，得罪了一般市井小人；现在又因署理提法司，甄别法官，说了些挖苦话，又得罪了一伙法政养成所出身的新人物。这于是乎，省城内外凡是一件新奇点的事，与人不甚方便的事，大家说起来，遂一齐归在他一个人的名下。……还有一个人也一样的，就是路广锤号子善的，以前当警察署员时，开办狗捐，喂狗的都须去领铜牌，不准散放在街上，不然，就作为无家野狗论，一律打杀。……"

吴凤梧插嘴道："那时，我正在速成学堂读书，亲眼看见，那些狗真打得可怜。有些是喂狗人家怕领了铜牌，狗在街上咬人出了事，自己担当不起，生生的把狗拉上城墙，掀在废炮台里饿死。那真惨啦。"

黄振邦很有兴趣的问道："为啥子要打狗呢？"

"说是路广锤出来查夜，着狗咬了一口，所以他把狗恨死了。"

---

① 四川方言，凡人正高谈阔论时，从中以言语折之，或以恶语中伤之，曰打头子；引伸之，凡以言语责人，皆曰打头子。——作者注

黄澜生道："也是一因。其实，野狗也太多了，清理一下，何尝不可哩！但路广锺就出了恶名了。加以前年南校场办运动会，巡警打伤学生，他因是巡警教练所的提调，就着学界的人指为官蠹，硬要赵尔巽——就是赵尔丰的哥——赵制台惩办。赵制台也有趣，名义上把他撤了差，跟着就委署崇庆州知州。赵制台不过不要学界的人太占上风，但是路子善就成了第二个周孝怀了，不管他做的啥子好事情，全是坏的。像这样的是非，你们如何理呢？……子材，你们在学堂里，每星期都要作一篇史论，批评下子古人的得失长短。我问你，我们眼前的真是真非尚这样紊乱，而去古远哩数千年，近亦几百年，你们果能把古人的是非看得真切吗？"

楚子材因为心里不乐，懒得高谈，只含胡的笑了笑。

姓廖的曾经下过三次小考，虽没有一回上榜，自己却甚负是饱学生员，也公然在鸦片烟灯之侧看过些杂学书，自以为道理很多；本不以黄澜生之言为然，很想与之一辩的，无如戒而未除的烟瘾发作了，一连几个呵欠，什么精神都没有了。忙丢下众人，溜回茶馆中，背着堂倌，在一只小银盒内取出三枚烟泡，用热茶吞下，方渐渐有了些意思。

黄澜生几人又论到公园的结构上来了。黄澜生少年时候，到过杭州，游过西湖，胸中比较有些丘壑。他的意思，这公园应该多种竹木，并间隔一些花朵墙，总使从池的这面，望不见池的那面才好。吴凤梧问是那个修造的。

黄澜生道："还不是那个包修花园的马麻子！"

"就是走马街开绸缎铺的马正泰吗？双孝祠就是他为他的儿女修的，听说很不坏，我倒没有进去过。"

"就是他，此人胸中只有那一幅画稿，双孝祠自然修得不错，就是方正街丁公祠的那个小花园，也还看得。不过都是从小处落墨，所以还曲折有致，而拿这画稿来布置这大地方，却太不行了。你们想，竹木既未种成，就该有点假山曲廊，或是小榭短墙来取致。我们但看隔壁草堂寺的杜公祠，便懂得了。你们看，只两堆土山，一个小池，一条小小的流水渠，几道石桥，一间船房，一间水榭，百十株花树，岂不就大可观了？那里像这里凭中一个大池塘，倒圆不方的，四面一望，啥子都没有，反而不及东门外的放生池。"

吴凤梧点着头道："澜哥见解不差，杜公祠顶好的地方，我说还在进门那一条巷子，两边竹林，连天都遮绿了，热天走去，真爱人啦！雅州桐梓林的金凤寺，经黄云鹄布置过，也不错，依着山坡，筑成三个花台，花树已经好了，还有几百个江西定烧来的大瓷花盆。寺外遍山松林，风一吹来，硬像波涛的声音。我说不仅花园离不得树木，你看望江楼、武侯祠、昭觉寺、文殊院这些地方，全靠的是树木陪衬，就是真正的山，要没有树木，也不好看的。"

他们一面说，一面走，抄着池塘走了一转，仍然来到茶馆中。姓廖的提说："这里太没有意思，馆子想也不好，我们不如到隔壁草堂寺吃和尚的素馆去。"

吴凤梧首先说好。

黄澜生却说："今天是凤梧请我们，我须得先说清楚，还是不宜费事。一则我们也把油荤吃伤了，要吃点简单有滋味的素菜，天气不好，也不要吃酒。你去跟和尚招呼，只做点新鲜豆花，鲜笋，估量我们几个人连大班众升等，一齐吃下来，不过块把钱就好了。多了，我们就不能要你出钱的，和尚，我是认识的，只要我说一声，你这个东一定当不成。"

第二部份

一

到太阴历的六月二十日以后,保路同志协会不但城内许多街上已纷纷成立,不但附郭各乡场上已纷纷成立,就是附省的许多州县也有成立的了。人心更其激动,保路同志总会里许多先生更其得意;而新任四川总督赵尔丰已有行将从打箭炉起身来省的消息。

楚子材正打算起身回新津时,因为接着父亲一封信,说他大姐定于闰六月十六日出阁,一切妆奁都已办妥,只还差些首饰;由一个商号上给他打兑来几十两银子,叫他同黄家表婶商量着买好带回去。他于是又耽搁了好几天,并且天天同着表婶出去,走总府街,走商业场,买这样,买那样。

一直到这一天,算是只有一对玉耳坠还没有买好。吃过早饭,黄澜生上局去了,振邦到私塾读书去了,楚子材收拾齐整,把皮枕匣里所剩的银元一数,还有十三元七角。计算买了玉耳坠之外,所剩的尚不少,表婶帮了几天忙,似乎应该买点什么东西送她。想了一想,遂衔着纸烟,对直向上房走来。

门帘一撩开,表婶正一个人坐在床前踏脚板上,翘起一只放而不能大的脚,在换文明鞋。

照老规矩,女人家洗脚换鞋,梳头打扮之际,除了至亲的人,是不容许别的男子们看见的,何况黄太太还把一双官纱大裤管高高挽起,将一对粉白而短的小腿全露了出来。

楚子材连忙将门帘放下,但表婶已笑着说道:"你才忸怩喃!还同我讲究这些!你不进来,嫌脏吗?"

他只好又跨了进去。觉得脸上有点发烧,心房有点跳,一面狂吸着纸烟,两眼不自然的看着壁上一幅王涛画的山水单条。

黄太太鞋子换好,把裤管放下,站起来,低着头仔细的看。楚子材也把眼睛移了过去,原来又是一双浅蓝缎子绣白花,交口处一团白丝须子的新鞋,不禁赞了两声道:"这鞋子是表婶才做的吗?样子很好!"

黄太太的细眼睛笑成了一条缝,一行细白牙齿全摆了出来,看着他道:"还好看吗?这是我幺妹妹上前天才做来送我的。……可惜不晓得你大姐的鞋样子,不然,做一双跟她添箱,岂不比送别的东西好多了。"

楚子材笑道:"多谢表婶的厚意,乡坝头的女子,那里配穿这些好东西!"

"你这嘴才乖哩!城里头的女人,难道个个都配吗?还不是有好的,有歹的。昨前天我们在商业场走了那么久,也看了不少的年轻女人,还不是有官家的太太小姐们,可是真正把头脚弄周整,弄好看的,又有几个?"她遂走到连三柜桌上摆的一架紫檀嵌鱼骨花的玻砖座镜跟前,顾盼着自己的影子,——那是一个圆圆的脸蛋,长长的眉毛,尖尖的鼻子,小小的嘴,薄薄傅了一点南粉,浓浓抹了一层胭脂,并且是照着时兴的办法,连眼皮连颧骨以上全涂红了;额上是一丝不乱的拱刘海,一个大髻头同鲍鱼纂更其梳得油光水滑的,不甚像三十二三中年妇人的影子。——拿手把头发抹了一抹,眼睛仍注着镜中说道:"你看,光是这个头,不是我夸口的话,全成都的女人,能梳得这样好的,有几个?"

她掉头把楚子材一看，察觉出他那踧踖的样子，似乎有什么话要说，而又有点不敢；脸是那么红馥馥的，额头上微微有点汗，嘴唇张着，眼睛定定的，好像注视着一只老鼠正要猛扑过去的猫儿的眼睛一样。她很是高兴的向他嫣然一笑道："你就在这里，别动：我换件衣裳就走！"

她转到帐子后面去了。

他那能不拿眼去看呢？却又不敢公然的看。借着把纸烟蒂掷到痰盂里的机会，走到衣柜跟前，略站了站，居然瞥见了他那又娇小，又活泼，又可爱的表婶的赤裸裸一条肉色甚白的膀膊，正向那水红绸汗衣的袖管里伸了进去。

她也在那里低声的说道："你表叔总觉得我身体好，他是不曾仔细看我的身上。真可怜啊！比三年前瘦多了！你看，……"

婉姑带着菊花，嘻哈打笑的跑了进来道："妈呀！还不走吗？机器局要放哨了！"

楚子材忙退了两步，向方桌旁边一张楠木雕花的小椅上坐下道："表婶才收拾均匀！你呢？……"

"催你妈的啥！我倒不好骂得你了！天天都是这样，一说着走，就慌了，你着急，你一个人先走嘛！……"

楚子材强勉笑道："时候本来不早，我打算今天请表婶表妹去看一天京班的。这几天太把表婶累了，要想送点啥子东西，又不晓得表婶爱的是啥子？倒不如看一天戏的好！"

黄太太已经穿好了，——只在水红绸汗衣上加了件长仅及膝，并无镶滚的白纱衫子，衬着里面的浅红颜色，是当时有名的打扮，叫作血灌肠的。——一面叫菊花打水来洗手，一面向楚子材说道："这咋使得呢？不过帮忙买点东西，算啥子，也要你酬劳，那不是太见外了？"

婉姑已闹了起来道："看戏！我要看戏！妈妈好多天不带我去看

戏了！今天硬要去！"

她妈还正谦让着不肯要楚子材花费，并说自己不喜欢京戏，看不懂唱的什么，川戏哩，大锣大鼓太吵人。天气热了，戏园里又闷人，还说："顶讨厌的是那些怪物东西，看戏你就看台上的戏好了，他们偏要向楼座上乱看，一颗头像打拨浪鼓一样，车过去，车过来。如其你恨他两眼，他反而生了心，说是你有了啥子意思了，管你受得受不得，就叫幼丁把点心送了上来，还说是那一排，那位先生敬的。你出来时，又在门口来站班，向着你挤眉眨眼的做怪像。并向轿窗里来同你搭白，约你明天再来。这些下流举动，没把人肉麻死了，叫旁边人看见，像啥名堂？姑娘家哩，倒不要紧，着人调戏下子，还有想头，像我们有儿有女的妇人家，何犯着去受那些难过呢？……"

楚子材张眼把她望着，很想问她："表姊是否受过这些难过来？"可是不敢。她这种坦白的态度，直率的声口，一直是把他的难以言喻的心情，截堵得没一丝儿勇气来微微表白的。

看门老头子在院子里唤着菊花道："菊花大姐，你看楚表少爷在里面吗？有个姓王的客要会他！"

他急忙出去，把白洋纸的新式名片接过来一看：王文炳！"啊！是老王，快请，快请！"

王文炳一路哈哈笑了进来道："楚子，我以为你早已驾返新津了。要不是昨天有个熟人在商业场，碰见你同一位太太在那里买东西时，为王的真相信你不在省城了。"

楚子材递了纸烟道："不是为家姐办点嫁妆，已回去个多星期了。……"

菊花用贵州漆茶盘端了两杯便茶出来。

王文炳接了一杯，把菊花看了两眼道："这大姐，我怕有几个月没看见她了，更长得好看了些，怪啦！"

楚子材哈哈笑道："老王真不是个东西！一张刻薄嘴，啥子话都说得出口！"

王文炳躺在花皮躺椅上，把口一张，一个很浓的烟子圈儿便漾了出来。一面笑道："你才蠢哩！凑合①人的话，叫刻薄话，那吗，挖苦人的话呢？"他又轻声说道："楚子，拊耳过来，告诉你一个密诀。但凡一个女人，你要讨她的欢心，顶方便的就是不要怕花本钱，仅管当面凑合她。上等点的，凑合她有本事，凑合她能干，凑合她聪明，凑合她有身份，然后带着凑合她长得好。下等的，就直接凑合她长得好。如此一来，无往不利，你要她啥子，她便啥子都会拿跟你的。……告诉你，这是我花了两台油大，新近才从一位老脚色口中得来的。今天牛刀小试，你不见菊花大姐那种忍不住要笑的样子？可见我不说诳！……楚子，你我交情不同，不要你花费半文，就把这密诀传授与你，这些朋友该为得啦！"

楚子材笑道："你满头是汗的跑来，长衫都不及脱，只就为传授这密诀吗？"

"自然不光为的这事。我先问你，你们新津一个有名的袍哥侯保斋侯大爷，你可晓得？"

"岂止晓得，我们还是亲戚哩。……你问他做啥？"

王文炳坐了起来道："那好极了，……问你自然有原故的。……再问你一句，你跟他熟不熟？跟他说得起话，说不起话？听说他岁数已很大了，还管事不管？"

"得先把你的原故说来听听，为啥子要这样的问？"

"简单告诉你好了。你们新津虽然也有保路同志协会的组织，但是办的人不行，听说没有好大的力量。前好几天，偶尔同罗梓青先生说到这上头，罗先生说，他晓得侯保斋是很有势力的，若是能够把他弄得出来，则同志会不仅在新津有力量，就在南路也不同了。但是，

---

① 凑合，凑发平声，凑合即抬举、捧场之意。——编者注

新津方面熟人很少，就有熟人，又未见得认识侯大爷。我那时已想到了你，似乎记得你同他有点啥关系，便想写信跟你商量这事的。恰好，听见人说，你还在省城。"

楚子材挥着扇子道："这事找我也未见能如你们的意。侯大爷虽然是我舅舅的老辈子，但我们当小辈的，那里在他眼里，要同他讲论这种大事，只有找幺舅侯治国。"

"就找侯治国也好，还不是要你去找。你是他外甥，总比外人好说话些。"

"也未见得罢？……我跟他难得见面。……我看，你们还是另找旁的人去找他的好。"

王文炳跳了起来道："楚子，你枉然为楚子，只好叫你做凉血动物！你难道不晓得古人说的，天下兴亡，匹夫有责吗？现今保路同志会正负的是这匹夫之责，只要是四川人，只要你不当小民贼，你就应该为同志会尽一点儿力，何况这又是轻而易举的，并不要费多大的事，你只须同我一道去见一见罗先生，罗先生自然会教你咋样找人，咋样说话，或者还要跟你几封信，比如罗鸡公，……"

"罗鸡公咋个的？……他回去了吗？"

"说到罗鸡公，你真该愧死！他还没有像你写过名字，加入过同志会，但他在走之前，竟自跑到邓先生那里，自告奋勇，要求总会跟他一个字样，他愿回去办理同志协会，联合民团袍哥，誓死争路。邓先生很是赞成他，来同罗先生说了，登时就跟了他一张委任状，还痛痛凑合了他一顿，夸奖他是大英雄。罗鸡公今年那样的颓丧，我们时常笑他在害鸡母的相思病，却不想他临走时，竟恢复了他的豪气。"

楚子材笑道："你不要太相信人了。罗鸡公或者像你我一样。不会有啥子别的打算，比如朱山，不是一到重庆就投降到端方那边了？光是拿他临走时，打破茶碗的样子来说，你能相信他现在的行为吗？"

王文炳撑起两眼，恨恨的把牙齿咬着道："那是畜生！那是只想做官的畜生！你也拿来说吗？我若碰见他，也不骂他，也不打他，只拿口水把他吐死！还要翻出他的心子来看看到底是红的，是黑的？……唉！倒也不单怪他，本来，一为文人，便不足道。革命党刘光汉不是已经投降端方，正在端方的幕府中，还着赏了个四品京堂吗？我想朱山之投降，必是他勾结的，平日他们本就在通信。……唉，唉！总而言之，文人无耻！我们同志会里，以后实不敢再找文人，所以罗先生有见解，才说宁可跟袍哥们打堆，还靠得住些！"

王文炳说得面红筋涨。忿慨以极，两个拳头不住的在空中挥动。楚子材只好不说什么，坐在凳上，定定的看着他。

婉姑飞跑出来，抓住楚子材拿扇子的手道："妈妈问你，到底走不走？机器局已经放过哨了！我们明天要回外婆家去，妈妈说，明天就不得同你去买东西了。"

王文炳笑道："逐客令下来了！……我不再耽搁你，好在罗先生今天也不得空，你明天来，对直到总公司，我在那里等你。……话就这样说了，你是不能辞责的！……这个姑娘更乖好了，认得我不？我姓王，孟子见梁惠王的王，却不是王三巧的王啦！……你也晓得王三巧吗？好！进去代我跟妈妈请安！好乖的姑娘！……"

楚子材笑道："又在使用你的密诀了，我倒要好生探一探，看你这密诀的效果到底咋样！"

二

王文炳同着楚子材走出铁路总公司大门之时，吴凤梧也正同着那位新都姓廖的股东由旁门中走出。

吴凤梧连忙丢下那姓廖的，走过来唤道："子材先生得意呀！"

他穿的一件蓝竹布长衫，汗渍得太多，洗的次数也不少，颜色已经不是蓝的。而衣衩也裂开了两寸多长，胸襟的纽子也几乎要宣告脱离的样子。白洋布裤管下一双本城青缎的鞋子，在大拇指处已长出了一对眼睛，不过还刷得很干净。

楚子材将他介绍给王文炳："这是吴凤梧吴管带，……上次在少城公园招呼我到静观楼吃茶的，就是他先生。……是一个很练达，很随和的朋友。……"

他早已向王文炳拱着一双手，并出奇的笑着，出奇的拱着背脊道："王先生，我是久仰了！倒不只是听见子材先生说起王先生来，硬是一个诸葛亮，就从同志会里，也到处听见有人恭维王先生是个了不得的人物！……"

王文炳哈哈一笑道："吴管带的葱花真撒得厉害，果真是不费本钱的吗？"

吴凤梧挺起腰来，很正经的说道："兄弟生平就是不会撒葱花，所以连个管带的前程都弄丢了。我刚才说的，并非假话，只要一进铁路公司二门，那个不晓得罗先生虽然是会长，好比是刘皇叔，在背后牵线的，就是王文炳王先生。你先生自然不会承认的，但是那个不这样说：我们的保路同志会，如其没有王先生，恐怕现在已没事了！……别的不说，即如子材先生这趟差事，可多要紧！本来在外州府县去提倡保路同志协会，若是不找一些有势力的人出来，单靠一般学堂里的先生们去跳，如何跳得出一个名堂？……我倒不是批评学堂里的先生们不行，如像王先生子材先生不就是学堂里的先生吗？我只是说许多的读书先生那能像你们二位能干！……新津的侯大爷，那可是顶有势力的。王先生能够看到这一点，足见就不是平常人，古人说过：好汉识好汉，惺惺惜惺惺，你先生能够找子材先生去结识侯大爷，这也能说兄弟所说的话是葱花吗？哈哈！"

姓廖的也是一个哈哈，向王文炳说道："舍亲别无所能，得亏生了这一张嘴。……你们多谈一刻罢，我还有别的要紧事，失陪了！"

楚子材道:"廖先生何以走了呢?我们就要到松记去吃饭了。"

"我晓得他的事情很要紧,比吃饭还要紧,……他是急于去打电话的。"

"打电话?成都有电话了吗?"楚子材老老实实的问。

吴凤梧把右手的大指与幺指翘起,向嘴上一比道:"吃鸦片烟,你还不晓得现在的新名词,真太老实了!"

王文炳虽然觉得吴凤梧这个人过于谄媚一点,把人恭维得不免有点儿肉麻,但感情上到底不甚讨厌他,吃饭时同他谈了一会,并觉得他果然是做过事的,对于人情世故,确乎干练得多。即如谈到找侯保斋一件事,他与罗先生都是作如是想:设个法把侯保斋鼓吹出来,把同志协会的事就交给他去办,不但专办新津县的同志协会,并望他向南路发展,把他的势力一直发展到邛雅宁三属去,吴凤梧于他们的打算,自然表示十分的赞成,不过他还更深一层的说道:"侯大爷是那么大岁数的人,舵把子的事尚厌烦了,洗手不干,那里还肯出头来办啥子同志协会,子材先生要是找人说得动他,自然再好没有了。依我的主意,侯大爷纵然就出来了,也只是出个名字,事情总得另外找人办;一则他没有这种精力,再则现在这种事,他也未必懂。我还要说句不客气的话,同志会全是罗先生和你们这一伙先生们闹起来的,目前既已这样声威赫赫,将来难免没有一点好处,如其南路的势力果然全交跟了侯大爷,我想,将来的好处未免会落到别人身上去的,与其后来失悔,何不现在就下手?侯大爷出不出来,没有好大关系,只是找他出个名字,事情不要他办;若是将来果真有了好处,他一个人未必吃得干,若是没有好处,或者反而有了祸事,那吗,是他的名字,与我们无涉。你二位想想看,我这主意怎样?"

楚子材连连摇头道:"你这个是小人的打算,天地间那里有这样祸归于人,福归于己的事情?我若是侯保斋,我就不肯。……"

王文炳拿筷子把他一戳道:"不忙这样说,等我想一想。"

松记是总府街一个新开不久，便很著名的新式小饭馆，是将就一家庄号改作的。菜馔很是精美便宜，也卖的是重庆允丰正号的仿绍酒。自上午十点钟开堂以来，天天都是那样的热闹，差不多无一张桌子是空的。

楚子材饭已吃毕，在怀中摸出纸烟盒来，向吴凤梧递过去道："这是才出来的地球牌烟，你尝尝，比强盗牌的咋样？"

他才留心看见吴凤梧一双眼睛，完全落在旁边桌上一个年纪很轻的体面孩子的身上去了。

那孩子大概有十六七岁，真长得好，有红有白的一张嫩脸，油光水滑一条松三把辫子。长衫脱了，穿了件官纱背心，敞着二寸来高滚了边的领，露在外面的一段颈项，两条膀膊，真不像是男子身上的肌肤骨格。他的那双水汪汪的眼睛，也四面在放射，虽然向同坐的一个中年男子在说着笑着。

楚子材笑着把吴凤梧一推道："莫把魂灵儿看掉了！你认得他不？"

王文炳把饭碗放下道："谁？"也回头顺着吴凤梧的眼光看了一下。

"哦！是他。吴管带喜欢这一道吗？"

"王先生，我们既然一见如故了，并且今天又多谢了你这一顿好饮食，咋个还这样客气，管带前，管带后。草字凤梧，要是你老兄还瞧得起我这姓吴的，以后只管称呼草字，或者简直喊我个老吴。若果还是官称，那老兄定是有心见外，我兄弟定是巴结不上的了。"

王文炳更其高兴他的这种爽直，笑道："你哥子果然是我们同道的人。那吗，以后彼此都不客气，你哥子所说的新津的事，我想那天同你去会一会罗先生，把你的见解当面同罗先生谈谈，罗先生一定赞成的。"

他嘘着纸烟道："会罗先生，倒不必了。我是不会说话的，我们私下谈谈,我还有些话说,要叫我站在台盘上同人正正经经的讲,那我可不行。好在罗先生已办有公事交跟子材,我与子材又是好朋友,我现在又没有事做,权当子材请我帮忙,看他那天走,我同他一道去,总是尽我的力量,把事情做出来。你会着罗先生时,只请顺便说一声,使他晓得同楚子材一块的,还有一个吴凤梧,不,还有一个吴丹书,丹青的丹,书画的书,这是我的名字。"

王文炳道:"这更好了。本来,罗先生事情也多,许多人不明白事理,总以为罗先生会打主意,叫他去办一件事,他总要先会一下罗先生,好像罗先生就是一位孔明先生,见了面便有啥子锦囊妙计一般,却不晓得罗先生的锦囊妙计,还向着许多人在要呢?说句老实话,蒲伯英蒲先生,张表方张先生,诚然一个是智多星,一个是人云龙,但是帷幕背后打条想方的人,又那个晓得清楚呢?你哥子是亮的,我也不必深说,总之你只管同子材去做,内里有我,不信做不出一番事情来。以前我还很操心子材这个人没有啥子胆量,人又疏懒一点,未必把事做得起来。不想今天幸遇见你哥子,真是我们的运气。"

堂倌开了帐单来,三个人喝了两斤仿绍,吃了一份粉蒸鸡,一份樱桃肉,一份红烧鲢鱼,一份红烧肚条,还有一份十景荡,三份饭,一共开了一元一角四仙。

吴凤梧看了帐单道:"一顿小吃就是一元几,比起从前我们上馆,七八个人酒醉饭饱下来,不过两把银子,这就贵多了!"

王文炳笑道:"这还好,听说日本才高贵哩,一个鸡蛋,要卖一角钱,你说哩!"

吴凤梧的眼睛又落在隔桌那个标致的孩子脸上去了。

那少年吃了两杯热酒,连眼皮都沁红了,眼波更分外流动起来。笑的声音,很清脆的把四周的眼光吸引了不少过去。傍着他坐的那个中年男子,一只手伸在他背后挥着一柄雕翎扇,一只手摸着点锡酒壶,笑嘻了一张肥脸,凑着那孩子的耳朵,不知说些什么。

楚子材又笑着把他一撞道:"你安心把你的三魂七魄丢在这里吗?这不是笑话,王念玉这娃儿的确逗疯过多少人。"

"啊!王念玉!就是他吗?果然名不虚传。你认得他,咋个不跟他打个招呼呢?"

"我又不想当老斗,招呼他做啥。"

王文炳站了起来道:"现在还不是闹这些花样的时候,我们说正经话,子材到底啥时候起身回去?"

"家姐的嫁妆早办好了,不是你留着,昨天就起身了。如其来得及,此刻去把轿子包好,明早就可起身的,只不晓得凤梧能不能同走?"

"我如何不能?我出门方便得很,一个包袱,一双草鞋,一个鞘码子,一把雨伞,一不坐轿,二不骑马,一天一百二三十里,两头见太阳。你如果明早走,那我明天在太阳起来之前,定在武侯祠门口等你。"

王文炳道:"既然如此,事贵神速,我这一台小食,就作为饯行酒。子材此刻就去包轿子,我同凤梧到会府南街我寓所里去,我还要同他仔仔细细的谈一番。"

吴凤梧到临走时,还把那标致的孩子钉了一眼,那孩子也无意的向他抿着嘴皮一笑。

三

楚子材自从上省读书,寄住在黄澜生家,每逢暑假年假要回家去的头一晚,黄家必要特为他办几样消夜菜,而黄澜生夫妇也必要奉陪到三更才罢的。

今年没有意外变动,自然这一台消夜也不会例外不设。

今夜是分外的热,并且遏郁得很,没一点风影,最容易感到风意的柳条,也沉沉的静垂着。茉莉花、夜来香、晚香玉、栀子花、胭脂花、珠兰以及一只五彩大瓷缸中撑出水面二尺来高的红莲花,绿荷叶,凡这些盛夏中的放香的植物,好像竞赛一样,将它们醉人的馨香,拼命的散在这静寂的空气中,拼命的钻进酒人的鼻孔里。

天上是深蓝的。比镰刀宽一些的残月已斜挂在西边树枝中去了。金色的星宿格外的密,真像青石板上钉满的铜钉,大概风起得甚高,星光闪得逼似无数的鬼眼睛在眨的一般。银河更其白亮了。

钱行的消夜设在敞厅中的圆桌上,只点了两支有风罩的洋烛。两个男子都只穿了件麻布圆领背心,赤脚靸着拖鞋。黄太太虽穿了一件旧绸没领的短衣服,但那七寸大的袖管几几翻卷到肩胛边,两条浑圆的白膀臂,很大胆的全坦露出来,而一柄大芭蕉扇从没有停止过。

蚊子太胆大了,随时袭击到人的赤腿上来,不则就在耳边歌唱那单调的嗡嗡调儿。

黄振邦同他妹妹婉姑,在打二更时各人先吃一碗冰冷的白糖绿豆稀饭,就由何嫂带去,在一张有珠罗蚊帐的竹凉床上睡着了。

今夜是分外的热,非温不可的允丰正酒是不能吃了,各人面前都改斟了一杯浸过绿豆的大曲酒,而下酒的也都是冷菜,这是黄太太提调的。

说到明天上路的情形,黄太太不由举眼把天上一看,蹙着眉头把楚子材瞅着道:"一点风没有,一点云没有,今夜已经这样不退凉了,明天路上才老火①哩!我替你想着都难过,向午的太阳火一样的烘着轿子,那才热啦!我们坐在屋里还不住的淌汗,亏你还要顶着太阳走,真是在家千日好,出门一时难!"

"不是吗?表婶晓得的,不为大姐买东西,十天前就回去了。偏

---

① 四川方言,厉害曰老火,亦曰扎实。——作者注

偏今年，直到这几天才动手热起来，也是我的运气不好，唉！"

黄澜生道："你说运气不好，我想周孝怀周大人的运气才不好哩。今天我在局子上听见许多人都在说：赵制台赵大人进关来省，迎到雅州府去巴结去献好的人很不少。这本不足怪，做官原讲究的是巴结上司，谁会巴结，谁就能干。独于说到周大人也去了，并且说他迎接得更要远些，远到清溪县城。又说他去迎接赵大人，是为的献计策，如何如何的鸩治罗蒲等人，如何如何的鸩治同志会。大家都说得活灵活现的，我起初也认为是真的了，不想走到鱼市口，恰恰碰见他的四轿走来，我心里不由好笑，难道周法司学会了分身术了吗？下午在一处应酬，有几位学界中的客，说到此事，也无一个不破口大骂周秃子是坏东西，一面与同志会的人敷衍卖好，一面就跑到清溪县去跟赵屠户开条鸩人。这话传得好宽好快，你看，周大人在前几年是何等的威赫，自从做了劝业道以来，就到处挨骂，凡是不好的事，全向他身上推，这不是运气不好吗？"

他太太问道："你既是亲眼看见四人轿里是他，人家骂他时，你替他辩白过不曾？"

他哈哈一笑道："你才是热心人啦！周大人与我非亲非故，虽说以前在他手下做过事，并不是啥子感恩知己。别人骂他，冤枉他，只因他平日肯得罪人，我何犯着去回护他，不晓得的还疑心我是他一党子的人，给我搭二分在身上，那我才悖时哩！"

黄太太看着楚子材抿嘴一笑道："你看，做官的有啥子好人，都是各人打扫门前雪，休管他人瓦上霜的。若是叫我来，就不是这样。"

"像太太这样热心豪侠的，又有几个哩！"黄澜生以略含讽刺口吻的这样恭维了一句，接着又说："各人打扫门前雪，这句话说起来好像过于冰心一点，其实在世途上才是很要紧的。子材，你老侄台还未出来做过事，不知道世故人情，所以你才胆敢受了罗梓青的派遣，回新津去办啥子同志协会。依我想来，这事仍太险了点。我已经说过，同志会这样闹法,煞阁①一定不好,像罗梓青这般人,总要把脑壳耍掉了才完事的。并且四川人闹事,我也听见说过,从前几次闹科场,起头总是满天风云,到煞阁,砍几个人便啥子都平静了。我是客籍,我把四川人的毛病看得很清楚。你不信,你只管看,不怕同志会现在闹得咋样乌烟瘴气,只要一个炸雷打下来,那里还找得出半点影子。所以我劝你不要太老实,太信你那位同学的话,当今之世,烦恼皆因强出头,啥子责任义务这些新名词,都是谋反叛逆的人,故意造出来害人的,你不要去中他们的毒,还是各人打扫门前雪的好!"

楚子材点着头道:"表叔说的是好话,我自己也晓得不是做这种事的人,王文炳那样的不放松,只好答应下来,好在吴凤梧答应一同去帮忙。以后就请他一手办去,我连名字都不出,表叔看这办法对不对?"

"吴凤梧这个人是有饭胆没酒胆的,他之答应帮忙,是穷得没蛇耍了②,才逼迫到这一步。你要想脱身出来,全交跟他去乘住,怕他未必答应。他这个人是久跑滥滩,世故很熟的人,我知道他的。你老侄台既读了几年书,你令尊又是当过公事的地方首人,事情的厉害,那里还待我来出主意,我看你还是回去同你令尊商量商量罢!"

黄太太眉头一蹙道:"你这个人才狡猾哩!你既是在劝别人不要出头多事,别人来求教你,你又朝他令尊身上推,那你又何必开口呢?"

"太太又热心起来了!我这个人本是天地间第一号的好人,但是着太太一品评,便啥子都没有了!……哈哈!……哈哈!……"

"我是这个老陕脾气,直憨憨的。做得的事,就劝人做,做不得,就劝人不要做,那能这样婆婆妈妈,不跟人拿主意的。"

---

① 四川方言,谓结果曰煞阁。阁字或应写作果字,然其音固阁字也。——作者注
② 四川俗话,谓无事可作或游手无聊者皆曰没蛇耍。——作者注

"好好好，子材，你请教表婶好了！"

黄太太把嘴一披道："你这挖苦话，我还是听得来的。我不过吃亏变了婆娘家，书也读得太少，又不能出去同人往还，见闻不多。要我是你，我的顶子早耍红了，还拿起爹爹的银子，捐一个磕头虫，磕到现在，还是一个磕头虫？……"并且生了气，秋风黑脸的站了起来，再不听她丈夫的解释，向上房直冲了去。

黄家夫妇的这种小冲突，简直太寻常了，结果也没有二致，老是由老爷陪些小心，老是任太太痛痛抱怨一番。如其楚子材适逢其会的在旁边，这调解的责任就该他了。

他照例的把黄澜生看着，黄澜生也照例的向他轻轻笑道："又生气了！老倧台，还是请你去代我劝劝！"

上房虽然没有灯火，——这是黄太太的办法，热天，房间里是不大点灯的，说是看见灯火，身上就觉得热；其次蚊子也凶，扑灯的飞虫也凶。总是要睡觉洗脸时，才点一下，为的是好对镜扑粉。她说扑了粉睡，一则免得汗渍，二则次早起来也好看些。——月亮虽然也西下了，毕竟是暑日的夜，仍熹熹微微有些光亮，看得见道路。

堂屋里有玻璃神灶照着，很分明的，没有人。那吗，人一定在房间里了。

不错，在柜桌边一张熟悉的藤心红木靠椅上，果有一个人影坐在那里，并且有扇子声音，有呼吸的声息。

楚子材一路轻轻的唤着表婶，走到影子跟前。不晓得什么原故，忽然胆怯起来，一句话不能说，却也半步不能退。

他好像被噩梦魇着了似的，通身寒战，心里头好像着插进了一根又柔软又有齿的什么东西，搅得酸噤不堪，却无痛感。全身的血，仿佛一齐奔腾在头脑上面，使得头脑异常的热，并且微微有点昏晕。幸而有一只浑圆坚致的温和手臂悄悄的伸来将他支持住，同时好像在血管里给他注下了一大斛迷性的烈酒，使得他的胆量不知如何会这样的大，大到敢于毫无顾忌的把他那一双打着抖的冰冷的手伸去，将这手臂的主体搂着，而上下前后的乱摩起来。

他对于这种应付，是完全无经验的。虽然他也曾在讲堂上为避免虚度光阴起见，看过一些猥亵的小说，如《蜃楼志》《绿野仙踪》《野叟曝言》《肉蒲团》《灯草和尚》《牡丹奇缘》等书，也曾在夜间冲动得忍耐不住时，虚构过多少自以为香艳绝伦的故事，但此刻都忘记了。也因为这奇迹是突现的，只在不经意的半瞬间，实在没有回思书本经验的余暇，也来不及追求幻想的余痕。

他只知道那样不合规则的乱摩，并且喘不赢气的，咻咻然的呜咽着："我的，……咳我，……咳！我要！……"

忽然两片滚热的嘴唇，紧贴在他那颤动的定然是血红的嘴唇上，似乎不要他发声，同时两膀两腿紧紧箍在他身上，似乎不要他动作。

在他昏迷中，觉得经历了至少有半点钟之久罢，其实短促得很，还不到五分钟哩！

他耳边痒痒的吹来一片又得意，又温柔，又坚定的悄语："唉！你是我的人了！……可是要依我两句话！……第一，要听我说，叫你咋个就得咋个！……第二，嘴要紧，不准漏半点风声，行为要稳，不准露半点行迹！……若不听从我的话，我有本事叫你不得好死！……好了，你出去了罢！……"

他没有得到满足的凭证，自然是舍不得离开的，手又那样的乱摩了去。

"就不听我的话了吗？……赶快定一定神，从从容容的出去，就说把我劝好了。……我还有多少话，等他睡了，我自然会来跟你说的，……乖儿子！……"

他只好咬着牙巴，离开了两三步，拿手把心口按住，很想立时立刻就把那急跳得几乎要从口里跃出的心平压下去，但是无效，但是黄澜生的水烟袋也响了起来，似乎他已等得有点不大耐烦了。

他刚转身向着房门，身子忽又着搂抱住了，那两片滚热而润湿的嘴唇，又在自己的嘴上猛贴了一下，而那细嫩的舌尖，似乎还在他齿缝中舐了一舐。

他走到堂屋外面，着夜风一吹，稍为清醒了一点，只是头部还昏昏晕晕的。举眼一看，当前的景象似乎都有点不大像起初的样子。栀子花的香气越是扑鼻，敞厅里的洋烛光越是辉煌，而平凡以极的黄表叔的形像则狞恶得同五殿阎罗一样。

其实黄澜生正满面是笑的迎着他问道："劝好了吗？又把你费神了！……干一杯，我陪你！……唉！太太的脾气真难将就！"

四

天时的变化真与人事一样，每每是料不定的。

楚子材对于他那位可爱的表婶，何尝没有生过情爱，而在与她笑谈，甚至笑谈到忘形之境之后，独居动念时，又何尝没有起过不可告人的心肠：拼着一切不顾，怎么样的将她紧紧抱在怀中，把这二十一年正好的青春全贡献给她，即使把性命丢了，似乎也值得，只要表婶真实的肯爱他，真实的肯将那似懂非懂的秘密明白的向他揭露，真实的肯把他读过的一些淫秽小说上所描写的狂荡滋味给他尝一尝。

他有些时候深思到通身发烧，觉得血管里全是火，很相信不把这火排泄出来，他一定会被烧死。与其烧死，倒不如犯了法，纵被官刑而死，毕竟得了一种实验了。可是他不敢，他到底是"怀刑"的农民的苗裔，英雄的气分不多，而承平的环境也没有怂恿他。

所以他才有余暇想到了两层不可能的。其一，是道德的。以一个亲戚中的小辈而去爱一个女长亲，且不说男女通奸是犯法的事，且不说被人晓得了没有脸面见人，就转而问问良心，良心也只是在那里反对，因为于道德上太说不过去。其二，是年龄的。据一般人说，男女相悦，年龄总要相当，更应该男的比女的大；就是所读过的一些小说，也从没有叙说过一个三十三岁的女人和一个二十一岁的少年相爱好的。大约女人总容易早衰些，小说书上说过了，女人顶好的时候是十五岁到十九岁，这好比"奇花初胎，"到二十五六岁，就已"英华毕露，"好比一朵盛开的牡丹，过了三十岁，谁不说是"残花败柳？"颜色也故了，风情也减了，而男子一直到四十岁，还称为曰"强，"但凡讨小纳妾，带男子闹小旦的老爷们，谁不在三四十岁以上？自己与表婶的岁数，悬远到十二岁，假使掉过来，女的小十二岁，那是再好不过了，自己活到五十岁，表婶才三十八岁，彼此都爱够了，不再爱下去倒也使得。但实际却是相反的，表婶虽然出奇的一点不见老像，细皮嫩肉的，又白又红，看去只像二十二三岁的人，到底岁月不常，好花易谢，谁能保她不在三四年内，一下的就老丑了，而自己还在盛年，仔细想来，岂不可惜了！

爱别人的女人，即是把一个女人的贞节破坏了，还是最损阴德的啦！女人最为重要而可以受人钦敬，自己也觉高贵的，就在这个节字。假使你爱上她，她也一切不顾的爱上了你，你们倒遂意了，却不想想女人的贞节便失了，连带而及，她的丈夫就是一个王八，她的儿子更是一个龟儿，因一点点贞节，而暗暗吃亏的竟不止一个人，人即不知，鬼也不容，所以善书上才说万恶淫为首，朱柏庐先生的《治家格言》也说见色而起淫心，报在妻女，别人不愿戴绿头巾，难道自己便愿意吗？况乎报应之来，还有及于本身的，自己的功名富贵，锦片前程，每每有被片刻欢娱而为鬼神扣除得干干净净，这也是小说上所载过的呀！

楚子材有时在那忍无可忍，势非横决不可之际，纵即把上两层的"不可能"的藩篱冲破了，而最后的这一层坚壁"阴德，"终使他把头碰得出了一身冷汗，只好长叹一口气，而以别的方法去排泄血管里的火。

　　他也寻思到小说书上有所谓单思病者，你只管想一个女人，乃至想得生病，想得要命，而那个女人却并不见得把你瞧在眼里，且慢说心里有你。表婶是大家人们的小姐出身，什么没见过，又已嫁了十五年，有儿有女的人，表叔仅大她八岁，又那样气气派派作官为宦的，她如何能将自己这样一个小伙子看在眼里？假使自己长得体面，尚可说了，而自己细细一审察：身材这么高大粗壮，何尝像小说书上所写的那般秀气雅致的翩翩公子？粗眉大眼，皮肤又糙又黄，没一点贾宝玉的风度。并且额头上两脸颊上，许多骚疙瘩，同学中曾经讲过同性恋爱的几个年轻好看的娃儿，全不屑于同自己顽耍，还讥诮自己是坏人。男同学且如此讨厌自己，何况是个见多识广的中年女人？别人纵要失节，也得找一个合心合意的美少年，像自己这样癞头鼋似的，安有入选的资格！

　　再说表婶性格风流，有时同你说起笑来，有多少不应该是一个女人向一个少年男子说的，她竟有本事向你说出；有时水汪汪的眼睛看得你也出奇；并且又肯当心你自己的事，只要你请求她，她从没有拒绝过，似乎还很热心，这可疑她心里就有了你吗？似乎又不然！似乎这是她的天性！她对于她丈夫，不必说了，对于常来她家的一个堂兄，一个姐夫，一个妹夫，两个老表，又何尝不如此呢？对于女人，她更亲热了。你安能把她一视同仁的态度，认为是特殊的，而竟动起邪念，自投罗网？况且她又那样的豪放，议论起人来，没一点放松，无论什么人，她总会搜出他的瑕疵，连她的丈夫也无从幸免。是一个坦白而自视极其尊贵，毫无垢玷的玉人。那她肯自甘下贱？定不会的！假使你有什么不规矩的言动，偶尔在她跟前泄露出来，慎防她还会毫不留情面的将你放在极难过的地方，而表示她的清白哩！那时你将被一切人的耻笑，从此打入地狱！

　　他也常从乡里一般放荡过的少年男子口中，听见说过偷女人的经验:"十个婆娘九个肯,只怕你的嘴不稳!"又听说过女人性生活的强的:"三十如狼,四十如虎,"如狼似虎的时节,是顶容易受勾引的。他又曾听见罗鸡公等几个讨过老婆,尝过女人滋味的同学,以及在外面胡闹,嫖过婊子小旦的同学说过,只要一个女人是活泼泼喜欢说笑,而对你不表示讨厌,那你尽管放胆勾引,没有不会上手的。因为女人到底是女人,她会动情,她会要你,倒是婊子和小旦却不容易,因为他们根本用不着你,除非你们钱花够了。但是他终于不敢。他只管逢着许多下手尝试的机会,有时他走进上房去要说什么话,表婶正独自侧卧在床上睡午觉,他站在床前,将她唤醒,她的眼是那么惺忪,脸是那么润红,微微笑着,并瞅着他,似乎他很可以放肆一下的,他不敢。有时他躺在敞厅的花皮椅上,表婶走来,便坐在他身旁的矮小木椅上,那样亲热的同他谈家常,他也很可以摸一摸她的手的,他不敢。更有一次,他们一同站在一株月季花丛之前,四下没一个人影,庭院那么的静,风日那么的和暖,春又是刚回不久,蜜蜂嗡嗡的唱着情歌,人心好像有点醉,而她又站得那么近,几乎挨着了他,只要他的脸一偏,恰就放在她那喷香的发顶上,手一举,可以很自然揽着她的腰身,然而他仍不敢。虽然在事后他说不出的失悔,几乎失悔到要自己打自己,他只好拿善书,拿格言,拿道德来安慰自己,并暗暗恭维自己是鲁男子,是柳下惠。

不过他那血管里的火总时时的在煽动,排泄的另一方法差不多失了效。恰好在失了第十几次的机会之后,得了王文炳口授的一番密诀,于是他当天偕同表婶到商业场去时,就格外的留心施用起来,那天,他表婶真高兴,很夸奖他聪明,并带笑数说他以前对人何以那样蠢,那样笨。

虽然黑暗中略略有了一线的光明,在他从小说上和人们的口中听来,从黑暗走到光明地方,是要有不少的时间,和不少的路程的。有些人往往功亏一篑,就因了不能忍耐,弄到全盘皆输,一事无成。所以他一面彷徨在阴德、报应、道德、爱欲的歧路上，一面便安排着长时间的琢磨，他何尝料到会那么不费吹灰之力的竟自把看为万难的难关渡过了，而阴德、报应、道德、全似朽索一般断成了寸寸？

人事之不可料如此，天时也随之而来。

昨夜的天时那么的清朗，那么的星月交辉，那么的热，谁知道在两小时之后，竟变得密雨如绳，檐溜如注起来。

楚子材从甜美的睡眠中——的确很甜美，他自己觉得是近好几个月来所未曾有过的。——微微感觉得一点凉意，一翻身仰睡在竹凉席上，似乎脸颊、两臂、两腿、胸怀、以及某一部份的肌肤，尚残留有一种不可形容的快感。他已在半醒了，眼皮上已感觉到天明的阳光，但他不忍就睁开，仍迷迷胡胡的回思到夜来在竹荫下凉床上的意味。自从十五岁懂得人事以来，六年多，时时涌到心头的人生大秘密，原来便那样不胜迷惘，不胜战栗的就解答了，而且解答得那样的淋漓尽致！咀嚼到彼此疯狂的热烈：大家的口都像沙漠中的旅行人的口，干得没一点津液，而大家的手也那样的贪婪，都有点恨不得将十根指头全掐在对方的肌肉里。他起初很耽心自己之不能为人，罗鸡公他们常毫不惭赧的述说他们初次为人时，是怎样的丧气，怎样的丢丑，据说都原过于使用了别种方法，所以感觉才太锐敏，锁钥才太不坚固，幸而他不如此。经过的晷刻，他是不知道的，但他却深深记得受者是如何的癫狂，如何的叹息，并如何的出辞吐气，以至手足无所措。而他自己的情形，更不是言语所能喻譬的了。

他笑了出来道："噫！原来不是想得到的！……我居然尝着了女人的滋味！……二十一岁啦！……"

猛的睁开眼睛，倦意还存留在眼皮上，眨了几眨，始隔着珠罗蚊帐，从大开的窗口间，看清楚了黑云低压的天色。而雨脚仍像是帘子一样，檐溜仍像是奔马一样。他又想到凉床，当大家招呼了安置，灯光全熄，全院睡静时，他躺上凉床，心跳得同天上的星光似的。那时只微微起了点凉飕，敷了点淡云。许久许久，忽然从花丛中涌现出一个黑影，而自己就失了魂魄，不是雨点打在赤裸的身上，把大家警觉了，此刻怕还不搂抱在那里？这雨，真不是个好东西！

然而不然，雨又落得太好，对于他实在算是好东西。他今日可以不走了！至少也可多留一日，多领略一点那神奇的滋味，耐磨了六年多，稍尝即去，未免太苦人。

但同时，他的良心便责备起他来"你真不应该这样做！你不怕损阴德，受报应吗？你不怕遭世人的耻笑，说你太无廉耻了吗？你对得住你的表叔吗？你岂不是一个恩将仇报的小人吗？女人之胡涂，不说了，你是耕读成家的子弟，你家是有清白门风的，你这样把你世德败坏，你舒服吗？"

他简直不能答对，并且内愧得满脸发烧。倦意犹存的瞌睡没有了，他遂坐了起来，这才发现自己还是全然裸露着在。低头一看，不由又想到那神奇的事体，脸更烧了，血管又跳跃起来。忽然想起了一段话："你是初次偷情的人，乖儿子！处处都要听我说，那我们就可做一对长远的野鸳鸯了！乖儿子，你是我心尖尖上的人，我不瞒你，我确是经历过来的！"这是大家都在迷惘之际，他不知胡说了些什么，觉得耳畔回答了这么一段胡涂话。

"我确是经历过来的！"是胡涂话？是真实话，不管它，他自己总不是首犯了。不是首犯，就有推卸之余地，良心所责备的，他安能独任？何况生米已成熟饭，失悔无益，人生一辈子，谁不风流过几天？如其男女偷情的少，那吗，贞节牌坊又何足贵，道学夫子也不会受人敬重了！就是学堂里教修身的那位道学先生，说起来，在少年时也曾男风女色都大好特好过来的，而所念过的诗词歌赋，顶动人的，几何不说到男女偷情上来？这可见得男女偷情，本无足怪，何况动手的又不是他。

他扯起裤子未穿时，又欣然一笑道："真想不到！……"

五

  人众都起来了，雨还没有止。
  成都的暑日，本是容易落大白雨的。大白雨有三阵，必在几天燠热之后，一阵黑云涌起，其黑如磬，很像黄昏，而后雷声轰轰，风声虎虎，豆大的雨点很有力的打在瓦上，雨势越来越强，强到对面不能谈话，瓦上庭前，溅起的雨丝霏如濛雾，直像一片广大的瀑布，从天上挂下。但这样的雨，必不会终朝的，三四小时之后，积水成潦，而云破天青，依然赤日耀空，余下的凉意，至少又可保存数日之久。
  但阻止楚子材起程的雨，却不是那不终朝的大白雨，既无急雷，又无暴风，其势又非倾盆，只像秋霖一样，不住的下，而云色永是一片灰布似的，不知有好宽，也不知有好厚。虽然暑气全消，而气象令人不爽快。
  黄澜生望了望天空，才向楚子材说道："你的运气真不好，才说要走了，天就这样变起来。"
  "不是吗？"他做得很焦急的样子，紧皱着眉头。
  "路是滥透了，今天如何能走！若是过午不住点，明天就不再下，路上是硬头滑，轿夫也未必肯走。"
  "不是吗？"他嘘了一口纸烟，依旧皱着眉头。
  "也好，下雨天留客。……"
  忽然从背后传来一种很熟的声音："天留我不留。"
  黄澜生哈哈一笑道："才是老吴！你真是急装缚袴了！"
  吴凤梧把淋淋漓漓的雨伞收了，顺靠在阶沿上的砖壁脚下。又把麻耳草鞋脱了，将一双污泥糊满的大脚，伸在檐溜边，一面借檐溜淋洗，一面笑着向楚子材道："你才鸠①我的冤枉哩！早晓得你逢雨不走，我真不该打早就跑到武侯祠去了！"

黄澜生道："你的脚不能那们洗法，恐怕受寒，我叫人提热水出来。"

"老哥子不要把我看得太娇嫩了，我们还能洗冷水澡哩！"随把声气放低了笑道："又不像老哥们伉俪情深，夜无虚夕，我们是把独宿丸服惯了的。"又是一个哈哈。

黄澜生翘着短须笑道："莫胡说！我们赌喝一碗冷水看！"

振邦兄妹一路跳着笑着奔了出来道："吴伯伯来了！"回头看见楚子材，"你还没有走吗？妈妈诳我们，说你打早就走了。"

吴凤梧接过罗升递与的洗脚帕，将脚擦干，穿上黄澜生的旧鞋，一面接过楚子材的纸烟嘘着道："你们楚表哥上路，大概有三不走：逢雨不走，逢热不走，日子不好不走！"

楚子材道："吴先生你太挖苦人了！这们大的雨，路上多滥！咋个走呢？若是走得，轿夫还不来催走吗？"

"轿夫竟没有来吗？"

楚子材摇了摇头。

"今天不走，明天又要多耽搁一天了。"

黄澜生道："我不是这样说过？若是今天的雨不早点住点，明天路上定是硬头滑，自然走不得了。"

"倒不为的是硬头滑。听说赵大人定于明天到省，不消说，从城门洞到双流，这四十里路全是人夫轿马的了。大路只那们宽，八人轿四人轿那们多，不消说，还要加上总督部堂的全堂执事，将军都统司道们的执事，亲兵，卫队，统制统领率领的新兵等等，你算算有多少人！我们坐小轿子和步行的行人，让得完吗？与其慢慢的让着走到双

---

① 四川方言，谓使手段弄人曰鸠冤枉。——作者注

流投宿,倒不如多耽搁一天,到后天打早走,一天就到新津了。"

楚子材不禁笑了起来道:"我倒不忙,横竖大姐出嫁还有六七天的日子,我只要赶得上过礼,就没事的,缓天把走倒不妨。"

黄澜生道:"子材毕竟是长了一岁,今年就不像往年:一到放假,就慌着回去,连半天都不肯多耽搁。"

黄振邦仰面看着楚子材道:"你不走了吗?"不等得到肯定的回答,便领着他妹妹一路跳着奔了进去,还一路叫道:"妈妈,楚表哥不走了!"

吴凤梧已哑燃了第二支纸烟,躺坐在花皮椅上,瞅着楚子材道:"看你的意思,你回去只为的是你令姐出阁,那吗,你装了舅子后,不仍旧要上省吗?"

楚子材正出神的看着淋在雨丝中的那张与他颇有关系的凉床在,——那是一张红豆木框,广藤密心,宽约二尺四五,可坐可卧的老式凉床。据说,还是黄澜生的老太爷入川时,亲自带来的一种故乡家具,所以式样很苏气,高矮也甚为合度。——随口答道:"自然喽!"

雨已不如适才大了,风却一阵一阵的吹起,树枝树叶上的积雨也一阵一阵的淅淅沥沥的洒下。灰布似的云幕,似乎薄了一些,阳光显得更明了点。

看门老头子进来说道:"表少爷,轿夫来问,今天到底走不走?早晨你说雨太大不走,现在雨小了。"

楚子材红着脸道:"今天还走啥子,路那们滥,一百里的路程,走得拢吗?"

"他们说,若是不走,每人要二百钱的店饭钱。"

吴凤梧道:"依我说,今天还是走得拢的,何犯着耽搁一天,就是两天哩!"

"你是打空手走路,自然可以,别个抬着一百多斤,多老火哟!"

黄澜生道:"快八点钟了罢?滥泥路,走起也吃力,多耽搁一天,算啥子。子材,你就出去把店饭钱跟他们开消了,并跟他们招呼,明天也不走。……罗升,进去看饭菜好了,就摆出来。我吃了,还要过张大人公馆里去哩!"

一直到早饭之后,黄澜生坐轿走了,振邦上学去了,吴凤梧说是去找王文炳,约定明天再会,也拿着雨伞,仍旧穿上麻耳草鞋走了,——雨已全住,灰云也散得越薄,庭中积水全由阴沟消了,花草枝叶格外精神,柳枝上的蝉子也照常的鸣了起来,成都西南城最多的乌鸦也咶咶的叫着在高枝上晾翅膀。——楚子材方走到堂屋外面,听见表婶的依然清脆悦耳的声音正在上房后间吩咐何嫂洗什么东西,吩咐荷花做什么事情,声口还是那样的简洁老当,威武有力,一点不曾失去太太的身份。

他寻思:"如其是年轻女人,经了昨夜的事变,不知还能这样庄重不?如其是女郎们,恐怕今天更是昏昏沉沉的了。"他又想起了"我确是经历过来的"这句话,便惘然起来:"她的经历,不知在出嫁前,或是出嫁后,果然是个老角色。我能够问她么?她该不疑心我在追究她?该不疑心我要吃醋罢?"因为他只管迷恋她,仍旧是害怕她的。

她的步履声一直走到前间,打开了衣柜,像是在换衣裳似的。

他撩起门帘,轻轻跨了进去。

她果然背向外站着,下面一条雪青旧官纱裤子,蓝白绿缘的裤带,照常一个油光水滑的鲍鱼纂,插了一朵半开的栀子花,从颈项到裤腰的肌肉全裸露在外面,手上提着一件白洋纱马甲,正在清理纽扣。

他两眼都花了,觉得那一段白背,简直像敷了一层粉,然而又有一层浮动的光彩。肌肉很丰腴,翅膀骨只隐隐有一点,两个肩头几乎是浑圆的。他赶紧走去,一把将这一段温和而富于弹性的艳肉搂贴在胸前,两只手恰就抄在前面,抚着那对绵软而肥满的乳房,同时那热烈如渴的嘴唇便紧贴在那圆而不很长,并且鬇毛业经绞光的脖子上。

她并不如他所想象那样吃惊,只轻轻的嘘了一声。

他颠倒了,两臂更其用力的紧紧箍着,手指和嘴唇也像发了疯,心房的跳动使她从背肉上感觉到。

她一面摇动上身,用力的要摆脱他的搂抱,一面蹙着眉掉头向他微笑道:"哎呀!快放手啦!……婉姑儿就要进来了!……庄重点!我问你的话!"

虽然是笑着在说,但那黑白分明的眼珠里的威光,以及毫不可通融的口吻,却自然而然使他吐着哮喘,努力压抑下要发狂的念头,睁着火球似的眼睛,把手放开,瞪瞪的看着她毫无其事的把马甲穿上,纽子扣好,将一对极其动人的乳房压得平平的,变成一片过于肥厚的胸脯;然后又将一件旧料子改成时兴的高领浅边的酱灰花绸衫,罩在马甲上,对着紫檀架的玻砖座镜,慢慢的扣着。

"你为啥子今天不走?"依然对着镜子,但从镜中却看得见他那红光笼罩,——骚疙瘩更其像红豆一样,一粒一粒的鼓了起来,觉得别有一种意味。——同时又是憨痴痴的面孔,她复忍不住的一笑道:"怎吗,憨了?我在问你的话呀!"

他咽了一口口痰道:"下大雨啦,你难道不晓得?"

她车过身来,正正的对着他道:"你看你这个人,这样的不听话!我昨夜不是说过,今天就是下刀,你也得走!你年年都是一放假就走了,为啥子今年这样舍不得走?大家细想起来,岂有不诧异的?一定会默到①你必然有啥子舍不得的人在省城。你住在我家里,又不曾在外面胡闹,那吗,你一定是舍不得我了。我昨夜不是说过,我是经历过来的,……"

---

① 四川方言,谓猜想与以为曰默到,乃默想到之简言。——作者注

他眉头一扬道:"着!我正待问你,你是经历过偷情的事吗?你说了好几次。"

她笑着把他的脸一拧道:"你还有这点聪明啊,真果是草帽子底下相女婿,看不出人材啦!只要你肯听我的话,我自然会告诉你的。……你到底为啥子不走?"

"唉!何必说哩!硬是舍不得你。"

"舍不得,就不走?也好!那吗,就永远不要走!"她的脸立刻就放了下来,并车身到床前,将换下的衣裳,一件一件的折叠起来。

楚子材看见她生气的样子,觉得别有一番风韵,心里更其爱得发痒,不禁伸手去握她的膀膊。她却使劲的一肘撑来,恰撞在他的大腹上,并咬着牙齿说道:"你要咋个!叫你放尊重点!……你把我当成啥子人了!……告诉你,你虽偷上了我,还是不能由你的脾气的,凡事都得由我!……我要咋个,就得咋个!连我的表哥、姐夫、男人都是这样的在将就我,随和我!……你一个四浑小伙子,仗恃啥子,敢来强勉我?……你再不规矩,动辄动手动脚的,看我把你撵得出大门不!……"

这一瓢冷水,把他的什么兴头全浇熄了。垂头丧气了一会才道:"你不要生气,我立刻去喊轿夫来就走,今天总可以走到黄水河的。"

她本要向后间走了的,这才转出笑脸来道:"此刻走,又不必了!只要你知错,不故意同我顶撞,我自然会多爱你一些的。……你舍不得离开我,我难道不晓得?不过,也不要太热很了。俗话常说:君子之交淡如水,小人之交热如火。只管热得像火,但是一眨眼就化成了灰,连一点热气都没有了。我愿意的,就是淡如水的君子之交,虽然淡,却是长远。……乖儿子,你是才同女人打交道,这些话,你还不懂。我晓得你的心眼,也同我的那几个一样,碰头香,一上了手,就恨不得不分昼夜,时时刻刻把我搂在怀中,一动情就来。这不说于你是有百害而无一利,并且也像点心铺的徒弟。……你晓得淡香斋待徒弟的方法不？徒弟才招来，一看见点心，那有不馋嘴的？见啥子，吃啥子，总像啥子都吃不够。因此师傅在做热点心时，便特意把徒弟喊去，让他先吃一个饱。吃不得了，还在劝他。一次两次之后，见着点心就要发呕。……男女偷情也是这样，若果一开口就吃个饱，不久就会生厌的。如其偶尔一次，比如肚子十分饿了，吃一盘精致点心，你想，这比撑开肚皮吃热点心的，那个味道长些？……所以我昨夜才叫你走。我的意思，就是要把这味道留在你的心中，让你回家去慢慢咀嚼。你自然越咀嚼越流口水，你也才会慌着要来，不至于像往年一样，定要等到开学了才来。……乖儿子，你现在该懂得我的心了不，怨恨我了么？"

楚子材只管恍然，但他心里仍很愿意当个淡香斋的新徒弟，自以为绝不会吃得发恶心的，他也有他的理由。

婉姑恰奔了进来，要找什么东西。她妈妈唤着她道："不准跑！我问你一句话，早晨，你爹爹咋个会说起楚表哥今年舍不得走？"

她张着大眼，同她妈妈一样的黑白分明而有神的眼珠左右转着，半会，才说道："爹爹没有说。"

"放屁！爹爹说了来，你哥哥告诉我的。"

楚子材笑道："表叔是说过。说我长了一岁，就不同了，往年一放假，就慌着走，半天都等不得。……"

婉姑接口道："是的，是的！爹爹是这样说过，说楚表哥往年硬慌得很，半天都不肯耽搁，一放假就跑了。"

"……并没说我今年为啥子舍不得走。"

"意思不还是一样吗？精灵人说话，那里肯说尽的。……"

婉姑已在连三抽屉内找着了她要找的东西了，便又登登登的向后面跑去了。

"……你默到澜生老实忠厚吗？他才是精灵鬼哩！年轻时候，又是当过花花公爷来的，就如今说起韩二李老幺那些烂婊子屁股虫，还在恋恋不舍哩。你昨夜对我的举动,他岂有不晓得?……"

楚子材骇然道:"一定是你出来时,表叔还没有睡着。看是看不见,或者听见了。他说过啥子吗?"

她喘的笑道:"就骇着了吗?"

回身坐在柜桌前的那张藤心靠椅上,把身边的美人床一指道:"你站得啦!今天腿杆还那样有劲吗?……唉!年轻人真不同!三十六岁以上的男子,差不多都累不得了!"

楚子材很不安的坐下道:"好妈妈,不要说闲话了。"

"昨夜澜生不是品评过吴凤梧?……这也是个怪东西,专门好男风。他的老婆,你没有看见过吗?虽是小家人户的人,倒好个样子。二十几岁,嫁跟他有五六年,听说同睡的时候很少。我想小家人户的妇女,说不上啥子见识,说不定已偷过人的了。唉!妇女家真值不得,偷了人就要着人耻笑,说是失了节。胆小的只好忍耐到害干病死,发狂。我就胆大了,可是也只好偷偷摸摸的,敢同男人家一样:只要有钱,三妻四妾,通房丫头,不说了,还能在外面随便嫖,嫖女的,嫖男的?大家还凑合他们风流。会做诗的,还要古古怪怪做些诗来跟人家看,叫做啥子情诗艳体。我不信男女既都是一样的人,为啥女子的就该守节?人人都不明白这道理。一般妇女更可恨,她们一说到那个女人失了节,偷了人,便都摆出一派鄙薄的样子来,好像自己才正经,别的人就不尊贵了。其实,我看得透,鄙薄别人的只由于嫉妒。嫉妒别人有本事偷人。正经女人多半是没胆子没本事的。这好比一些穷人看见人家顿顿吃好的,整鸡整鸭,肥浓大肉,他何尝不想也这样吃吃?因为没这力量,也没这福气,只好向人说他是善人,不肯伤生。……我这个人,历来就古怪,在娘家时,大家说,表妹是不应该见表哥的,小姨子是不应该见姐夫的。我偏不听,我硬要见,并且还要一堆耍,一堆吃,有说有笑,别人只管疑心我,却也不敢说我。我说过:要偷人,你们也挡不住我,就不偷表哥姐夫这些上等人,三小子、裁缝、大班、厨子、不是太太、姨太太、小姐、姑娘们偷过的吗？有啥稀奇？就不说一百家里头，有九十家的底子翻不得，即是那些守贞守节，守到害干病发狂的一些贞节妇女，又有几个人的心子经得在孽镜台照得呢？比如前几年走马街的那件事，说起来真笑人！……"

楚子材大抵都不甚了解她的话，只觉得她胆大、武辣、厉害，而急于要晓得的，还是她那领题的一句话。

"我的乖妈妈，乖表婶，你的话越说越远了，你安心把人急死吗？"他竟溜下美人床，扑的跪在她的跟前，两手抚着她的一双丰若有余的膝头，仰起他那焦眉愁眼的脸来。

她把他的发辫摸了摸，得意的笑道："这么大一块人，有本事偷女人，又这样的胆怯，我倒没见过，真是澜生说吴凤梧的话，有饭胆没酒胆了！……好罢，你起来，我告诉你。……我这个人，既存了心偷人，我就不怕啥子的。以前，我没出阁时，胆子更大，也还要放荡些。如今哩，有儿有女了，倒不能不有点顾忌。不是为的我，只为的他们，也一半为的澜生，不要使他受人家的议论，说他得报应。所以一起头，我便叫你放庄重些，举动言谈处处要留心，顶好是在人面前不要睬我，故意做冷淡点才对啦。偏偏你不听话，昨夜刚亲了嘴，过了脉，你看你就掌不住了。在桌子上红起一张屁股脸，两只眼睛亮得好像要吃人似的，并且死盯着我，转也不转。你表叔同你说话，你也好像没听见。说你神不守舍，有了别的啥子事情在心上哩，偏我随便哼一句，你又听见了。比如我才说：荷花咋个不打一张洗脸帕来揩揩脸？你就慌了，赶快就跑到后头去了。你以前，——不说以前，就前一刻钟，你是这样吗？并且才打过三更，不过一点多钟，你就催着要睡了，往夜是这样吗？这不是明明向你表叔说了出来：我快要偷你的老婆了！倒是今早起来，冒雨走了，也说得去，却又舍不得走。你这样不听话，我真灰心，想着我以前的几个。……"

敞厅上有人在大喊:"楚子材!楚子材!"

两个人一齐站起来,从玻璃窗心中,看清楚了是王文炳与吴凤梧。吴凤梧还是那样急装缚袴的。

"他两个说不定又来催你走,你不准答应!若是约你出去,今夜早点回来,我还有多少话要同你细说。你表叔今天有两处应酬,一定又是喝得人事不省才回来的。"

他点了点头。稍为表示了一下,她虽是哑了一声,仍然仰起脸来,把那鲜红的嘴唇,撮成了一点,凑将过来。并把他肩膊结实的捏了捏。

六

最后,吴凤梧站了起来道:"既然子材人不舒服,决定后天起身,那就后天好了,事情本来也不忙在一两天。我一个人去,也不中用,为啥子呢?你是晓得的,王先生,我虽然通皮虽然可以拜码头①,但这回的事不同,我只算跟子材帮忙,罗先生下的公事,是下跟他的,他不回去,这事是接不起头的。"

王文炳道:"今天真是白费了,天气晴得这么好,新雨之后,又不热。"

说时拿眼去看那云幕卷尽露出如洗的青天,以及正午时分把庭前树叶照得如同碧玉的太阳,随又把眼光移到楚子材的脸上。只见他眼睛懒懒的睁着,眼珠定定的注视着紫荆树上一个正在织网的草蜘蛛,神气很是落寞,似乎是有点不舒服的样子。

"那你一定后天走了,子材,万一再下雨呢?"

---

① 四川的门槛话,与袍哥来往曰通皮,本身是哥老会的人,到一地方即拜访这地方之袍哥,曰拜码头。——作者注

楚子材徐徐的回过头来:"不会罢?……再下雨我也得走了。今天是闰六月初七,家姐十六日出阁,我总应该初十前后赶拢的。"

王文炳叹了一声道:"初七了!股东特别大会,定在十二开会,赵尔丰接了事,一定要到会的。事情的好歹,立刻就见分晓。据我一个人想来,赵尔丰倒也不敢咋个,这已是闹通天了的事,他再专制,敢拿对付蛮子猓猡的手段来对付我们绅士们吗?不过我们的声威也不可不壮起来,同志会的事,一点也懈怠不得。所以我总希望子材凤梧不要把新津的事小觑了,大家努点力,总有好结果的。"

"我不用说,既是自己告了奋勇,还有不努力吗?只是子材意气消沉得很,他已说过,他令姐出了阁,仍旧要上省的。"

楚子材伸了个懒腰道:"也快开学了,我为啥不上省呢?我已说过,我本不是做这项事情的材料。"

王文炳定定的看了他一会道:"倒不要紧。子材只管多动点口,多跑点路,等凤梧把头接起,就没有你的事了。不过名义你总应担当起来,不然,罗先生一定会说我的。"

吴凤梧道:"我可要走了,你们多谈一会罢。"

"往那里去?"

"我难道就这样雨伞草鞋的一天吗?第一,我要回家去换袍;第二,到陕西馆去看何喜凤的《李家湾》;第三,出北门去吃陈麻婆的豆腐酒。"

"子材呢,同不同我们一道出去走走?"

他摇了摇头。

王文炳也站了起来道:"你今天神气果然不大好,该不是中了暑了?清快丸是顶好的药。……好生将息,明天下午再来看你。……今天很奇怪,那位小姑娘竟自不出来了。……见着贤主人贤主妇代我致意。"

雨后新晴,石板街面虽是渐渐在干了,晴天积下的尘埃,虽是被雨水洗刷干净，仍旧露出它的本色：——大多数是朱砂色的龙泉山来的红砂石，这是一种顶不耐磋磨的风化石，一块石板，不必经鸡公车的重压，光是轿夫们的赤脚，就可以把它踩鎔①踩破，因为只有四十几里路程，采取方便而价廉，便只好尽量用它；也有天青色的青石，那就坚挺了，但是多半来自平羌峡，路远而价贵，一街之中，只有很少几块，说不定还是道光咸丰年间遗留下来的，只有百年前承平盛世的古人，才肯做这种垂诸永久，至少也有个百年大计的傻事的，同治以来的人，就只会取巧了。——但是仍然半干半湿，不少被脚底调成的泥浆。草鞋走上去，还吃得住，像王文炳的时兴单层皮底鞋，可就有点踩不稳了。

　　街上的人们恰也像蚂蚁一样，天一晴了，都纷纷的出了穴。不过蚂蚁还好，它们要是寻觅搬取什么食物，大都是很有秩序的，扯成一根线，出的是出，进的是进。一则不像成都街上人们那么的乱走，只管四五年来，警察局告示煌煌，叫行人全靠右边走。再则也都是用自己的脚爪在爬，并不借用其他蚂蚁的脚力来弸架子，而成都街上还多出一些顶令人生厌的轿子，——大官坐的四人官轿，以及有钱平民坐的二人对班轿，还走得徐缓点，足有让人躲避的时间。惟独一般倒大不小的官员所坐的五名大班抽换着，实际只三个人抬的拱竿轿子，跑得既快，大班们复仗恃压在肩头的是一种特殊的东西，每每临到了身旁，才猛喝一声"走！"——更其是横冲直撞，只管有站岗的警察，照例是欺压善良，绝不会理会到轿子上来的。

　　因此，即以极机警的王文炳，刚走到盐市口转角处，也不能不因躲避一乘三丁拐的猛势，而长伸伸的滑跌在泥浆中。

　　幸而吴凤梧还不曾分手，才从大众的欢笑中，——倒也不完全是幸灾乐祸，只缘都市人民富有喜剧的气分，只要有一点不平常的事情

---

① 鎔音裕，磨损也，倒是古字，川人之常用字。——作者注

出现,即如看杀活人的头,他们感情上首先激发的总是欢乐,或人便大为叹息都市的人十九都是凉薄的。——将他扯了起来,而一件白麻布长衫,一条漂白洋布裤子,不消说,是脏了,并且手肘还擦破了一层皮。

依照王文炳的脾气,和学生行动的惯例,势必要赶上前去将后面一个轿夫抓住,——惹祸的只管是前头一个轿夫,而被抓的每每是后头一个,因为跌下了,爬起来,赶上去,只来得及抓住后头的一个,这也是当时的连坐法。——打几下耳光,吐几把口水,骂几句性骂的。吴凤梧劝住了,又因为腿杆扭了一下,稍为有点锉痛,遂由吴凤梧搀到一家卖雨伞的铺子外一张款待买主起坐的宽条凳上坐下。

就像是这铺子的掌柜了,一个五十几岁没有胡子,而一条小辫子盘在剃得很高的额脑上的半老头子,披着一件粗蓝麻布背心,敞胸晾怀坐在铺门前一张皮马扎上,徐徐把手上一张当时最流行的,鼓吹争路最力的《西顾报》,放了下来,从角边老光眼镜中,把他两个人望了望。又才徐徐的发出一片老年人应有的带痰声音问道:"这位老师跌着那里了吗?……这要赶快医治方好!……其实不要紧,……大曲酒和九分散把跌处揉发烧,……再吃一点下肚,……就好了。"

吴凤梧道:"大曲酒和九分散揉,倒是对的,你同乡那里可方便么?"

"连底下人都没有,说不上方便的话。"

"那吗,回到楚子材那里,老黄的用人倒不少,他太太又是很热心的。"

"我同黄澜生不算朋友,咋个好去劳烦他家的人?楚子材今天神气不属,好像有啥子心事,又不留我们,又不同我们走,更不该去搅扰他。……"

"那吗?"

"不要紧,等有过街轿子喊一乘,仍回铁路公司老陆那里,他的那个小跟班倒很会伺候人的。……"

那掌柜又重新把《西顾报》放下,坐起半截身子来问道:"这位老师,是铁路公司的人吗?"

吴凤梧把右手大指一翘道:"还不是寻常人哩!你们是晓得罗伦罗先生的,我们这位王文炳——文章的文,炳是火字旁一个甲乙丙丁的丙。——王先生便是专门帮助罗先生开条设计,比如就是刘先生的孔明先生一样。……"

"凤梧,凤梧,不要这样散谈子。"

同时那掌柜竟站了起来,排着八字步,很恭敬的说道:"久仰久仰,王先生原来是我们罗先生的师爷,那是四川省再好不过的人了。我们的铁路,争得回来争不回来,全在先生们的手上。铁路争得回来,中国也就得救了。先生们这样的大功劳,我们咋个不替先生们效点小力?……九分散小铺就有,还是陈了七八年的,比官药铺新配的好得多。……王先生不要见外,就在小铺治疗一下,大概两顿饭工夫就走得了。……大曲酒也方便,我们顿顿都要喝一点,罐子里斤把两斤酒是常有的。……王师,你把伞放下,耽搁半袋烟,同小四把王先生搀到堂屋里去,再去烫一大杯酒来,等我来跟王先生揉。"

不再由王文炳谦让,几个人竟半扶半抬的将他一直抬到里面一条大春凳上,帮他把长衫脱了,放了一个贵州红漆假皮枕头,叫他平躺着。

吴凤梧问道:"掌柜贵姓呢?"

"贱姓傅,小铺就叫傅隆盛,已经是三十几年的招牌。我们虽然是生意人,还是晓得一点爱国的大道理。也幸亏幼小时念过三年书,平时看看唱本子,看看传子书,字还没有忘记。现在看起报纸来,还懂得几成。只是慢得很,认不清的字,懂不得的句子,也还不少,大意思是晓得的。先生们倒不要见笑。"

酒烫回来了,傅掌柜取出九分散和在酒里。问知王文炳是喝酒的,遂用酒杯将上面清的泌了两杯,递给他道:"药酒,不用菜下的。"

傅掌柜热心给王文炳揉那痛处时,吴凤梧道:"我回去一下,换了衣裳鞋袜再来看你好了。"

"用不着再来,我好一点儿自会回去的。"

"我真老胡涂了,还没有请问这位的尊姓。"

王文炳忍住痛,笑道:"傅掌柜,你不要看他草鞋雨伞这般模样,告诉你,他还是巡防营的管带哩。管带就比如以前的守备。……"

"啊!倒失敬了!那我们该称老爷才对啦!"

在旁边帮忙的王师小四都一齐张起眼睛把吴凤梧看着。

他笑道:"谬承褒奖,管带已经倒了饭了,现在蒙王先生的拉扯,也在同志会里打打小杂。贱姓吴,口天吴。草字凤梧,——凤凰的凤,梧桐的梧。——如其你掌柜生意上有油水的话,我还是可以帮忙的。"

"吴老爷太爱说笑了,同志会有你老爷这样下得身子,打得粗的,真是佛门里的韦陀了。"

"你这样恭维我,这样看得起同志会,恰好,我这把雨伞,当顶处碰了一条口,你能不能代我收拾一下?"

"这点小事情,算得啥子!你老爷明天来取,包你像一把新伞。"

"先说明白,要你尽义务的。……义务,就是光帮忙的意思呀!"

傅掌柜站了起来道:"吴老爷,你太小看我了。杨素兰,一个唱小旦的,还肯把他积攒的六十亩田捐跟同志会哩!……"

王文炳哈哈笑道:"傅掌柜可不要多心。我们这位朋友是心直口快的,因为他到处捡便宜,到处都失了便宜,所以他才穿钉鞋戳拐棍,把你稳了又稳。雨伞倒是明天准要,不可误期,因为罗先生正拜托他到新津去办同志协会。要不是一个朋友的牵绊,今天一早就走了,后天是一定走的。"

"啊！吴老爷公干在身，并且是同志会的事。……王师，去选一把好伞来。……吴老爷拿把新的去用。"

"咋个使得呢？你把我那把收拾一下就是了。"

傅掌柜又排着八字步，样子很庄重的说道："我为同志会捐一把伞，也算不了啥子！你那把破的，我留下做个意念儿。设或你吴老爷功成名就，我也好留跟后人看看，这是我们四川省争路救国好人的东西！算来，我并没有蚀本呀！"

王文炳吴凤梧两人脸上的笑容全收了，彼此瞅着，很是肃然的。

七

新任四川总督汉军旗人赵尔丰先生，是有名的赵屠户，也是有名的经营西康的边务大臣。因为有名，所以他的个性就很强，并深深自信"我的本事太大，你们都不及我！"又因为从做道台起，所驾驭的全是什么都不行而只知畏威的猓猡蛮子等。所以除他自己以及身边一小部份人，认为是神明华胄外，其他的全不在他先生的眼内，纵然挤得进他的尊眼，也不过比西康的蛮子，建昌的猓猡高一篾片而已。何况乎四川人又确乎有川蛮子之称，言其只能服从强力也；有川猴子之称，言其具有小聪明而无毅力也；有川耗子之称，言其目光短浅而又胆小善溜也；这在赵季鹤——他的号，并且有一段逸话，说他在西康曾获得一块白石头，深黑的石纹长就季鹤二字，而鹤字草写，俨然如一单脚白鹤。因此，他在公事上画的行，便也画成了一头单脚白鹤。——不仅耳熟，就眼中所看见的承平之世的四川人，也真个驯得像绵羊，忠诚得像狗，劳苦得像牛，奔波得像马，吃了冤屈毫不出声又像兔；遇事退缩生怕惹到烦恼又像龟，任凭宰杀并不躲避逃亡又像鸡鸭，歌功颂德辞美文丽则像画眉，像黄莺，像百灵子。他对四川人是这样的认识了,所以在他哥尔巽做了四川总督之后,他做梦也想弟兄再来一次承继,——光绪三十二年他哥哥尔巽来任四川总督之时,他恰以藩司护院,两弟兄已办了一次交代,当时颇传为美谈。——一则在川边劳苦了几年,又已六十几岁了,很想到荣乐的成都来,养尊处优的享享福。或许是他的运动罢,在前任总督锡良调任之后,果就迁任他来接事,大可谓为天从人愿了。虽然已经知道铁路国有政策施行之后,四川绅士们联合在反对,他却并不把这事变放在心上。他既把四川人像那样的认识了,又因在边区几年,内地的变化情形,已是不能侵入他那化石的脑际,而加以独行独断的习惯,早俨然养成了一种海外天子的气概。

所以当他在关外未起身时,他的军师傅华封,因连连接到成都交好的信函,述说内地争路情形,以及当时的绅情民气,以及大家的愿欲,请他就近探听一下新总督的意思是怎么样的。他对傅军师的答复则是:"四川的绅士吗?我在四川几十年,那儿瞧见一个像绅士的人!这样的人,敢于出头鸠众,反对朝廷,这全是王采臣沽名钓誉,不识大体,纵容出来的。你们四川人生成下贱,到底是边省,沾染了不少的夷风,所以也养成了一种畏威而不怀德的劣性。至于说到民气,可更令人发笑了!我根本就不懂什么东西叫做民气,这不过是康梁等叛逆从日本翻译出来,以骗下民的一个新名词。日本是文明之邦,富强之国,或者有所谓民气。我们中国,可不要这些新东西。岂但这些有害无益的新东西不可要,即新兵制度也要不得,这可要怪袁张二公之作俑,主张什么征兵洋操,据我看来,新兵就不可靠,而可靠的还是我们带惯的巡防营。这些枝节话且不说了,四川的事,我想,既是被王采臣弄坏,则此去,只有采诸葛公在刘璋昏庸之后,治蜀以严的办法。四川人的性格,那儿及得湖南人,这次铁路收归国有,湖南人着余抚一镇压,早已烟消火灭,我不信四川人竟会闹得成事。并且铁路收归国有,既系朝廷政策,凡属明白事体的子民,就该仰体圣意,恭谨遵行。岂有鸠众反对,一再要朝廷收回成命的道理?我们身任封疆大臣,只有公忠体国,子抚下民,凡有不安本分,迹近叛逆者,倒不管他是什么人,在籍京官也好,议绅学绅也好,总给他个依律严惩,决不姑宽!"

傅华封的头脑,也与他差不多的,自然不能改善他的意思。同时他最相信的一侄,——四少爷——一子,——九少爷——又是一般当少爷的畴范中的人物:不知稼穑艰难,不知人生疾苦,不知世界有多大,甚至不知米是否自蒲包而出,炭是否挖出来便是那样红而炽热,他们除了同少奶奶睡觉,除了闹小旦,除了玩扳指,闻鼻烟,以及拖长声气唤"来"而外,只知道"咱们赵家,咱们川边,咱们四川。"两位宝贝每每于他叔父谈言之后,老是"达达,您老人家瞧得真明白!咱们是旗人,咱们只知道北京的主子同摄政王爷,反对主子同摄政王爷的,咱们就砍他的脑袋!四川人总没有蛮子浑罢,蛮子还惧怯咱们赵家哩!成都绅士,谁有势力,谁在鸠众,就先砍谁!砍他百十个,自然就平静了,主子同摄政王爷一高兴,达达,您老人家的太子太保稳稳的拿定了。"

人只要有自满之心,加之到了暮年,却也奇怪,愈能入耳的,反是那些愈远于情理的浑小子的话。因此,浑小子的话遂得在他们叔父的信念上,重加了一层色彩。行将统治四川,临御二百余年以来未有如此之巨变的主要人物,以及其左右,乃是这么样的。

成都方面的官场,虽然有一般受了护督院王人文的影响,对于争路的绅民,充分的表示同情,充分的不以盛宣怀之蔑视内阁,蔑视四省谘议局,蔑视四省封疆大吏,不顾民情,而毅然独断为不然;但是也有和四川绅士向来疏远,而只知按照承平时节做官的惯例的;也有不知今世为何世,老相信官是高于一切,官民相争,惟有官占最后胜利,而自始就不满于护督院之柔懦,就痛恨议绅学绅粮绅们之目无君上的;还有一些,则是全无定见,总是随着上司鼻孔出气,恶上司之所恶,好上司之所好,而只知因缘为利,却又小有才能,颇善在浑水之中捞摸鱼虾,即在平静时节,尚要兴风作浪的。

当赵尔丰徐徐入关,徐徐进省,沿途与去迎接的人员们一接谈,于成都官场情形,已自了然:王人文不必说了,那是祸首,署藩司尹良,是个无是无非的好好先生,署法司周善培,向与川绅接近,虽然颇有干才,却是王人文一流的人,提学使刘嘉琛,盐运使刘嘉绅,是两个庸人,将军玉昆太油滑,也是向绅民讨好的一个人,副都统奎焕,说不上,新兵统制朱庆澜,标统叶荃,向不问事,只知练兵,巡警道徐樾,是个老实人,劝业道胡嗣芬,也接近绅士。倒是提督田振邦,颇有忠义之气,督辕民政科参事候补道饶凤藻,松潘镇总兵调充全省营务处总办候补道田徵葵,督练公所兵备处总办候补道王棪,和其他几个候补人员,倒颇有作为,有见识,向就厌恶绅士横行的干员。

他到任之后,孰应该倚畀,孰应该罢斥,孰应该揭参疏远,早就同四少爷九少爷商量得有个底稿的了,而官场中似乎还不知道。

争路的绅士们哩,倒十九都明白赵尔丰是个不易与的,并且刚愎任性,厌恶绅民,有他哥哥的脾气,而无他哥哥的手腕。要望他无改于王人文之道,仍做到官绅一致,名义上争路权,救中国,反对盛宣怀,反对端方,口口声声要朝廷收回成命;而其实则是漫天叫价,一方面希望路款有着,一方面不要缴帐查款。如其赵尔丰不来,大约这生意必可做成,何也?民众已经激动,男女老幼,无知无愚,皆已同一口吻,同一愿欲。大部份官吏,也着用民气、清议、公道、正谊等等,将其挟制住了。动辄来一个七千万人民的大帽子,后面还隐约着许多骇人武器,而若干省份,又在虽然失败而到底是革命暴动之后,朝廷终不敢悍然不顾,诚心惹一个大乱子来的。无如一瓯饭正上气时,偏来了个赵尔丰,既无望其加柴添炭,继王人文之绪,且恐他还要反其道而行之,当头一瓢冷水。不惟生意不成,不免还有意想不到的大祸哩。

一大伙人则是这么在寻思:"赵屠户未必敢把我们怎么样!一、现在是预备立宪时期,资政院谘议局俱已成立了,可见国家大事,人民应该参议,断不能再像专制时代,独断独行的了;二、我们所争的是公,是在道理中的,是为大家的生死存亡,是为的人民国家;三、我们只是据理力争,只是反对卖国奸贼,举动都很文明,既没有谋反叛逆的心思,也没有图谋不轨的行迹。即令赵屠户凶横,也断不能违背圣意,不要人民与闻政事,不许人民救省救国,而诬陷善良,横加压制的。二十世纪的中国官吏,总不能如此野蛮?何况现在民气已张,即在朝廷,已不能像从前之压迫,一省的总督,怎能大过朝廷?我们且不管他像不像王护院那样和易听话,我们仍旧在文明范围之内据理力争,誓不达到收回成命的目的,不甘罢休。"

另一小部份聪明人,却很明白这事快要闹僵了,历来走着顺风路,调子未免打得太高,不曾留出转环的余地。如今哩,戏文唱了一半,锣鼓敲得喧天震地,生旦净末丑俱已上了台。台下看客都正听得看得眉飞色舞,忘乎其形,无数的手全拍着巴掌。如其锣鼓一停,唱戏的全溜了,请想戏台下的走动是如何的?一定怒声如潮,大骂你把我们的感情激动了而不给我们一个究竟!这比如男女调情,正在大动之际,而一个自动的无理由的不干了,本来是爱,但立刻便可引出天大的恨来,非把你撕成片片,是不能息怒的。那吗,台下看客,便有本事一涌上台,不问情由,把你这般唱戏的打成肉泥!那怕平时把你捧得如天神,此刻打死了你,还要骂你骗了他,耽搁了他正经事哩!况乎,台下看客又不是什么受过教育,彬彬讲礼的君子们,——就是君子们,只要愿意挤到台下来,而能眉飞色舞,也一样会失却他的雅度,他的涵容,他的宽恕的。——而是头脑简单,感情不容易激发,而一激发便不容易遏制的野人们。然则戏不可停,仍一直唱到底吗?但是天气已大变了,黑云如墨,低压檐角,凝风不动,电走金蛇,显见一个霹雳下来,台上唱戏同打乐器的人未有不震死的。即不震死,也会颠下台去,跌个不亦乐乎。上下夹攻之势,危殆如此,然则赶快在戏文之中,插入一篇讲演,数说天变之可畏,人非大舜,断不能办到迅雷风烈弗迷,戏文诚哉好看,而雷雨打来,大家都有不好,不如及早散场,各自回去,免得打湿衣裳,而受灾害。但是,台下的人断断乎不会听你的话的。因为他们根本就不懂得触电这回事,并且不愿去看天色,他们要的还是戏文。然则台上的人先商量一下,拿一两个人在台口敷衍看众,其余的趁隙便溜。虽然也是一法,不过既无商量之余暇,而且谁该溜,又谁该留在台口牺牲呢?大家都想溜,大家只好都不溜。不惟不溜,并且想出了一种自行催眠的方法:绝眼不看天上,凝精聚神,拼命唱,拼命做,唱工做得比以前还好,还多花样,博得台下掌声不断,热而且闹当中,只等大雷打下来。不幸而死,是有命焉,怪只怪自己为什么要上台唱戏。幸而不死,则戏文唱不到底,看众也莫我如何。况乎,还有几希之望:第一、雷未必打得下来,打下来了,未必就是把人震死的霹雳,纵会震得死人,未必全台都死,我或者可以幸免。第二、雷而无神则已,若雷有神,则必横览台下之人,如此其众,灵威显赫之余,所损必多,纵令雷神厌我烦嚣,必欲示儆,说不定存心仁慈,生恐贻害无辜,而竟罢休了。这样,岂不大善!岂不大善!

但是,在闰六月十二日铁路总公司开四川全省铁路股东特别大会时,赵制台率领全城文武官员按时而至,——这算他到任之后,第一次与四川绅民公开之会晤,同时也是末一次。——据说,他本不要来的,是两位少爷怂恿他说:"借此看看四川绅士,到底是怎样一个态度儿。好哩,咱们的办法又不同,不好哩,不好到怎么样,咱们也好定一个办法。单凭大家口里说,是不够的。"那时,会长是华阳翰林颜楷号雍耆的,副会长是南充贡生张澜号表方的二人,以及股东代表度支部主事邓孝可,民政部主事胡嶸,举人江三乘,叶茂林,王铭新,彭兰莱,一干较有名望的绅士,俱公服迎到大门外。他那沉毅威严的脸色,自始至终,没有改变丝毫。到开会后,一些特选的股东,便登台说明路之所以必争,以及邮传部擅行接收川汉铁路公司宜昌总理李稷勋交去的帐款为不当。结论仍是反对卖国贼盛宣怀,反对卖路贼李稷勋,势非达到朝廷收回铁路国有的成命,不甘罢休。当场请求总督再行代奏,而赵尔丰竟毫不通融的当场拒绝了。虽然话说得委婉,而到底表示了他绝不是王人文第二。

如此,雷是要打下来的了。聪明人在这一时之后,便已感觉得希望实在太少。为今之计,只有自行催眠,把运命委诸造化,而挣扎着将戏文拼命演好起来。

八

好戏文逐日都有,中间有一段,是盐市口傅隆盛亲眼观赏过来,并引出他很多的老泪。

伞铺掌柜傅隆盛,是个五十七岁的半老头子。自言平生辛苦了四十年,从当学徒,给师傅倒夜壶,点叶子烟,给师娘烧火,倾洗脚水起,一直到当了客师,月间有了工钱了,还是不敢荒唐半分,只偶而靠着杂货铺柜台喝一杯净烧酒。七年之后,毕竟天老爷有眼睛,忽然被一个年轻寡妇看上了,认他是个诚实可靠的手艺人,甘愿带着二百两银子,外搭一个半岁的遗腹女儿嫁给他。而后他自己也开了铺子,自己当了掌柜。但是仍旧做着手艺,不敢偷一刻懒,只每天到打二更收工之后,总要喝四两烧酒,陪着掌柜娘喝,不再在杂货铺去靠柜台了,这就是他顶高兴的事情。数年之间,虽然儿女都有了,并又把铺子买定了,他还是那样起早睡晚的一点不变。——也变了,是生理的变,肚子变大了,身体变肥了,眼眶变泡了,出气变粗了,手指渐渐在变僵直了,头发渐渐在变花白了。还有,就是自三年以来,烧酒变做了大曲酒,只在打二更喝的,变做了每顿饭都要喝两杯。还有,就是近两个月的剧变,一不做手艺时,便要同人谈四川铁路,谈得口沫四溅,意气扬扬,仿佛铁路股份里,他的股太多了,才这样比董事们还关心。看《西顾报》,看《启智画报》,看《同志会报告》,也是这时候才习惯的。

说到傅隆盛之看报,又要归罪于陈荞面了。

陈荞面是个四十来岁,尚未娶妻的汉子。大约不是成都人,但是在东西御街挑着担子卖荞面,却已有好多年了。他做的牛肉臊子,鳝鱼臊子很不差味儿,生意原是好的。大概少城公园与他的运气是有关的罢?自从少城公园有了以来,两条御街竟不像以前那样!除了铜器铺外,只有公馆院子;而经营小饮食店,如素面馆啦,心肺馆啦,蒸牛肉带荞面铺啦,烧腊带小酒店啦,色色俱有,似乎都不亚于姓陈的担子,似乎都与姓陈的荞面担子在作反对。同一样六文钱一碗的东西,在他看来,都差不多,而买的人总说他的比铺子里的少;尤其是一般妇女家和小孩子,较量得一丝不苟。于是陈荞面的老主顾都反叛了。纵然他发誓说:"以后我定然挑多一点,"也招徕不回来了。而且大家还说他臊子的味道也做坏了。有一天,竟着一个极讨厌的丫头,在鳝鱼丝中,发现了一根断麻绳。因为被油煠得有点蜷,而又是黑的。这本寻常极了的事,而那丫头抵死说是一条毒虫,并像发现了某个男女的秘密一样,立刻就传遍了半条街。自此以后,陈荞面的生意,大有江河日下之感。他岂不可舍此二街,另辟一条新途径吗?那你又外行了!成都省城街道虽多,而能容纳肩挑小饮食担的偏僻街道,仍旧只有那些。同业的如此多,某根担子走某几街,虽没有头脑分配,然而至少都是有十年的历史,主客两方,既熟悉而且有感情了。你一根陌生担子,横插进去,诚然也没有人阻拦你,但一听你叫卖的声气生的,而你所卖的还是荞面,那吗,运气好哩,或可招揽几个过街主顾,至于住家人户,谁睬你的?他们是只照顾声音熟悉的!所以两条御街的情形一变,陈荞面就只好倒霉。

陈荞面与傅隆盛是间壁小茶铺里吃夜茶的朋友,有时在小数目上也是有无相通的朋友。陈荞面倒了霉,傅隆盛很为表示一种同情的慨叹。不过也只慨感而已,他能用什么方法有助于他呢?虽然傅隆盛是一个掌柜,但他是一条枪出身的,除了少数的同业,他认识谁?认识的人不多不杂,而要为一个穷困朋友打算,岂容易吗?

傅隆盛借给陈荞面的本钱,已要满五千文了。直到六月初间,只穿一件汗衣时候,一夜,在茶铺里,陈荞面走来时,是那样兴匆匆的。几个月来难得看见的傻笑,居然又摆满了一脸,把眼角上的鱼尾纹挤得同那时的彗星一样。并且一走到桌边,就大声武气的喊道:"傅大爷早来了!茶钱,茶钱,今天我这里拿。"

他惊异的问道:"今天的生意好了吗?荞面合脂①都卖光了罢?"

"哈哈!今天没卖荞面!生意却好!赚了四百多钱!这里奉还二百钱,以后果都像今天一样,顶多二十几天,就可把你大爷的债帐还清了!……嗨!堂倌!拿开水来!"

凡是这等供应本街生意人吃茶的茶铺,夜间生意总要热闹些。大家作了一天工,到晚,总要休息一下,纵然要做夜活,而这半点钟的休息,总是必要的。铺子上不是休息地方,街上更不是休息地方,应这需要的,自然只有茶铺。花三文钱,不但可以把茶喝够,并且有朋友谈论之乐,又可听新闻,又可把一天未曾使用过的舌头同声带尽量的放大使用。也因此故,谈话的人似乎都有点燕赵之士的气概。

茶铺里人虽然多,这时的洋油灯还没有十分普遍,光被四隅的,仍是点菜油的三心盏。偌大三进茶铺,仅仅点了三个三心盏,光是那样的黯淡,致令傅隆盛要仔细看看陈荞面的脸色是否像害热病的样

---

① 成都人呼一种细的米粉曰合脂。——作者注

子,也不得不极力的将眼睛眯上。

陈荞面哈哈笑道:"傅大爷,大概没有听懂我的话罢?我再告诉你,我赚了四百多钱!不是卖荞面赚的!我今天改了行,卖报纸,是卖报纸赚的钱!这下你该懂得了?"

"卖报纸?"

"是嘛!卖报纸!这是七十二行以外,新添两行当中的一行!"

"新添的两行?你又把我考着了!"

"哈哈!我在昨天上午,还不是不晓得?昨夜没来吃茶,就因为我那赵老表在下午跑来找我,他说:'老表,你的生意既然没做头,我来举荐你改一个行!'我问他是那一行?要我再从徒弟学起,那就来不及了。他说:'是七十二行,便得当徒弟,如今新添的两行,是无须乎学的。第一行,是同志会的讲演员。这不是你我粗人吃得落的,顶低的都得是那些讲过圣谕的斯文人,要认得字,要有口才,才能宣讲同志会的东西。还有一行,是卖报纸。以前的报没有拿在街上叫卖的,这是近一个月来才作兴起来了,倒是一桩好生意!在报馆里去贩一百份报,打七折,花七百钱。只要跑得快,先从偏僻街道卖起,一直卖到城外,半天工夫,就卖完了,净赚三百钱。若果来得及,卖三百份,就是六百钱。到下午卖不完的,赁跟人家看,每份五个钱,夜里收回,退还报馆。只要认得人,说几句好话,二三十份是满可掉换明天的新报。报馆把剩下的报寄到外州府县去,他们煞阁还是不得蚀本的。'他又告诉我,顶卖得的是《西顾报》,是《启智画报》。这两家的报贩子,都是有一定名额,生人简直挤不进去,他已经做了个多月的生意,报馆里他已上了底的。现在汪大老爷仍叫他进学堂去当小工,他说,街道也跑厌了,息息脚也好,又舍不得他那底子,所以才喊我去顶替。"

"哦!也是你霉运走完了,该有几天饱饭吃,因才古古怪怪有这桩生意来找你。只是我不懂,报有啥子看头?那么多人肯拿钱去买来看?"

"我今天做头一天生意,还不坏,卖了四十七份《启智画报》,剩下三份,退了。卖了四十份《西顾报》,赁出了十份。惟独《同志会报告》顶销得,八十份,三顿饭工夫就卖完了,大家还抢着买。可惜每份只能赚一个钱。我不大认得字,也不晓得上头说些啥子,想来一定有道理,所以才有人买。明天我各样留一份跟你大爷送来,你是认得字的,看下子,到底写了些啥子东西,也使我做这生意的晓得一点儿。"

傅隆盛笑了起来道:"我晓得你存心来考我了!管他妈的,试试看,想来也同《天雨花》《再生缘》那般传子书一样的深浅罢?"

于是乎傅隆盛便从次日起,有了不出钱的报纸看了。

初看时,自然又吃力,又不大懂。但是使他感生了趣味,公然继续下去的,乃是一段记述杨素兰闻风兴起,相信保路同志会所大喊的保路就是保国,筹款方能保路的格言,不惜把他唱小旦二十年,辛苦所积的良田六十亩,慷慨捐与同志会,以资提倡。虽是不很长一段,记述得很好,文笔又浅显。傅隆盛一字不遗的把这一段念完时,他的老婆出来买小菜,不由笑了起来道:"傅掌柜斯文起来了!……你们看,……王师,小四,看你们的掌柜师傅,公然看起报来了!……你做啥子?把活路①丢下来看这东西。你看得懂吗?说点来听听看。"

"你谅实我不懂吗?你听!……"自然就是杨素兰捐田六十亩。

这是顶好的新闻,人人听了都能感生趣味的。傅掌柜能够看报,由此证实,而他每日也一定要耽搁好半天的活路了。

---

① 四川方言,谓工作曰活路,作工作曰做活路。——作者注

九

傅隆盛和王文炳认识之后，自己觉得很有劲。这倒不为有恩惠于王文炳，而只以为给同志会尽了一点儿小力。

他因为瞻仰罗先生及其他一般好人，曾牺牲了大半天的活路，而特为到铁路公司去会晤王文炳。一任王文炳如何的忙碌，他老是坐在一张笔杆椅子上，光着眼睛看他跑进跑出，一会儿又伏在书案上提笔狂写，忙到额头上汗水直流，也不得空揩洗。有时一个人匆匆走进房来，说了两句，又走了。所说的大抵是给外州府县同志协会写信的事。

别人越忙，他在旁边越是欣羡。很想怎么样帮助他一下，但是自己审一审，实在插不下手去，心里又不禁的抱歉。

有时从房间里溜出来，顺着别间房子的窗脚溜去。只要有人在说话，他一定要凝神静听一会儿，虽然许多话都不是他懂得的，毕竟他是满意而回。

一回去，等不及脱他那件一年很难上身几次的蓝麻布长衫，——说起来还是他娶老婆那年缝的，于今三十年了。幸得当年衣服作兴宽大，不像后来的窄小，所以发了体后，穿着起来，尚恰恰合式。——便唤着他老婆，唤着王师，唤着小四，甚至唤着隔壁邻居的人，畅谈他怎么样的看见了罗先生，"罗先生方面大耳，又高又胖，是个有福气的形象，无怪乎受万人凑合！"蒲伯英蒲先生，张表方张先生，邓孝可邓先生，他都隔窗子看见过，"他们正同罗先生在商量啥子事情，脸色都不好看！"

吃夜茶时，他更说得有劲，听的人自然也更多。陈荞面有时竟自忘记了去收取他那赁出的报纸。

有时,他去时,恰逢公司开会,不管是股东会,不管是同志会,他总端端正正坐在中间,无论何人上台说话,他几乎一字不遗的听在耳中。要是所听的是他全懂得的,他有那么好的记性,回去时,他可以一句不漏的复述得出来。并且每回听了之后,总不胜感动,到应该喊"赞成"时,他比别人喊得响,拍起掌来,也不惜把手心拍痛。

到闰六月二十以后,他连报都不看了,他感觉报上说得总不及亲眼所见,亲耳所闻的,来得确实,来得有味。活路也无心做了,几乎每天都要向铁路公司跑一趟。回来又要把众人喊拢来,讲述他的见闻。他老婆曾阻挡过他,抱怨他发了疯,把自己的正经活路丢了,还要耽搁客师徒弟的活路,"你安心把生意做倒灶吗?五十几岁的人了,还这样的不懂事,我看你咋了哟!"

他则大鼓起那一双水泡眼,气忿忿把一条小辫子向额脑上一盘,冲向他老婆喊道:"你们婆娘家,只晓得吃饭睡觉,别的大事,你晓得吗?国都要着奸臣盛宣怀卖掉了,还顾得生意?我们现在只有拼命的争路,若是路争不回来,罗先生说过,我们一伙子都变做了亡国奴!……哼!亡国奴!……亡国奴是啥子味道,你晓得不?……"

他老婆仍然是三十年前初当寡妇,再醮给他时的女人,诚然如他所云,只晓得睡觉吃饭,却也晓得穿衣裳,做饭,当家,拿针线,生小孩。三十年的生活范围,从未超出过隆盛号半步,所接近的人哩,只是一般远不如傅隆盛的客师徒弟们,至于左邻右舍的张婶婶王姆姆,还不是同她一样的?她又不像后夫认得字,又不能进茶铺去听新闻,在再醮的前三四年,到了夜里收工之后,后夫高兴了,还念念《八仙图》《十美缘》等唱书给她听,或同她说笑几句,讲讲外面听来的故事。其后,连这些都没有了。其后,连话都少说了。傅隆盛因为常吃夜茶,因为看报,自己不知不觉的愈变得与旧两样,而他老婆则何能及他?

问他老婆晓不晓得亡国奴的味道,他不免忘了形。他老婆诚然不晓得，即他这位较为开通的掌柜先生未必便晓得！第一，他未曾当过亡国奴；第二，他没有旅行到亡国奴的窝里去过；第三，他没有看见过记载亡国奴生活的书籍。幸而他的老婆没有反问他，他算藏了拙了。但是不多几天，他却有机会，朦胧的晓得一个崖略了。

不过得先说他看的戏文是怎么样的情形。

闰六月二十三日，铁路总公司开保路同志职员会，为的是接洽各府州县各乡各镇的保路同志协会来省的代表。

名虽是职员会，还不是和普通大会一样？无论什么人都可去参与听演说。所谓接洽各代表，那不过是一句面子话，代表的接洽，已是在小屋子里接洽了，到会场上，也不过请看一场戏文，多打一针麻醉药罢咧。

会期定在下午三点钟，傅隆盛在两点半钟就去了。自然还是那件蓝麻布长衫，白土布大脚裤子，白布琢袜，并不系袜带，一双已经穿过五六个月的旧凉鞋。因为今天热些，捏了一把尺二长的黑纸摺扇，又带了条干的土葛巾，预备揩汗。他这样的穿着起来，几乎失却了他伞铺掌柜的本色，很像那家公馆里的一个大管家。

今天这个大概很重要罢？去的人真不少！才走到三倒拐街的街口，人众已是拥挤起来。往回也有这般光景，但人众大都站在那里听消息，而今天都是向公司里在涌。涌到大门以内，简直像了戏场，人是密密杂杂的，彼此的肩头挤得死紧，两手蜷在胸脯上，恰顶着前头的背，而自己的背又着别人的拳头顶住。光是挤，还好一点，却又汗臭，又热。这可把傅隆盛苦煞了，他深悔不应该穿了长衫袜子来，他是挤过戏场的，很有经验。

挤得难以开交之时，里面铃声叮当，知已开会了。此来原是赴会的，既已开会，岂能久稽门外？人同此心，心同此理，一般猛士便大喊一声："挤进去啦！"

傅隆盛不由自己的，随着人波，也竟自浪进了三门。里面虽然也黑压压的到处是人，毕竟比过道上宽舒得多，寻到一个角落上站住，二尺之内，还不会着人挤将来。

先把周身一检点，果其不然，珍宝似的蓝麻布长衫，皱得直同老太婆的脸一样；白袜棕鞋上，全是别人的鞋底泥。他叹息了一声，用土葛巾把汗揩了，撒开摺扇扇几扇，才留心去望演说台。罗先生正在台上，挥着拳头在演说。一则距离太远了点，再则会场里的人实在太多，总不外有好几千人，有在挥扇的，有在咳嗽的，有拍掌有叫唤"各位文明点！秩序！……秩序！……"的。以致罗先生向如狮子吼的声音，也成了海涛汹涌中一个蚊子在呻吟了。仅看得见他的大口，一张一阖，有时愁眉苦眼，然而大家也拼命的在拍掌，有时气忿忿的喝一声，台下的掌声更加响了。

大约有半点钟的工夫，傅隆盛刚好钻头觅缝，挤到会场中间，稍可听得见的地方，而罗先生却在如雷的拍掌声中下去了，他也赶快拍了几下。

继续上台的是一个声音很秀气的胡子先生，约摸有四十岁上下。他认得这是铁道学堂监督王铭新先生。王文炳告诉过他，也是一位极热心，极会哭的好人。

但今天却没有哭。也因声气太秀气了，连蚊子都不如，但也博得了不少的掌声。

傅隆盛急于要不辜负那件蓝麻布长衫之被挤皱，他总在设法往前侵略。第二次不幸，到他又挤进三四尺时，王先生也在如雷的拍掌声中下了台。

接着上来的是一个十二三岁，毛根儿才四寸来长，还用红头绳扎了个刷把帚儿的小学生，倒长得很聪俊，齿白唇红的。

台下的掌声更其拍得厉害，同时许多声音都这么在说："小娃娃演说！……好生听下子！……"

小学生态度从容的说了几句，到底孩子声带太小太嫩，传不到很远。便有人大喊:"高声点!……把声气放大点!……"这真像戏场了。

小学生脸也红了,好像自己也很着急,便拼命的叫起来:"……所以,我黄学典才……几位同学的……发起了……小学生同志会!……国家是大众的呀!……大众的……自然也有我们……娃儿们在数!……大人们都能爱国!……我们娃儿们……汪锜……古时爱国的娃儿!……孔夫子也是赞成的!……"

足足说有两顿饭工夫,口齿很是清楚。傅隆盛佩服得无以复加,他的巴掌几乎要拍肿了。

黄学典说完下去,又上来了个小学生,比黄学典略大一点。却就不像黄学典的态度雍容了,一上台就跳,一跳就哭。小孩子在台上哭,大人们竟有在台下哭的。一片呜呜的声音,简直算是在号丧。傅隆盛五十七岁的人,从他可怜的母亲在乡坝里遭瘟疫死后,三十几年以来,未曾流过的眼泪,也不禁夺眶而出,土葛巾又得用了。

大家哭了一会,那孩子揉着眼睛,开口说话时,咳嗽声,吐痰声,又东西响应起来。傅隆盛自然也在其列。

又半会,那孩子的声音——比黄学典的声音高而苍劲。——才压下了别的声音,朗朗说道:"……我等才发起了这个童子保路协会!入会的尽是娃儿们。娃儿们都有点心钱的,我们一天只省出一两个钱来捐在会中。我们现在已经在开办了。所以,我们才希望今天到会的各府州县的父兄们,听了我们的报告,回去时,便帮助各处的娃儿们都发起一个童子保路同志协会!……现在各县城各大乡场,不是都已有了小学堂吗?我们的协会,就从各小学发起,一个小学成立一个。初等小学生每天每人捐一个钱,高等小学生捐两个钱,若果全省都有协会,父兄们,我们来算算,全省大约有二千万个娃儿罢?拉平算,一个娃儿捐一个钱,每天就可集上二百吊钱,十天二千吊钱,一个月六千吊钱,差不多有九百块银元。数目虽不大,拿来助修我们的铁路，总可买点铁钉了罢？……如其我们长远的捐下去呢？……父兄们！……爱我们娃儿的父兄们！……这倒是保路的一个简便方法！父兄们肯听我的话，也不枉了……我们一场大哭了！……"他又哭了起来。

忽然一个将近六十年纪，须发已苍的老者，奔上台去，把这孩子搂着，也便放声大哭。

"是那娃娃的爷爷罢？"

"不是，不是，是成都府学老师蒙裁成！"

台下正这样的问答，蒙裁成已一手抚着孩子的肩头，一手向大家挥着，略静一静，他才喘着气，慢慢说道："诸君，到会的诸君，大家自然晓得，我们为啥子要拼着重大的牺牲来争这条铁路？不过为的保国！为啥子要保国？不过为的这般小兄弟们！……我们哩，中年以上的人，活的日子短，小兄弟们是将来主人翁，我们便得替他们打算一个生存的地位！……不想小兄弟们自己也明白了，不让我们老人们大人们独为其难，也挺身而出，来分担这保路保国的责任！……这不是可喜的事，是痛心的事！我听了两位小兄弟的演说，我心里真个说不出的痛苦！……保国的重担，如今也落在小兄弟们的肩头上！我们仔细为他们想想，我们岂不该惭愧？……岂不该痛哭？……"

于是一个会场，又变做了号丧之所了。

蒙裁成是老年人，傅隆盛也是老年人，老年人的伤心话，引出老年人的眼泪，觉得更要真挚得多。不幸土葛巾太硬性，傅隆盛的两眼几乎揩肿了。

末后，又是会长罗伦登台，把这场哭结束了后，说黄学典他们发起的一钱捐，吾人大可效法。每人一天捐一文钱，实在轻而易举，连讨口叫化的也力所能及。四川七千多万人，果然普及起来，这数目真就不小。"我们现在一面誓死反对卖国贼盛宣怀，誓死反对卖路贼李稷勋，誓死不承认外国银行的契约，誓死要把景皇帝批准归我们商办民办的铁路争回来,而一面也须多集点款子,准备来修铁路。我们已经商量了一下,集款之法不一,而一钱捐却是可以预先推行的。我们今天就通过开办一钱捐,……赞成的请举手!"

全场都是手。接着又是巴掌,又是"赞成"的呼声,闹了好一会。

"会里编印得有一钱捐的歌词,那就请大家各带一些回去劝人。"末后,说到赵制台今天又不苟会。"总之,我们还是要办到官民一致。"

摇铃散会,大家又拥挤了一场。

傅隆盛也得了几张铅印的《一钱捐歌》。本打算去找王文炳的,时候已近黄昏了。他也有点累,又急于想把这首歌拿回去念给众人听听,好先在盐市口把这一钱捐办起来。他这老年的心,真热得比黄学典一般孩子的心还热!

十

——世人言:钱钱钱,命相连。依我看,大不然,舍钱保命才算英雄汉,保钱舍命是痴男;钱去有人能挣转,人去有钱难买还。况如今盛宣怀订条约,硬将川、鄂、湘、粤,铁路完全拿与英、法、德、美、四国洋人办,眼睁睁断送我大中国四百兆父老兄弟姊妹性命,在那四国洋人的手中间。

"这一段,大家都懂得啦!下面,我就有点叽里咕噜的不大弄得清楚了。"

——君不见，英修缅甸铁路成，缅甸国名即没焉。法修越南铁路成，待越人犹如马牛鸡犬豕一般。印度铁路成，五印度就归英国管。京釜铁路成，日本上年灭朝鲜。俄修西比利亚铁路，是何等凶险，横截去我伊犁、蒙古、黑龙江的北一边。更有埃及国真可死得惨，也因欲修铁路才借外国钱，路成全归英国管，却自己债帐堆积重如山；国已亡了，如今尚在还洋款，若非埃及国人都死绝，万万少不了外国人一文钱。

"英是英国，法是法国，天主教耶稣教就是这两国人的教，我晓得的。日本国是东洋鬼子，俄国是西洋鬼子，我都懂得。啥子缅甸啦，越南啦，埃及啦，印度啦，还有啥子西比啦，利亚啦，就不明白是些啥子地方上的国了。黑龙江是晓得的，常说充军到黑龙江，那是很远很苦的地方，吃俄国的啥子铁路占去了，唉！"

——嗳呀呀，从此看，真可怜，铁路拿与外人修，譬如许了人家炸我，还答应人家四面安火线，火线一燃就炸完。这些国变了灰都是我们的好殷鉴，然而我们中国屈指上当也同然。东清铁路纵贯满洲全地面，日南满，俄北满，各驻雄兵几十师团。庚子役，日俄战，满洲居民死去多多少，皆因外国铁路惹祸端。更可怪，俄杀满洲居民不用枪炮弹，只撅他自己去填黑龙江边。安奉铁路，日本上年也曾用过毒手段：估修路，硬当差，不给满洲居民一文吃饭钱。胶济铁路，是德国人霸住山东办，路线穿过孔子坟墓背后边。滇越铁路，早已修到云南城下，法国更要延长而昭通，而叙府，直抵成都的城中间。

"不懂得的也多。满洲是啥子地方呢？庚子年，我晓得是拳匪之乱，有八国联军进北京，咋个会说到满洲去了？安奉胶济更没有听见说过，想来总是中国地方。滇越也不明白。叙州府出糟蛋，出春茶，那是挨近云南的府城，咋个那铁路会修到成都？成都的铁路，只有我们现在争的川汉铁路。难道川汉铁路外，还有别的铁路吗？这可把我弄胡涂了。不过大意还晓得一点，是说我们中国各地都有了外国人修的铁路了。唉！黄先生这篇曲子实在做得不好，太文雅了！典故也太多！"

——是这样，我们四川的大祸也不远，

"下面说得就很清楚，看起来真惨！大概亡国味道就是这样了！好生听！看你们听了，心痛不心痛！"

——那知道盛宣怀还火上加油，将路政更送得完全。路成一节兵布满，名为保路，实胜那毒蛇钻心肝。矿产送了不上算，掘坟墓，奸妇女，占土地，我堂堂中国于是就掀翻。掀翻了，无男无女，无老无少，无贫无富无贵贱，都不免手挽手，眼对眼，一齐饿死冷死，热死劳死，披枷戴锁死，千刀万剐死，相率问诸彼苍者天。天呀天，费炉锤，劳造化，何苦生了我们这不智不武，不强不毅，非人非鬼，非雌非雄，似牛似马，为奴为隶的中国国民长在世上受熬煎。

"你们看惨不惨？亡了国，连坟墓妇女都保不住。死了倒好，不死哩，这活罪真受不了呀！"

——苦呀苦！我苦极处恰是他占优胜的心快爽，灭我国后还要买我天！但那占优胜的也皆是人，可知全是自己，自己作孽何怪天？这样说来，此回定须人人拼命争回铁路归商办，而筹款妙法，就望我四万万父老、叔侄、兄弟、母女、姊妹、妯娌、每日踊跃输将这一文钱。此名便唤一钱捐。

"听清楚了没有？看来，一天一个钱，好像很不要紧，凑集拢来，就有这么大的用处。我从今天起，每天少吃一匹叶子烟，就可捐两个钱。你们哩，都要捐的！"

——一钱捐，一钱捐，一钱捐去除百难，保路保国保种的担儿全全靠你担。毁家纾难子文显，卜式输财万古传。

"这定然是两辈古人，和捐钱有关的。"

——何况今日之祸大且远，种儿国儿家儿身儿财产儿田宅儿祖宗坟墓儿都将随着铁路嫁人作陪奁。要脱这祸除非路转，谁云争转自修筹款难？况同胞既认清这次题目，谁肯忍心去躲闪，将见那众擎易举，泥丸亦可封函关。一人一钱，我中国一天就可聚集四万，区区修路何足言。说至此，我首先便把商界同胞劝。各位的财力，总比那士农工兵略为宽。

"我虽然也算商界，实在够不上说，顶多一天捐一碗茶钱。"

——昔日弦高他本是贩牛汉，犒秦师却舍得用本钱。钱虽用了，却退得秦兵救得郑国转，国救了，自然身家安。到后来赢得多钱又荣显，弦高的声名长留天地间。愿商界同胞都把这弦高当作榜样看，小利去，大利来，才算会用钱。

"弦高就是现在新打的戏本：《弦高犒师》，我看过这折戏的。"

——第二我又把二万万女同胞大声肃敬喊。

"说到你们女人家了,听清楚呀!"

——脂粉珠玉首饰头面衫,这都是污人伤财,稍有见识的断断不肯干,何不拿来作路捐?路成收息真上算,巾帼丈夫世称贤。请看那《春秋》上面:嫠妇忧宗周之将陨也那一段……

吴凤梧猛的走进铺子,哈哈一笑道:"傅掌柜改了行,当起宣讲生来了!"

铺子里的人一齐回过头来。傅隆盛连忙从皮马扎上站起来,将那张仅仅念了一半的《一钱捐歌》,撂在柜台上,又连忙把老光眼镜取下道:"啊!是吴老爷!"

听讲演的群众各自散了,因为听见来的是位老爷,不大合得拢来。

"请坐,请坐!小四,去茶铺里泡碗茶来!……吴老爷辛苦了!几时回省的?"

吴凤梧接过叶子烟竿,就小四手上的纸捻子咂燃了,不客气的就坐在皮马扎上,笑道:"昨天才赶回来,特为赶今天公司中的职员会。又因为有点特别事情,今天一早又跑去找罗先生,恰碰着蒲先生、张先生、叶先生、都在那里商量事情。我陪他们吃了早饭后,一同到公司,接洽各州府县的代表。忙了个不得开交,直到开大会前,才把午饭吃到肚里。因为记挂着你掌柜,承你厚情,送了我一把新雨伞,恰是得了用,一出公司,就跑来看你,只是空手回来的,别多心呀!"

傅隆盛喜欢得裂开一张大口,把已经在动摇的黄牙齿全露了出来道:"啊呀!还敢当吴老爷送东西?这样忙法,尚特意来看我,真就承你吴老爷的情了！一把雨伞，算得啥子？若还不中用，只管到小铺来取。像你吴老爷这样的好人，我们不敢高攀，说打朋友，作兴跟你吴老爷办办差，也是该的呀！"

"别这样说，有啥子不好打朋友，讲交情呢？且不忙说衣锦还乡，庶民同等，我还是丢了官的。你们做生意的人，现在资格几高！大家都称的是商界朋友，又办得有商会，就是现任官，你们还能同他们称兄道弟的哩。何况我兄弟向来又不分界，总是在讲平等，王先生是个学生，我同他讲朋友，罗先生是副议长，是同志会会长，我也同他讲朋友，你既是正经生意人，我为啥不能同你讲朋友呢？新津县舵把子龙头大爷侯保斋，也是我最近才打的好朋友呀！"

傅隆盛更其高兴了道："你既是这样的看得起人，我又咋个敢不受抬举呢？……你午饭恐还没有吃饱罢？我们走几步，到广兴隆喝杯酒，吃碗金丝面去。这个小东道我还当得起，顺便跟你接接风，可好不好？"

吴凤梧大笑道："才讲朋友，就吃你，这真成了酒肉朋友了！我们要打义气朋友才对呀！"

傅隆盛把手一拍，——尚微微有点痛哩，不敢拍得很重。——又把大拇指一翘道："到底你们做过官的，说话硬在道理！"

吴凤梧吧着叶子烟，顺眼把撩在柜台上的东西一看道："这《一钱捐歌》，那个散跟你的？"

"我亲自在会场里取得的。"

"你也赴了会来？我咋个没看见你呢？啊！人也太多了！……我们莫奈何，当了代表，只好到会。恁热的天，去挤会场，你真热心！……说不定你还哭过来的，是不是？"

"小学生同蒙老先生那样伤心，咋个不引出人家的眼泪来呢？……我到公司赴会，到不只这一次，往回听见各位先生演说，也有忍不住要流眼泪的时候，却不像今天这一次，硬是忍不住。本来大家说得也好，只可惜去晏一点儿，挤在后头，不曾听见罗先生的话。"

吴凤梧笑了笑，把烟蒂磕了，将烟袋递给傅隆盛。又端起茶船，把碗盖揭开，热热的吹着喝了几口道："你看这篇歌，还做得好不？"

"自然做得好，虽有些不大懂的地方，到底说得很近情。亡国奴真不是人当的！铁路既是那们紧要，咋个盛宣怀会送跟洋鬼子们去修呢？我们若不拼命的争回来，我们还能过太平日子吗？所以我一回来，就把本街几个平日通气的街邻招呼来，先把这歌念跟他们听听，等他们都懂了，我就去找街正，出头在本街公所里发起一个一钱捐会。街正不办，我丢了活路来办，天天收的钱，天天缴到公司里去。……"

吴凤梧连忙站起，伸手把他肩头一拍，脸色很是庄重的道："你口口声声凑合人家是好人，我看多少好人真能够像你这样存心的就很少！只可惜你不会做文章，又不会演说，不然，你也出了名了，或者事情还更要办得好些哩！"

"荷，荷，荷！你太凑合我了，我是啥子人，我拿啥本事去比那一般先生？"

"一般先生吗？依我看，口头行的倒多，真正做起事来，未见得比得上你我踏实罢？就你这一钱捐，早就应该办的，在前半个月，王先生已经提说过，并做好了这篇歌。偏一般先生要郑重商量，竟自搁下了。后来王先生向黄学典他们一说，他们倒欢喜得很，立时立刻就发起了一个会。前天报到总会去，大家才想起了这件事，赶快商量，打算借今天代表大会人多的机会，正正经经的提出来通过。我才献上一计：不如就叫黄学典他们来发起，小娃儿是容易感动人的，若是怕他们不会说话，赶快教一番也来得及。你是亲眼看过来，会场里可该热闹？连你都哭了，并且这样的触动，这么的热心。可见我们这些人，只管少读诗书，其实打点条，还不是要得的？……"

各家都在关铺板了，隆盛号里面也渐渐的迷濛了起来。

吴凤梧把第三次斟上的热茶喝了后，站起来说道："把你正经活路耽搁了,下一次再来看你罢!"

"走了吗?我说消了夜去不好?……你府上住在那里?"

"我那地方糟得很,见不得客的。我得空来约你吃茶好了。"

他告辞出门,一直向东御街走了下去,不几步便看不见了。

十一

吴凤梧走到黄澜生家时,首先在敞厅里迎着他,表示出百分好感的,仍是振邦婉姑两兄妹。

振邦扯住他辫子叫道:"吴伯伯,你前回说的,下次来时,跟我买个灯影儿来。……你又诳我,你又诳我。……我今天偏要!……"

婉姑在吴凤梧手臂中,一面扭着要下来,一面说道:"吴伯伯,不要买跟他,他飞歪的。……买跟我。……妈妈昨天还跟了我一朵绫片花,是幺孃做的。……"

振邦丢了吴凤梧的辫子,转过去要抓妹妹的脚道:"你个鬼女子,说我歪,我就要纠你肥屁股!"

小女孩连连向吴凤梧肩头上耸着叫道:"快些,快些,把我抱高点,邦娃子要纠我。"

"老邦,你欺负你妹儿。……我当真不买灯影儿跟你了!"

"不稀奇你的!……你爱撒诳,说白。……我们楚表哥来了,会买跟我。"

菊花拿了水烟袋同春茶出来,还道:"少爷,你没规没矩的,我要去告太太。"

"不怕你告,不怕你告!"

"走!小姐,我抱你洗澡去。老爷的澡快洗完了。"

吴凤梧一面把婉姑递与她,一面说道:"进去跟太太请安,说我空手回来,连啥子东西都没带来送太太,实在抱愧得很。"

菊花唤着振邦道:"你洗不洗澡呢?……"

黄澜生的声音已传了出来:"菊花!……打洗脸水!……端到敞厅上来!……"接着是脚步声。

振邦到底规规矩矩的跟着菊花走了。

黄澜生只穿了一件白绸对襟汗衣,大脚旧绸裤子,光脚靸着拖鞋,还挥了柄大蒲扇,一出来便说:"好热呀!凤梧,你今天到的吗?"

吴凤梧还是那件洗得快白了的蓝洋布衫,还是那一双生了眼睛的本城缎鞋,——他一离开省城,便是草鞋布鞋,甚至连长衫都免穿了。——一把黑纸摺扇也不住的挥着,迎上前笑嘻嘻的说道:"澜生哥,好吗?这一晌果然大热起来,昨天在路上,真把我晒到注了!……"

"怎不把衣裳宽一下呢?"

"还打算往别处走一趟的。"

"何必哩!已经夜了,会人也不好,就在此地消夜,喝一杯,把你的事情谈点儿来听,不好吗?"

罗升把洋蜡烛掌了出来,顺手将吴凤梧的长衫接去,挂在衣架上。

洗脸水也端出来了,是两盆,主客各自洗着时,吴凤梧便述说他是回省赴会的,新津保路同志协会,原是一个学堂里的教员先生在办,办得倒生不死。他们拿了罗先生的公事到县里,把侯治国找了出来,大事接洽,将协会改变了一番,如今算是有了声光。"前几天接到总会召集开会的通知时,楚子材出头承认,他上省来当代表的。不料到前天,他忽然害了病,不能走,大家才公推我来。昨天打早起身,又在双流县耽搁了一下,断黑时才赶进城的。"

黄澜生不很热心的问道:"你说你们的协会已经有了声光,你把经过的大概情形说点儿来听听看。"

"经过的大概情形,不过增添了几十百把个会员。也因把侯治国找了出来,当了副会长,才凭他的力量,把上下几堂兄弟伙召集拢来,大家演说了一番。学堂哩,又都放了假,找不到几个人,本地绅粮是怕事的,请也请不出来。顶吃亏的就是外州县的情形,实在不像成都省城,说起争路的事来,大家都有点马马虎虎,鼓不起劲。却也因为历来难得开会演说,就演说,连演说的人也没有弄得十分清楚,自然上不起好大的劲。就像这一次,要开会了,我同侯治国楚子材等先商量了一下。因为侯保斋侯大爷名义上虽当了正会长,到底年纪已高,烟瘾又大,一定不能到会演说,主持开会以及演说自然要推副会长出来担任了。可是侯治国又只是码头上的人,说公口上的话,那倒行,一口气背得完通本海底。但要他到台盘上来,丢了袍哥话,说一番正经言辞,可就为难他了。当下他自己也很明白自己的短处,鸩死也不肯演说,只答应到开会时,他先上台去摇铃。那吗,谁演说呢?我们晓得演说又是顶要紧的事,我们的协会能不能成立,就成立了,有没有声光,就要看演说的人行不行。那时大家都不做声,我着了急,才向楚子材说:'这们罢,你用文牍的资格,先上去说一篇,跟着我以交涉的资格,也来说一篇。凭我们两个的见识口才,虽说不赢罗先生,在外州县总可下得去了。'楚子材皱起眉毛,问我说啥子呢?我又开了个条,叫他光说四川铁路是该四川人修的,如今遇着一个奸臣盛宣怀,不惜偷偷的把这铁路卖畀了洋人,卖的钱,全由他搁上了荷包,依然要拿我们的钱来修路,路修成,拿跟外国人去运兵运粮。……"

黄澜生哈哈大笑道:"那里有这么一回事!"

"自然没有这回事,可是你不晓得,这是王文炳告诉我的密诀。他说:'你出去向人说话,总不要老老实实,有一是一,有二是二的讲。你这样讲了,听的人一定不起劲,对于你的话,一定听得轻飘飘的,这只耳朵进去,那只耳朵出来,那你讲了也等于没讲。你一定要把你讲的事，扩大到七八倍，或十来倍。比方说一个人坏，或是好，我们就得把他的好坏说到极点。他本来只做了一件好事或者一件坏事，我们得说上十件。一则听的人也才高兴，二则就有人不信，把你说的话打个对折，已经比实在的增加了四五倍，你的话便不算枉说了。'王文炳的话很对，我把我们以前的行事，拿来一比。我才恍然大悟，以前我们都太老实了。硬是有一是一，有二是二，毫无虚假奉承，所以我们越搞越不得出头。自从他向我说了以后，我就学乖了，这次在新津试了一下，居然成了功了，哈哈！"

黄澜生吹了烟蒂笑道："我还不晓得王文炳有这们大的本事，把你一个久跑江湖的人也教坏了。那你以后说的话我还相信吗？"

"这你又迂拘了。你我老朋友，我还虚假做啥子？我只说在世途上对人，王文炳这番话倒是对的。比如开会那天，楚子材得到我们那一指点，跑上台去，睁起眼睛一胡说，——起初他还有点怯场，通红着脸，手足无所措的。我邀约了两三个弟兄，结实跟他拍了几次巴掌，他慢慢才稳住了。——虽然说得太斯文一点儿，有一些话不是弟兄伙懂得的，但是大家到底着了他的麻药，把个盛宣怀竟看成了曹操秦桧，个个都有点摩拳擦掌的样子。我一看，就晓得我们的协会有了希望，等楚子材一说完，我就跑了上去，也跟他一胡说。……"

黄澜生仍是那么微微笑着道："你的话，我相信还要说得好些。"

"这倒不是我冲壳子①的话，若是高桌子低板凳，大家斯斯文文的坐着，讲点有道理的话，我自然不行，我心里头原本就没有好多道理，并且口齿也钝。若是在一般浑人跟前，说些倒通不通的粗话，叫浑人们听了，又懂得，又起劲，这却是我拿手好戏。从前在营盘里当哨官当管带时，常有这回事，把弟兄伙喊来，演说一篇，粮子上叫做训话。犯了事的，就在那时处罚，或是打军棍，插耳箭，没道理都要

---

① 四川方言，谓夸大撒谎，自己吹牛皆曰冲壳子。——作者注

说出道理来,才叫人心服。我是练习过来的,王文炳又告诉过我:'有演说时,你只管放大胆子,睁大眼睛,不要看人,认为听你讲的全是浑虫,你自然就会滔滔不断的了。'我相信他这话定是罗先生们的经验之谈,所以我那天的演说真就轰动了。……"

黄澜生把纸捻灰一弹,一面吹火,一面说道:"轰动了?你到底说了些啥子?"

"这却不能告诉你,你听了,一定会把牙齿笑脱的。……得亏我那一说,把侯治国的胆子也才引大了,兴致也才引了起来,不等我下去,他公然跑上台来,把毛辫辫一盘,大喊一声:'我也来一个!'楚子材的老人,那天到会,本来很为勉强,看他的意思,是很不赞成我们这样干的。那时也眉飞色舞的跑过来向我说:'你老哥的话真说得好!我们好好的一品大百姓,这样着人卖去当亡国奴,真不犯着!我们硬要拼死命的争,若是争不赢,就造反,换个皇帝老官,我们的路总可保住了!'你想想看,就晓得我的话可多扎实呀!"

黄澜生摇摇头道:"放火容易救火难。像你们这样闹法,万一闹大了,下不了台,后患才不堪设想哩!"

"你这番话,和我初次才回省来,听见同志总会的举动时,所想的一模一样。我那时也是很不以罗先生他们的办法为然的,心想铁路和我们有啥相干呢?统是国家的事,我们何必这样出头来争?又想着,他们这样闹法,无法无天的,设若朝廷硬不退让,硬要照下过的上谕办理,那他们不就闹僵了吗?又想着,赵大帅在川边的脾气,想他既当了一省的海外天子,那能受你几个老酸们的提调,叫咋个做,就咋个做的。不想后来同舍亲姓廖的一往还,再同他到铁路公司一走动,听了几场演说,从旁看见了罗先生他们的精神气概,我的心意才转变了。第一,我才晓得铁路同我们的干系,原来并非寻常。我们要不当亡国奴,要做一个自由百姓,便不能不反对盛宣怀去同洋人订约,把我们商办的路收归国有。第二,我才晓得方今朝廷虽是摄政王在作主，盛宣怀却能一手遮天。我们只要专反对盛宣怀，把他的黑暗叫穿，使朝廷明白他是个坏人。只要把他罢免了，同洋人订的合同自然无效，铁路既可保住，朝廷也没有啥子损失地方，这事情是一定可以办到的。第三，我这次回来，也才晓得了四川人民已经不是我从前离开成都时候的光景。以前四川，只算是官的天下，官要做啥，就做啥，那个敢出头哼一声不然。所以那时的官，才叫做民之父母，又说是灭门县官。如今却大大不同了，绅士们抬了头，谘议局一开，官就小了一半。王护院口口声声喊着官民一致，并不是他懦弱，实在有点害怕绅士们，害怕他们闹起来，他吃不住。赵大帅在川边只管说歪得像阎罗王一样，到底是天高皇帝远，猴子称霸王，他一出来，自然就明白内地简直不像关外，啥子事都可由他去独行独断，内地却不行，错半步，都要跟你打回来的。所以听说十二开股东特别大会那天，他还不是规规矩矩的到了铁路公司？他在关外时，一出边务大臣衙署的辕门时，是啥阵仗呀！钦命头品头戴的官衔旗一落桅竿，接着三声大炮，鼓乐齐鸣，队伍要摆半里路长，旗锣伞扇，全堂执事，蛮子们要全趴在地下，不准抬头，土司们在一里路外就跪下了。听说那天他到铁路公司，不过才带了二十来个亲兵，四个戈什哈，对着罗先生他们，还不是口口声声自称兄弟？他为啥这样扒？不过是明白现在的事不是压制得下的了，他也只好同王护院一样，将就下子。他这一来，我们还怕啥子？还怕他不跟我们同鼻孔出气吗？他若不听话，就连他一齐反对，他敢拿他屠户的手段来对待我们吗？常言说的，新官上任三把火，他接事至今快半个月了，连火影都没见，可见他早已胆怯了！……"

敞厅上虽只是他们两个人，却因为吴凤梧声气很大，好像在演说一样。振邦婉姑又重新跑了出来。

振邦把吴凤梧看着道："还是吴伯伯一个人在说哩！我们默到又来了客了！"

婉姑道:"吴伯伯,妈妈叫我问你,楚表哥啥子时候才来?"

吴凤梧又要去抱她,她退了两步道:"你一身的汗,我已洗了澡了。"

他父亲笑道:"乖女,竟这样的爱好起来!"

吴凤梧打着浑道:"我们闹袍哥的,自称汉流,我咋个不满身流汗呢?哈哈!……乖小姐,嘴巴儿也真乖!……进去跟妈妈说,你们楚表哥要是不害病,昨天已就来了。大概月底他一定来的。"

"啊!你起先说他害病,我忘记了问你,到底是啥子病?该不是累病了?"

"你的表侄儿,你难道还不知道吗?说他累病了,未免笑话。子材以前是不是这样,我不得而知,只是这回,我看他好生没精神。平日还有说有笑,自从那天上了路,好像换了一个人,昏昏沉沉,话也不说,一到家,就说是中了暑热。他的老人要跟他请医生,他又不肯,我约他去找侯保斋,他也好像没有心肠。后来我才拿出我的片子,约同他的老人,先把侯治国找着了,才算将这条路走通。子材哩,除了在家吃饭睡觉,简直找不着他。到他姐姐出嫁那天,才把他抓住了。我说:'子材,你这样有心无肠的,不把别人托你的事情放在心上,未免对不住你的师友罢?我们明天要在关帝庙开大会了,你不能再这样恍惚。我们原本要找你当副会长的,既然罗先生的公事是下跟你的,但是看见你心不在焉的神情,就不好麻烦你了。但是文牍一职,你却不能推卸,明天,无论如何你得到会,不然,我们一齐不管,看你咋个去回答罗先生同王文炳。'这下,才算将他激起了,果然到了会,也果然演说了一回。其后也勉强办了几天事,但是总那样的有精无神。说他病呢?又不请医,又不吃药。说他没病呢?的确打不起精神,饭量也不好,脸色也不好。问他到底是那里不舒服,他又说不出来,只说心里不爽快。他的老人也说他不像往年。——说句老实话,我们协会,不是我顶着跳,绝不会有今天这个样子;不是楚子材这样懒散，更不只今天这个样子。我们是新交，如今算是同事，也不好说得。就是王文炳问起我来，我也只是含含胡胡的，不好明白的说。——到公推代表来省的前一天，他原本自告奋勇要来，不料当真病了，通身发烧发寒，倒在床上不能起来。说不定倒是当真中了暑热了！……但在我昨天打早要走时，他在床上吵着要同我一道走。他的老人不肯，只答应他等病好了，再放他上省。……我想中暑热的病，几天内定然就痊愈了，他总赶得及学堂开课的。"

黄澜生完全相信楚子材的病是假的；楚子材之有心无肠，有精无神，是装做的；楚子材不当副会长，乃至当个文牍也甚为勉强，皆是他用的手段。因此他倒不以吴凤梧谈言之中，颇有不满于楚子材之处，而亦加以不满，而反大为欣然"孺子诚可教也！"他很想把他这种得意，向吴凤梧喊出来，很想表白一下，楚子材之所以如此，正是他指教之功。

罗升恰端着掌盘，将消夜的酒菜送了出来。菊花同何嫂也出来招呼振邦兄妹去睡觉。

话头一转，又说到本日铁路公司开会的情形。

黄澜生道："凤梧，你现在投身同志会中，算与他们已是志同道合的，所以你从前许多不大以为然的地方，现在都翻过来了。我哩，始终是个老腐败，我总相信我是客籍人，对于四川人无恩无怨，交游也寡，就在官场中，也历来是这样不冷不热的。所以我对四川的局面，自信比你们有利害干系的看得清楚些。据你说，争路的举动是对的，是有赢无输的，赵季帅也定然把你们没奈何，只好跟着你们的脚后跟滚。但是据我观察起来，恐未必然罢？"

吴凤梧见了酒，不管是白的，是黄的，已是一心都钻进杯里去了。加以肚里正饿，不客气的塞了一口的菜，又端着酒杯，只"唔……唔……"的应着。

"显而易见的。赵季帅初八抵省，初九接事，只十二到过一次公司。听说很不跟大家的面子，大家要求他再为代奏，他没有答应。并且从此不再到会，从此也不再见绅士。大家禀请他到会，他只委派周法司同劝业道胡大人去，这已可怪了。我又听说，在他幕府中参与密内的，除了四少爷九少爷外，只有饶凤藻饶大人，田徵葵田大人，王椒王大人，还有一个是路广锺路大人。这一般人里头，王寅伯最油滑，说不上恩怨，只算是一个会做官的人。其余几个，对四川绅士都不见好，尤其对于谘议局和同志会的一般绅士，平日提起，就恨不得咬下一块肉来。人事的情形是如此。加以盛大臣也并不如你们所听的是一手遮天的奸臣，端大臣听说也到了湖北，可见朝廷断不会听你们四川人的话，遽然收回成命。本来四川、湖北、湖南、广东四省，都是同一样的事情，其他三省的人都不闹，只你四川一省闹，朝廷依了你四川，又咋个对付那三省呢？何况天象又变于上，……"

吴凤梧已是好几杯酒下肚，又差不多扫光了两个盘子，方揩了揩嘴，摸着酒杯说道："澜哥，你府上的饮食，特别，精致，好吃。官场中考较的酒席，我没有吃过，就我吃过的，无论是酒馆，是人家，你府上的实在要算一等第一了。我今夜来时，本有人要请我消夜的，我都辞谢了，就是来赶你这一顿。"

"那你起初还要走呢？"

"不过做个过场罢①咧！其实心里是很想多谢你的！"

黄澜生很为得意的道："说句不谦逊的话，拙荆做点菜，确是可吃。因为先岳父就是一个讲究口腹的人。我们那位犹然待字的幺姨妹子，还更行些哩！……可是今夜却不是拙荆亲手调炙，是任凭厨子办的。拙荆这几天还不是很不舒服。"

"大嫂也欠安？想系天气太热，中了暑了！"

---

① 过场有两解，一为以手段敷衍，谓之做过场，一为脾气古怪刁钻，谓之过场大。——作者注

第三部份

一

楚子材要上省的那几天,成都的情形竟自大变起来。

四川总督赵尔丰先生,刚刚由打箭炉起身时,成都许多人士,不管是不是在争路潮流中的,大都耽了一番心:"事情如何能这样就搁下了!不搁下,老赵来了呢?"就赵先生自己的倾向与自信,也是"这般东西,给他一顿下马威,叫他给我收拾起来罢!不吗?哼!我不是王人文!"

但他才走过雅州府,他的自信心已不知不觉被路上的尘土动摇起来。

他的功名已大,位份已高,岁数又已过了花甲,中年敢作敢为的勇概,已逐渐被那持盈保泰的打算胜过了。假使四川仍然是永宁道那么大,他的官职仍然是道台那么小,或竟回转去十几二十年,那吗,他还是有本事摆出他屠户面孔:你说人不可杀,我就杀一些给你看!或者不杀,而捆绑几个去陪杀场,也会把许多人骇得不能不走到三十六着中的上着,而露出川耗子的本相的。如其他的头脑真个化了礓石,或许他的性情真个像吴凤梧所论"赵大人和蛮子处久了,也吃糍粑,也吃酥油,几几乎也变成了一个蛮子了。"那吗,他也绝不会多所顾虑,而将四少爷、九少爷、田徽葵、饶凤藻、王棪、王梓等等所主张的"以辣手对付,"放在脑里去考虑,居然着了一般和平论者的怂动,把原来的倾向与自信,修正了又修正,真修正到"好罢!只要四平八稳的搁得下去,我又何必不和平呢?"

他已经有了和平的念头,已经有了须将事体搁得四平八稳的私欲,所以才借着两位少爷的进言,于闰六月十二日,轻车减从的躬到铁路总公司来,参与铁路股东的特别大会。

他那天虽然当面拒绝了代奏,可是他却有点骇然:"几年不见四川绅士,四川绅士果真变了样儿了,气概也行,说话也行,人又那么众多,这可要小心点才好啦!"

同时又接了些京内外的电报,统叫他不要操切,说是"民气张甚,激之恐生大变,宜利道,不宜压制。"

他的自信动摇了,耽心的人们于察言观色中,便长呼了一口大气。又从许多有关系处,打听到怕事的与主张和平的极多,他们自然更乐得等赵先生自己来转弯。

如其他真个聪明,这弯或许已给他转过来了。

他又是那样的不聪明,丝毫不能把他那久已不用的脑经,拿来磨练磨练,而只是去听别人的话。一伙人说:"大人,这事非严重对付不可!那般闹事的人,本不是有好大本事的角色,只因王大人太懦弱了,才长起了他们的志气,自以为了不得。大人的威名,既为他们素所震慑,最好就趁他们心意未安之时,给他们一个迅雷不及掩耳的手段,叫他们停止争路,不准再胡闹!一切事情,静候大人电商盛端两大臣。总使川民不致甚为吃亏,而国家的政策,却不能由他们妄行反对。如其不然,便要捉人严办!这一下,他们定可以帖首就范,而后再想以后的办法。……"这话,他觉得对,立时立刻就有采用的意思。

但是另一伙人来说:"督宪,现在民心如此愤激,如此浮动,看来绝不是光用严重对付的方法,可以把它安静得下去的了。盛大臣的失计,本已昭示天下。国家政策,岂有不先交资政院议决,不先由内阁商讨,再旁征分省谘议局的意见,然后决定施行,而乃仅由邮传部单奏请旨,即便颁行了?川民感觉切肤之痛,势所必争。而粤湘鄂三省之所以无私言者,因商款民款概由朝廷筹借洋债归偿,人民无所损失故耳。盛大臣之所以独外川省,并决定仍以川款修路,损失之款,不予偿补,一方固是视川民易与,一方也视川省官吏如无物,这就连督宪也在内了。方事之初起,人民便已纷然反对,王护宪亦力陈其不可,然而盛端两大臣仍不顾也。在盛端两大臣之意,川民反对,川吏自能镇抚,不使他们所定政策,微有变更。川民吃亏,利在两大臣,川省官吏则为之受怨,王护宪之所以宁受朝廷责备,而绝不愿为盛大臣之鹰犬者,正以此中利害,太为悬殊,代人受怨,又徒为国家造乱,为不值耳。至今官民合作,既成风气,盛大臣或已少有顾忌。只须盛大臣以对粤湘鄂之方法,平等对川,则川民自然宁息。如今若一变王护宪之行,而加以严重之干涉,诚恐有大不善处。不若仍出之以和平,纳之于轨道,既免朝廷西顾之忧,又足以救国家损失,人民则感恩戴德,宪台自功名盖世。……"这话也很入耳,他觉得也有采用之必要。

他的心情就这样柳丝般的东边一倒,西边一倒,他的举措也就那样钟摆般的向左一下,向右一下。

他这个当中心的既然如此,局面的越加纷乱,自在情理中了。

不幸,因为川汉铁路宜昌总理李稷勋的去留一事,更使得邮传部同四川的铁路股东走上了厮杀道路。

照理,李稷勋是四川铁路股东公举充任的宜昌总理,无论如何说法,总是四川铁路股东所雇用的人员,四川铁路股东,比如就是主人。当铁路收归国有的上谕颁布之后,当主人的尚在反对,不承认这件事,而当雇员的,理应要等主人的地位决定了,再定自己的行动方算对的。但是这位雇员却甚为别致,并不等主人的命令到来,竟自抱着帐簿投到邮传部的名下,请求邮传部准予接收核算。这一来,当主人的自然生气,自然就飞去一道命令,将他开消,并不准他擅自盗卖产业。无如宜昌是湖北省所管,距离成都那么远,总理有官场保护,又有经济权在握,他硬不听话,股东们也就只好坐在三倒拐街铁路总公司内,大吵着"反对,反对!"格外加以臭骂外,也硬无别的办法。

股东们是如此愤慨,而邮传部大臣盛宣怀则甚以李稷勋的办法,为深明大体,公忠体国的举动。不惟喜逐颜开的俯予接收了,并说,还要奏请钦派他为宜昌总理,以资熟手云云。

这场厮杀,本可以由中间人出而解和的,只要国有商办的根本问题一决,连带的枝叶问题自然不成其为问题。无如赵尔丰先生始终确定不下他究该刚吗?还是柔呢?于是遂令争路的人,也就纷乱到忘记了所争的根本,而竟把李稷勋事件作为必须先行解决的事件,这是在他接事以后,便如此了。

但是股东们只管天天在开会,天天在讨论李稷勋的事情,却天天把李稷勋没办法。看来,非得赵先生到会一次,凭藉他那有出奏之权,是不会有什么结果的。天天请他,他总有点害怕麻烦,不敢来,只是要派周善培胡嗣芬代表来敷衍。而代表的话,又每每不甚可靠。

有一天,众股东代表们看出赵先生并非以前的赵先生,实在没有什么可怕之处。便仗恃人多口杂,于开会之际,忽然大闹起来:"赵大人这样的躲避我们,我们总不能就这样的任其不生不死下去!他既不来,我们何不一齐涌到院上去见他?"

此言一出,巴掌声便雷动了。在座的周胡二位,登时骇得汗如雨下。大概他们必是这样在着想:"我们既奉派而来,大众偏又涌了去,不说我们不才,反而还要疑惑我们煽动,将人带了去哩!"因才使出全副工夫,联合起会长颜楷,副会长张澜,费了无数唇舌,扮了无数面孔,才把乱吵、乱闹、乱骂、乱走的君子们,安顿下来。两个人拍着胸膛说："我二人代大众去请赵大人。我二人负责，包把他请来。"

赵先生那时，若不是接了内阁打来的一通电文，他本可以不再令周胡二人的轿夫，赤脚在晒得滚热的石板地上，来回跑上四趟的了；也不再使得他二人出了若干的汗，作了无算的难，才向股东代表们说好，举一位代表到院上去面商的了。

这通电文，包含了两件事。其一是：

奉旨，盛宣怀奏，沥陈川路情形一摺。所有请饬四川总督转饬李稷勋，仍驻宜昌，暂管路事；督办大臣未接收以前，勿许离工。并责成该督遵照前旨，迅速会同端方，将所有收款，分别查明细数，实力奉行，俾得按照所拟办法，早日决定，等语。均著照所拟办理！本日又据瑞澂端方电奏各节，应由端方就近迅速会商赵尔丰，懔遵叠次谕旨，妥筹办理，严行弹压，毋任滋生事端。并将详细情形，随时查明电奏，钦此。

其二是抄示两湖总督瑞澂与铁路督办大臣端方二人会同电奏川事的节略。原文是：

川汉铁路，自奉旨收归国有，川人即思反抗。迨前护督王人文代奏，奉旨严斥，始渐帖然。嗣经瑞澂因宜昌夫役数万人，诚恐未接收以前，谣诼纷纭，怀疑生事。与邮传部及端方往返电商，仍留李稷勋暂行经理，以免停工生事。工项仍就川款开支，俟接收后，一并核议。由邮传部照会李稷勋在案。此因顾全路事，绥靖地方起见，非别有私意于其间。乃川人计无所逞，辄指专擅害公，妄议辞退总理，要求代奏。传播到宜，人心惶惑，于地方治安，大有影响。虽经电饬地方官晓谕弹压，能否不致滋事，尚难逆料。查川省集会倡议之人，类皆少年喜事，并非公正绅董，询之蜀人，众口金同。非请明降谕旨，派李稷勋仍留办路，并责成川督懔遵迭次谕旨，严重对付，不足以遏乱萌，而靖地方。瑞澄等不敢避谗畏谤，披沥直陈。"

赵先生为难极了，大有感觉作磨心之苦。不禁向偶然走来的四少爷叹息："我以为四川总督还是我护院时那么清闲自在哩，不料现在比川边的事棘手极了！士绅们如此桀骜，僚属们又如此胆小怕事，想做好人，御下已是大难，而京内外的大臣们，偏生不谅，偏生把许多事推在我一个人身上！你看这电报。"

四少爷略为一看，遂说："饶道凤藻，人虽年轻，却很明白事理，多同他商量一下看？"

"不行啦！股东会代表邓孝可，已同周枭胡道同来候见，有刻把钟了！"

四少爷率然说道："既这样，就把这电报赏给他去看罢！一则，叫他们晓得，咱们对他们实在宽厚极了，一直让他们这样胡闹，闹到如此地步，并未严重对付他们一下，可见咱们以往，还是同王采臣一样的啦！其次，也叫他们明白点，京内外的人对他们是怎样议论的，少年喜事，并非公正绅董，谁又不知道呢？并叫他们看看，旨意是怎么样的严厉，倘若不再收敛，朝旨一定要咱们怎么办，咱们只好照办，那时却怪不着咱们了！"

他尚凝思了一会，才决定采纳了四少爷的建议，而他后来举棋更是不定的办法，也就因了四少爷的这一番建议。

二

后来，据王文炳向人泄漏那几天的情形，以及如何闹到罢市罢课，大概是这样的：

邓孝可回来之时，脑壳几乎垂到胸前。会众已散得差不多了，众人问他同赵制台面议的结果如何？他张着眼睛，面色惨白的向众人摇了摇头道："我大概受了暑热，头晕得很！待我稍为休息一下，洗把脸，喝口茶，再报告如何？"

他蹩进房去，蒲伯英罗梓青张表方几个人也跟了进去，接着就听见房门紧闭。洗脸水与茶，其实并未拿进去。

王文炳和他们共事已久，自比一般粗心人感觉得锐敏些，他也借着一件别的事，溜进陆先生的房间，也将门随手关上。跟着就把耳朵贴到泥壁上。

到底是侯爷府第，建筑得终竟比近代的房舍工坚料实些，以致隔一层泥壁，竟自没方法把那悄悄的语声偷到耳里。顶多只听得见喊喊喳喳，一阵无层次的响声。倒是椅凳的移动，还听得清楚些。

最后始有一片较高较为清晰的声音，结吧而沉着的，传了过来："这个……只好暂时不忙报告。……待今夜，在……在伯英家，把这个……这个商量好了，再决定。……我看，……这个是无可挽救的了！"

"无可挽救，"不必再说，事情必已演变到危险的境界了。

四个人出来之时，脸色都是那样的不自然。蒲伯英更是牙齿咬得死紧，平时放言高论，机趣横生的话句，好像全吞在肚里去了。张表方的眼睛睁得更其大，脸色似乎更黄了些。罗梓青满额是汗，喘吁吁的，似乎喉管里的痰全涌了起来。

邓孝可反而精神奕奕，他受的暑热既传染给别人，他自能轻减多了。

他向众人报告的是："赵制台赵大公祖虽是已经答应代为出奏，但他却说还要三思一下。因为现在朝廷里对于地方官所奏请的，总不大相信。上月王护院几次出奏，何尝生过效？就赵大公祖他也出奏了两次，虽未着严旨申斥，却也没发生半点儿好影响。所以他请大众镇静点，他不会辜负大家的希望的。"

但王文炳却明白这全是鬼话,要晓得真实消息,势必等到明天。

明天,还是没有消息。一般到公司来谈天说地的股东代表,以及董事职员们,依然是那样有恃而无恐的说:"老赵今天该出奏了?……李稷勋再不滚蛋,我们再打几个电报去骂他!……今天为啥子不见周秃子来呢?昨天也着我们把他方到注了!……已经闹了这么久,盛宣怀该悔悟了罢?……"

依然是上好的酒饭摆出来,吃得很高兴的。

若干人中,从无一个人想到事情万一失败了呢?或者北京方面简直不让步一点呢?或者赵尔丰竟变了卦呢?

王文炳偶尔在谈话之中,不经意的把这三个问题试着一提出,得到的答复,老是"我们众志成城,七千万同胞都已结为了一体,事情是只有成功的。……北京方面有资政院在揭参,这是我们的大靠背。内阁里王爷中堂们难道都是盛宣怀一党,就一点民心也不顾了吗?步一定是让的,只看咋个让法,于面子上才好看点!……老赵吗?纸老虎罢咧!他敢咋个?我们这们多的人!"

设若再问到"我们到底准备得有啥子利器,以防不虞呢?"一多半的人便哑然了。却也有少数的激烈派道:"有的!人民不纳粮税,不缴厘金!全省商人罢市!全省学生罢课!骇也把他们骇死了!"

在第三天的傍晚,各人应该做的事差不多快完了,王文炳借了商量一件什么,走到邓孝可房里。罗梓青恰也伏在桌上,提着笔写什么东西。

他走到邓孝可的坐椅旁边,把要说的话说了后,忽然放低声音,几乎变成悄悄话了,说道:"邓先生,你可晓得近两天来,很有些人在说激烈话吗?"

"激烈话?"邓先生当然要这么一惊问。

罗梓青已经把笔停住了,抬头把他凝视着。

他把声音稍为放高了点道:"是呀!好些人都在说,——是我亲耳听来的。——如其政府方面再不让步,或者我们不能把路争回来,不能把李稷勋撅走,我们就要以顶严重的方法来对付了,看政府同地方官又咋样来处理!……"

邓罗两个人更其凝精聚神把他看着。

他心里很为得意,知道他这一箭确不是射虚了。顿了一顿,才又说道:"他们说,如其稍不遂意,他们就要通告全川人民,誓死不纳粮税,不缴厘金,商界罢市,学界罢课,农界罢耕,女界罢织,……"

邓孝可登时就与罗梓青交换了一个眼风,脸上似乎有点惶恐,又有点惊诧的样子。

罗梓青慨然说道:"这虽然是一条绝路,却也是一个杀着。光是四民罢业这一项,已够他们吃惊。若再不纳粮税,他们必更恐慌。不过行迹近于叛逆,只好说说,作为一种最后武器,能够不使用到它,那就顶好了。"

邓孝可拍掌说:"西洋人的名言:不出代议士,不纳捐税。英国巴力门之有力量,正因有这最后的武器,足以制政府之死命。我看,我们这个颟顸麻木的政府,正该用这东西去激刺它一下,就是老赵现在之满不在乎的态度,也因他没有啥子惧怯,所以才动辄拿政府要如何如何的来骇我们,而谅的了我们除了开会外,只有求他代奏,他不代奏,我们实在没有更厉害的方法了。"

罗梓青道:"既这样说,我们何不可以就利用这机会,把那东西宣布出来,简直跟他大大闹一场,看又如何?"

"这事太大了,我看还得同伯英他们商量一下要紧。"

邓孝可又掉头向王文炳笑了笑道:"王君,我们很感谢你跟了我们这个机。"

他自然谦逊了一番,说这不过是愚者千虑罢了。

据王文炳向人说,辛亥年,四川这颗爆炸弹的信管,才是他这么不经意的点燃了的。他又说:"两天以来,罗先生他们的脸色全是那么样的阴沉,态度全是那么样的颓唐,一下听见了我的话,满天云雾都散尽了。哈哈!如此看来,啥子是了不起的大人物,要不是区区一个中学生,他们有啥本事,把这局面翻过来呢?"

虽然该他说嘴,恰好,次日傍晚又接到川汉铁路公司宜昌董事局打来一个电报。就是赵尔丰拿与邓孝可看过的那道上谕,只没有瑞澄端方的电奏节略。

那天夜里,全公司的空气就大为紧张起来,无论何人,都感觉到事情快要大变了。

会长颜雍耆到公司来时,是那么样的只管流汗,而脸上却无一点血色。慌张到话都说不出来。电报纸在两手上,也不住的瑟瑟作响,如秋风里一片枯叶似的。好半会,才丢下电报,握住张表方挥扇子的手臂道:"朝旨严厉如此,我们咋个办呢?"

张表方胸有成竹的笑道:"雍耆,你看呢?"

"我,……我吗!……"他的汗还是那么在流,跟班绞上手巾来,接过去胡乱揩了揩道:"就这样罢休哩,不说别人要笑我们虎头蛇尾,四川人如此不行!就是股东代表们,就是同志会的人,……"

"是啦!这样丧德的事,虽生犹死。"

"还不晓得瑞端二人的奏摺是咋个说的?光看这旨意,李稷勋不但去不了,并且仍然要查我们的帐,收我们的钱去用。若是把这消息一宣布,我看立刻就要出事的。……表方,我想把这电报暂时搁下,大家先来商量一个妙法。"

"有啥妙法?始终是遮掩不了的,倒不如明白宣布出来,拼着大闹一下。"

因此,到闰六月二十九日开股东审察会时,才一摇铃开会,便有人起立问道:"会长,听说昨天宜昌董事局有一封紧要电报打来,请会长报告。"

颜雍耆脸色又变了,不得已的站起来道:"请大家镇静点!消息果然甚恶,李稷勋,已有上谕令其仍驻宜昌,不许离工!"于是就将宜昌董事局打来的电报取出,颤声的对众宣读了一遍。

也不知是先商量好了的吗?抑或是偶然出此?据王文炳说,股东代表便都哗然起来,纷纷起立问道:"上谕上所说的瑞澄端方所奏各节,到底奏的是些什么?"

会长答道:"连我还不晓得哩!赵制台并没有把阁抄转来。"

副会长站了起来道:"阁抄,我也没有看见过。据我所闻,大概除了极力主张查帐收款,仍用川款修路,请钦派李稷勋为宜昌总理,不得听川人反对,而遽离工外,还请饬令四川总督,对于争路一事,要严重对付,不得稍事姑循,无论用啥子方法都可!……顶重要的,就是说四川争路的人,都不是些正派绅士,不过一伙浑小子,不知天高不知地厚的浑小子!……"

据王文炳说,会场上登时就乱了。吵闹声不说了,还有打茶碗的、掷坐椅的。幸而是斯文有礼貌的绅士们,方经会长副会长以及几个稳慎的董事,挥着汗,大喊了几十声:"秩序,……秩序!………各位文明点!"然后怒潮才略为平息,而坐在来宾席上的一般官员,早已惶然起来。

一个大汉子怒容满脸的捶着桌子喊道:"今天也只赵制台几位没有来,我们就请在场的宪台公祖们看看,我们是浑小子吗?是不正派的绅士吗?……"

又有一个中年人从坐位中把一位白发盈颠的老年人扯了起来,喊道:"各位大人们请看,这位伍老先生,鹿相国送过对联的,恭维他:天下翰林皆后辈,蜀中名士半门生,今年也快八十岁了,能说他不是正派绅士?能说他是不知天高地厚的浑小子吗?……"

一个有胡子的瘦人,放出他尖利的声音,高叫着道:"我们四川铁路,原是德宗景皇帝批准给我们商办。如今权臣擅改祖制,我们最好是把景皇帝的牌位设起来,日夕顶香痛哭。或者可以把朝廷感动,把天心挽得回来!……"

"赞成!赞成!"接着便是这样的一片呼声。

一个约摸二十七八岁,精神显得很为饱满的少年,却挥着手叫道:"这位先生的话,我不赞成!"于是拍掌喊赞成的都把眼睛一齐向他射来。

他红着脸,慷慨激昂的说道:"我们为着铁路事情,不惜劳精惫神,旷职废业,争了两个多月;电报打了无数,眼泪流了无数,地方大吏代为出奏,单衔入奏,一切情敝,说得多样明白!若果朝廷稍为体恤一点民心,它就早已把权奸罢斥了,把成命收回了,即或不然,也就把办法改良到合乎民意的了!何至于闹到今日,还一切不顾,只信别省总督和脚迹未到四川的端方的话,而叫我们的官吏来压制我们!我们如其再拿眼泪来争,徒为示弱,只怕你就把光绪皇帝哭活起来,还是要说你是浑小子,是不正派的人!如今世道,有强权,无公理,我们现在为争公道,只有一条路可走,就是不必要人来可怜我们,而要人来害怕我们!我们该反而求诸自己,看有啥子可以使人害怕的力量没有!……"

不甚平静的会场,被他这一番话,竟说得仅听得见几处咳嗽声音,和扇子的声音。

"……我们现在要表示力量,要使人家不能不答应我们的要求,各位,我想,怕只有不纳厘金!……把租股拿来抵算正粮罢!……"

"赞成!赞成!……正当!正当!……"这一片声,简直同打雷一样,王文炳说的。

副会长又大声补充道:"钟君的提议,只能算是今天股东代表审察会的意见,最好,得开一个临时大会,再来讨论!"

周孝怀已从来宾席上站起,要说什么。众人似乎都未曾注意,只是大喊:"请会长就召集临时大会!"

会长说:"今天如何来得及?"

"那吗,明天!"

"闰六月月小,今天二十九,明天是七月初一。大会逢一休息,开临时大会,恐怕不便罢?"

叫唤的声音更大了:"国快亡了!还要休息吗?……明天一定开会!"中间还杂有一些性骂,大概是骂会长了,也是王文炳说的。

三

铁路总公司开股东审察会的那天,楚子材正上了省。

他到省时,是下午四点过钟。按照老规矩,本应该落脚在黄澜生家,安宿一夜,次日到学堂把学费宿食费缴清楚了,方搬行李进堂去的。何况他心理上又是那么着急,要去看看相思了快二十天的可爱表姊,先想方法把这一笔债勾销了再说。

可是学堂已经开学了两礼拜,他写信请了两礼拜病假,今天赶来,恰是满假的日期。土端公的严厉,已经有过成例:上学期开学时,一个开江县的学生,原本算着日子,可于开学前半天赶到的。因为路上遇了三天雨,直到开学那天的傍晚,才赶到北门外,偏偏关在城外宿了一夜,次晨十点钟的时候,才到学堂。论起理来,这种逾期,本可以原谅的。然而土端公竟自板起面孔,一点不通融,说他违犯了学堂章程,理应斥退。那学生说了多少好话,又请了几个没什势力的人写信来说情,还是不准。那学生才被逼得不能不去投考陆军小学堂,而牺牲了两年的成绩。

虽然学堂未尝没有例外。比如说,一个姓邬的学生,就最不守规则,有土端公在场,他一定要做些花样出来,表示他那反抗的精神,以及轻蔑的情意的。叫不要咳嗽,他总要大声的咳几声,叫大家留心听话,他总东张西望的摆出一副心不在焉的态度。显然无一事不在与土端公故意捣乱,而土端公老是装作没有看见听见。仅一次,把他叫到房间里,轻言细语劝他:"你才十五六岁的小孩子,对于师长,总要恭顺一点才好!"他反而恶声的喊道:"我的脾气是这们样的!"众人看见如此情形,又因那学生同众人恰好,又极能受人的欺负,大家打听下来,才知道那学生的哥哥恰是土端公的顶头上司。他为了这个监督位置,曾不警觉那学生在旁边,而向着他哥哥磕了无数的头,请了无数的安,说了无数不好听的话。他受恩深重,如何敢不让这位小英雄故意侮谩他呢?就他自己,也不惜当着众学生这样的表示道:"小邬,你太欺侮我了!我若不看你哥哥面上,我真要把你弃如腐鼠了!"

土端公是这样一个有品德的好先生,假使楚子材的父亲是提学使衙门中,或学务公所中一个有势力的人,——就不是他父亲,即令黄澜生有此地位也一样的。——他就不必请假,再迟来一二礼拜,依然是可以入堂,而品行分数仍可以包得一百分的。他背后既没有这样的势力,那他进南门时,安得不令他咬着牙巴,暂时把好的会聚牺牲一夜,而赶到学堂,做一个不违背章程的学生。

但他一进学堂,就大为惊异,学堂里的景象,何以并不如前此之静穆,之有秩序,而不许学生逾越的禁地,——监督室的窗下,监督的会客厅,监督散步的走廊。——也有许多学生聚在那里吵吵闹闹的说话。"此系重地,学生等不得无故闯入,违者记大过一次!"的木牌,也竟自没见了。

自习室里更其戏场似的,而在不许可的时间内,几处空地上,也居然有打木球的,有拍毽子的。

还有令他吃惊的,在缴学费与食宿费时,查见还有二十几个人没有到。问一问,开课已经十二天,未来的连假都没有请。并说监督已经吩咐过,就是逾期一个月来的,也一律准其入堂,并不扣品行分数。

他走进上期所住的寝室,在与自己联床的那张罗鸡公的铺上,正躺着那个专门批评王文炳不对的姓陆的同学。

他问道:"老陆,你也移到我们的寝室里来了,罗鸡公是那张铺?"

老陆翻身跳起道:"啊!楚子来了!欢迎,欢迎。……你咋个又黑又瘦,眼睛都陷下去了?病了吗?该不是把那些摸着就肯的乡姑们干多了罢?"

"放屁的话!这些圣贤们,岂是做这种事的?除非是你!……告诉你,硬是害了半个月的热病,还在吃药,要不是害怕逾限,还该保养一周的。"

老陆大笑道:"你的消息真不灵通!这一学期,土端公变成泥菩萨了。不请假而逾期的学生,占全堂四分之三。因为同志会的事,有热心在本县帮着救国的,有恐怕开不成学的,也有因为别的事情耽搁了的。听说在开堂行礼时,只有四十多人,土端公便当众宣布,以前的章程暂时无效。……"

"哈哈!世道一定要大变了!难怪我一进学堂,就见情形迥然不同。不晓得土端公何以会一变至此?"

"我想,不是受了明人指点,便是听见了啥子风声,等小邬来了一问,就明白了。"

楚子材把被盖卷向床上打开,一面整理,一面问道:"罗鸡公到底在那张铺上?"

老陆已把地球牌纸烟取出,吸燃了一支道:"罗鸡公还没有来哩!王文炳就是这张铺,可是我从前天进堂,还没有看见他回来过一次。听说还是同上学期一样,忙着在救国,忙得连毛辫儿都忙掉了!"

楚子材的床铺已打好了,——白麻布蚊帐,白洋布被单,白洋布枕头,全是学堂供给的;至于木床和草垫,更不必说了。——铺上草席，书箱衣箱放在旁边的箱架上，然后坐在一张方凳上，把纸烟从老陆的唇边取来吸着道："你也才来两天。为啥子事耽搁了？"

"是你们假充圣贤的不愿意听闻的事。"

楚子材明白了他的意思。他若果在一个月以前，一定要不胜羡慕，一定要转弯抹角问问他风流况味，而弄得脸上的骚疙瘩愈益发红的了。现在，他心里好像有片声音要大喊出来："老陆，你不要太蔑视人了！我还不是尝过了女人的滋味，而且是正经女人，是有情有趣的美人儿哩？比起你们内江那些拿钱买得来的烂婊子，不知高贵到何等！要是你晓得了，才该你垂涎哩！"

他想起了"口要紧，身要稳，"的嘱咐，只好把那将次大呼出来的愿欲，努力的压抑下去。顿了一顿，他才换个题目问道："你们县里也有保路同志协会了吗？"

"有的。是我们几个本家在办，天天开会，闹得好不有劲。我却不管，一个月的假期，耍还耍不够。……楚子，我今年运气又好又不好，碰着一个从泸州来的姑娘，耍了二十多天，我真有点舍不得走了。就是大哥太不近人情，他自己不明白天天夜里抱着老婆睡觉，对于我这个快要二十岁的老弟，偏说不该嫖！不说也好，那他就该跟我讨个老婆也罢了，偏又要卖弄他二四先生①的知识，说是不到中学毕业，是不应该讨老婆的。他妈的，硬把我的那个人逼下了重庆，把我逼上了成都！……"

楚子材回想到自己在新津时的那种心情，也不禁愀然的看着他那要哭不哭的脸子。

"……三天了，简直没有上过课，心里总是那样丢不下。"

"你连缺席都不怕了！"

---

① 清光绪末年，风气初开，川中曾有大批读书人，东渡日本，肄业日本八月速成之宏文师范班，归而大讲维新，蜀人讥之为二四先生。二个四月为八月也。——作者注

老陆扮了个鬼脸，又笑了起来道："再告诉你，土端公虽没有亲口说过，讲堂上却是在实行，几个监学都没有上讲堂打过缺席了，说是四周内不打缺席。这学期，土端公又太宽了！"

"那不是连出进都可以不请假了？"

"自然喽！你打算出去吗？……也好，我也闷得很，我们先到少城公园去吃碗茶，断黑时，找个小馆子喝杯酒。"

楚子材毅然决然的道："不！我得先到舍亲家去。其次，病还没有好，得在舍亲家好生吃副药。"

他将衣箱打开，把送黄澜生家的礼物取出，用包袱包了。

老陆虽仍旧向床上躺下，犹然问了句："你当真吃药要紧吗？"

且不说老陆，就是较相好的罗鸡公，在此刻，也未必能将他向西御街奔驰的心分得了的。

自习室里，空地上，操场上，原先的禁地上，仍是那么吵吵闹闹。却也有读书的声音。几个年轻美丽而带女性的小孩子，也正被一伙年纪较大，而正患着性饥病的同学，欺侮得又在躲避，又在笑，又在尖声的叫唤，而又不免有点故意在卖弄，在挑逗。

同班熟人，于一月暌别之后，岂有不打招呼的？他却有意的把这些有趣的麻烦躲开了，而一直跑出学堂大门。

大门外好几根卖零碎饮食的担子，十来个同学，有吃抄手的，有吃荞面的，有吃汤圆的。他也深深感到尚未吃午饭的饥饿，须得安慰一下。可是不敢再耽搁一分钟，他急于要把眼睛与精神上的饥饿安慰了，再管肚子的事。

走到黄公馆的大门，他是那么高兴，觉得脚底下有点飘。看门老头子不在门口，有什么事情走开了。他还待人通报吗？直走进去好了！

他心里不住的跳，想着见了她，不知该怎样的述说这二十天的相思之苦，该怎样的亲热她！表叔不在旁边，振邦兄妹也不在旁边，菊花何嫂也不在旁边，那时，……

他到了敞厅,黄澜生恰穿着汗衣裤,把辫子盘在顶上,抱一根水烟袋,站在院子中间,一只大的冻绿瓷的金鱼缸之侧。

"子材来了吗?可是才到的?"

照规矩一揖之后,略略说了一下到省后的情形。他一面拿眼睛去看上房,静悄悄的,连振邦兄妹的影子都不见。心想:"要黄昏了,定然在后面洗澡,大概就要出来了。"

把长衫脱了,把礼物交待了,罗升端出洗脸水来,也洗了,端出茶来,也喝了,纸烟吸燃,应该说的话已起了头,罗升又将洋灯点燃,而要见的人,仍旧没声没响的。

他忍不住了。黄澜生正问到他:吴凤梧第二次回新津去后,南路同志协会,究竟发展到什么样子。

他如何不回答呢?幸而那时他正在害病,许多事他没有过问,所知便只是一个大概:"袍哥的势力可真惹不起!外公的一张片子出去,邛州雅州府两属的县份,登时就响应了。大家都说,侯大爷既是这样招呼了,我们咋好不接罗先生的公事?叫我们争路,我们就争,叫我们保路,我们也就保,管他这路是那个的。不但各县城的同志协会全成立了,就连各乡场上也有了分会支会。吴凤梧到底当过管带,人又活范,大家很是看得起他。他是交涉员,自从当了代表回去,越发活动极了。常常在各县跑,各乡场跑。倒是我们侯么舅,还清闲些。……我同他只见一面,因为病得躺在床上,他只说了几句话就走了。……听说他目前像在教练啥子同志军罢?他没告诉我,么舅也没说,只从爹爹口里,听说有这件事。大概是他,在省城商量好了的。……"

一支纸烟已吃完了,肚子里也饿得呐喊起来。上房还是没有一点声响,只希微有点儿灯光。

黄澜生把吴凤梧议论了几句,说他真猜不透这个人,在前还认为他是没有蛇耍了,借一件事练练手。不想他竟这么热心,"还要练同志军。同志军练来做啥子呢？难道要造反吗？……唔！不说他没有这吃雷的胆子，就罗梓青等人，也不敢作这样的叛逆之想呀！……唔！也难说！彗星都出过了。天象已变于上，人事难免不应于下的！……"而后，又问到楚子材既把文牍的事情丢脱了，难道真就不再加入同志会了吗？

他只管五心不作主的，却也只好答道："不再加入了！上次本是王文炳强勉着我的，我不是做那种事的材料，所以才听了表叔的劝告。……"

看门老头子进来向黄澜生说道："外老太太请老爷就过去。说客已到齐了，等着在。"

楚子材问道："表叔要走吗？"

"是啦！明天是丈母的六十晋一大庆，今夜祝寿，也有几桌客，又有洋琴，内人带着儿女一早就去了。"

啊！所以直到此刻，竟自没有声响。早知如此，不如同老陆逛公园，吃小馆子，还使得这颗心稍有一点着落。如今呢？

他全身都软了，感觉了一种入骨的疲乏，等不及黄澜生穿好衣服出来，他竟自落落漠漠的走了。

四

假使她叫他定于今天此刻来，假使他写信通知了她说是今天此刻来，假使她母亲过生不是真的而是她借口的话，那吗，他都可以像现在这样怨恨她。他自己，又何尝不知道他是毫无理由的在怨她无情无义？他为她害了这样一场大病，——病也未见得是相思病，医生和他家里人都一直说是中了暑热。——把什么事都丢了，——他自以为同志会的事他是有本事干下去的，所以不者，就是想见她。——特为她扶病冒热上省，——他也不承认是为学堂而上省的。——而竟自连面也见不着。他想来，他没一点过失，他对得住她极了！她是无情无义的！他怨她恨她，至于心痛。"那个鬼老娘子也可恨极了！一年三百六十五天，那天不好生，偏偏就生在明天，好像故意与我做反对似的。……总之，是她的不好，妈过生，明天是正日子，明天回去不好吗？为啥子今天就回去了？既然今天要回去，在临别时，就该告诉我，她是那月那日的生，我也好早两天或迟两天来呀！横竖土端公这一学期又这们宽的！"

其实，迟一两天见面，何尝不一样呢？如其自己不害这场鬼病，不是早两周就来了？早两周就见面了？就说话了？就亲嘴以及其他了？这全是自己延误了的！走的时节，本说是顶多十天就来，她不是还叮咛了又叮咛，叫不要误期吗？可见今天之见不着面，何尝是人家的不是，全是自己做错了事，天老爷给与的处罚！上天示罚，你还不承受，还怨恨别人，那你准备着，还有厉害的处罚在后面哩！

心思这样反正的想着，一连走过了好几家饮食店，他全不知道，差不多走到贡院街了，才被一伙人的吵闹警醒了。

街面本来不大宽，又在街口上，东西南北的行人既那么众多，来往的小轿子也不少，在这地方上来理论是非，争曲直，固无怪乎一下就扎断了街。

先是几个人的吵闹，已经够把你的耳朵震聋。因为成都一般人的习惯，在平常谈话时，已经是那么在使用喉咙。一旦奋争起来，更恨不得把喉咙变成一种扩音器，用声音的威力，把对方镇压下来。古人言人之相争，有所谓斗智，有所谓斗力，今人言人之相争，有所谓斗嘴。至于成都一般人的相争，则是斗声了。斗声不仅是对敌的人，还要加以解劝的人，有时解劝人的声音，喊得比对敌的人还要大得多。

在众声齐奏中，约略可以分辨出一伙人是这样的在喊骂："日你妈！……亡国奴！……凉血动物！……晓得他妈的是啥杂种生的！……打死他狗日的！……你还敢辩吗？……"辩的也隐约可以听到："日你妈！……老子又没说你龟儿！……老子说别个，把你龟儿就惹着了！……"解劝的人则无所是非，只是喊说："算了嘛！……都是熟人！……大家无心的说几句、算啥子？……"

还是要等到站岗的警察听不过了，走来，各各教训了一顿，才把这场戏结束了。

听热闹的人众散开，也才把那片卖烧鸭和卤牛羊杂碎的老酒铺显露出来。它隔壁是一家牛肉面馆，都在门前悬有一块小小的金字黑漆木牌刊刻着"教门"二字。而贡院街皇城坝回人所独卖的牛肉焦粑儿，正在锣锅似的铁锅里烤得香气扑鼻。

这又把楚子材已经忘记了的饥饿勾了起来。这下，可就忍不住了，肚里需要得很。

他走进老酒铺，叫了六十个钱的烧鸭，两只卤羊尾，一碟卤牛肚。一面喝着滚热的，味苦而色黄的米烤的老酒，一面叫堂倌到隔壁端了八个焦粑儿，又煮了一碗牛肉面。吃到差不多了，才端着青花瓷的酒碗，听隔壁的酒客议论刚才斗声的事情。

两个人都是有了年纪的小商人，披着麻布汗衫，挥着扇子，一个说："年轻人的性情都是那们慈法！你就要说同志会不该在农忙时节，闹得把收成耽搁了，也该好生说呀！何犯着鼓起一双牛卵子眼睛，就像同志会把他老子娘杀了的一样。幸得大家都是熟人，吵几句到罢了，如其是生人，这一顿不要挨上身了吗？"

那一个则说："同志会本来就不应该说，人家为的啥子事啦！我看那年轻人，一定是乡坝里一个啥都不懂的小粮户，只晓得多收几石租谷，穿衣吃饭，铁路租股，他一定没有出过，所以才这样不高兴同志会。……"

再把耳朵伸长点，好几个座头上的言语，全是同志会在做题材。

他起初还留心在听。倒不是为的打听同志会的消息，也不是为的博采一般人对于同志会的见解,只是想利用一种无干得失的语言,来充满他这空落落的心窍。然而到底不行,无干得失的语言,毕竟是一般风,由这窍吹入,毫不停留的便由那窍逝去了。心一空,而原来的不快,便又涌了起来。

不过肚子吃饱了,神经也被老酒稍为麻醉住了,想到不高兴之际,再不像起初那样的乱法,那样的悲哀。

他忽然讨厌这郁热而嘈杂的老酒铺,更讨厌去听那般小商人同情于同志会的议论。他觉得除了听她那有趣味的悄悄话外,无论什么语言都是无聊的,不中听的,同他在乡坝里所听的一样。

老酒又是发汗的东西,三碗之后,全身都水湿了。他不能再勾留,赶快把钱付清,提着脱下的长衫走到街上。看着打赤膊的行人,一伙走过去,一伙走过来,他自己问询往那里去呢?学堂是绝不想回去的,说不定她祝了寿还是要回来,明天再去拜生。这本是可能的呢,何以起初竟未想到这层?他笑了笑,自己承认看惯了乡间的行动:凡走人户的,从没有当天去当天回的,本来路是那么远法,动辄几十里,城里一定不同,南北城门相距也才九里三分啦!

他重新走到黄公馆时,画着五福捧寿的亮纱门灯已点燃了。看门老头子正萧然的站在街边,徐徐的咂着叶子烟。

他挟着希望问道:"太太回来了吗?"

"啊!是楚表少爷!"看门老头子忙将叶子烟竿顺在背后,"还没有哩!……听说表少爷在办同志会,这倒是好事,办起来,我们的国就得救了。……"

"老爷哩,可回来了?"他已跨进了二门,一直不理会他说同志会的话。

敞厅里黑魆魆的,显见老爷也没有回来。老爷一定会同太太回来的。大概还早,省城不比乡间,吃完消夜,总在三更后了。

菊花跟太太走了,罗升跟老爷走了,何嫂点出灯来,自然又要无聊的攀谈几句。何嫂问他今夜可是就在这里歇宿？说蚊帐卧单，都是洗干净了的。铺的是老爷小床上的藤席。"太太说，表少爷是怕热的。算着你不久就要来，天气又这们热法。后来听吴老爷说你病了，太太很耽心你，说你们乡坝里头没啥子好医生，有点钱的人又爱吃补药，你该不得把药吃错了呀。说了几回，叫老爷写信跟你，老爷总是忘记了。幸好，菩萨保佑，表少爷，你竟自好了，只是比以前瘦得多。你今天走了一天，可要先睡一下？我想老爷太太回来得一定晏的。……房间里老早就打整干净了。总以为你就会来了，一吃过午饭，太太总要叫菊花来打扫，拿水来抹家具。说是你一下到了哩，就好住了。只是今天走得早，没有拿水抹。我可是拿鸡毛帚掸过的。……"

何嫂这一番话真有力量，每一句都好像一根吗啡针，把他五脏六腑四肢百骸全麻醉了。他张着眼，很想在她嘴里再探讨一些消息的。因为表婶说过，下人们没有一个好东西，全是老奸巨猾。面子上你看他那样的蠢笨老实，其实骨子里比什么人还精灵。他们能从你的行动上，看出你的意思，能从你的声音里，猜到你的心曲，并且都是坏蛋，奸盗邪淫，无一不精，对上人们的好处，是不知道的，窥测上人们的坏处，倒是十拿九稳。假使上人们一不当心，有什么短头着他们看见了，那你就算悖了趸时，一辈子受他们的挟制，到头还是给你闹得四处皆知。她说，她看得很多，曾再三叮咛他，在底下人跟前，总要少说话，尤其不要提说她一字。

表婶口口声声说自己是有经验的，所说的话都也极近情理。他是初出茅庐的浑小子，安敢不把她的话当作金科玉律？何嫂说得诚然说得那么自然，安知她不是故意来引诱他的言语，探讨他对于太太的态度究是如何，好便于她拿去做推测的资料？

所以他只好随便说了几句很客气的感谢话，便走进房去，把蚊子扇了，躺在藤席上，细细咀嚼表婶这样等待他的恩情，这样体贴他的爱意。一面深为失悔起初实不应该那样无道理的怨恨她，幸而只是自己晓得。

五

大概是藤席凉爽，庭院又极静悄的原故罢？他一直熟睡到早晨九点钟的光景，罗升进房请他起来，说是要开饭了，他才遽然而醒。

他自害病以来，从未像昨夜这样熟睡到九小时直未醒过一次。尤其是要上省的三四天，简直没睡好过半宵。

他一醒，才记起了黄表叔昨夜打更过回来，仍是一个人。从他口中，才知表婶之回娘家，也是同乡坝里一样，总要住宿两三夜才走的。往回或者不在星期六和星期日，所以他不知道，——不是简直不知道，只是毫不留心的原故。——至于拜生同年节，起码也是四五天的勾留。据表叔批评来，道理是对的。因为亲戚们不比朋友，虽然同处一城，平常没有事故，很少会面。在他初讨老婆的前四五年，联襟姻兄弟以及太太的两位老表哥，还肯来往走动，甚至打牌闹酒，几天不散的时候都有。他也肯同太太到丈人家去，一住两三天。后来丈人死了，大舅子也死了，家事不如以前。太太的两位老表哥也都讨了老婆，安了家，各有各的事情要做。一个襟兄，又常在外面就幕。襟弟哩，在学堂里当了教习。一月里头，难得齐扑扑的会聚上两次。只有三节同拜生，在丈母家，算是个好机会，远的、近的、长的、幼的男女亲戚，便都聚拢了。打牌、吃酒、说笑、谈家常、传播亲戚中好的歹的消息，都在此刻，并且大家似乎都有点忘记了年龄，若干年的老事，说起来好像新的一样。所以他太太每逢这样的一次，总要畅畅快快，尽情勾留好几天。假使不如此，亲戚的关系真会淡薄到没有的了。他如其不为了局上的事忙，他还不是要留宿下来，彻夜的顽耍？

他那时因为藤席的关系，也不再怨恨人家了，只是心里很想早点见一面,曾无意的——他后来觉得,简直是鬼神在启示他。——问了一句:"我同表叔的岳家,理起来,也算亲戚;又常住在表叔府上,既走来碰着做大生的时候,可不可以也送份礼,也去拜个生?"

黄澜生拍掌说道:"你到底懂得人情了!我看你在前两年,一定思不及此的。你不开口,我自然不好说得。你是我的表侄,我的丈母,你该喊太姻伯母。我们要是没有来往,你自然可以不加理会,如今你既住在我家,多少总要使你表婶劳点神的,她的母亲过生,你咋不该去磕个头呢?送礼到是虚应酬,磕头却认真了。妇女家又是喜欢这些的,你尊敬她的亲人,比尊敬她自己,她还高兴。况你表婶更是在这些地方讲究。比如今春,她的姐夫在此吃饭,叫你进去作陪,那是你表婶看得起你。你偏不懂得这道理,硬不进去,跟着同学的走了。你表婶好生生气,不说你怯生,偏说你看不起她。今夜,我本想叫你同我一道去祝寿的,显得你多有心,多明白,今天才拢,就赶去磕头。不料穿了衣服出来,说你已走了。幸而我去时洋琴正打得很热闹,你表婶没问到你,不然,又要不高兴你了。"

这是何等可喜的事啦!表叔如此的帮助他。半月以来,未曾有过的笑,竟止不住的从丹田里冲出了喉咙。又问送什么礼?明天什么时候去?

"这份礼,真不好配了!寿桃、寿面、寿酒等水礼,太菲薄了,表不出你的情意来。寿联哩,赶做不及了。我想,……横竖我明天不上局,等吃了早饭,我同你到马裕隆去,看是买件衣料,看是买点老年人得用的东西。虽然花钱多点,也是你的面子,你表婶也喜欢了,免得说黄家的亲戚是个没开过眼的土苕果儿①。只是要花费十多二十块钱,你身边有没有?别为了送礼,把你扯空了?"

---

① 苕果儿似乎即是红苕,一说另是一种植物之名,成都人讥乡下人动即此称之,则此植物必非佳品。——作者注

能够讨得她的喜欢，二十几块钱算得什么！况且初来，手边正是丰富的时候。

"东西买好了，要是没有别的耽搁，只须在待诏铺打个辫子就一同去。早到晚走，也才是亲戚的情谊！只是要耽搁你一天工课。"

他服了这样一剂安眠药，自无怪其魂安梦稳的上床一觉，直睡了九小时，尚不知道醒。

他醒了，精神自然健旺得像吃了人参汤，而身体也觉得强壮了许多。看着满窗的树影，满院的太阳，又听见许多不知名的鸟儿在繁枝密叶间婉转低回的唱，他也觉得有一段快乐的情歌，在心头兀兀的跳着。只是从来没有学过诗歌韵语，想不出用什么样的字句腔调将它唱出来。

洗漱之后，到平常吃饭的倒坐厅去时，黄澜生已坐着端起饭碗来了。

"你今天的气色很好。"

"是的，昨夜睡够了的原故。"

今天的胃口也很好，简直恢复了病前的状况，吃得那么香法，饭粒好像自己向喉咙里在爬，舌头牙齿全阻拦不住。整整三罗汉碗的饭，似乎还有点欠然，大概是菜炒得太好了罢？然而还不是那个老张炒的。至于冬瓜豌豆尖丝瓜之属，成都省的，那里及乡间旋摘旋吃的新鲜？

吃过饭，洗罢脸，又各各把饭后的烟抽够了，已快十点一刻，然后带着罗升上街。

街上的气象，似乎有点不好，行人不很多，进少城去的更少，铺子跟前，总聚集有些人在那里说什么。

走到东御街口，太阳又从云堆中钻了出来。黄澜生是难得走路的，便说："由这里到青石桥真武宫，还有两条街，我看还是坐轿去罢。"

他们正站在一家药铺门外等着，罗升去轿铺喊轿子时，忽然听见东头上一片人声，嘈嘈杂杂的传了过来。二十多个年轻人，手上散着纸条子，额头上青筋直暴，满面是汗，一头急走，一头同声大喊："政府信奸逼民！……人民被逼无路！……我们快罢市呀！……快罢课呀！……同胞们，大家齐心！……"跟在后面走的多少人，也这样的喊着。声音直同怒潮一样，撼荡了一切，首先被撼荡的，就是各家的铺板。大概掌柜们先就自动起来，只听见哗哗叭叭，响彻通街，俨然断黑时候，大家赶着收拾生意，安排休息的那种光景，所不同的，就只没有算盘响声，所不同的，大家脸上肌肉都那么紧张，并不像每天安排休息时那样的和悦，那样的弛缓。

白日青光而将铺子关上，不做生意，在过年时候，以前十五六天，近年人心不古，一切翻新，但也要关门五日而后交易，倒是看惯了，不足诧异。当此炎热天气，并非年节，本来从早又是打开的，忽然之间，全行关了起来，这确乎令人感觉异样。

楚子材本能的跑去抢得了几张散发的纸条，一看，是油印的，一种是"保路同志总会今以紧急事故，定于本日午后二钟，在铁路公司开临时大会，凡我热心同人，届时齐集！"其余是叫全城商界学界自即日起，一律罢市罢课的通知。

黄澜生脸色大变，本是出着汗的，忽然没有汗了。瞅着楚子材道："果然闹到了这一步！"

他不是负责的官，又不是负责的绅，罢市罢课与他何干系？他更该站在他客籍的立场上，像往回一样，说一番清凉话的。可是他不能自止的心房老是那么紧缩，两腿老是那么抖战，仿佛有什么大祸，就要落在他头上来了似的。

他又问楚子材，叫罢市罢课的油印单上，有没有戳记。说，没有。他凝着眼，又像在问自己，又像在问别人，"那吗，罢市罢课是那个主动的呢？"这倒是一个谜，一直到现在，还没有人发现证实到底是什么人主动的。

罗升跑了回来说:"罢市了,轿铺也关了,轿夫都不肯抬。"

同时,一乘小轿走过,铺门前一般没有事情可做的客师徒弟们,竟有这样叫唤的:"政府信奸逼民!……通罢市了!……还抬轿子吗?……妈哟!……"

轿夫答道:"是女轿子,难道不抬拢吗?"

黄澜生向楚子材说道:"我看这事,变得厉害。街上已是这种情形,其他各界,自不必说。我丈母那里,你不必去了,不消说,已是人心惶惶,客是宴不成了,你不去,我太太也不会怪你的,我此刻要到几个同寅地方打听打听,你最好下午到铁路公司走一趟,我夜里听你的消息。"

一说完,就带着罗升向三桥走了,他是那样的慌张,楚子材还要同他商量一下,也来不及了。

六

楚子材回到学堂的时候,罢课的条子,凡柱子上壁子上全贴满了。却不见一个学生。

他很是诧异,心想:"今天的事体真无常呀!"问到一个小工,方知学生们全在梯级式的理化讲堂中开会,说是监督监学教务都在那里。

他刚刚转过后院,隔着一块槐阴满地的空坝,已听见讲堂上有好些声音,同时大喊着在讲什么。其间就有土端公的讨厌声音,可怪的是,第一,没有了呼来喝去的声口,其次,没有了打着官话的腔调;而尤可惊异,几乎一句话里,必有一个"诸君。"

走过甬道,已很明白的听见他斗着大家的声气喊说道:"这倒要诸君原谅了!……我并不是要干涉诸君,不要诸君发起这会,……诸君自然是主人翁,不过……我只要求诸君一件!……诸君自然都能自治的!……还是该顾到章程!……"

"滚你妈的!"这一声最尖了,比机器局的汽哨还尖。

同时好多声音:"我们全明白你的话!……好了,没有你的事!……我们不会造反的,你放心!……自然自然,别个学堂不成立同志会,我们自会解散的!……"

土端公诚惶诚恐的,带着三个监学,一个教务,从讲堂门走了出来。背脊越发弯了,两手越发垂到屁股后了,眼睛看着地下,脸上含着微笑,比上年刘提学使到学堂来视察时,他恭迎到大门外的模样,还更卑下些。

楚子材真有点不大相信自己的眼睛,居然看见不可一世的堂堂监督,对待向来视如土芥的学生,会做出这般模样。不禁微叹了一声:"何苦哩!"

监督等走后,讲堂上倒比以前静了许多。他走了进去,许多眼睛都把他望着。

一个岁数大的学生,正站在讲台上大声说道:"我们学堂本就该把同志协会成立的,一则因为监督的压制,二则暑假中我们都回去了。现在倒是一个机会,趁着各学堂一律罢课之时,我们赶快把协会成立起来,见得我们这个中学堂的学生,还是晓得爱国的。现在,我们就举会长了!……"

凡是成立一个什么会,必然要举一个会长,这是众人熟悉的。并且是用的不记名投票法。于是大家一声赞成,便各自拿起铅笔,将空白课本撕一篇下来,就够好几张票了。

楚子材便问同坐的,该举什么人呢?同时全个讲堂也嗡嗡然都在商量。

学堂里举代表举会长等,照例,凡平日喜欢说话,喜欢议论,甚至曾同监督监学起过冲突，着过记过扣例假处罚的，都有被举的资格。而平日最用功，最守规则，每次试验，总必高发在前五名，而为监督教习等所称许的好学生，反而得不到众人的拱服。以此之故，开票的结果，黑板上大写着：王文炳得了五十三票，陆学绅二十七票，林志和二十票，楚用十八票。其余，三票就算顶多的了，还有几张废票。

大家一齐欢呼道："王文炳会长！"

可是王文炳并不在学堂里，他忙得很，成天都在铁路公司，几乎可以算个小要人了。于是众人又喊道："陆学绅副会长！……就职，就职！"

陆学绅就是楚子材同寝室同自习室的老陆。当下就义不容辞的挺身而出，走上讲台，向众人鞠了一躬，又伸手把发辫摸了摸，才笑着道："鄙人无才无学，谬承诸君爱戴，举为本会副会长。……"

许多人都哈哈大笑起来，轰轰然吵道："不要这些臭调子！……只说你现在该办些啥子事情，说完了，散会，我们好吃饭了！"

陆学绅仍是那样嘻笑说道："既然正会长缺了席，鄙人只好代理着。现在我就宣布本学堂保路同志协会正式成立！……现在，第一件要紧事，就请举出一位文牍，赶快拟好一份通告书，并赶快去刊刻一个戳记，以便正式报到同志总会。第二件要紧事，今天下午两点钟，铁路公司要开同志会临时大会，一定有很重大的事情报告会商的。本会应该派遣一个代表前去参加，这代表，也请大家就举出来。"

嘈杂了一会，便一致主张推林志和林傻子为文牍，楚用为代表。

林傻子跳了起来道："我咋个得行！我的国文，从没有得过六十分的，大家另举！……"

众人都已站了起来道："我们要吃饭了，快打两点钟了。散会罢，散会罢！"

毕竟还等到副会长说了一句"散会！"才夺门而出，这比一般群众算有组织训练的了。

这一学期，楚子材算是第一次在学堂食堂上吃饭。

虽然仍旧是六个人一桌，下方不坐人，而用来安放小饭甑和锡茶壶。虽然仍铺着桌布，而各人面前仍然是一方饭巾。但是饭甑已不如前几学期那样黄澄澄没一点垢腻，茶壶也不复是亮得银光照眼，桌布饭巾的黑污不说了，并且还加上许多窟窿。

这种变化，自上学期土端公接事以来，已开始了。在前，监督监学起居饮食，全同学生在一道。而且监督到食堂上来，还不一定坐在他的位子上，有时走到顶角落处的桌上，同一个学生对调。一开始，动要检察碗筷匙碟，干不干净，菜蔬不求怎样的好，却要精，要洁。假使菜饭中间吃出了一根头发，或一点可疑的脏东西，不待学生陈述，监督先就呐喊起来。将包厨的喊来，看清楚了，下一顿，每张桌子必要多一色好菜。这是处罚包厨的结果。以此，几学期来，食堂上都是那样的严洁而有秩序。

土端公一接事，首先就认为监督与学生会食，是件不好的办法，把监督的身份太弄低了。而且开到他私室里的菜饭，必也比食堂上的要好要多。首先就鼓动了学生闹食堂的风潮，结果斥退了七个素行不端的学生，而食堂的严洁与秩序却始终恢复不了。

其次，他认为桌布饭巾过于新派。"吾国自有精神文明，何必规规随人步履！恶衣菲食，自古已然。每餐四簋，已为上馔，诸生果腹是求可也，食外无益之物，其议罢之！"这是他接事第二个月，十五早晨，率领诸生到礼堂，向着先师孔子，及当今皇帝万岁万岁万万岁的牌位，行了极恭敬的三跪九叩首的大礼后，他朝服朝冠，翎顶辉煌，向着诸生宣布，行将撤去桌布饭巾的理由。

何以又不撤呢？即因刘提学使一天到学堂来视察，恰逢要吃饭了，他特意走到食堂上一看。不禁大为赞成，说桌布饭巾用得恰好，"大可以使学生们习惯于饮食文明，并警惕于污者难浣，以见立身行道之不可不慎！"

桌布饭巾虽因刘提学使之一言，而幸得保存。但是刘提学使又不再来，监督的精神文明，毕竟占了胜利，一任前任遗留下的一批桌布饭巾，鞠躬尽瘁，以至于现在，而仍旧负着饮食文明的重责。

用具虽然这样龌龊，菜蔬也不甚精洁，但使学生们居然能安了下去的，自然也有相当的好处。第一，是可以添私菜。学生大抵都是好吃的，而且来自东西南北，各有其咸酸辛甜之味，包厨大师傅没有易牙本事，如何能把百数人服伺得有同嗜焉？以前，在大同化中，不敢立异，如今食堂是学生的世界了，自然有钱的就可以在开饭之前，吩咐一声："跟我做一样盐煎生肉！"同桌的乐得共享，于是包厨师傅与学生都两得其便，自然没甚闲话可说了。第二，就是坐位可以随便。今天喜欢同那几个坐，或是便于打个平伙，只须上食堂之前，邀约一下就行了。并且可以蹬着脚，大说小讲，尽量发挥胸臆。有此二者固有的自由，则以前的良法美政，完全不要了，又何足惋惜呢？

楚子材同陆学绅几人在一桌上，便道："老陆，代表这个职务，我看你跟我设个法，掉一个人去，好不好？"

"办不到！你是众人当场公举的，并不是我派的，你不干，你得等下次开会时，当场辞职才行。今天你非去不可。"

"唉！你不晓得我的病还没有好吗？铁路公司的会，我是参加过的，那样的乱法，我如何应付得了！"他说时，眉头全皱紧了。

楚子材并不一定害怕赴会，学生就不举他，他也要去的。他只不愿意当代表。他知道一当代表便不能自由，说不定铁路公司从此天天有会，他就得天天去，去了又得回学堂来报告经过，他还有时间到黄家去吗？他正高兴罢了课，可以一直住在黄家，而无须乎再找借口的话。

他还试着努了一次力："那吗，老陆，这样商量一下可好？你横竖没有事的，我们一道去，散了会，我到舍亲家去吃药，——昨夜在他那里吃了一帖药，你看我今天不就好了些吗？只要吃药不耽搁，几天就全好了。——你费心代我回来报告一下，可使得吗？"

陆学绅摇头笑道："你的主意倒打得不错，你居其名，我受其实，若果能够开支每次五角的车马费，还可说了。……告诉你，我已经身兼二职，还要代林傻子拟东西，可有什么空闲，你想想？"

"林傻子是啥交情！你尚且跟他帮忙！……"

"别说闲话，你再想想，你是出得众的；只是不要看见女人。林傻子的笔下，怎能拜得客呢？若果不帮他，岂不丧德？丧他祖宗的德，有我们的卵相干，无如要丧我们的德，可就不妙了！……你不要这样愁眉不展的，我告诉你一个法子。你到公司去，把王文炳找着，他横竖是会长，有责任的，你就托他替你回来报告。再则叫他回来顺便就职。不是一举两得吗？他是热心人，不怕事情多的。"

他想了想，这办法倒对。期必王文炳一定答应照办。况且新津的事，也得告诉他。

食堂上热闹得很，和一般的饭铺差不多了。大家所说的，不外乎罢了课后，该怎样的顽耍，——打麻雀，吃馆子，喝茶，逛公园，吊女学生的膀子，有一些在议论，不知道戏停不停？如其不停，则看京戏，看月中红；看川戏，看邓少怀，看文玉，看陕戏，看何喜凤；看这般小旦，这般迷人的尤物！——却没有一个人说到争路的事。

天下国家大事，那时还不是中学生所注意的。

七

四川保路同志会临时大会，招集之期，是辛亥年，——即清宣统三年，即中华民国元年。——太阴历的七月初一日午后二钟。

即以四川省奉旨开办的民意机关，谘议局而论，也从未按时开过会。只管慎而重之的，通告说"本局定于月之某日上午九钟开会，讨论某某事件，风雨不改，晷刻不移。"然而摇铃开会时，总在十点半钟。据说，并不完全由于议员先生们不守时间，还秉赋得有官场的腐败性，你看他们带有金表银表的，确有大半，总还不到九点，即或过了，也只过得五六分。大抵成都人士的钟点，都各自有其标准。而标准则在他所买钟表之喜欢走快，喜欢走慢的本性。虽然机器局在中午十一点与十二点有两次很响的汽哨，以及陕西街耶稣教堂新近建造了一座钟楼，都可作为众人的标准时间的，但是谁去管它？横竖人生是这么萧闲通脱，快几顿饭的工夫，慢几顿饭的工夫，又有什么大关系呢？

以此，同志会的临时大会，未必在午后二钟便可开成。那吗，楚子材于缓缓抽完了纸烟，将近两点半钟时才起身，又何尝为迟哩！

他曾经在东御街口，看见过小轿子几乎不能通行，而罗升也无力量将关了铺门的轿子喊得出来。他也就不坐轿子了，并打算一路看看，到底罢市罢尽了不曾。

太阳虽不是整天的晒着，而空气却那么热。走不上两三条街，背心先就湿了，因为大把的发辫拖在脑后，比起别一部份，为要热些之故。

顺城街的铺子关得有一半。提督街、华兴街、总府街、一些热闹地方，仅有几家铺子是关着的。商业场全打开在，看来实行关门罢市的，只是些偏僻街道，只是些生意甚小的铺子，不过，留心一看，各街上都有一种惶惶然的气象。只管不曾罢市，而驻脚在铺子上买东西的，却还没有看见。就是铺子上的人，也不像往常容色蔼然的，静坐在柜台内等候男女主顾的降临，而是惊诧不安的，全站在铺子外面，好像准备着要接受什么不幸的光景。

楚子材真没有想到今天铁路公司，竟是这样的挤法，比起五月二十二日，保路同志会成立那天，他同吴凤梧来的时候，总不止加了十倍的人。

他从暑袜北街起,幸而随着一伙强横有力的年轻人,气派十足的吵着他们是什么丝帮同志协会,茶叶帮同志协会,奋着十分勇力,生生的从人众中辟出一条道路,一直挤到公司门口,至少穿过了一千多人的密集人阵,而最后还是只好挤在大门口。

楚子材自己感觉得长衫的衣袂,已经不知撕破到何处;手上一把玉草团扇,已变做了打不开的折扇。顶不好受的,是挤在人丛中,那样的热,那样的汗臭,想退去罢,也一步不能移动。他想起了文章上有一句:如束湿薪,他现在真变做了不折不扣的湿薪了。

身旁几个稍带岁数的人叹说:"说是两点钟开会,我们还早来一刻,就挤在这里了!早晓得这样,十二点钟来,不就好了吗?……"

公司里面一阵一阵的喊声,一定开会开到正上劲之时。

门口的人挤不进去,便不约而同的大喊:"传点消息出来啦!"

里面的喊声仍一阵一阵涌起,门外的人更其心慌了。大家都咒骂起来:"这样的大会,明明晓得人是多的,为啥不找个大地方,如像江南馆,去开呢?"接着又是"传点消息出来啦!……我们挤不得了!"

大约又过了半点钟,一派喊声,果由里面喊了出来:"通过了!……通过了!……大会议决!……官逼民变!……全城罢市!……全城罢课!……不罢的处罚!……同胞们!互相监督!……有不罢的打烂它!……走呀!……我们的代表要上院了!……我们赶快去监督罢市呀!……"

这一片声,从里面传到大门,立刻就传到街上,似乎这就是结论了。听消息的便如潮的退了下去,浪了开来,浪到全城。这一下,全城的铺子,无论偏僻街道上的,繁华地带上的,全关尽了。即成都大部份人所不可暂离的茶铺,也把炉火扑灭,铺门关上。而街上全是从屋子里钻出来的人。

楚子材到此，才觉一身稍轻，肩膀两腿，都有了活动的空间。如其他不是代表，此刻尽可不再进去，回头直到黄家好了。他不能如此，这不但是责任心紧揿着他，并且也着群众的意识将他鼓励起来，"非进去看过究竟不可！"

人还是那么多，不过不如刚才拥挤，可以从人隙间，喊着"得罪！……得罪！……"而慢慢的走进去。

会场上秩序很乱，大概已是散会了，人还是一堆一堆的聚集在那里，有站着的，有坐在桌上的，都大声武气的在说，人人的脸上都带一种怒气。

大家忽然都把脸向过道上掉了去，并指指点点的说道："哪！……罗先生邓先生上院去了！"

果是罗梓青邓慕鲁两人，一个是白麻布长衫，一个是宝蓝大绸长衫，上面都套了件元青实地纱马褂。虽然脸上都带着笑容，却是很容易看出那是勉强的。

有一个年纪轻点的人挥着手道："依我的意思，一齐拥到院上去，到底要好些。为啥子呢？也叫赵制台亲眼看看，我们真是万众一心，说罢市，就罢市。如其盛宣怀端方等且来压制，你看，我们……"

"那你起初为啥子着罗先生邓先生一顿吆喝，叫大家不要乱动，你也就不闹了呢？"

"我一个人闹得起来吗？你们全都赞成举代表去，不赞成大家去！……"

楚子材已从过道上来到穿厅跟前，忽见王文炳满头是汗的从一间房里走出来。

彼此都看见了，王文炳先打了个招呼道："子材吗？你上了省？病好了吗？……看你这件衫子，挤成了这般模样，啥子！……今天人很齐心，总有万多人！来来，到我房间里来，仔细谈谈，我这时恰空了。"

楚子材把长衫脱下,又拿鞋刷子把脚上的泥土细细刷着,一面说道:"老王,我们学堂也成立了同志协会,大家公举你当会长,我特来欢迎你回学堂去就职的。"

王文炳正绞着冷水脸巾在擦汗,笑道:"我那能分身!在前半个月,倒还可以,这几天,光是这里,还忙不过来哩!今天又罢市了,以后天天都要开会。……你啥时候挤进来的?可看见会场上那种情形?现在我才晓得啥子叫风潮了,硬是潮水一般,凭你啥子东西,着它一卷就完了!"

楚子材把纸烟摸出来,已经是连包烟卷的纸盒全挤扁了,幸而还可以抽。

"我来得晚一点,一直挤在大门口,到此刻才进来。我看见罗邓两位上院去了,他们上院为啥子?"

王文炳把烟狠吸了两口,才道:"你走来时,街上是啥光景。"

"气象不好,同我昨天下午进城时完全两样。今天上午在东御街口,碰见罢市,倒是下午走来这里来时,一路上关铺子的并不多。"

"上午是股东会的提议,所以还不普遍,你此刻到街上去看看,包管没一家铺子是打开的。……这不忙说,我问你,南路的情形咋样了?"

"歇一会儿慢慢告诉你,你只说下午开会的情形,是咋样的?我是我们学堂的代表,既来了,就得找点报告的材料啦!"

王文炳笑道:"又把你这个懒人拴起了!开会情形,简单得很,许多事本来在昨天股东审察会已商量好了,就是今天上午的股东大会,也不过是个形式,把罢市、罢课、不纳厘金、以股息抵扣正粮,四项,提出来正式通过一下罢了。下午的同志大会,更只想借此助助声威,谁也没有料到几乎出了大事。……"

会场上的人四下在游动,窗子外面也有了人影,并且有说话的声气。

楚子材伸头看了看道："会是散了罢，咋个人还这们多呢。"

"都在等候消息。……你没有在会场上，不曾看见那声势，还不到两点钟，公司里已挤满了的人，都在催开会。……"

"哈哈！我还以为像平常一样，总要到三点过了才开得成。两点钟，我们才吃完饭哩！"

"学堂里不是十二点钟吃饭吗？"

"就因为成立协会，先同土端公他们吵架，后来又投票选举，闹晏了。……我不打岔你，你说开会的情形罢。"

"我的表还争十分才两点，只好宣布开会。罗先生宣读宜昌董事局来电，众人喊说听不清楚，只好多请了几位，站在人丛中，分头宣读讲解。登时就爆发了，吙！真果是声震屋瓦啦，那声势！……无数的人喊着维持秩序，才稍好了点，但是演说的话，全听不见了。后来不晓得是那一位，喊说：'我们要抵制盛宣怀，除非用我们最后的武器！……罢市！……罢课！……'众人正是那样气无可泄的样子，自然就赞成了，这本在我们的意料之中。不想又出来一位豪杰，我还没有把他看清楚是那位。就是他几乎戳了个大乱子出来。他主张大家一齐开到制台衙门去，把老赵抓出来，当面说明，逼着他立刻出奏，如不把盛宣怀、端方、瑞澂、李稷勋等人革了职，我们誓不罢休，并且还有最激烈的手段哩！……人民真是容易鼓动的呀！登时就吵吵闹闹的，要冲出去了。你想，这一冲到院上，还有秩序吗？本来是文明的举动，这可着人家抓住短处了。这把我们全急杀了，一齐开去，四下里叫唤：不要乱动！听罗先生一句话！大家声气都喊嘶了，也幸得大门口堵得水泄不通的，大众才稍为静止下来，罗先生邓先生才向众人说明，这办法要不得，一则人多嘴杂，说不清楚，二则怕引起赵制台的误会，反而不好，不如推举几个代表去。……"

门帘一掀，进来了一个五十几岁，微微发胖的人。看神气，便是一个做生意的。笑嘻嘻望着王文炳道："王先生忙啦！"

王文炳站起来，打了招呼。向楚子材道："这是傅隆盛，盐市口开伞铺的掌柜。是同志会中，顶热心的一个会员。……这是楚先生，我们同学，正在办新津协会，吴管带便是他扯去的。昨天才上省。"

傅掌柜把恭维话如量的说后，便问罗先生邓先生回来了不曾。

"大概快了，此刻已五点过了。……你们街上的铺子关完了吗？"

"岂止顺城街，连商业场都关完了！老实话，到了这步田地，还做啥子生意！自己不关，着别人打了，更没脸哩！"

"你的宝号自然早关了。"

"上午喊罢市时，我就关了的。我倒不像那些没脸的，着警察一喊，又打了开来。可是我起先回去时，警察还不是满街在喊，却没有人睬他的了。……王先生，我想大家罢了市，你们学界又罢了课，北京城那些王爷大官总会骇着了罢？"

王文炳笑道："却要看赵制台肯不肯出奏啦！"

傅掌柜睒起眼睛道："他敢不出奏！他是封疆大臣，我们罢了市，他还不是有干系的？"

楚子材站了起来道："我要回学堂去了。"

"何必着急哩！既来了，总要听个结果，也才好报告呀！"

"我怕把晚饭赶脱了，又要掏自己的腰包。"其实他只想赶快回学堂去交代了，好到黄家去。

王文炳道："不忙，不忙，我也要去吃饭了。我想包饭馆总不会不拿东西跟我们吃的。这顿算我请你，我还有要紧话同你谈哩。……傅掌柜你坐会儿，转来再陪你。都是熟人，我不同你客气了。"

傅隆盛倒各自走了，楚子材很是怅然。

八

两个人吃了饭出来，已是六点过了，太阳落尽，还有点多钟的黄昏。

楚子材仍旧要走。他想着全城罢了市，做生的，做客的，不会再有什么寻欢作乐的心肠，定然匆匆忙忙的罢了宴，匆匆忙忙的各自散归了。那吗，她此刻不是已经回去了？此刻走去不是正好见着？然而王文炳始终不放他走。回学堂去报告，不是有力的口实，经不起他的批评；吃药，也着他说得大可不必。他要他陪着在街上看看形势，又要他一同回到公司，看看罗邓二人回来后，下文到底如何。

王文炳是那样的富于支配精神，他这一次又安能反叛他？

已经断黑了，他们才从全是人的商业场纯阳观转回了铁路公司。

闲人散尽了，四下里灯火辉煌。职员小工们忙忙碌碌的在会场里，把推翻了，挤倒了，弄斜了的桌凳，一一的安还原状。每次开了会后，这都是次日清晨的工作，何以今夜又不同啦，他喊着一个职员问道："你们忙些啥子？"

那职员挥着汗道："忙些啥子？你跑到那儿去了？还不晓得又要开会了吗？"

王文炳急急忙忙扯着楚子材就走道："你看，事情多紧！我们快到文牍处去！"

文牍处的人正忙着在写印一种东西，是邀请全城各街同志协会代表，以及各行各帮同志协会代表，速到公司，有紧要事情商量。送信的小工也全挤在窗子跟前等候着。

王文炳问人有什么要紧事情商量，都说不知道，"罗先生、邓先生、颜先生、张先生、到六点钟的时节，一齐从院上回来，都是着着急急的。跟着蒲先生也来了。五个人在房里不知说了些啥子，便把彭先生等招呼去。接着就叫我们赶快发通知，说有要紧事，要同各协会代表商量。到底是啥事呢？不知道！"

王文炳把楚子材扯了出来道："这伙蠢人，自然不知道啥子！我去打探一下，说不定老赵那边发生了啥子问题。你在我房间里等着。你还要走哩，连结果都不听了，你看，这几天的事，变得多快呀！"

不到半点钟，他走了回来。从楚子材的唇边，把吸得正好的纸烟夺去，嘘了两口，才吐着浓烟道："是吗！你看我该猜准了！老赵听见全城罢了市，很是生气，以为这是故意同他在为难。本来也有道理。他说：成都距北京那么远，你们罢了市，把北京伤着了什么？只是叫主子同王爷们怨我违背累次谕旨，不曾严重对付你们，把你们纵容到这步田地，以后我再奏请和平解决，主子同王爷还能信我吗？接着他把罗先生他们很很责备了一顿，意思之间，简直说是罗先生他们鼓动出来的。末了是严饬罗先生们回来设法解劝，必要明日即行开市，他才肯照常的维持，也才肯再行出奏。"

楚子材望着他道："连夜邀请协会代表来，可就是劝大家开市吗？"

"自然喽！"

"大家能够听劝吗？若果不罢市了，我们学界自不能单独罢课，那我们又耍不成了。"

王文炳笑道："这们大的人了，还这样贪耍！据我看，今天才罢市，明天就开市，怕不会这样容易罢？况且，……"

"王先生，罗先生请你进去，有话说。"一个小工掀着门帘这样的说。

"啥子事？难道又有啥子文告要做了？"

此刻将近八点钟了，左近街道的代表，已有来的。会场上点了三盏大煤汽灯，照得雪亮。

隔窗子可以看见起初那位热心的傅掌柜又来了：叼着一根叶子烟竿，正同好几个人在会场中大说小讲的。

渐渐的人来得多了。王文炳匆匆走了回来，把手上的一张纸条向楚子材一扬道："我不是说过，叫明天开市，如何可能？你看这是啥东西！"

一张普通的信笺，凭中一行核桃大的字，淋淋漓漓的写着："德宗景皇帝牌位。"两旁各一行胡豆大的字："庶政公诸舆论，铁路准归商办。"

楚子材道："这是啥子顽意儿？我不懂。"

"你自然不懂。我告诉你，我明天一早，把这东西送到昌福印刷公司去。你到明天下午，就可看见全城人家门口，无论铺户，无论住家，都有一张黄纸石印的这样一种东西，供奉在铺板上，或门枋上。你想，大家且要供奉先皇帝了，还能开市吗？"

会场上的人越来越多，约摸有一百多人了。有老至六十多岁的，有少至十六七岁的，倒不一定全是代表。

罗梓青邓孝可等人也出来了，绕着会场走了一周。

人数快到二百人了，时间也快到九点钟了，一阵铃声，表示已开会了。

邓孝可先上台去，便是一阵拍掌声。到底人声不多，那声势并不怎么惊人。他把手一伸，似乎叫大家不要做声，接着就徐徐说道："诸位代表，今夜邀请大家来此，是特为要把鄙人同罗先生受了下午同志大会委托，代表上院，陈明罢市罢课是出于不得已的办法。一面声明，这完全出于公意，委实由于邮传部大臣盛宣怀不顾民心愤激，一味坚持己见，致令人民出此下策，绝非对于本省行政长官，有何恶意。一面就请赵制台俯鉴我们的苦衷，以及我们的文明举动，仍旧为我们维持下去，始终做到官民合作。现在就是要把我们的任务向大家报告报告，并把赵大人的意思传达与各位。赵大人的意思是……"

接着就把赵尔丰的话,说了一番,自然说得冠冕堂皇,并不像王文炳的那样口吻。

"……赵大人的意思是,我们这次争路,本来是很文明的。从前王护院几次出奏,以及他几次出奏,都是这样在给四川人夸口。朝廷屡次下上谕,叫他严重对付,他也是拿我们举动文明,并无轨外之行,来塞住了许多人的嘴。如今我们罢了市,这就不见得文明了!那他以前所夸口的,都靠不住了!以后的事情,如何好办呢?所以他才重托我们,转达诸位,最好的,还是恢复原状,赶快开市!……"

会场中就发出了好些声气来道:"闹了多少久的罢市,都说这是抵制政府专横最有效的一种武器,刚刚罢了小半天,就喊开市,我们到底得了啥子好处?……"

此刻,会场中又来了两个人,都穿着便衣马褂,一直向讲演台后面走了去。

大家都喊喊喳喳起来:"那是周孝怀周秃子!……那是劝业道胡道台!……多半是赵屠户派来劝我们开市的,……唔!好容易我们就开了!……"

罗梓青已满脸慈悲的站上台来,大声说道:"父老兄弟,请听我说一句真情话。赵大人的话不错,盛宣怀坐在北京城里,我们在成都罢市,未必把他骇得倒,而吃亏的仍是我们。我想来,实在不如仍旧把铺子打开,仍旧做我们的生意,大家把秩序保守着,文明相争,岂不好些?父老兄弟,你们想想,看我的话对不对?"

几十个年轻的代表全叫了起来:"不对!不对!我们要罢到底!我们并不怕吃亏!……"

罗梓青摇着两手道:"还有几句话,请大家注意呀!……我们这次争路,所以能够得到地方长官之维持的,实在有如赵大人所言,我们举动文明!我们能守秩序!但是,父老兄弟,请想一想,我们全把铺子关了,生意停了,做事的无事可做,他们能不成群结队的在街上走来走去吗？人心一无系属，这就很容易被一般生事的人，从中利用。起初是口角打架，到后来不免就要闹到无理的暴动。……比如今天下午，我听见有些地方，就有流氓痞子乘机同警察冲突的了。父老兄弟，这却万万使不得，如其有了别故，那不但授人以把柄，并且连我们最初的目的，也失掉了！我们白白劳苦了三个多月！值不值得？……父老兄弟，你们想想，不是开了市还好些吗？"

会场上人声鼎沸了。罗梓青又把两手挥着喊道："我们自动罢市，是有我们的意思的！赵大人要我们立刻开市，也有他的意思呀！我们好生商量！不要吵闹！"

"铁路争不回来，不开市！卖国条约不取消，不开市！盛宣怀不革职，不开市！我们要罢到底！不听啥子人的劝的！"大众的口吻是如此坚决。

有几个老者竟哭了起来道："罢了市又叫开市，我们所为何来呀！……"

会场秩序正要紊乱时，周孝怀已走上讲演台。

他是难得说话的，而且又是有名的一员大官，大家不由的便静了下来，要听他说些什么。

他摆出一脸的笑容，先背着手把大众看了一遍，才轻言细语的说道："赵大人说你们的话是对的。罗先生邓先生劝你们的话，也是对的。不过人民因为所求不遂，而又遇着阻碍，大家愤慨不已，至于甘心吃亏而罢了市，如今叫你们就开市，事实上确乎不容易办到！我虽是浙江人，但生长在四川，四川人的脾气，我是知道的。和平时最和平，就无原无故骂他几句，打他几下，他也会容忍了，不抱怨一言半语。但是他一旦横了心，使了气，就用下九牛二虎的气力，也把他扳不转的。我明白，现在你们正在气头上，正在拼着性命同人赌气的时候，我虽深知道赵大人的意思，却也不好劝你们立刻就开市。我只希望你们把秩序好生保守着，办到罢了市仍如未罢市一般，那吗，就国之幸也！民之福也！……"

全会场都拍起掌来，并有大喊着："周大人到底明白！到底知道下情！"可是也有喊周秃子的，大概是忘了形而非恶意。

王文炳拿手肘把楚子材一撑道："这台戏可演得好吗？"

"……现在各街的协会代表全体在此，我姑且代你们想一个保守秩序的办法，好在胡大人也在场，我想的这办法，一定可以办到的！……"

他的办法，就是各街举出一个公正明白的人，名曰举出人，叫他与警察局合作，维持街面，以备不虞。

他的言语，在极热烈的拍掌中结束后，胡嗣芬也说了一番依样葫芦的话。

钟鸣十点，这场会议才完结了。而周胡还与诸人商量了好一会才走。

楚子材打了个呵欠道："老王，我今天着你鸠到注了！本要早点走的，着你留到这时候，现在只好在你这里躺下了！"

王文炳笑道："就要睡了吗！还不行哩！还有点重要东西，大家写不及，你来帮个忙罢！"

楚子材把脚一踢道："我今天真不该来！"

到底跟着王文炳来到了文牍处。果见许多人都打着赤膊，盘着发辫，在灯光之下，写着同样的一种东西。据说，明天一早，就要拿到全城去张贴的。

那东西如下：

今天，我们省城父老子弟，因为宜昌来电，报告盛宣怀朦奏皇上，用李稷勋为钦派总理，硬夺川款修路，义愤所激，不幸至于罢市。但我川众，人人负有维持秩序之义务，今千万祷祝数事：

（一）勿在街市群聚！（二）勿暴动！（三）不得打教堂！

（四）不得侮辱官府！（五）油盐柴米一切饮食，照常发卖！

　　能守秩序，便是国民！无理暴动，便是野蛮！父勉其子，兄劝其弟，紧记这几句话！

中卷

第一部份

一

龙老太太耽着心在，虽则闭上眼睛，但那张铺了三十多年，业经被汗浸红了的老凉竹席，着她滚来滚去，滚发烧了，还没有睡熟。

三堵大纸窗全撑开了，没有一丝风，天是这样的热，就不遭遇着惊天动地的事变，一位六十一岁的老年人，遏闭在麻布蚊帐内，又那能睡好呢？

她摸下床来，蚊帐外的晨风到底要清凉些。把柜桌上那盏过夜的锡灯吹灭后，鱼肚白的曙色便分明了。

蚊子的朝会正开到唱国歌，鸟儿的朝会也动了手。

莲喜这丫头真有能耐！蚊子那样吵闹着不停的围击她，她会在草席上睡得打鼾！大姑太太的丈夫孙姑老爷曾讥笑她是老大中国。

龙老太太坐了马桶，到后间去洗手时，她的二小姐黄澜生太太也在小床上睡了。

"啧啧啧！好热呀！……妈就起来了？……天还没有亮罢！"

"就要大亮了。……二姐，我想来，……吃过早饭，你还是带着邦娃婉儿回去的好！……就走路，我叫王嫂送你，……三四条街，也不算远！……"

黄太太刚才还有点朦胧，这下清醒了，可是立刻就想起昨天那种显而易见，令人痛心的情形。

她昨天上午回来的时候，大姐夫孙雅堂同大姐带着儿、媳、女儿、早来了。她真没有想到孙大哥硬能按着日子，从阳县赶回来给丈母拜生。半年不曾见面的孙大哥，更其康健了，是那样的红光满面，配着时常挂在眉梢眼角上的笑容，硬像是长春不老的弥勒佛；腰身是笔直的，胸部是挺出的，肌肉又是那样的坚实细润；随便怎么看，何尝看得出是四十五岁的人？而且还是那样极有风趣的说笑，见面一揖之后，依然涎着脸皮，打起满巴儿的腔调，连喊了四五个二姑奶奶①使人一下就想到十五年前，两个人正迷恋到无以复加，大姐不知说了一句什么带醋味的话，把自己气到不得开交，他趁着没人，将自己搂在怀中，涎着脸皮说了几箩筐缠绵情话，一定要将自己逗笑时的情景。

十五年的旧影虽说已在黯淡了，这不过在孙大哥未在跟前之时。直到如今，孙大哥只须向自己递一个眼风，也一样懂得他必有什么表示，而自己也不由的要疾速找一个缜密的机会给他。

人越多，机会也越多。即在大姐含有监视不悦的眼光之下，她仍旧大胆的借了个故，溜到二弟的书房后面，小天井的角落上，偎在孙大哥的怀中，热烈的接着吻，微笑着，很开怀的听他那半真半假，差不多已背得了的情话，以及他别了半年，怎么样也忘不了的相思。

不管有好多新爱，而旧情的咀嚼，终是有味的！黄太太是能吃酒的，她懂得把几种年级不同的陈酒，斟酌分量对起来，再加若干新酒，这比光吃一种陈酒，或光吃一种新酒，岂但味儿不同，香儿不同，就是颜色，也看了就叫人爱！

---

① 成都人呼驻防旗人曰：满巴儿。驻防旗人称其妇女，每曰二姑奶奶，疑系尊称。——作者注

所以，不到半点钟，陶家大姨妈的老二陶刚主二表哥，偕同续弦才大半年的新表嫂，——一个二十五六岁，相貌极平常，性情极浑厚，读过两年女子小学而未毕业的女人。——以及前房表嫂遗留下的一个七岁小侄女，来拜生时，她也很注意的在看他。他表面上只管保持着多年以来的胆怯、沉静、谦退，然而在大家不经意时，向她投过来的眼光，还不是那样又古怪又饥渴只有她一个人才懂得的。

三妹的丈夫徐独清，人人都说他是一个古板的教书先生。今年三十八岁，结婚八年，还不大好意思同一个较生的女人说话。在女学堂教书时，历来是面向着黑板的。但是黄太太一个人明白他的性行，而他只许这位二姐一个人明白他。

客厅门外的洋琴打得正好，是李莲生唱的《曲江打子》，大家听得连麻将都停住了。徐独清这个正派君子，会人不知鬼不觉的来捏她的手，她还是同从前一样，不动声色的回捏他几下，好使他心跳到忍不住，次日缺了课，欣欣然的到西御街来拜会她。

本来在四个姊妹中，她色色都要出众些。大姐四十二岁了，历来就是那样极拘谨，极正经，老太婆的模样。就只性情温和，懂得为人妻的道理：生男育女，任凭丈夫同别的女人风流，她会禁抑到不闻不问，而把一切希望寄托在儿女，以及在儿女的儿女身上。三妹小于徐独清六岁，虽然比大姐活泼点，而样子最不好看。生了四个儿女之后，更瘦得像五十岁的人了。幺姑娘理应比三个姐姐全要秀气些的，然而这位韵侠小姐，却是例外。模样多粗，身体多粗，性情多粗，举止也多粗！不然，为什么二十三岁了还没有出嫁？也还是那样浑浑噩噩，毫不着急的样子？

岂特亲姊妹中她是一个尖儿，就在姑表、姨表、同堂、同宗、一般年龄差不多的几十个姊妹丛中来看罢，模样有比她好的，却没有她的能力，有能力盖过她的，又没有她的见识，有见识比她高的，又没有她的风趣，有风趣比她妙的，又没有她的胆量，也有大胆的，而手腕又不行。她还有强过一般人的,第一是兴会好,第二是境遇好,尤其在第三,只管有了三次生娩,而颜色肌理终像是一个才出阁的新嫁娘。

她从十七岁懂得爱欲以来,就把自己看清楚了,晓得自己的长处是那些。家庭尚保存着曾祖一辈从江西逃长毛之乱带来四川的风气:男女界限并不如一般四川老家那样严,她更从一般好的歹的表弟兄堂弟兄中间,看清了当时男儿们的长处与短处,并懂得怎样的操纵与顽弄。

她大概又秉赋了一点外家的东晋风流的遗传,在十二岁同着姊妹兄弟在家馆里读书时,就不大受礼法的拘束。在当时为一般女郎所不应该出口,所不应该知道,所不应该看视,所不应该听闻的,她在男儿丛中全明白了,并且起初还觉稀奇,后来只觉得平淡而自然。

在情窦既开之后,又看了些不应该看的书与画——关于这类的书画,她二舅胡家驹收藏得极丰富,散漫的放在书柜里,不知如何被她发现了,妙在大人们也毫不清问,就让她寝馈其间的研究起来。——她更认定了享乐便是人生的究竟。天之生她如此,绝非偶然,她不能多所顾忌,辜负了自己,辜负了天意。只是当时的社会还未曾允许女子自由哩,她家也算是仕宦人家,要想跑得太快,而把世俗的网撕个粉碎,她尚无此认识,无此气魄。这也由于她太孤立了!她自然只能在狭小的范围内要求满足。凡能够与之接近的男儿,对她自然都有点异想,却也都没有把她认清,总以为她是一般的女子,同她大姐,同她三妹,同她别的表姊妹堂姊妹一样。并为她那豪爽的脾气,犀利的口吻,所震骇。但是有胆大的,略为向她表示几分亲爱,她必然很欢喜的,如量报答出来,绝无一点吝惜,一点做作。

她的主旨既在自己享乐,也就与《九美图》中的男主人公一样,她的情,她的爱,是不能专属于那一个的。诚然有厚有薄,她会应用,使受之者总觉得是一样,并想不到来霸有她。如其晚生十五年,她何至于会听姐夫表哥的劝告,下嫁于黄澜生?不过也好,虽然不能如像未嫁时那样任性自如,到底自身有了着落,而丈夫又一切马虎,她仍然有一半的自由去继续她的自己享乐。

她也有短处,就是自己相信太过,自尊太过,瞧不起一切的女性,更轻视在她范围以内的男性。她觉得凡与她接近的男性,都应该爱她,都应该被她颠倒,供她的顽弄,不许背叛她,不许分心向第二个女人,不许批评她一个字的不然。她看见一些公然被她放在手指上颠来颠去,或是不高兴时叱之去,高兴时唤之来,而皆俯首听命,驯得像狗的男子们,她真得意!同时也养成了一种即在日常生活中,也得有一个憨痴着迷的男子,常常在她眼中混着的需要。

她之赐爱楚子材,不惜将一个小十二岁的大孩子容纳在她爱之骈幪下者,以此。

她昨日回到母家,旧的爱奴左右逢源,不说了,而孙大哥还特特从二百里外赶回来,据说拜生不过是个幌子,其实是别了半年,想见她一面罢咧!她之欢喜得比什么人还加十倍有劲者,亦以此。

不过事变一来,却给了她一个明示:她何曾把人认清楚了!她何曾抓住一个人的心来!

在下午两点钟时,洋琴打得正热闹,包席馆的厨子们也正忙得淌汗,男女大小的宾客挤得随处都是,四桌麻将打得呗呗叭叭,忽然传来一片消息,说全城罢了市了!街上铺子全关,满街都是游手好闲的人。"街口上的警察已着打伤了!怕会出事!"

从有生以来,便未听过金鼓之声的妇女们,先就骇昏了,都说:"咋了呀?罢了市了!"她们从唱本上,传书上,直接的就意识到"官逼民反,""造反就要动刀兵,""招兵买马,""杀人如麻,"尤其令她们不敢着想的,更是"掳掠妇女……。"

家,似乎是个顶安全的逃避所。只要奔回家去,把大门一闩,怕哩,到底有个仗恃的,就要逃,也得把带不走的装好锁好,免得贼娃子来偷，而且把文契神主牌鞘上，似乎才合格呀！于是不约而同的，都闹着要走！要立刻回去！

妈妈们一惶然，孩子们竟有哭起来的。打洋琴的瞎子趁势打住，不等客走，先就收拾停当，由一个有眼睛的打杂师带走了。

客是这样乱法，主人也巴不得客走完了，好关门，就连假意的留也不留。

男子们宜乎该大胆些，镇静些。但也在乎各人。徐独清头一个就扶着老婆先走了。陶刚主脸色惨白，不等他那续弦太太钻进轿子，也慌慌张张的要走。

黄太太在平时诚不失其为一个出类拔萃的巾帼英雄，有斩有断，有胆有识的，可是在这突变之中，她毕竟显露了她女人的本性，不能由她再做作。

她一把将陶刚主的手腕扯住道："澜生没有来，你送我回去！"

是平日求之不得的好差事，他居然拒绝了，老老实实的说："兵荒马乱，谁顾得谁？"把手一挥，竟自走了。

大姐不消说已走了，多年以来，就向着自己在抱怨："你大姐简直不是个东西！我只悔恨咋个把她娶了过来！现在只望她早点死，上半天死，下半天我就当面向丈人丈母讨你来填房，你才是我的命根子哩！"的孙大哥，也丝毫不似上午那样的热法，而忘记了从二百里外赶回来是为的何人。虽不怎么样的拒绝送她回去，却这样的说："你还是等澜生来接的好，何以呢？澜生早就那样的疑心我不正派，倘若在这时节把你大姐丢下了不管，独独送你回去，不是简直表明了我只有了你吗？……"

她眉头一撑道："啊！你是这样的在打算！……你倒推得干净！……我偏要你送！还不准你回去，就在我那里歇！死在一堆，也是你平日说过的呀！……"

他却一笑道："二姑奶奶又发脾气了。……那我去喊轿子来。"

客走完了，板凳、椅子、桌子，横了一地，厨子来问五桌席全做好了，怎样办？

龙老太太只是说："这还问吗？全担回去好了！"

厨子也走了，黄太太的衣包也收拾好了，幺孃好容易把两个孩子安顿到不闹，大门掩着，专等孙大哥喊轿子来。

即令轿铺在北门城外，也应走来了呀，但是杳无消息。家里没一个男丁，自从龙老二到重庆去后，下人惟有仆妇。在这个连上人都震恐不堪的时节，她们还肯冒着天大的危险跑上街去？叫她们出去看看孙姑老爷喊了轿子来没有，也只是轻轻溜到大门边一看，便进来回说："没一点儿影子！"

直到黄澜生满头是汗的带着罗升走来，一家人才大大放下心，长长舒了一口气。

龙老太太的意思是要黄澜生立刻就把女儿同外孙儿女接回去。他说："轿子是没有了。街上此刻正乱，做手艺的，学徒弟的，一伙啥都不晓得的下等人，塞在街上，胡说八道，好像全城都变成了他们的世界了。像我们稍为穿得不同点的男人家，挤过时，还不免着他们说几句下流话，女人家去挤，何犯着呢？我们这等人家，又不像那般小家人户的妇女，身份是失不得的。我看，今夜暂不忙叫二姐回去，明后天有了轿子，我再来接。外面情形虽乱，但还不要紧，我已走了好几处，大家都说秩序是要维持住的，就是铁路公司一般人，也是这意思。……"

半小时后，黄澜生仍旧带着罗升走了，说还要打听消息去。龙府的人才想起了肚子饿，黄太太也才想起徐独清等平日一般说得那么好，几乎连命都可以不要的爱奴们，事到临头，还是只知有己，只知有自己的老婆儿女，而平日顶系人心的孙雅堂尤其可恶。

她的性格要是弱一点，她早已哭了。她枉自聪明了十五年，原来一直被人诓骗着在！那她最自恃的魔力，不是全毁了吗？至少也是豆腐渣了！"澜生是自己的亲人，到底不同。唉！还是亲人可靠些！"

她半夜上床时，还在思索，她并不懊悔她的行为，只痛心她太老实，上了别人的大当。"总以为我在顽弄人，才是人家在顽弄我！"

梦中本已把这怨恨忘去了的，此时被母亲一搅醒，那种显而易见，令人痛心的情形，重复兜上心来。

二

黄太太忿忿然说道："妈，你就胆小到这样了！才睁开眼睛，就要撵我走，怕我把你的米吃光了？"

龙老太太拿揩手的温江麻布帕子挥着向项脖上袭来的蚊子道："不是这样说法，在太平时候，我还巴幸不得你十天半月的住哩。如今不同啦，动了刀兵，各人回各人家里，到底稳当些。……"

"嗤！稳当些！咋个会稳当些？难道你这里的门是纸做的，我们家的门便是铜打铁铸？如其当真动了刀兵，你这里杀得进来，我们那里又何尝杀不进去？我只好笑昨天那一伙没见识的东西，听见风，就是雨，像红灯教打进城来了一样，魂都没了，朝自己屋里奔！自己那个龟窝，就那么结实？有没有城门结实？城门还要打破哩！如其自己住在城外，或是在外州府县，拼命跑回去，为的好躲避城里的刀兵，比如说是大乱居乡，还可说呀，同在一个城里，才隔几条街，就是陶家顶远了，在玉皇观，也不过隔了十多条街，躲啥子呢？我们女人家，历来受惯了欺负，一到兵荒马乱，吃死了这双小脚的亏，跑也跑不动，死又死不下去，胆小害怕，倒也本等，只有那些男人家，才该死哩，一个个骇得连人形都变了，好像刀就架在他们颈项上一样，比女人家还没出息！昨天若是男人家镇静一点，不先骇得那么屎尿齐流，拿几个出去打探风声，拿几个说点硬话，把妇人娃娃们安顿着，岂不就没事了？偏没有一个像男儿汉的，我倒说一句怪话，胯裆底下枉自多了那一根！……"她自己也笑了。

龙老太太擦洋火把纸捻点燃，取过她专用的鲨鱼皮套子的黄铜水烟袋，一面拿指头揉着那潮性极重的兰州绵烟，一面说道："你不要光说人家，男人家还不是人？除非打过军务，吃过粮子的，才有那种闻风不动的胆子。你想，都是娇生惯养在书房里长大的斯文人，一下听见罢市了，摸头不着脑的，咋个不害怕呢。"

她又生了气，拿起她那犹然柔若无骨的拳头把竹凉席一捶道："你这么说！澜生未必打过军务来的，他咋个又那么大的胆子，一点不害怕，满街跑？你亲耳听见的，他还在那些下等人堆中，闯来闯去的哩？"

龙老太太坐在春凳上咂绵烟，似乎没有什么道理可说。

"看来，一个人有出息没出息，从胆子上就分辨得出。若是把澜生掉成孙大哥，昨天还能容我留在这里？还敢一个人到处走吗？"

龙老太太不禁笑道："你这个人的嘴啦，横说横有理，竖说竖有理。你昨夜还那样的骂孙大哥，没良心，平素咋个咋个的要好，一下就不顾你了，就没轿子，背也应该把你背回去啦！如今哩，孙大哥容你留在这里，也不对了！"

"亏你还来驳我啰，你也老胡涂了！孙大哥若是我的男人，他怕不背我走，我是他的小姨子，所以就只顾得大姐去了。那倒不是他一个，陶表哥历来同我那么好的，哼！公然说出谁顾得谁的话。可是我又原谅他，他连自己老婆都不顾了的。……哎！不说了，说起，我又是气。一伙没出息的东西，本没有事，会着他们闹得乌烟瘴气！"

天色大明，鸟儿的朝会开毕，粉红色的霞彩横映天空，今天又是一个好晴天。

韵侠也起来了，敞着汗衣的胸襟，一路挥着扇子进来道："天还没亮，就听见你们说起了。二姐的声气真大；隔两层壁头，听得清清楚楚的!"

黄太太下了床，正坐在马桶上。便道："幺妹，你说，昨天若果大家镇静一下，不那么乱，是不是吃了席，还不是没有事的?"

韵侠的发纂一直弹到背心，头发蓬得和棕篦相仿佛，可以见她睡得太不文雅了。脂粉虽然还残存在大脸上，到底掩不住皮肤的油黄颜色。衣袖很短，露出两条膀膊，也那么黄，那么壮。拿现在的眼光来看，倒是很作兴的健康色，健康美，而在二十五年之前，却正是相反的看法。

她批评她二姐说话声音太大，其实幺小姐的声音也并不怎么秀气。她一席之谈未已，而床上的婉姑竟自着她吵醒了。

王嫂进来说，街上铺子比昨天还关得整齐，并且是闹哄哄的，说是茶铺也没有开，又说从此不开铺子了。"老太太，我们连小菜都买不到，说是卖小菜的都不进城来了。二天连油盐柴米都没有卖的。老太太，你看咋了！我们不活活的饿死了吗？这些奸臣才害死人哩！"

老太太着了慌，连绵烟都咂不燃，只是说道："菩萨有眼睛的，你没连累了好人！"

韵侠呆着脸道："今早不是吃白饭了？……叫我顿顿吃白饭，那咋行呢？……真可惜昨天的五桌席，不叫担走，不是够吃多久了吗？"

黄太太在今天就比昨天理智多了，说道："不卖油盐柴米，遭殃的倒不止我们，未必连罢市的都不吃饭了？倒是昨天的席，虽没有开出来，馆子总是要算钱的，不如叫它一天开一桌来，早饭开几样，午饭开几样，跟它贴补点火钱，若是在它那里不好弄得，就叫来这里开，不是一样吗？"

话是对的，就叫幺小姐写了一张条子，交王嫂找熟人给馆子送去。

振邦到底是个孩子，昨天虽曾骇得要哭了，今天因为没有暗示，胆子就大了起来，一下床就想溜到门口看看，罢市毕竟是个什么样儿。但是外祖母先就招呼了:"街上很烦,并不是太平时候,就有大人,也不准出去啦!"

振邦是那样的好脾气,外婆的话历来就当着耳边风,"谁听她的?她叫唤惯了!"看见王嫂拿信出去,就扯着妹妹,一闪一闪的一直跟到大门口。

但是已被外婆看见了,老远的大喊着:"邦娃子,你敢出去!……还把婉姑儿带出去了!"

外婆大喊,妈妈正在梳头,也接着声大喊,莲喜正在上毛厕,幺孃刚把粉拍好了,还没有拍胭脂,白着一张大脸,连忙赶出去。

幺孃是那样的张致,一头赶到二门口,却又飞跑回来。如其不是放得半大的文明脚,而仍穿着高底子弓鞋,至少也得栽两个筋斗。振邦在后面拍着巴掌大笑道:"骇跑了!骇跑了!……幺孃,我赌你站住!"

龙老太太从窗子上伸出头来。婉姑笑嘻嘻的牵着一个年轻人的手,正从二门外走到院子里。她大声问道:"是那个?"眼睛很不行,恍惚看成了徐独清。

振邦同幺孃一齐奔进房间,笑着叫道:"妈妈,你看,幺孃几乎同楚表哥碰了一个响头!……"

幺孃也笑泥了道:"我倒不是怕生人,就只没有留心,一头蹭去,……"

"楚表哥来了吗?……当真?"她正把发纂挽好了,已站起来。

"我们刚走出大门,他恰恰站在那里,他问妈妈要不要回去,他说,……"

黄太太似乎什么都顾不得了,急急忙忙奔到堂屋门外。脸上摆出一种难以形容的欢欣样子,绝像久已失去的一种珍宝,骤然又觅得了。她一直扑到楚子材跟前的光景,也真有点把他当作珍宝的模样。眼睛是那样的发光,嘴是合不拢来,并未涂抹胭脂的脸颊又那样的红润着。

楚子材自然是高兴的,但比起来,就拘束得多了。他不敢毫没规矩的同她"你呀我的"称呼,不敢去接她忘情伸过来的手,他觉得房间里有人在看他们,倒不仅缠在跟前的两个小孩子,他甚至不敢瞪着眼睛去看她那衷情流露的面孔。

她将他让到堂屋中坐下,便叫振邦"去请外婆出来!楚表哥不是外人,也不是啥子很远的亲戚,见得的!……你大概还没吃早饭罢?……"

楚子材所秉赋的父系遗传的性格,只管是那样的怯懦害羞,到底因其近于婆婆妈妈,而缺乏男子的豪慨,所以与龙老太太很是相投。尤其使龙老太太和黄太太最高兴,而绝不把他当作外人的,还在他一见了龙老太太,就不管地上的龌龊,恭恭敬敬爬下去便是三个头,说是"跟太姻伯母拜生。"接着又向黄太太磕了一个头,扯也扯不住,说是"跟表婶道喜。"还通红着脸,诉说昨天何以没有来送礼上寿。

所以黄太太继续进房来,急急忙忙的打扮时,不禁连连对她幺妹夸说楚子材是怎么样的温柔,是怎么样的懂事,是怎么样的热肠,是怎么样的小心;并且又胆小,又精细,又会体贴人,又听说听教,尤其可爱的是"虽然生长乡坝里头,却没一点儿苕果儿气。"

楚子材在黄太太的嘴里说来,简直是一个妇女心中再好没有的男子。

她幺妹偏偏要近于吹毛求疵的说道:"你就把这个乡坝老说得那样好了!我就看不来那一脸的骚疙瘩,又那样的高,那样的粗相,一点不秀气!拿孙大哥徐四哥他们比起来,只管说岁数大些,你看人家多斯文,多有趣的!"并且说起来,她那倒笑不笑的态度,好像故意的在挑战。

黄太太大不高兴的注视了她好几眼,才道:"你年轻姑娘家,懂得啥?"

韵侠把眼两眨,冷笑了一声道:"我啥都懂得的!"

二门又响了。王嫂同包席馆的菜担子一同进来。振邦跳着笑道:"要吃席了!要吃席了!"

楚子材站起来要走,龙老太太如何肯,黄太太恰打扮好了,穿了衣服出来,便道:"这才好笑哩!巴巴的走来,看着快吃饭了,要走!"

他规规矩矩的笑道:"我空手来看看太姻伯母,只说接表婶一道回府去的,……"

"等吃了饭,看街上果然喊不到轿子,又可以走时,我们就一道走。……"

龙老太太也说:"饭菜是现成的,昨天许多熟客,没吃成,你今天这个生客恰好来碰着,真是好缘法。"

"妈说是好缘法,子材既然说街上又没有啥子,不如吃你一杯寿酒,大家沾你一点寿。"

龙老太太很是高兴道:"好,好,叫鲁嫂烫酒!……街上没事,不如叫王嫂去把黄姑老爷请来一道吃。……你表哥送的这坛绍酒,说是陈十年了,澜生是喜欢吃陈酒的,可惜你孙大哥住得远一点。……"

黄太太把嘴一披道:"就住得近,他敢来吗?……倒该喊个人去看看,他到底骇死了没有?"她不禁看着楚子材一笑道:"你该没有见过,四五十岁的人,一听见罢了市,就骇得猫儿蹼蹄一样,只晓得朝自己屋里跑?说起来,真笑人!"

三

黄澜生大为诧异道:"你不是在铁路公司过的夜?"

楚子材道:"不是吗?还帮他们写这样,写那样,一直写到半夜一点多钟,真把人累够了!"

"这样说来,罢市不过开端,跟着还有大举动哩。我实在不懂得他们到底起的啥心肠,果真要造反吗?"

他鼓起眼睛,把楚子材瞅着,好像楚子材也是主动人之一,要在他那平静无表示的脸上,看出他心里藏的是什么,如同问官之审问犯人。然而楚子材依然是那行所无事的模样,悠悠然抽着他那一天都离不了的地球牌纸烟。

不过今天的神情毕竟也有点不同,只管对什么都是那样不在意下的索落冷淡,到底疲倦压住了眼皮,在新病之后的瘦脸上,更其显而易见,眼光也格外的迟钝得看着庭前一株全载浓绿的杜鹃树,许久许久都不转一下。

一件白麻布长衫,也那样的龌龊而皱,衣衩裂开了好几寸,脚上鞋袜几乎分不出眉眼来,也是昨天的一种成绩。

黄澜生似乎对于一件不甚明了的事,忽而有点恍然的光景,抽完一袋水烟,连点了几个头道:"哦!是了!吴凤梧在教练同志军,原就安排了要造反。我起初还只是猜想,拿今天的情形看来,真果要闹出乱子来的!……子材,……"

黄太太把衣服换了,仍然太平无事的,把花露水洒得满身是香,扇着一柄东洋纨扇,将门帘一撩道:"今天是啥情形,比昨天还乱吗?子材没向我说哩!"

楚子材好像出了梦境,忙将眼光移到表婶身上,茫茫然说道:"是啥子话,我没向表婶说过?"

这样子再傻没有了。

黄澜生哈哈大笑道:"子材今天的精神真有点恍惚,一定是昨夜太累了,没有睡够。"

"晓得是咋个的?一场病就不行了!暑假前,几整夜不睡,第二天还不是精神百倍的。今天还是睡到太阳很高了才起来,王文炳一直从昌福公司回来才叫醒我。洗脸时,脑壳竟是昏昏浊浊的,本打算回学堂去休息休息,恰走到这条街,忽然想起表婶不知道昨天回去了不曾。……"

黄太太笑道:"啊!你原是过路人情啦!我还以为你巴巴儿来看我的!"

她丈夫道:"你就没留心他这一身狼狈样子吗?"

"哈哈!还没问到他啥时候上省哩!他也来得太早,我还在洗脸,匆匆忙忙说两句,你就来了。"

"我却是巴巴儿来看你的。"

"也是你有口头福,妈才说叫王嫂来请你哩!……子材到底是啥时候上的省?"

罗升来说席摆好了,在左厢小客厅里。外老太太请老爷太太先陪客就坐,外老太太换件衣裳就出来。

黄太太道:"妈也是啦!又没有外客,吃顿便饭,也要换啥子衣裳!你们先去着,我拉妈出来。"

黄澜生道:"那把幺妹一并请出来好了。都是亲戚,子材并且是小辈子,有啥子躲避头?"

一张不大的方桌子,摆了十三个碟子。红黑漆的竹筷旁边,依然是一张木板红印的天官赐福的席花纸,一个太极图式的锡手碟,盛着稀稀几十粒生的黑瓜子和炒熟的杏仁。格外一花纸盒席点,盒盖上印着泥金的寿字。

黄澜生把手一挥道:"噫啊!还是正正经经的寿筵哩!这样看来,该穿花衣,戴凉帽,着靴子了。"

楚子材急忙问道:"我穿了这一身,咋好坐呢?怕是道个谢走了的好罢?……"

龙老太太被两个小孩嘻哈打笑着,牵牵扯扯的从堂屋里出来。

小孩齐声闹着:"赫呀!……赫呀!……走啦!……别再穿了啦!……"学着街上抬煤炭的脚夫的腔调。一个牵着一只手,弓着腰,蹬着脚,样式则颇似扯船的纤夫。

当外婆的又怕自己跌跤,又怕牵挽的人跌跤,笑皱了一张老脸,一面吆喝着道:"你两个要把我扯跌的,小婊子养的,真烦啦!"一件品蓝绸衫的纽扣还没扣好。

黄太太跟在后面,大声笑道:"你们看,老太太恁大年纪了,换了衣衫,还要穿裙子。我说,你不是把人拘住了!"

她丈夫迎上来,把两个小孩揿开,亲手扶着丈母的手臂,笑道:"我正在说席面摆得这样齐整,真像寿筵了,我们穿着便衣,恰不配坐哩!老寿星若再打扮出来,那我们只好心领谢了!"

鲁嫂把银样的点锡烫壶提了出来道:"黄姑爷怕要换大杯罢?"

黄太太把席面一看,也笑道:"厨子当真不怕花本钱,这席点拿来做啥?"

龙老太太一面让生客,让姑老爷上坐,一面叫换大杯来。还一面答应她二女道:"本是该的,不过只半桌席,……"

鲁嫂插嘴道:"啥半桌席!还不是一整桌!厨子说的,半桌不好开得,天气又火,再留,怕不能吃了。"

这下,吃倒退居第二位了,要紧讨论以及闹得满客厅全是声气的,乃是余下几桌席的处置问题。

韵侠小姐被大家逼着招呼了出来参加。她倒满不在乎的样子,楚子材反而窘到把乡下人的本来面孔和举动全摆了出来。

结果,依了幺小姐的主张:叫罗升去邀请孙姑老爷、徐姑老爷、两位陶表老爷、胡表老爷、以及五六位男亲戚到来,晌午开两席,明天再开两席,不就完了吗?

大家让着入了坐后,龙老太太还在问:街上可走得了吗?该不会又像昨天一样,把大家轰的一下全骇跑了?

黄澜生向楚子材道:"你是知道一点内情的,据你看呢?"

黄太太插嘴道:"你知道内情?难道你进了同志总会?"

这把韵侠的注意引了起来,定睛将楚子材看着。

楚子材很拘束的看着自己的筷子道:"我没有进同志总会。只是昨天上省后,因为学堂举我当代表,走到铁路公司,就被一个同学的抓住,帮了半夜的忙。"他遂把昨天的种种经过,大略说了一番。

这叙述是很有趣的,就以他那并不擅长的言辞,也说得娓娓可听,使得龙老太太同两个孩子全把筷子放下,张着口只是听他说。

红烧海参上来了,这才把大家的注意力引了回来。黄太太拿筷子一比道:"不要只顾说去了,肚子还是要紧啦!"

龙老太太吃着菜道:"照楚老表这样说来,不是罢了市后,大家还是要闹事的?阿弥陀佛,这日子我们硬是没有过过!我也不懂得啰纶这些人,为啥子要这样闹?铁路又不是他一个人的,就说光绪皇帝老早答应了拿跟我们修,宣统皇帝不该再要回去。可是皇帝家的事,那说得定,他要咋样,就咋样好了。常说的,天大由天,我们要同皇帝相争,这咋个争得赢?"

黄澜生笑道:"丈母倒是老年人的见解,不过现在的世道已大变了。"

龙老太太抿了一口热酒道:"再变哩,三纲五常总是在的!……"

幺小姐是住过两年女子高小的,当然觉得母亲的话过于腐败,因为有生客在座,不好像往常那样直率的打转去,但是总忍不住掉头冷笑了一声。

她二姐看了她一眼道:"你自然是别有高见的了!"

两个男子都把她注视着。

楚子材也才借机会把这位幺孃仔细看了看。眼睛也有表婶那样大,那样黑白分明,似乎更要光彩些,只不大滴溜转,或者不曾变为妇人,才不那样大胆?眉毛漆黑,两撇柳叶样贴在粉涂白的额上,也还长,仍旧是处女的规范,不能像表姊那样用线绞子修得又细又弯。鼻子也和表姊的差不多,嘴却是大,上唇又过厚一点。头发很密。身材不但高,并且很壮实,袖口外两条微黄的手臂,浑圆的;要是可以捏的话,一定有一种又坚硬又光滑的感觉。就全般看起来,诚然没有表姊秀气好看,但是有一种说不出的令人舍不得离开眼睛的地方,他仔细用眼睛搜索了几次,又拿表姊来比较了几次,终于得不到结果。

韵侠自己何曾知道,她只顾逞着性子,在驳她母亲的话。说她母亲太腐败,"到了今月今日,还把三纲五常放在口里。"而她顶反对的,就是夫为妻纲,"夫妻本是平等的,夫主外,妻主内,为啥子当老婆的就该降一等?真正说起来,女人是国民之母,还应该比男子高些才对啦!"

她说到两个脸巴通红了,一对眼睛睁得圆圆的,又长又黑的睫毛,同帘子一样,垂下卷上,很是迅速。

黄澜生老是笑眯了眼,一面点头,一面端酒杯。

老太太哆着嘴道:"我现在还说得上啥子!分明一句好话,都是要不得的。可是,从前我的话又对啦!亲戚当中,那个不夸奖龙大嫂是知书明礼的人!……"

她的二女笑道:"妈还是老不化气,你那时候的道理,到现在那有不改变的?就像衣裳一样,如今变得多快,一年一个样子,前年做的新衣裳,今年还穿得吗?"

"是啦!我也在说。"龙老太太又精神起来,举杯抿了一口道:"衣裳也变得太快了!一会儿作兴长,一会儿作兴短,袖口出手,宽边窄边,刻刻不同。其实越变越怪,怪来看不上眼,要赶时兴,只好一年到头的改。从前那是这样子,十七八岁时,在娘家办嫁妆,有钱的,单夹皮棉纱四季衣裳,整箱整箱的缝,不说挽袖驼肩,博古辫子,全有一定的样式,啥子花样配啥子颜色,不要你吩咐,裁缝全是晓得的;就是衣裳的大小尺寸,也全是有规矩的,错了,人家就要见笑。出嫁的衣裳,那个不是一直穿到死?你们说,这样好些吗,还是像现在随时讲时兴,讲得人头昏的好呢?"

韵侠道:"我说,像以前那样的老古板,就不好!"

她二姐道:"我也觉得样式花色老是那样,也太看厌了。"

黄澜生向楚子材道:"以你年轻人的见解来说呢?"

楚子材正吃到第五样菜竹荪鸽蛋,不禁惶惑了一下,他的脸又红了。

这是一个开口就要得罪人的问题。倘若附和了老太太,岂不要得罪表婶与幺孃?幺孃已经是不应该不是的了,何况表婶?天地间的是,理应归之于年轻的女郎,和好看的少妇的。然则批评老太太的不然罢?而老年人大抵是小气的,自己的儿女得罪她,并不要紧,外人却是不应该。不过楚子材还没有斟酌这利害的见识哩,他只是天性的不愿意论人的是非,以及无原无故的得罪人。

他把一个已经煮得很老的鸽蛋,噙放在口里细嚼。脸上只摆出一种傻笑。

表婶毕竟会体贴他,只眼角抹了他一下,便连忙问她丈夫:"说说你的意思呢?他们当学生的,看了好多衣裳,还说不上分别好歹哩!"

黄澜生哈哈一笑道:"好轧实的太太,我才在考别人,你又考起我来了!"回头叫罗升点火拿水烟袋来。

韵侠看着他道:"黄大哥别要借事出徐州①,妈说的话,到底那一种对。"

"一定要我说吗?"他又喝了一匙汤。

振邦闹了起来道:"你们也是啦!刚才楚表哥摆得多好听的,硬

---

① 此是成都人常用的成语,意谓借故离去本题,或言其源出于明太祖朱元璋,未考。——作者注

着你们岔开了,我要听楚表哥摆。"

婉姑更拿筷子敲着桌子道:"快摆!快摆!"

楚子材也乐得借此跳出议论是非的范围,便赓续着适才的话道:"果不其然,今天早晨,各街就把光绪皇帝的牌位供了起来。不过还不一律,大概这时候,昌福公司石印的黄纸牌位一定散出来了。大家说,这样一做,官府们看了,不但触目警心,时时刻刻念着先皇立宪的上谕,并且也表明我们争路的心迹,并非造反,并非革命,只是遵守先皇的上谕。他们又已商量好了,若果赵制台再不代奏,政府再不惩办奸臣,第二步就全省不纳厘金,不缴赋税。官府要压制我们哩,这是全省人民的公意,全省七千多万人,他总不能个个丢在监里。要剿办哩,我们都是好百姓,我们还是同他文明相争,他也不好拿野蛮手段来对待我们。全城的官员,况又与我们同心合意的,……"

黄澜生插嘴道:"全城官员?这倒未必!比如我,到底也算是一员候补的五品知县,我的心意,就与他们不合!"

他的太太把嘴一披道:"你把你看得好粗好大!候补县,一条街有几个!你不同人家合心合意,人家也不稀罕你!"

幺姑小姐也掉过头去只是笑。

黄澜生把脸抹了一把,笑道:"近来,太太和我不对极了,好在我的脸还厚。……只是,丈母,你老人家倒该管教一下,二姑太太的脾气未免太大了一点!"

龙老太太笑道:"澜生,我们有了岁数的人,都该受气的。大概现在世道是这样的,作兴的幼欺老,下欺上,女欺男,仆欺主。……你们都是年轻人,我只耽心你们将来有苦说不出哩!唉!"

幺姑小姐正正经经的说道:"妈,你不要耽心,我们并不讲究欺负那个,只要老的男的在上的不压迫我们,我们就不反对。压迫了,还要叫我们像从前一样,半口大气也不许出,那可不行!就像这回争路的事,依我说,就是该的。为啥子任凭一个奸臣把我们的路卖跟洋人,他得了钱去享福,拿我们当亡国奴隶?我们怎能眼睁睁的等死呢?我们咋个不该闹呢?依我说,还太文明了,便该打出旗号,叫那般死人明白:你不放手,我就杀你!可是照妈和黄大哥的口气看来,我们真该半口大气不出,猪狗一样,任凭别人把我们牵去卖也好,宰也好,稍为强①一下,都不对!……"

黄澜生拍着掌道:"赞成!赞成!幺姑小姐真不愧一位女豪杰。可惜同志会没有女的,不然,你倒是个角色!"

韵侠被他恭维得眼睛更有了光彩,微笑道:"你既然赞成我,为啥你又不以同志会为然呢?"

楚子材几乎不敢拿眼睛去看她。深自庆幸还没有说出对于同志会有什么不满意的话。

四

争路事件,闹到罢市罢课,似乎民众的最后利器,已是亮了出来。

提倡以及主持罢课罢市的人,何尝不这样在着想:"罢市便是温和的革命,至少也算是官逼民反的第一步。你们只管麻木,这比如是一根刺,既给你刺进肌肤,你总觉得有点小痛,总不会再假装不理,你总要自己打主意。我们既无不轨的行为落在你们的掌握中,人民似乎出于自动,则吃点小亏,也不会胡乱怪人。如其目的达到,当然,叫开市还会成问题吗?"

首先被骇着的,果也是成都一般做惯太平官儿的官场。他们本能

---

① 成都方言:凡不听教训或好话曰强,刚愎拒谏亦曰强,音如上将中将下将之将。——作者注

的相信罢市是一件顶可怕的事，人民一罢了市，似乎就有极不可以想象的坏动作接踵而来。无论如何，市是要开的，课是宜复的。况又风闻得有人主张第一步罢市，第二步不纳厘金租税，这可真正骇着了。

我说真正骇着，并不是揣度之词，你们只要看制台衙门的东西两道辕门，一天进进出出，有多少乘四轿，多少乘三丁拐。而且坐轿的人，脸色全是那样青黄不定；而且抬轿的人，又飞跑得那样快。这在太平无事时所不曾有的现象，只从闰六月三十日以后才如此呀。

并且有好几位与绅士们接近的官员，曾用着极亲惬的样子，私下寻着几位有力的主持者，很谦恭的问询：将这最后武器使用出来的意思，是否有意与本省官吏为难？答案自然不是的，只为向政府表明民气民心，显见得争路的事，并不如端方端大臣所言，集会倡议之人，类皆少年喜事，并非公正绅董。"然则不纳厘金租税，又为何来呢？"答案就分歧了，一派根本就否认有此提议，一派则诿之于另一些激烈份子。"然则有转环的余地吗？"这恰是一般有力主持者的希望，便同声异词的答说："如何没有哩！我们起初只望朝廷自己转环，收回成命，本没有安排闹到后来这个地步。无如一般王公大人全不瞅睬，我们又怎好自己收风？人民那样的属望我们，大吏们又那样的帮助我们！闹到如今，朝廷只晓得用压迫手段，而盛、端诸人又想把这滔天大祸，横加于我们少数人的头上，自然啰，现在要我们低首示弱，那是不行的，要朝廷低首示弱，朝廷也未必肯。为今之计，最好找一个缓冲办法，使我们可以不失体面的收帆转舵，朝廷与本省大吏也可以不失体面的将这已起的狂澜挽将回来。"然则用什么方法呢？

于是彼此切商之下，商得了一个方方顾全之法，即是由股东会提议，请将这件事情，交给北京的资政院同本省谘议局去商议；政府把责任卸下来，股东也就不再向政府要求；有资政院谘议局来做中间人，经过相当时间，大家的感情平伏，人民多少受点损失，也会淡然忘却的了。本省大吏便联衔代奏出去，以示官民一体，而同志会股东

会也好借此对付人民,叫他们好好的开市复课。七月初四那封全城文武官员联名电奏的文章,便是这样的产生出来。全文如此:

> 北京内阁王爷中堂钧鉴。顷据铁路股东会会长颜楷,副会长张澜,暨全体股东等,为邮传部违法借债收路,危变不测,非依法交议,无以服众心而维宪政,恳予据情电奏事:窃维四川川汉铁路,经邮传部定策,收归国有,股东等特别开集总会,痛矢天良,反复研究,实系万不可行。一则募借外债,未经资政院议决,废止本省权利,未经本省谘议局议决,有违先朝庶政公诸舆论之意;二则合同失败,举全路用人购料理财之权,悉受制于外人;三则驻宜总理李稷勋,不商股东,竟以商款交部,显悖历次上谕。综此,诸多不合,碍难承认。乃正在研究,忽闻邮传部庋拂舆情,竟以专擅害公,为股东总会所请撤销更换之李稷勋,奏请钦命总理宜昌路事,故意蔑法欺天,置全川出资办路之人于无可容足之地,本月初一日电文宣布,遂激成罢市之举,虽经各行政官吏及股东等竭诚开导,而执理甚坚,义不苟让。股东等既须熟筹路事,又惧四川大局危险,神智瞀亡,莫知所措。窃查省城罢市以来,各街严守秩序,比户泣奉景皇帝灵主,只有哀号,而无暴动。外象极为肃穆,然而悲愤愁惨,郁结甚深,再延时日,变且莫测,股东等固无安辑地面之责,而川路股本由散碎集缀而来,七千万人皆在股东之数,此种觖望之举,万心齐决,必至不可收拾,非少数人所能劝譬,默念前途,实堪股栗!股东等为大局危虑,无暇烦渎。总之,据商律之规定,当立宪之时代,无论此次借债收路,其利害当否如何,商民只能严守法律,服从资政院谘议局之决议,不能服从邮传部违法之命令!惟愿皇上俯念民依,仰承先朝钦颁法律,将四川川汉铁路,照常暂归商办,一切议事用人,勿任邮传部妄加干涉;并一面将借债修路事件,分别

饬交资政院谘议局详议。果使策非过举，院局皆表同情，则议策悉据法律，非邮传部私擅专断可比，股东等虽被损失，固应俯贴顺受；否则院局章程，可由部臣任意破坏，即国家一切法律，不能责人民以独从！罢市已成，无方开解，旷日持久，祸福难料，股东等实不能为众人负责，即刀锯鼎镬，尽加于股东等，亦必无效于全局之糜烂！今省城罢市，已逾三日，外邑风声，亦复不知所届，情势危迫，死所未卜。惟有恳予据情代奏，请将四川川汉铁路，此时仍由商办，候旨饬交资政院谘议局议决，再定接收办法，以服众心而维宪政。为此具呈，伏乞督部堂核准电奏施行，须至呈者！等情，据此。伏查川路自奉改归国有之命，历经前护督王人文及尔丰反复开解。舆情终于借款合同，各怀疑虑。此次因请代奏撤换宜昌总理李稷勋，邮传部复奏改钦派，群情于是大激，致有初一日罢市罢课之事。尔丰日集绅民，竭力开导，而群疑已结，终非空言所能解释。绅商学界，大小妇孺，均来辕叠次要求，现已罢市四日，虽尚保守秩序，未见暴动，而万众哀愤，祸机四伏。近日复有不纳赋税杂捐，扣抵股息之说。若不速筹解决，是以一路事发其难，而全局蒙其害！川省伏莽本多，财政素窘，影响所及，尤难收拾！该股东会此次所陈，系为法律上之请求，现在民气甚固，事机兮迫万状，应恳圣明俯鉴民隐，曲顾大局，准予暂归商办，将借款修路一事，俟资政院开会时，提交议决。九月为期至近，与其目前迫令交路，激生意外，糜烂地方，似可待交院议，从容数月，未妨路政。人心一失，不可复收，玉昆等共负地方之责，同处艰危之局，劝解无效，防制无从。窃惟停收租股，已广皇仁，忍以戡定之劳，重伤元气？事势至今，不敢不冒死渎奏。伏望宸断，迅将此次电奏，发交内阁国务各大臣，从速会议，宣示办法，不胜迫切待命之至！谨请代奏。四川将军玉昆、总督赵尔丰、副都统奎焕、提督田振邦、署布政使尹良、提学使刘嘉琛、署提法使周善培、署盐运使杨嘉绅、巡警道徐樾、署劝业道胡嗣芬谨叩。

办法想得未尝不好，所留的余地也未尝不宽，"果使策非过举，院局皆表同情，则议策悉据法律，非邮传部私擅专断可比，股东等虽被损失，固应俯贴顺受。"这不是已经表示得很明白："这么样转一个弯儿，大家的面子顾全了，我们就吃些亏，也不在乎了？"那代奏的文章不也是明明说："九月为期至近，……似可待交院议，从容数月，未妨路政。"这只差换过来说："再等两个月，路自可以不争的，待交院议，不过是他们想的转弯办法呀！"

所以在官绅两面想来，事情必然会很顺利结束的。赵尔丰曾经摸着他那快要白尽了的胡子，向着几个亲信的人员，同他那位四少爷，欣然微笑道："他们毕竟聪明些，自己想出了这个法子，免得我再为难。幸而事机尚不为晚，北京方面的电报须得多打几封去！"即是所谓的他们，也把几天来紧绷绷的神经，大大弛缓了一下，大家聚在一所舒适的书斋中，挥着扇子，宽解衣裳，萧然含着笑容。互相庆贺似的说道："这难关似乎可以渡过了。啊呀呀！这想不到的千斤重担，该可以卸下了罢？如今只谋如何以善其后的办法了。"

在官与绅两方面，满以为只要把电文一宣布，稍为解说一下，罢市罢课便可结束了。尤其在绅的这面，大都这样在作想："这一台戏，本是我们唱起来的，只要我们不唱了，锣鼓箫管，自然只好收声罢打，那有什么难事？"

然而竟自大不容易啦！即如七月初四日这一天上午，开股东准备会时，大家说到既然端大臣疑虑我们股东会不只争路，而有什么别的行为。似乎这一盆火，大有放在我们少数股东代表的头上。我们不是笨人，安能吃了自己的饭，而给大多数人去顶缸的？于是就有人提议，事到如今，大抵凶多吉少，不若及早抽身的为妙。如何抽身呢？

便借着端大臣的疑虑，自己呈请休会，我们既把责任卸下了，以后就再闹出何种大不了的事，也与我们少数股东代表无干了。人同此心，心同此理，不费主持者吹灰之力，而这个放火烧山的团体，竟自有冰消瓦解之势，此举是如何的顺利呀！两个放火的团体，既去了一个，下余只保路同志总会一个了，或许要费点口舌，方能如意，想来顶多也只费点口舌罢已。主持者如此想，旁观者也如此想。

到底他们还算小心，准备了又准备，安排了又安排，及至下午二点钟开同志会时，先看那与会的人数，就有点令人赫然。这一定是罢市罢课之后，无所事事的人太多了，大都要来听听新闻，并借此表示一番自己爱川爱国的热心。说不定还有四乡和外县来的人哩！全个铁路总公司里，只听见人声！只闻着汗臭！

主持的人早已不安起来。但是还未料到尹藩台走到演说台上，把代奏的电文宣读了，申明全城满汉文武官员"业已全体一致，为川人力争路款。若是朝廷不准，我们就全体辞职，不再做官，以报全川同胞！"自然博得了全场欢呼。但刚刚说到"我们的电奏既已打了出去，大家总可相信我们了，那吗，大家还何必要坚持罢市呢？"下面却大闹起来，急得尹良一头是汗，急得主持者也一头是汗。

署理提法使周善培，是第一个与绅士们接近的，也是第一个会说话的。跟即跳上台去，很想凭他的一席妙谈，把会场的空气转移过来。起初把尹良的话，阐发了一番，然后一转，提起嗓音说道："我们既对得住川人，对得住在会诸君，但愿诸君也须对得住自己啦！诸君置身商界的为多，打算盘是本等，那我就请诸君算一算，罢了市把铺门关着，不做生意，进项是没有的了，然而饭还要吃的。既吃不着利，自然只好吃本，今天吃一点，明天吃一点，吃完了，还不是自己吃亏？难道把远在北京的邮传部吃倒了灶？难道把邮传部的盛宣怀吃穷了家？做生意的，本讲究要打算盘，像这样蚀本算盘，商界诸君，你们却打错了！不如听我们一言奉劝，路只管争，不如开了市来争！……"

"放屁的话！……谁叫我们开市的,谁就是汉奸！……我们偏不开市！……宁可饿死,不开市！不开市！……"

周善培还是那样面不改色的,努力从闹声中劝说了几句:"大家不要任性！再仔细想想！你们罢了市,于政府有什么害？开了市,也于它没有好大的利！这利害两字,全系于你们的自身,不要弄到鸡没有偷着,倒先蚀了一把米！……"

这下,闹声更大了,中间还杂了很多毫不客气的骂声:"周秃子！……好杂种！……周秃子,总监视户！"假使不是许多人挥手大叫:"秩序！……秩序！……文明！……文明！……"大有将周秃子抓下台去,打一个半死的样子。

邓孝可向来自认是人民的总代表,是大众的指挥旗,只要他来说几句,这台戏自会结束的。于是他就挥手而起,大叫了两声:诸君听者！

一般主持的人,先就领头拍起掌来,心下甚愿他的话生了效才好呀！

"……诸君要晓得,人民对于政府,可以利用的武器,只有两种。一种是罢市罢课,一种是不纳租税不当兵。人民要与政府为敌,利用前一种武器,好固然好,既无暴烈的行为,秩序也可安定,即如我们目前所为的便是。不过这么一来,政府逸而我劳,政府顶多是知觉了人民的公意所在,而我们却受了无穷的苦痛！若是利用了第二种武器,那就不同了,便是政府劳而我逸,我们该出的钱不出,该出的人也不出,这于我们有何不得了,而政府却苦痛了！没有钱,没有力,它敢把我们怎样？那时,我们的公意所在,它还敢不奉行吗？如今还不完全是征兵制度,这不出人当兵,虽做不到,但不纳租税,却是可以做到的。昨天上午股东会,不是已经议决了四层办法了？我再向大家报告一番,如其政府不将铁路国有的成命收回,不将借款合同改善，不将这办法先行提交资政院谘议局议决，而仍偏听盛宣怀、端方等一二人的建议，孤行己见，那我们只好：第一，以铁路租股利息，扣抵正粮！第二，从嘉庆匪乱以来所兴的捐输，不再缴纳！第三，通告各县，相约不再买卖田地房屋，以免地方经征！第四，从今年起，无论政府借外债若干，四川决不担负一钱！只要把这四种办法一行，政府还有什么力量来压制我们？……"

如此尽情尽理的话，安有不令全场听众大为欢呼拍掌的吗？只管官场中间颇有一些不知内幕的人，甚是惊异邓主事怎么还这样的火上浇油！

但是邓孝可的话才一转，说到"我们既决定利用第二种武器，那吗，我们第一种武器就尽可放下了。"立刻就有许多人纷纷站起来问道："难道叫我们开市开课吗？我们为啥不可两种并用呢？"

"赞成！……赞成！……我们全体赞成罢市罢课！不纳粮不当兵！……不赞成的是汉奸！……"

邓孝可脸都青了，哑着声音喊道："诸君，诸君，我们切不可这样的自困呀！顶好是即日就开市！……"

"赞成邓先生的话！"有少数的人这样叫唤。

"汉奸！……汉奸！……打死那主张开市开课的！"这声势却笼罩了全场。

官与绅的好梦，经这一击，方打醒了。而主持者登时就感觉到自己恰是站在无底的深渊之前，而这深渊却是自己努力造出来的。

五

大概赞成开课的，是一般当监督的人；赞成开市的，是一般当掌柜的人。但这般人是少数，却又没有胆量出来主张非开课开市不可，他们也同主持者一样,全被大多数说不清道理的人支配着了。

不过也难说,我们只须以盐市口隆盛号伞铺的掌柜傅隆盛为例,也可知道当掌柜的,不尽然赞成开市。

傅隆盛行年五十七岁。只管说头发才花白,尚未留胡子,肥肥的脸,犹然又红又润,仅仅眼睑有点儿泡肿,眼角现出了鱼尾痕,到底老年人,总应该老的。纵然形态不算怎么老,——其实也老了,以前极灵活的指头,现在已拙笨了,以前极矫健的腰腿,现在不但粗了松了,稍为弓久一点,还感觉有一点酸软的意味。——心境总不该与年轻人一样,并且应该理知强迫感情,做不得的事就不做,做错了就得赶快掉回来,或是做了一半,精力兴会都不济事,也应立刻放下,老年人本是老年人,还怕旁人批评不澈底吗?然而傅隆盛偏偏不如此。他又任性,又暴躁,又热烈,又不审省利害,又不听旁边人的劝,他依然像二十几岁的小伙子们,大有是一泡屎,也得硬着喉咙吃下去的勇概。

不必说,自从争路事起,他一直秉着信徒的精神,把保路救国当作了一种至高无上的纯洁宗教,把主持这事的罗纶罗先生,蒲殿俊蒲先生等,当作了孔夫子元始天尊。即在初一罢市以后,他也具备了一种求仁得仁的心肠,不计利害,不计牺牲的,埋头做去。在一街之中,他主持最力,他监督最严。他是这条街的老街坊,已有相当势力。平日又有正派人的声名,在这个时节,自然更有了资格。

所以,初二日他干涉了一家较大的零剪铺。——那铺子虽然上了几扇铺板,但货色都依然摆了出来,有买主上门,那当掌柜的依然大声的漫天讨着价,依然见买主要走了,便大声的喊,"请转来嘛!生意是讲成的,不是那么一冲,就卖跟你了!"被陈荞面看见了,无意的向傅隆盛说起来,他登时就冒了火说:"像这样罢市,真像大家说的只有五分钟的热心,没把我们做生意人的德丧完了!"于是,一个人提起他那大叶子烟竿,便奔了去,跨上阶沿,就是一顿大骂。那当掌柜的，起初自然不服，也是盛气凌人的说："你有啥资格来干涉我？你是街正吗？你是商会吗？我喜欢关门就关门，喜欢做生意就做生意。"但是傅掌柜的气焰比他更大，加以一般看热闹的客师徒弟，又一致的主张傅隆盛的理直，全虎虎作势的喊道："你狗日的，要破坏罢市吗？……拉他到公所里去处罚他！……同他讲啥子理，捶了他再说！……"于是零剪铺的掌柜骇着了，忙躲了起来，凭一个二十几岁，有胆有才的掌柜娘，带着一个小徒弟，眉花眼笑的向着众人赔礼敷衍，一面叫小徒弟赶快把货色收了，把铺板紧紧关上，一面向着傅掌柜大骂她的掌柜胡涂不懂事，并拍着胸膛说："我们都是街坊，傅掌柜，你总晓得我这个人的。今天是我回娘家去了，不晓得他竟做出这种犯众怒的事来。明天，傅掌柜你明天来，看我们可还是这样不？那时，随便你咋个处置！"傅隆盛也才换过脸来，同着一大群战胜的斗士走了。

  初三日又干涉了一家较有地位的公馆。——初一日下午，铁路公司已将在昌福公司印好的"庶政采诸舆论，铁路准归商办，"凭中一行"德宗景皇帝之神位，"即所谓先皇灵位之黄纸单子，散给了各街保路同志协会。又由协会挨家挨户的散一张，叫拿来供起。大家遂把来贴在铺板上，或门枋上，下面设起香烛架子，居然有一日三次磕头，每次必行三跪九叩首大礼的。而距隆盛号半街之远，恰有一家黑漆公馆，据说公馆主人是贾知县的后人，门外一道横匾，不也明明写着大夫第三个字吗？据说贾知县的大儿子现还是南京的候补道哩，二儿子也做着什么官在，只看他轿厅上陈列的官衔高脚牌，只看他大门外不时放着的大轿子，也就可以知道贾公馆的势力，真不算小！或者就因为势力大了，不便下与百姓们同列，百姓们顽的把戏，贾公馆向来不在例内。即如每年三月的清明醮，七月的盂兰会，或是瘟火二醮，家家都须捐纳几文，而贾公馆则半文不出。自从警察开办，各街设有议事公所，举凡本街什么兴革之事，譬如修理官沟，换补破滥石板，粉刷毛厕等等，凭打更匠登门一请，大家总得按时而去的，而贾公馆则向不瞅睬。这种例外的例，在平时，大家本已默许了的。所以先皇灵位，大家只管争着供奉，认为是抵敌政府的法宝，而贾公馆依然不作理会。初三日的早晨，就有人来向傅掌柜说了，傅掌柜本也要提起叶子烟竿，一个人跑去的。他的掌柜娘却拦住他道："你又发疯了！也不想想，那是贾公馆啦！大班底下人一大群，你一个人，安心去挨趸打吗？"傅掌柜因才耐住了气，把早饭吃后，先就在街上来游说："我们要齐心呀！铁路争得回来，争不回来，就看我们罢市供先皇牌位的齐不齐心！若是不齐心的只五分钟热度，那就是汉奸！就是盛宣怀的走狗！就是安心要来破坏我们的！"自然有人会说："那头贾公馆就不齐心，就没有供先皇牌位。""嗨！这样吗，我们去干涉它！"于是四五十人一鼓作气的涌到贾公馆门口，但是敢于进门去大喊的，依然是傅掌柜。贾公馆声势只管浩大，大班底下人一大群，却是经傅隆盛盛气的一喊，全像老鼠样，直看不见一个人。他的胆子自然更大了，便率领了十来个大汉，一直吆吆喝喝，几乎闯进了轿厅，这才出来了一位白发盈头的老太太，一手扶着拐杖，一手扶着一个小丫头，很强勉的做出一脸的笑容，问大家为什么而来？傅隆盛摆着两腿，慎而重之说出他们之来，是为质问公馆里为何不把先皇牌位供出来？接着便是一篇大道理："难道你们做官为宦的，就不是中国人？就不是大清朝的臣子吗？你们不供先皇，是不是不屑于？若果存了这心，你们就是叛逆，还配做官为宦，来管百姓？那吗，我们这条街，也不能再容你们住下去了！你就是老太太罢？你进去问问你们做官的孙子，叫他回我们一句话，我们等着在！"老太太似乎放下了心，这才真的笑了出来道："原来为的这个！倒把街坊劳累了！那牌位，昨天我们就供在神桌上了，我们还朝衣朝帽的一日两朝哩！我们是大清的臣子，怎敢不供先皇？只是看门头将牌位送进来时，并没有说是供在门外。早晓得，我们还等你们来问吗？"然后躲着的男女老幼也才钻了出来,也才把傅掌柜等请在从未经见过的大客厅上,泡茶敬烟送点心,男主人出来周旋了一回,直把傅掌柜恭维到满面是笑的,很有礼貌,带着一大群战胜的斗士走了。

他于是就隐然成了本街主持罢市的重心,他有一二百竭诚拥护他的群众,——客师徒弟以及小户人家的妇女们,自然十居七八。——他更其高兴了,更像得了顶小一点成功的宣教师,念兹在兹,全在争路救国,与夫罢市争路的两个信条上。

他在罢市的三四日内,还做了几件为一般人所歌颂的事情。

第一件,是搭盖过街的先皇台。这不是傅掌柜的创作,也考查不出究是那条街,那位智士发明的。先在街公所的门前,顺着街边,搭了一个高台,台上安了一张讲圣谕广训的条桌,定制了一张黄布桌围,桌后安了一张交椅,也盖了一幅黄布椅帔垫;桌上立了一只高牌,把黄纸石印的牌位放大写在上面;牌位前香炉烛台,应有尽有。这一来,立刻就风行了,并且踵事增华,有在台前悬上五彩堂帐的,有仅悬一道软彩,而在条桌上竖起耳帐来的,甚至有撰出寄寓牢骚的对联,大书黄纸之上,而贴在台柱上的。又不知那一街,那一位智士,又发明了,把顺在街边的台子,移来横搭在街心。起初尚要将就轿子来往,不能不把台子搭得高一点。但是,任凭你搭得再高,总难高过屋檐,而成都一般闹标劲的知县官儿,他们所坐的五个人抽换着其实是三个人抬着飞跑的拱竿大轿,轿顶之拱,则每每高过于旧式街房的屋檐。如此的轿子,一到台下,因为供的是先皇,只好由轿夫老实把腰弓下溜过去,而轿内的官儿,则不敢哼一句。因此,傅隆盛从贾公馆一出来,就到街公所,同一般热心人商议,"我们街上也搭他妈的一座先皇台,老实搭矮点,只能过人,不能过轿子,等那般耀武扬威坐轿子的东西,下来走走,也大家拉平点!"这话是颇能合乎一般平民,而从未尝过坐轿滋味的心理的,当然便赞成了。用费哩,容易;算一算,一共要多少钱,分派一下,大公馆多出点,小公馆大铺子少出点，住家人户小铺子再少出点。傅掌柜说："这种钱，比做神会还要紧，谁敢不出，就罚谁！"大家却也热心，到下午，这只能过人的矮台子，便横街搭起，而台上的铺张，也实在热闹极了，大都是出于傅掌柜的指导。

第二件，很是要紧。因为从初一罢市以来，卖油盐柴米的铺子，自然不在例外，也全关了不敢做生意。而成都城内，能够囤着大批油盐柴米在家，而不买零的以度日者，除了官绅和一些素封之家，以及富商外，实在不多。愈是热心的平民，愈是需要天天买零的。所以到初四早晨，街上就发生了恐慌，一般平民拿着钱无处去买，除非到城外去。然而每天为半升米，一把柴，四两油，一撮盐，要跑到城外，不是太不便了吗？何况天气又那样的热？即是傅隆盛的铺子上，也快要把存米存油用尽了。因此，在初四的早晨，大家到先皇台上烧了香后，陈荞面遂向傅隆盛说道："这件事，怕要你傅掌柜出来维持一下才好啦！"他说这话时，旁边还站有好些人，都与陈荞面的情形差不多的。及至详谈起来，才是为的零买油盐柴米之困难，众人说："本街两家油米铺存货本多，也肯出卖，就只害怕大家说他破坏罢市，所以一升米也不敢卖。我们想来，你掌柜是通情达理的，何妨开个口，叫他们卖，大家都方便了。其实，别条街的油米铺何尝没有偷偷的在做生意？因为偷着做，价钱抬得都很高，这只苦了我们一般穷人，省俭几个钱，便不能不朝城外跑！"傅隆盛想想自己的情形，便点头说道："本来，罢市只管罢市，断人水火的寡毒事，却也不应该。你们跟我来，叫他们公平出卖，若要抬价，就封他们的铺子。不过面子也不能不敷衍，只准他们开铺门，不准他们下铺板挂招牌就是了。"

第三件，是跟着第二件而来的。成都一般平民，因为居处窄逼的关系，以及需要交谈，茶铺便成了他们日常生活中不能离却的一个所在。在平常有工作做着时，大家尚且早晚中午，一日三次的去坐一会，如其要找什么人，如其有朋友来说话，也大都往茶铺里一钻，花钱不多，得用却大。何况目前大家无工要做，一天到晚，岂能抄着手长坐在热闷而不透气的铺子里？岂能打着赤膊长在太阳精光的街上跑？大都是工作惯了的人，一旦空闲了两三天，又不是节，又不是年，再懒的人，心里都有点空虚起来。如其有个茶铺坐坐，岂不甚好？少城公园，诚然可以避热吃茶，但这般需要茶铺的人，却那能每日花费当十铜元一枚的门票，又两枚的茶资呢？这种需要，就是傅掌柜也甚为感觉；他虽然还有铁路公司可走，还有街公所可坐。铁路公司不但不是消遣之地，并且每去一次，总要流许多汗，耗许多气，费许多神，伤许多心；而街公所，到底是谈正经话的地方。所以在招呼了油米铺开门不开铺板，许其公平交易后，他灵机一动，向众人微笑了一笑道："妈的！我想茶铺也可以这样打开罢？"他如此说了，那还成问题？陈荞面首先就跑进春和茶铺，向掌柜报信去了。傅隆盛到底还找了一句口实道："如其我们家里都有了水阁凉亭！……"

他的三件工作，影响真大，不到一天，多数的热闹而当冲的街道，全照样学了起来。大概已经传到铁路公司去了，所以在初六傍晚，王文炳或者因为过路罢，竟到春和茶铺中把他找着。

王文炳先就把指头一翘道："傅掌柜，你真能干！连罗先生都在夸奖你！"

他受宠若惊的，笑着谦逊道："我是做生意的老实人，罗先生咋个会夸奖到我的名下？"

"就因为叫油米店照常公平交易一件事。罢市连油米店、茶铺、饭馆都关完了，实在不对！若果再不想法子，不出三天，一定会闹出乱子来的。但我们总会又不好拿人出来招呼，大家还会议论我们主持不公平哩！幸亏你这么一办，事情和缓了，人家也怪不着我们总会，这是人民自动的呀！就只一件事，你稍稍做拐了一点，罗先生他们倒没说啥子，我是从旁边听来的。……"

他说的就是那横街搭得甚矮的先皇台，真把一般坐轿的人害煞了,过一条街,要下来一次,"你们这样做法,只把罗先生害着了。"

"咋个的?"好几个人都这样惊诧的问,倒不只傅隆盛一个人。

"罗先生是个大胖子,平日走路,已不容易,兼是热天。你们想,他一天有多少事,又要到谘议局,又要到铁路公司,又要到有关系的地方,有时还一天两次的上院。这一来,轿子不好坐,只有打着阳伞,走得吐不赢气。"

"哦!我们倒没有想着,只以为把些坐倒三班的官老爷鸠着了。"

"你们能不能想个法子,把这障碍除消了?"

傅隆盛把那庞眉皱起,半晌才道:"劝人做顽弄人的事,无益的事,是容易的。不然,就是要跟他有好处的事,他也可以答应。若是只为别人的好,况且只为一个人的好,那除非像我这样的老实人。……"

王文炳定睛看着他道:"那吗,罗先生本人都号召不动了?"

"也难说,除非不为他自己的事!"

六

王文炳走进敞厅,楚子材恰从上房走下来。

庭院里已是暮色苍然,树荫中的蝉声方随日光而逝了,而草间以及砌穴里的蟋蟀,又乘着夜色,大大的把翅子鼓动起来。又像是隔墙庭院,又像在后院中,小孩子们最喜欢养在麦草笼中,而专吃南瓜花的叫蝈蝈儿,更闹得震耳。

天然的夏夜,已是如此的不寂静,而时兴的麻将牌,噼里啪啦又在楠木桌面上拍打着;连带而及的吃水烟,吹烟蒂,说笑,高声谈论,一片人籁,把上房后院做弄得很是热闹;还不算孩子们的声音。

王文炳望着楚子材尚未复原的瘦脸,——脸色似乎比五天前刚到省时光昌了许多,眼睛似乎也有了精神,就是骚疙瘩似乎也平伏了。——以及那种万事不开心的态度,好像发生了一种什么感慨,微微的叹了一声。

楚子材笑着把地球牌纸烟递了过去道:"你不要叹气,我因为病还没有好,实在有点撑不住,所以才把学堂代表辞了,也没到公司来跟你帮忙。……"

"倒不为此!"他把纸烟咂燃,结实嘘了两口,又咳了一下,才道:"以前,我的确以为你过于冷淡了一点,如今倒感觉得我这热心人也不大对,反而像你这等人,诸事随便,遇啥都不起劲的,倒还好些!"

以一个火辣辣的热心少年,正在奏着前进曲的程途上,忽然会发出这等悲观的调子,这不是奇闻吗?罗升将洋灯拿了出来,敞厅上登时就大亮。灯光射到院子里,只见绿阴阴的一片。

讨厌的蚊子,偏又嗡嗡的举行起晚会来了。

楚子材才借着灯光,把王文炳仔细一看。光是那四五分长,一直没有剃的短头发,以及毛猬般一条发辫,就表明了他是如何忙法。眼睛是那样的疲倦,倒睁不睁的;脸上也出奇的憔悴颓唐;不说与暑假前生龙活虎的王文炳大不相同,就与五天前精神饱满,兴会淋漓的他,也几乎两样。长衫脱了,搭在衣架上,身上的漂白洋布的汗衣裤,被汗水渍黄了不算,还染了许多墨和油。

楚子材稍为有点诧异的问道:"老王,你病了吗?"

王文炳把头两摇,又抬头看了他一眼道:"不啦!……病倒没有,局面却变得坏极了,子材,你晓不晓得我们这几天的情形?"

"我从初二下午把代表辞了后,就请了病假,初三搬到这里养病,一直没有出过大门;这里又没有报看;黄表叔偶尔说点外面消息,都很普通。倒不晓得你们情形是咋个的。"

"不好得很!……说个比喻好了,以前生怕放不起来的野火,现在红焰弥天的烧到自己身边来了！"

楚子材仍是那样漠然的说道："难道你们就没有预备水龙和水吗？"

"如其我们都做过这些事，自然会想得到此。无如在事前都没有想到，现在是远水难救近火的了！"

"你又不曾身当啥子重任，只在背后跟人家帮帮忙，火烧到身边，你不会跑吗？"

王文炳默然了一下道："我又何尝没有想到这上头？不过以前出了那么大的力，晓得的人已多，如今一不顺利，就先抽了身，这不使人见笑吗？所以才感觉得像你这样凡事不起劲的人，任凭咋个退缩，人家再不会笑你的不对，自家倒也落得清静！……"

楚子材真高兴了，他第一次得了王文炳的赞美。这无怪他一股真的笑意，一直冲上了眉梢口角，也和前五天在龙老太太家，第一眼看见黄表婶时一样。

王文炳却不注意的继续着说道："……你是旁观者清，你能不能替我想一个两全其美的法子？"

以一个自比诸葛亮的聪明人，居然不耻下问的问计到自己，可喜诚然是可喜了，但自己向就知道一切都不如人的，却拿什么去答复人家的期望呢？幸而他想起了荐贤自代的一法，说道："我那能替你想啥法子！有一个人，似乎很行，倒可以问问他。"

他举荐的，是正在后院梧桐树阴下打麻将的孙雅堂。

孙雅堂毕竟是老幕友，读书只管不多，但是自从二十五岁弃儒学幕以来，积了二十年的见闻经验，于人情的真伪，以及如何应付，方能于自己有益，那倒是他的长处，而且百无一失。因此，才能于七月初一日只管把黄太太得罪到伤了心，而初二日晌午，在丈母家，一见了黄太太的面，一番说词，居然又能把她的感情说了回来，趁着无人，还居然答应他一吻的要求。到初三日下席之后，更其喜喜欢欢的当面邀约他,于初六日,偕同三妹夫徐独清,到她家打一天二四铜元的麻将。

孙雅堂的本事还大哩,他只在席面上看见了两次楚子材,心里便已明了又是二妹妹的一个爱宠。他不但不嫉妒,并且还极力向着她称赞他的诚实,他的谨慎,使得她自然流露出一派不能自止的衷心喜悦,而默默的证实了他的揣测。这已经是第四度了。他对于楚子材,其要好的情形,也不下于当年对于徐独清,对于陶刚主弟兄,使得这些后辈,都深深的感觉他是一个好人,是一个善于指引迷途的好人。

因此之故,才大半天的工夫,楚子材对于同桌打牌的徐三姨爹,——他是跟着振邦兄妹这样的称呼,表婶想了好一会,也说过"就这样称呼也好,显见得亲热些,"——虽不怎么样的发生一种讨厌的心肠,因看着徐三姨爹向表婶是那样的在要好,而对于自己颇颇含有一点敌意的光景,但是对于孙大姨爹,却心中折服于他那种豁达大度,谈笑风生的襟怀,而认为是一个极可亲近的长者,较之数月前初认识吴凤梧时,尤为同情。

何况孙雅堂又见多识广,议论起一件事情,他能里里外外的,把这件事情条分缕析得活灵活现?不打牌时,是他一个人在说,打牌时,他也没有停过嘴;而听的人,总不觉得厌烦,总是凝精聚神的在听他说。到黄太太有机会向楚子材私语时,也老离不了这几句:"孙大哥该是个顶有趣,顶好顽的人呀?天地间的事,他几乎啥都晓得。你得老实谨慎些!不要把破绽落到他眼睛里去了。"

言谈中,也曾说到争路的事。据他说,是才回省的,事情经过,他当然不曾亲眼看见。可是他推论起其中的真形相,却没有好多差错。有好些事,是楚子材仅从王文炳那里秘密听来的,就是吴凤梧黄澜生,也一直不晓得,而他猜得居然差不甚远。所以,王文炳一问到他,他不假思索的笔直就想到了孙雅堂。

王文炳问道:"孙雅堂是怎么样一个人,有这等能耐?"

楚子材自然把他所知的，加倍介绍了一番，使得王文炳真想会一会这个聪明人了。

"等我进去看看，牌打完了不曾？我出来时，本只有一圈了。"

王文炳道："你自然也学会打麻将了。"

"自然，这本不难，替他们打了几牌，经他们一指点，便会了。"

七

牌刚打完，黄澜生就陪着孙雅堂徐独清一路走到敞厅。罗升跟着把洗脸盆，菊花跟着把茶盘，全端了出来。

楚子材将王文炳介绍给孙徐两人见了后，依然溜往后院去了，他借口是振邦兄妹在竹凉床上等着他去讲《西游记》。

黄澜生是很客气的先问王文炳："这几天可很忙吗？"

王文炳把孙雅堂注视着，随便答应了几句话。只见他浑圆而微丰的脸上，摆出一种好像什么都懂的微笑。眼睛虽不那么左顾右盼，然而却蕴蓄了一种善伺人意的狡猾神气。单这一点，的确就比呆坐在旁边，摆出一种教习先生满不在乎的派头的徐独清，和貌为精明而其实忠厚的黄澜生，大不相同了。何况还从头至脚，都具备着一种谦恭样子，使你一见了，自然而然会相信他是一个可以谈心的朋友？

王文炳也甚为恭敬的向孙雅堂说道："孙先生，我们虽是初见，却一望而知孙先生是个很有学问，很有本事的老先生。这倒不是刚才听了敝同学楚子材所说，而胡乱说的恭维话。"

黄澜生插口道："刚才子材说过，王君有啥子话要同我们这位老大哥商量商量。以前虽是生人，既见了面，也就算是知交了。照规矩的应酬话，我看还是免了的好。"接着又一个哈哈道："我对于好朋友同至亲也才这样撇脱①,在应酬场中,那还不是规规矩矩的?"

孙雅堂也是一个哈哈道:"像澜生这样通达的人,在官场中又有几个哩!……王先生要同兄弟商量的,不晓得是那类的事。子材老表人太好了,他向王先生谬奖兄弟的话,未必可靠,倒是我们这位独清老弟,是读破万卷,聪明内蕴的人,请教他,似乎要好些。"

徐独清到底因为在女学堂教书,拘束惯了,虽是三十八岁的人,经孙雅堂当着生人这样一拍,直拍得他脸皮通红,连连吵道:"雅堂,雅堂,咋个这样跟我散谭子!"又跟即站了起来道:"让你们商量好了,我到后面谈家常去。"

黄澜生抓过水烟袋来,一面挟烟丝,一面笑道:"独清真是古板到注了,一点顽笑都不懂。"

孙雅堂把鼻子一耸道:"也有不古板的时候!"

他脸上虽闪出了一种古怪的神情,王文炳却不注意,依然正正经经的问道:"孙先生才回省不多几天罢?东大路的情形,是啥样子?各县的同志协会,可还照旧的在鼓吹?"

"我从阳县回来,只经过简州。各县同志协会,我不清楚,只说阳县和简州,那倒没有啥子特别情形。不过我是上月二十八起的身,初一成都罢市以后,这几天却不晓得是啥光景,想来也同成都差不多罢?王先生在同志总会办事,晓得的情形,总比我们局外人多些。我正要问问王先生,这市就尽罢了下去吗?同志总会里一般先生,如像罗先生等主持争路的一般重要先生,难道就不想个方法,把这事情弥缝下去?"

王文炳把手一拍道:"我要请教孙先生的,就在这上头了!孙先生是明白人,自然晓得罗先生他们起初为啥要鼓吹罢市?……"

黄澜生插口道:"我或者也晓得。……那不过是想把朝廷骇一下,

---

① 撇脱即随便之意,古词谓通脱。——作者注

好赶快答应收回铁路国有的成命,至少也不再提川款了。"

孙雅堂笑道:"表面自然如此,里子呢?王先生一定更明白些。"

王文炳也笑道:"孙先生真果老辣!里子我不十分明白,自然是有的,大概不外乎表示争路并不是少数人的鼓动。如今市倒罢了,课也罢了,罗先生他们却着了急。就因为请神容易送神难,起初只说市一罢后,政府一定着急,事情必有转机,等两三天,事机一转,就可以叫众人把市开了的。……"

"如今是太阿倒持,急于想开市的,颠转是鼓吹罢市最力的一般人,而开市罢市的权柄,偏偏不在他们几个人的手上,而在一伙不明事理的人民手上去了,是不是这样的?"

王文炳不住的点头,黄澜生颇觉新奇的问道:"你才回来几天,咋个就晓得这么清楚?真是智多星了!"

孙雅堂笑得同弥勒佛似的,说道:"承你凑合,并不敢当,我也是听人说来的。昨天去看颜姻伯,他老人家正焦得不得了,真实话他自然不肯一字不漏的告诉我,但是大略是晓得了。还要请王先生再仔细谈一谈。"

王文炳把圆桌上的纸烟盒打开,抽了一支出来,就洋灯上咂燃了。便把初四下午,铁路公司开同志会时,周孝怀邓慕鲁几人商量了后,打算一场演说,好好的把人心转移过来,以便将这熊熊的野烧扑灭下去。只要众人听话,把市开了,余事自然就有转环地步。不料两个说士,一齐挨骂下场,形势就更其严重。这两天来,不纳粮税的呼声,又成为了舆论。总会中的人如不照办,立刻就会失去民心,着大家说是受了官场的运动,腐败了!当了汉奸!不然,就是投降了盛宣怀,得了他什么好处!这种疑心,就是铁路公司里许多同着办事的热心人,也是有的。这把几个明白利害的主持人,倒老实的挟制住了,非照着他们的意思办去不可。但是,这事怎么好做呢?光是罢了市,罢了课,已转不过弯来,尽着下去,已得不着什么好结果,何况不纳粮税,这简直近乎激烈革命了?"我们争路,本说是用的文明手段,本说是只反对盛宣怀,而不反对政府。这么一来,是明明反对政府了。还有一层,人心既已浮动,要把它平伏下去,岂是容易的事?恐怕弄到后来,政府件件答应了,也未必就肯把不纳粮税的事情打销。如其永远硬下去,则那几位集会倡议的先生,真有下不了台之势!所以他们这几天,急得连话都不会说了!"

黄澜生大为诧异的把水烟袋放下道:"啊!原来还有这些内情!我还以为他们真要造反哩,因才怂恿人民起来,不纳粮税。大概官场里,全是这样着想的;我这几天在局子里,和几个同寅处,听见大家议论起来,谁不说是罗梓青蒲伯英存心要与政府为难,所以才勒逼着省城里商学两界,不许开市,不许开课,一面进行全省人民抗粮抗税,他们是想把四川的权柄拿到手上的。却不知他们还是被别人在挟制,他们倒真正的当了磨子心儿了,这倒是闻所未闻的。"

楚子材悄然走了出来,一声不响的坐在椅子上。

孙雅堂瞥了他一眼,正打算问他为什么有点不豫色然。

王文炳又说了起来:"我看这事越来越糟,罗先生他们已经号召不动了,有益处的好话,不惟没有人听,并且不敢说,说了就要挨骂。所做的事,又不是自己愿意,而是完全徇人的,赵制台本人又难得同他们会面说话,他的左右,同一般官场,又认定他们是主动的人物。再隔几天,如果没有转机,孙先生你揣度一下,看会弄到怎样一个田地?"

孙雅堂沉吟着道:"怕是很不好的罢?若照赵季帅以往的行径来说,主动诸公的脑袋,唔!淘气淘气!"

"或者不至于。以前的时代多黑暗,他可以那样野蛮,如今到底不同了,文明立宪时候,他总不好出尔反尔;自己既赞成了人家的举动,怎好又杀人呢?"

"咋晓得他赞成呢?他演说过吗?"

王文炳把纸烟蒂抛了道:"倒不曾演说过,他到任至今,只到铁路公司一回,并没有说什么。不过,他肯代为出奏,这已算赞成了;并且罢市之后,股东会曾上了一个呈子,针对端方的电奏,自行休会,请他澈底查办。他的批语,我是背得的,全文是:'股东开会以来,本督部堂以该会尚能维持秩序,并无滋扰情形,历经电达阁部代奏。其中有不公不正之人,本督部堂监临切近,自不难默识其人,随时取缔。即邮部来电,亦并未指实其人。所请查办一节,应毋庸议!至路事紧要,该会长等既经任事于前,仍当确切研究,以善其后,是为至要!'你看这口气,不也是很和平的吗?"

孙雅堂点点头道:"这样看来,结果自不外乎钦派大员来川调处的了。"

王文炳道:"或者是这样。只是,孙先生,你试替罗先生他们打算打算,事到如今,他们该咋个办方好?"

"如其是我,"孙雅堂仰着头想了一想,方道:"就借股东会呈请休会的机会,也把同志总会休了会,倒是釜底抽薪之一法。如其众人不答应,我就装病吧,把会长职务辞去。那我也就卸了责了!"

王文炳眼珠几转,只是摇头道:"罗先生他们是做不到的。他们现在是骑虎难下,明明知道面前就是个危岩,也不能不跳下去;如其不然,他们一辈子也就算了!我替他们着想,只有希望如你先生所揣度的,钦派一个大员来川调处,倒可以借此下台,不然,……"

黄澜生道:"钦派大员调处,未必可靠。只怕抗粮抗税的话闹开了去后,一下暴动起来,那才不好收拾哩!且不说别的,就这几天罢市以来,游手好闲的人满街都是,情形已经不妥了。"

孙雅堂道:"罢市倒还文明,这倒是出我意料之外。当天却把我骇了一大跳。我想,米粮店不再关门,似乎秩序是可保的。不过商家吃了大亏了,像我们住家人户,倒不觉得。"

徐独清带着振邦婉姑,一路说着笑着出来。

孙雅堂连忙拿眼睛一扫,徐独清是那样的高兴,不住的拿手去摸他那时兴的金边近视眼镜。而楚子材却一直呆在那里,看见徐独清出来,好像隐隐的叹了一声。他乘势站了起来道:"我的长衫,像脱在房间里的?"

黄澜生道:"就要走了吗?"

"你不要管,请陪着客好了!我还要去同二妹说句话哩。"

王文炳向楚子材道:"你上省后,接过吴凤梧的信没有?"

"没有!你哩?"

"昨天接了一封,很简单的一张纸,并没说啥子。我现在很想亲自到你们县里去一趟。你能不能陪我几天,横竖学堂又没开课?"

楚子材颇有点慌张样子道:"你不要害我,我这场病,就是上回在路上着了暑热,一回家就倒了床,现在还没有复原哩!"

黄澜生也说道:"他这病是翻不得的,再养息半个月,或者可以脱体了。目前却不可再去受暑,初一那天上省,已是亏了他了。"

菊花把徐独清的生纱长衫,香云纱马褂,一齐提了出来道:"四老爷,你的衣裳!"

黄澜生道:"那个叫你拿出来的?徐四老爷又没说走的话。"

菊花道:"孙大老爷叫拿出来,说是请四老爷穿了,好一路走。"

徐独清道:"老孙老是这样,他就跳水也要拉一个陪死的!"

王文炳刚把楚子材约定了,明天上午到铁路公司去,他有事情同他商量。孙雅堂恰走了出来,向黄澜生说,他大概初十前后就要回阳县去,请他夫妇同徐独清明天到他家去打一天牌消遣。

黄澜生道:"我总在下午一点钟,下了局就来。内人能够来吗?街上那么多的先皇台,轿子又不好走。"

"来的,二妹已答应了,本来不很远,轿子不好抬,走几条街,也不妨事。……子材老表可以来吗?都是亲戚,并没外人。"

楚子材迟疑的说道:"咋好来打扰呢?"

孙雅堂不再客气的道:"那吗,下次改约好了。本来明天宗旨在打牌,并不预备啥子好饮食,请客未免太亵渎了一点。王先生也一样,等下次兄弟回省时,再专诚奉约好了。"

王文炳站起来答道:"不敢当,今天多承赐教,佩服得很!日后再踵府请安!"

八

罢市七天了,再说秩序得以维持,街上没有暴动,粮食店、茶铺、钱店、以及好些小生意,都为众所容的光明正大做着交易;乃至较大的商家,如像绸缎铺,洋广杂货铺等,也未尝不可以在关着的铺板后面,打算盘,写帐,讲价钱;尤其是一般作手艺的铺子,前几天诚然都把工作放下了,尽抄着手看街,三四天后,工人们闲得无聊,当掌柜的也觉寡吃不作之非法,两下一商量,便不约而同的,将紧闭的铺板,抽下一两块,让阳光钻得进来,大家也就一心一意的把工作恢复了;端方刚正有如傅隆盛,也不能不讲一个"吾从众;"至于挑着担子卖零碎饮食的人,还不是大呼小叫的盈街塞巷?虽说一般酒楼饭肆,没有将招牌挂出,没有把铺板整个打开,但是你如有需要,你只管向那有油烟气息的地方钻去,包你不会失望;罢市到第六天,已是成了一种形势了!但是,铺子多少总算关着在,而先皇台搭盖得更其多,更其矮,形式总是在的!形式总是令人不快!

有人说,辛亥年成都罢市之所以得以持久,而不被讥为五分钟的热心者,就得力于这形式的不罢而罢;之所以不致发生乱事,也就得力于这形式的罢而不罢;成都人如此的巧妙,而成都官则奇蠢至极!他们一直不以这形式的罢市为然,总想使全城半开的铺子,做到全开门。意思或者在开了市,好将先皇台拆去,让他们的拱竿大轿,飞跑过来，复飞跑过去！

因此，成都府知府于宗潼才于奉了宪谕，叫他劝告商人安心开市之下，竟带着成都华阳两首县的知县，亲自走到商业场来，挨家挨户的劝道："各位同胞，你们既已在做生意了，为什么不把铺子打开呢？"商家们则应之曰："大人，我们既已在做生意了，又为啥要把铺子打开呢？"

更可以说，形式的罢市，也只限于大城若干条商店极多的街道。如像南门文庙前后两条街，与之相对的二巷子三巷子等处，整街全是公馆住户的，业经不大像罢市的模样，除了各家门枋上贴了一张黄纸石印的先皇牌位。要是一进少城，就连这点相似的痕迹都没有了。

少城虽然经了将军玉昆一番努力的开放，毕竟移居进去的并不多。这倒不是像往年一样，怕受满巴儿的欺侮，——从宣统元年以来，满汉间生存的优劣，早已显明。排满革命的风说，也渐渐传进了那般昏庸愚妄的耳朵，渐渐知道二百六十余年前光荣命运，已快快的要走完了。"咱们的主子，终于保护不住咱们了！"而又加以将军玉昆副都统奎焕一般稍有脑经的官长，随时告诫，以及实行开放，提倡满汉通婚，首先准许尊贵的旗下姑娘，可以下嫁给汉人做姨太太。几年之间，两个民族，果已不像以前那样敌视，而一般满小孩子，也不一定见了汉人就来扯你的发辫，吐你的口水，并强迫你叫他们男子做领爷，叫他们妇女做太太了。——只是因了买东买西，一定要朝大城跑的不方便，只是因了佃不到高房大屋的不方便；然而也有希图房钱便宜的穷人，以及欣赏幽雅的雅人，移居去的。所以少城还是那样的浓荫四合，蓬蒿满街，土墙颓堕，矮屋欹斜的一片极富于诗趣与画意的荒凉！

不但在这些荒凉的大街与胡同之间，看不见大城七天以来，一点罢市的痕迹；因为既没有同志协会，也没有沿街演说，也没有"庶政公诸舆论铁路准归商办"的先皇牌位。即是在较为热闹的公园，以及因了公园而稍稍有了一些饮食铺子的祠堂街,还不是与大城比起,好像另一世界似的?丈许高一道短垣,公然把外面的种种全挡住了,而使在大城中脑经过于弸紧的人们,得以偶尔进来松懈松懈,这倒是一个好去处!

所以少城公园的茶铺里,虽还没有后几年始发明的"诸君吃茶,勿谈国事!"的禁条,吃茶的只管也有把大城里闹得顶热闹的时事,当作《聊斋》一样闲谈着,以消永昼,可是被四周恬静的树影,被高处凄清的蝉声一调和,谈话人的态度,也就悠然了;所谈的话,也失去了它的激刺性;末后,话头总会移到无干得失的资料上去;甚至静静的移神于大自然之中,而不发一言了。

在"绿天茶馆"的茶客中,就有这么样一个人。两手交叉脑后,躺在一张矮脚斜背的竹椅上。漂白洋布袜子,扎得摺皱饬然,套了一双时兴的花缎薄底鞋的脚,则跷了起来,登在一只黑漆的小方凳上。身上只是汗衣裤,一件白麻布长衫,则搭在另一张的椅背上。身旁矮桌上泡的一碗茶,似乎已半凉了,加以地上好几个纸烟头,和一大摊黑瓜子壳,和桌上两只空的五香瓜子的纸筒,我们大可推想得出,这人在这里一定坐得很久了。

他半睁半闭的两眼,一直沉迷在跟前一大丛夹竹桃凋零了的残花败叶当中。不但眼睛是那么迷迷濛濛,没一丝活气,就是脸上的神情,也颓丧而呆板。只两方都朝下垂的嘴角,时而神经质的更朝下面一掣,这表明了他表面只管沉静得像无风的池水,而心里头却是七上八下的,正无有一个是处,也和池水里面,必须要显微镜才窥察得出的无穷数的斗争相似了。

自己认为快活得像天上神仙般的浸在爱海里,每每看见同年龄而犹未曾接近过女人——只是女人,更不必说美艳了!——的同学们,只在追逐较年轻而稍为好看的同性,并且追逐得那样如痴如狂,自己心里不禁又欣喜,又骄傲,隐然把自己看做了一只孔雀一样的楚子材,今天也竟自循例的尝着了爱情的苦滋味了!

他是秉赋着农人卑怯性最多的一个少年,对于社会上其他事物,已没有好多经验,关乎女人,他更是仿佛隔了一重山。他从中国旧小说和淫书上,知道了一点女人。一个是绝对站在正面上的:美貌,年轻,窈窕,温柔,会做诗,会作赋,会伤春,会悲秋,爱情极专极挚。这样的女人,所爱的大抵是风流才子,如像《牡丹亭》上的杜丽娘,《红楼梦》上的林黛玉。她们只要一动了情,爱上了一个男子,那就是一辈子的事;或者遭遇了什么坎坷和强暴,或者是两情不遂,蓄志不伸,女的总不惜一死,而男的总是哭,总是做和尚。一个是绝对站在负面上的:也美貌,——自然,要美貌才能入文人的笔下,才能入少年男子的心窝,要是不美,或竟丑陋,那简直用不着说了!——盛年,婀娜,刚健,诗词歌赋只管不行,但是极其聪明,极其能干;于人情是熟透了;而性情又极高抗,她爱的男子,不是软弱的病夫,而是有豪气的勇士,然而同时又喜欢带有女性,工于内媚,足以供其顽弄的聪明虚伪的男性。这比如是《红楼梦》上的王熙凤,《金瓶梅》上的潘金莲,爱一个男子,只在她一时的需要,只看这男子对她有益无益;她的爱情,不但不能专一,并且是吃在口里,端在手上,看在锅中,向来是不感满足;同时又悍,又妒,又自矜,又多疑。这等女人,除非是一个顶强横,顶有势力,身粗体壮的汉子,是不容易驾驭得下。

他以前所知道的女人仅此,自己一反省,像翩翩公子般的贾宝玉柳梦梅,又那样会温存女子,自己实在不是这种材料,故所以世间纵然有第一种正面的女人,而绝不会拿眼角抹到自己,自己却也不敢乱想。即如西门庆的豪放,贾琏的荒淫,自己也是没有这种资格,虽然自己身粗体壮,略有可恃,但先就没有胆子,而又不懂得风情,那吗,世间未尝没有第二种负面的女人,恐怕也未必看得起自己?

况且像小说和淫书上所描写的美人,省城里一般大家人户的妇女,或者是有的;至于在新津,能同自己接近的,却没有一个像想象中的那种女人。第一,就不美貌,只管有年轻的少女,有盛年的少妇,全那么样又蠢,又笨,又粗。省城的美人,偶尔在戏园中看得见一两个,诚然可以使你"眼花缭乱,"但要亲近,那只有做梦了!亲近一个美人,岂是容易的事?曾经听说成都府中学堂一个学生,看上了淑行女子学堂一个女学生,费了很大的力,并且相思病害到死,还未能同那女子说一句话;后来,那女子听见人说有一个男学生为她害相思病而死,她还大发其气,骂那死人太不正经,这那里像小说上所写的知情识趣的美人?况乎,这女学生并不算美,不美的且如此自尊,美的还待说吗?

以此,他更胆小了,更相信天地间必要有了柳梦梅而后才能遇合杜丽娘,有了贾宝玉而后才能遇合林黛玉,并且王熙凤必然要配贾琏,潘金莲也必然要配西门庆,冥冥中自有主宰,一配一合,全不是能由自己强勉得来。他于是早就心安理得的,再不妄想去同美貌女人讲情言爱,只安排规规矩矩的,等到父母给他讨了老婆时,再尝试女人的滋味。假使讨的老婆是个聪明美貌的,那算是命运好了,就令愚笨丑陋,也是命中注定的呀。想来,乡下妇女,那里会有美人样的,只要是个女人,也就罢了。

但这还是今年以前的情形。

今年以前,虽然已在黄表叔家中寄住,虽然已看见了表婶,虽然表婶恰也有点仿佛小说上所写的女人。可是第一,既不是少女少妇,第二又不是同行辈的疏远亲戚,第三也不怎么样的美貌到使人忘形。以此,只管一礼拜来住一天,将近三年之久,毕竟没有胡思乱想过。直到今年开学上省,不知如何,渐渐的觉得她更其好看了,更其年轻了,更其与自己亲热了。有时同她一谈起来,老不想一下就把话说完,一下就离开她。明明看出她过于肥一点,过于矮一点,脸是那么太圆,耳是那么太小,然而总觉得她皮肤白嫩,头发漆黑,笑的时候，说的时候，总有一种很勾人的风韵；而且觉得很年轻，从任何方面看，也看不出像当了三个孩子的妈妈，而过了二十四岁的女人。于是他渐渐的就起了一种不安本分的想头，不过几道绝高的堤防，终于把自己隔着在：那就是亲戚行辈的关系，如其自己可以想，而居然想得到手的话，这岂不是乱了伦常？其次，她已嫁了丈夫，生过孩子，即令想到了手，且不言有损阴德，到底算是什么？照小说上说来，女子同人一好了，就想着终身大事，男女起初是偷情，而结果总是一嫁一娶，不是妻，便是妾，如其有了丈夫的女人，同人偷情，结果不是谋杀亲夫，就是抛夫弃子的同奸夫偕逃，事情如其弄到这步，那就不快活了，损了阴德，还要犯阳罪！末了，更是她那一言不合，立刻就爆发了的脾气，和什么都可出口，而毫无顾忌的口齿。这样的女人，岂是容易想的？何况自己是一个什么都不足取的乡下少年？如此看来，算了罢！不要乱想了！

"不要乱想，"这是他的理智，"要乱想，"这是他的感情，楚子材行年二十一岁，到底还是感情胜过理智的时节。他抑不住感情的勃发，除了脸上的骚疙瘩越来越凶，越来越红外，就只有加倍去爱振邦婉姑，硬当成是和自己有亲切关系的弟妹，对于黄澜生，也分外的好，分外的恭顺，而对于她，更是当成了天人：她的声音，就好像是笙箫弦管，她的笑，就好像霁月光风，甚至她的气息，都仿佛兰蕙的香，她的意旨，不必说，那更是不可谈论的天心了！他的这种至诚，是从不敢拿言语来表白，而只是在他火热的两个眸子中，偶尔泄露一点，又不敢十分的泄露，生怕别人知道了，要骂他，生怕她知道了，要厌恶他。这因为小说书上也曾写过，女人要是不爱这个男子，而这个男子纵就把五脏六腑挖出来贡献给她，她不但不感，还觉得你把她侮辱了，破坏了她的贞节。何况亲耳听说来，淑行学堂的女学生不是骂过那为她害相思病而死的成都府中学堂的学生？如此看来，男女爱悦，真不是一件容易的事，自己未必有这佳运！真可以算了罢！

但是，谁也没有料到，在放暑假前，会那样的生了变化，使自己竟胡里胡涂的跳进了情关，居然逆天行事，尝着爱的滋味，——女人的滋味。——尤其令人诧异的，就是小说和淫书是那样写的而实际上的人物事情，何以竟完全不同？他仿佛如读了一部新的小说，只是刚刚半回，便来了个"且听下回分解！"

满以为下半回中，也和上半回一样，全是蜜样的甜，花样的艳，梦样的迷离的。谁又料想得到他认为天人一样，毫无缺憾的一个情爱的对象，他才是其中的一个，而并不是只同他们表叔在平分春色。这于初三，在龙家酒席筵上，便使他生了疑心。他很精细的看出她与徐独清是那样的亲热，她举杯劝他的酒时，是那样溜着眼睛的笑；他明明只喝了半杯，说是喝光了，竟把残剩的半杯回敬给她，而她也居然一口喝干。韵侠幺孃似乎也看见了，才摆出一脸古怪的笑；有时把自己看一眼，也看得那样的不屑于。这是事实，比起在暑假前，胡思乱想时，自己欺骗自己，猜她先已不贞节了的，硬是确实的可疑。

起初还只是疑心，不想当天夜里，大家回到西御街，他偶尔得便一谈到席间情形，她竟老老实实，毫不隐讳的，告诉他，她的这位妹夫，也是很爱她，并且不止七年八年，以前是如何如何的同她好。她说得那样香法，似乎向着他在夸耀幸而得有这么一个知心识意的人一样，似乎有意在挖苦他有点够不上她的爱的一样。他当时心里难过极了，审不出是苦是酸。他那一夜直寻思了一夜，不知道她对于他，到底是爱，是不爱？"如其不爱我，咋个她会先下手？并且把我抱得死紧的，叹息说，也把我得到手了！临别时，叮咛了又叮咛，叫我早点上省。初在龙家见面时，又那样的喜悦，连打扮完毕都等不得，并且几乎跳了起来。初三一回家，又自行安排得妥妥当当，和我幽会，也那样的狂欢，那样的缠绵，说她也是咋样的在想我！如其当真爱我，就只该爱我一个人啦！不说林黛玉是这样，就潘金莲也何尝肯把另爱陈敬济的意思向西门庆说呢？可见从古以来，女人是只能专爱一个男子的。爱她丈夫的，必不再找野老公，为啥子找野老公？不是不为丈夫所爱，就是不爱丈夫。若果不为衣食，而只是为的爱，那吗，从没有已找了一个野老公，还要找第二个的。并且向着第二个，公然夸耀她的第一个。这样，能说她是爱我吗？……但是，我一个乡坝里的无名小卒，又无钱，又无势，她图我啥子，而甘愿把她污辱了？若说她像柳子厚所做的《河间妇人传》上那个怪物，但她在那件事上，却又并不是不餍足的样子。亲口说过，顶多一个星期有一两回好了，她不喜欢当成干馋那样干。并说，爱并不要这么样，倘若光是这么样，那简直是淫了。如此看来，她的确是爱我啦！……她难道不明白我是咋个的在爱她吗？为啥子她竟把第一个的事告诉我，不怕我吃醋吗？不怕我听了呕气吗？可见爱我，也只是寻常极了，才有四次的肌肤之亲，才说了五六回的恩爱话，她就这样的在待我，那我还是她啥子心上人？果真是她的心上人，既然有了我，岂但连丈夫不该要，早就应该把以前的旧好全忘记了才对呀！不安心犯罪，免得连累我，不把丈夫咋个，这倒是对的；何以不惟不把以前的旧好抛弃，还当着我做出那种样子，还得意洋洋的一点不瞒我呢？这安排的，究是啥子心肠呀！……黄表叔对于她的事，当然是不晓得的，若说瞒诳了，就是爱，那她是专爱她的丈夫了，未必然罢？她之肯于尽情告诉我，车过来说，是她的确把我当做了惟一的心腹了。若是不爱我，不爱得分外的真，她何以能说信得过我，而把她不肯向别人说的秘密，全告诉了我呢？……所不解的，还是一个女人只能专爱一个男子，那能像小说书上说的那般多情公子，同时爱上七个八个女人，讨了三妻四妾，还要置备通房丫头，还要在外面偷情挟妓？听说来，外国男子，已是不准，一个男子只能爱一个女子，何以一个女子反能爱上几个男子？……"

他苦苦的想了一个整夜，自然毫无所得，次日起来，仔细观察她的言动，还不是同平常一样，并没有丝毫不同之处。他只有把他的疑问，闷在心里，仍照常的吃饭，说话，逗着振邦婉姑顽耍，特意的向她献好。正想得有机会，再试探一下她的真意所在，却不料初六日孙雅堂偕同徐独清大摇大摆的走来，说是应了她初三日之约，来打麻将的。而两个人见了她，又都那样高兴，她自己也太高兴了，眉花眼笑得忘了形，还不要她丈夫上局去，要他请一天假，陪客打牌。他本想溜走的，也被唤住，叫在一桌上学打麻将，并好几次的坐在他身边，教他打；一下打错了，便大笑着拍拍他的肩膀，似乎故意在众人跟前，向他示好一样。

　　他一天的心情，全是一会儿苦，一会儿甜。不想孙雅堂走时，又单约了她和她的丈夫，而并不坚约他去，已令他想到初七一天之不好过了。更想不到私下说话时，他还没有追究到徐独清，她又那样得意洋洋的向他夸奖起孙雅堂来。假使他的性情不那样太近于农人的怯懦，他绝不那样装出一脸的笑容，而其实苦恨已极的静听着，他一定雷火一般爆发了，先骂了她一顿无耻的淫妇，然后就与她决裂，声明自己是一个讲爱情专一的男子，瞧不起她的行为，忿然拂袖而去；让她痛哭一场，羞耻之心，顿然发现，明白了自己的过错，一索子吊死，他再来抚棺痛哭，以示他才是个多情多义的人。

　　他既没有世俗所称，以及小说所描写的这种丈夫气概，那他就只好再气一个通宵，次日起来，真不想再见她的面，洗漱之后，向黄澜生说了两句话，便跑往铁路公司找着王文炳。

　　如其是别的事，放着一个诸葛亮在跟前，他不好同他商量吗？但是，这种说了且是损德的秘密，是绝不能向第二个人披露的。他只好咬着牙巴，一字不吐，光是扯起耳朵听王文炳说。

　　铁路公司太闹杂了。要是心头没事的人，大可到处看看，到处听听，权当作戏场，只要你冷冷静静，不动感情，倒未始不可以消永日。但是心里有了愁绪的人，热闹反而像炭火一样，更足以把一天愁，烧得沸腾起来，总觉得愈能到一个清静地方，才愈能得一点安慰。以正当天气也热,人情也热的火炽的成都,那里寻找得出一个冷僻清静的地方来呢?这自然只有少城了。

楚子材也忘记了自己是什么时候出了铁路公司,顶着火烈的太阳,打从会府东西两街,白丝街,西玉龙街,羊市街,而走进了行人绝少,一片荒凉的少城小东门。虽然街道没有几条,可是都很长。街面石板,已是晒得滚热,不到一条街,脚板心已感觉了从薄皮底透过的热气。他走得慌张,没有带伞和扇子,而这一路,又不像东大街总府街等富庶街道,搭满了的过街凉篷。而两边阶沿,又着居民侵占到没有一寸宽。如其没有又多又矮的先皇台,轿子倒是方便的。

会府是卖古骨玩器,碑帖字画的所在,并不是一般人日常所必需的。在太平时节,已是三年不开张,开张吃三年,在罢市期间,更不必希望有什么生意。如其有生意,大抵是些有余钱的好雅的熟人,他们自有门路会找了来,倒用不着像别一些铺子,半开半闭的,把些不值钱的假货,摆在门口,以勾引顾客。所以直到初七日,倒只有会府的古董铺,还是当真的像罢着市在。

罢市的大城,诚然不像平日那么热闹,加以轿子又少,加以又值正午,在各人家里吃饭的多些。然而与荒凉的少城比起来,到底房子是密密层层的不断线,街面石板是平平整整的,只管说羊市街已太不繁华,杂院菜园较多,然而那里有少城里那多的乔木花树,以及那多的蝉声鸟语哩!

楚子材在浓荫中胡乱走了几条胡同,身上头上从大城里带来的烦热与汗,已被天空中植物的清气吸收屏退得干干净净,而脚底上的热气,也着微带潮性的泥土冰凉了。在几条胡同中,除了几个叫卖小饮食的汉人而外,只看见了三四个掌着鸟笼回家吃午饭的男子,和两个叼着一根猴儿头细竹长叶子烟竿,各鞁着一双破烂的大花鞋,各穿一件旧得也快破了的宽边蓝布,出手短而袖口大的旗袍,头发全是紧揪揪的在脑顶后一点扎了个把子头,竹簪旁边各插了一朵大鲜花,年纪都约摸五十多岁的老太婆。一望而知，都是穷人，倒不只因了不是新的穿着，而在于一张黄而枯的油皮之下，只包了一副瘦骨头。大概也不是上等人，这也不因她们是耸肩驼背蹲在各家比乡下拢门还不如的，至少已阅历了一百多年风霜的旧木门槛上，而在各个的气度上，全看不出半星儿华贵的气象。倒是一个穿了双三寸高的，称为花盆底的条镶鞋的少女，大概有十五岁了，一张鹅蛋脸，胭脂搽得很浓，脑后拖了一条大发辫，红头绳的根子扎有二寸来长，已是留了头了，长长的鬓角，垂过了耳朵，大大一双白果眼，活泼而呼灵，粗粗两道眉毛，极其连蜷，鼻子很直，口辅很丰，不仅鲜艳，还昂昂藏藏摆出十足的气派。在这样一个境界中，着了这样一个少女，真有点仙趣了。假使这是汉人的姑娘，除非是官家小姐，自然不敢去招惹，既是能够在街上走的，他现在倒很有胆量去试一试他的诱惑了。

到底，他也回身把那少女送了半条胡同之远，一直看见她走进一所门道较为齐整的院子，他的心也和他的头与脚一样，才清凉了。他心里不禁叹息了一下，着想道："爱我的如其是这个混沌未凿的年轻姑娘，我也不会才尝了几口，就咬着了黄莲！"

所以当他走得疲软不堪，才奔到公园里，向"绿天茶馆"一坐下时，首先映入脑际的，犹然是这个鲜艳的少女的影子。不过这影子毕竟是偶然得来的，映入得并不深，只算有这么样一个轮廓，一些颜色，而终于敌不过使他一开口就咬着黄莲的那个生了密切关系的影子。

热闹不能把愁的苦汁冲淡，寂寞更像一只缫丝机，它能无原无故的把愁绪搭上广大的轮子，而轧轧的抽绎起来。于是从初三以来的种种不可理解的问题与材料，又同那熟悉而又可爱又可憎的影子，一并兜上心头，使得他躺在竹椅背上，和一般旁的特意来疏散脑经的忙人一样,表面是沉浸在大自然的夏景中,而中心①却另具了一个境界,把自己苦恼得像上了桴的一样。

九

人说少城公园一到星期日,便是学生的世界,这是就罢市罢课以前的平常日子而言,在罢市罢课期间,就不是星期日,学生来的也不少。所以楚子材也才因了陆学绅与林志和之来,方被从苦恼的幻想中,引入了满目阳光的现实世界。

陆学绅笑嘻嘻的已坐下来说道:"吷!这里果然凉快多了!……茶太热,有一碗冰冷的米凉粉吃吃,倒好哩。……傻子,为啥不脱衫子坐下呢?你盯着他做什么?"

林志和把眼睛一眯,顺手拉了一把椅子过来,一面脱长衫,一面说道:"我看他两眼无神,满额黑晕,好像害了啥子痨病似的。"

陆学绅也才注意的把楚子材看了两眼道:"果然啦!倒看不出傻子的心还细哩!"

楚子材自然而然的拿手把额头一抚道:"是吗?我原说我的病还没好,那天辞代表时,你们还说我的闲话,说我安心躲懒。现在是你们自己看出来的,可见我并不是说诳啦!"

陆学绅把刚泡来的热茶端起,吹着喝了两口道:"这又不热,你今天的气色,比那天实在坏得多,人也似乎瘦了些。大概你那令亲家的起居饮食,一定还没有学堂里好。是这样,倒不如搬回学堂来的好。现在学堂里自由得很,再不像以前那样了。"

---

① 中心,此处即内心。《诗经·王风·黍离》:"行迈靡靡,中心摇摇。"——编者注

林志和接着说道:"硬不像!只说一样,你就明白了:早晨可以睡懒觉,只须赏厨子几个钱,随便啥时候,可以炒一份桂花饭,送到寝室里吃。食堂上可以吃酒划拳,自习室里可以唱小调子,……"

楚子材愕然的问道:"土端公果然连这些都不管了吗?"

"他敢?就是从成立同志协会那天,就把他啥子精光都退尽了,从此以后,他敢管我们吗?监学些,更不说了,一个个都变成了缩头乌龟!"

"学堂不是成了自由邦了?"

"自由,自由,比西洋历史上讲的法兰西大革命时还自由!"

大家极其有劲的,说一阵,笑一阵。楚子材的心里平静多了,渐渐感觉了一阵强烈的饥饿。因才想起从昨晚消夜以来,还没有吃过东西。茶馆的柜台上放了一具新式的东洋座钟,或者不很准,短针指着三点,长针在七点上。他问陆学绅"你有表的,看看啥时候了,是不是二点三十五分?"

"我的表忘记在寝室里,没带出来。你问时候做啥?和别人有约会吗?"

"不是的,因为肚子饿了。"他遂诉说事忙,忘记了吃早饭,借口便是王文炳约去帮了整上午的忙。

陆学绅道:"啊!说到老王,我正要问你。他这一晌忙些啥子?连人影都没看见。我以副会长的资格,跟他写了好几封信去,同他商量一些会务,他也一直没回信。我偏不肯信,他果然就是啥子成了名的大人物了!就忙得连提笔的时候都没有了!老王素来就有点飞扬浮躁的毛病,如今稍稍挤了一只脚到大人物的丛中,就大得比牯牛还大了!我倒不说他的挖苦话。我怕死了堕拔舌地狱。"

林志和呵呵大笑道:"老陆老王是前世一劫。不管当面背后,你不说我的鼻子,我就要说你的眼睛。……你不说他的挖苦话,其实也够了,你这张嘴呀!……哈哈!"

楚子材道:"我不是故意卫护他。自从罢市以来,他实在很忙,除了在公司里办事,罗先生他们还时时派他出来调查这样,调查那样,不说别的,连剃头的时候也没有。尤其是这两天,不仅忙,还很费他的心血哩!"他本想把王文炳所说的一番如何为难的话,复述一遍的,因见陆学绅倒笑不笑的,颇有点讥讽样子,他不说了,只言王文炳明天或在后天就要往南路去办理一件什么事,此后,恐怕更不能回他的信了。

林志和忽然说道:"老楚,你既然饿了,为啥不打吃的主意呢?还仅着卖嘴!"

楚子材伸了一个懒腰,把脚放下凳来道:"得亏你提醒我,吃啥子呢?"

陆学绅道:"在这里,只有吃面。"

"我们找个馆子去吃两样菜,吃一壶酒,可好?说老实话,这几天我实在吃不成吃,睡不成睡,遇着你们两人,算是我几天里头顶高兴的时候。吃两杯酒,同你们回学堂去好好睡一觉,看林傻子说的我这痨病该可慢慢的好一点不?"

林志和道:"你既要睡觉,那何必找别的馆子,不如就回学堂去,拿一块钱交跟厨房,叫他炒一盘鸡丁,再弄几样好吃的下酒菜,连酒端到寝室中来;要热闹哩,把几个小兄弟招呼来;吃醉了,床就在身旁,放倒头就睡,不好吗?"

两个人都拍掌喊着赞成,也不顾旁桌上一般回头来看他们的茶客,各自穿上长衫,便出了茶馆。

时光的确是下午三点前后了,阳光之下已濛濛的生起了一片尘雾,肥绿的芭蕉全被炙得可怜的垂下了它的大手,瘦狗们躲在墙阴下,长伸着舌头喘气。只有榆树密叶中躲着的蝉子,反而鸣得越有精神。

走到街上,陆学绅举头把灰蓝的长天一望道:"看样子,这几天还没有雨哩。大概也同人事一样，要开市，委实是不容易的。"

林志和道："我倒不希望开市，开了市，连带就要开课，那能像这样的自由好耍？"

陆学绅笑道："真是傻话了！我们上省来进学堂，本为的上课读书，要图好耍，不如各自回家去，何必有名无实的住在学堂里呢？"

"你说的才是傻话哩！你在家里闲耍，你父亲能不能一年百多块钱拿跟你随便使用？你又能不能像此刻一样，随便块把钱到馆子里请朋友喝酒？还不要说我们外州县又那能赶得上成都省方便好耍！"

楚子材笑道："林傻子倒说的是老实话。"

陆学绅摇摇头道："各家的情形也不尽同，你家或者是这个情形，我的父亲倒不在钱上拘束我，二十三十随便我拿，我在家里时，那一年不使二三百块钱？再说到好耍，你也不要太把成都凑合过火了，光拿嫖婊子来说，成都有我们内江方便吗？正明光大的，那个敢干涉？那个敢笑人？并且货色也要好些，……"

一说到女人，陆学绅林志和都分外有了精神，楚子材皱着眉头，连连打岔道："换一番话来说好不好？你们总爱说这些！"

已经走到学堂门口了，陆学绅忽向一个迎面走来的人打着招呼道："霆哥，是不是来找我的？"

楚子材林志和也都认得他。他是陆学绅的亲戚，叫李春霆，现住的是高等学堂本科理科。虽然比陆学绅大五岁的光景，大概因为陆学绅舍得花钱的原故罢，他们倒时常在一处打牌吃酒，俨然是很好的朋友。

他是一个又瘦又矮的人，比楚子材矮小多了。只是派头倒老，上唇上稀稀留了一片胡子，自以为很像流行的仁丹胡子。不过还爱说笑。当下连忙点着头走了过来道："猜得不错，正是来找你的。"

"口福好！一来就碰着有吃的！"三个人一同说笑起来。

学堂中寥寥几个人，凡在成都住家的学生，全都回去了，外县学生而有同乡亲戚在省居住的，也各自走了。况在午饭之后，晚饭之前，除了几个真正喜欢读书，和几个喜欢睡觉的懒人外，谁不想出去喝茶，吃酒，打牌，游顽，以及干别的正经事？

寝室里更其清静。一间大房间，只安了四张铺，王文炳与楚子材的两张，又是空的。当中安了一张大条桌，一边两张凳子，是很有余地。窗外院中，好几株大树，遮得绿阴沉沉。大家把衣裳全脱了，打着赤膊，实在比在旁的地方舒服，而且还有两个空闲的小工，随便差遣。

楚子材向他自己那张空床的草席上一躺道："学堂里果然好些，真想搬了回来！"

李春霆挥着扇子笑道："别个正想搬走哩，你还想搬回来。"

陆学绅道："你们高等学堂，搬走的人多吗？"

"何消说！据大家看来，这学期多半复不成课了。纵然复课，差不多在中秋节后。我今天来找你，就是商量一下，与其呆在省城，我们不如回内江去的好，等复了课再上省，不过多花几个钱的盘川。"

陆学绅笑道："你是有老婆的，趁空回去，自然好些。我有啥子呢？我的春红，已着人家逼下重庆去了，回去有啥好处？"

"你也蠢极了！天下多美妇人，只要有钱，又何必专念一春红呢？我又说句真话，春红，我就不敢赞成有好美！"

"亏你还在外面讲风流，你连情人眼里出西施这句话都不懂得。"

"我们拿钱嫖娼，讲得上情吗？你要向那些滥货讲情，真太可惜情了！"

楚子材跳起来，连连挥着两手道："你们为啥子又说到这上头来了！"

几个人都呵呵大笑道："又把道学先生惹着了！"

林志和住了笑道："我看老楚倒不是道学先生，只看他一脸的骚疙瘩，晓得心头乱想些啥子？只算是色大胆小罢了！"

李春霆也点头说道:"像他这种人,倒真危险,只要一尝着了女人的味道,就顶容易迷窍的。子材仁兄,我先跟你一个忠告,这于你将来很有好处的。第一,你不要把女色看得太重,道学先生就是把女色太看重了;第二,趁着少年,风流风流,免得同一般道学先生一样,到中年晚年,把持不住,一接近女色,连命都不要了;第三,不要执迷不悟,不要像陆老弟一样,见一个女人,就同她讲起情来,那是自讨苦吃,不是寻乐了。不过,陆老弟口头只管在说爱情爱情,我倒不很相信他,因为我并没有看见他吃过春红的醋。人一定要操到不吃醋,那才能耍女人,道学先生就是专爱吃醋的,所以才害怕女人,把女人看成了怪物。我这番话,并非乱说,是有师傅的,你如肯听,我还可以传授你一些耍女人的心法哩!"

这恰是楚子材极想听闻的,偏偏厨子送酒菜来了,偏偏一举酒杯,李春霆又说到别一件事上去了。

李春霆说的,是他同学中有一个人,不知因了什么,忽然做了一篇稀奇古怪的文章,叫作什么《川人自保商榷书》。油印出来,请大家代他斟酌修改,"我倒不懂得这些,也不晓得他是啥子用意。我长衫荷包里,正放有一张,大家看看,这到底是篇啥东西?"

长长一张油印白纸,铺在条桌横头,三个人一面吃酒菜,一面先看那篇好像序文一样的东西:

中国现在时局,只得亡羊补牢,死中求生;万无侥幸挽救之理。凡扼要之军港、商埠、矿产、关税、边地、轮船、铁道、邮便、与制造军械,用人行政,一切国本民命所关之大本,早为政府立约,擅给外人。并将各省暗认割分,已定界画:如江苏、江西、安徽、湖北、湖南、四川六省,与英国立约,不得让与他国;福建、浙江两省,与日本立约,不得让与他国;广东、广西、云南、贵州四省,与法国立约,不得让与他国;山东一省,与德国立约,不得让与他国;自日俄战争和议以来,又与英国立约,不得让与他国;以西藏、满洲三省,则为日俄暗分;俄又侵略蒙古、新疆,将由新疆侵入甘肃、陕西;德又将侵山西、河南,以卫山东;其余直隶,虽为京城所在,日本将由奉天入关,以行侵据。尤可恐怖者,日于旅顺口,俄于西比利亚,德于胶州湾,英于威海卫及香港,法于广州湾及安南,早已作为战争中国之根据地:立炮台,造营房,泊兵船,制造枪炮弹丸,驻扎将校兵卒,危机四伏,一触即发。政府至此,应如何奋发淬厉,亟图挽救!乃多贿赂公行,日以卖国为事,而对于人民,犹不许国民军成立,及制造军械,听其自保!推其原因,政府深恐人民一强,即为彼附骨之疽,似非与中国人民同归于尽不止。外人既握中国之死命,而不实行瓜分者,非其仁爱,亦非力有不能;一则欧美各国,内势未均,一则中国土地广漠,人民众多,非得深入内地,侵据铁路财政各权,扼我咽喉,吸我精髓,则犹有烦兵折矢之劳。而或瓜分未均,反启欧美各国自相争战。以政府之疑虑难解,致外人之侵略无穷,遂将五千年古国,沉沦于九渊之下!

林志和早抬起头来笑道:"我的国文,向来就有冗杂不通之名,大小试验,很难得上六十分的。然而我自信还敢提起笔来,把这篇狗屁东西,跟他大改一番,或者改得好一点。这到底是那一位的大手笔?亏他还是高等学堂的学生!"

李春霆笑道:"你太挖苦人了!倒是啦,从前的举人进士,还有写不起家信的。住到高等学堂,那里个个都是通人!本来阎一士老兄这篇东西也实在做得不好,……"

陆学绅道:"如何论起文章来了,只看他的道理,说得圆范①不

---

① 圆范即周圆周密周到之意。如曰代为圆范一下,更有吹嘘之意。——作者注

圆范罢咧!"喝了一杯酒,又同楚子材继续念了下去。

然四川东连两湖,西连藏卫,南连云贵,北连陕甘;夔门剑阁,古称天险,铁路轮船,尚未大通;以比各行省,外人插足尚浅,势力亦薄。且土地五十万六千方里,人口有七千万,气候温和,物产无所不有,即比之日本,犹不及四川远甚。

陆学绅笑道:"文章真太不妥了!何不改成即以日本比之,亦不及远甚呢?"

楚子材道:"意思都还明白,知道说的是日本尚不及四川。也不多了,看完罢。"

今因政府夺路劫款,转送外人,激动我七千万同胞,翻然悔悟。两月以来,团结力、坚忍力、秩序力,中外鲜见,殊觉人心未死,尚有可为,及是时期,急就天然之利,辅以人事,一心一力,共图自保;竭尽赤忱,协助政府,政府当必曲谅,悉去疑虑,与人民共挽时局之危,措皇基于万世之安!谨将自保条件,分列于后,愿我七千万同胞,及仁人志士,付诸议会,讨论一是,指定方针,或得万一之幸!

(甲)现在自保条件

(一)保护官长　由各厅州县城议事会,通告镇乡议事会,集议;选定精壮子弟,多至百名,少至六十名,作为旧时团丁,分季轮操,常川驻守官署官局,以便保护。

(二)维持治安　现在全川罢市,万一不幸,乱民乘机肆扰,应由保路同志会,会同谘议局协议;既经议决,认为乱民,必先晓以大义,如其不从,乃兴大兵弹压,迫令解散,但须不行杀戮,残害同胞。

（三）一律开市开课开工　罢市罢课罢工，不过表明川人同志，其实损害甚大，故须斟酌时势，约同一律开市开课开工，断不可前后参差，使秩序之不能始终一致。

（四）经收租税　由各厅州县城议事会，通告镇乡议事会，集议；即由城董事会，代收粮津捐与各项厘税，妥为存储，以备支拨。

陆学绅道："还是那样的，意思明白，文字不妥。"
林志和道："我不赞成第三条。"
楚子材道："不要打岔，等我念完再议论。"

（乙）将来自保条件

（一）应请购屯钢铁。及炮兵工厂与机器厂（仍改造枪炮）昼夜加工制造枪炮　说明：现今国于世界，莫不以铁血图存。即如日本，既战胜强俄，又恐起日美及中日战争，其东西两京炮兵工厂，逐日夜加工，如临战事。中国时局，危迫万状，而炮兵工厂力至薄弱，必须日夜加工，以备外患。

（二）炼铁厂

（三）硫酸工厂

（四）机械铁工厂

（五）制材工厂

（六）酒精工厂

（七）水电　说明：炼铁厂与机械铁工厂，制材工厂，为制造枪炮之本，而百种机械工业赖之。硫酸与酒精工厂，为制造弹丸之本，而百种化学工业赖之。机械与化学工业，均赖电以造其精绝，且尤利用于战争。电之大源，出于倾斜澎湃之水力，四川则无地不宜。东西列强所谓富国强兵之大本，要不外是。

（八）练国民军

（九）设国民军炮兵工厂（附设炮兵讲习及试验所）　说明：国以民为本。现今世界各国，非民尽为兵，莫不置国与民于危亡。而民兵之本，尤在炮兵工厂，与炮兵制造额之应足支配国民军一倍以上。而炮兵之改良进步，尤在国民之自为讲习及试验。且外患日迫，虽有旧办之炮兵工厂，亦必有所不及，故应由国民补助之。（各外国临战之时，凡国民之铁工厂，皆制造枪炮，以为补助。）

（十）铁路

（十一）轮船　说明：铁路务在先修成渝，辅以川轮，使四川交通略便，以免开门揖盗之虞。宜夔一段，则宜量势渐图。至于铁路所需材料，为四川富有，取之无穷。如铁轨木枕石炭等，既办炼铁制材两厂，即可渐次不购于外，而人工尤以四川为最廉，甚则或可以工代赈。

（十二）边险地方建筑炮台　说明：四川虽是天险，非得人力补之，大筑炮台，终不可恃。

（十三）实业及教育　说明：实业及教育，尤为自保根本，应集各业同志协议，速定改良进行方针，使人民一致趋向。但农工商矿各业，门类繁多，应择急要，晓示大纲，及浅近办法，使人人知其利之所在。至各种教科书，应设局自行编纂，不待政府颁发。

（十四）优给军人饷需　说明：军人舍身家性命，以保其身家性命，并保国民之身家性命，其饷需太薄，非所以处现今时局，应由国民筹出饷需，增给军人。

（十五）优待军警两界同胞之家庭　说明：军警两界同胞，所以保卫国民，凡其家庭人口，应由各厅州县城镇乡议事会按季查编，存于议事会。至其家庭有丧葬，及困难之事，应由团邻知照议事会，特别致吊，及筹议补助扶持。如军警两界同胞对于国民，万一有摧残之举，即由议事会议决，究诘其家庭。

（丙）筹备自保经费

（一）停办捐输

　　（二）停止协饷（对于西藏，则宜酌拨。）

　　（三）议拨税契入款

　　（四）节减办事人员薪水

　　（五）视自保应用之经费，核计人口地权，分别贫富担负。或有五千元之选民酌量担负，按照增加　说明：以四川土地之广，人民之众，物产之饶，倘人人知危亡在即，身家不保，则财政虽窘，而每年停止不应出之款项，并详查财政上一切陋规，然后责人民以担负；一面振兴实业，一面协约不买外来不甚急要之货物材料，则筹措二千万之常年经费，举办以上自保诸务，必不大难。（四川共计七千万人，若以四千万人计之，每人每年担负银五钱，即可筹出每年之常年经费银二千万两。由此推之，持之十年，岂惟川汉，即修川藏，亦或有余矣。）

　　（丁）除去自保障碍　说明：自保所以御外侮而卫身家性命起见，实出于万不得已，凡自保条件中，即经川人多数议决认可，如有卖国官绅，从中阻挠，即应以义侠赴之，誓不两立于天地之间。

　　以上各种条件，时势有迁，人事有异，未必恰适；然国之所以存，民之所以保，皇家之所以万世，其大端要不外此，愿为川人先事商榷，而厉行之。

楚子材一口气念完之后，林志和忙给他斟了一杯酒道："亏你有耐心，竟能把它念完了，酬劳你一杯，快喝！"

楚子材道："我还是饿肚子哩，莫尽把大曲酒拿来灌我，让我多吃点菜再喝。"

李春霆道："他说的那些条件，我觉得都差不多，你们看是如何？"

陆学绅道："我看，好像太阔大了一点。"

李春霆笑道："本是老阁写来出风头的，何尝想到实行，要不冲点大壳子，咋个会使人惊奇呢？"

楚子材道："倒也亏了他，想得这样周到，这件事，那件事，叫我来拟稿，我尚无从下笔哩！"

两个中学生，一个高等学生，都默然了半会，似乎承认了他的话果是对的。

十

楚子材在学堂里宿了两夜。头一夜睡得真好，陆学绅次日告诉他，听他一上床，就打起鼾来，直打了一通夜。他自己何尝知道，头几夜既没有睡好，当天在太阳下跑了好几个钟头，又畅畅快快的谈笑了好半天，又足足喝有半斤多大曲酒，以此种种原因，要不终夜打鼾，那真是病了！第二天，虽没有昨日那么劳动，那么欢畅，到底不像在表婶家里，眼之所见，耳之所闻，无一不令他动心忍性；而平日顶不喜欢用的心力脑力，也不由得要细细磋磨起来；何况因为自己太沉迷，太把女人的爱情看成了一件了不起的大事，如李春霆所说的一样，致令自己无中生有，本不应该有的嫉妒，会像火一样的烧着自己；既换了一个环境，又经李春霆那么一讲，再有意无意的同陆学绅，以及另外一二个同女人讲过爱的同学一研究，又才知道了，现实妇女的情爱，并不像小说上描写的那样专一，那样纯粹，那样干净；这也与书上所刻画的十全美人一样，是在人世中绝对寻不出的。大约正在怀春，尚无经验的少女，对于爱，比较恳挚些，但是到她一成了妇人，交接过两个男子，她就绝不会迷恋了；或者也有令男子丢不脱手，而闹到你死我活的上头，但一定有旁的问题杂于其间，不是女的方面，有了什么缺憾，不能够再获得另一男子，便是男的方面，除本身外，更有别样的东西，足以令女的舍去不了的，而绝不是为的爱情。有一个同学的，看过新出版的《海上繁华梦》，他并且说：无论偷情，无论嫖娼，再不要寻找那又美貌，又聪明，最出风头，为人人所争着捧场的女人，宁可去找那平常而不为人所注意的；因为前者太有所恃，容易得到人的爱怜，你用尽了力，未见得能够挤进她的心眼，后者是自甘冷淡的，只要你稍稍加以爱怜，她只有感激，你若给她五分，她定要报你十二分的。他得了这么多的新知识，拿他近几天所经受的一印证，心里也就宽解了一些；又在晚饭时喝了两杯酒。故所以第二夜也比较的睡得很熟，虽然没有听见旁人说他打鼾声。

初九日早晨起来，就因为睡好了两夜，精神身体健旺多了。林志和说他额头光净了许多，眼神自不必说，自己也觉得是光彩奕奕的。但是心坎上忽觉空虚起来，总有点坐立不安的光景。学堂里太寂寞，绝对呆不住了。那吗，游公园哩，没味；出城游草堂寺，武侯祠，望江楼，昭觉寺哩，也没味；坐茶铺，进酒馆，都不对；到西御街看看她去，如何？心里虽没有立刻就答应，但这念头却迅速的在血管里扩大了，两脚自然而然便走了起来；同时再这么一着想："她也算是一个不大容易寻找的美人了。以我这样的人，能得到她的一分爱，总比陆学绅他们值得呀！她又没有骂我，责备我，我为啥把她抛弃了呢？我只要不吃醋，我还不是很幸福的？其实，也不该我吃醋，车转来说，要她那些老相好，才应当吃我的醋哩！快走罢！离了她两天两夜，她该不晓得我恨她罢？倒得好好生生同她说一番，不要她生了疑心才好啊！"于是就像报马似的快走了起来。

当楚子材转了念头，心里像烈火在燃烧之际，铁路公司的股东会，也像烈火燃烧着似的，正在通过他们炽热的抵御政府的四条议案。第一条，自本日起，即实行不纳正粮，不纳捐输，已解者不上兑，未解者不必解；第二条，将本日议案，提前交公司谘议局，照例呈院，并启知各厅州县地方官；第三条，布告全国，声明以后川省不担任外债分厘；第四条，恳告全川父老，实行不买卖田地房产，免缴经征费用。同时，文牍部里几位先生，也正腆着一肚子怨气，挥着汗在字字推敲的编制通俗的股息扣粮歌,好早点交昌福公司印出来,准备在下午开保路同志协会代表会时,散发出去。

并且邓孝可等人,自己既已知道陷入了绝境,群众的意识,被他们锻炼得恰像了一条钢鞭,更毫不通融的鞭挞着他们的脊梁,叫前进,前进!他们先前还努了许多次的力,想把这钢鞭把握在手上,或仍前的用来打人,或把它收拾起来,不要它不听命的乱挥。然而不成功,它一下一下的偏打在自己的脊梁上,勒逼着前进,前进!

前哩,虽不很明白是个什么样的境界,但意想得出,必不是柳暗花明的好去处,而是悬崖绝壁,其下不消说是无底的深渊了。从悬崖绝壁,而跌入深渊,即是藐姑射之山的至人,要不会腾云驾雾,怕也只有粉身碎骨的一法罢?然而又无他途可以回旋,睁着眼睛跳崖,这是何等危险而痛苦的事!然而又禁不住钢鞭的毒打。总之是一死,倒不如拼命前奔,暂时不受钢鞭的打击,闭着眼睛,突的跳下崖去,或者不一直沉到底,只要浮上水面,再打求生的主意好了。

大家口里虽不便说出,而心里却都在这样着想。但他们在前,不是已造作了好些给人转弯的机会和地步吗?要是政府稍为懂一点风势,只须答应"好罢,你们莫再闹了,我允许你们,把这案子提交资政院和四川谘议局好了。"资政院要九月才开得成会,明明让出两个月的时间,给他们去自行弥补,自行收风。一方面却示意,案子必须通过,修正一点可也,却不准驳回。如此一来,不是面面光了?如其清季执政的不是一般什么都不懂的胡涂蛋,而是稍有近代头脑眼光以及手段的政客,四川这种不应该有的弥天风潮,断不会发生的。不过已经难说了,事情酝酿了这么久,经大家一天一天的鼓吹,这事已具体的在一般人的朦胧意识中,构成了一个必须求得解答的问题,要是戛然中止,本已不大容易。何况他们还偏偏不肯转弯,非一直尊严到底不可?因此,在七月初八日,才一连来了三通电报:

> 署川督，申奉旨：赵尔丰电奏悉。铁路收归国有，系为小民减轻担负起见，迭经降旨宣布。乃川民仍多误会，相率要求，其词虽激，其愚可悯，朝廷亦何忍重负吾民？著邮传部，督办粤汉川汉铁路大臣，将路款缪辖，妥速清理，明示办法，以释群疑。赵尔丰身任疆圻，保卫治安，是其专责；务当仰体朝廷爱民之隐，剀切开导，设法解散，俾各安心静候，照常营业。倘或办理不善，以致别滋事端，惟该署督是问。钦此！阁阳。

> 成都将军等，申奉旨：玉昆等电奏悉。昨据赵尔丰电奏，已谕令邮部，妥筹办法；并电饬赵尔丰剀切开导，俾各安心静候，照常营业。该将军等，务能协力维持，妥筹应付，毋令滋生事端。钦此！阁。

单是这两通内阁传达的电旨，已是表明要硬到底了。大家明明反对的是邮传部，却偏偏叫邮传部来"明示办法；"大家明明害怕的是算帐，却偏偏叫对头人来"妥速清理。"在"朝廷亦何忍重负吾民"之下，却来了这么一个硬转弯，真是有意同人大开顽笑了。并且把大家所提出的办法轻轻抹杀不算外，还将众人认为情形重大的罢市罢课，也看得不值半文，仅顺便带了句"安心静候，照常营业，"已经使一众英雄，大为短气了。还有第三通单是内阁拍寄给赵尔丰，指示他办法的电：

> 署川督，都密，连接江支豪各电均悉。当即将支电代奏，本日奉旨一道，遵即电达。此次川民争路，势甚汹汹，而卒未暴动者，固因川民深知大义，亦阁下维持之力居多。此中一切为难之处，朝廷均经洞悉。惟铁路国有，势难反汗。现在一面商明邮部大臣，将川省路事，及拟收路款，酌筹变通办法，径行电闻；一面仍由阁下恪遵谕旨，宣布德意，剀切开导，俾众晓然圣恩宽大，不予严究，早日解放，各安生业。来电所称川民有搭盖席棚，供奉神牌于街市

等事,甚属不敬。应敬谨移请万寿宫内,即将席棚一律拆去。虽系愚民无知,或不难于理谕。阁下治蜀有年,久为绅民所悦服,但能操纵得宜,决不至发生意外;务希揆度情势,策划万全;并望将办理情形,随时电知;遇事务当竭力维持,以期早就敉平! 内阁阳。

一切说尽了,不但无转圜之余地,而且闹了两个多月,锣鼓喧天,好像有件什么事的,而竟自没有什么事。因此,大家把三通电一看了后,的确都生了气了。邓孝可气要盛些,当下便一拳打在桌上,咬着牙巴说道:"他妈的! 还这样伴瞅不睬,我们也顾不得啥子了!"旁的几个人也握拳击掌的道:"拼了罢! 拼了罢! 那能这样就下了台的?"

因此,电文当众一宣布,大家当众一鼓吹,邓孝可等商量好了的第二步利器,跟即在群情愤激中亮了出来。于一阵赞成通过之后,立刻办文提交谘议局,经过形式的议决,以便呈请总督核夺,转饬藩台备案;果真就准备向积极方面做去了。

到下午,同志协会代表会开时,更热而且闹了。股东会已经通过的四条,得了全体的赞成,并格外加了一条:"广告全川人民,俟前四条实行后,自动开市开课。"可惜这天的情形,王文炳没有目睹,他是初八一早、就往新津方面去了。

十一

成都的暑天,就是这点好处,连热三四天,到华氏寒暑表升到九十七八度,将近一百度时,必然就要黑云密布,下半天大雨,暑气退尽,至少可以清凉好几天。怕热的人们,也多半趁着这清凉时节,加劲的做起事来。

楚子材之在黄家,虽然算客,但可以帮忙作的事,他向来就不肯袖手旁观。至于今年，他更殷勤了，许多是菊花应该做的事，菊花并没有请求他，表婶也没有差遣他，只要他看见了，他一定要代劳的。只举一件事为例：吃了饭后，规矩是要各喝一杯茶的。假使没有别的客在座，而仍旧在倒坐厅吃饭的话，他一放下碗，并不劳菊花给他倒茶，他自己就抢着倒了。并且还一定给表叔表婶倒，给振邦婉姑倒。阻挡他哩，他则笑说是顺便的，向他解释这是丫头份内的事，不应把她纵容懒了，他则答说现在讲平等，讲改良，讲人道主义，就是底下人做的事，也未尝不可帮忙。

假如这事只关于表婶方面的，他更其维勤维慎的抢着做了。所以他只要一走进黄太太的房间，菊花就乐得溜了出来，再也不进去。房间里事，有人代做，而太太也再不拉长声音喊自己，也再不恶言毒语骂自己，这连何嫂都是清楚的。

楚子材是那样毫无出息，又拙又粗的样子，而公然能博得他那精明表婶之爱怜者，大概这是最大的原因了。

因此，他这几天，如何不吃了早饭，伺候了表婶之后，便加劲的帮着黄家撕钱纸，封袱子呢？

中国人的人死哲学，向持的阴阳一理，"事死如事生。"大概自从孔夫子叹息作俑以来，一直到蒲松龄作《聊斋志异》，把一个阴间阳世化，更具备到无微不至。阳世人需要生活，因为分了工，不能够使人人耕而后食，凿而后饮，织而后衣，才不得已从以物易物，改进到用介绍物：贝、币、泉、帛，以至于五铢、半两，什么元宝，外圆内方绰号孔方兄的钱。就因为钱有种种方便，可以使你安居不动，而将生活中一切需要的东西，全给你介绍来，所以人人都爱它，并且一时半刻，都不能离它。人死之后，中国人相信这人还是存在的，只不过换了个名字，叫鬼。鬼所住的世界，是与阳世相对的，其名曰阴间。人是怎么样生活，鬼也是怎么样生活，照《聊斋志异》所说的看来，是没有丝毫差错的。阳世人需要生活之资的钱，阴间鬼自然也要钱。有一点似乎不同，阳间的钱，是由人开矿炼铜，铸出来的，其余东西，也全是人的两手创作出来。独有阴间的鬼，只管有它的世界，而它的一切，依然要倚赖阳间。据说，鬼之所有，全是由阳间焚化而得。所以鬼的钱，也得由人代它鼓铸。如何铸呢？便是以一叠竹子制的粗纸，作为铜板，再将一个钱型铁戳，打印纸上，在别处谓之纸钱，在成都便谓之钱纸。别处说的是过印为钱，即是以钱型铁戳随便在尺把厚的纸上，印出些模糊的钱印，便自己相信这尺把厚的纸，全是钱了，而成都人却不这样的自欺欺鬼，他们硬要把那铁戳磨出锋来，很整齐的一个一个的钱模，一直要把半寸厚的纸打穿。因此，要焚化钱纸之先，便不得不把这打穿在一处的钱纸，一张一张的撕开，这是一种相当麻烦的工作，名曰撕钱纸。你们想，一斤钱纸足有半尺高，撕出一斤，要费好大的工夫？何况成都人又极其体谅鬼的，焚化钱纸时，生怕少了，鬼不足用，平常总是五斤起码；何况现又当中元节日烧袱子之际，岂有不更大量的为鬼鼓铸呢？中元节，又曰盂兰会，那是鬼的节日，不必说了。惟有烧袱子，又是成都极普遍的一种麻烦事，先把钱纸撕散，然后数出一定的数目，然后才用白纸封成包袱，包袱上面又须写明某姓祖若宗某某收用，后嗣某某焚化。人有钱而祖宗多的，那不必说了，即如黄澜生家，祖宗都远在江苏故乡，不必要他送钱；在四川等钱用的，只有他的父母和长子，然而有穷亲戚的鬼，却要代送，因此也有上千封的袱子。往年做这种工作，是临时雇用一些男孩子，今年因为楚子材空闲，他便独力担任了。他于初九上午，加速度跑回黄家去时，正值表婶叫罗升买了钱纸回来，不及究问他这两天如何不回来，便笑着向她丈夫说道："这不是一员大将吗？何必还去找那些小猴子哩！"因此，当天，他就同着罗升，看门头，以及两个孩子，动起工来。表婶何嫂菊花何以不加入呢？这又是成都人一般的说法：妇女是阴人，是为鬼所忌的，凡是为鬼置备的东西，俱不能经过妇女的手，尤其是钱纸，除非是身体尚未发育的小女郎，以及月经业已断绝的老妇人，其庶几乎。

表婶虽不帮着撕钱纸，封袱子，写袱子，然而总是在旁边说这样，说那样，使工作的人，毫不寂寞，而能于新雨之后，加劲的做起来。

工作如此麻烦，而罗升又只做了一天，因为黄澜生一出门，是必须有一个跟班提烟口袋，挟护书；坐下了，又必须自己的跟班伺候绞手巾，递纸捻的。这是起码的做官派头，而且是历来如此，骤然不带跟班，独身一个人出门上局，这是多么不方便的事，只一天，已经很难忍受了！

罗升不在旁边，看门头是不离大门的，仅仅两个孩子，那是绝不能静坐一刻钟而不走动。大部份的工作，楚子材只管独任了，然而他却高兴得很。因为这么一来，倒随时同表婶在一块，静静听她诉说她的肺腑。

啊！她原来是这么一个风流自赏，不拘礼法的人！也不知是什么人告诉她的，也不知是从什么书上看得来的，她有山阴公主同为父母遗体，男的为什么该纳三妻四妾，女的只该守着一个丈夫的平等思想；她又有王安石夫人使周婆制礼，必不如此的精神。她自己又说她是极有情爱的，但她的情爱，却不是水样的柔，而是火样的热，不是俯仰随人，而是要人来将就她。"我这个人，你还不清楚，我告诉你罢。我自小看见男的，就不一定像别的女子，只要长得清清秀秀，斯斯文文的，就爱。稍为大点，懂得事了，也不像别的女子，只要男子像个样儿，有钱有势的，就想他。凭着媒人说合，当后老婆也喜欢，当两头大也喜欢。还有多少，到十七八岁就心慌了，一时嫁不出去，逢人便偷，管他是啥子人，只要是男的，只要拢得到身边的就行，并且不顾前后，只晓得暂时止得住心慌。我可不然，我十二岁时，还没有变大人，我就懂得事了。我们龙家又不比这里本地人顽固，早就是很开通的。自己学堂里，就是留了头的姑娘，还不是和男孩子一处读书？还不是可以讲朋友？亲戚中间，同辈男孩子和成了人的，更不必说了。所以，我早就把男的看惯了，并不觉得稀奇。在十五六岁时，我已经半成人，啥子事我不晓得，淫书春宫，我都看见过。可是我自己却有把握，我想男子同女人，若只是为的那件事，也太没味了罢？总要男的爱女的，爱到命肝心里，如像唐明皇爱杨贵妃那样，连天下都不要了，只要这样，倒也不天天夜夜，睡在一起干那件事。我看过淫书，所想的也不同，别人总是脸红心跳的也想照着书上耍下子，我却很气忿，为啥子那些书上总是把一个男的写得像天神一样？啥子都行，个个女子见了都爱他，都要嫁跟他，将就他，只和他一个人睡；还任凭他高兴，要咋个就咋个，从没有写出一个女的来耍一众男子。更可恨的，男子随便耍好多女的，就叫作风流才子，女的一偷了男子，就叫不贞节，就叫淫妇。说报应哩，也是我不淫人妇，谁敢淫我妻。为啥子男子的报应，要算在女人身上？又为啥子大家都是人，男的一辈子就该耍上多少女的，女的耍上两个男子，就该犯罪，该挨骂？光拿我所见过的男子来说，几乎没有一个人不耍过几个女人的。徐独清那个人该老实呀，我三妹还没嫁跟他之前，不是已经按过两个丫头了？但是，他们一点不瞒人，向人说起来，还高兴得很，女的敢吗？这也由于我们一般女的太不争气了，自己议论起自己来，比男子们还凶。我就这点不输气，我偏不肯当一个男子的贞节妇人，算来，实在犯不着。不过，我也不像那般只图淫荡的妇女，或是爱的男子长得像小旦，或是爱的男子有钱，我一概不要，我要的是男子的情，以及爱到命肝心里的爱。我在十八岁上，就打定了主意，我这个人也不算顶丑，顶笨，只要男子们真正的来爱我，我总双手接着，绝不辜负人家。他爱我一分，我还爱他一分，他情长义永，我也情长义永，他要负心，我也绝不呕气，丢开了就是。并且我也要试一试，男子们同时能够爱上几个女人，女人到底能不能同时爱上几个男子。娼妓们虽然迎新送旧，来的千千，去的万万，那不能说爱，她们图的只是钱。我既不图钱，又不一定好淫，只是同书上说的王孙公子一样，选几个合心合意的放在身边，同这个耍耍，同那个耍耍，我就是这样一个人，我爱的男子不止一个，对我好的，我都爱；却不能叫我专爱那一个。不过，十分对我好的，我爱他的心多些就是了！……"

这不是他表婶一口气说到底的话，而是几天以来，随时谈心，总和起来的意思。他感觉很稀奇,她何以会有这种古怪的见解?拿书上已经写过的女人来比拟,似乎只有一个武则天,才没有把自己看成一个比男子低的女人,就是前三年才死的慈禧皇太后,也还有点顾忌。不过楚子材却真不懂一个女人如何能够同时爱上几个男子,他认为女人总格外要痴心些,量小些,专一些。他也只是这样怀疑,却不敢同她辩论,她的话说得太好。他有时也试探一下,她对于他的爱,到底如何?她只笑了笑道:"你不要问我,只问你自己,你花了好多本钱?你得了好多利息?"

有时他又试探一下,她对于以前爱过的几个,现在如何?她更坦然的道:"还不是在爱?不过有厚有薄,也有原来爱得深,现在因了别的原因,变浅了的。不过都没有断绝。"

"表叔难道完全不晓得吗?"

"这可难说。他也是风流过的,他讨我时,是不是处女,他审不出来吗?但他从没有开过口,这个,我倒喜欢他,他不是那样把女人不当成人看待的人。后来我也隐隐约约告诉过他:他要好生过日子,成家立业,就不要像平常人一样,把我管得死紧。只要他对我好,我总对得住他,也不管他的行为,任凭他在外面嫖婊子也好,偷女人也好,带婊子,嫖小旦,我总不说他,只限定他不准抬进门来,不准害脏病,不准向我说。所以,他一向就是这样的好。本来,做官人倒也不讲究这些,有些还靠着裙带做官哩。我有一个远房叔叔,在湖北做道台,我那婶娘,谁不晓得大人的四个大班,全是为她用的。我叔叔还不是一句话不敢说?我总不比我婶娘那样贱哩!"

及至谈到她为什么又生怕别的人晓得,要叮咛他不许泄漏半句呢?她则说是"我本来不怕别人议论,一则,现在世道还没有大变,多少人总还把女人看得贱些,女人的事情,总拿跟男子背起。晓得我这样做了,一定会笑你表叔没出息,甘心戴绿帽子,大家看不起他,自然连我也看不起了。再则,我也觉得事情闹开,闹得光明正大的,就把趣味减少了,倒是隐隐藏藏,有味得多。"

他虽然懂得了她的为人，是天生成的风流放荡，绝不是小说和淫书上写的那两种人物。她是以自己为中心，分外的尊重自己，分外要反过来，使男子们都能倾心的供奉她，而她却不能专爱任何一个男子。但他偏觉得她的理由不充足，口里不敢说，心里却只佩服她的胆大，而总把那专占的自私心压抑不下，一听见她说到别的爱人，心里总是酸溜溜的难过。然而工作却很起劲，他一点不感到疲乏。

十二

到十三日清早，楚子材的工作完成，黄家堂屋门外的宽阶沿上，封好写好的袱子，叠了几大堆。厨房里也由老张雇人从城外担了一大担鸡鸭鱼肉，以及菜蔬等类回来。黄澜生也请了一天假，不上局，指挥着罗升，在堂屋里铺陈一切。

黄家中元祀祖，定在今日，并且请有两桌客，全是至亲男女。一家人上上下下，都很忙的，谁还腾得出耳朵来听铁路公司的消息？

然而行将爆发的大炸弹，恰是在今天安上的信管。

炸弹之要爆发，一般人自然不知道，并且也思不及此。只有铁路公司中少数制弹装药的人，自己明白。他们有那样的聪明，而消息也相当灵通，不仅料到，而且是微微知道，赵尔丰最初之不敢以严厉手段对付他们者，因为京城中颇有几个持重的大臣，曾有函电给他；而官场中一多半僚属，也是畏事而主张和平处理的；再加以他有了持盈保泰之心，所以就失去了他原来敢于任过的勇气，便也依违两可起来。既经几次转弯，政府全不理会，七月初六以后，据他们从电报局员司那里打听来，北京一天总有好几封明密电报打给他。密电自然不知道，明电却是严厉的在指摘他过于怯懦。以此，他最得意的几个专门和绅士不睦的属员，如督辕民政科参事，候补道饶凤藻，曾经参过官，后又营谋开复，补松潘镇总兵,调充全省营务处总办的田徵葵,督练公所公备处督办,候补道王棪,以及与学界结下深仇,曾为赵尔巽重用过的候补府路广锤,几个人便天天被传去,在签押房里密商;而他的那位但知"咱们主子"的四少爷,俨然就代理了他那毫无主意的老人。以此看来,再加以风闻得有调兵之说,他们如何不感到这炸弹终有轰然的一天。

他们也知道有人在安信管,不过他们却没有料到安这信管的,乃出于一个无名小卒之手,那就是楚子材等早已拜读过,而且很为佩服的阎一士的《川人自保商榷书》。

这商榷书,一直没有人给他改正过,大概做得太好了,能文的不懂他说些什么,不能文的又震于他的博大精深,都无从下笔,而阎先生当然更得意了。于是就由自己掏腰包,拿到一个小印刷局去,赶印了好几百份,约了几个至好朋友,赶十三日上午,抱到铁路公司门口,趁股东入场开会,便纷纷散发起来。

他的这东西,也居然不胫而走。当天就走了一张到傅隆盛的手上,傅掌柜戴起老光眼镜,把它仔细读完之后,仅朦胧的知道做这东西的人,是在骂朝廷,是在商量开办种种新政。他的批评,也仅是"这些话好像都听熟了。自从争路以来,你来演说一篇,我来演说一篇,不都是这些话吗?抗粮抗税,这也是前几天就议决了,谘议局也通过了的。开办那些啥子厂,这与我们争路有啥相干呢?我看来,恐怕是他们做官人做的,意思只在劝我们不要再罢市了。"

然而路广锤的意见就不同了,——自然也走了一张到他的手上,他们是随时都派有人在铁路公司,同谘议局,同铁道学堂股东宿舍打探一切的。——他拜读之下,登时大喜,不禁就把他身边那个顶得意的新姨太太搂过去,狂了一下道:"我的乖,快给你老爷道喜,你老爷的顶子就要红了!"并且不再等他新姨太太撒娇要东西,颠起屁股,——实在是颠起屁股,他是有名的路小脚,走起路来,恰与小旦一样。——就跑到制台衙门,禀见四少爷去了。

路广锺在这时节，算是红透了的。他不仅是四少爷一个人的智多星，就是田徵葵、王楗、饶凤藻等所设想的种种，也得先同他商正。他有天生的小聪明，所以从前尚仅捐了一个县丞，在警察局当差时，就深得周善培的赏识，他加入过袍哥，所以很清楚下流人的性格。又从而推知官场中升官发财的秘诀。他曾经小试牛刀，做了几件于己很有益，于人很有损的聪明事。只说一件，最令人言之切齿，而是他升官的第一功。当其他在警察局当太爷之时，有一个同堂的哥弟，很是穷困。本没有来找他要饭吃，他忽然打听到了，知道在这个人的身上，大可做一件事情。他不惜偷偷的叫人去联络他，周济他，借本钱给他，叫他去做一件一本万利，触犯刑章的事：私铸小钱。这人受了他一两次的包庇，赚了不少的钱，胆子于是就大了，在第三次上所铸出的私钱，便成一个惊人的大数目，恰在第三次上，就着路广锺铁面无情的将他破获了，并且秉公执法的将事件申详上去。于是犯人伏了法，脑袋与颈项分了家，路太爷建了功，从县丞升到知县，加捐五品顶戴，赏戴蓝翎，他第一个姨太太，就是在这时候买的。

他有这样的能干，所以又因为宣统元年开运动时，学警冲突，戳伤几个学生，大为总督赵尔巽所称许，立刻委他署理崇庆州。也因有这样的能干，才历次以诬人为革命党，为土匪，而保升到候补府，而买第二个姨太太第三个姨太太全在这时候。

最近也以有这样能干之故，而为田徵葵、王楗所引进，公然置身四少爷的幕府，而为之画策设计。

他的妙计，也不外乎他原有的那一套。四少爷皱起眉头，大为感叹蒲罗等劣绅，借故捣乱，而所借题目，又甚正大，不好收拾他们。他便竭尽智力，献了一个栽赃诬盗的计策说："这容易，就说他们造反好了！"造反不是要有证据吗？于是他便大施经纶，造黄袍，造盟书，造名册，造调兵的油牌。

倒是赵尔丰稍为有点明白，迟疑说道："这好像小说上的办法，似乎有点令人不信,再想好点的罢!"

好点的,何尝没有?但是四少爷哩,只知道"咱们主子,"此外便没有了;田徵葵哩,只知道"拉来砍了罢,"此外也没有了;油滑的王棪,更是除了请安画行,连所谓小说且看不懂,自然只好又找着智多星路知府。

他的一套已经贡献尽了,那里还思想得出更好一点的?他焦躁的寻思:"我已经想不出,别的人还行吗?除非书本上有!"但是他懊恼已极,当年在私馆时,为什么不多认识几个字!但是,一切都由田徵葵、王棪准备好了,只等他的妙计。他正焦急到几乎连耍新姨太太的兴会都没有了,而忽然得了这张《川人自保商榷书》,他如何不大喜到颠起屁股,跑到四少爷跟前,连请了几个安道:"禀四少爷,好一点儿的造反凭证,给卑职寻得了。这不是蒲、罗诸人要霸据四川,造反作乱的宣言吗?"

四少爷犹然不甚懂得,连忙把田、王、饶等传来商量,都说:"路守所见甚是,再想好的,实在没有了!"

大炸弹的信管,便是如此的安上了。

黄家的袱子,恰恰烧完。楚子材因为劳苦功高,得了黄太太的允许,夜里同他密谈,所以他这一天很高兴,同孙雅堂、徐独清、陶刚主弟兄等相周旋时,一直是心安理得的。

第二部份

一

中元节的正日子,是七月十五日。如其不有下面要叙述的一件事,各街的盂兰会,一定办得很热闹,钱纸烟焰,会把全城笼罩了的。

照太阴历计算的七月十五日,是成都一个极可纪念的日子。如其承认辛亥武昌革命起义是与四川争路事件有关系的话,则民国纪元前一月多的成都的七月十五,实实在在可以说是建立民国最可纪念的双十节的序幕,有如旧小说的楔子,或得胜头回。

如其到中华民国七八十年,革命后第二代的子孙差不多都在老了,那吗,照太阴历计算的成都七月十五的故事,庶几可以在成都人的脑际消灭了去,而在此书叙述时,仅仅相隔了二十五年的短时光,你们想啦,这如何不说是"如在目前?"

真真如在目前!那天很是燠热,记得清清楚楚,早晨还未起床,业已通身是汗。记得清清楚楚,天是那样的晴明,蓝得带了苍色,没一点云花。记得清清楚楚,在七点钟时,从好几天以来业经有了的巡街的巡防兵,忽然增加多了。记得清清楚楚,看见一个热闹街口上,于四叉分开的铺面檐下,站立了三十来个雄赳赳的巡防兵,都打着青布大包头,穿着不整齐的黄布军装,两腿是灰布裹缠,麻耳草鞋,这和文质彬彬,服装整洁，戴遮阳军帽，穿黄皮军鞋的陆军兵士，全然不同，巡防兵野气多了！记得清清楚楚，很诧异的看见那满脸横肉，立眉吊眼的巡防兵们，把使旧了的九子后膛枪，横在手上，怎么样的扳开机柄，怎么样的把插在皮带内的拇指粗二寸多长的子弹，一颗一颗取下，又怎么样滴答滴答的一颗一颗按进枪膛去。还记得清清楚楚，傅隆盛掌柜从制台衙门学道街兜了一个圈子回来，惊惊慌慌的，悄悄告诉人："唔！今天怕要出事！南院的东西辕门内外，全是巡防兵，总有营把人罢！听说大堂到二堂，还有好几百卫队，一色的快枪。不晓得为的啥子？说不定要估着我们开市罢？"记得清清楚楚，有人问他："真个估逼我们开市，我们咋个办呢？"他把一双庞眉聚在一处，望着天空，好半会，才说："只要有人开铺子，我们敢同他抗吗？"

如此的戒备，假使真如傅掌柜所猜想，则赵制台等未免太蠢了。幸而他们并不蠢，他们是在实施路先生的锦囊妙计。

赵制台他们是这样的在行事，铁路公司中一伙先生们，却也有相当的准备。当其九点过钟，制台衙门的大花厅上，正自开着全城文武官员重要大会；正自派了几哨巡防兵，把铁路公司包围了，点名似的，将谘议局议长法部主事蒲殿俊，谘议局副议长保路同志会会长举人罗纶，铁路股东代表度支部主事邓孝可，股东会会长翰林院编修颜楷，股东会副会长贡生张澜，以及与股东会同志会有关系的民政部主事胡嵘，举人江三乘，举人叶茂林，举人王铭新等，一共九个人，着十数个戈什哈铁面无情的，说是有重要会议，大人请各位就去，估迫着请往制台衙门去时，大家便已了然大祸临头，炸弹是爆发了。立刻就奉行了蒲、罗等前已商定的妙计，一面发出告急文书，派人飞一般向四乡外县各同志协会送去，一面就把未曾散完的几百张先皇牌位，叫全公司的杂役小工，分向邻近各街，见人就发与牌位一张，红香三根，大声喊说："我们的蒲先生、罗先生，着赵制台捆绑去了！我们快拿这东西到院上去哭救呀！"

所以，当制台衙门大花厅上，赵尔丰正自向着一众官员，宣布蒲、罗等人借名保路，阴谋不轨，限期举事，危在眉睫，为今之计，只有先将首要诸人捉来正法后，再行出奏，要求众官签名认可，以示不是他一个人专擅嗜杀，但是首先就着八旗兵驻防副都统奎焕——将军玉昆说是有事不来，署司法使周善培也因病请了假——软软的拒绝了，跟着提学使刘嘉绅也提出了异议，赵尔丰愈是生气，生气到雷霆火爆，须眉皆张，而他仍是面不改色的认为不能如此操切从事，因为有人提出异议，而将军副都统又是有单衔出奏之权的，以此之故，不能不使赵尔丰略为沉思，把已定的妙计，临时改了一下，回头向一个武巡捕吩咐了一句；而正自解衣就缚，看着鬼头大刀，业经亮出，知道万事已了，不胜恐惧苦痛的几位首要，才被押送到来喜轩，以礼拘留起来。就这时候，哭救蒲先生罗先生的百姓们，已从四面八方的涌了来！

人民是那样的热忱，他们全是不假思索的来救蒲先生，来救罗先生。救得出来，救不出来，他们不管；救出来了，于他们有什么好处，他们也不管；他们只一个念头：蒲先生罗先生被赵屠户捉去了，要杀头，我们得到南院上去救他！

一个人在街上喊，一街的人都汹动了，各自把先皇牌位从铺板上揭下来，先还拿在手上跑，因为不方便，遂用发辫缠在额头上。

在这群众运动中，——并可以说是纯平民运动。因为拿着或顶着先皇牌位，一切不顾，呼喊而进的群众中，恰无一个中等以上人家的人。这可以说，中等以上人家的人，都太斯文了，平日讲究的规行矩步，相见以礼，像这样仅仅穿一件背心或汗衣，与夫一条大脚裤，在街上飞跑的粗野举动，那是不取的。又可以说，中等以上人家的人，多了些阅历世故，对于一件事情，首先必要慎重考虑一下，利害何如？即令有利无害，却也莫为人先。所以惟有一般头脑较为简单，见识世故都不大不深的平民，方能一任感情的支配，敢作敢为而一切不顾了。——傅隆盛掌柜，只管有了一把年纪，自然不肯后人的。

傅掌柜自议论了院上情形，依然在他形式罢市的铺板之后，做着他的制伞工作。心里一如平常摸着工具时那样专一，那样平淡。——他是必须把工作放下了，拿起叶子烟竿时，方能念到其他事情的。——忽然听见街上一噪动，又从抽去的铺板隙中，瞥见了大家都在飞跑，他登时就伸起腰来，不及穿汗衣，向铺门外就跑。他的掌柜娘跟着从后房追出来看时，他大约已向过路的群众问清了是什么事，正在撕取铺板上贴着，一日三朝的那张先皇牌位。

他向他老婆道："哦！调了这么多的巡防进城，才是为的杀罗先生！我要救他去！"

他老婆不及问他如何的救法，他已羼进了人群，掉着一条精赤的左臂走了。

傅掌柜娘原本就未料想到她后夫此去之为福为祸，只是目睹经过的人众，都是红涨着脸，额上青筋暴起，眼睛里都含有一股煞气，口里又不住的在呐喊："上院去啦！……救罗先生！……救蒲先生！……蒲先生罗先生为我们四川的铁路，着赵屠户抓去了！……我们快去救他！……"她本能的就害怕起来，向那呆立在她身边的徒弟道："小四，快跟你师傅去，人这么多法，挤不进去，就拉他回来！"

她还看见她的后夫，到底岁数大了，身体胖了，不能像别一般年轻人跑得那么快，一个花白头发的头，犹然在八九丈外蠕动。而小四则似兔子般一射就没有看见了。

不是她要生气的说道："掌柜是走惯了的，你也要跑，都跑了，别人定的货不交了吗？"客师老王，才又重新走上阶沿，回到铺子里，很不高兴的拿起那把未完工的蓝布伞来，两眼却直直的瞅着街上渐已稀少的群众。

大河三部曲

李劼人 著

大波 下

四川文艺出版社

图书在版编目（CIP）数据

大波/李劼人著. —3版. —成都：四川文艺出版社，2020.8（2021.1重印）
ISBN 978-7-5411-5660-1

Ⅰ.①大… Ⅱ.①李… Ⅲ.①长篇小说－中国－当代 Ⅳ.①I247.5

中国版本图书馆CIP数据核字（2020）第126216号

DA BO
大波

李劼人 著

出品人	张庆宁
责任编辑	周 轶
封面设计	张 军
内文设计	史小燕
责任校对	蓝 海
责任印制	崔 娜

出版发行　四川文艺出版社（成都市槐树街2号）
网　　址　www.scwys.com
电　　话　028-86259287（发行部）　028-86259303（编辑部）
传　　真　028-86259306

邮购地址　成都市槐树街2号四川文艺出版社邮购部　610031
排　　版　四川胜翔数码印务设计有限公司
印　　刷　四川五洲彩印有限责任公司
成品尺寸　146 mm×210 mm　　开　本　32开
印　　张　20.25　　　　　　　字　数　530千
版　　次　2020年8月第三版　　印　次　2021年1月第二次印刷
书　　号　ISBN 978-7-5411-5660-1
定　　价　75.00元（全二册）

版权所有·侵权必究。如有质量问题，请与出版社联系更换。028-86259301

▲ 1937年，作者和夫人、子女及侄女合摄于成都桂花巷64号院内，《暴风雨前》和《大波》即创作于此。

二

傅隆盛气喘吁吁，随着众人，把西东大街走完。由暑袜街奔来的一伙人，直向青石桥北街卷了去。他本要向中东大街走的，也被卷着转了弯。街口上驻扎了好几十巡防兵，并没有阻拦他们，大概尚没有奉着命令。

走过了青石桥北街，向东一转，便是学台衙门所在的学道街。这条街，几几乎全是书铺。卖书的先生们，到底是接近斯文人的，不比未读过书的人胆大，打得粗。所以从街上奔去救罗先生的人，只管如潮的涌去，而本街的人，却只笑嘻嘻的，抄着手，站在各家铺子门前，看戏似的看。偶尔有几个徒弟一样的小孩子，要想加入，也着师傅客师们叱住了。

学道街过去，便是与臬台衙门正对的走马街。向南走去，不上十丈远，再向东一拐，就是制台衙门的西辕门了。

傅隆盛一直挤到西辕门口，忽觉有人把他一拉，回头一看，原来是小四。

"你跑来做啥？连先皇牌位都没有拿！"

"师娘叫我跟你来，若是太挤，就叫我拉你回去。"

"放你妈的屁！你管得了我？"他仍然挤了进去。恁大一个空坝子，全是人，两边鼓吹台和石狮之下，则是持着上了刺刀的巡防兵。宜门两边也是兵。宜门以内，人更多了，傅隆盛挤在门口，实在没办法再挤进去。

此时人是站定了，便都提起喉咙，一齐大喊："把我们罗先生蒲先生放出来呀！……放出我们的罗先生来呀！……我们的罗先生快出来呀！……"

小四挤在他师傅的身边,也忘记了他师娘的吩咐,而加入了大喊。

上千数的人这么齐声一喊,虽不致屋瓦皆震,却也很像初发生的春雷。群众被自己的声音一鼓励,更其有了劲,一面拼命大喊,一面拼命往里挤。

群众大概是这样的自信:只要我们挤进宜门,给他一阵大喊;挤进大堂,给他一阵大喊;挤进二堂,给他一阵大喊;不然就挤进侧门,再老实给他一阵大喊,赵屠户一定害怕了!他敢把我们怎么样?我们头上都有一个先皇!他一定只好把我们的罗先生蒲先生放了出来!

或许群众心里就连这一点念头也没有,他们只是尽其职责的挤,尽其职责的喊,结果如何,他们根本就没有想到。

小四到底玲珑些,他居然乘隙而入,比他师傅先挤进了宜门。傅隆盛如何能让他徒弟占先呢?遂也横着肩头,把他那全身油汗的肥胖身子挤了进去。

宜门以内宽敞多了,两边是吏、户、礼、兵、刑、工、六房书吏执管档卷的所在。稀稀的站了些兵,迎面大堂之上的兵,却不少。群众已是挤到大堂阶沿之下,与兵相距,只不过七八丈远近。众人便冲着大堂大喊:"把我们罗先生蒲先生放出来呀!……放出我们的罗先生来呀!……我们的罗先生快出来呀!……"

毕竟没有指挥的人,不能把群众意识统一起来,大家也毕竟各怀了三分惧怯,做不出一涌而上的步调齐一的举动。傅隆盛虽已挤在最前头,还不是只好站住了,小四落在他后面两丈远,忘记了呐喊,他的眼睛正忙着向四下里溜,他从金堂乡间上省,学了两年徒弟,还没有看见过这样的大房子哩!

后来据傅隆盛记忆起来,大概就在他挤到大堂下一袋叶子烟的时候,似乎大家喊起了勇气,就有十几个人将先皇牌位捧得高高的,一直向大堂上涌去,似乎大堂上也嘈嘈杂杂起来,似乎有一个人从大堂内吆喝出来道:"四少爷田大人吩咐的!……不退的,就开枪打!"

登时，就看见好些黑而放光的小圆枪口，向着大家举了起来。

承平日子过惯了的成都人，虽然看见过洋枪，也听见说过洋枪是杀人的利器，也有很少数的人，偶尔从城内铁板桥的机器局，以及东门外望江楼下流新建的机器工厂侧，听见过试枪的枪声，辛丑年红灯教进城，也着王藩台的亲兵开枪打死了几个人，但是大多数人的意想中，终于想不出洋枪杀人究是怎么样的一个情景。

今日在制台衙门满腔热忱来救罗先生的人众，直比他们祖若父的命运好，他们竟能亲身实验的听见了洋枪放射的声音"訇！"是那样的震人，子弹在空气中激出"嘘儿"的声音，是那样的刺耳，同时，并看见一个三十来岁裁缝模样的人，中枪而倒，是那样平平静静，一扭的便扑了下去。

使得二十五年之中，成都人隔不上几年，便得欣赏若干日的枪声人血，实自辛亥年太阴历的七月十五日上午十一点钟前后，承赵四少爷与田徵葵之赐，给我们开了端了！

"砰！""訇！""嘘儿！"历历落落的从大堂上一响，宜门外头门外也应声而起"砰！""訇！""嘘儿！"。

还有应声而起的，就是亲身来实验铁与血的滋味的群众们。他们最初听见枪声时，全呆了一呆，仿佛从未闻过火药气息的小鸟一样。及至看见倒了两个人下去，才直觉的感到那人是中枪死了，才直觉的感到死是可怕的，才直觉的感到有逃生的必要。于是就潮退一般，扑扑跌跌的向头门外涌了出来。

死是那样的可怕，它把群众的喉咙全扼住了，使得千数的人只顾扑扑跌跌的朝头门外跑，而都紧咬着牙巴，喊不出一点声音。一霎时，大堂下面的坝子就腾空了，除了五具还在流血的尸身外，就只有好些挤落了，不及拾起的各种鞋子。

宜门外头门外的枪声放得更响，倒下的人更多，而朝着分向东西两辕门拼命逃生的群众，依然是噤不能声的尽着力量飞跑。

后来，据傅隆盛说起，他挽着小四涌出宣门时，只觉得弹子便在脑顶上飞。正在跟前飞跑的三个小伙子，先倒下了一个，他便从他身上跨过，亲眼看见那人两肋，连连的出血。他不知是骇极了吗？还是为了别的原故？只觉得两条腿顿时就软了。忽一个人将他一推，他站立不稳，一跤扑下，小四也伏下来看他。恰一颗子弹，就从小四的肩头上擦过，打进那人腰眼去了。要说冥冥中没有鬼神支使，那个人如何会抢来替死呢？

他因此倒镇静了些，紧挽着小四，弓下腰杆，从从容容跟着大众涌出西辕门。水池跟前，恰又倒下了一个二十几岁的小伙子。

他做梦一样，同小四走到走马街口时，听见接近臬台衙门的北口上，也有枪声。他本能的就避到新半边街。到此，才听见了人声。

还是一堆一堆的人，手上拿着先皇牌位，挤了半条街，喊着："救罗先生啦！"到底为枪声逼住了，终于不敢走出街口。

有人忽然发现了小四肩头上在流血，"噫！这娃儿带了伤了！"大家这么一说，傅隆盛才觉得了，小四也才痛得哭了起来。

因为不晓得伤在那里，重吗不重？小四又那么哭着喊痛，他遂忘记了他的老，连忙把小四背在背上，急急的走过老半边街，仍旧打从青石桥北街，西东大街，向盐市口跑来。沿途是那样的混乱，有拿着先皇牌位向他来处跑的，口里喊着："上院救罗先生去！"有失魂落魄向他去处跑的，则喊着："制台衙门开了红山了！"在东大街的鱼市口上，似乎还听见东北两方，不远的地方，也有好多响枪声。

他才走到盐市口的街口，他的客师老王正惊惊慌慌走来道："阿弥陀佛，你好好的回来了！小四咋个了？"

他摇摇头，一直把小四背到铺门前，他的老婆已哭了起来道："我的天呀！……"

"哭啥子！小四带了伤，快到铜人堂①请陶老师来收水，先把血止住要紧！"

猪血旺是我们常常做菜吃的，六七月出烟薰鸭子的时节，白菜芽煮鸭血也是一样又便宜，又好吃的菜。如其你不是忌吃牛肉的善人，则东大街夜摊子上煮牛血，而名为蒜羊血的，也是一样极合成都人辛酸口味的好小吃。我们吃动物的血时，是那样的自然，丝毫不感觉什么难言的不安，然而一看见人的血，又不是自然流出的，却自然而然会生出一种又悲哀，又恐怖的感觉。

尤其是第一次看见，而又是比较脆弱的女性，固无怪傅掌柜娘的眼泪有那样的多，一直等到老王把陶老师请了来，看了小四的伤处，说是擦伤，并没伤及筋骨；连忙要了一茶碗清水，戟着右手中指食指，在水面画了一道看之不见的符箓，然后含水一口，直向小四的伤处喷去；跟着就拿掌柜的洗干净了而难得用的青布裹缠，密密层层给他包扎好了。说是要忌风；临时在柜房里安了一张门板铺，几个人小小心心扶他睡下，把一床卧单给他盖好了，问他痛得如何，他诚诚恳恳的回说："不大痛，只觉得很麻的"之时，她才不抽噎了，才有了心肠述说她在铺子里，先只听见远远的"砰"呀"訇"的一阵响，她同老王全不晓得是什么响；跟着不久，就见满街人跑，都是那么面无人色的样子，并且喊着："制台衙门开了枪了！去救罗先生的人，着打死了好几百！巡防兵追杀出来了！"立刻，街上一些形式罢市的铺子，就急急忙忙把抽去的铺板，又如放火爆似的，关了起来，人都一直躲在铺子里。她与老王照样关了铺子后，猛想起了他们两师徒，"我真急死了！生怕你们也着打死了！我就哭了起来。王师又不敢出去，又过了一会儿，并不见巡防兵杀来，我们才开门出来，还有拿着先皇牌位向那头跑的。我正要叫王师来找你们，恰

---

① 此中药铺门口立有一尊练习针灸扎穴位用的铜人。该店并非同仁堂，成都同仁堂由江西人陈发光于乾隆年间设立，店址在原湖广馆街口（现东风路二段）。——编者注

又砰呀訇的响了几下,不晓得在那方,我们又骇住了。又过了一会儿,街上的人是那么跑来跑去的乱跑,王师才大胆了,说是先到青石桥来看看。……观音菩萨保佑!你们回来了!小四到底带了伤!……怎吗?你这里也有血!"

"酽!有血?"他一身都寒战起来。

陶老师连忙把他背上一审察,拿湿手巾把血痕抹了道:"是染的血,不是伤。如其这里都伤了,还了得!傅掌柜,我倒要奉劝你两句,你五十多岁快六十的人了,有些地方,实在不犯着跑去,你也太热心了一点!"

傅隆盛长叹了一声,向他那皮马扎上一坐道:"我算死里逃生了!"

众人还要问他制台衙门的经过,他惨白着脸,只是摇头。

三

制台衙门流血之际,挨近衙门之东的联升巷①内,恰逢火烧民屋。虽然只烧了几家,却也黑烟冲天。东南西北四道城门,又奉命关闭。除了西城门,其余三道城门,全由新调进城的陆兵把守。不到十二点钟,全城人心都震动了。

尤其震动的是黄澜生家。因为楚子材理乱不知,黜陟不闻的,在黄家很舒服的过了几天。到今早起来,忽然心血来潮,要到草堂寺公园去看荷花,振邦听见了,也要同去。黄太太虽是阻拦了一下道:"去不得罢?你表叔说,这几天调进城的巡防兵实在不少,听官场中传说,赵制台奉有密旨严办,恐怕要出事?"但经楚子材一说:"这话已说了好几天,听也听厌了。我们又不是争路的志士。就出了事,也与我们无干呀!城

---

① 联升巷,原版为级升巷,疑是当年排版错误,故纠正。——编者注

外又清清静静的,怕啥子!"他还要约黄太太一道去,说是那里很清静,好谈心。她看见太阳很大,怕热,才拒绝了。

他们才走了不上一点钟,就听见看门头进来说,罗先生们着赵屠户捉去了,多少人拿起先皇牌位朝院门口跑,说是去救罗先生的。

这已令她不高兴了,心想:"该不会出事罢?"

十一点钟方过了一刻,制台衙门开了红山的消息,已经传到西御街。看门头把大门关了,飞跑进来报信时,黄太太毕竟失不了她的妇人本色,骇得几乎晕倒,定着两眼,好半会说不出话来。幸而婉姑同着菊花、何嫂、都在后面,没出来。她脑里先记忆起来的,便是开红山者,逢人就杀之谓也。因才问着门头:"你果然看见巡防兵杀了过来吗?"

"不是的,是听见街上跑的人,都这么在说。"

"说这话时,是啥子样子?是不是披头散发,浑身是血的?"

"不是,不是,只是惊惊慌慌的,像有啥子撼了来的一般。"

黄太太才又恢复了她的气概说:"那还不是谣言,同往常一样?去把门看好!有人敲门时,问清楚了,才开!"

但她总放不下心去,只好把水烟袋拿来尽抽。约摸半点多钟,黄澜生一头是汗的走了进来道:"太太,制台衙门,……"

"是不是当真开了红山,逢人就杀?……"

"不是开红山,却开了枪,把去救罗梓青蒲伯英的百姓打死了不少。有说几百人的,有说几十人的。我们局里的人全散了。大街口上,尽是巡防兵。赵大人这事又做过火了一点,光把蒲、罗诸人杀了不好,咋个会打起百姓来?……"

"只要不是开红山逢人就杀,那倒也不要管他。……你不叫罗升跟你打洗脸水吗?"

"罗升,我叫他打听去了,叫菊花跟我打出来。"

婉姑自然也出来了,并且告诉她的爹爹:"楚表哥去转草堂寺公园,哥哥跟了去,我要去哩,他就不答应。"

她爹爹顺口安慰了她几句话,依然同她妈妈谈起适才的事变。他是很赞成赵尔丰捕杀蒲罗的,只可惜太晚了一点。"如其他在上任之始,就拿出他这种严厉处置来,何至会闹到罢市,闹到受绅士们的挟持。如今好了,市自然开了,同志会也关门大吉。只是不该妄杀百姓,这一点,我却不敢恭维。"

还有令他不敢恭维的事哩。罗升回来了,向他说:"老爷,城里打死的人,并不只制台衙门一处,有好几处。……"

"好几处?这不是乱杀起来了?"他也有点害怕的样子。

"暑袜南街一处,就在大清银行过来半条街,说是打死了十几个,有一个是童子街的秦街正,这是我的一个朋友亲眼看见的。南打金街杀猪巷口子上,打死了几个,说是巡防兵叫把先皇台拆了,街坊上不肯,他就开枪打人,并把先皇牌位拿刀砍了个稀烂;现在各街都把先皇台拆了。臬台衙门照壁脚下打死了几个,文庙街口子上也打死了几个,现在街上乱得很,到处都是巡防兵,不准人在街中间走,又不准几个人挤在一块。动辄就开枪。……"

"唉!这简直是乱世了,纵兵杀民,赵大人真不对呀!"

"告示已贴出来了,我抄了一张,老爷看。"

罗升从衣袋里摸出了一张草纸。黄澜生接过来,很怪的字体,歪歪斜斜的写着:

> 署督部堂示:只拿首要,不问平民。首要诸人,业已就擒。即速开市,守分营生!聚众入署,格杀勿论!

黄太太也看了一遍,笑道:"照告示上说,聚众进了制台衙门,才格杀勿论,咋个又到处杀人呢?这不是诳人吗?"

黄澜生摇摇头道:"照规矩,告示上也该把蒲罗的罪名说一点呀!不能这样的囫囵吞枣!单拿公事来说,也不合格。赵大人的枪法,未免太乱了!"

罗升将要回身走了,忽又说道:"听说四城门都关了,城里多少人都不能出去。……"

黄太太猛的想了起来,两脚连连的顿着道:"天呀!楚子材同邦娃子不是关在城外?"

她丈夫也着了慌道:"是呀!他们咋个进城呢?"

婉姑只见父母都这样的着急,以为哥哥一定遭了什么了,不由呜的一声,便哭了起来道:"哥哥,你回来呀!你回来同我一堆耍呀!"

小孩子一哭,更惹起了大人的不安。黄太太要亲自去看看西南两城门是不是当真关了。她丈夫好容易把她劝住了,说是无益,"城门不关,他们自然会进来;关了,你就亲自去看了,又中啥子用呢?"她仍不肯,结果还是叫罗升去看。"一定要去看,不能光听人家说了就算事!"

即使在承平时候,一个未经离开过父母的小孩子,忽然被人带走了,明明晓得并无什么危险,当父母的也不能十分的把心放下。到了应该看见小孩的时候,犹然没有回来,已经会使父母焦急了。何况遭逢着这样的事变,生生的把一个孩子关在城外?

又是儿子,又是黄家惟一的人种。如其有了不测,且不说对不住黄家的祖宗,"澜生四十开外的人,那还有生的!"黄太太这样的寻思。就是亲友们知道了,岂有不指责的?"你这样的当母亲吗?现处的是啥子时候?怎不把儿子留在身边,随便就交跟人带出城去,未免太不对了罢?"她是如何好强的人,能受这等言语么?别人即使不说,他的外婆,岂有不说?她是那么喜欢她这外孙儿的!

如其是黄澜生也在家里,是他答应楚子材带走的,她也好痛痛的把他大骂一顿,等他来安慰一下,使心里稍为宽舒。

如其带走的不是自己所爱的楚子材,而是另一个无关系的人,她也好尽情尽兴的大哭大骂一场,心中也不致如此的隐痛。

如其她答应了楚子材的邀请,一同出了城,虽然会使丈夫焦急,但是子女都在身边,她丈夫对于子女,也可略略放心。她之焦虑她的丈夫,也断不如现在焦虑一个儿子之甚。其实,最好的办法,就是不该答应楚子材之走。"不晓得他碰着了啥子鬼!从初九回来,整整六天,连大门都没有出过,偏偏今天恁大的太阳,要朝城外跑!我也不晓得碰着了啥子鬼!往常叫他这样,叫他那样,全是随我的喜怒,咋个今天不高兴他走,偏又不十分阻拦他!"她不但焦急,并且懊悔,并且悲哀。

她向来不大哭的,有时看见别的妇女谈起什么伤怀的事,不禁十把鼻涕九把泪,她还要笑人家马尿水太多了,而今天她却哭到揩湿了几张手巾。

黄澜生倒不好抱怨她了,却也说不出宽解的话来,一直背着手走来走去。下午三点过了。罗升回来,说西南两门他都亲眼去看过,关闭了的,城楼上尽是兵,城门洞同南大街上,拥了无数的人。"都是关在城里,想出去又出去不到的乡下人些。"

大家起初还有希微意外之想,以为楚子材或者在关城以前就进了城,或者城门偶尔关一下,或者竟是谣传,现在全证实了妄想终是妄想。

何嫂来请吃饭,着太太大骂一顿,说底下人没心肝,"明明晓得我吃不下,要故意来请!"

黄澜生皱着眉毛,也只是摇头。倒是婉姑着菊花诓去,照常吃了两个大半碗。

到夜里,天气一变,白日那么燠热,傍晚时就乌云四起,入夜竟风狂雨骤起来。

风雨一起,黄太太哭得更伤心了。她说:"我的邦娃子,此刻不晓得在那里?只穿了一件湖绉衫子,不冷吗?今夜在那里歇呢?"

黄澜生到底是男子汉,抑得住感情,也比较的能思索,便问他太太"子材走时,带了好多钱?"

"好多钱,我没有清过,只觉得我送他的那个丝线打的银元包,是装得胀鼓鼓的,大约总有十来块钱罢?"

黄澜生眉头稍为一舒道:"太太,你也不要太焦急了。邦娃子虽小,楚子材倒是一个精细的人,又是生长乡间的;关在城外,他一定会想办法,断不像我们城里住惯的人,一旦跑到乡坝里,那就手足无所措了。况且他对邦娃子也好,性情又耐得烦,邦娃子也巴他,既然身边有十来块钱,那就不怕了。……"

楚子材之靠得住,振邦之巴他,她又何尝不晓得呢?只是不好向她丈夫说出来,丈夫既这样说了来安慰她,她也就更相信了。

黄澜生还推进一层说道:"城里这样乱法,难免不要闹得血流成渠,尸骨堆山。四城门又紧紧关着,不要人走。倒是城外还好些,海阔天空的,到处可以逃生。楚子材忽然把邦娃子带出城去,说不定冥冥中安排定的,我们黄家祖宗积有啥子阴德,不该断绝香烟,所以才来了这个意外。"

他的这个想法,倒还新鲜,的确也有道理。黄太太再一寻思:"那吗,楚子材之同我相爱,也是冥冥中早有安排的了,若不有这件事,他对振邦也必不那样的爱他。这么一来,振邦倒可以逃出大难了!"她心里倒果真安慰了,觉得她不阻拦楚子材之走,反而有了功了。但又一转想"乡下果就平安吗?"

她丈夫又向她解释,乡间自然平安多了。因为目前的变化,并不是什么匪乱,如像白莲教、红灯教、长毛贼、和什么李短褡褡、蓝大顺等,一来了,便排山倒海的,无一个地方不受其祸。又不是亡国的乱法,如像火烧圆明园,以及庚子年八国联军进北京那样。更不像明朝沿海沿江的倭乱了。像那样,乡间真就太不太平,反而住在城里倒好些。现在的变乱,只算是官民相敌,有官有兵的地方,倒很危险,无官无兵的乡间,自然是太平的。

黄澜生解释至此,就连自己也相信了。他太太还在枕边同他商量:"既然如此,我们明天不如设个法,一家人全躲出城去不好吗?"

然而到次日吃早饭时,东门大桥的战争,就传遍了全城,黄澜生的理论，完全在撼动了。

四

东门外大桥上的战争，这比辛丑年红灯教扑进城来，与王藩台的亲兵在院门口的战争就有声光多了。不仅有声光，并且还博得全城人民的同情。

也就因为人民太同情了，所以对于战争的传说，在东门方面的人是："我爬在城墙垛子中间，亲眼看见的。同志会从芷泉正街开来，好大的声势呀！前头全是抬炮牛儿炮，后队才是枪。守城的陆军开了二百多人出去对敌，刚走到大桥，不提防同志会的抬炮就轰呀隆的打了过来，登时就把陆军打死了三十几个人。陆军自然也就跪下放枪，但是抬炮的火药烟子多大！把大桥那头全遮满了，陆军看不见，枪自然就乱放了，没有把同志会打死一个。抬炮连连的放，又把陆军打死了几个人，陆军算是打败了，退进城来。同志会一定因为人马还没有调齐，来的只是顶近的几个乡场上的，所以打了胜仗，还是退到牛市口场上去了。"

那时较有生气的报纸，全在十五日下午着封闭了。商会办的《商会公报》，和一家比较温和的《通俗新报》，虽未封闭，但自己不敢出版。而十六日尚在出版的，就只有官印刷局发行的，专门称功颂德的纯官报的《成都日报》一张，关于战争，自然只字不提。

因此之故，东门方面的消息，就只有口口相传，一传到西门方面，便成功为："东门外的仗火好凶呀！同志会集合了几万人，连简州的同志会都连夜连晚的赶拢了。不晓得从那里得来的多少快枪，又有抬炮。抬炮是几个人抬着打的，一放出来，有簸箕大一圈火药，可以打到一里远，一抬炮，打得死好几个人。陆军巡防开了好几百人出去，从半夜就打起，我们半夜不是听见轰轰的雷响吗，那才不是雷响哩，是抬炮的声音。一直打到天亮，陆军死了一些，巡防兵死得顶多，支持不住，才由牛市口退了回来。同志会正在牛市口饱餐战饭，恐怕下午就要攻东门了！"

东门战争的消息，比有报纸宣传的还快，还普遍，全城人心都希望同志会攻进城来，把昨天行凶的巡防兵一个一个的杀死。大家希望得，甚至连午饭都忘记吃了。时时提起耳朵来听，"怎么街上这样清静，同志会难道还没有进攻吗？"

有好些人还特特绕了许多街口，躲过巡防兵把守不许人轻易走过的地方，溜到东门方面来看动静，还不是同北门西门南门各方面一样的路断人稀并无异状？

其实，后来经过许久许久，事变境迁，大家的感情业已平伏之后，由东门外芷泉街那天躲在铺板后面，目击战争经过的居民，克实的述说起来，才知道使四川在二十五年中有了五百多次战争的开宗明义第一战的实情，原来是这么样的：

东门外一些距城不远的乡场，在昨天中午过后，就得到了同志总会的通知。知道罗先生被抓去了，若不赶速来救，定然性命不保。于是各乡场的同志协会便不谋而合的，一面传信于较远的乡场，一面就把本场的团防集合拢来，向省城开来，要以他们的武力将赵屠户恐骇着，叫他把"我们的罗先生"放出来，他们也从未思索一下，这举动对不对？他们到底有没有这力量？他们也如城里的一般平民一样，只本着一腔热忱，拔足便走。不过城内平民，手上拿的是黄纸石印的先皇牌位，而他们拿的乃是防盗的利器：梭镖，南阳刀，羊角叉，以及顶近代的利器，从明朝遗留下来的明火枪，比明火枪大而声音顶响的，两人抬着走的抬炮。

每场都有几十个人。走到初更，到了东门外时，居然集合了几百人。听说城门已关，自然进不了城，而天气又大变了，狂风骤雨的下来，使得一般勇士大感饥寒之苦。于是芷泉街的首人们才出来大作义举，先请大家吃饱了，又寻找了好些庙宇给他们睡觉。一直酣睡到天色微明，雨犹未止，却被城楼上"滴达、达、滴达"的军号吹醒了，大家翻身起来，也无所谓会商,依然是不谋而合的,各自吵吵闹闹的就向大桥上走。

先头有三四十个拿羊角叉和南阳刀的,走得快些,过了大桥,刚要走近外城边时,忽见外城的城门打开了半扇,出来了十多个穿黄呢制服,披着短雨衣的陆军,枪支提在手上。前头是一个军官,穿的是长筒马靴,拖着指挥刀,很和蔼的向着这般来救罗先生的勇士,连连摇着两手道:"弟兄们,慢来,慢来!"

大家都站住了,呆呆的把他看着。

"你们的官长,……不是,你们带队的首人呢?"

"我们没有。团总叫我们来,他没有来。"

"那吗,你们拿着刀刀叉叉的来做啥?"

七八个勇士争着答应道:"团总首人叫我们来救罗先生的。……罗先生着赵屠户抓去了要杀他。……"

有几个更勇的勇士伸嘴抢了过去道:"日妈的!尽着同他说些空话做啥!……你让开,我们进城去,叫赵屠户快点把我们的罗先生放出来,我们好早点回去做庄稼!……"

军官还是那样满脸是笑的,一面走,一面说道:"弟兄们,你们都误会了。罗先生因为别的事情,有圣旨下来,叫赵大人捉拿正法的。赵大人就因为罗先生是好人,又正在替我们四川人争铁路,把他正法了,怕大家都要误会,不免生出多少事来,因才把他们几位请去,优待在衙门中。赵大人正在替他们打算开脱哩。真情是这么样的,你们不要听旁人的怂恿,来生事。我本是奉命来迎击你们的,但我们都是同胞,我不忍胡里胡涂像旁的人那样干,所以我奉劝你们,不要再动干戈,赶快回家去做庄稼。你们好好的回去了,我报将上去,赵大人一定喜欢,晓得你们都是良民,只是受了旁人的愚弄,必不来追究你们的。……"

军官已走进了这般勇士的队伍中。他带的陆军,仍远远的站着,把枪横挺在手上,枪尖上上着雪亮开了口的刺刀,做着准备冲锋的姿势。

"……我劝你们的,并不是害你们的话,如其当真打起来,我倒说,不惟跟罗先生更添了罪,使赵大人不好办理,你们也要吃大亏的,我是打过仗火来的,不说你们使的这些家伙,打不过快枪,就是夷匪的叉子枪,打得又准又远,还打不过我们哩。你们好好的回去了,不损失一点啥子,各人回去看各人的妻室儿女,岂不是好事?何必一定要弄到死伤流血,大家都不好!……"

一般拿着刀叉的勇士,倒顿住了,又因"伸手不打笑脸汉"的格言,把大家拘束得更不好动手。假使不有两三个生恐天下无事的勇士振臂一呼的话,这伙人真有着那军官说回去的可能。

呼声是:"弟兄们,不要中他的缓兵计!开回去,拿抬炮来轰他!"

一伙勇士好像醒觉了,一齐说道:"对劲,对劲!拿抬炮来轰他!"

于是丢下军官,全都回头飞跑了。

这军官倒是很雍容的笑了一笑,回头向他所带的兵士,把手一招,大家便踏着便步,跟在他后面,慢慢的走上大桥来。

是时微雨已住了,天是阴阴的。石板的街面以及桥面,被雨洗得露出了本来面目,有肉红的,有湖青的。两边铺户都关得紧紧的,没一点人声。

桥那头的芷泉街上,却像蜂子朝王一样,满街都是穿着破旧单衣,光腿草鞋,头上打着白布包巾,或是戴着草帽的团防。羊角叉、南阳刀、梭镖、竖着横着,摆出好多的姿势。还有一些火焰边的团防旗帜,被晓风吹得猎猎的响。阵前架了三架久矣夫不用的旧抬炮,还有几支明火枪。三个手执火绳的汉子,一看见了这边的队伍显露在桥的顶上时,便气势汹汹的大喊道:"空手让开啦!要开炮了!"

军官不禁大笑,便叫军士向天发了一排枪。

"砰!""訇!""嘘儿!"果然把一般执羊角叉、拿南阳刀的,骇倒了不少,排山倒海的一退七八丈,可是爬起来一看,全是好好的,没一点血流出来。大家的胆子就壮了,嘈嘈杂杂的吵道:"妈牝哟!才是打不倒人的!不怕,不怕!"又一些吵声:"放他妈几抬炮!我们就冲进城去!"

炮手的火绳向火门上伸去了,好些勇士都丢了武器,拿手把两耳使力的蒙住。

果然像打炸雷似的,轰隆一响,一大堵灰白烟子直向桥上冲来,恰恰冲在一个军士的身上,那军士啊呀一声,便扑在地上。

军官连忙弓腰一看,那军士黄黑的大圆盘脸上,直嵌了半脸的铁砂子,眼睛里也像着了几粒,眼角上流出血来。这把他痛得满地的打滚。

第二抬炮又震天价响了,灰白烟子又冲了来,只是比头一炮高了些,烟子的边缘扫过一个军士的帽子,把帽顶帽缘打了多少小窟窿。

那边阵上一片欢喜的笑声道:"又打着了!张大汉,还有你的一炮!……"

军官才生了气,赶快把指挥刀拔了出来,厉声叫道:"三百米达!……放!……"

"砰!""訇!""嘘儿!"这不是向天放的,又么么近,自然在那边的密集人阵中,就应声倒下了几个,一个就是所谓张大汉,手上还拿着火绳。

当真打起来了,当真流血了,连弓箭都没有,如何还击呢?毕竟还有七八支明火枪,还了七八响,一片烟子将阵脚蒙住。这边的军士都伏在桥上,一枪一枪的只朝烟阵中打去。

几分钟后,火药烟子散尽,方看清了那方阵上,只剩下三架抬炮,一些羊角叉、南阳刀、梭镖,和十来具自己莫名其妙就把生命停止了的尸身。

大家站了起来,正待随着军官追将下去时,忽然听见桥这头东珠市横街上,一片人声,嘈嘈杂杂的涌来。

大概这一股队伍是昨夜就过了大桥,驻扎在大码头一带,听见了抬炮和枪声,也抬着抬炮,执着明火枪,同其他的古代武器,前来助战的。

军官赶快带起军士,回头冲下大桥,抢到横街口上。不等队伍逼近安放抬炮,——他已有了经验了。——便叫军士们"快放!"

也打死了两人，打伤了好几个，自然连明火枪都不及还一下，就纷纷的跑了。

城楼上又开了两班人出来，兵力越厚了。军官便叫人先将那个受了抬炮伤的军士，抬进城，送到红石柱的军医局。然后分兵两队，一队直进到牛市口外，一队直追到茶业学堂，沿途放了些枪，其实连一个人影都没有看见。收队回城时，俘虏了带伤团丁二十六人，拾得抬炮五架，明火枪一支，旗帜三面，锋而不利的羊角叉二十七柄，生锈的南阳刀一十二把，红缨梭镖三十一根。

这就是辛亥年太阴历七月十六日，开宗明义第一战的实况！

五

上午听见东门大桥的战争，黄澜生已觉他的理论有点动摇，他的太太也把昨夜才放下的半个心，又重新提了起来。问她丈夫道："城外既打起仗来了，怕就不平安了罢？"

黄澜生皱起眉毛道："先是在东门打仗，倒不妨，我揣想楚子材也是胆小的人，他听见了消息，既进不了城，必然仍旧回到草堂寺去的。如其他能说出我的名字，圆通师一定会留他住下，不叫他们犯险走的。他该晓得我同圆通师的交情啦？"

"我记得上半年吴凤梧请你们转草堂寺公园，你不是说过同桌有圆通师吗？那他们是认得的了！"

于是黄澜生夫妇又得了一种新的慰藉，并且极力相信他们的推测断乎不错。所以龙老太太打发王嫂来看视二姑太太，二姑老爷，外孙少爷，外孙小姐好不好时，他们对于振邦的不在，竟老老实实的答说是楚表少爷带到草堂寺去了，为的是城里太乱，在城外去躲避几天。说来好像是按着计划施行的一样。

就是孙雅堂来看他们,他们也是这样的说法。

孙雅堂更说了些昨天事变的逸闻。如路广锺之如何带着人在梓橦宫的正殿梁上,搜出他自造的滴血盟书,和封官晋爵的名册,田徵葵之如何因为赵尔丰临时变计,气得几乎要自己拿手枪去把蒲、罗等打死。蒲、罗诸人被捕后,王棪如何派人到各家去搜查信函,其结果:"好像大家都约齐了似的,稍为有点要紧的,全烧毁了。"今天的新闻,自然也如其所闻的说了些:东门外的战事,蒙裁成彭兰荪,和谘议局又一副议萧湘等之继续被捕。"嗨!还有一件稀奇事,那做川人自保商榷书的人,听说竟自打电话向赵季帅去自首。赵季帅先前还不理会他,他竟自赌咒发愿的硬说是他做的,这才把他捉去了,押在成都总教官衙门。"

黄澜生也觉新奇,不禁问道:"是啥子人呢?咋个这么傻法!"

"听说是高等学堂的学生。自然,只有学生才能这么傻,稍为精灵点的,谁还肯出头,晓得捉去了是杀是剐。"

继后他又说到颜老太爷,"我今天去看他,他倒坦然,毫不以他儿子被捕操心。他只是说:赵季鹤太冒昧了,这官司一定要打输的。我不知他有啥把握说这句话?反而是他那尚未嫁娶成礼的女婿尹长子很着急。……"

"尹长子?"黄澜生不熟悉的这样问了句。

"尹长子叫尹昌衡,在日本学陆军的,专门说大话骗人的人。现在当着陆军小学堂的总办。身材很高,大家都叫他长子,恰恰他的这位未过门的夫人颜小姐,偏又很矮,两个人站在一起,简直是放古董的高矮几桌了,哈哈!"

黄太太也听得很有味的问道:"女儿还没有过门,难道女婿就上了门,在一块儿了吗?你说两个人站在一起。"

"不是吗?现在的世道,比我们当年更开通多了!未过门的女婿,岂但上了门,而且还天天去,去了还要同未过门的太太握手密谈哩!"

因为谈的是颜家,自然,其余波仍然归到了颜楷之被捕,"雍耆才冤枉哩！就说别的人有啥不轨的心肠，雍耆是那样的老实循分，如何诬得上去？他老太爷说的，从初十以来，雍耆已是很为寒心。看见官绅两方各走极端，劝又劝不转，已自急得病了。因才丢了事情，躲到草堂寺去养病。不料是祸躲不脱，昨天竟是从草堂寺捉了进城的。"

颜楷既是从草堂寺被捕，那吗，楚子材一定在草堂寺就晓得了。他是胆小而精细的人，一定就住在草堂寺听消息，绝不会带起一个小孩子走往别处去的。

这更于黄澜生的推测上加了力量，这更使他夫妇大为心安，所以孙雅堂走后，又听见南门外红牌楼地方也发生了战争的消息，也不像昨天那样的焦了。

十七这一天，全城依然是那样愁惨凄冷的。许多居民急于要亲眼看一看战争的实况，遂一起一起的跑上城墙；——虽然城门关了，有守城的兵，但是陆军不敢重用，说是军中表同情于同志会的很多，只由统制朱庆澜挑选了一营比较可靠的，调来守城。依然不放心，分一半调到督练公所，而认为顶可靠的巡防兵，此时调到省的，仅仅八营。分一营派到东南北三城门，帮助陆军守城，其实是监视之意。分二营派驻邻近制台衙门的各街，其余五营一千六百余人，完全驻扎在衙门内。四少爷犹嫌不足以防备赤手空拳的百姓的袭击，军械局最精利的武器：机关枪，过山炮，全交与了巡防兵，一律陈列在大堂上，如其赤手空拳的百姓再扑来时，定教他们有来无去，绝不会像十五那天，放了那么多的生了。然而四少爷到底还不放心，除了叫那特由北方雇来的镖手，武艺超群的草上飞马宝，全身武装，昼夜不离大帅的签押房外，还把陆军的子弹迫缴了，每人只留与十颗备变。因为城防的兵力不厚，所以只守得城楼，以及楼的两侧各五六丈远的城垛，其余城墙，依然可以供人民的游行散步，无法禁止，似乎也无须禁止，似乎也不知道禁止。——但是，依然阴云四合，冷风料峭。四下里的竹木田畴，依然是那样青葱静穆。城外的农人，仿佛"不知有汉"的秦人，有的在田野里工作，有的在茅屋底工作。不但看不见战争的实况，就连战争的气象，也看不出来。

黄澜生仅在局上走了一转，打听了些不实在的消息。因为全城的先皇台已经拆尽——连各家铺板及门枋上的先皇牌位都撕干净了，——可以容轿子畅行无阻了，他遂坐了轿子，又向亲戚朋友同寅处慰问了一遭。

这时，无论是什么人，不管是官，是民，是客籍，是土著，是老腐败，是维新派，对于赵尔丰，几乎全没有一句好话，一例的认为他十五的举动，实在不对！而追论起来，知道他不过没有什么主见，爱听小话而已，于他那一党的四少爷、田徵葵、王棪、饶凤藻、路广锺诸人，却恨之刺骨，认为这次事变，全是这一般人想升官发财干出来的。就是官场，就是绅士，甚至还有把周善培拉扯进去的，说他也是条师之一，不惟打条，而且卖友；他与蒲伯英是拜了把的弟兄，而蒲伯英的举动，他是无一不去报告赵尔丰，一方面又把官场消息，漏与蒲伯英，怂恿他们如何如何的做。

就连黄澜生局上那位号称明白事理，平日最同情官场，而逐处为周孝怀叫屈的那位同事，也是这样的说得怒发冲冠的。

黄澜生对于纵兵杀民这一点，本已不满，又加儿子被关在城外，到底是不舒服的，所以只听了一天的舆论，他的见解就根本的大变了。并且知道路广锺又得了新设的四门总巡查的差事，无论如何，将来开出保案，至少也要升到候补道的。这更令他发生一点感慨：从前和路子善同时捐官，自己还多花了钱，捐的是知县；就因自己太循分了，一直没有得过一个好差事，而别人竟以善于巴结钻营，几年工夫，好差事得过许多，实缺也署过，官又一年一年的在升。他由艳羡当中，便引起一种反感，"只要黑得下良心，官自然可以大的！我姓黄的，不过不肯把人血来染红我的顶子罢了！像这样的升官发财，那会没有报应的，我们长着眼睛看罢！"

因此，他到下午三点钟回家时，居然向着他太太大批评赵尔丰的不对，以及扩大述说红牌楼的战争，巡防兵着打死了多少多少，同志会大都是南路的不怕死的刀客们,并且有快枪,所以比东路的同志会狠,说不定今夜就要攻城来了。

他的太太到底还萦心着儿子在,她说:"要是能通个消息不好吗?他们该不至于走出草堂寺,跑到南门去看打仗呀?振邦是那么烦的!"

黄澜生自然又安慰了她一番,相信楚子材必然不会冒险的。

黄太太也不好再提,因为婉姑只要一听见说她的哥哥,她就要哭一番,惹得全家人都不自在,而又不好打骂她,这是她的天性!

所以到下午四点过钟,一家人坐上了吃饭桌子时,也只是说些别的闲话。

大概黄澜生的第二碗饭,刚由菊花添了,送到面前时,忽然听见堂屋门外一阵欢乐的人声。黄太太耳朵敏锐些,立刻就站了起来道:"有邦娃子的声音!"

婉姑也立即溜下凳去,刚抢到倒座和堂屋相通的那道侧门口,果就喊了起来:"哥哥!哥哥回来了!"

连黄澜生也把饭碗放下,站了起来。振邦已飞跑进来,投在他母亲怀抱里。全家除了看门老头子,——他是早就亲热过,狂笑过,并且还拉着少爷的小手,一直送到院坝里,——就是厨子老张,也带着油污的蓝布围裙,笑嘻嘻的挤到倒座里来了。

这简直是真情流露的狂欢。母亲是含着两泡眼泪,不住的亲他;妹妹拉着他的手,不肯放;父亲摸着他的头,嘻开了一张大嘴,合不拢来;罗升、老张、何嫂、菊花虽不敢有什么越分的举动,但那种定睛看着他的神情,是多么的真挚!楚子材站在侧门口,看得很是清楚,他感动极了,他流出了眼泪,他心里明白,这才是天地间最纯洁,最可贵的爱,至于男女间的爱,实在太功利了!

振邦到底年纪小了,反而把身受的这种难得的爱看得太寻常,他只沉默了一下,就拿语言把这一刹那极不易有的爱氛冲散了。

他说:"妈妈,我们亲眼看见打仗来。"

他妈妈一惊道:"酣!草堂寺也打了仗吗?"

黄澜生方警觉了,忙道:"子材还没有吃饭罢?吃了饭,慢慢的谈。你们这一次,只管把人急够了,可也了不得,增了不少的见识。……菊花,你们可都瓜了,怎不添凳子,添碗筷呢?……邦娃子好生到这面来坐!"

黄太太才定了神,重新摸着碗筷。再看她儿子时,始察觉了他身上穿的,并不是那件豆沙湖绉衫子,而是一件油绿布棉袄。很大的领口,又没有领,把里面的洋布汗衣的浅领,全露了出来;袖子又长又大,翻挽了二寸多长在手腕上,再低头一看,长来躺到脚背,好像道袍一样,并且扫了多少泥巴。

她笑了起来道:"我还没警觉,邦娃子硬把草堂寺的小和尚袍子穿上了!我正耽心你受寒哩,天气变得这样的冷法!"

黄澜生笑道:"子材也换了棉袄了。这样式缝得很时兴的,高领小袖,高衩窄摆,又滚了本色边,虽然是件洋货料子,倒很讲究,这必不是草堂寺的。"

振邦插嘴道:"我们并没到草堂寺,我们是从簇桥回来的,我们在彭先生家歇了两夜。这衣服通是彭先生的。他家院子多大!我们就从他院墙上看打仗,打死多少人,多好看的!我已学会了放枪打仗,妹妹,我们吃了饭,到坝子里去,我教你。"

黄澜生夫妇不由大惊道:"啊!你们才没有在草堂寺!如其早晓得了,那真会把我们急死啦!子材,是咋样的一回事?"

楚子材大概正饿了,第二碗饭已吃了一半,而说话时,依然没有住过筷子。

他说:"十五那天出城,本是说到草堂寺去的。一出南门,轿子刚走到柳阴街这头街口,忽然碰着一个同学彭家麒。他是簇桥人,平日在学堂同我和王文炳几个人都很好。因为簇桥离省只二十里,他是时来时去的。那天碰着,我约他同到草堂寺公园,他极力说那里没趣,不如到他家里。他家在场外半里多远,有林盘,有溪沟,倒是去钓鱼好顽得多,钓鱼我本爱的,邦表弟听见了,也高兴要去。我们说定了,要到下午四点钟,原轿赶回,算来,进城还是不到上灯的。偏偏轿夫也愿意,他们在城里,差不多七八天没一趟生意,晓得到了彭家,饭是有吃的,又可多拿几个钱。……"

黄太太插嘴道:"也得亏在彭家,若是在草堂寺,还没有穿的哩!邦娃子吃了饭,叫菊花去跟你换衣裳。"

"不是得亏在彭家吗?那夜狂风骤雨,天变得真怪,立刻就要穿棉的了!"

黄澜生道:《御批通鉴》上不是有过的:六月飞霜?像十五那天惨变,咋个不有狂风骤雨呢?唉!正所谓天变于上了!"

"十五的事情,我们在下午两点钟的时候就晓得了,那才说得凶哩!说赵尔丰把凤凰山的陆军全调了进城,把铁路公司围得水泄不通,将罗先生等全捉了去,不问一句,立刻就五花大绑,杀在辕门外,把十几个脑壳,吊在铁路公司大门口。因此,就激动了全城的人民,都拿起杀刀,向制台衙门扑去,要同赵尔丰拼命。赵尔丰叫陆军开枪打,陆军不肯,说他们不能打同胞。巡防兵便自告奋勇,光是衙门门口,就打死了几千人,院门口遍地是尸首。又说,一面放火烧房子,一面就开了红山,见人杀人,见狗杀狗。后来是陆军不答应了,把大炮拖出来,说再不封刀,他们就要开炮打了。将军也不答应了,说皇帝家的人民,不能让你姓赵的这样屠杀,把几营旗兵,全开出少城,扎在几个大街口上,叫赵尔丰出来搭话。这然后赵尔丰才叫田徵葵下令封刀,把巡防兵全调进了制台衙门。……"

黄澜生呵呵大笑道:"这才说得凶啦!才二十里路,一城之隔,就说来不像样儿了。"

振邦道:"硬是这样说的,那时把我都骇哭了。"

他妈妈道:"那时你想不想我们呢?"

楚子材把筷子碗放了下来道:"岂但邦表弟骇着了,大声哭着要妈妈,要爹爹,要妹妹,就是我也难过极了,心酸得要哭。当时也把我作难住了,心想回来哩,不回来？又不晓得西御街是啥情形,计算来,将军既出了兵,把大街口扎住,那吗,西御街必是他保护的地方。第二次传来的消息,就稍为近情了一点,说罗先生并没有着杀,人民拿着先皇牌位到院上去救罗先生,着四少爷叫巡防兵开枪,打死了几百人。有几处地方,因为把守的巡防兵,不准拿先皇牌位的走过,也开枪打死了百多人。不过城里很乱,巡防兵横得很,动辄开枪,打死块把人,实在不算一回啥子事。四城城门都关了,报信的人,是擦着城门洞挤出来的。"

黄太太又插嘴问道:"啊！我还没问你们,城门开了吗?"

振邦正要跟菊花走了,便接着说道:"妈妈,我告诉你,我们是吊城进来的,多少人在那里吊！妈,你看嘛,我做跟你看。一根指头粗的棕绳,这样拦腰拴紧,城墙上两个人往上拉,你就挽着绳子,两只脚登着城墙,就同爬梯子一样,一步一步的就上了城。一点不怕人,多好要的！还有一个胖子,加了两根绳子才吊上来。我同楚表哥两个,才跟了一块钱,那胖子就花了三块。吊下吊上的好多人啰！还有吊米的,吊菜的。"

楚子材道:"今天晌午,才在簇桥场上听见吊城出来的人说,城门不晓得啥时候开,从昨天起,就有人在城墙上做这吊人的生意了。平常人,四百钱一个。今天更多了,只是要在偏僻处。我们又打听清楚了,城里已经清静,我们也焦心,晓得表叔表婶也焦心,我们就决计回来。彭家麒一直把我们送到城墙边,看见我们上了城,他才走的。"

黄澜生道:"你们从那处城墙边吊上来的?"

"从上莲池那一段,那里才顶偏僻。"

饭是吃完了,大人们遂都移到堂屋东首,黄澜生的书房里来起坐。

果不愧为书房,靠后壁硬有两大架旧书。窗根下一张紫檀书案,摆着精致的文房四宝。与书案相对的壁边,是一具小小的万卷书式的古董架子,陈设了一些宣德炉瓷瓶瓦洗等类的古董。靠西壁一张宁波式紫檀小炕床，矮矮的，铺着香牛皮垫，贵州漆皮枕，躺着很是舒适。壁上一堂朱拓的何子贞行书《木假山记》。此外几张洋式椅子，放得很为合宜。

楚子材趁着黄澜生小便去了，两个孩子还没有进来，连忙走到炕床边，把她一搂道："唉，这两天真把我想死了！急死了！十五夜里，我失悔得啥样！心想，若是在城里，我们死在一处，不就了了心愿吗？为啥跑了出来？要是你当真遭了横祸，我倒不想活了！"

她也把他的项脖紧紧抱着，结实亲了几下，笑道："若果我真个着乱兵杀了，或是着抢走了，你到底咋样呢？"

他道："咋样？我就去吊颈！"

她摇头笑道："这才没一点丈夫气概哩！我着杀了，你得替我报仇，着抢了，你得设法把我夺回去，这才是你当情人的本等呀！为啥子动辄就吊颈，那不是成了没出息的婆娘了？你表叔还不会这样做哩！"

"你说得对！我已目睹过打仗，我一定投入同志会，拼命的同巡防兵打！……"

"快坐过去！……把你这两天，亲眼看见过的打仗情形，仔细摆点跟我们听，我很想听的。"

黄澜生拿着叫罗升才买来的地球牌纸烟，走了进来道："的确如此，我们在城里，听人说起城外的仗火如何如何，大抵都不实在，你是看见过来的。……"

六

据楚子材仔细谈说起来，南门外的战事，确乎比东门大桥的战事厉害得多；中间还有一个著名的勇士黑骡子，真是令人不能忘记。不过他所目击的，只是簇桥之战的一段，而武侯祠红牌楼的两战，是彭家麒亲自参加，向他转述的。

彭家麒是弟兄三人，家里颇颇有点钱。两个哥，一个在做生意，一个在管理庄稼，都讨了老婆，生有子女的了。他是幺儿，照规矩是得父母之爱要多些，而又在学堂里读书。据说高等学堂住毕业，就是举人，这在有钱无势的粮户看来，家里出个举人，还了得吗？因此，他在家里，早就是惟我独尊的霸王了。七月十五日的下午，他正陪着楚子材在自家的林盘后面，自家的溪边，静静的垂着钓时，他那位管理庄稼的大哥，急急忙忙找了来，向他说出了省城的消息。

他们自然都骇着了，在旁边由几个小朋友陪着，打着光脚踩水的黄振邦，竟大哭起来。毕竟彭家麒精灵些，他说："不忙闹！等我到场上同志协会打听一下，就晓得了！"一面问他大哥，这消息是从那里听来的。说是钱阿二在场上听见大家都这样的在说。

彭家麒道："钱阿二的嘴，向来就爱添盐搭醋的乱说，一定靠不住。"他就那样穿着一身汗衣裤，抓顶草帽戴起就走了。

果然，场上同志协会，在上午十点钟，就接到总会来信，叫去救罗先生。会长即是场上首人，是个四十多岁，出过远门，见过世面的角色。他沉思了一下，便不像东门外各乡场办事人那样的冒昧，却先派了一个极其精悍，而又熟悉省城街道的人，到省城来打听一个确实消息。这人是擦着城门洞出的城，回来报告了那稍近情理的消息时，簇桥全桥，正闹动了，省城开了红山：罗先生的头，业经血淋淋的悬在铁路公司门口了！

许多人都义愤薄天的涌进团防公所来问会长："我们咋样办？"有主张立刻集团，抢进城里去的，说的是"恐怕去迟了，罗先生的头真个着赵屠户砍下来了哩！"会长却说："接通告的总不止我们一处，等我派人四处打听一下，别人咋个办，我们再咋个办。"他最能安定人心的，更是"赵屠户不能在捉住罗先生时，把他的脑壳砍下来，今后就不容易杀了！"因此，那时才没有集团。但是双流县和其他好几个乡场的队伍，一共五六百人，却在风狂雨骤之前，就开到了。这下，全场都兴奋起来，一致主张以武力去救罗先生,救不出来,就打赵屠户。真有见识,真有能力的会长,竟自作不了主,只好随波逐流的滚了下去。但他到底弄了个手段,当夜把各处带队的首人,邀集到公所里,商量了一下。因此,到次晨出队时,才没有全体开出去,而簇桥场的团丁,只去了二十个;自由参加的,倒有四五十,彭家麒就是其中之一。

彭家麒在学堂中,别的功课都不行,翻杠架,跳木马,是他的本事;碰手腕,抵拳头,历充第二条好汉。宣统元年运动会,充了三个赛跑选手,虽然一回头名都没有跑得,但同学们却一致恭维他累得。他是这样一个好武的少年,所以当夜冒着风雨,第二次从场上回家时,便同楚子材商量,明天一早,他也要去参加。"说不定要打仗的。我虽打过猎,只打了些兔子、黄鸡婆、野鸡,还没打过仗。趁这难得的机会,打他妈的几仗,看是啥子味道。"

楚子材明知道老彭是断不会听人劝的,而好武似乎又是他的天性,但也不能不尽朋友之谊,说了些"兵,凶器;战,危事也!"以及"佳兵不祥"的话。结果,彭家麒反而要约他一同去,说是"见识见识,谅来,没有好多危险。"又说他家有两支枪,一支是明火猎枪,若贯上独子,还是可以打得死人的;一支是他二哥前年在重庆一家什么洋行,给他买回来的左轮六响手枪,打得又远又准。若他肯去,他甘愿把左轮手枪让给他,他自己使明火枪。

朋友且把他劝止不住,父母和哥嫂更不在他意下了。所以第二天绝早,雨犹未止时,他已打了个蓝布包巾,把发辫裹在包巾里,穿了件蓝布短棉袄,系了条青纱帕子,左轮手枪便上了子插在帕子里;青布夹裤,把裤管提得高高的,白袜子穿上麻耳草鞋,恐怕泥路太滑,在草鞋后踵上,又缚了双铁脚马。然后左胁一个皮囊,右胁一个皮囊,一个内装的桂元核大的铁弹,一个内则是黑火药。不等一个人知道,提着明火枪便走了。此时,大路上已是过山号呜都都的吹着,火焰边的旗随风扬着,几百服装不整,怯寒怕冷的队伍,正零零乱乱的在微雨的泥路上前进。

走到红牌楼，天色仍旧是阴沉沉的，雨却止了。由簇桥开来的队伍，便驻扎在场口上。

红牌楼只有二三十家人户，实在算不得一个场，只能说是一个腰站。据说由簇桥来此，有十里路，其实照上七下八的口头语算来，只有八里，而到南门外凉水井，只有七里，距离武侯祠则有五里多。

地方只有这么大，而此时屯驻的各处同志会，却有七百多人。带队的首人们又聚商了一回："既然武侯祠已驻有大队伍，我们就不必再进了。且看前头形势，如其不必开火，我们就再开向前去，如其真个开了火，我们就打接应好了。"

彭家麒是不属于任何队伍的自由参加者，众队伍扎驻了，他也不管，依旧肩着明火枪，走他的路。他本是想看打仗的，自然不愿意打接应。

不久，他到了武侯祠。果然，武侯祠同对门的社稷坛里，驻扎了好些同志会。拿眼一算，足有二百多人，即是按排打接应的人们说的大队伍了。

这一队，实在太不充实了。大多数的武器仍旧是羊角叉、南阳刀、梭镖，而架在大路上的大抬炮，倒有五架，架在四下田埂上的，又有十一二架；明火枪有三十多支；此外只有一支极稀有的后膛双响劈耳洋枪。

彭家麒走到队伍中间，只有一个人问他是那里来的，他说："簇桥来的，你们呢？""温江。苏坡桥。文家场。""你们带队的首人呢？""在庙里吃茶。"

庙门外临着大路有一家茶棚，虽没有茶卖，依然有桌子板凳，那里挤了好些人，也和站在庙门口大路上的一样，都耸着肩头，捧着两只手嘘气。因为他们都是昨天下午尚热时动身的，都只穿了一件破旧衣裳，已熬了一夜的寒冷了。

各人都在说话，只有那个拿劈耳枪的少年，——也像是个有家产而喜事的。——好像他有了那与众不同的利器，他就应该高人一等似的，他就应该，大声说话似的，他昂着头，摇着两个肩膀道："怪啦！昨夜里既是开了火,我们退到这里,等了他妈牝阵久①,今早为啥又不开城出来接仗呢?"

旁边一个包白布帕的大汉子,支着两肘,蹲在一条板凳上,把眼睛把少年一抹道:"他们敢出来?抬炮的威风,他们不是已尝过了?只可惜雨太大了,点不燃火药。今天没风没雨的,只要他们敢出来,掀他妈牝十几抬炮,不把他舅子们送终个干净,老子不姓陈了!"

少年说:"我这劈耳枪也不弱呀!"

"那咋行!就说九子快啦,七子快啦,五子快啦,都是独子,抬炮便不同了,掀出去,簸筐大一团,凭你躲得快,总要扫着你一点。我们场上孙幺贡爷就封赠过,抬炮是炮火里的王,任凭啥子军器,都敌不过它!"

又有几个人抱怨似的说道:"为啥不打通战书过去?尽着这么等,妈牝哟!又冷又饿的!"

过山号忽然吹了起来:呜都都!……呜都都!……是那么的急迫惨烈。

一齐吵道:"要接仗了,走呀!"都拿起兵器,拥在大路上,和各抬炮旁边。

彭家麒到底学过一学期的兵式操,也听见教习说过快枪的射程有多远,射力有多强。他看见旁边是一片坟地,他遂选择了一个正对大路,而后面便是一丛丛芦苇的坟头,他伏了下去,把明火枪的弹药装好,火绳吹燃。心里毕竟不像打猎时那么沉着。他略为揣度,同志会的力量,实在太脆弱了,只要有五支快枪,包可以打崩。只是抬炮的威力,到底如何,那汉子吹得那么凶,却没有见过。明知道同着这样的队伍去与巡防兵作战,那是危险万分的事。不过终于被好奇的心肠战胜了,要看一看这种不平均的战争,是一个什么样儿?而被枪打死的人,到底像不像

---

① 阵久者,这们久也。——作者注

中了子弹的兔子一样?

他心房那样卜卜的跳着,很焦急的定睛望着前面。一面又在计画:兵若来了,自己应该不应该开枪?

拥在大路上的同志会,仍旧吵吵闹闹的道:"妈牝哟!接仗的在那里?"

跟着,前头一座大坟顶上的过山号,又吹了起来:呜都都!立刻就见一里之外,凉水井街口,发现了七八个马队,——陆军马队。——开着小跑,一颠一颠的向大路上跑来。相距有二十来丈远处,马兵刚把马勒住了,似乎要说什么话的样子,这边的战士们便不约而同的齐呐了一声喊,抬炮登时就轰隆轰隆的一连打了五炮,过山号更是加劲的吹起来。

马队的马似乎尚未上过战场,或许着抬炮的铁砂打中那里了,便那么乱叫乱跳起来。

战士们好生喧笑,一齐大喊:"再来,再来!……过山号吹响点!惊他的马!……"

又是八响抬炮,从朦胧的烟阵中,果见那些马全回头跑了。有一匹马,似乎受惊太过一点,猛的跳在路侧一块水田里,烂泥很深,一直陷到马膝。

那拿劈耳枪的少年,跟着就跑到阵前,举起枪来,訇的一下,大概距离太近了,子弹不屑于就这么钻进人的身上去。所以那马兵已好好的跳下马来,想奔上田埂。这里已跑去了十来个战士,那马兵刚把背上的马枪掉在手上,右臂上已着了一刀,并着十几只手抓住,马枪也被夺了,战刀也被夺了。并且如像蚂蚁搬苍蝇一样,吵吵闹闹的把那马兵一直拥进武侯祠去了。马哩,又着人牵了起来。

在一般战士看来,第一战,他们是全胜了,活活的捉了一名马兵,得了一匹马,一支枪,一把刀,似乎以后全是这样的打法,他们全是胜的了。

彭家麒的看法却不同。他认为马队一回去,正式的大队伍必要来的。

像这样零乱而又没有指挥的同志队伍，实在是太乌合了。同着这等人拿性命来作顽，未免不犯着，并且也看过了抬炮威力，原来只好惊马。

他遂从坟地里走出，大摇大摆由队伍中穿过，也没有一个人管。他走过社稷坛，便把明火枪向路旁一抛道："这东西到底只好打兔子，拿着太累手了！"他的主意不错，两手空了，正好加快的走。但是他才走上三里多路时，已听见后面的抬炮又轰隆轰隆的响了起来。并听见快枪连放的声音，和子弹在空气中激出的尖锐声。这使他不能不拿出宣统元年在运动会场中赛跑的本事，把两臂紧靠着两胁，开着大步，一直向红牌楼跑来。路已半干，又正好跑。

他一到红牌楼，就向一般带队的首人说：武侯祠已接了火，恐怕就要败下来了，赶快准备。最好把使毛瑟枪的调在顶前头打，抬炮明火枪，得等军队逼近了再放。他约略把武侯祠的战况说了一下，让各首人去变脸色，他又是那样赛跑般向大路上跑了。

大概他跑拢了簇桥，把一切经过向会长说了，红牌楼的战事才开始了。又因为红牌楼的队伍力量要强些，——约有五十几支单响毛瑟，十来支双响毛瑟。——所以一直到会长把各地队伍集合拢来，重新检选了一遭，检出了五支九子枪，——是场上警察局的，被会长提了来。——八十六支单响毛瑟，四十二支双响毛瑟，十三支劈耳洋枪，组织了一个前卫，由自己统领着，依照彭家麒的话，一直带到场外里把路的地方，埋伏在黄熟已极，正待收获的稻田埂上。明火枪二百一十多支、抬炮三十多架，则另由几个首人统率，埋伏在后半里路上，和稻田中；也照彭家麒所说，嘱咐众人一定待毛瑟队伍退过了，军队大胆的逼近时，再施放；支持不住，赶快向场上退，毛瑟队伍又在场上接应；如其十分打不赢，就一齐拖走，再想方法。会长是这样下了决心，他的家是早搬走了。又一直到彭家麒慨然将那一支左轮手枪，和子弹五十颗，一齐借给会长，——因为重他的义气，——作为他保身之用，正待分手回家，才见红牌楼打败的队伍，从大路上飞跑的向这里跑来。

会长接着，叫他们一齐退到场上去歇气，要回去的，赶快走。众人都张皇不堪的走了，独有一个大汉子，据说是崇庆州的刀客，浑名叫黑骡子的，挟了一把二尺来长，看样子是很锋利的精钢顺刀，却不肯走。气恨恨的向会长身边一蹲道："妈牝！太倒痗了！一接火，就丢了七八个弟兄，没伤着别人一个，连本钱都不想捞了，夹起尾巴就跳①！像这样丧德的事，我黑骡子还没有看见过！我不走，我要捞本钱！"

至于会长如何劝他，如何夸奖他，彭家麒没有听见，因为他打从小路回家来了。

他一回来，就叫把拢门关了，闹着说饿得很，要饭吃。

父亲哥哥都来问他一个上午，跑到那里去了？"听客人说起来，你是去打仗火的。你真是太不顾惜自己了！平日当兵，都不是好人干的，咋个说去打仗火！"

楚子材便问他的经过。

他一面吃饭，一面就把他身经的事故，半字不隐的，述说了一番。他父亲同哥哥都骇得不了的说道："老三胆子真大！动辄要命的事，亏你跑去看！菩萨保佑，幸而你想转了，才跑回来。"他却笑道："如其像会长统带的那样的队伍，我还是不走的。"

楚子材道："你揣量一下，会长他们能不能打一个胜仗，既然有那么多的硬家伙，他又亲自在统带？"

"怕不行罢？人就不像打仗的。会长顶胆大了，同我说话时，脸上的肉还不住的打战，眼睛也是诧的，其余的更不消说。九子枪拿在手上，旋教贯子，一支枪也只有十来颗子，连瞄准都不会，还说打仗？倒是黑骡子行，一点不惧怯，又是上过战阵的，如其都像他那样子，这仗火倒可观了。"

---

① 跳，此处为袍哥语，有躲闪、回避、跑开之意。——编者注

饭还没有吃完，黄振邦尚正撩着他在追问黑骡子时，便听见场口上的过山号已呜都都的吹了起来。

他把碗筷一丢道："来了，怕要接火了！"登时就听见"嘘儿！""哧！"几声。

众人都骇了一跳道："这是啥子？"

楚子材道："怕是子弹声音罢？"

彭家麒道："是的，是快枪的子弹。我们看去！"

他父亲他大哥一齐说："枪刀是无情的东西，快不要去看，太险了！"

他终于同楚子材跑了出来，跑到黄土的院墙边，各人垫了一块大石头在脚下，刚好把头伸了半截出去。

黄振邦也奔了来，要看。别一伙小孩则被祖父和父亲管住了，躲在床上，将蚊帐放了下来。

彭家麒将黄振邦撑在手上，叫他两手扳着墙帽，只把眼睛露出去，说这样便没有什么危险。

向来闻声便吠的两条大黄狗，似乎也辨别出了，现在这种古怪声音是人类的不祥之声罢？它们听了听，似乎有点不屑于的样子，夹着尾巴，各自溜到林盘里睡觉去了。

场口上明明白白的拥了许多人，一定是拿着古代武器的战士们。他们无所施其技，只好站在后面观看。

抬炮同明火枪的队伍，是隐隐看得见的。毛瑟枪队伍，却不甚看得清楚，只看见一些乡下人惯用来包头的白头巾，在黄熟了的稻田中一动一动的。

此时远处的快枪声越发密了。密得很像放火爆。子弹好像就在脑顶上飞，有好几颗打在墙内树子上。

楚子材道："老彭，子弹打到这里来了，咋个还看不见人呢？"

"远啦！人总在两里路外！"

像是这边的枪声，"訇！"响得很近。

楚子材自然而然的冲口说道:"接火了!"

过山号又是呜都都的吹了起来。枪声更繁密了。飞来的子弹越是多。抬炮也轰轰隆隆的打出一大团,一大团的白烟子。

彭家麒道:"乱打起来了。原约定的,毛瑟队伍退下来时,才放抬炮的,现在就乱了章法了。要吃亏,要吃亏!"

果然,人声已嘈杂起来。明火枪也在放了。有些人影已向场上在跑了。

快枪声音越打越近,子弹倒不乱飞了。抬炮同明火枪的火药烟子,白濛濛拖了一片。"达滴!达滴!"的冲锋军号,和"杀!杀!杀!"的喊声,也传了过来。

这边阵上的声音,更其嘈杂,很明白的,就是"快拿火药来!……快拿火药来!……弟兄们撑住!……妈牝哟!就退下来了!……"

楚子材一头是汗。掉头去看彭家麒时,他牙齿咬得死紧,脸是那么样的青。

黄振邦不想看了,他溜了下来,蹲在墙脚边。恰好那里有一个打墙时放横木的眼,岁月久了,那眼剥落得有碗来大,外面的情景,依然看得清清楚楚的。

楚子材道:"没有练过的队伍,真是不堪一击!……打仗也不是容易的事呀!"

彭家麒忽然精神一振道:"老楚,快看那包青纱帕的大汉子,就是黑骡子!"

黑骡子不知为了什么,忽然从场口上飞奔过来,约摸离场有七块田的地方,猛就跳到稻田里一伏,从这一面,仅仅看见他的黑纱帕。

抬炮明火枪已是不那么威风的响了,剩下来,全是很切近的快枪声,间或有几声洪大的毛瑟枪,却在离场口不远处。

白濛濛的火药烟子已逐渐稀薄,大路上和两边的田埂上,已看得见打包巾穿黄布衣的巡防兵。三个两个,躬着腰,挺着枪,向前跑几步,又蹲下去打一枪。从枪口打出来的微微一点白烟,也看得清楚。并且队伍展得很宽,向这边的,几乎只隔五六块田就到院墙边上来了。

彭家麒溜了下来,把楚子材一拉道:"墙头上不好再看了,怕着丘八看见,疑心我们是埋伏。"

他们看见黄振邦的眼睛正向着那墙洞,齐说道:"这地方倒对啦!"便也各自找了一个洞,凑着眼睛看去。

"达滴!滴达!"的军号,已快吹到场口了。楚子材恰看见一个巡防兵持着枪,刚跑到黑纱帕隐伏的田埂上,只见黑纱帕朝上一冒,顺刀一闪,那兵就倒了下去。只见稻草一阵摇动就没事了。他不由的喊道:"老彭,看见了没有?"

彭家麒也正打了个哈哈道:"黑骡子捞着本钱了,真是好汉!真是好汉!"

黄振邦问道:"啥子叫捞本钱?"

他们不及答应,因又看见跑来三个巡防兵,蹲在田埂上,指着不远的稻田里,连放了几枪;带着凶声的骂道:"日他蛮娘!把我们的人放酣①了一个!"一个留在那里,两个挺着枪朝前追了过去。

彭家麒也忙向右手院墙边奔去,楚子材黄振邦跟着他跑。此时,子弹已不朝这面飞,枪声也稀了,他们不耽一点心。

他们把适当的洞找着,——只有一个,三个人争着要看。——只看见仅仅一个巡防兵,从远处的田埂上走了回来,枪仍提在手上。

楚子材道:"黑骡子一定着打死了!……"

那兵刚走有三块田埂时,似乎听见了什么,猛然翻回身去,放了一枪。果然,在不远的稻草中,黑骡子跳了起来,向那兵的身边飞扑了去。

楚子材同黄振邦不敢再看,两个人觉得心里都跳动得很。只听见彭家麒说道:"着了!"

---

① 川军语辞,打死倒下曰放酣。——作者注

又都问道:"是黑骡子吗?"

"不是的,是兵。大概没有砍死,他使的左手。咋个会使左手呢?……跑了,黑骡子跑了。右手弹着,一定是带了重伤了。唉!只有黑骡子一个,是好汉,我早就猜准了。如其都像他,这仗火倒有点看头,那伙草包,真会把人气死,急死!……"

战事就是这样结束的。巡防兵只算被黑骡子砍死了一个,砍伤了一个,损失九子枪两支。但是他们也得了报酬了,簇桥场上的人家,除了极穷的,谁不要被他们检察一些银钱衣物,或是值钱的货品去?幸而他们只有百多人,光是场上人家,已足以厌其所欲,不然,彭家麒的院子,是不免要被检察几次的。

楚子材还不曾讲完,婉姑已哭喊着跑了来道:"妈妈!哥哥打我!"

黄太太便大声的喊:"邦娃子,你才不是个好东西啦!你没有回来,你妹妹想得你哭,你一回来,就打她,你这么寡毒吗?"

振邦笑嘻嘻跑来道:"我那里打她,我在学黑骡子!……"

大家都笑了。

七

傅隆盛到底是带了年岁的人,不比小四。小四虽是带了枪伤,据说经陶老师收水之后,果然就把血止住了;接连几天,敷了些刀伤药,便下了门板铺,行动自如,伤处也结了疤,傅隆盛却因那么一骇,当夜就屙起痢来,一连几天,简直屙得下不了床。会收水的陶老师,却不会止痢。

因此,到十八日上午,赵制台的妙文,他竟自无福寓目。

赵制台的妙文是什么?质言之,倒文不白之告示也。是总文案饶凤藻主的稿，经四少爷斟酌了一下，又经赵制台亲笔改了几个字的。其文曰：

钦命头品顶戴尚书衔都察院都御史会办盐政大臣署理四川总督部堂兼理粮饷管巡抚事武勇巴图鲁赵为　晓谕事：照得此次所拿的首要，并非为争路的事，实因他们借争路的名目，阴图不轨的事。若论争路的事，乃是我们四川的好百姓，迫于一片爱国的愚忱，本督部堂是极赞成的，所以本督部堂下车的时候，即为我们四川百姓代奏，又会同将军各司道代奏，又联络官民一齐代奏，本督部堂至再至三，那一回不是为我们四川百姓争路？争路是极正当的事，并不犯罪，何至拿办？更何至拿办有官职的绅士？若论此次所拿办的事，是因他们这几个人要想做犯上作乱的事，故意借争路的名目，煽惑全省的人。煽惑既多，竟敢抗捐抗粮，明目张胆，反抗朝廷。并分布各州县，设办事处，胆敢收地方粮税，并胁迫我们百姓，不准为我们的皇上纳粮，偏要为他们乱党纳粮，不准为我们的皇上纳税，偏要为他们乱党纳税；且于省外州县解来的地丁钱粮，扣住不准上库，更要造枪造炮，练兵练勇，自作自由；种种悖逆行为，我们百姓皆于报告中共见共闻者，此尤悖逆之显见者也！他们包藏祸心，偏要借着路事，说那好听的话。试问抗粮税，造枪炮，练兵勇，这于铁路什么相干？明是要背叛朝廷，又怕我们百姓不肯，故借争路名目，哄弄大众。说的是一片爱国爱川的热诚，上等社会之人自亦为其所惑，随声附和起来。故此，愚民百姓，更容易哄骗了。他并敢勾结外匪，定期十六日举事，作谋反的举动。果然，十六日四处便来围城了，若不是关城的早，城内进来这些乱人，早就烧杀抢劫起来，不知闹成个什么样子了！尔等乡愚无知，受其愚弄，实堪矜悯！所以前日扑城抗拒官兵的人犯，虽是无知妄作，自犯死罪，本督部堂念其皆是朝廷赤子，受人煽惑，情实可怜，前日所拿数十人，亲讯明白，从宽释放，复与以饮食之资。是则，本督部堂不忍之心，所见端者也。况省中省外的百姓，皆为其胁迫，实不得已，但能各安本分，照常营业，皆是良善子民，岂有株连究办之理？总之，此次所拿首要，非为争路的事，实系悖逆朝廷的事，本督部堂系奉密旨办理的。我们百姓要听明白，切勿误会，不但不株连我们的百姓，并且不妨害我们争路的事。就是误入该会的人，只要能立刻改过自新，也便不追问了。本督部堂爱民如子，疾恶如仇，从前护院的时候，并未有妄杀一个人，想为尔四川百姓所共见，为此再行明白晓谕，凡尔士农工商人等，务须善体此意，不必妄生猜疑，切切特示！

赵尔丰先生这篇文章，实在不晓得是什么人主张他做，主张他祸枣灾梨，张贴通街的。

他若是一直不说话，一直不宣布他所擒拿的首要，到底犯了什么罪，一则大家只管晓得这是为的铁路的事，毕竟因了争执有过火之处，把政府逼到不得已而出此，二则大家也一定会猜到民意太过强烈，民气也太过勃发，就是主持其事的，也弄到转不过身，他之出此，说不定是杀鸡给猴子看，虽然太横暴了一点，太专制了一点，为他的处境设想，除了纵兵杀民一段，毕竟也有可谅之处。

然而他偏偏发表了这一篇文章，就是没甚阅历的楚子材，那天在学堂里，同几个留堂的同学说到这上头，也都在笑他文章没有做好，逐处矛盾，越想说自己的是，越显出自己的不是，越想证实蒲罗诸人的十恶大罪，越显得首要是活天冤枉的，越要取信于民，说得他多么慈祥恺悌，越是使人不敢相信他所说的有半句真话，而发生了一种"猫儿不吃死老鼠，假慈悲，"之感。

一般中学生为他打算的是："他不该说争路对，不该说他赞成此举。他应该说铁路收归国有才是对的，人民聚众争执委实不对，闹到罢市罢课，抗粮抗捐更不对。他还应该申明他先前是不欲过拂民意，所以让大家文明争执，现在大家已有了越轨举动，他自不能姑息养奸，自不能不出而干涉，暂将主事者拘押署内。静候政府的解决。这样一来，文章就顺了。若再把十五日的事，归罪于兵弁之妄动，当真把肇事者正法几个示众，伤死诸人，重重加以抚恤。那吗，事情就更好办了。他如今又在承认争路是对的，又要把主持其事的人抓去治罪，十五那天又惹了那么大一个祸，自己又不肯认输，所以做出文章来，就不能不打胡乱说，不能不落了'无诬不成词'的讼棍的窠臼了。赵屠户也曾当过大任来的，这回何以如此的不行，连一篇自辩的文章都做不通，真就可怪了！"

一般中学堂的中学生都有此见解，所以他的告示一张贴出来，更引起了全城人民的愤恨，都在说："他妈的，诬枉好人！十五那天，把百姓们活活的打死那么多，他杂种，又为啥一字不提呢？你说罗先生他们借名谋反，总要有凭据啦！这几天捉进城的同志会，有几个看见放出衙门走的，不都是黑办了吗？你叫人安分营生，你又为啥子到处杀人，天天开出大兵去打百姓，把四城门关得死紧，油米柴炭都不能进城，把百姓们骇得日夜不安？我们只望皇天有眼睛，保佑各州府县的同志会赶快来，保佑他们打胜仗，把巡防兵通通杀完，打进城来，把这一伙坏东西：赵家一家人、周秃子、王壳子、田徽葵、路广锤，一个一个的碎尸万段，那才舒得了我们这口恶气哩！"

这种怨毒，尤在撕毁告示一层上，表现得极明白，他的告示，是十八日贴出的，全城街道贴得很多。但是经过了一夜，除有巡防兵把守的地方外，许多街道上的告示，全被撕得七零八落；有些虽没有毁，却在字里行间，用梓炭批了许多："放屁！放狗屁！放你妈的狗屁！"

然而这种情形，制台衙门里何尝晓得？——也晓得，一般二堂以外的人全晓得，能够走入二堂以内的人也晓得，却不敢说，住在二堂以内的人则真个不晓得了。——他们尚正欣喜他们这种办法之妙，认为告示一贴出，百姓们便都了然上了蒲罗等的大当。十五那天在大堂下，在二门内,在头门外,在辕门内外,在南打金街,在臬台衙门照壁下,在暑袜街,在文庙街,所死的一般愚民,以及十六以来在东门外,在南门外,所死伤的众多愚民,都一定在阴司里,在病榻上,含血痛骂蒲罗诸逆之害了他们!而生者也一定笑逐颜开的恍然大悟道:"赵制台原来这样的爱我们,生怕我们误入迷途,犯下通天大罪,永世不能翻身,我们真该一体的爱戴他,供他的长生禄位牌,维愿他官升极品,子子孙孙,八抬八座!"他们——自四少爷以下——相信必然如此,所以才很高兴的,又来了两种收买民心的办法:一种是发丰惠仓的米,赈济城内贫民苦人;一种是捐廉八千两,设了个施济局。同时又设了个筹防处,选派了六十几名候补人员,分段上街,劝商民开市。以为这么一做,百姓更会感激到沦肌浃髓。而后再把蒲罗等谋反凭证,制造一些,电奏出去。内中得庆亲王伦贝子等一帮忙,下道谕旨,立刻把首逆诸人明正典刑。于是四川从此太平,谘议局从此撤销,桀骜不驯的绅士们从此低下头去,开出保案,大家升官发财,岂不乐哉!岂不乐哉!

赵尔丰本人是否如此着想,因为消息隔绝,无从得知。而田徵葵路广锺等,的确是这样想的。何以知其然欤?这因为孙雅堂原只向东家告了十天的假,由阳县赶回来给丈母拜生,私下又说是回来看二姨妹黄太太的。一回来,就碰着罢市风潮,愈来愈凶,又不知为了别的什么原故,十天假满,仍不曾走。到十五事变,东路简直不通。十六日,巡防兵打到牛市口,算是通了五里;十七日,打到大面铺,算是通了二十里;十九日,调陆军两营加入猛攻,打到龙泉驿,算是通了五十里。但闻龙泉山上,同志会又聚集了一二万,并且有悍匪数千加入,形势更其严重,官兵能否再打胜仗,已是问题,就令打胜了,像这样一天二十里的,不知何日方能打通到阳县;更不知阳县是个什么情形,东家是否还在那里。大概是难于回去了,那不如就在省城另自图个事情,家也在此地,人也在此地。一打听,筹防局里有一个旧日的东家,正充了一名委员。赶快找了去,恰好机关新设,正在安插私人之际,轻而且易,便弄了个文案到手。就是孙雅堂在他这旧日东家的言谈中，听得来的。

他这旧日东家，不但是路广锤的把兄弟，而且还是干亲家，他的儿子，在两年前就拜继给路广锤了，那时路广锤正走马上任，委署崇庆州时。他与路广锤有如此密切的关系，所以他才敢于摆出一脸的狡猾笑容，向孙雅堂说道："子善现在太得意了，把目前这么大一个烂摊子，还是看作宣统元年警学冲突的小事，总说是不出半月，民匪就可肃清，准可升任巡警道。并说老头子保案已拟好了，问我愿不愿列在专保里头。我倒笑他在做梦，如今的事，已是不同了。民气已张，那能压得下去，消息又很灵通，一手遮天的事，实在不容易啦！如其当真遇着了对头，老头子尚且自顾不暇，那能还顾得僚属，那时，才报应一齐来哩！但是他又正在高兴，做梦都梦着在升官，我同他又太近了，虽然看得清楚，却也不好向他说得。一则阻他的兴，二则要疑心我有了啥子心肠，他的官运又向来就那么亨通的。这是我们两朋友私下说的话，你知道就是了！"

孙雅堂是个极其谨慎的幕客，像这样有关系的谈话，要不因为与黄澜生夫妇关系太不同了，他也绝不会泄漏的。然而竟自泄露了。所幸以后事变日亟，大家的心力，时时被新的变故摄去了，再也没有空闲来理落这些旧话。因此，他那旧日的东家还把他看作旧日的朋友，依然信托着他，有秘密话时依然在向他说。

八

楚子材自从听见黄表叔由局上听来的真实消息，说新津县已被同志军联合驻防的巡防军一营占据了，是七月二十三日，在十六日簇桥大战后刚刚七天的事。他就慌张了，四处去打听，一直到第二天他打听明白了，从学堂回到黄家，一进门就笑着问黄太太："表叔哩，还没回来吗？"

"怕快了，此时已经三点半了！你这样高兴，是不是路上通了，你好回去?"她说话时,脸是那样紧绷绷的,没一点笑意。

他晓得还是昨夜的宿气未消。他也深悔不该说得那样老实,硬说拼命也要回家去看看。新津一变,家里不晓得成了个什么样儿?他在二十虽发了一封信回去,说省城没事,他也平安,叫父亲母亲妹妹不要操心他。但这信未必寄得到,听说邮政已经停班,那吗,家里的人定然在那边焦心他了。如今新津又有了事,他也很焦心,只要路上有人走,他是决计要回去的,死也死在家里的好些。起初,她尚劝他不要如此焦法,她这里又何尝不可算是他的家哩,他父母妹妹爱他焦心他,未必能像她之爱他焦心他。"那两天你没有回来时,我才焦得要死哩!说老实话,我想邦娃子,还没有想你想得很些,现在,明明晓得新津变乱了,你偏偏要跑回去。外州县的城,又是那样小法,一下乱杀起来,那能像省城,随便咋个,都可逃脱。那不是更会把我焦死了?我劝你把思家的念头丢冷点,慢慢打听消息,不要这样的急法!"还那样亲热的捏着他的手。

然而他太老实了,他竟不懂得讲爱情的人,是一切都该牺牲了不顾的,父母兄弟姊妹,一切一切,都该忘记;住在心坎上的,只有所爱的人,这才能叫作迷恋。她不是议论过唐明皇连江山都不要了吗?她要她所爱的男子们都能这样,她才满足。然而他太老实了,不会假意的消灭了他的天性,而竟披心露胆的说,他断乎不能把思家的念头冷下去。他父母妹妹真个很爱他,他也真个很爱他们的。她因此才大怒了,把手一摔道:"那吗,滚回去!立刻就滚!我把你看清楚了,还不是同别的人一样,对我那有一点良心?平日说得多好,一到过经过脉时,就原神毕露了!也好,我也不稀罕你这样一个人!你快回家去,你们爹妈妹妹等着你在,你快回去,死在一堆!唉!我才悖时,又遇了个没良心的!"她脸都青了,一直奔回房去,让他诚惶诚恐的呆在书房里。

他几乎思索了大半夜,实在不懂得她这个人是怎样的心肠。"何以连人家的天性之爱,都不准有?这是那部书上说的?"他又仔细寻思她的这种举动,到底是憎是爱?"是憎哩,她不会想把我独自霸住,连父母都不许我想。爱哩，她应该体贴我是如何的焦心，应该劝我设法回去看看才是对的。唉！她这个人，这样的只知有己，不知有人，既闹翻了，就算了罢！"他于是又想起了李春霆劝他的话：对女人不可太认真，认真了自己要吃亏的。

到次早吃早饭时，她是那样不睬不瞅的，他也只顾同表叔说话，议论新津的事情。黄澜生答应了，下局后到筹防局和陆军科的同寅处去打听，叫他也到他们同乡和股东招待所去走走。并且说："如其路上走得，你倒该回去看看。吴凤梧好久没有信来，王君又在新津，这回事实，该不是他们干的？"他感激表叔的关切，他对于她更加了不了然的地方。偷眼去看她时，她仍是那样坚决的，自信的，冷淡的。

此刻，幸而她还答应了他的问话，比起吃早饭时，就温和多了，虽然宿气未消，脸上是那样紧绷绷的没一点笑容。

如其她一直不理他，或许他真个要"算了"，这样一来，他连忙左右一看，小孩同底下人都不在旁边，遂涎着脸，一连作了三个揖道："不要呕气了！是侄儿的不是，你老人家素来大量，何犯着同一个大娃娃淘气呢？……"

"碰你妈的鬼！那个要看你这些鬼把戏？你默到我是那些小家人户的下贱女人呀！由你鬼混一阵，就没事了？"她还是那样气冲冲的，一扭身就走了进去。这是意外的打击，他真有点不能忍受。虽然农人的卑怯性支配着他，不许他有什么异动，但是男子的自尊心到底要倔强些，正怂恿着他冲进去，拼着同她闹一场，彼此丢开，毕竟留一点脸面。

忽然她又掀开门帘，向他一笑道："站在那里做啥子？不叫菊花打洗脸水洗个脸！你看哟！一头的大汗，太可怜了！"

这种一冷一热，冷得有如置之冰窖，热得又像把他烘在火盆边的待遇，半月以来这是第三次了。每次的结果，老是一样：她恢复了故常，他则噙着眼泪的笑起来。

他然后才细说他所打听来的：巡防兵管带周鸿勋同同志军联合了。

新津县知县同经征局委员,全被他拘禁起来,他称了大统领。侯保斋也被他们请了出来,当了南路总领。"我想外公既出来了,我们家里还有啥子不放心的,即使路上已通,我还是不回去了!"

"为啥不回去呢?我今天在你们走后,仔细想了来,把你生生留在这里,实在是不对。人总要身心如一才好啦!你身子只管在这里,你的心却在新津那方,于你是苦事,于我也没有好处。并且我们的事,也太胡闹了,那能卿卿我我的守得到死?第一,行辈不同;第二,年龄不相当,我比你大这么多,纵然我就当了寡妇,我们还是不能在一起的,顶多四年五年,我也老了,你的父母岂能不跟你娶亲的?所以到了将来,总是一别。既然如此,那我们现在何必尽这样你舍不得我,我舍不得你的缠绵?倒不如早点打主意,大家都冷淡一点,久而久之,便都忘记了。如其你老住在我这里,随时在见面,随时在说话,要说丢冷淡,真是不容易的事!不说你做不到,就我做到了,你也难受。倒不如你借这机会,回新津去。我看这半年也不会开课的,趁着这半年,我不想你,你也不要想我,或者你明年上省时,我们就忘记了。情啦爱啦,从此休提,我仍然是你可尊可敬的表婶,你仍然是我规规矩矩的表侄,还是像六月以前的样子,岂不是好?……"

他的眼睛鼓得有铜铃大,定定把她看着。她并不像在说气话,脸色那样和平,声音那样温柔,言词那样委婉,态度又那样庄重。他心里好像插了一把刀,一直说不出话,只觉嘴角有点掣动,一股很酸的感觉,从心口一直涌上了鼻端。李春霆的话,全抛在东洋大海去了。

她看着他笑了笑道:"真是大娃娃了!连这种有道理的话,都听得要哭了,羞不羞啰?"

他直着喉咙叫道:"既有今日,何必当初,你就这样的绝情呀!……"

"你叫唤啥子?你怕别人听不见吗?……告诉你,我并不是绝情人,我只是替你在打算。你比我年轻得多,将来可以好好娶一门亲的;就要

是把朝命也看轻了，把自己的身份也看低了？那他将来来了，不是这个也可喊他岑春煊？那个也可喊他岑春煊？我们上点年纪的，是他的父老，你们是他的子弟，那简直是一家人了，岂不是笑话？……"

楚子材很不以他的话为然，但自己又不懂得这些，不好驳他。

黄澜生大概与他的意见一样，便摇摇头道："我始终不以你的话为然。《御批通鉴》上，明明载着，汉王入关，与秦父老约法三章；项王率江东子弟八千人渡江。可见这是古人已经用过的，并不算杜撰。至于向着百姓自称名字，也为的这样说起来才觉亲切有味，要在《通鉴》上找，也一定有例的，并不算咋个失格。"

"你还是论的文章，并非官场公事。要是你署过实缺，你就晓得了。不合公事格式的，凭你文章再做得好，再会用古人的话，再会使寻常百姓们堕泪，然而在我们内行看来，总觉可笑。……你不忙同我争，我再指出他一点毛病来你看。子材老表，你既是念过他的告示，总还记得大意，我问你，你从他告示上，看得出他到四川来，到底是啥职衔？是四川总督吗？是查办此次事件的钦差大臣呢？通篇文章，我记得只说了一句很空洞的一奉朝命，到底朝命的是啥子呢？你既然要来管四川的事，到底也该把你的职衔告诉跟众人晓得啦！……"

他顿了一顿，看见黄澜生只顾去啃鸭子骨头，没一句话驳他。他懂得他是占了优胜了，便也拈了一块鸭腿，一面撕着，一面得意的说道："是不是应该如此啰？所以我说，做公事文章就要合公事文章的格，断乎不能乱来。岑宫保的幕府里，不知找的是那些朋友，怎吗头一下就闹了这么大一个笑话？我倒说句真话，他若不多找几个内行办公事，我看他这趟差使，一定要栽斤斗的。澜生，不是我们当朋友的自己吹嘘，吃这碗饭还是不很容易，东家的前程如何，就在我们当朋友的手上，只要公事办得落教，天下少出多少事！……"

黄太太笑道："冬瓜花，南瓜花，人家不夸自己夸。……"

两个孩子哈哈大笑起来道："妈妈背错了，人家说的是丝瓜花，南瓜花，人家不夸自己夸！"

孙雅堂面不改色的笑道："二姑奶奶的嘴真不让人！在你跟前，就是张仪苏秦，也无所施其技了，我何人斯，敢自夸吗？哈哈！"

然后话头一转，便说到了赵尔丰。

黄澜生道："我从徐大令那里听来，赵季鹤这几天的气真大。二十七那天，院门口失火，烧了一间房子。路子善很是高兴，力说是居民通匪，有意放火。把火头姓饶的，送到警局，叫严追党羽。后经徐观察亲自讯明，并非通匪。街邻又递禀请保。说饶姓住此已八九十年，又有家产，何至通匪放火，自干罪戾？如其以通匪办罪，那吗，凡是挨近制台衙门的人家，都只好搬走。徐观察以为是小事，竟自把火头放了，只叫把各街凉棚撤去，不许再卖洋油。办理本没有错，只是没有把此事禀报到院，今天上院，就着了一顿臭训，说是好！你们都会做好人，只有我姓赵的是恶人！我就恶到底，看什么人敢来奈何我！并且立刻下公事，叫各警局区官，以后有事，直禀院上，不必再由道里转。这简直不跟徐观察的面子了，所以他一下来，就请了病假。"

孙雅堂道："我在局里已听见了。赵季帅的话，大概就切指着岑宫保而言。你还不晓得，岑宫保那告示，二十六就寄到了。另外还有一通电文，是打跟全省地方官的。大意说官应爱民，如其真非乱民，不得妄加捕治。其因乱事拘拿在先者，于地方秩序恢复后，应详查情节轻重，轻者量予保释，重者亦只许暂行羁留，候其来川，再行判决。不得擅行杀戮，并不许贪功生事，如不奉行，定予严惩。这通文告简直把赵季帅的权去了大半，所以一直压着，至今未发。只是为啥子又把那篇文章刊贴出来？这又会惹起许多意外的！"

黄澜生道："这一定是知道的已多，压不住了。雅堂，你是长于论事的，你且想想，赵季鹤如今作何举措呢！"

"我想，他既把岑宫保的文章拿了出来，他一定要赶快做几件收买民心的事，或是把攻打温江，新津，灌县，以及东路的兵队，全调回省。说不定还要出一张像样的告示，以舒缓民心，等岑宫保来了再说。"

"他昨天不是已经出了一张，倒填七月二十四日的告示？申说谣传洗剿之非，他向来就是主张抚的，只要释兵弃甲，便为良民。这已经不能取信于人了，还出告示做啥？"

"不然，昨天的告示是他预留地步，特为将来岑宫保调查时而设。我所说的告示，是切切实实为他自己表白心地而设。这不可混而为一。"

黄太太道："请酒好了！别人的事情，把你两个忙得连酒都忘记了。"

十二

无论孙雅堂以办公事人的眼光，如何来批评岑春煊那篇告蜀民文的不落教，不合格，不成其为公事。但它终于发生了绝大影响，使得全城民众，都有了一种久阴乍晴的感觉。并且深深为他那篇丝毫不打官话的文章所动，大家更其相信岑宫保到底是正人！他绝不做那官官相护的坏事的！认定他一到来，百姓的冤抑一定可伸，现在一般只知逢迎赵屠户，无恶不作的狗官们，一定会像他做两广总督时候，广西的官吏们一样：抚藩臬三大宪着他一折子全参了，文自知府以下，武自参将以下，只要犯了事，着参倒是小事，重点便非砍头不可。他是如此刚正不阿的人，赵尔丰这样的横暴，这样的胡闹，岂有不被他纠参了，还要议罪的吗？这一来，真就大快人心了！人人都这样说："岑大人来，我们才算重见天日了！只望他早点儿来才好呀！"

一般有心的绅士们便急急搜集证据：从赵尔丰的文告，一直到路广锤私下假造同志会调兵水牌的木匠，油漆铺。而教育会商会等，便公然开会商量，如何先打个电去欢迎。议来议去，总觉在这时节，实在不好措辞，结果只简简单单，拟了四个字：望公速来！但是电报局仍不答应拍出去，说制台早有公事，凡四川绅民的电报，不管说的什么，一字不准拍出。即商人的电报，也一律扣留。倘有私行漏电，查出，从总办起，一律从严治罪，决不姑宽的。

只为这四个字，还累得教育会会长商会会长，以及几位巨绅，亲身跑到制台衙门，候了许久时光，费了许多唇舌，才得了许允，吩咐电报局打出去。后来才知道，也只打到重庆就算了。

所以民众越是欢欣鼓舞，而制台衙门二堂以内的空气，却越是郁怒忿恨。偏偏温江虽是攻下了，而新津仍然被叛兵与同志军据守着在。天天打电话叫限期攻下，而陆军哩，总诿说兵力单薄，地理险要，累次进攻，累次败退。巡防兵哩，则的确因为人太少了，又因纪律欠佳，民众对之不好，一过双流，连米都买不出来；并且不敢小队出发，每每会被极老实的乡下人好言好语骗将去，枪失了，人也没有了。

田徵葵主张招募新兵，并主张不要土著，土著到底太坏了，有乡土之情，须招募外省人。外省人在四川流落到吃粮当兵的，实在不多，结果招了三营，人名册上果然全是两湖，两广，滇黔，以及北五省的人，如陈荞面只管报的是他的祖籍：湖广省麻城县孝感乡，而依然说不出湖北口腔来。

新兵只募到三营人，而告变的州县却又加多。到处的土匪，都变做了义军，都得了人民的同情与援助，专门与官为难；不是这里戕官吏，就是那里抢税局。岑春煊的文告一张扬，同志军与义军更有了声势了，全认为赵尔丰坍台之即；岑大人要来了，他断不敢再像以前的豪暴，他自己也要顾点考成了！"我们更可以同他闹了，官逼民反，岑大人是晓得的，我们的冤曲，岑大人也是晓得的。同他闹到底，我们总不会吃亏。如其这时候让了他，反而说是我们惧怯他，是他把我们打平了，他就可以居功，报肃清，开保案，等岑大人来时，他把啥子都做好了。我们偏不能让他占上风，偏要闹得他手忙脚乱，日夜不安，一直等到岑大人来了，我们立刻罢休，显见得我们只服的是岑大人。"

同志会以及一般真正怀恨赵尔丰的，都作如是想。而名为义军其实土匪的，则别有打算：趁着这混乱时候，抢劫些官银，人民与国防是一气的，无所用其顾忌；官兵哩，别有牵制的地方，断断打不到自己的头上来。将来岑大人来了，招抚哩，就摇身一变，变为官兵，弟兄们改邪归正，利也有，名也有，规规矩矩做一员好官。如不招抚，各自拖回山林，悄悄把队伍安顿了，仍不失为良民百姓，守着钱财在家享福。以往的行为，是反对赵尔丰，岑大人已说过，不犯罪的。

因为这个原故，可以说，从八月初一以后，地方越是乱了。东门自龙泉驿以上五十里，强强勉勉可以说乱象要少点。南门因为调集重兵攻打新津的原故，从南门一直到花桥子八十里之遥，是可以通行；然而彭山、青神、眉州沿府河直抵嘉定，却是着同志军和罗八千岁等的队伍塞断了，连省城仰赖的柴炭等物，都断绝了。西门百里外的灌县，已经变乱了两次，县官是逐而复来，来而复逐，混乱到此，而竟抽不出官兵开去；近至郫县，虽没有据城之举，但同志会的声势仍很大的，谁有力量去抑制它？北门外，距城只四十里的新都，业已不是四川总督的力量达得到的了。大原因就因为大部的兵力，全放在南路，两员大将，一位是新制的陆军统制朱庆澜，驻扎在黄水河，一位是旧制的全省提督田振邦，驻扎在双流县城。陆军调到了七千人，其余陆军，又要东驻龙泉驿，北驻城外十几里的凤凰山，以卫省城，是简直调不开的。勇敢的巡防兵哩，除交了几营给田振邦带去外，其余的只够保护制台衙门，也一个调不开。而打箭炉的三营兵，飞调的电是打去了，却一直没有回音。兵力如此不够用，再加以兵心的不固，首先就是征来的陆军，识字的，有思想的，能办公事的，太多了，已是大可疑虑；并且据派去的心腹人的密告，说许多陆军的官弁，自从听见岑春煊来川查办的消息，都在窃窃私议："这仗火还有啥子打头？赵大帅眼见得就要滚了，我们再出阵力，得不到一点好处。岑大帅哩，是爱百姓的，已经说是百姓对了；那吗，我们尽力去打，打败了，该的，打胜了，将来着百姓捏一个过错告上去，把脑壳要脱，还是不晓得的！"可见更是不能用了。

川西，——即是以前的蜀地。——可以说，在这时节，全不是四川总督赵尔丰管辖下的地方，而是一般盲动的，无组织的群众，凭着旧时代的思想能力，各自画成一小块，一小块的管辖去了。而四川总督辖下的，只有人口二十几万的一个成都，和城外少许地方。他何以尚能支持呢？因为藩库里尚有五六百万银子，以及盐库里尚有二百多万银子，足以供他部下二万多兵的军饷故也。

究竟因为民气太盛了，又没有一个领袖来统率，土匪更借着名义，遍地横行；税卡局所，早被洗劫，而服官的那怕就是至小的一个局丁，落到他们手里，总是把脑壳砍下了再说。这风声，一传进城，再经城里人民加工添料的一制造，于是"北门外义军已集合了二万多人，已把凤凰山的陆军勾通了；东门外的义军也有二万多人，已开到了龙泉驿的山顶；新津的义军已把官兵打败，快要冲到双流。三路义军一接通，便要进攻省城。省城里早已埋伏了内应，总有千把人，定期八月初八，举火为号，里应外合。义军一进城，先杀祸首赵尔丰，次杀条师周秃子等。除非真正好官，如像将军都统提学司，不但不杀，还要加以保护，仍请他们出来做官，其余的都要杀。不分老幼，妇女哩，就没为妾婢，也一个不赦。一直要等到岑大人来，才把地方交跟他，义军仍然归农。"

这话越说越宽，越说越真，不但连加工制造的人自己已相信事必出此，就是见识比较高，消息比较灵的官场，全相信了。人民相信的反应,是欣喜,是希望;做官人相信的反应,是恐怖,是失意。

因此,有一天,黄澜生老早就下了局,回到家里,蹙着眉头向他太太说道:"风声越不好了!局里总办已三天没有到局,公事全搁了起来。劝业道胡大人尚是接近绅士的,听说已备价向军械局买了几支手枪去作保卫之用。周法司大人因为人民太恨他了,也把老太太和家属全寄到朋友家里去了。不但现任官这样的怕,就一般候补人员,也多把公馆条子撕了。我看,我们也得准备一下罢?"

黄太太毕竟有点胆量,便道:"我们有啥相干?你虽然是一个候补县的前程,既没署过缺,又没得过啥子红差事,在官场中也没出过啥子名,只要不再上局去,还不是和土生土长的绅粮们一样。不过你以后向着人说话,再不要口口声声自称是客籍,是江苏人;口口声声说你们四川,就没有人留意到你了。"

但黄澜生到底很忧虑的,仍旧同太太商量着,到夜深人静之时,率同罗升老张,爬高下低的,将大门门榜上一道黑漆金字的大夫第的匾,和一副也是黑漆金字的"锦城寄寓,江左名家,"的门榜,全取了下来;悄悄的一直抬到放柴炭的房里藏了。那夜才算睡熟了一觉。

次日,风声更紧,孙雅堂也来劝说:"你们是做官的,各大宪衙门的号房簿子上,有你们的履历住址。如其落在义军手里,按籍捉拿,终是讨厌的事。再而你们这条贵街,又只稀稀的几家公馆,独于你的公馆富丽堂皇,只管把匾对下了,到底使人一望而知是官场中人的房子,那时着了误伤,也说不定的。现在藏匿搬家的多得很,一转瞬就是初八,虽说初八攻城是谣言,然而现在是乱世道,宁可信其有,不可信其无。我劝你们暂时搬到丈母家去住几天,她那里,里面房子宽大,外面的门道又不打眼,并且左右邻舍谁不晓得她是本地绅粮?你们又作兴是去回娘家的,暂且把初八躲过,看又如何。我那里是房子太窄,弟兄几人又住在一处,实在不方便,不然,我都要欢迎你们到舍下去的。"

虽然黄太太胆子大些,到底大家都这样耽心,她也不敢过于相信自己。况又是孙大哥说的话,这比黄澜生的话就入耳得多。她遂说:"那吗,我们把贵重东西收拾几个箱子搬去才对呀!"

"这却不好,一则太惹人眼睛,二则使底下人生了心。只是把首饰银钱红契等要紧东西,放在衣包里提去,其余的箱笼,锁好就是了。况且楚子材住在这里的,就托他费心照管照管,不好吗?"

黄太太迟疑着道:"留他在这里,如其当真有人按来了,他不代我们受祸吗?"

"断乎不会。光听他的口腔,就晓得是南路人,或者靠着他,还可少多少麻烦。你们也不一定就有好大的危险,只是怕的义军闯来了,总要受点惊恐,打些麻烦,不如避一避锋头的好。"

"那吗,请你同澜生先把娃娃们领到妈那里去,我等楚子材回来,跟他说清楚了,再带着菊花来。"

十三

楚子材既受了表婶的重托,代她照管全家。并且临别时,说得那样的真挚:"你是我顶相信的人,所以才托跟了你。不过你也不要太认真了,如其当真有人按来,你千记不要同他争执,最好是赶快逃到龙家来。我的东西都不在我心上,要是你有了啥子不幸,我是一定活不起来的!我本来不打算托你,想把你也带回娘家去的,一则怕人家多心说闲话,二则你表叔是这样主张的,我咋好不依他呢?乖儿子,你要听我的话呀!丢你一个人在这里,我实在是不放心的!"

因此,他便实行了古人所言:受人之托,忠人之事,第一天昼夜都不出大门一步。知道没有什么人来,便叫看门老头子简直把大门关了,坐在门房里听着。老张照规矩是买了菜回来,便不出灶房门的;

何嫂除了洗衣服，也只坐在后面围房里做她的活路；一个院子，清静到只有虫声，只有鸟声。

他在第一天，还感觉得很有趣味，这样的清静，各个房间任凭他走来走去；偶尔把书房里的书，翻出来看看，总是经史之类，不甚有劲，倒有一部《聊斋志异》可看，却是已经看过三四遍了，只一看题目，就已熟悉写的是什么事。好在表叔的黄酒白酒是现成的，要一点小菜，躺在敞厅的花皮椅上，对着阴云密布的天色，独酌起来，倒也自由自在。

但是到第二天初七，过了大半天，就感觉到了寂寞。同时寻思：到底不晓得街上是什么光景，别人托看房子，意思只在不要使乱人进来，不要使东西失落罢了，外面的情形，总应该晓得。如其真有什么，也才好打主意呀，明天就是初八了！

他遂来到门口，两头一望，还不是同平常一样？本来做生意的就不多，少城公园早已关闭，由此而进少城的人，更是少了。他心里已是怀疑："如此平靖无事的气象，咋个会说明天就要攻城呢？"刚要回身进去了，忽然看见彭家麒挺胸凸肚的从西头走来。

他高兴极了，老远就招着手喊道："老彭！老彭！几时进城的？"

"噫！你在这里！可就是黄家了？好辉煌呀！"

"进去坐谈一会。现在是我一个人在此，暂时算是主人家了。"

彭家麒已跨进侧门，方问道："黄家的人呢？那个很胆大很有趣的娃儿呢？"

"你没有听见人说，初八攻城吗？人家害怕，全躲开了。"

"哈哈！攻城？谁来攻城？"

"说是各路义军，有四五万人。上前天城门洞，已发现了一张周鸿勋的告示，有几句是：八月初八，义军进城，只拿赵周，不问平民！……"

"你亲眼看见的吗？……伙！好个院子！这房子真不错呀，花木这样的好!"

楚子材一面让他坐,一面递纸烟给他道:"告示就有,我相信也是假的。不过我们没有出城,还是不晓真实景象。只到处都听人在说,周鸿勋已打到双流,田振邦已逃回成都,把城里做官的人骇得东藏西躲的。我正要问问你的消息,你是从城外来的。"

彭家麒嘘着纸烟笑道:"要问我的消息?我的消息,怕是城里人不愿意听的!"

楚子材止住他道:"你怕口渴了,我进去跟你斟杯茶来。"

"很好,我本打算到公园去喝碗茶,偏偏尝了一碗闭门羹。……这院子实在好,我觉得比公园还有趣,就只小一点。"

他把茶壶茶杯全拿了出来道:"老彭,今夜不出城,就在此地歇一夜,床铺是有的,你睡我的床,我睡主人家的床。我叫厨子去弄两样菜,有现成酒吃,黄白都有,随你的便。"

彭家麒笑道:"楚子材竟阔了起来,有高房大屋,有花园,有厨子,还有留宾之榻,好罢,我就搅你一夜。只先交待明白,我不等到打二更就要睡的,明天绝早起来就走,这是我过惯了的,不能再陪你半夜半夜的谈。"

"你放心,绝不苦你的。头回是在你家里,又是悬心吊胆的时候,自然要吵你了。你是昨天进的城吗?学堂里去过不曾?"

"今天吃了早饭才进城的,是家父叫我到正大裕、马裕隆几处去打听一下二哥的消息。自从邮政不通以来,就没有接过重庆的信了。顺便也到学堂去走了一遭。人真少呀!我们那班,现在才八九个人。最痛快的,是土端公简直变成龟儿了!我今天去时,正碰见别班几个富顺、隆昌、泸州一带的学生,因为要回家去,叫他把火食费退出来,好拿去做盘川。他东枝西梧的不肯退,着他们几个大骂一顿,几乎连他的祖宗都跟他叨尽了,他还是笑嘻嘻的。是我来,我真受不得,不说是学生,就是我们长辈,我也要赏他几捶的!"

"这些且不忙说,且说你那城里人不愿意听的消息。"

"这有啥说头?一切都是谣言!新津的情势并不好,我知道得很清楚,只是官兵不肯进攻罢了,要是一进攻,那天就打平息了!"

楚子材笑道:"城里人诚然把新津夸张得太过,把一个侯保斋说得比关公、比张三爷还凶。其实,他是我远房的外公,我是常常同他见面的,那有不晓得他的?人倒义气,但是岁数也大了,又吃了一口鸦片烟,做什么也没有精神。这回不晓得咋个会钻了出来,我想一定是很强勉的。就说王文炳会打条,也不过比我们高明一点儿罢了,未见得就当真赛过了诸葛亮。自然,都说得太过火了,可是照你说来,又几乎是半文不值,你的折扣也未免太打凶了些。"

"哼!你说我打折扣,我是有真凭实证的。……"

老张已用掌盘把酒菜杯筷端了出来,摆在桌上道:"表少爷,街上实在买不出啥子来,只炒了一盘新核桃肉丁,一盘红辣子肉丝,在皇城坝配了一盘烧鹅,一盘白斩鸡;吃饭只是一样黄花攒汤,格外还要啥子?"

彭家麒道:"两个人,四菜一汤,还不够吗?够了,够了!"

把大曲酒斟上,两个人遂开怀畅饮起来。

彭家麒颇颇有点感慨道:"像你令亲一家人,真算享福了!房屋庭园造得这样好,使的底下人又得用,如此的起居穿吃,也才不枉了!像我们乡下,真是枉自有钱,一点福都不会享。我将来有本事时,一定要在城里过这样他妈的几天。"

楚子材笑道:"我也是。在这里住惯了,一回去,总不方便。不过据我审察起来,要住这样的家,也得要像舍亲一样,自己先要懂得,还要讨一个大家人户的姑娘来做老婆才行,不然,叫你我家里的人来,还是弄不好的。"

两个人谈了一会,仍旧谈到新津的事。

彭家麒笑道:"我们场上团丁,那天跟着会长跑的有三十多人。

起初跑到温江，后来听说新津起了事，势力很大，便又跑到新津。中间有个姓邹的，邹老幺，是我家一个佃户的儿子。在上月底，因为想家，开到旧县来接仗时，便乘间开小差，绕了一个大圈回来。这个月的初三，我在田坝里碰见他，仔仔细细的一问，才晓得了新津的真情实事。"

据他转述起邹老幺的话，原来新津城里，只算周鸿勋手下的三百多名兵是顶行的，一色九子快枪，打也真打得准。七月二十五，陆军攻到河边，得亏保子山上一哨人，放了两排枪，把陆军兵士打倒了两个，登时就退了。以后来进攻的兵，都只在旧县放些枪，从没有敢临到河边来了。至于同志军，的确有二千多人，还不是同各地团防一样，使刀叉的顶多，大部份是抬炮。单响毛瑟有三百支的光景，前膛枪有四五百支，其余各种杂枪有百多支，周鸿勋在旧县新兵营里抢了四十来支五子快枪，他认为不好，送给一个同志军的首领，这就是七月二十八，同志军渡河到花桥子前五里，把巡防兵前哨，打死三个人，打伤八个人的利器。但是子弹不很多，大家都爱惜得什么似的，不轻容易打一枪。九子枪的子弹也不多，每一个兵顶多八十来颗，有少到三十几颗的。毛瑟枪的子弹也缺，前膛枪火烟倒足，发火的铜帽壳也没有许多。大体看起来，军火太争差了。周鸿勋同几个同志军的统领都拿着钱派人四路收买洋枪同子弹，不知道结果如何。兵士的意见倒很豪的，因为打了两次小胜仗，把陆军和巡防兵都打退了，所以大家都相信官兵怕死，不敢再来了。城里也还安定，人民照常的做着生意。不过邹老幺绕道回来时，才看见沿途的官兵真不少。打听一下，双流城里简直驻不下了，黄水河也驻有千把人。而且官兵都是快枪，子弹也富足，一箱一箱的只见抬。又听说还有开花大炮，放在双流，尚未运上前去，如再攻打不下，就要用开花大炮了。邹老幺吐着舌头道："我幸而开了小差回来，在新津时，还不觉得好险，如今一回想，官兵多到十来倍，快枪大炮，那么厉害，就如二十九那天，陆军打了一个多时候，子弹在房子上面飞得就像大白雨的雨点，只要碰一下，便没事的。恰巧三十那天，跟着一个姓何的统领渡河，偏偏没遇着一个兵，如其不然，一定打死无疑。"

所以彭家麒的结论，才是"只是官兵不进攻罢了，要是一进攻，那天就打平息了！"

楚子材道："那吗，明天攻城的话，简直是谣言了。"

"何消说呢？新津的真象且是这样的，其他各路义军，更可想而知。"

楚子材复蹙起眉头道："新津情形真如你所说，那不太险了？我家里人，不晓得是咋个的呢？"

"你家里还有些啥子人？"

"娘老子都在，还有一个半成人的妹妹。"

"那你焦啥子？你们是本城人，纵然兵打进城了，也可躲的呀！并且如今的时势，到底文明多了，像古代那样动辄屠城的事，是不会有的。就像七月十五那天的事，在从前说起来，堂堂的一省总督，打死几十个百姓，算得啥子？如今不同了，大家硬要说他的不然，他也不能不多方掩饰，生怕人家议论他妄杀。我再说一件事你听，这是前几天的事罢？双流城里，有七八个巡防兵，因为估吃霸赊，恰恰碰见田振邦出来，人民拦着轿子一喊冤，他竟自拉了两个兵去枪毙；并立刻发出很多张告示，连我们场上都有，申明军令，说是凡骚乱人民者斩！田振邦尚晓得要买民心，所以我敢说新津就攻下了，兵也不会乱来的。"

这话很有理由，才使楚子材重新放下了心。他又同彭家麒研究起来，官兵既比义军强那么多，为啥不一鼓作气，把新津打下呢？他们研究不出理由，只好归之于陆军深明大义，不愿徇赵尔丰的私意来屠杀同胞。

两个人醉饱之后，点上灯来，吸着纸烟，喝着热茶，又论起四川事情,不晓得如何的下台?

彭家麒道:"怕要等岑春煊来了,才会有转机罢?"

自然,这不是彭家麒一个人的话,真可以说是那时一般人的公论。

十四

彭家麒果然一早就走了。

楚子材只洗漱了,不及待早饭吃,便跑到龙家来。大门刚开了,一个仆妇——他认不清楚是王嫂?还是鲁嫂?——正在打扫客厅,他问黄澜生夫妇起来了不曾?

"你是我们二姑老爷家那位客吗?早哩!总要中午才能起来的。他们昨夜打了大半夜的牌,快四更天了,才睡。二姑太太睡得更晚,我们都睡了,还听见她同大姑老爷在老太太房里大说小讲的。"

他本不想问的,偏不能自主的笑着,——他自己觉得是一种苦笑,如其那仆妇聪明,一定看得出的。——问道:"孙大姑老爷也在这里打牌?昨天才来的,是不是?"

"不是,不是,上前天下午同着二姑老爷来,老太太留他,就没有回去过。他们打了两天两晚的牌了。前夜晚打到三更就睡了,只有昨晚,……"

他有点不耐了:"那几个人打呢?"

"两位姑老爷嘛,二姑太太,幺姑小姐,老太太偶尔打两牌。"

"那吗,我不等他们了!"他赶快回转身,朝外面就走。刚到二门,罗升抄着衣服从门房里跨出来道:"啊!是表少爷,我是听见一个人走进去,……"

他也只"唔"了一声,便走出了大门。

他心里是那样的不好过,他恨她,他非常的恨她。"啊!她才是借口躲避,好把我撇开,同她的孙大哥亲亲热热的在一块呀!……还亏她会撒谎,亏她说我是她顶相信的人!自然啰!我比她的孙大哥笨多了,我不会同她商商量量的把别个撇开,免得碍眼睛!……我才真真不值哩!硬就听了她的话,老老实实的看守着房子,一步不敢走。她到快活,无忧无虑的打牌!自然还要喝酒啦,说笑啦,同孙大哥亲热啦!……"

略一警觉,又走到黄家的门口。大门是闭着的,"看门老头子真尽责呀!"

他的手已放在那大铜环上了,忽然一着想:"难道我当真还进去跟她看守房子,静候着她快活够了回来,才离开吗?"

于是他又转了身:"那里去呢?……学堂?没意思,能够谈心的通走了!……少城?好的,那倒可以消遣愁怀!"他又想起了一次朝少城跑的事来:"倒不好意思去了,上次已跑过一回,有啥结果呢?还不是自己又回来了?不但不敢说一句硬话,还不敢吐露一句真话,别人仍旧那样潇潇洒洒的,只把自己气一个饱,真何苦来哩!"

只管这样想,却终于走到少城的大东门门下,抬头看见敌楼上横挂着的,那道"既丽且崇"的绿底金字匾。不由隐隐嗟叹道:"外国人骂我们中国是中了夸大狂的,真不错!这样一个荒凉满目的满城,怎够得上这四个字?如其是指这座楼而言,那更笑人了。那个说过的呢?说这一句是《蜀都赋》上的。啊!《蜀都赋》。……"他又想到《三国》上去了。

一连几乘轿铺里的小轿,从半开的城门口出来。虽然是轿铺里的小轿,并且那样的旧而且敝,但是轿夫却明明白白并非轿铺里那般只会走八大步的轿夫,而是扎起腰劲,两腿好像在开小跑一样的大班。

他又联想到:"这一定是什么官员。难怪彭家麒说,躲到满城的人才多哩!将军是很得民心的。他见人就说,他们旗兵,无论如何,是不许出满城一步。即使义军进了成都,他也绝不变更宗旨。所以人民和义军对他都好。甚至传说他七月十五制台衙门文武大会时,他是首先拒绝签名,还气而派焉的把赵尔丰骂了一顿。因此,赵尔丰才不敢任性了。……或者这话倒是真的,不然,以赵屠户的那种蛮脾气,咋个会刀下留情呢?"

他这一回与上一回不同的,就是这一回联想极富,任便看见什么,听见什么,他的思路就循之而进,再不像上一回老是锲而不舍的想着那一件事。其次,上回是无目的的乱窜,这回虽然仍是无目的,却不乱窜,对直的直向公园走来。快要走拢了,才警觉彭家麒昨天才尝了闭门羹的。于是废然而返,看见八角池中,一泓秋水,倒还有点意思,他遂斜着身子坐在那石板栏杆上,像诗人觅句似的沉思起来。

他首先想及而不解的,就是他何以会这样吃醋?他该不该吃醋?吃了醋有什么好处?从道理上说起来,他自然不该,他自然没有好处。那女人不是明明白白向他说过:她是情长的,她绝不是他一个人所能独霸的?她虽然爱得他多些,知道他的对她,比别一些人实在专一而热烈。因为他犹是独身汉子,还没有第二个女人在身边分他的爱,而别一些人都是有了老婆儿女,甚至还有在外面不安分的。但是她是情长的,只要别一些人不忘记她,依旧爱她,即使那些人的情只有他十分中的一分,即使那些人不能如他一小半的真挚,或者竟是假的,她纵然明明知道,但是她也感激人家,总要如量的加以报答。不过她之爱他,确乎比爱别人要爱得多些。她曾经向他证明过:"我对那些人,你只看我留不留他们的意?同堆吃饭时,我跟他们检过菜没有?亲自跟他们递过烟,递过茶没有?你回头想想看,我是咋个的在留心你!他们那些人,我曾向他们吵过啥子没有?争过啥子没有?老是那样客客气气的。客气就是不亲热,我同你客气过没有?我是分得出厚薄来的!我也晓得我是你上了手的头一个女子,世间的事,开头总要好些,味道也要长些甜些,不怕你将来再怎样变心,有时想到我,总还有使你心跳的时候,所以你就不必说,我也晓得你是咋样的在爱我。我也对得住你呀,你想想看,头一回,要不是我体贴你,将就你一下,你敢胡来吗?后来任凭你咋个要求,我阻过你的兴没有?你不要把我看得太贱,以为我是好淫的,告诉你,这件事我还很讨厌。我要的只是人家的爱,人家说必定要有了这件事,爱才显得出来,我因此才听人家的话做了,其实并非我的本心。我同我的丈夫该是夜夜都是同床共枕的啦?该是应该尽我的妇道,同他缠绵尽致,畅所欲为的啦?可惜你不能问他,如其你能问他,你就晓得我一月里头,同他来过几次。并且从我嫁跟他起,我有时爱他爱极了,抱着他乱亲的时候都有,但说到这件事,那回不是他强勉我来的?别一些人,就是我的头一个,我也敢向你赌咒说,除了亲嘴抚摸,我是肯的,说到这件事,差不多要求到十多回,我才能答应一回哩!你从这上面着想,看是我咋样的在待你。你能得我这样待你,我想你也很可以够了!"她的话实在一点不诳。同几个男子共同争一个女人,各人都在用工夫,用气力,而他所得到的,处处都比别人厚些。自己再仔细推审:所用的工夫,未必比别人多,气力未必比别人大,而且还笨蠢愚拙得多,即以献小殷勤一事而言,别人每次见面,必有一点礼物表意,花露水啦,香粉啦,衣料啦,首饰啦,甚至她欢喜吃的东西啦。而自己终日在一块,仅仅送过一张手巾。这样看来,自己实在值得得多,应该别人吃自己的醋才是对的,为何倒吃起别人的醋来?不吃醋,好处已经如此,已经算尽了量了,再吃醋,难道还有更多的好处吗?未必!未必!然则更不必吃醋了!李春霆不也说过,顽女人第一就不要吃醋,一吃醋就认真,一认真就不好了?

他连忙自己解释:"我并非吃醋啦!"那吗,上一回为啥见了徐独清打牌的样子,而竟自冲?竟自呕了几天?"那时尚不大明白,可以说有点吃醋。"那吗,今天又为啥听见同孙雅堂熬夜打牌,又冲了呢?又呕成了这样子?这就是解答不出的。再问:做丈夫的还同着在一处,他有呕气的资格,尚且那样随和宽容,自己算是什么东西,以何资格,而去呕气?这更答不出了。

他不禁长长叹了一声,举着似乎是空的眼睛,茫茫然四下一看。八角池边那座似亭非亭,似阁非阁的东西,有点倾斜了。"这上面供的是啥子菩萨,在关帝庙旁边?为啥不把它拆了?如其有人从下面过时,轰的一下倒了下来,……"公园围墙之内,一派的树阴。"这下面是荷花池,荷叶一定残了!"一个旗装女人打从那畔因为没有生意可做,而把铺子关了的阶石上走过。"那回不是在那条胡同中,遇着一个旗下姑娘吗?生得丰艳极了,真像一朵盛开的牡丹花。唉!年轻姑娘是可爱些,你只多看她两眼,她已会脸红,不要说别的,先是那种娇羞的样子,就比中年妇人高明多了!……"

想到这里,他脑中灵光一闪,忽然显出了一个幻象:一个年轻的少女,一个中年的她,两个人并立在一处。少女的面目,慈祥得像一尊观音,神情,温柔得像一湾春水,举措是不大好意思的,态度是小鸟依人的;而她哩,处处都摆露出一种十分聪明,十分能干,十分自尊,十分任性,十分胆量,十分爽直,而且还加上一种毫不害羞的样子。再括一句,就是,一个是含苞欲放的花朵,花开出来,是什么颜色,是什么香气,是什么样式,以及颜色的深浅,香气的浓淡,样式的大小奇正,都不知道,也不大猜得透,必须等着,待它慢慢的放开,你一递一递的欣赏下去,直到它的秘密完全展露尽了,你们眼鼻身心,才得休息;而这个时间,至少也有十多年。一个则是熟透了而又被虫蛀通的果子。只要你站在树下,不必动手,也会落到你的口里;咬一口,味道是有的,却是一味的甜而不鲜,并且果皮上还不免有些刺口的东西,虫蛀得又太多了,吃下肚去,不惟不饱,反而把馋欲勾引了起来;想再吃一点哩,没有了,连口里的回味都是很薄的。

他遂笑了笑,继续寻思:"无怪古人的诗:好花看到未开时!美而艳的少女,自然是花王了,人间能有几多?就像那天那条胡同里的,也可称得一朵蔷薇花了,能够得这样一个女子在身边,就吃下子醋,呕下子气,也才值得。至于她,……"他不忍想到残花败柳四个字。"到底没有好多味道!一方面是甜的刺心,一方面还有点苦涩,还有点辛辣,这只合于中年人的口味。中年人是把酸甜苦辣的味道吃多了,舌头已近于麻木,所以要尝这种浓味。我们年轻人,……"

他想到年纪,又想到她那天故意叫他走的一番话。"是的,她也看得明白,晓得相差至十二岁的男女,咋个能经久呢?她说至多五六年,唉!她是徐娘了,好光阴也只得五六年!所以她才尽量的发挥,尽量的顽耍!"

于是他又悟到了,她为什么要那样博爱而情不专?为什么要那样把他笼络住,时常向他说,她对得住他,凡他的要求,她又是那么不吝惜的答应他?并且口头只管说不是为的她,而那种贪不知足,以及那种颠倒风狂的样子,那里是害羞的少女们做得出来的?这就因为她是徐娘了,而自己正是青年!因此,他有了一点悔了:"以前我总以为我值得,我也太把我看低了!以她待我的样子来看,我一定不如自己所想的那样不行,我一定有令妇女见了就爱的地方。我这样的年轻,何犯着去爱一个半老的徐娘?她的青年时好吃的鲜味,和成年时刚熟的滋味,全被别的人吃去了,剩下的残汤剩水,自己还当成不易得的鲜鱼羹在看待,也未免太把我的青春糟蹋了!我又不是叫化子,何犯着端着金碗讨饭吃呢?唉!不犯着,不犯着!"

他似乎真有一点悔悟的样子,因为他的心已平静了好些,不像才走来时波涛似的汹涌了。也觉得有点饿了,虽没有太阳,看不出日影的倾斜,来估量时间,——一则他还没有表,二则他还保存着乡下人的习惯在。——大约黄家是一定吃过早饭了。他遂一直向将军衙门那头走去,他似乎记得有一家新开的饭店。不错,是有这么一家,却是关了门,只街口上还有一家素面铺。也好,花十五个小钱,吃两碗半,也够充饥了。

卖面的是两个汉人,一个是掌柜,一个小孩自然是徒弟了。吃面的除他外,还有一个男子,一听他开口说话,把二字念成尔字,把小南门念成萧南妹儿,立刻就辨出他是驻防的旗人了。旗人是最爱闹派的,纵然只花了六个小钱,吃一碗素面,但一昐咐下去,总是一连串的"带黄!……红重!……味甜!……免酸!……加青!"①又嫌白竹筷子不干净,拉起他自己一片并不干净的底襟,揩了又揩。面刚下锅,又先要了一碗醋汤,端着,同掌柜大讲起新闻来:"我们将军,……"

意思是吹他们将军如何的仁慈。赵尔丰怎样来要求他们将军,拨几营旗兵出城去打同志军,他们将军如何的不答应。如其他们将军点了头,他们旗营一开出去,"哼,小小的新津县城,算得什么?你莫把我们旗营看走了眼,像关老爷那么狠的,无匹其多!不是说同志军今天就要进城吗?你们瞧着,……"

面来了,才把他的嘴塞住了,楚子材也才耳根清静了,来寻思自己的事。

他既把那情网的许多漏洞看了出来,心里又有了一个铁一样的比较表,把他幻想中的少女,和实际的她的优劣,朗朗的列了出来,他遂想到他自处之法,又想到李春霆所说的,还是如她那天故意劝他走——他也明白那是欲擒故纵的妙计——时,说的一刀两断吗;那就得立刻,不等她回来,把被盖卷子以及衣箱书籍等,搬到学堂去,从此不与她见面,免得惹起旧恨,多打麻烦。"唔!这又未免太决裂了!她一定难堪得很,或者竟会气病了,气死了,那不是我作的孽吗?于我也没有多少好处!"是的,只是于他没有好处而已,他在感情上,到底不能一下就撒手的。那吗,还是藕断丝连好了,只是不要认真。

---

① 成都面馆中的市语,刚熟曰带黄,熟油辣子多放曰红重。不必太咸曰味甜,不加醋曰免酸,重用葱花或豌豆尖曰加青。——作者注

"如李春霆所说，权且把她当作一个消遣的，这不是我本心，她既视我为顽物，我又何不可以此待之呢？并#不把她看作情人，一面慢慢物色我心里所想的，如其物色到了，再慢慢把她冷淡下来；又不现痕迹，又受了实惠，又免得时时的找气呕！……哈哈！这是骑马找马的妙用啦！"

他在回到黄家的路上，看见许多人都惊异的在互问："说是今天攻城，咋个又没有影响了呢？"

他则想着自己以前本不善用思的；何以现在竟能这样曲曲折折的想出多少道理？"唉！我感激她，这是她教我的。但我一个有良心的好人，又被她教坏了，这又是可恨的地方！"

十五

一直到下午四点前后，黄澜生夫妇儿女主仆，一共六人，才从龙家回来了。

黄澜生先向楚子材道了劳，方说：昨前天本要回来看一次的，因为孙雅堂闹着打麻将，耽搁了。

他太太旋换衣服，旋叫菊花同何嫂收拾房间，旋向楚子材——他仍同平常一样，故意笑嘻嘻的陪着在书房里坐——笑道："这三天当真把你偏劳了！我们整整打了三天两晚的牌，啥子叫躲难，只算畅快淋漓的痛耍了三天！一年以来，都没有这样耍过了，澜生，是不是？"

"是的，记得还是去年八月二十七，跟幺妹做生；这样耍过几天。那时没有雅堂，却有独清，有刚主弟兄，有大姐，有三妹，麻将是两桌，我还请了两天假。"

她仍向着楚子材说道："今天陶表哥来说攻城是谣言，我就打发罗升来请你的，你却不在家。说是你早晨到妈那里来过，我们还没有起来,你就走了,连早饭都没回来吃。你是不是四处打听消息去了?"

她是这样的坦白,他不禁有点愕然。他回来时,听见看门老头子说罗升来请过他,他就一个人躺在床上揣测:她或者起来后知道他去过,说不定又知道他同那仆妇问答过什么话,所以才来敷衍他,请他也去。"我如今不去,她定然明白我是呕了气了。她做贼人心虚,回来时,不知要说多少掩饰的假话!"却没有料到她毫不掩饰,反而当着丈夫说是耍得畅快淋漓,似乎请了自己之后,才知道是去过的。

还有令人更惊愕的,只有他们两个在一处,可以谈私话时,她公然自动的提着他的手,悄悄告诉他,那天到了娘家,才知道孙雅堂怂恿他们躲避,乃是他用的计。他回来一个多月,总没有机会同她亲热,所以才利用谣言,把她调了去,好同她亲热。她前天就想叫罗升回来请他去的,全着孙雅堂挡住了,"你看他说得可怜不可怜?他说:你们就热到这样一刻不离的!你也可怜我下子,赏我快活两天!一个多月来,慌也把我慌死了,不能同你谈一句知心话。我想,若不答应他,他一定又要触我:月里嫦娥爱少年了。前回在这里吃酒时,就抱怨过我的。"

他张眼看着她道:"我们的事,他晓得了吗?"

她笑道:"咋个不晓得,像他那样粘花惹草的老贼?"

她又告诉他,她实在不能十分的拒绝他,她果然同他亲热了几回。"我真不愿意,讨嫌极了!就那样,我也想着你在。乖儿子,还是你好些,你从没有估迫过我。……呵哈!真闹疲倦了!今夜要好好生生的睡一夜,明天才有精神。"

他决定自处的方策,被她这样坦直的一谈,并看看她那娇慵的体态,懒懒的斜凭在一张洋式卧椅上,眼睛就像一汪水似的灌注在自己脸上,他不由大大认真起来,又把李春霆的话全忘记了。便抱怨她,为什么就那样听孙雅堂的话,不要他去?"我就来了,也妨碍不着你们,顶多吃顿饭就走了。不然,你也该喊罗升回来看我一下。就把我一个人冷清清的丢在屋里,便不管了!只图亲热孙大哥,耍得畅快淋漓的!还亏你临走时说不放心我!……"

她大笑了一阵,站起来先把门外看了看,忙回过身来,两手把他的头捧住,结实的亲了他两下,方倚着窗台子说道:"乖儿子,你完全不晓得我的心,你太把我冤枉了。如其你和你孙姨爹掉一下,我一定喊他来了。为啥子呢?他不像你动辄吃醋:只要看见我和别的人亲亲热热多说两句话,两个牛卵子眼睛就撑起了,一脸的不高兴,真叫人难看。那天,我一回到娘家,就打算起了,顶好是不要你晓得我同你孙姨爹在一块。你一晓得,必然又冲了,——上回你冲走了两天,你不肯明说,难道就把我瞒住了?我还不是装疯?——又不晓得要呕几天。你虽然年轻身体好,且不说病后,经不得几场气,就是好好的人,扎实气几场,总要吃大亏的。吃醋生气,更是伤肝伤心,我是过来人,自然晓得。因此,我才提说打麻将,先把你表叔系住,不使他回来。罗升自然是我吩咐的,不许他回来。我完全是在顾你,生怕你因了我再害病,你却狗咬吕洞宾,有眼认不得好人!"

他感动极了,把上午所想的一切,全然抛到九霄云外。他什么都顾不得了,便扑跪在她的跟前,紧紧抱住她,把一个头就在她两膝上擦来擦去,又咬她的大腿,口里哽住了说不出话来。

她也默默的摸着他那战动的肩头,脸上却得意极了,笼着一种非常喜悦的笑。

半会,她方把他拉了起来,仍叫他坐好道:"表叔上毛厕去了,就要来的,娃娃们老是一溜的就来了,好生坐着说罢。"

"我还要问你,既然你都晓得我知道你同孙雅堂在一块,我要呕气,那你为啥又叫罗升来招呼我去,一回来,又老老实实的说了出来,还说得那么高兴?"

"招呼你去,因为有陶表哥在座,你一定以为他们两个今天约了来的。后来听说你早晨已经到妈那里去过,我赶快喊鲁嫂来问,并晓得你啥都知道了。我猜准了,你一定又气了,又冲了,又不晓得要冲几天才回来。我一面很失悔,先该喊你去,简直跟你说明白了倒好;一面我就留住众人,再打一天牌,老实回来晏点,免得眼巴巴的望你,一个人胡思乱想,多难过的。那晓得一回来,你却在家里,再看你脸色,好像横了啥子心似的,牙巴咬着,生怕漏出了啥子口风,笑得也怪。我心里便决定了,与其等你来挖挖苦苦的盘问,不如开门见山,先就跟你和盘托出,看你又咋个?"

他钦佩莫名的笑道:"好厉害!我真打不过你的手板心了!"

"那倒不是夸口的话,猜一点心眼儿,你倒不行!再说嘛,如其你简直不抱怨我,一直是那样咬着牙巴的怪笑,我已明白,你一定打了啥子不好的主意了,我也就不再向你细讲,不再求你的体谅,硬起心肠,真就一刀两断了罢。"

"你又猜一猜,我到底打的啥主意呢?"

"这有啥难猜,不是安心跟我闹翻,就是存心要作难我。我再告诉你,要跟我闹翻,我并不怕,我乐得清静,我和人打相好时,早就想到不好的结局了。要作难我,那可不行!我自幼同人讲爱情起,就不受气的,只有男子受我的气,比你高明的人不少,我还要把他们按下去,规规矩矩听我的摆布,那能活到三十几岁,倒受起你的作难来?反而是你抱怨起来,那一股醋劲,我真高兴了,哈哈!你的醋劲也真大呀!"

"你又不愿意我吃醋,数说过我多少次。咋个今天又高兴我的醋劲了?"

"这一点,连我都说不清楚是咋个的。你吃醋吃很了,我也不喜欢,觉得你太把我霸住了。我这个人,极喜欢自由自在,洒洒脱脱的,只要有一点拘束,我都不安逸。你表叔虽是我的丈夫,如其像别一般丈夫,动辄就把家主派头拿出来,这也要管住我,那也要管住我,或者动辄吃醋,生怕我就爱了别人,那我也同他会闹翻的。别的女人怕大归,我却不怕。可是你表叔并不如此,所以我一直喜欢他。就像前两天一样,叫他在幺孃房里去坐一会儿,他老老实实的就把娃娃们带走了,再不来管我们的事,所以我把他看成一个知心识意的好人。对你动辄吃醋,我就有点生气,觉得你比我的亲丈夫还厉害了。但是你简直不吃醋,就像孙大哥他们一样,还打着团场锣鼓,做出让德可风的样子,我也不喜欢,会疑心你并不真心爱我,或者把我当作一种高兴时拉过来耍耍,不高兴时连忙推开的婊子了。不然,也会疑你有意冷淡我,说不定又有了别的佳遇了。这也独于对你才这样,像对孙大哥他们又不啦,历来就不准他们吃醋,一吃醋我就要生气。这或者因为他们都不是单身汉子,我又不是他们头一个爱上的,大家不必认真,快快活活的倒还好些,一认真,我就不平了。我为啥该着他们霸住?他们家的女人就不准其像我?那不是把我和女人们都看得太贱了?这样看起来,我的确是又不愿你吃醋,又愿你吃醋,真个连我都不晓得要咋个才好!"

楚子材也笑了起来道:"你这叫做叫化子耍鹌鹑,捏紧了怕死,捏松了怕飞。你不晓得要咋个才好,我还不是一样?隔不几天,……"

她连忙把手指向他撮了两撮。

他住了口,站起来从玻璃窗心上往外一看,黄澜生两手拿着一张信似的东西,正从侧门转进来,一面走,一面低着头在看,笑嘻嘻的,好像很有滋味似的。

他不由冲口而出的叹道:"表叔是有福气的人,我羡慕他!"

她向他笑了笑。

"就是孙姨爹他们我也羡慕!"他心里不但没有把那鲜味滋味,以及残汤剩水的感慨丢开,而且经她这一场密谈,他的感慨更深。恨自己为什么不早生二十年,又恨她为什么不晚生十五年,偏偏彼此都生在年龄的分水岭上。

她没有把他第二句话的意思猜出,犹以为他在吃醋,便伸过手去把他的手重重的捏了一下。

黄澜生站在堂屋内外檐阶上唤道:"子材,来看看这十几首竹枝词,倒还有味。你们四川人搞这些东西,倒还……"

他太太也走了出来道:"这才是老马不死旧性在啦!又是你们四川来了!"

"得亏夫人教训,下官以后再不敢了。"打着唱戏腔调,把大家都惹笑了。

楚子材将那用信纸抄的竹枝词接了过来道:"是那个做的?"

"说是无名氏。送来的是局上朋友的跟班,他自不晓得。"

黄太太道:"念来听听,看我懂得不?"

楚子材便打起念诗的调子念道:"川路始终归会办,须知恶果有原因;铜元旧帐翻新案,惨杀股东会里人。——下面还有注子哩。川督前借铁路股本铸铜元,许利归公司,后乃攫入边藏,股东争之。"

黄澜生问他太太道:"懂不懂得?意思是说赵季鹤因为与铁路公司互争铜元余利,先就结下生死冤家,这一次捉人,是报宿怨。"

楚子材道:"这件事,连我都不晓得。"

"你自然不晓得,这是光绪三十三年的事。借股本四百万铸铜元,是赵尔巽赵次珊做总督时办的,那时,赵季鹤正做边务大臣,两弟兄的确有点勾结。不过股东们闹得并不厉害,这首竹枝词说得过火一点,赵季鹤何尝专为这件事,和铁路公司的人为难呢?"

楚子材又念:"天外飞来一纸书,股东同志两模糊;潜谋何事须商榷,想是荆轲《督亢图》?——注子是:商榷书乃商榷自保之事,不知何人所作。尚有捏诬炸弹旗帜,并造匕首百余柄,刻同志会三字,欲得保案。奉上谕,令将商榷书烧毁,乃一切无用,全活多矣。……哈!这却奇怪,商榷书明明是阎一士做的,他并且自首了,关在成都县教官衙门里的,咋个说是不知何人所作呢?"

"也只有少数的人晓得这件事。赵季鹤原本就要借题发挥的,他肯使人晓得这是与股东会同志会两无相干的一个学生做的?所以也才能和路子善那东西所捏造的种种,还有盟书啦,水牌啦,拉住一块称为确证。"

黄太太道:"不说了,你念罢!"

"擒拿首要正中元,兵队分街昼闭门;城外城中消息断,一时噩耗遍乡村。　百姓哀求拜跑忙,肆行焚杀见弹章;匪徒凶器君知否?先帝灵牌一炷香!"

黄太太笑道:"这两首我就全懂了,做得好,硬是那样的。"

楚子材道:"还有注子哩,……奏称十五日有匪徒数千,持械凶扑督署,肆行焚杀云云。……这奏摺,好像没有看见过?"

"这样的奏摺,自然不会抄发的。但七月二十的上谕,却说得有:据赵尔丰奏称,如何如何。我们局上有朋友在制台衙房收发处抄来,我亲眼看见过。"

"第四首是:炮声一响院门开,枉死游魂剧可哀!试问大清行外鬼,可曾凶扑督辕来?——注子是:有秦街正被官军枪毙大清银行门首。第五首了:不送神牌万寿宫,当场刀劈等屠龙;防军只解尊川督,先帝何曾在眼中!第六首:也坐愁城说解围,大兵四集是耶非?一般人是何心理,怕听官军得胜归!……"

因为楚子材越念越大声,两个孩子便飞跑出来,一路叫道:"楚表哥在唱啥子?"

他们的妈妈连忙吆喝住道:"楚表哥在念诗,莫烦!好生听!"

"听说尸亲要领尸,强书匪字泪双垂;银元四十将何用,刑赏难分事太奇。——十五日枪毙之尸,领取认为匪者,给银四十元,不认者惩办。　毕竟先生在做文,连篇告示幻风云:倒填日月真堪笑,解说徒劳议论纷。　组织犹嫌罪未真,又将统领蔑乡绅;就中有个遁逃者,首是滇南王采臣。——大帅称乱者举十大统领,中有王护院。又护院濒行,怕民送,滋事,夜逃之。"

黄澜生道:"这就是路子善那东西搞的盟书上的把戏了,列头一名的,就是王护院。闹了个大笑话,所以没有奏出去。"

婉姑掉头问她哥哥:"他念些啥子,我咋不懂呢?"

"诗,我还不大懂哩!"

"那我们还是在后头拌姑姑筵儿去,不听他们。"于是两个孩子又跑了。

楚子材继续念着下面几首:"自从冤狱成三字,城上风云接地阴;怨气不消天地转,晴光落日盼西林。……西林,是那个?"

"西林就是岑宫保。的确,自从七月十五日以来,二十几天了,老是这样阴黯黯的。只晴过半天。所以我常说天象与人事是有关的,如今看来,五月间的彗星,不是应了主刀兵吗?彗星那么凶法,恐怕这世道难得清平了。"

他太太也道:"倒是的,成天耳朵里听的都是这些乱糟糟的事,也焦人!像以前太平时候,过起来,觉得日子都要长些,太阳也要多些。"

楚子材念到第十二首了:"平地风潮路债生,合同失败万心惊;川民爱国无他意,为怕瓜分抵死争。 关外遥闻帅节来,秃儿巧计早安排;远迎献策清溪县,要把川人尽活埋!——当时,周枭解道,直迎至雅州府清溪县。"

黄澜生笑道:"周大人同四川人民结下的仇怨真深啦!一直到现在,还说他迎到清溪县去献计,陷害股东会同志会;十五以后,更成了舆论,随便他咋个辩白,总没有人信他,并且连十五的事,都栽在他头上,说是他主的谋。所以那天城门洞的假告示,也说只拿赵周。我看周法司真危险,至少也要把官弄除脱的。"

他太太道:"还有几首呀,子材?"

"只有一首了。"

"快念！我听完了，还有事情要做哩。"

"愁看蜀地夜漫漫，剥削横施又毒残；都统将军学巡外，满城却是赵家官！……念完了，表婶。"

黄澜生向着正待走进去的太太说道："今天丈母那里的饭太早了点，幺小姐没下厨房，菜也差一些，太太跟我们吩咐几样啥子好菜，让我们好好的消个夜来补虚。一则，这几天确乎把子材劳了神，我们也该杯酒相劳呀！"

十六

虽然好多天没有伤兵抬进城来，傅隆盛总是有恒的，在吃过午饭，下午四点后，风雨不改，必要一手执竹杖，一手拿叶子烟竿，步行到南门瓮城边的茶铺中来。原来的目的，只在看抬伤兵；只要看见有一个伤兵被轿子抬回来，他连脚指丫里都感到了一种快意，他觉得赵尔丰悖时的日子又近了一袋叶子烟的时候了。他向着人述说起来，也总不由的要将他诚实无欺的美德破坏，硬说他亲眼看见抬进城的伤兵是十几个；他自己也知道这种谎话不对，是骗人的，但他必要这样不合事实的说了，方觉心里要舒服些。

其后，则成了习惯。因为和一般看抬伤兵的同志，聚到一桌，你制造些不可靠的话来骗我，我也如法制造些来骗你。大家在制造之初，自己自然是不相信的，但是说过几遍之后，自己的耳朵听顺了，再经别人听见，一转述过来，自己硬不肯信就是自己捏造的。也必如此，而后这碗茶才能喝得起劲，连连喊着拿开水来！而这苦闷阴沉，忧郁凄清的光阴，也才度得过去。

所以同志们到一定的时候，便不约而同的聚合了。都是直率的，同等的掌柜们，凡是在上等人中必不可少的，见面时虚伪的周旋，这里可以不有；所剩下的，只是堂倌泡茶来时，全般的手都要伸出，争着给茶钱，而口里也必争吵："我这里拿！"必等堂倌出诸不意，收了任何一个人的钱，而高喊："茶钱收了，多谢啦！"于是所有的手，才徐徐收回去的这一个举动。而接着来的，便是："某掌柜，——亲昵一点的喊某哥子。——今天有啥消息？"

因此，"你们没听见枪声吗？昨夜北门外，在打三更的时候，噼里啪啦一阵枪打了起来，比腊月三十晚上放火爆还密，一直打到洒粉粉亮①，才停止了。今早听守城的警察兵说，他从电话上听见凤凰山营盘的报告，说是昨夜哨兵出巡，忽然看见许多黑影子，向着营盘奔来；他们高声喊问，没有回答，哨兵们疑是土匪来劫营，便放了一排枪；黑影子仍然向前在奔，并不后退，他们又放枪，因此就惊了营了，全提枪出来，向着黑影子打。但是越打，黑影子越多，到洒粉粉亮时，才忽然没见了，依然是光光森森的一块大田坝，连一根树都没有的。你们说怪不怪呢？"

也必有人为之证实："是啦，昨夜我隔壁一家公馆里的狗，就这样叫了一夜，我倒睡着了没听见枪声，狗叫必是有因的。"

接着大家便推论这黑影子，到底是啥？于是有二说焉：一说是阴兵，"现在刀兵年间，就这二十来天，晓得死了多少人？杀人一千，自损八百，官兵伤的这们多，死的也这们多，同志军和义军总也死伤得差不多的，倘若仔细算起来，总上万数了！死了万数的人，没有阴魂吗？又都是战阵上凶死的，阴魂不散，自然就结成阴兵了。营盘是驻兵的，阴兵要去归队，所以才向营盘扑去了。"一说必然是义军劫营，统兵官不好说实在话，怕上司责备，说他太不中用，连营盘外都有匪了，为顾全面子和考成起见，所以才诳报是黑影子惊了营。二说都被众人采纳了，并不认为这个对那个就不对。

---

① 曙色才分时谓之洒粉粉亮。——作者注

还有专门报岑宫保的消息的，总说是从制台衙门听来，似乎千真万确。"岑宫保一到湖北，摄政王就封他为四川总督。说是四川的事，全付托给卿了，那狗蛋的赵尔丰，把朕的锦绣河山弄成这般模样，卿去，先砍他的狗头。所以才赐了岑宫保一把尚方宝剑，准他先斩后奏。他又把湖广省的新兵调了两镇，晓得赵尔丰是害怕新兵的，如其他要带起巡防兵造反，就拿新兵打他。现在岑宫保已到夔府了，只可恨上水船拉得太慢，不然，岑宫保早已到了，赵尔丰的狗头也早砍下来了！"

就有人问中兴场岑宫保的祖坟，着赵尔丰挖了，他又怎么样呢？这说的是乱事初起，巡防兵有驻扎在中兴场东汉名将岑彭的祠堂里，稍稍把门扇窗梱，拆来当了柴烧；这在带兵的人和巡防兵本身看来，真不值一件放到口里说的事，而外间就惊传是赵尔丰得了岑春煊钦派来川消息后，一时气忿以极，特命巡防兵去把岑春煊前在总督任上，认为是他岑氏祖宗的岑彭坟墓，以及岑春煊特建的祠堂，挖掘打毁来遏折他姓岑的风水。

答复则是赵尔丰自然着了慌，早派人拿钱去修好了。众人也甚欢喜，感得赵尔丰毕竟低了头了！

傅隆盛是长报新津消息的，他也略有依据，并非纯出捏造。这因为陈荞面吃粮投军之后，新兵三营便全拨交陆军，带在花桥子花园场一带，且练且战。他的老表赵金山，因为学堂事情清闲，一半也因好奇，曾随着送军粮的队伍，跑到花桥子去看过他一次。回来时，特为代陈占魁——名册上填的是这个兵营里惯用的，雄武勇胜的象征名字。——来还五百钱的旧欠，同傅掌柜畅谈过两顿饭之久。于是傅隆盛便把赵金山转述他老表的参战经历，和赵金山本人在沿途的耳之所闻，目之所观，以及南路客人来买伞时，他零零碎碎所问来的，综合起来，再加人自己的想象，于是南路战争实况，他差不多是明如指掌，每一谈到新津消息，再没有人比他熟，大家只好提起耳朵，静听他一个人发挥。他因此就成了一个专家，和那专报岑宫保消息，专报制台衙门消息的几人，分据了这茶铺的广播新闻的重要位置。

他也和其他的专家一样，每天来到，总要报告一件，那怕就是很短，短到如"听说昨天又放了三开花大炮，全落在老君山的黄泥巴里，没有爆发，"也足安慰人心。总不能老老实实说，今天没有消息，敝厂机器出了毛病，实在赶造不及。那不但有损专家盛名，使自己不高兴，而听众也要感到一种深切的不快。因此，他的新闻，也如极会使钱的经济大家一样，绝不把收入的全额，一撒手就用干净，他会今天说一段，明天说一段，天天都有，而不感到匮竭。

不过打仗的事情，老是没有好多变化，不是胜，就是败。加以现在战争，据陈占魁所述的经历，又不过在营盘时，教一些站拢来，散开去，举枪，放；开出去时，跟着一班老兵，先是拐着枪走，走到差不多时，一声号令，就横起散了开来，各人找一个土堆堆，爬在地上。前头连人影都看不见，只要听见老兵说，放！就放，放了贯子，又放。这一下，就只听见噼里啪啦，一片枪响，也不晓得先是这边的枪吗？还有"敌人"——这是军队里的名词，公然传到傅掌柜的口头来了。——的枪呢？打够了，手也软了，号声吹着"达！滴达！"老兵说上刺刀，这是冲锋号，"记着！冲到敌人跟前，就拿刺刀戳过去，要向着胸膛，向着肚子戳！"大家捏着一把汗，生怕遇见敌人，可是也得冲过去；冲上半里路的光景，幸好没有看见敌人，老兵说敌人退了，大家也就喘吁吁的住了脚。号声又吹起来，说是集合号，这下，照营盘里操练时的样子，好容易寻着自己的位子，——把上下手的人认清了，就容易找得到。——报数；似乎没有丢一个人，也没有人"挂彩，"——也是军队里的名词，意谓受伤，也居然传到傅掌柜的口里。——然后又拐着枪，走回来。据说打了三回，都如此。只一次，打到河边，一片很溜的河水，没一条船。新津县城隐隐约约的在河那面，太远，看不见人。这边放了一阵枪，那边也还了几下，子弹打在水里,老兵说是毛瑟,打不过河的。现在打仗的实情,就是这样,那吗;太简单了!那里有评书场上说《三国》上的战争,你摆一个啥子阵势,我又摆一个啥子阵势,你如何一刀砍来,我又如何一枪刺去的那么热闹。就因为太简单之故,傅隆盛的制造,有时真感觉困难,他就只好谈些与战事有关的逸闻来济穷了。

自然,在傅隆盛的口里,官兵是准败不准胜的。官兵之中,又分得民心的陆军,和不得民心的巡防兵。陆军打败了,或许死不到许多人,伤的也少,而巡防兵则总是无战不败,无败不死伤狼藉。既然伤的如此其多,然何好多日子,又没有伤兵抬回来呢?这是一个绝大漏洞,甚惜傅隆盛当时还不知道有野战医院后方医院这些组织,所以才累得他千思万想,想出了一个圆诳之法:"田徵葵王棪他们多狡猾呀!生怕伤兵抬回来的多了,越使城里人晓得他们在打败仗,越是高兴,所以他们才吩咐下来,凡是伤兵,在白天只准抬到红牌楼武侯祠,要等夜深人静了,才悄悄抬进城来。"

令人最不解,而同时也使傅隆盛深感困难的,便是新津的同志军和义军,既然老是在打胜仗,比官军强得不可言喻,何以不赶快打过双流,来进攻省城,也好令城内人民箪食壶浆,一睹盛容呢?

这傅隆盛只好如此说:"他们果真要攻打省城,就不说有内应,便是百姓们也会打开城门迎他们进来,赵屠户如何经得他们的打?不过他们把赵屠户杀了,他到底是朝廷的命官,他犯了法,朝廷可以办他,我们百姓总不好动手。我们动了手,就算是戕害官吏,当真是造反了,这点道理,他们也是明白的。还有罗先生他们,尚被他押在衙门里,你一进攻,他有本事先把罗先生他们杀了,横顺都是死,说不定还要喊他的巡防兵当真开红山,把城里的百姓,不分老幼男女,杀一个干净,房子烧成平地。我们赤手空拳的,拿啥子去抵敌他?同志军和义军本是为的救罗先生他们,闹到城里百姓都着杀了,他们又为何而来呢?所以他们打的主意,只是不要赵尔丰打胜,就这样相持着,等岑宫保来了,自然会理出个是非来的。"

也是一番道理,并且与报岑宫保消息的专家,取了联络,即是你们要目睹新津队伍的盛容吗?且听他说岑宫保究竟走到那里了。如其他的岑宫保早来一天,那吗,我的新津队伍也就早一天到省了。

他们只管这样"相濡以沫"的相慰以谣言,但他们何尝晓得实际上,岑春煊走到武昌,便走不动了,而带队入川的,乃是同盛宣怀一鼻孔出气的端方?

岑春煊之不能来,赵尔丰自然晓得,他更要趁这时节,以全力把川西一带的民匪打平。一方面好早报肃清,使岑春煊简直不能够来,一方面也才把自己的威名恢复得转。因此,他竟出乎一般人的意料之外,从电话上向前敌两员大将下了一道严厉命令,限三日把新津打下。这因新津的牵制委实太大了,不把它打下,不足以寒其他民匪之胆,也难于将兵力抽出来剿抚其余的地方。

他因为有了这个严令,统兵的人员倒不能不勒逼部下,实力奉行。因此,旧县与河边的枪声,确实厉害起来。然而一水之隔,又无舟楫,终不能飞渡的,这又给了军士们一个顶好的口实。报告回来,只把赵尔丰急得乱跳,到底四少爷还略为镇静些,便忙把一般谋士召集拢来,共同商量出了一个抬船之策。先委得力人员在东门外大码头,选购了二十只小半头船,二十只大半头船,小的可容十人,大的可容三五十人,把篾篷等一概拆去,饬成、华两县克日雇定夫子,硬从东门外河里一直抬到新津河里。抬小船的,每只十名,大船每只五十名,限两天抬拢。

抬船消息,自然立刻就布满了全城,人民全惊惶了。楚子材听见,更其不安,他是新津的土生儿,那里会不晓得新津的山川形势的?虽然只管由南门瓮城边的茶铺里传出了种种的确可靠的消息:抬船的夫子,只管有一吊钱一天的工钱,但是都不愿意官兵渡河,大小四十只船,还没有抬到双流,就一齐丢下走了。双流一带的百姓,更是痛恨赵尔丰的,那个肯为一吊钱去帮他?那船是永不会走到新津河里去的了。同时则报告岑宫保已经过了万县,说不定是由万县起早,兼程而进,那吗,十一天就可以到了。同时又传说北门外与东门外的义军业已集合,总不等船只抬到新津,便要来攻城的。

赵尔丰的威势,与百姓们的谣言,成了一种正比例的水涨船高之势。然而终于解不了楚子材的忧虑。

十七

辛亥年的中秋节,真令成都人过得太不起劲!第一,是距七月半中元那天的大事变,刚是一月之期,即使没有连月的刀兵纷扰着,在人的感情上,到底难于忘记;第二,就是谣言太重了,初八攻城之说刚过,十二攻城之说又起,十二没有验,便移到十五,说中秋节才是顶好的日子。

本来这也无怪,照一般从小说从评书场上的定律说来,两方交兵,有一方是每每利用佳节,如元旦,如元宵,趁着别一方大排筵宴,大肆欢乐之时,偷偷攻城劫寨,把别一方杀得个措手不及,人仰马翻。中秋也是佳节之一,说是十五攻城,岂非是大可靠的事?

一般百姓是巴不得攻城,没有心肠来过节。不过形式总还存在,香蜡纸帛,月饼麻饼,依然是要买在家里,预备着到断黑时,不管有月亮没月亮,也一定要当天陈设出来,当天磕上几个头的。

一般有官职而与此次事变多少又有一点关系的,不必说是无节可过。而尤其恐慌万状的,怕要以制台衙门为首屈一指了。

制台衙门本有巡防兵二千多人,再加以卫队一营,防范的兵力,也可谓足矣。况且大堂之上,又有当时最厉害的武器机关枪数尊,过山炮数尊,任何人想来,总是可以放心大胆过中秋节的了。不料谣言一传到二堂以内,首先就把胆大的四少爷骇慌了,他估量一下,若果民匪真有二三万人扑进城来,就这点兵力,怕未必有济,恰恰又出了两件事,更把衙门内的人心扰乱得不堪。

第一件,是九少爷因为准备万一亲身作战起见,手枪不能不练习的。往日练习打靶了几次,都平安无事,虽然子弹老不上靶。不晓得今早是什么道理,一颗自来得手枪的子弹,会离开枪膛,而把左膀打伤了,一时讹言大起,说是有了刺客,好容易经九少爷的跟班把真象说明,讹言才息了,军医官也奉召而来了,第二件事情恰又发生。

第二件,是候补知府四城总巡查路广锺格外讨好,亲自送了两名道人上院。据他禀称,是他绝早躬自在东校场侧捕获的,供认为逆党中的皇帝军师,改装道人,来省察看动静,以便当夜逆匪攻城,由内指挥。两名道人已经拷打得半死,赵尔丰派田徵葵严鞫,于是再一顿吊半边猪,鸭儿泩水,夹棍,杠子,皇帝军师来不及口供,便遗下两具烂皮囊,而两道幽魂——要是有的话。——仍然飞返玉皇观去了。根据路广锺的禀报,逆匪攻城,并且就在今夜,那是确定了的,有尸为证。

因此,赵尔丰连忙下了个手谕,说是军务倥偬,中秋免贺,不要文武官员前来,以免奸宄混入衙内。一面把九少爷安顿在一个顶平安的地方,纵有什么事变发生,也不至于伤害。家眷人等有四少爷带着百十名从卫队挑出来的湖南壮汉在上房保护,那壮汉们每人都有两支长枪,一支手枪,还有一把从西藏得来锋利无匹的蛮刀。看那雄赳赳的样子,再加以全身武器,真可以一人敌百,四少爷才稍为心安了一点。而大人则在签押房中,房门口是保镖的草上飞马保,自然也是全身披挂,而房子四周,只除了屋顶上,全是亲信的卫队和戈什哈。其余,凡是人走的地方,都安着重兵。

又怕蒲罗等人里应外合,变生肘腋,因也把来喜轩的看守军队,加了一倍,也和签押房与上房一样,受了同等的优待。

并且，还放出许多探子，四城打探。又饬路广锤率队到四城加紧巡查。一面还打电话问南路的消息，问北东两路的消息，虽然都报说毫无异状，但是照规矩，总得把这一夜熬过，才能算得无事。

所以就全城说起来，百姓们以及一些稍为大胆的，**都算清清静静**过了一个中秋佳节，虽然不及往年起劲，虽然仍是阴云黯淡，毫无应该露面的清朗的明月。只有威镇全川的总督衙门里，是那样心惊胆战，捏着武器，睁着眼睛，过了一个通宵，连应时的糕饼，也无暇进口。

黄澜生家本可以逍逍遥遥，过一个佳节的。他两夫妇已是经过谣言的震撼，胆业经大了许多；大门口又撤去了做官的标识，孙雅堂又没有来耸动；并仗恃西御街只是走往满城去的要道，义军就进了城，其志只在攻打制台衙门，两兵交绥，那只有附近南院的各街会受波及，也断不会闹到西御街来。义军对于将军又无丝毫恶感，还传说过要请将军出来主持一切的。那吗，只须把大门一关，岂不就太平无事了？大人心里一宽舒，小孩子更其高兴了。月亮对于小孩，似乎比太阳的感情好，所以在小孩的反映心理上，也特别欢喜月亮一些。在小孩讲演的故事中，太阳是没有好多故事，而月亮则特别多。年年太阳生日，在烈日之下，叫小孩来磕头，总不甚有趣。月亮被天狗吃到口里，打着锣鼓钟磬，甚至鼓着铜面盆来救它的，以小孩最有劲，看见天狗被闹不过，把月亮重新吐出来时，小孩们是何等的欢笑。所以八月十五月亮生日，那比他们自己过起生日来，还兴高采烈，况乎给月亮拜了生，还有月饼麻饼，核桃石榴等好吃的东西，可以坐在灯烛辉煌的院坝里，一面讲月亮为啥要躲生，——要是月亮不出来的话。——一面尽量的吃。往年全如此，今年胡为不同？所以振邦婉姑在吃了午饭后，就在阶沿上跑来跑去的抱怨天为什么不就黑下来？一面催着大人摆月饼，抬方桌到院坝里去。

就因为楚子材成天的抑郁寡欢，便把众人的兴致阻了不少，敬月亮时,都是笑得很强勉的。

到夜宴时,——硬是夜宴,而非平常的消夜,有冷碟子,有热菜,酒后还有面。因为成都大多数的风俗,端午是早晨的节,中秋是晚间的节。但是也有把夜里这一顿酒菜移到午饭时吃的。——黄澜生看着楚子材,忽然背了一句《唐诗》道:"每逢佳节倍思亲!……子材这样儿,倒真应了景了。其实哩,也用不着这样焦虑,为啥呢?因为凡事都是安排定了的。许多书上不是都说过,大凡刀兵之年,那些在劫数中的该死,那些不在劫数中就不该死,事前都要造具册子,有时阴司中的官吏忙不过来,还有请阳世官吏去帮忙的。只要在劫,任凭你如何逃,如何躲,全是枉事;不在劫的,有把脑壳砍下半边,还会活起来。所以圣人也说死生有命!把这点看清楚了,真用不着焦虑。如其你的令尊等不在劫中,你何必自苦?假若名在劫中,你就焦死了,也无济于事。据我想,你们楚府历世以耕读传家,并未种有恶因,也断不会发生恶果的。子材,处此刀兵乱世,只有信命信数好了!即如今年的变乱,说也奇怪,不讲明,大家真没有想到。这是今天我去跟总办贺节时,逢着一位由广东请来的名阴阳,并且又深通数术的,他说:你们四川,……太太,这是那阴阳先生的口吻,你不要又怪我呀!"

他太太笑道:"你的记性倒还好啦!说完罢,不要自己打岔了。"

"是是,他说:你们四川,该得今年要死人,你们赶着赵大人叫赵屠户,屠户是杀猪的,今年是辛亥,亥属猪,怎么不动刀兵呢?你们想想他的话,可见今年大变,真有一个数在,就是圣贤复出,也没奈之何的。"

楚子材道:"别的不说,我只想着大兵一攻进城,那种奸淫烧杀的样子,真有点不好过。"

"那也没法的事呀!"

他表婶道:"你就期必船一抬拢,官兵就能打胜吗?设或还像现在一样呢?"

楚子材摇着头道:"表婶,你只想想彭家麒说的那情形,同志军的力量多弱!官兵增到七千多人,又是快枪大炮,以前之攻打不下,只因一条河隔着,又没有船。如今有了船,咋个不一攻就下?外面人的那些话,一定都是谣言,也和说义军要来攻城一样。"

"那吗,你愁一阵,又咋个呢?"

楚子材举杯一尽道:"没法子,回又回不去,也只好等着听坏消息!"

黄澜生道:"你已经这样的焦愁,不晓得吴凤梧的女人,是咋样了。只丈夫一人,无儿无女的,又没钱,我替她设想起来,那才焦愁哩!"

"那又不了!吴凤梧是跑惯了滩的,多伶俐,又是单身一人在外,事情不对,他不会逃吗?倒是王文炳危险些!"

十八

在八月十七八日,又使南门瓮城边茶铺里的一伙人大为高兴起来,尤其是傅隆盛。这因为接连两天,颇抬了二十几个伤兵回来,甚至还有一位军官。何以知其为军官呢?即因军帽上有一道金线缘。

当伤兵抬到城门洞前时,这伙善心人呐喊一声,全扑到茶铺门前,睁着大眼,射出锐利的目光,恨不得一直射到他们创伤的底里。差不多轿子才走进城门口,这里欢笑的声音便高高腾了起来,似乎在戏场里看了一出什么好戏似的。而微感美中不足的,受伤者乃是陆军兵士,并非可恶的巡防兵。

大家推论起来,为什么这两天会有这么多的伤兵?"这还是我们亲眼看见的,恐防还有多少我们没有看见的哩!"不消说,仗火一定打得很厉害了。在那些地方打呢？有主张仍然在新津河边的，傅隆盛则力主绝不是还在那里，一定在黄水河一带，"如其在新津河边，打伤的人，咋能一天的路程，这早就抬拢了？我听见说过，现在打仗，并不像从前随时都可以打，现在总是在天见亮时打，打到吃早饭时，两下就鸣金收兵了。"他的话自然是对的，因为是专家。不过为什么全是陆军呢？这只能说："怕是巡防兵全打死完了！"傅隆盛更有一说，是营务处曾招了三营新兵，拨交陆军且练且战，老兵打仗是懂得战法的，怎样放枪，怎样躲避。新兵就不懂得，打起仗来，自然只有吃亏的。"说不定抬回来的这些伤兵，都是些新毛猴儿罢？"他一说到此，心里便打了个寒噤，陈荞面兵名叫做陈占魁的，正是新兵！该没有他罢？为私情起见，伤亡的不能全是新兵，然为公义起见，伤亡的又不能不全是新兵。

傅隆盛如其有点二十年后一般人常常挂在口里的科学精神的话，他很可以亲身跑到军医局去，查问一下，有否陈占魁这个人？有了，自然可以澈底知道此次的战争情形，即使没有，也可以别种方法，打听得出官军确实的胜败，何致枉用心思的推测呢？但是，时代的巨轮，尚未转到，也幸而傅隆盛没有像现在新闻记者似的，去到军医局向受伤官兵探询，尚得使他们借以自慰的假定，多保留了一两天；不然，他们失望的惨痛，断不会等到十九日，新津确实被官兵占领了，才会感到的。

原来在八月十三日，东门外河里的大小半头船四十只，已借着若干人的脚，徐徐走到了新津河边。同时，赵尔丰下令，即日进攻，只许进，不许退，退者定以军法从事，先从带兵大员办起。如其在三日内将新津克复，赏银二万元，七日内赏银一万元，官弁等从优升级。这么一来，官兵才精神一振。并且由制台衙门传到的消息：岑宫保是断然不会来的，四川的事仍倚重着赵大帅在，大家荣衰的命运犹然在他的手上。赵大帅是誓死也要将新津攻下的，大家须得把他这个面子顾全，也才对得住上司呀！

并且田振邦就进驻黄水河，向朱庆澜表示：如其陆军真个怯战不进，他便要把巡防兵调为先锋，亲自统率进攻了。朱庆澜自然不肯把这面子全让给他，使自己二十几天的功劳，废于一旦。因即倡言：陆军绝非怯战，只因以前无渡河之具，今既有了，断无不能把新津克复之理。于是自己就进驻到花桥子来督战。所以十四日这天，真实的战事就开始了，打到下午，便有八百多陆军把三道水中比较窄，比较小，比较流得缓一点的第一道水，平安的渡过，只误伤了三个人。

十五过节，停战了一天。十六的战事就猛烈了，因为第二道水正是主流，水势甚急，河面又较宽，距离县城更近，不但九子枪可以打到，就毛瑟枪也打得到的。陆军就分为两队，一队乘船横渡，一队就在沙洲上猛烈的向城上密放，不使守城的人敢伸出头来还枪。虽然如此，也死了两个，伤了十多个。十七日，陆军进占了第二道水与第三道水之间的沙洲，朱庆澜便揣量形势，若然纯以步兵抢渡，仰攻上城，胜算倒是可以操的，不过死伤恐怕不小。于是就把炮队调来，将两尊并不甚大的磅炮安在沙洲上，一面叫人到城里去交涉，叫他们快点自行退却，把城让出来；那吗，他的陆军进城，可以秋毫无犯，并且不准巡防兵有一兵一卒进城骚扰。如仍前抗拒不退，他就要开炮了，大炮轰炸，玉石俱焚，那于他们太无好处，并且也枉害了百姓们。信使往返数次，因为周鸿勋的要求太过，投诚他也可以的，但是，第一要保升他做陆军标统，第二他的这一标人，要他自己招募。先是退让也可以，但是，第一要送他快枪一千支，五子九子不论，银洋二万元，第二要等他走后三日，官兵才能进城，告示上不能称他为逆匪。条件太苛，全不是陆军统制所能办得到的，于是，在十九日的早晨，朱庆澜便下令叫炮兵开炮。

据说是开花炮弹，一连轰隆的十几炮，到底炸坏了好多房屋？打死了好多人畜？官军这面是不知道的。但是只听见城里人声鼎沸，这里也就不再开炮了。

又过了两点钟的时节,步兵又在沙洲上放了一排枪去试探,并不见城里还枪。只见一些普通人在城墙上摇手大喊,喊的什么,不可得闻,但是意思是明白的,即是说城里没有敌人了,快不要放枪。于是,官兵便放心大胆的渡过第三道水,从从容容的整队入城,城门早已是大开着的。

辛亥年,依太阴历算来,是八月十九日,依通用的太阳历算来,是十月十日,正是武昌起义的那一天,据守二十七日的新津县城,正式被陆军十七镇放了十几炮,未伤一人一畜的克复了!

新津克复了!制台衙门在上午十点钟,业已轰动。官场中知道的人也很多,都按照规矩,纷纷坐轿上院来禀见叩贺。赵尔丰这一天之喜,喜可知也!并且在当天下午,总督部堂招抚各路乱民的告示,便已贴出。告示上说得明明白白:抗拒官兵的叛弁周鸿勋,据城作乱的匪首侯保斋,业于本日上午九点钟,被官兵奋勇攻入新津,生擒活捉,立地正法。其余胁从兵民,概弃械投诚。本部堂体念好生之德,已电饬罔治一人。新津之事可鉴,尔等盲从附和,宜速痛改前非,各自归农安分,本部堂爱尔等如子,断不究尔等之前愆也。"谕尔愚民,其各凛遵!"

但是城里人民,全都不自在起来。互相找着问道:"赵屠户的告示,说新津已经攻下,是真的吗?"互相回答的必是:"未必然罢?他龟儿子专会说假话骗人的,自从他接事以来就是这样的了。"

傅隆盛自然否认得更凶,他说:"这一定是赵屠户在说梦话,他做梦都想着要把新津攻下,要把侯保斋周鸿勋擒来杀了,那是容易的吗?新津城那们坚固,还有那条河,太平时候,空手行人尚那们样不好渡过,动辄船翻了,把人淹死。打仗时,你在渡,别人在朝着你放枪,恐防渡到河中间,船就打翻了。抬船是好久的事?咋个就说把新津攻下了?即使攻下了,官兵一定死伤得不少,咋个这两天并没有看见抬伤兵进城呢？这一定是赵屠户的谣言，故意说来捣乱民心的，半句话都不可靠。……啊！或者因为岑宫保快要拢了，所以他才说些诳话来圆他的面子的。……"

众人明明知道他的话才未必可靠，总督部堂皇皇告捷的公事，岂能乱说？但是比较之下，他的话毕竟入耳些，也就自诳自的大为点头赞成。

十九

黄澜生向楚子材笑道："这又不晓得是那个的手笔？依我看来，声调格局都比那天我们看的那十四首竹枝词要高些，不过我是不懂诗的，你看呢？……依我想来，一定是学界中人做的，并且这人也一定和周大人结下了啥子不解的冤家，所以才把啥子事都栽到他脑壳上去了！"

他刚从局上回来，——因为现在局上的事越是清闲，他也只是习惯的去画一个到字喝一碗香茶，抽几袋水烟，同局上朋友谈点时事；如其没有别的应酬，戏园又是从七月初一以来一直没有开，他到底是个官，寻常茶铺又不屑去，便对直的打道回家。——一面脱马褂，一面便递了一张铅印的东西给他，说是在局上接到，不知是什么人送出的。

这一天，他表婶因为她大姐接她去，说是来了两位乡下的女亲，请她去作陪，她是吃了早饭，就打扮起来，说是既然有生客，就得打扮好点。直打扮了一点多钟，方才换衣服，换鞋，一面和他商量着，若不是两个孩子催得急，一定要到下午才会走的。

他是许久没有看见她这样浓妆艳抹，以及匠心梳裹的了。当下觉得眼睛都格外亮些，她那种勾魂摄魄的魔力，那里像一个中年妇人？却也不是初解人事的少女所能有的。他迷离了，直把她看得不能转眼,而数日的愁思,也竟自没有了。她嘲笑他,他也只是傻笑。很想亲她一下,她却不许,说是怕把脂粉亲花了,他把她送走后,一直惘惘然的躺在敞厅花皮椅上,望着已将摇落的柳树,寻思:"我同她天天相见着的,尚且有点情不自禁起来,孙雅堂不常见面的,一下看见她这艳妆,真不晓得要咋个了!"他不由又有点抱怨:"女为悦己者容,为啥说到孙家去,就那样打扮,在家里,就那样随便,再也不着意打扮一下跟我看呢?"

他的醋兴正将勃发之际,黄澜生回来了,递了这张东西给他,他才收拾心思,忙把这张铅印的纸展了开来:

秃厮儿二十二首仿唐人本事诗比红儿

三年劝业括民脂,何事谋迁提法司?只为股东开大会,有心规避秃厮儿。　　不归商办偏归国,路事风潮正急时;却向奴才齐讨好,者回忙煞秃厮儿。　　郊迎何苦远奔驰!帅节重临喜可知。为献密谋甘卖友,川人何负秃厮儿?　　肩舆连日赴公司,嘱咐诸君务久持:川路若还争不转,丢官有我秃厮儿!　　合同失败尽人知,官却欺民巧措词;甘为盛奴作鹰犬,季翁不让秃厮儿。　　川人热度五分时,罢市如何能久持?此次居然过半月,激成全靠秃厮儿。　　中元首要就擒时,楚杀肆行终是谁?电奏有心欺幼主,谋同定有秃厮儿。　　皇牌高顶炷香持,炮击川民毕命时;屠户开张谁主使?条陈就是秃厮儿!　　抗捐抗税本虚词,藉此要求信有之;叛逆诬人防反坐,良言先告秃厮儿。欲加之罪岂无词?指盗指奸任尔为。犹恐空言无实据,油牌造自秃厮儿。(油牌虽是路子善所造,而主谋者实周孝怀也。)　　乡团飞调羽书驰,为践围城十六期,不意近头遭痛击,凶残岂一秃厮儿?　　盗兵何敢问潢池,弄假成真事太奇!二百年来无此劫，恶因种自秃厮儿。　　奸淫掳掠巡防队，不似新军节制师，玉石俱焚官不讳，穷凶都似秃厮儿！　　倒填日月惹人疑，宪谕煌煌遍贴时；底事臬台无告示？暗中使法秃厮儿。　　《成都日报》太离奇，首府何人亦诡随；党恶无非想官做，大家齐学秃厮儿。　　东山竟毁壮侯祠，（《后汉书》，岑彭谥壮侯。）正是秋分致祭时；若是西林知此事，弥缝全仗秃厮儿。　　盗伤失主（指股东）案情奇，圈套装成那得知！从此无人言路事，功臣第一秃厮儿。　　罪魁不独田徵葵，王路还将巧计施；保案不优谁作恶，升官肯让秃厮儿？　　是民是匪各分枝，剿匪安民释众疑。寄语东来双使节，者番莫用秃厮儿！　　生于斯复长于斯，仇视川人总不宜！乃父维东（秃儿父名）今倘在，也应痛骂秃厮儿。　　秋风秋雨不胜悲，又向蓉城唱竹枝，我是股东一分子，安能饶恕秃厮儿！

楚子材忘情的哈哈大笑道："表叔，这二十二首诗，做得是要好些。只是把周秃子骂得太寡毒了。有些恐怕都是'承蒙栽诬'的罢？"

"承蒙栽诬的，怕不只一些，不过大家一定要这样说，真就没法办了，只好说件件是实！"黄澜生穿了衣服，靸着一双旧鞋，抱着水烟袋，正由上房房间里出来，坐在他对面一张矮脚椅子上。像是有什么心事似的，时时拿眼睛去看他。

他懒洋洋的，又把那秃厮儿诗拿起来吟咏。才两首，他表叔唤了他一声，他把诗放下，眼睛看过去。

"你表婶啥时候走的？"

"才走了一会儿。"

"你上过街没有？"

"还没有哩！表叔今天听见了些啥消息？新津方面，……"

黄澜生好像若无其事的说道："不错，新津已经被陆军克复了，朱统制定于十二点钟进城安民。……"

虽然是意料中的事,到底不能不使他从躺椅中站起,大睁着眼睛道:"这消息可的确?表叔是从那里听得来的?"

"子材,你放心,进城的是陆军,并非巡防兵,奸淫掳掠,自然不会有;并且听说只杀了两个头子,百姓一个无伤。关了门的铺子全打开了,还送猪送酒的欢迎陆军们,足见军民协治,你府上一定平安的,你大可放心了。"

"那天的事?"

"自然是今天!今天早晨八点半钟的时节,陆军渡河攻进去的,九点钟,督署就接到朱统制从花桥子打来的报捷电话。赵季鹤欢喜极了,立刻就手谕饶凤藻拟电奏稿,又叫文案房拟告示稿,又打电话跟尹大人,叫由库里提银二万两,即刻解运新津,犒赏全体官弁士兵。是全衙门先晓得,后来司道府县到院禀贺,自然人人都知道了。那时我正要下问,便赶快上院去找徐大令,他恰恰请了病假,会着学科参事孙大令。他从文案房看见告示稿子,才把详情告诉了我,说是只获斩了两个头子,大概一个是周鸿勋,一个便是你令外公罢?孙大令说的,赵季鹤的确打有电话去,叫胁从罔治,并饬朱统制亲去安民。他还说这是赵季帅历所未有的仁慈举措,大概现在略有悔意,所以才不嗜杀了!孙大令是他的幕属,朝夕都在衙门中,耳目甚近,他的话一定不假,你真可以放心啦!"

楚子材想了一会道:"赵尔丰的举动也难说,有时觉得他很疲软,忽然又变硬了,也说不定的。这回应付争路的举措不就这样吗?况且侯外公既被杀了,我们是亲戚,已经不是寻常关系?我还不晓得父亲这一次,被他们拉出来没有?我上省时,他已经肯在同志协会走动,王文炳去了,难免不拉他,他又是个热肠人,比我还喜欢做事。他若是出来,自然也免不了是个头子,虽说不像侯外公那么出名,新津县城有好大呢?那个不晓得有他?父亲又是很老实的,设或有点牵绊,他就没有主意了。母亲更是胆小如鼠的人,那里像表婶这样有胆有识,一旦发生点事故,骇也会着骇死了!"

黄澜生道:"你虑得倒是,你打算咋个办呢?"

"我想明天就起身回去,看看到底是个啥情形,我心里也才了然。并且顺便探听一下王文炳吴凤梧的下落。"

"依我一个人的主见,自然赞成你回去,虽说路上兵马交错,或者不大清静。但是走一段算一段,况你学生模样的人,又不像兵,又不像匪,想来也不会有啥大危险。不过你表婶的话太难说,她既是这样喜欢你,把你看成是她的亲生儿子一样,她肯答应你走吗?她任性极了!我实在有点怕她。唉!高明人总难将就的!"

楚子材不敢理着这话绪再说下去了。黄澜生也提说到一般民心都不愿意赵尔丰打胜,总希望岑春煊早来,"听说赵季鹤已有电奏,说是川乱渐次肃清,朝廷方面也有旨意,叫岑宫保暂缓来川。倒是端午帅快要到重庆了,以后的局面,只看端午帅来后,有没有转机?"

楚子材的行止,不能由他自主,黄澜生既已说明,他只好耐着性儿老等。等到傍晚,还没有影响,他只好一个人踱到街上。是时告示已经贴出,满街的人都在议论这件事。他走到这一群人丛中去听听,是绝端否认新津是被攻下了;别一群人,则正传说新津并不是官兵攻下的,确确实实是侯保斋周鸿勋他们商量定了,因为南路的兵太多,不容易打过来,不如把新津丢了,把队伍开到彭山县,把孙泽培、吴二代王、罗八千岁、张尊、王大脚板娘,各路的同志军联合起来,再由江口、黄龙溪、傅家坝、中兴场,顺着府河,由东路杀上省来;这一面并没有多少兵,只中兴场有一哨人,新机器工厂有一些人,那如何抵得住?这几路一联合起来。少也有五万人马呀!所以新津并非官兵攻下的,"只算检了个魌头①!"

---

① 魌头,便宜也。魌读若欺字音。——作者注

这虽是一种不可靠的揣拟之词,却给了楚子材一点启示,他寻思:"现在既是遍地的同志军义军,他们守不住了,为啥不可逃呢?父亲如其是真个加入了同志军,他再老实,到底也会逃的啊!"

　　因为他回去看看的决心,自己先已动摇了,所以到二更时节,罗升打着五福纱灯笼——在以前,定然是官衔灯笼了。——照着轿夫,把黄太太接了回来,又等她把衣鞋换了,把吃的什么菜,会见的什么人,说了些什么话,大体得了个结束后,他才说起新津的事情,以及他所焦虑的,以及他打算回去看个究竟的意思。她毫不思索的,立刻就说道,"路上走不得!"

　　原来孙家来的两位女亲,"就是孙大哥七姑妈的媳妇娘家嫂嫂,冯二表嫂,冯三表嫂。"原是温江文家场的绅粮,收的租谷也多,住的院子也大。住了六七代人,历来太平无事的,就是从前李短褡褡闹事,红灯教闹事,她们家也像世外桃源一样。这一回却不对了,巡防兵走那里过时,遭了一回难,损失不小。八月十三那天,棒客①又打上门去,不但抢了一个光,还把一个长年砍死了。找团防,团防当同志军去了,进城告官,官忙着防备同志军,无暇来理这种官司。又听见还有好些棒客都起来了,四处抢人,还动辄烧房子,杀人。她们怕极了,才打了几个大包袱逃上省来。"说是一路上棒客多得很,随便啥子沟边林边,只要四下无人的地方,就有。你若是叫唤,立刻就把你砍成件件,就有过路人看见,也不敢来问一句。并且兵也盘查得凶,稍不合式,就诬你是逆匪的探子,拉去毒刑拷打,弄得你生不能生,死不能死。她们说,都是亲耳听见的,所以虽只走了四十里,真受尽了惊恐,一路都是提心吊胆的。像这样的路途,还能走吗?况且新津才攻下来,一定还是乱糟糟的,别的人难免想不朝外面逃,你还去自投罗网,何苦哩!"

---

①　棒客,以抢掠为生之强盗土匪也。——作者注

黄澜生大为附和道："我先还不晓得路上是这样的难走，果然如此，却太险了！"

他低着头不说一句话，其实回去的决心，业已连根推翻。

黄澜生又道："你实在不放心，我倒有个办法。邮政局不是从十三那天就重新开了班了吗？你不如写一封简简单单的信寄回去，问问情形，等回信来了，再打主意！"

黄太太大喜道："这样顶好了，你今夜就写！"

他也觉得这样顶好了，今夜就写。

二十

不但路上果然难行，一如黄太太所言，而且城内一般人所期望的："新津就作兴着你攻下了，你也未必然就把同志军打得干净啊！"——因为在二十日二十一日，事实钻进城来，证明了新津之被攻下，实非赵尔丰故意捏造来扰乱民心的。——在八月二十二日，南门外武侯祠不远，果就发生了一件使赵尔丰闻之大惊，使傅隆盛等闻之大快的事情。这对正自喜悦的赵尔丰，无异劈头打一闷棒，这对正自懊丧的人民，无异重新燃起他们希望之火的一柄新的火把。

新津是大炮的威力轰下的，如其没有大炮，说不定至今还在拒战。于是陆军十七镇，便天天向机器工厂催索炮弹，而巡防兵也就不单单看重他们的九子快枪了。驻扎在温江县的陆军，因又在军械局请领了磅炮两尊，炮弹若干枚，由二十个兵士抬运出城。

自从七月十六日，武侯祠红牌楼簇桥三度战争，把同志军打了个落花流水之后，一直从南门到双流四十里间，是顶清静的；军需来往，昼夜不绝，也从未有什么异状。况乎最近新津又下，逆想同志军和所谓义军之流，必已胆落，更是不足留心了。

因此之故，那两尊磅炮抬出城时，已在午后四点过钟，到武侯祠，或许有五点钟了。

武侯祠常有几十个乡下人成群结队的来往，本是无足怪的，今天此刻，忽然多有二三十人，当然也不致引起炮兵们的注意的。

于是两尊磅炮和八根炮弹挑子，依然是逶迤而进，一直走过武侯祠的大门，走入了乡下人的人群中，炮兵们还是没有留心。

猛的一声哨子，这一大群乡下人忽然就变了像，一个个的手里，都亮出了家伙；明亮亮的杀刀，还有几支手枪，还有几支马枪；是那么野兽似的大喊道："把家伙放下来，要命的就走！"并且簸箕般向这二十个炮兵围过来。

二十个炮兵除了他们那两尊利于远而拙于近的大武器外，身上便没有武器了。所以值此之时，他们的办法，只有赤手空拳和这般不知从何而来的义军，或是同志军，或是民匪，拼一个我死你活；这是值不得的，大家心里都是这样在想。不然就束手就缚，让这般人抓了去做俘虏；也值不得，都是有家室的人，不要着大帅说我们反叛了，害得家小受累，大家心里也都有这个念头。但是已经其间不能容发了，还不是一齐丢了，本能的实行了三十六计中的上计。好在那般人也并不一定要他们的命，等他们全数飞奔回城，到营务处把经过禀报了，再打电话到城门，叫守城兵士前往追击时，人已没见了，炮和炮弹也没见了。

在武侯祠，便发现了这种掠夺军火的事情，可见同志军和义军不惟不因新津之攻下而衰，反而更猖獗到了城墙边！就在这天夜里，西门外十五里的土桥场，也出了一件惊人的事：一个缉私营的兵，在场上喝烧酒醉了，和一个土著的流痞因一句不要紧的话，争闹起来。那流痞便一拳挥去道："老子就是同志军！你敢把老子做啥？"那醉兵回头便跑，一路吵闹道："不好了，场上有了同志军了！"一般流痞便笑着大吵道："快些！同志军大队伍开来了！"意思本在同那醉兵开个小顽笑，可是通场都惊了，人也跑了起来，小孩子也哭了起来。四十个缉私营的兵，只有两三个在驻扎的地方打纸牌，其余的全在茶坊酒馆，和有妇人的私烟馆里，优闲的消遣时光。他们的职务只在缉私，本不会打仗的，虽然各有一支九子快枪，到底如何打法，懂得的还少。惊了场之后，他们一想着平日各人之所为，以及同志军专杀官兵的那种威风，都来不及再到驻扎地方去收拾行囊枪支，就这样顶着朦胧的夜色，一直跑了进城。他们报上去的，当然是实有其事，而且同志军的军容还很盛哩！

缉私营的全队跑了，一个队长也跑了，——他算比较镇静，还敢于先回到驻扎的地方，把一个装银钱，装公事，装零星东西的皮枕箱挟了同跑。——分驻所里的一班警察，自然更其把他们的职务看得很明白：他们是维持治安的，不是打仗的，于是也全把枪支丢了就跑。报上去的，自然比缉私营所报的还要加上几倍。

制台衙门里，就为这两件事情，在二十二夜里，又大大戒起严来。虽不像中秋节那样严重，却也是枕戈待旦的。田徵葵力请发巡防兵一营前去洗剿，而四少爷总说："先是保护衙门，还嫌不够哩！好在土桥在西城门外，就让玉将军去抵敌罢！他是那样和百姓要好的。咱们现在要紧的事，还是在南路，像武侯祠这件事情，却太不好了！咱们城防，这下更要当心！你可吩咐下去，从明天起，早晨老实晏点儿开，晚半天老实早点儿关。再叫路守留心些要紧！"

这消息一传布到民间，大家虽然兴高采烈，但是四乡业已大乱，做生意的只管大开着铺子，却没有好多生意，光靠城里一点销路，实在有限得很；而一般生活之所赖的，如像米油柴炭，鸡鸭鱼肉，以及成都人一天不可或离的蔬菜糖盐，也因道路梗阻，——一小半是同志军的阻挡，具的是什么意思，不得而知；一多半则是义军的抢劫了。——全不能来，货既缺了，价自然就高昂起来，比七月初一以前，总不只加上三倍。因此，商人也叹息，一般中等以下的人民也叹息,大家到了此时,才真正感受到了点乱世之苦。就是有钱的人,也不敢快活,他们害怕穷人太多了,到实在不能生活时,便会不怕触犯刑章的来抢劫他们。

真的,城里大多数的人民,也和乡间大多数的良善乡农一样,——因为他们又怕死,又怕犯法,又怕主人来催租,又怕棒客来抢,而一面还要派钱派米供给同志军,供给义军,看见巡防兵之横,又是憎恨,以此,从他们的祖若宗以来所过惯的平静生活,是全然破坏了。——都是痛苦的希望这乱事早一点完结。如何才能完结呢?自然只有岑宫保快点来,赵屠户他们快点滚,至于蒲先生罗先生他们之死与未死,以及得救与不得救,反而像是无干得失的了。

一般人都如此,黄澜生自然不能例外的逍遥自在,如像他那两个天真的孩子一样,所以在二十四日,于全城都在讲说昨天两次大变,以及今天城门开得那样晏时,他也是极不安宁的在向他太太和楚子材议论搬家的事。

他是从他太太述说冯二表嫂冯三表嫂的逃难上,而感到同志军和义军一旦攻进城来之必然大乱。他说:"大家只想着岑宫保来,他们那里晓得岑宫保已是来不成了!岑宫保不来,这乱事只有拖延下去,赵季鹤已没有力量把这乱事平定,顶多把成都守住,但是拿昨夜的事情看来,恐防还未必守得住。那时,同志军义军一定会把成都围得水泄不通,城里的穷人们太多,都是极恨官的,他们难免不里应外合,把同志军等接了进城。同志军或者还好点,因为大都是民团改变的,统率的人或者也是些公正的首人,懂得道理的。义军就难说了,大家只管恭维他们咋个了不得,其实哩,就是一伙无法无天的袍哥土匪。这种人懂得啥子,他们只知道奸淫掳杀,冯二表嫂她们不是已尝过他们的味道了吗?如其攻进城来,官也跑了,兵也跑了,九里三分里,全是他们的世界,那时奸淫掳杀,真不知要伊于胡底了!打长毛时,江南人就说过贼如梳,兵如篦,土匪来了连根剃。义军进了城,不也要连根剃吗?唉!太太,我们打个啥主意呢?"他愁眉苦脸的说了一大篇。

理由很对,所以向来不大留心世事的黄太太,也忧着了道:"我能打啥主意呢?你不是说过将军是和百姓很好的,同志军和义军都说,进了城断不侵犯满城的。你又说,多少人都朝满城在搬,我们不如也搬了去住些时?"

楚子材大为赞成道:"不错,我亲自碰见过好几个做大官模样的人,从满城出来。那地方也很有趣,幽雅极了!表婶搬去,一定喜欢的。"

黄澜生道:"现在也只有这一法,既然乡下也危险。不过找房子却不容易啦,满人我全不熟。"

楚子材道:"这个,我可以帮忙。体育学堂里有几个旗人学生,因为常常同我们踢足球,认识的。一个姓奎的,和我更说得来,我去找着他,同他商量。"

"这姓奎的在那条胡同里住?"

"我还不晓得哩!"

黄太太大笑道:"那你不是到满城去一家一家的问吗?那才劳神呀!"

他也笑道:"倒不至于这样傻,我会先到体育学堂稽查处一问,就晓得的了。"

黄澜生向他拱一拱手道:"那就费你的心,请你即刻去跑一趟罢!"

二十一

傍晚时候,楚子材高高兴兴的走了回来,一进侧门,便高声唤着道:"表婶,表叔,不虚此行,我已把房子跟你们看好了!"

大家走进书房坐下,他正要细细讲述他找房子的经过。他很难得给人家帮过什么忙,偶尔帮一次忙,他是很高兴的,倒也并非自伐其功,不过总感觉有细说一番的需要。

他表婶忽然止住他道:"不忙说,你家里有信来了,这是你顶挂心的事,我想一定是平安竹报,你看了再说。"

信是他刚走后邮差送来的。如其不是他表婶阻拦着说:"人家的家信,何必去拆呢?"她自幼就养成了这个在中国很稀有的美德。这由于她父亲告诉过她一件亲身经历的事情:他也是同别人一样,曾随随便便拆过一个朋友的家信,看见了不应该看见的他朋友的阴私,他朋友就因此同他吵一架,绝了交。这是他平生恨事,常常引来告诫子女,说别人的信不可乱拆,别人的抽屉不可乱翻,甚至别人写的东西,不给你看,你也不可估抢去看。他的子女也竟自与众不同的把他的话奉行了。

黄澜生没有这种美德,他早想开这信拆了看的。倒不是为的看别人的隐私,他以为由新津寄来,总有一些确实新闻的。

信封是土白纸做的,凭中那根红纸信条,犹然是另外粘上去的。

楚子材一看见信封就诧异道:"咋个会是王文炳的笔迹呢?"

连忙拆开封口,把信纸——就是寻常用来写字的白纸。——抽出,才看了两行,就跳起来叫道:"爸爸带了重伤了!……爸爸带了重伤了!"便呜呜的哭了起来道:"我看不下去了!……"

黄澜生夫妇也大吃一惊,齐走了过来,从他那打抖的手上,把信纸接过去。

黄澜生念道:"用儿知悉,顷得汝手禀,知汝安居黄表叔家,甚慰!县城虽经战事,幸陆军进城,治安尚好。惟汝父因周鸿勋退走,乱兵抢劫行李,受有枪伤在头。伤势极重,当时流血过多,抬运回家,业已人事不省。请南街胡外科医治,包扎敷药,近幸稍好,日吃稀饭三碗。但年老，血气就衰，何日方能痊愈，胡外科不肯说。汝父久未得汝信息，已甚悬盼，今在伤病中，望汝归来之情更甚。闻路上兵马虽多，行旅无阻，汝得信后，可速告假归来，至要至要！我与汝妹均好，汝姊家亦无恙，亲友都好，只外公不幸被乱兵所杀，令人悲伤！汝同学王君，系我留在家中，俟汝归后再去。汝父闻写信召汝归家，面有喜色，自云：见汝一面而死，方能瞑目。知汝素笃孝思，望即刻治装，勿再稽迟！此谕。汝母白。炳代笔致意。八月二十二日夜。"

他便哭闹道："我真该死！为啥不早走呢？爸爸那么……那么重的伤，赶回去，还看得见吗？"

黄澜生劝道："子材，子材，镇定点！你令尊的伤，我想必不要紧，已经能够吃稀饭了，定有起色。不过想你回去是真的，王文炳写信时，不免故意写凶点，好使你立刻就走。……"

他太太也说："一定是这样的！你就这样哭闹，有啥用处呢？"

两个孩子同菊花都跑了出来，呆呆的把他瞅着。

他依然哭着闹道："我想不过！我该早点回去的！"

黄澜生还在劝，他太太却马起脸的说道："你尽劝他做啥？你还不明白吗？他正怪我们十九那天把他留拐了哩！……罗升！立刻就去跟表少爷雇一乘下乡轿子，过新津，要两班人，明天一早起身，轿钱多少，在我这里来拿！"

楚子材虽然不哭闹了，他表婶却气冲冲的走过那边房间去了。走出房门还说："这回我再不留你了！下次你上省时，也不要再到我这里来，算了罢！……"

黄澜生躺在炕床上，不发一言。

两个孩子和菊花仍呆呆的把他瞅着。

夜色已是侵入了房间，把它的黑幕张了起来。

下卷

第一部份

一

"二四八月乱穿衣，"这是一句对于气候测验含有一点地方历史性的成都话。

在成都，一年里头，依照太阴历计算的二月四月八月，这三个月的天时，的确是阴晴不定。一连出上几天"红火大太阳，"包你要热到穿软夹衫，穿硬面子单衫，穿软单衫，甚至穿麻布的，实地纱的，亮衫的各种衫子，有时还不免要摇摇团扇摺扇之类。一旦天变了，只须一夜的北风，只须半天的阴雨，你就得赶快换穿夹的棉的，甚至小毛的衣服。早晨天变，早晨换，下午天变，下午换，半刻也不能耽延偷懒，不然，你就有找医生吃苦汁的资格了。

辛亥年——民国纪元的这一年——虽然依照太阴历是多了一个六月，名曰闰六月，然而在八月里头，革命先烈们在武昌创造双十佳节时，成都的气候还不是那样乱穿衣的。

黄澜生对于这样天气，依然本着他那一贯的《御批通鉴》观，认为是"人事变于下，天时应于上，天心人事，是息息相通的。"他的太太只管有特殊的见识，特殊的气魄，特殊的能力，特殊的胆量，到底不失其为"坤道人家，"认为二四八月，自祖奶奶说起来，就是乱穿衣的时候，与目前剧变的人事是不相干的。

他们的见解只管这样不相侔，然而于他们那个上十岁的次子——就事实而论，应该算做长子，因为那个长子，在十四年前，尚未弥月就患急惊风症夭殇了。然而在黄澜生的认识上，这谱牒的雁序，终不可以紊乱，将来他百年之后，在讣告上，仍须将黄振国的名字列上的，只不过在国字之外，加一个口，表示是亡故的儿子，而事实上的次子终是次子。——振邦的病，到底无济，到底得请医生来看，得吃苦汁。

振邦是八月二十五日，楚子材回新津去的那天早晨，就病了的。推究原因，一定是昨天天气暴热了一下，他把衣服多脱了一件，得了点感冒。后来据何嫂说："少爷一夜都在哼，我只谙①他消夜时多吃了一口东西，不打紧的。"

黄澜生平日只是喜欢他女儿婉姑，对于振邦，诚然并不怎样严厉到如书上所说：当儿子的一到老子跟前，就会现出一种战栗的样子；但他心里总是淡淡的，不能像一见女儿自然而然就会发生一种浓郁的爱。以此，儿子病了，他的议论则是"这么大了，穿衣裳，吃东西，都没有一点加减②吗？动辄把自己弄病！"

然而他的太太心里明白，这不能完全责备儿子。儿子只有十一岁，虽然是分在耳房的后间睡，叫何嫂在另一张床上陪伴着，其实他的饮食起居，以及试寒试热，那样不是自己的事？何尝完全丢给过底下人？小孩子平日之没病没痛者，以此，而今日的病，便因昨晚和楚子材生气，气到心口都隐隐作痛，自己只是睡在床上，思索楚子材之如何对不住自己，如何只有他的父母，平日说的做的如何全是虚伪，恨到巴不得把他拖过来，血淋淋的咬他几口。暗暗咒他在半路上遇着

---

① 谙读平声，猜也。——作者注
② 加减，成都音读为加赶，意为把握。——作者注

不幸的事,至少也着砍个倒死不活,她才甘心。她气恨到如此,自然没有心肠再去管理小孩子的寒暖和饮食了。

小孩子也因为平日的一切全有妈妈在代他们当心,代他们办理,他们也就无须乎再待本身能力发展出来,照顾自己。而且有时还甚以为大人的周到过于拘束不便,他们每每要本能的生出一种反抗,和一种亲身实验的需要。所以一碰到大人略为疏忽的机会,他们就要利用起来,热一点,尽量的脱衣服,饿一点,尽量的吃东西,要自己作自己的主张。

振邦的病便是这样得的。

黄太太在天明时,还不晓得,仍然睡在床上,听见楚子材打早就起来了,在阶沿上走来走去。接着丈夫也起来了,轻轻问她:"太太,子材要走了,你不起来送送他?"她闭着眼睛不做声。轿子来了,收拾行李,楚子材与丈夫谈着天气,谈着路上情形,丈夫再三说:"到了,定写封信跟我。"子材似乎用着种异样声调,说要当面给表婶告个辞。她心里也动了一下:"横顺扯开①了的,见一面,有始有终,也使得。"可是自尊心终于把她挽住了:"不要这样软弱!"所以丈夫重新进来招呼自己时,还是闭着眼睛不做声。

直到行人走了,婉姑在身边睡醒,吵着要起来,菊花来给她穿衣裤鞋袜时,她问:"哥哥呢?咋个今天他没来吵我?"妈妈才忽然想起来了,接着问:"当真的少爷还没有起来吗?这懒东西!……你们也不留点儿心,一大早晨,不说去喊他起来,凡事总要等我开腔!"一面就大声叫唤:"邦娃子!为啥还不起来?是时候了!"

好一会,一片微弱的孩子声音才传了过来:"妈,我不好。"

她已经把衣服披起,坐在床边上穿鞋子,——虽然是放了的文明脚,袜子里终还有几层裹脚布把内容充实着在,所以早晨起来穿鞋

---

① 扯开,普通话之撒手,北平话之拉倒也。——作者注

时,仍不失为一件要紧工作。——便大声吆喝道:"是不是今天要背通本书,又装病逃学?再不起来,看我捶你!"

婉姑已穿好了,便奔了去道:"我去拉他!"菊花也跟了去。

她刚刚把鞋穿好了,菊花已大声叫了起来:"太太!少爷通身滚热的!"

事实证明振邦并非装病。澜生进来看过,随便说了一番,叫罗升去请医生。自己吃了饭照常出门去了。

黄太太则一直守在振邦身边,随时伸手去摸他的额头,烧得烫手,嘴唇也红得同血泡一样。自己心里很焦,因而更恨起楚子材来:"若不是跟他生气,咋个会把娃娃疏忽了,使他害病起来呢?"

她坐在床侧一张黑漆的楠木高脚椅子上,静静的沉思:"我也不该!我为啥会把这样一个大娃娃喜欢上了?他有啥子值得我喜欢的?仔细算算看:样子首先就不逗人爱,一双岩眼睛,呆钝得就跟死鱼眼睛一样,比徐独清取了眼镜的近视眼还难看。一只高鼻子,又不像孙大哥悬胆般的鼻子,幸而鼻尖子还不钩,不然就完全是一只老鹰鼻子了。嘴哩,两个嘴角比陶大表哥的还要朝下挂,简直是一张鲤鱼嘴;尤其在凝精聚神看住你时,下巴吊得好像口涎都要掉下来了。那样子比起陶二表哥徐独清来都难看,还有一脸的骚疙瘩!……派头举止更说不上,见了人捏手捏脚,一点不大方,红着一张脸,话都说不清。本来,也莫怪,一个啥都不懂的乡坝老,读了几年中学堂,有啥说的呢?……有啥令人欢喜的地方?顶多只能说他还老实。……"

她不能尽去思索了,振邦既已病了,婉姑更不能不当心,又是澜生爱的,若再有点意外,澜生又要见怪了。

又要随时留心婉姑,又要随时照管睡在小床上,微微有点沉迷的振邦。心有所分,昨夜没有睡好的疲倦已自忘记,并且连饭都没有吃好。但是一坐下来,婉姑不在身边,眼睛只管注视着病孩子,而撩乱的心情总不免要回绕到楚子材的问题上:"真不懂啦!他到底有啥地方可以使人喜欢?……说他会巴结我吗?巴结我的也不只他一个,并且都比他内行些。光说一件事,孙大哥他们至今还在送我的东西,有时吃到啥子好吃的,总要想到我,总要特意的买来送我,虽不值钱,也看得出情义来呀,俗话说的,千里送毫毛,礼轻人意重,他哩,一住几年,除了一年两次一些土礼外,他体己送过我啥子?以前不说了,都没有相干,可是从六月以来,还不是一点没送吗?我倒赏了些体己东西跟他,孙大哥他们全没得过我一样哩!……说他会将就我吗?那也不只他呀!但凡同我好的,那个不将就我?陶大表哥的脾气那么古怪,遇啥子人,一句话不对,便要着他骂一个狗血喷头,但在我的跟前,总是低声下气的。比如我偏要说那个圆茶杯是扁的,他一定跟着说:'是啦!二表妹的话还有错的吗?'孙大哥更不必说了,就澜生又何尝不将就我?只要我高兴,凭我怎样做,他自己吃了亏,再不说话,这才是一个真正的良人哩!……说他会献殷勤?会跟我做小事吗?那更不足取了!男儿汉大丈夫,不硬硬铮铮做点像样的事,只在丫头们的丛中逞能,这是啥子有出息的东西!他妈的,种子就不高贵了!……那吗,我为啥会把他喜欢上了?还先去将就他,我平生没有做过。……"

说是医生来了,是常来看病的那个王先生,又高又瘦,两手第四指第五指的指甲蓄得很长的一个老先生。请到堂屋里坐了,送了盖碗茶和点心,先谈点时下新闻:"不得了呀!新都灌县又着同志代王们占去了!……巡防兵又在邛州变了一营人,把知州文大老爷一枪打死,真可怜呀!……府河一断,柴炭全来不到,弄得啥东西都贵了,还有些买不出来。……"再谈点天气:"今年天时也太不正。暴冷暴热,实在不好将息,"茶已冲过,点心也吃了些,这才谈到病人。黄太太先把病情详详细细的说了,然后叫菊花把振邦抱出来,诊了两腕的脉,看了舌苔,王先生说:"果是寒热不清,热要重些。也有些积食。不要紧,跟他清理清理,大便一通便好了。只是风要忌得好,油也要忌得好。"凡医生应该说的都说了,而后开药方,而后拿了红纸封的四百文的脉礼坐轿而去。

孩子吃了药,静静的在床上忌风。菊花把婉姑诓在后面围房里扮姑姑筵儿①。

黄太太又静了,乱丝般的思绪,于是又一一的在脑际抽起:"到底为的啥子会把他喜欢上了?为他那傻头傻脑的样子吗?……唔!傻头傻脑!……还有呢?为他年轻?……唔!年轻!……"孙大哥讥刺她的那句"月里嫦娥爱少年,"又从记忆中浮了出来。

"唉!为啥要爱他年轻?这就是我不应该的地方!年轻人顶容易变了,老是这山望着那山高,再也不会知足。我十七八岁,不是这样吗?男女本一样的,我已是过来人,为啥还会取他的年轻?就说我是他的开山祖师,可以得到他一时的真情真义,但我到底比他长到十二岁,他将来回想起来,也未见得想到我的好处?光看目前,一个父亲,他的翅膀已展开了,如再遇见个好贱的年轻女人,那还不把他的狗命要了?月里嫦娥爱少年,不错,少年还不是爱的年轻嫦娥?如其嫦娥掉成黎山老母,少年也未必爱她,倒是年轻女子。对少年也爱,对中年也爱,只看那个的情浓些。"于是想到她正当十三岁时,一个邻居附学的十六岁的大孩子,如何的在勾引她,只因他太笨了,表示得朦朦胧胧,使她会不出他的用意所在;而事隔四年,终于爱上了三十一岁的孙大哥。她回味起来,对于那时做少女的她,三十岁以上的中年,的确于她有多少好处,而少年倒不然。

"唉!我才不值呀!楚子材这个东西,如其不是我,像他那样的笨法,那能得到女人的好处?我把他教乖了,把道法传跟了他,他从此就精灵了,胆大了,有了道法,他就可以偷女人,好贱的年轻女人多哩,他那有碰不着的?……唉!我们当女人的,得了男子的好处,

---

① 小孩们以食物假扮主客谓之扮姑姑筵儿。——作者注

尤其是头一个的,是多么感激人家!不怕就吃了亏,受了骗,总是把人家放在心坎上,永远记得。年轻男子岂能这样?……唉!我才不值!该让他那样怯手怯脚,永远挨不拢女人的身,……"

振邦有点在发谵语,她急忙俯身下去,拿脸去揾了一下他的额头,好像更烧了些。她有点着慌,记起了一个单方,连忙叫何嫂把泡菜坛里泡的陈茄子捞了一枚,煮热,给他滚额头,滚心口,又催着把第二道药吃了下去。

黄澜生回来了,样子不像平日那么安定。看了看振邦,也用手试了试温度,蹙起眉头道:"偏偏娃儿又病了,咋个搬家呢?"

"搬家?搬往那儿去?"黄太太把昨天托楚子材到满城里看房子的事全忘记了。

黄澜生才说起他今天按照楚子材昨夜所说的地址,去把那体育学堂的学生,姓奎的旗人,找着了。看了两处房子,都只有又矮又小又破滥的三间,虽然脏一点,打扫出来,稍为安点家具,强勉住些时,是可以的。他已把定金付了。

"既没有合式的好房子,不搬就是了,"她淡然这样说。

"不搬?你晓得外面的风声不?"

二

外面的风声的确很大,随便你到何处,都可听见北路的新都县、新繁县、什邡县、金堂县、汉州、绵竹县,南路的崇庆州、蒲江县、大邑县、邛州、雅州府、彭山县、青神县、眉州、嘉定府,西路的郫县、灌县,东路的资阳县、资州等处,不是被同志军占据了,就是被义军盘踞着在。有的竟自把官吏杀了,或拘囚起来,把城池据守着,有些虽未如此,而官吏也只算是一个傀儡。这倒不完全是谣言,第一，油米柴炭的来源更其缺乏起来。光说炭罢，嘉定的煤炭早因府河被阻不能来，即是灌县的岚炭，崇庆州的枘炭，也被如鳞的土匪，和成群的义军，把百十里的道路弄到连打赤膊的炭夫子都不敢走了。米哩，不消说只能在十五里以内的农村取给，而城里人三分之二不能或少的猪肉与鸡鸭鱼，也越来越少。因此，百物大涨，就连中等以上的人家全都感到了恐慌。

第二，是四乡避难的人太多了。有钱的粮户，如"孙大哥的七姑妈的媳妇娘家的嫂嫂冯二表嫂冯三表嫂"等人，城里既有有钱的亲戚，本身又具有受人欢迎的资格，当然可以检点细软，打上几个大包袱，再揣些金银首饰，以及老白锭，奔进城来，受官吏军警的保护，过点比较安定，比较舒适的日子。而大多数的苦人等，——其实本可以不走的，只管土匪如毛，尚未必照顾到他们，而他们意念中先就装了个兵荒马乱，按例是该逃的，他们也就按例做了。——因为城里既无高房大屋的亲戚朋友，而自己所挟的也只一些不值钱的破家生，滥衣服，不但没有受人的欢迎资格，而且军警还奉了四城总巡查路广锺先生的手谕，轻易不准他们进城，说是"以防奸宄。"这般人便成群结队的聚集在四城门外各街各巷的庙宇中，从早到晚，无所事事，领了公家赈济的钱米外，便在街上向人告哀，加倍诉说他们为什么要逃难："乡坝头简直住不得了，到处都是棒客。白天都还好，还可以做点活路，一到太阳偏西，你们听啦，这儿也在打呼哨，那儿也在打呼哨。发财的粮户们，不说了，抢你妈个精打光。就像我们这种人家，撞着了，也要打进门来，见鸡捉鸡，见牛牵牛。床上有床好棉铺盖，就说你有钱，把你吊起来，拿鞭子打，拿香烧背，追问你的钱财，有哩，还可买得半条活命，没有，那只有死路一条。我们认得的张大爷不就这样着棒客鸩死的？所以我们一到夜里，造孽①呀！咋敢在自己

---

① 造孽，可怜也。——作者注

草房子里住，大家都躲在草堆里，林盘里，风吹雨打的，一直躲到天亮。我那娃儿便是这样着了寒，病了。没计奈何，只好逃上省来。省里善人多，菩萨会保佑，我们只等乡坝头稍为清平点，再回去做活路。"

人情原本如此，谁不是必要被逼迫到万分不得已时，谁愿离去他的乡里？他的职业？难民亲口所说的他们的遭遇，难道有一字之假？因此，成都人情更紧急了，生恐再乱下去，城厢中都不免有棒客出现。在一般人的意念中，棒客之可怕，似乎还远过于万恶的巡防兵，何也？巡防兵因守在总督大人的眼皮脚下，从未像在外州县那样乱来过，只要你规规矩矩关门家中坐，他不会寻上门来惹你，而棒客则不然，他是专门上门惹人的。原先以为乱将起来，只有发财人才吃亏，如今照难民们说起来，就是穷苦人也未必能免。省城的穷苦人至少也有一床棉铺盖的。

那吗，只好希望乱事早点平定的了。如何能够呢？以前还眼巴巴的望着岑宫保来，现在已传遍了，任何人都晓得岑宫保是着赵屠户用方法挡了驾，而来的又是一个与四川没甚关系，而声名也不见好的旗人端方。听说他八月二十日已带了几营湖北新军到了重庆。这人既是旗人，又是盛宣怀一党的，那他如何不帮助赵屠户呢？所以赵屠户接二连三的派人去迎接。这样看来，似乎这乱事只有靠官兵把它打平的了。事实上未见得可能，而人民的心理也终有点不愿意。

如今顶大的希望只有祷告同志会战无不胜，攻无不克，几下杀将进城，把赵屠户等一伙该死的民贼砍为肉泥，出示安民，夫然后怨毒既消，天下也就太平了。但是正途出身的同志会，谁不知道即是以前的团防？它的力量真太有限。凡现在东南西北近省各府州县之能造成这样一种形势，使数万官兵束手观望而不敢并力攻取者，谁又不晓得全靠的是大批袍哥土匪所组织的义军的声光？袍哥土匪不是和所谓棒客差不多吗？或者即是棒客之大者，棒客之官称。这般人得了势，攻进城来，那还了得！但是大家又相信他们既是成了义军，同团防们在一起，必然是改邪归正，成了正果的了。如像《水浒传》上宋江那般朋友一样。因此，大家也就不称他们为义军，相信他们的宗旨即是同志会的宗旨，而竟称之为同志军。

同志军既俨然成了成都城厢二十多万人民惟一希望的东西，于是它的著名首领们如孙泽培，如吴二代王吴庆熙，如罗八千岁罗子舟，如卓笨张尊等，便都小说化而成为了民众英雄。在民众的口头上，他们又显出了许多奇迹：灌县的某一个山头忽然崩了开来，露出一尊大铜炮，恐怕是诸葛孔明造的神炮罢？威力大得很，比官兵的过山炮开花炮还凶，一炮打出来，可以打死好几百人。"孙泽培的五百杀刀队多厉害呀！好像岳武穆的八百校刀手。上了战阵，他只就地一滚，你的枪放了，正在贯子时，他已滚到你的跟前。光靠枪上的刺刀，那咋抵得住？砍瓜切菜的杀起来，官兵只有死的。"

这不只是人民如此夸张，就如上过战阵的陈占魁——陈荞面的兵篆——不知为什么事，请了个短假回省，特为到盐市口伞铺来看傅隆盛之时，也跷起一只脚登在板凳上头，——大概因为他已把欠帐还清，而又拿着几两银子的月饷之故罢，他的举动已不像以前那样卑下恭顺，自然而然就意气昂藏起来。——大声武气的说："硬是的，他妈那杀刀队真凶！我倒没遇见过，是我们新兵第二营的一排弟兄，他们奉命开往崇庆州元通场去按孙泽培的老窝子①。不想走到离场五里，就着了他杀刀队的埋伏。说是哗啦啦一声，路两旁的乱草一倒，登时就跳出一伙眼如铜铃，脸如锅底的大汉，一家一把雪亮的杀刀抱在怀中，着地一滚，就到了身边。排官的指挥刀还没有拔出，脑壳已经落了地。弟兄们自然更不行，枪是挂在肩膀上的，那里来得及取。

---

① 按之意义甚多，读若案字，凡以手覆压皆谓之按。按窝子，捣毁老巢也。
　　——作者注

煞阁,一个都没有跑脱。我们营里说起来都害怕,生恐打仗时遇着他们。只有那些老兵不信,说是靠不住,他们的五子快是天下无敌的。……"

傅隆盛张着大口笑道:"他们总要着一回,背了时,才肯相信的。"

陈占魁王师和其他两个旁听的也都同意的说道:"他们总要着一回,背了时,才肯相信的。"

上过战阵的兵且如此说法,人民那还有不相信的?所以城里的风声便格外紧急起来。

黄澜生因此也才不安的跑回来,向他太太说到看房子的事:"不搬不行。满城里到底清静得多,孙泽培他们确实说过,玉将军是好官,攻进成都,绝不去扰满城的。只是我们这么多的东西,好像样样都得用,样样都要紧,全搬去了,安不下,择一些搬去,又择那些呢?其余的丢在那里?又找那个来看守呢?唉!楚子材不走倒好了,像他那样又胆大,又忠实的人,真不好找,偏偏今早又走了。"

"就不今早走,你难道还留得住他?"她说时还是那样悻悻然的。

黄澜生点头道:"倒也是的,父子天性。他父亲既带了重伤,他怎不急着要回去?比如你当母亲的,邦娃子不过感冒了一下,你就成天的守在床边,如其你在远处,恐怕立刻就动身奔了回来,还等不得明天哩。"

"你这比方才说得不对哩。儿子对父亲,咋能拿母亲对儿子来比?就拿我来说,若是我病了,邦娃子对我尚未必能像我对他这样,你病了,他还不是像你对我一样,不过轻描淡写的问一问,吩咐两句请医生啦,好好吃药啦。你自己说,你今天心里着过急没有?所以我常说,母亲爱子女才是真爱,父亲只算是搭着的。子女要报答,要孝顺,也只该报答母亲,孝顺母亲,父亲有啥相干?说是听见父亲病了,伤了,就非奔回去不可,这算父子天性的话,我却听不进去。"

他不禁笑着伸手过去,把她那未经打扮的淡白色的脸颊轻轻一拧道:"好厉害的嘴,有理都被你说成无理了!"

她也展然一笑道:"亏你还有心肠来狂!我说的是老实话,所以我深恶楚子材这个人,到底是野雀子养不家的,一到有事情的时候,总是借口要走,生怕跟别人帮了点儿忙。古人说过,公而忘私,光看这点,就太不公了。说起来咋不令人生气呢?"还不住的摇头。

"又说到别人身上去了,算了罢,还是商量我们的事情要紧。"

"有啥商量头?你一定要搬。等邦娃子的病好了。我先同你去把房子看了,应该安些啥东西,就叫人搬去,稍为值钱的,拿箱子装了,或是寄存到妈那里去。……"

"你说到丈母,我正在打算哩。一个人家,主仆上下通通五个女的,没半个男丁,再说公馆的大门不挂眼,到底也该提防一下。并且丈母是六十开外的老太太,幺妹又是一个大成人的姑娘家,设或有点风吹草动,二弟在重庆,他将来岂不要怪我们这些当女婿的都是自私自利之徒,切己亲戚全没一点顾盼了?说起来,这本是孙雅堂应该管的,他是大女婿,比如就是长兄。不过我们既然要搬进满城,那姓奎的介绍的房子,恰有三间在同一条胡同中,一同搬去,也有一些照应。我想去同丈母商量一下,劝她老人家搬一搬,你说对不对?"

"有啥不对,妈又那样胆小的。只怕幺妹不大肯,她那遇事□胆大的怪脾气,看你去把她说得转不?"

接着她又奇怪的一笑道:"你一定把她说得心回意转的。也怪啦,她只听你一个人的话,三个姐夫,偏对你要不同些,你说怪不怪?"

"让你一个人去说怪话,我就往丈母家去了。"

三

振邦是时睡得很熟。不晓得是水药的效力，抑是泡的陈茄子的效力？他的烧热竟退得多了，虽然还没有大便。

婉姑于吃午饭后仍由菊花伴着在后面顽耍。

黄太太一个人静静的坐在自己房间的窗台子下面，将手肘支在桌子上，手背紧撑着脸颊，她原来正沉思到缘法上："澜生每次到妈那里，幺妹总要留他吃饭，总要捡他爱吃的菜亲手去做。如其澜生一定要走，她也一定要生气，吵着说：'走，走，走！快些走！从此以后，不准再来了！'韵侠是那样自尊自重的，似乎连我都有点看不起的光景，平常议论到别家妇女不贞节，她怨气忿忿的说：'那些女人也就太好贱了！为啥这样离不得男人家？男人家是啥好东西？有几个真正把女人当成人了？我也不嫁人，也不偷人，我要替女人家争口气！男人家有敢轻薄我，调戏我的，劈脸就是两个耳巴子！'是这样一个人，连孙大哥那们大的本事也不敢向她说一句笑话，偏偏会对澜生那样要好，她那举动，那能错得过我的眼睛。要说她二十三四岁的姑娘，心里有点着慌，但她是常在外面走的人，又不像我们以前，那里碰不着一些比澜生年轻标致的男子？有一次，同她在悦来茶园看戏，不是明明有一个二十几岁的男子，长得也不十分丑，衣服也穿得好，金丝眼镜，金表链，气派很像一个大家少爷，在正座上定睛把她看着，她一直不瞅睬人家，我向她暗暗说了，她不惟不高兴，反而生了气，立眉竖眼的把那男子恨得再不敢拿眼睛射过来。却偏偏把一个并不怎样出众的四十一岁的澜生看中了意，并且还那样痴法。有一天夜里，我故意逗她说：澜生很有意思要效娥皇女英的办法，把她讨过来。她只是笑嘻嘻的说：'那咋好呢？不怕人家说怪话吗？'连我肯不肯，她好像都不管了。若说她喜欢澜生,好像我从前喜欢孙大哥一样,那又不然呀,孙大哥是先来逗我的,一则我年轻好奇,想懂得是一件啥子事,二则我从没有说过贞节不贞节的话,三则孙大哥确实也有惹人动心的地方。她完全不同啦,连自己夸口说的话都不顾了,这是啥道理呢?……澜生也怪啦,他看女人的眼力不能不算高超,你听他议论起来,这个也有毛病,那个也有毛病,偏偏又都说得对,上过手的好看的女人也不少,又有我这样一个人在身边,……"

她不由掉头向着壁上悬着的一面新式白铜边的大千秋镜,顾盼着自己的影子,得意的一笑道:"真不像三十三岁的妈妈,今天还没有打扮哩!看哟,幺妹的眼睛有我的活动吗?眉毛有我的清秀吗?嘴有我的小吗?虽然她头发密些,鼻子轮些,耳朵大些,但是皮色多黄,皮肤多粗,又壮又大的一个笨身子,没一点风韵。孙大哥恭维我连毫毛孔里都有韵味,虽是过一点,我却相信我的笑是极有趣,极媚人的。韵侠有啥味道?笑起来还罢了,两颊上一边一个酒窝儿,一下不高兴,把一张脸黑着,就同丧门神一样。我生了气,便不同,眉毛一撑,眼睛澄澄的,澜生说过:'你发起气来,实在比笑起来还好看。'陶二表哥也这样说过。像我这样,叫人家爱下子也才说得出个道理呀。天下男子都是好色的。像韵侠那样,叫我是男子,除非是十辈子没有挨过女人,正在着急的年轻小伙子,可以想得到她。澜生既是把啥子好味道都尝过了,为啥会把她看上,还居然生起爱来?难道果真把燕窝鱼翅,肥脓大肉吃惯了,想要吃点青菜萝卜来换换口味吗?也不对呀,他是四十一岁的男子,不说老夫老妻,对我已是那样平淡,就连在外面胡闹的兴致都没有了的。他对韵侠,虽然口里不说啥子,但你只要一提到她,他总会忸忸怩怩的,心里没冷病的人,能这样作态吗?即如上次在妈那里住了三天,我要同孙大哥密谈时,就把他朝幺妹房间里一支,不但高高兴兴的走去,并且我们一两点钟谈不完,他们也一两点钟谈不完,如其不爱,能这样吗?爱哩,这又是啥道理？……"

她忽然若有所悟的"是了，这一定是人家说的缘法了！缘法没到，就觌面也不相亲，缘法到了，千山万水也阻隔不了。所以我也看开了，让他们去，只是不准光明正大的讨进门来。啥子娥皇女英，全是骗人的话！"她又掉头去向着镜子笑道："我们龙家的家风罢？上辈姑奶奶就爱做这些风流事的。……"

她忽然想到楚子材，不由冲口叫了一声道："啊！这下我懂得了！原来是缘法！啥子年轻，啥子傻气，啥子情，啥子爱，全不是，全不是，只是缘法！"

她很欣喜她自己想到了这一层，便站起来把水烟袋捧在手上。正待习惯的要大声唤菊花点火来，忽然觉察孩子睡熟了，不要把他唤醒。但又习惯的不自己去擦洋火，因又把水烟袋放下，尖起耳朵一听，全院子没一点人声，婉姑耍得那样好法。

院子里有一些小麻雀在吵闹，还有一个残蝉在高柳上懒懒的鸣着。天空中许多燕子，成群结队的飞来飞去，似乎要南迁了，还有点留连住过一春一夏的锦官城；要从天空中再仔细的把城里一些美的丑的建筑物，——诗词上与燕子有关的什么画栋雕梁，珠帘玉幌等，自是没有，只新有些大概为燕子看不惯的假洋房。——和一些莫名其妙，在夹巷中的街上蠕动着过来过去的人，多看一番，以便回到南洋，向异乡同伴呢喃着细说。

已经有秋意了，最显见的是梧桐叶子有黄的，有落的。而回苗的草本花卉更萎黄得可怜。要不是闹得人心惶惶的，已经叫花儿匠来收拾了。

但是这种景色，全没有钻进黄太太的眼睛，因为她虽站在玻璃窗心跟前，却是视而不见，听而不闻。她的心思依然萦回在她自己所发明的缘法上："缘法有到与不到的时候，自然也有尽与不尽的时候。如其缘法未尽，随便中途发生多少波折，多少阻碍，它总要继续下去的。比如孙大哥以前就常说:'我们还不趁这时节多多快活下子,你一旦出嫁了,恐怕连见的时候都没有了。'但谁知道中间就隔别了三年两载,分明彼此都忘记了的,但一见了面,大家的旧情又会引起,十几年来全是这样。有时把他恨极了,硬想就如对陶大表哥一样,大家说明白,既然大家都不快活,倒不如一刀两断,从此不要再见面。可是对孙大哥总办不到。直到上次在妈那里,还是亲热得同十五年前大家才动手相爱时一样,这不是缘法未尽吗?……唉!缘法真是令人寻思不出道理的东西!我与楚子材既然由缘法而结合,那他的来去久暂,绝不是他能自主,一定有缘法在暗中支分着在。若是缘法只许我们有两个多月的恩爱,那就把他强勉留在这里,恐怕也要出些怪事来,把我们分开。如其缘法未尽,他就走了,也一定会回来,凭我再推也推不开的。既这样,我又何必生气?何必焦虑他去另找年轻女子?何必时时想到我们两个人的年纪差得太远?……说是差了十二岁,不是我夸口的话,只要叫个生人来看,谁不看我才二十一二岁?倒是他那乡坝老出老像,起码也得看他满二十三,上二十四岁了。同他站在一起,咋个不像一对年轻夫妇?澜生倒像老人公,韵侠恰也像个老人婆,哈哈!……"

她直到此刻,才算把从昨晚就发生起的无明火散尽了,心里也才清凉了许多。刚要回到耳房去看振邦,忽然侧门口传进了一声:"我的……小雀儿呢?"这是几天来都未听见过的黄澜生一进侧门欢然呼唤婉姑的声音。

他果然是那样笑嬉嬉的进来,和上午焦眉愁眼的模样完全不同。

她直觉的就感到起初所想及的缘法,她只管有待人如己的大量,到底不失为"坤道人家,"总不免有点儿不快活的滋味从心头涌起。

她赶出堂屋门叫道:"你这样高兴,碰见了啥子好事?悄声点,你忘记了邦娃子的病了吗?他才睡熟哩!"

"哦!是啦!邦娃子的烧可退了些?幺妹……不是的,是丈母说的,开水淋米跟他滚下子,烧就退了。……"

"妈可答应了一同搬进满城?"

"自然答应了。她老人家还很喜欢,说是能够同皇帝的一家人住在一起,定然不会出啥子事情,他们的福分大,点子①高。房子矮小点,破滥点,都不妨。只是我们的东西却不能寄存在丈母家了,须得另自设法才好。……"

"幺妹也答应了吗?她喜欢不喜欢?"她的眼睛亮得同黑夜里的百步灯一样,瞪着他,好像要把他的心曲照透。

他只笑着点了点头,便想走了进去。

她把两手平伸出来拦住道:"就想溜!我还有话要问你,今天幺妹做了些啥子好菜?你们吃了酒不曾!咋个回来得这们早,不等到断黑,不等到打二更。"

"话太啰苏了!"微笑着把她一双手握在手上:"又不是啥子生人户,难道对啥子人说了些啥子话,都要一一告诉你?"

"是咧!我正要问你,到底同幺妹说了些啥子话?啥子对我讲不得的体己话?"她虽是在笑,却笑得很不好看,明明是一通挑战的战书。

他仍旧用出他那百试百验的避战老方法,把她脸颊一拧,顺便伸嘴过去在她脸上亲了一下道:"太坏了!总是拿你自己的所行所为来度人!你对孙雅堂那样,以为我对幺妹也那样,是不是?"

"我对孙大哥那样是该的,你对幺妹那样就不该。"

"哈哈!这道理我就不明白了。我们就不说专制黑暗时代,男子可以三妻四妾,不为怪事,女子只准幽闲贞静,从一而终的大道理,大纲常。就说现在文明了,开通了,男女平权,那吗,男女也该一样啦,为啥子你便该,我便不该?这道理却得请你讲个明白。"

---

① 点子,运气也。——作者注

她顿了一顿，才笑道："都应该，都应该！但不要太放纵了，闹到大家都晓得，那才不好看哩！"

振邦醒了，唤着妈妈，说他要吃茶。

两个人都走了进去。已近黄昏，耳房里业已黑了，何嫂点上灯来。

黄澜生很当心的向振邦问这样，问那样，和上午的态度迥然不同。

他的太太谈到寄放东西的办法，也不像午饭前那样有心无肠的样子，而是很用思的。结果公然被她想出了一个办法，便是把些值钱的衣服、字画、古董、陈设，装上十几口大箱，放到当铺里去。"当铺多稳当，又不怕火，又不怕水，又不怕贼娃子。棒客进城，即使要抢人，自有那们多的衙门，那们多的大公馆抵住，一定抢不到当铺的。那个不晓得当铺里尽是穷人的衣物，值得几个钱？这不比寄放在别人家还为稳当？只是少当几个钱，将来取时，免得多贴利。"

黄澜生大喜道："我佩服你就是有这等聪明，真想得到家！……等我明天去告诉幺妹，她也正愁许多东西没处寄哩。"

四

虽然成都的邮政局自七月十五停班，直到八月十三方始复班，每天还由制台指派四个委员坐局检查，省内外的平常信只管通了，然而稍有关系的消息仍然是传不进来，传不出去。

虽然成都的电报局自争路事件起后，便奉了邮传部的电令，凡是言路事的电报，一概不准拍发；七月初一罢市以后，又奉四川总督的手谕，除明码商电外，凡其他各界的明密电报，一概不准收发；自十五以后，连明码商电都不准收发了。

这样一来，好像成都真乃陷入了黑漆似的大桶中，举凡省外的重大事件，似乎非到百年以后，不能口口相传的传进来了。

然而不然，成都有句成语："坛子口易封，人口难封。"所以依据太阴历算来是八月十九日，依据太阳历算来是十月十日，武昌革命军起义的消息，虽在太阴历的八月二十二日，川西方面，仅有一位四川总督赵尔丰，和他的令侄四少爷，搭一位极其忠实的译电员，一共只有这三个人知道，以理而论，这三个人如何能泄漏？然而人口到底难封，不到八月底，不但制台衙门的人晓得的多了，并且连四川藩台尹良也晓得了，并且连四川将军玉昆也晓得了，并且连许多官场都晓得了。

革命虽是一件颇可震惊的事，但是自光绪二十八年以来，各省各地闹的回数也太多了。广东几次，云南几次，此外如唐才常的事件，徐锡麟的事件，也曾使人听了毛发森立过，然而都只昙花一现，不旋踵就被官兵打平。所以王棪与饶凤藻两人促膝谈到武昌革命时，饶凤藻也和其他做官的人一样的见解，淡然说道："革命党断乎不能成事的。不说是大清朝洪福齐天，国命修长，就是他们那无父无君的宗旨，也就与孔孟之道，大相违悖，这本是西洋的一种邪说，被孙文梁启超等叛逆传了过来，鼓惑一般愚民，和一些误解自由平等的学生。其实邪不胜正，终究不会成事的。你只看今年三月广州的变乱，手枪炸弹，攻扑督署，是何等阵仗，到底被张制军李军门的亲兵巡兵就敉平了。听说所诛的七十二人中，革命党的精英就不少。广州事变尚如此收场，武昌是十八行省的腹地，四通八达。又有轮船火车运兵运饷，寅伯，你只管看，各省大兵一集，革命党定然就烟消火灭了。"

王棪抽着水烟，半晌才又说道："武昌的革命，不仅是几个讲宗旨，讲自由的革命党，实实是兵变。据我所闻，武昌的新军都是不安本分，读过书的年轻人，平日就与革命党人在来往，一下变乱起来，这却是可虑。我在兵备处，是知道这种情形。所以四川这一镇一标新军，我始终不放心，田观察和我所见一样，宁可令百姓们遭点殃，巡防兵到底可靠些。因此，我总觉得武昌的事情不大好，若是早点敉平了，自然是国家和你我的万幸，如其旷日持久，那就难了。"

然而饶凤藻是总文案，他自以为是无所不通，无所不晓的，他认为武昌的兵变，顶多也不过像四川目下新津兵变罢了。"寅伯，你只看新津的兵变，虽说只周鸿勋一营，然而袍哥土匪这些亡命之徒，响应集合的岂只千人？到底只被朱统制十几大炮就把城池克复，变兵四溃。武昌变兵再多，也不过两镇，这是极而言之的话，况未必尽变，一如四川巡防数十营，而所变者，也只一二营。且不说北洋大军，可以由京汉铁路朝发夕至，并且湖北还有水师，还有许多外国兵轮，洋人又那么多，洋人也不都是相信那些邪说的，岂能让这般杀人放火的乱臣贼子肆行盘踞之理？光绪三十二年，熊成基在安徽倡乱，不是变了一镇多人？大军一集，不崇朝就灭了，比以前平长毛，平捻匪，还容易。所以我的愚见，革命党据城作乱，是无足虑的，可怕的倒是他们行刺暗杀的鬼蜮行为，倒要好生提防。老师同四公子跟前，我已建了言。寅伯，像你们有兵柄的，更要留心，公馆和官廨的警卫，不可懈怠。听说好些朋友都已移文军械局，借枪支借弹药，我也借了十三响手枪八支，只是还没有练习过。"

饶凤藻仅仅推论到要提防革命党的行刺暗杀，不知如何，他这话一被西风从深深的制台衙门吹将出来，吹遍全城，于是竟事实化了，且说制台衙门的签押房果然于八月的某夜，闹了一件滑稽的行刺案。这给傅隆盛他们在春和茶铺讲起来，真是活灵活现，有声有色的一桩新闻。

傅隆盛傅掌柜一般专门在南门瓮城边的茶铺里代同志会作肉广告的人，既因新津攻下，受了一个绝大打击，他们也就恍然于自己诳自己，终有露出马脚，使自己垂头丧气的时候。不过他们有一个坚固不拔的信念："赵屠户总有一天要身首异处的！"因此，凡稍稍有点不利于赵尔丰的消息一到他们耳里,他们有时真喜欢到废寝忘餐的向人就传说。

他们不知从那里听见了武昌革命消息,已经高兴得不了,成日聚在春和茶铺,只要看见巡街的军警一走过了,就大声武气的说道:"这下却好了,湖广省已着革命党占了。革命党几凶呀!比同志会还加几倍的凶!他们有枪,有炮,有炸弹,会自己造。……他们就像梁山泊的好汉一样,专一打富济贫,杀官杀府的。……革命党是遍地都是,就像我们这里的袍哥,不过好多都是留洋学生,剪了帽辫,穿着洋服,手里一条打狗棍。你们留心看,现在街上不是已经有了?……我们四川的革命党一定也会立起反旗,招兵买马起事的。我只愿皇天保佑,革命党就在省城动手,首先把赵屠户、周秃子、田蛮子、王壳子、饶凤藻、路小脚,这一伙杂种东西,杀来祭旗,然后奏明朝廷,……咋个会没有朝廷?一定有的!即使金銮殿上,身登九五的不是宣统皇帝,也必然另外有个皇帝,如像朱洪武把元鞑子撅走了,他就做皇帝一样。革命党里自然会钻出一个皇帝来的。……奏明朝廷,硬要像岑宫保这样的人来做我们四川制台,或是把玉将军升出来,我们百姓就得了生路,天下也就太平了。……唉!这几个月也真闹得不成世道了!米卖到一千二百文一斗,又没有生意,这日子真不好过!……"

他们对于革命党的希望和热情,也与上月对于新津的周鸿勋侯保斋一样,却也是天天在望革命党起事,而一到打更,总是垂头丧气的爬上床去。幸而不久,一阵西风恰恰把赵尔丰遇刺的消息,给他们送来了,这又使他们精神一振。

据他们说,赵尔丰自从听见湖广省起了革命,就骇慌了。他派出的密探又时时在向他禀报,到处都有革命党图谋起事,并说已有大批的革命党潜行来省,要行刺他。"来当刺客的革命党,都会飞檐走壁,一蹿一两丈高,在瓦片上跑得如履平地,没一点声息,好像北侠欧阳春，南侠展昭等的本领。手枪又打得准，这比从前光使飞镖，只打几十步远的就厉害了。"所以赵尔丰更害怕得没有主意。路广锺才献上一计，叫他老大人不要再住在上房，上房太宽，不好保护，简直就移住在签押房里，四面都用亲兵围住，昼夜梭巡，再使保镖的张降格外当心些。其余围墙内，过道上，一层层全用巡防兵把守着，谅他天大本事的革命党，也难飞进来。"这下，赵尔丰便无异于自己把自己监禁起来。"

讲到那夜发生的事件，他们更像讲评书似的说道："那夜，全衙门灯光照得雪亮之际，四少爷因要安慰他的老爹，便向签押房走来，到了门外，梭巡的亲兵立了正，忽见满天飞张降张麻子，身穿一件密扣青靠衣，青色马裤，脚踏一双抓地虎快靴，头上青纱包巾，把帽辫盘在里头，只差一个英雄结子，简直就是黄天霸重生了。那张麻子，肩挂马枪，腰佩长剑，带插手枪，手执流星，全身兵器，威风凛凛的站在门帘跟前。见四少爷走来，连忙侧身一旁，刷的请了个安。四少爷也哈了一哈腰，便走进去同他老爹东说南山西说海，尽检他老爹喜欢听的说来跟他老爹开心。在他们爷儿两个口里，革命党自然狗屁不值。说到打更以后，小跟班从上房送出消夜点心来，不消说自然是燕窝稀饭之类。爷儿两个吃了，四少爷请了晚安，叫了安置，这才退出房来。满天飞张降犹然精神百倍的站在那里。……赵尔丰待他四少爷走后，又看了几件公事。这时的公事，除了告急文书，还有啥子？赵屠户越看越心焦，越心焦越胆怯，此刻约摸夜半了，赵屠户心里一动，革命党若来行刺，必然就在这个时候了。提起耳朵一听，院子里梭巡的亲兵好像都睡着了，没一点动静。他不由便把桌上的手枪拿在手上，把枪口指着房门，食指扳着机关，一面低头看公事。……上了岁数的人，你们想，心里又不高兴，熬到半夜三更，精神咋个不恍惚呢？就这时节，只见刷的一声，门帘一动，猛可闯进一个人来，赵尔丰大叫一声：刺客，……啪的一手枪，刺客就应声而倒了。……彼时满天飞张降,正靠着窗台在打瞌睡,听见老大人一喊,枪声一响,也便大叫起来:弟兄们快来!有刺客!……好张降,他一面挺着手枪,舞动流星,冲进门去。只见老大人圆彪彪睁着两眼,一部白须子倒竖起来,神威凛凛站在签押桌之侧,把手枪向地下一指:'瞧!已着我打倒了!'……张麻子低头一看,不由大骇一跳:'怎吗?是常二爷!'此时亲兵跟班都执着兵器,大喊着抢将进来。听张降这们一说,都围过来一看,不是跟了赵尔丰六十多年,最称忠心的常兴,还是谁呢?业已眉闭眼合,直挺挺死在地上。赵尔丰也走来一看:'哦!才是他!我把他误认了,扛出去罢!'"

他们把这新闻讲得来如同目睹,而且又近情近理,他们自己自然相信是无一字之差,因就讨论起来常兴为什么会在这时节闯进签押房去?好些人都以为他一定有什么紧急事,要去禀告赵尔丰。独傅隆盛主张不同,他相信常兴必是受了革命党的支使,硬是叫他去行刺赵尔丰的,"如其不是,赵尔丰咋个不替他昭雪!咋个不请和尚道士做道场超度他呢!"

这也是理由,甚至传到官场中,好多人都疑心革命党一定有在成都潜伏,乘机起事的。而同志军的声势也格外增加起来,"革命党一定会联合同志军攻打省城的了。革命党有的是枪炮炸弹,同志军有的是弟兄伙,两来又都是不怕死的,岂有不声应气求,联合一起的?"

因此,有一天,省城里才起了一场空虚的惊扰。

这事,由于一个马兵从花桥子赍送公文回省,一路大跑进了南门。四城门既然还是开得迟,关得早,在下午三点钟的左右,愈近城门的大街,自然越是人多得和蚂蚁一般。军马是没有项铃的,一冲进人群,马兵只好大声喊道:"让开!……来了!……"马跑得那么急,人喊得那么高,于是本来要出城,以及适才进城的人,全都骇然飞跑起来。第一起人吵着:"来了!"第二起人吵着:"进来了!"第三起人吵着:"杀进来了!"不到半条街,竟成功为"同志军杀进城来了!"

于是两面铺板便像放火爆般关了起来。这一个地皮风,一直闹到四城门全闭,制台衙门的巡防兵也全挺枪实弹的把附近衙门各街道的交通扎断了。

五

全城虚惊的那一天,正是黄澜生夫妇进满城去看房子的那天。

城里风声越紧,官场里暗地佃房子,偷偷安置家眷,藏匿细软的越多,要不是连黄澜生当差的那个局子上的总办,以及他的帐房,和几个委员,全躲了,不再上局,——尤其是他的那位肯看报,好议论,号称深通时务的同事,更为胆小,在知道武昌消息的第二天,就不见他的影子了。——他也不那样着急搬家。要不是振邦的病尽那样缠缠绵绵,他也不待到这一天,才偕同他的太太坐着轿子向满城支矶石胡同的奎家来。

凉秋九月的时候,满城越觉得凄清。大街的石板面,只并排铺了三块,其余全是湿润的泥地,光这一件,就显出它的穷来。

奎家之在满城,算是第二等大人家了。据说老爷子是个旗籍举人,曾在云南做过一任知县,死了,积有一些钱。所以住的地方地面也宽大,—— 一定是违了祖制,暗地使钱向左邻右舍偷买了些。——房子也是彻头彻尾新修的,长五间,表面上虽是一明两暗,配了两间耳房,其实都是推窗亮格的前后间,算来足足有十大间,而厨房和下人住的房子尚在外。院子也大,花木也多,并且收拾得很齐整。尤其是明一柱的阶沿下一排六大盆秋素,花虽是开过了,而尺把两尺长,窄而有劲,纷披在盆沿四面的叶子,却颇为疏茂有致。

黄太太还觉得有点不大满意的:大门太小,不堂皇;没有二门,一进大门的栵门子,就把所有的房屋看通了;院子的地基矮一点;两面是土墙,隔壁邻居似乎太穷了点,难免不有越墙偷窃之虑。然而还干净,还幽雅,住哩,尚可住得。

奎家老太太有五十多岁,脸上已布满了细细的皱纹,还是按照旗下人的规矩,光光的梳了个把子头,插了满头鲜花,白粉胭脂,还打扮得很浓;穿着硬面料子,略有镶滚的阔袖长袍;脚上是米色宁绸,青绒云头的厚底鞋,是拔上鞋跟的。和蔼活泼得很不像意念中的旗婆子,这又给了黄太太一个好印象,"像这样的房主人,都还不讨厌。"

奎老太太又那样的谦逊道:"黄太太,你们是住惯高房大屋的人,不要见笑啦!到处又太脏了,莫把你黄太太贵重的衣履糟蹋了,才不值哩!"

她的儿子,——体育学堂的学生——有二十四五岁,精精灵灵的,身体不很魁梧,态度却很恭顺,同黄太太说话时,两眼钉在她的脸上,一眨也不一眨,意思很是专注。这也是令黄太太高兴的。

烟茶酬应之后,姓奎的学生邀约去看房子。老太太送到大门外。姓奎的学生提议:此去西胜胡同并无多路,要是黄太太高兴,一同步行去倒好。

黄太太是文明脚,本可以走的,满城又如此清静,也正想走走,何况姓奎的学生是生人,生人的话更不好不听。

他们遂一路说着话,慢慢走出支矶石胡同口,绕从副都统衙门的短墙外,走到西胜胡同。街道虽然全是泥地,因为是阴天,没有尘土。各家土墙内外的树木又那么茂密,西胜胡同口又有一个大野塘,水面上全是绿阴阴的浮萍。黄太太更其高兴,连连称赞了几句:"我先前还不晓得满城这们清雅,地方好,人也好,在这里住家,真不错!就只没有做生意的,买东买西总要朝大城跑,这点不方便。"

姓奎的学生连忙说道:"从这里出大东门只一条街,也不算远。黄太太有钱人家,多使一个跑街的,也不算什么啦。"

黄太太很以为是,看着姓奎的学生点了点头。

不十丈远,黄澜生指着一所极其破败的院子道:"就是这里了。"

"酣?就是这里?"黄太太大为吃惊的看着一道只有门框,而无门扇的大门。门基矮得比街面还低,那门也只得三尺来宽,五尺来高。上面的瓦已没有几片。门柱门枋全向东倒着,要不是有一堵泥土已经剥落得现出好些缺口的短墙支住,那大门一定要摆脱它的任务而躺下了。

姓奎的学生举手向黄太太一让道:"里面还可以。"

其实,里面也并不见得可以。四面的围墙全是那样巫山十二峰的坍塌了,原来也只高及眉头,现在是连狗都可跨过了。院子比大门门基还低,想到落大雨时,四处的雨水灌来,自然又是一个野塘。现在还好,没有绿萍,只是寸许厚几乎使人不能下足的青苔。附墙倒有几株桂花树,和两三丛茨竹,只是野草二尺高,落叶黄腐到发出一种刺鼻的腐臭。

确有三间房子,一明两暗,摆在地基的正中。光看外表,已可估出它的年龄至少有二百岁。初建时,或者穿了件油漆衣服,现在衣服已被风雨剥尽,不但肌肉全露,有些地方连肺腑都露了出来。屋瓦稀薄到不能把阳光完全遮蔽,这绝不是原有的数目,说不定是被近代的主人,抽了些塞在胃上去了。屋檐那么低,这无怪,从前的制度如此。前面阶沿倒是明一柱的,但地面的泥土全变成凹洼不平的样子,也薄薄生了一层青苔。

中间明的一间,真可谓明了。分明是六扇长窗门,只左右各剩下一扇了;后面壁子,上半截的泥壁早已羽化,下半截的裙板也随之而逝:幸而还剩有一条孤独的腰枋,尚可供考古家的考证,证明这间房子之初建时,绝不是间敞棚。暗的两间的窗棂,也只稀稀的剩了些残骨。黄太太走到西首一间的窗外,往里一看,顶篷等类自然没有,地板也不够数目。好的是也空空洞洞,没有一件碍眼的东西,和明间一样。

黄太太一进大门，就把眉毛蹙紧了，一个头也像博浪鼓似的。她的心境全变了："像这样地方，那里是人住的！"然而这还是房主人尚未出来时的感想哩。

姓奎的学生在东首窗下唤道："肃大嫂嫂，黄家太太来了，你支撑着出来一下。"

所谓肃大嫂嫂，懒懒应了一声，公然出来了。她是那样的瘦，那样的病，那样的黄；枯草般的头发蓬在头上，几乎把她的人形都给改变了；衣服破褴到恰如其分，也恰如其分发出一种臭气。

她还那么怪笑着给大家请了安，冲着黄太太满不自在的面，夸说她这院子之好，"那几天天天晴，桂花正开时，连胡同口上都闻得着香。就只没有培修，没有打扫，如其你太太搬来，叫几个匠人来收拾一下，就干净，就幽雅了。比那些大员们佃住的还好哩。太太，你几时搬来？我好腾房子。"

黄太太蹙着眉头连往后退。

姓奎的学生却力证他的话没说错。说是但凡好一点的房子，都是自己住得起，断不会腾出来租人取钱的。能够拿房子租人，自然都是穷苦人家，房子自然都是这样不十分好。

黄太太问："说是那头不远还有一院呢？比这个咋样？"

"都差不多。此外我还代黄太太看了几处，更不好，连围墙都没有。房子只剩下一个空架子，院子里只有草，树子全变了柴，烧了。但是还租出去了。一处租与机器工厂的总办，住他的老太太和姨太太，一处租与首府于大人，住他的姨太太。全是搬去了，才叫人来培修打扫，实在还不及这里的。"

黄澜生回头问他的太太，到底几时搬，好当面告诉房主人。

她生气的答道："你急啥？回去再商量。"

立刻就要回去，姓奎的学生还那么恭顺专一般勤的要挽留他两个到他家去吃点心。说是老太太已预备好了，既承赐以厚礼，原该留吃一顿便饭的,因为来不及,只好吃点点心,以见主人的情谊。她也丝毫不感到姓奎的学生是不应该力拒,使其难堪的生人,而坚决的说孩子还没有全好,不放心。

她一回到家,就向她丈夫叫道:"瞎了你的眼了!那样的地方,都能住吗?比乡坝里的猪圈还糟啦!我宁可安安逸逸守在家里,等棒客来把我杀了,我也绝不搬的!亏得那该死的旗婆子,还夸说她的房子好,比多少大员们租的还好!也亏那姓奎的学生,还帮着她说!倒是奎家还勉强住得,你问他肯不肯租人嘛?"

黄澜生摇着头道:"奎家不行,他是有钱的。太太,我想,或者叫人先去打扫出来,培修是来不及的,只叫笆子匠去用竹片把后壁夹好,窗子钉成牛肋巴的,三间房子吊上顶篷,再裱糊一下,钉几扇简简单单的木板门,把家具摆起来,似乎也可以将就住得。"

"你这想头又不对呀!比如人一样,你本底子先就没有三分人材,你就再用胭脂水粉,金珠首饰,打扮起来,人家能不能便说你长得还好,可以将就爱一下呢?你眼睛瞎了,难道鼻子也瞎了?进大门时,你不觉得那臭气吗?真个比猪圈还臭!"

他到底还迟迟疑疑的,以为是离乱年间,找个避乱之所,又不打算久住的,何必认真讲究。

"我已经说过了,我宁可等死,也不搬往那些脏地方去受活罪。你的意思我也明白,避乱嘛,还那们讲究?我并不是讲究,太脏了,太臭了,半刻都不能住,你叫我咋能闭着眼睛,捏着鼻子过呢?不要说我将就不下,你就约幺妹去看一看,试试她的脾气,如其她能将就,我没有话说,跟你们一道去,免得说我一个人的过场大。"

本可以不再说搬家了,恰恰那天下午全城虚惊的波纹漾进了黄家大门,黄澜生遂决计再约韵侠去复看一次。

他原打算借韵侠的力量把他太太转移的,他没有料到韵侠一转到他家,竟和她二姐的口吻一样了:"无怪清朝要悖时,要倒灶,你只看那些旗婆子,那里像人!我以前听舅舅他们说,旗婆子好吃懒做。有本事把卖汤圆的担子叫到床跟前,脸不洗,口不漱,挺在床上,叫卖汤圆的大哥挟来喂到她嘴里。我先前还以为这是故意说来挖苦满巴儿的话,今天亲眼看见了,一个这样,两个也这样,亏她们还有心肠活下去!"

她二姐笑着问她:如其打扫下子,钉上牛肋巴窗子,再吊上顶篷,裱糊一下,用竹片夹一夹,她愿不愿意搬去?

她几乎是在吵闹的说道:"咋个打扫得干净哩!除非连屋顶都用水洗过!首先把那个脏院坝收拾到不臭,看得顺眼,就是不容易的,就不是两三天的事!并且太不好了,随便咋个收拾,住着总不舒服,我绝对不愿意搬!"

黄太太便向坐在一旁抽着水烟的她的丈夫笑道:"幺妹都这样说,该不是我一个人的过场大?……幺妹,我昨夜就仔细想来,离乱年间,顶可怕的就只是杀人。像从前打仗时候,城一破了,动辄屠城,不分男女老少,杀一个尽绝;或者乱杀三天才封刀,这倒应该找个地方躲一躲。如今只是同志会攻城,他们是反官的,并不见得会乱杀人。你黄大哥虽说是一员官,却没有拿过印把子,没有管过百姓,谁知道有他。怕的就只是棒客们乘势抢人。抢人的棒客也未必杀人,那我们真用不着躲了。何况未必抢到我们的名下,我们何犯着躲到那些地方去受罪呢?……"

黄澜生道:"你还没有想到革命党也要进城哩!"

韵侠道:"革命党更不会抢人了。"

"总而言之,躲一下,少受些惊恐。再则乱世道,意外的事是很多的。"

韵侠看着他道:"你好胆小,这样怕死!"

"倒不一定怕死。我也晓得现在不比从前,乱杀人是不会有的。我只是替你们耽心,进城的不管是同志军,是棒客,是革命党,趁着混乱之际，干些奸淫事情，是很寻常的。……"

他太太大笑道："哦！你才在替我们耽心！说真话，我倒还没有想到这上头。其实，奸淫又算一回啥子事呢？同志军棒客革命党还不都是人当的，又不是禽兽。"

韵侠也只抿着嘴笑，脸上微微罩了一层红晕，她到底不及她二姐老辣。

振邦靠着他幺嬢的膝头，看着他妈问道："妈，啥子叫做奸淫？"

三个大人全笑了。

他爹爹笑着吆喝道："两个娃娃都滚出去！有些话，不是你们听得的！……太太，你也太脱略了，照你这样说，烈女烈妇的嘉名都不要了。"

韵侠忿然道："黄大哥，你还是这样腐败呀！我问你，男女不都是一样的人？为啥女人着男人估着糟蹋了，就该吊头跳水抹喉寻死，博一个烈女烈妇的嘉名？你们男人家如其照样着女人估着糟蹋了，又算不算失了贞节？……"

黄澜生也大笑道："幺姑小姐的学问还差一点。男人家咋会着女人估着糟蹋？"

韵侠或许想到了什么，脸更红涨了，伏在她二姐肩头上笑道："我说不来。不过我总觉得旌表节烈是不对的，男女太不平等了！二姐姐有些见解和我一样，等她同你说，她比我懂得多，看你说得赢她不？"

结果，黄太太姊妹一致，是不搬的。顶坏的一层已被看破，她们简直就心安理得起来。倒是黄澜生还是提心吊胆的，但又不敢抱怨，不敢坚决的主张。

六

在武昌革命举义的十七天，即是太阴历九月初五日，因为北京忽然来了两道上谕，使得四川的局面为之一变，毫无办法的赵尔丰更加没有了办法。

第一道上谕是单对赵尔丰的。大意说他在署理四川总督任内，人地不宜，着他仍回川边边务大臣原任，四川总督即着督办铁路大臣端方署理。

这一个消息，于赵尔丰当然大为不利，他既已不是四川总督，不但目前的一切事他不能放手再做，并且还应该催促新任前来，赶快把他经手的事结束移交。在赵尔丰本人的初意，未尝不想按照这种成例办法。而第一个老不愿意，不准他这样做的，便是他那位四少爷。

赵四少爷是实际的四川总督，尤其在七月十五事变之后，无论什么事，光是赵尔丰画了诺，还不行，还要待四少爷最后决定可否。如其他以为不能这样办，赵制台也只好收回成命，等四少爷另打主意。

四少爷要日理万机，并且助手很少，多少大事小事，都要待他拿主张。而且还要时常向老头子打气，怕他振作不起来。自然是起早睡晚，吃不成吃，穿不成穿了。因此，他于看了上谕之后，才敢于大怒道："反了！反了！堂堂朝廷简直没有是非了：咱们爷儿父子，吃辛茹苦，任劳任怨，把它的四川，保得金瓯无缺，将叛逆土匪全制服了，弄到现在，不惟无功！不惟不升官授爵！反而把咱们降回川边！这真气死人了！"据说，他在一两点钟内，简直疯了似的，在签押房内外横跳一丈，竖跳八尺。

四少爷如此，而随之老不愿意，也主张赵尔丰不能照成例办的，第一个是田徵葵，第二个是饶凤藻，以下是王棪，是路广锤。

据说当四少爷把他们叫在自己签押房商量此事时,田徵葵最爽快了,他挥舞着两手叫道:"朝廷既这样没是非,不公道,对不起我们,那我们不如就反了!什吗上谕,管它的,置之不理!我们有的是兵,有的是钱,偏不交代,怕谁?"虽是极合四少爷的口味,但据饶凤藻的意思,却说这不可以,朝廷到底是朝廷,任凭如何不公道,为臣子的怎能倡言说不遵奉?造反的话,更不该出口,"我们本身不正,四川的事怎好办呢?对于官绅军民,我们连话都不好说了。为今之计,只有暂时把这消息压住,切不可以泄漏半字。一面设法阻止端午帅不忙上省接事,一面照对付岑三爷的办法,赶快电京,仍然向北京找路子;至少总得办到留任,把四川乱事敉平了再交代,不然面子太不好看。好在目前鄂变正急,朝廷用兵平乱的事大,一时留心不到四川。观望个一两月,是可以的。"

但是第二道上谕传来,就连他们都着慌了。

第二道上谕的大意,说是四川铁路事件,前已钦派端方查办;后又据都察院代奏四川京官某某等,为川民争路,致酿重案,恳饬秉公查办的呈子一件;也已谕令端方按照所陈各节,秉公查明具奏。现在端方电奏,说是一到四川,根据各属士绅代表的呈子,先后派出去的委员等的报告,以及官绅等当面的议论,详加考核,已查清楚了,川中罢市罢课以来,实在不曾戕害官吏,抢劫仓库,绝对不是逆党勾结为乱。七月十五督辕所见火光,仅系南打金街居民自行失慎;人民赴辕请求释放蒲罗诸人,田徵葵竟敢擅行枪毙街正商民数十人;次日附省人民闻知,冒雨奔到城下求情,又着官兵枪毙数十人;因此,人民才大为愤慨,赵尔丰以前电奏的种种,全属不实。而此次川事之所以弄到如此,实由王人文赵尔丰既曲循蒲罗等之言,提倡保路于前,赵尔丰又误用田徵葵周善培之言,激愤人民于后。尤其是周善培,曾经在同志会演说铁路国有,系夺路夺款,委是阻挠国政,危词耸听;赵尔丰则在未到任以前,对于同志会极表同情,即如七月十一日,同志会禀请休会听候查办,赵尔丰且有:"该会长等既经任事于前,仍当确切研究,以善其后,"的颂词,后来又忽然听信王棪饶凤藻等因为挟有谘议局纠举的嫌隙,欲借此报复的谗言,竟将蒲罗等逮捕,"始则放纵,继则操切,措置乖方,实不能为之曲讳,"等语。此次川事糜烂至此,既据端方查明,那吗,所有办理不善之地方官,自应分别惩治:"前署四川总督王人文,现署四川总督赵尔丰,身任封圻,既不能裁制于前,复不能弭患于后,实属咎无可辞。王人文赵尔丰均著交内阁议处,署松潘镇总兵营务处总办候补道田徵葵,贪功妄举,擅毙平民,著即行革职,发往巴藏,责令戴罪图功。署提法使劝业道周善培,轻躁喜事,变诈无常;兵备处总办候补道王棪,结怨绅商,声名素劣,均著即行革职。候补道饶凤藻,资轻望浅,舆论不孚,著以同知降补,以昭炯戒。四川谘议局议长法部主事蒲殿俊,副议长举人罗纶,度支部主事邓孝可,翰林院编修颜楷,贡生张澜,民政部主事胡嵘,举人江三乘、叶秉诚、王铭新、彭兰荪,教谕蒙裁成,对于匪事绝无干涉,均著即行释放。"

  这一番生气暴跳的,反而是赵尔丰。据说他是早已清清楚楚的知道端方一进四川,就已蓄意要夺他这个总督位子。所以到重庆之后,便与幕友等商量定了,利用四川人民痛恨他的心理,把由盛宣怀同他自己所引起的这一盆烈火,整个的恭送给他,放在他热昏了的头顶上。格外又采纳了成都绅士派到重庆去的代表,法政学堂监督邵从恩,教育总会会长徐炯二人的控诉,乐得把种怨的几个人揭参。这一来,总督位子坐稳了,又可收买民心,便是善后也容易办理。据说,赵尔丰认定如此,所以当下只是咬着牙巴骂道:"端午桥直不是个好东西!他把我逼到这步田地,却来当好人!他没有到川时,一次电两次电,叫我严厉对付,不可放纵,民意只算狗屁,朝廷政策是必须贯彻。等我放手做了,他也一次电两次电,叫我不要放松,他自会极力在内中代我帮忙,非把嚣张的民气压下,好事的议绅严惩不可。到他进了四川,我这里正在棘手时,他忽然变了,一次电两次电,叫我不要操切,不要任性,不要过听佥壬之言;并说不要再用兵,朝意颇愿和平了结。明知道我已坐在炉火上面,他却来收买民心,把一切祸害向我身上一推,他当了好人,就太平无事的做了四川总督!如此存心,怎不是小人之尤呢?唉!我上了他的大当了!"

他也就横了心,采纳了饶凤藻的献议。把两道上谕全压了下来,一面设法阻止端方的西进,一面叫被参的人照常供职,给他个不理会,再次,便特特把四川藩台尹良和四川提法司周善培叫去,同他们商量先事收买人心的办法,末了,依然同王棪等商量,如何想个办法来回护他以前的过失,好向端方反轰过去。

因此,四川总督衙门里来喜轩中,于七月十五日所请去闲住的首要们,才稍稍有了生机,防范不那么严了,家属也可以通问了,饮食衣物也可以送进去,拿出来了。

因此,城外的兵事也不那么催紧了;奉劝人民归田,力保绝不妄戮一人的告示,也才贴出来了;四川①总巡查路广锺也才不那么猖狂了。

却也因此,端方的六言有韵的安民告示:"蒲罗九人释放,王周四人参办,尔等哀命请求,天恩各如尔愿。良民各自回家,匪徒从速解散,非持枪刀抗拒,官军决不剿办!"东路也只能张贴到资阳县,北路也只能张贴到绵阳县,西路南路以及资阳之西,绵阳之南,是有赵制台的口谕,不许张贴出来。

赵尔丰的态度便这样转了个大弯,忽然和平起来。尹良周善培等除了天天上院,还时常便衣小帽,轻身减从,来拜会高等学堂监督周凤翔,法政学堂监督邵从恩,教育会会长徐炯,商会会长廖治等一般绅士。谈言之下,力说赵季帅对于川事颇愿改弦更张,和平解决的曙

---

① 此"四川"应为四城或四门,这是路广锺的职务。——编者注

光,已露一线。四川土匪遍地,民困已深,大家诚宜捐弃旧嫌,帮同季帅把川局收拾起来,上以抒朝廷西顾之忧,下以尽恭敬桑梓之责。话又谈得这么甜。

绅士们尝试的要求先把被拘在来喜轩,以及各处的人释放了,再议和平解决办法,他们也毫不迟疑的答应转向赵季帅请求,并且拍着胸膛说:"兄弟们敢担硬保,季帅必定俯如诸先生之请的。"尹良还特别凑着诸先生的耳朵说:"现在田徵葵诸人已说不起话了。日前饬差到被拘各先生家去分致慰安一事,也是季帅和兄弟商量后,独行独断的。"

绅士们因而推测赵尔丰之忽然出此,定是有了什么朝命了,这还离题不大远。人们则诚心诚意相信必是湖广省的革命党杀进了四川,必是四川的革命党已在什么地方起了事,得了手。所以春和茶铺的热心人们,才衷心大喜说:"他妈哟!赵屠户这死乌龟,也有了害怕的了,怕革命党!……革命党连皇帝老官都要杀的,怕还不把他的狗头砍下来吗?……他龟儿,现在要和平了,不杀人了,我们偏不肯和平,宁可吃点贵米,烧点贵柴,偏要等着革命党起来砍他的头!吸他的血!"

傅隆盛叭着叶子烟道:"还有周秃子路广锤这般东西呢?"

"都要杀的!都要杀的!……革命党来了,但凡赃官,没一个活得了!……哈哈!革命党比岑官保还来得毒辣,你们看嘛!"

七

赵尔丰愿意和平,偏偏同志军倔强起来,并不听他告示上的话:"立即弃械归农,卖刀买犊。"

由四乡避难来城的人民越多了,房子的租金涨了价,柴米等项也更贵了,说是府河更不通,四乡的来源也更窄。

尹良周善培等人只管说和平解决已有一线曙光,然而拿实际情形来看,依然还是墨黑的半夜。官场中的人得不着各方的真消息,只好听信谣言,大起恐慌,又害怕同志军,又害怕革命党;没有在成都置备产业的,都纷纷请假,率领眷属,出东门向重庆跑。不能跑的,便东门搬西门,南门搬北门,总以为把过于熟悉的街道和邻居离开了,便少多少危险。

黄澜生也是大起恐慌之一人,每打听到一个同寅走了,他就不胜羡慕一次,觉得这人好像跳出了鬼门关;一个同寅搬了家,也觉得别人得了一重保障。虽不敢再向太太提议搬家,恐怕受她的讥笑,但一从外面回去,总要向太太述说风声怎样不好,请假走的有多少,搬家的又有多少。

那天,他正在上劲向太太说时,太太似乎也有点动了,说是只要在满城找得着好一点的房子,……

振邦忽然奔了进来道:"爹爹!吴老叔来了!"

同时吴凤梧的声音在敞厅上叫道:"澜生在府吗?"

黄澜生高兴极了,从卧室里一路问着出去道:"凤梧么,几时回来的?从那里回来?上次楚子材的信上,只提说了你一句,说你从八月十九离开新津,就不知道你的下落了。到你府上去问了两次,你夫人也不知道,说你没有寄过信回家。……"

彼此作了揖,互问了安好。

"该是平安回来的?路上还好走吗?……"

婉姑也同她哥哥跑了出来,喊吴老叔,给他请安。

吴凤梧一把将她抱了起来笑道:"婉姑儿更长高了,更长乖了,越发的逗人爱了。……这回对,这回老吴有灯影儿跟你们了。"

振邦拉着他新梳过的发辫,连连顿着道:"不要诳我们,就拿来嘛!"

他果然从衣袋里摸了两枚银元出来，一个小手上放了一元道："本要跟你们买来的，不晓得你们要的是那样，这下，你们自己去买好了。"

黄澜生连连的吆喝孩子，连连的阻止他。他笑道："澜生你莫！……老吴有钱跟小娃儿，自是好事，难道我还打肿冲胖吗？你看我的样子改变了没有？"

并没有，只是头发新剃了，觉得气色光昌些，而其瘦，其油黑，依然如故。也有大不同的地方，就是衣服穿好了。一件八分新的雪青湖绉薄棉袍，还合身，只稍稍短一点；上面罩的一件虾青花缎马褂，也有八分新，又稍稍长一点；脚上倒是一双崭新的漂白竹布踝袜，一双崭新的苏缎薄皮底鞋，衣衩间露出的玉色夹套裤是旧的。

黄澜生点头笑道："你这回果然对了，衣履如此端正，像是找了钱回来的？"

天气更凉了，主人便把客让到楚子材原住的那间房里，又叫罗升泡茶检点心。

吴凤梧才说起他是由眉州转路回来的："沿途都是队伍，股头也多，名堂也多。光说由彭山县到中兴场，沿途就差不多有三营人的光景。若其不通皮，不在同志会滚过的，除非拿有出名某大爷的片子，或是路票，那才可以通过。我是有资格的，并且又办有特别的路票，所以算好，才走通了，还带了一挑行李。到了彭山，一打听，从新津到省全是官兵，我怕被人认得，受方①，因才改由黄龙溪沿河回来。点子也高，到中兴场遇着了巡防兵，幸而有一个哨官是旧日同事，送了我一张平安护照，还打搅了他一顿饭。如其是别的人，没有在粮子上跑过的，就不说你是奸细，把你捆扎起来请功，总之你一挑行李是不会剩下了。"

---

① 哥老会术语，受方谓受盘诘或受斥责。又含有使之为难之意。——作者注

"路上这么不好走，我那伙同寅还纷纷向重庆跑，咋个走得通呢？"

罗升又将叶子烟递来，吴凤梧也只把屁股略抬一抬，将就他吹燃的纸捻，把烟哑着道："东大路和小川北路的情形我不晓得，若说打从水路由嘉定叙府走，那就只好碰各人的运气了。"

"乡坝里头不是鸡犬不安的了？"

"就我所走过的说，倒只是县城和几个大镇市乱得不成名堂，衙门抢了，经征局抢了，知县委员师爷们有带着印逃走了的，有被扣留着光准坐堂问案的。绅粮人家，懂事的赶快挺身出来加入同志会哥老会，不懂事的便着派款子派米。乡坝里头，只是一些偷鸡摸狗的东西，借着啥子会的名字，到各村庄里估着拿点小款子，面子上倒还看不出咋个乱法，农人们做活路的仍旧做活路，赶场的仍旧赶场。这也是没有打过仗的地方，既没有军队，同志会哥老会的弟兄伙又绷了一个仁义的面子，所以不像别的地方。"

他忽然把那张只有蚊帐褥子，而无枕头被盖的单铺床瞅着道："怎吗？楚子材没有在这里住了吗？"

"他走了，回新津去了。是八月二十四日打早走的。因为二十三的下午，接到王文炳代他母亲写了封信来，说他父亲受了重伤，就是八月十九日你们退出新津那天，兵变了，受的伤。……"

吴凤梧很是恻然的皱着眉头道："哦！楚四爷果然在数！那天，我早走了一步。……"

"这个不忙讲说。你到底是那天进的城？"

"昨天正午。先在家里洗了个澡，下午就到会府买了这身衣服。刚才去问了王文炳的信息，就到你府上来了。"

"我问你一句要紧话。像城外那些同志会哥老会棒客土匪，依你看，到底能攻打进省城不能？"

他喝了一口热茶，才摇着头道："不行，不行，我敢一口气说上一百个不行。我跟你说一个例子,比如新津县城,好大一个城池,城墙又那么矮法,就只仗恃城外一道河,其实又好凶险呢?也不过水面宽一点,流得紧些;镇多陆军有快枪,又有大炮,只由于人不齐心,又舍不得拼命。若不是上头逼迫得紧,怕到今天,还不曾攻进去哩。同志会们,人数倒多,股头倒多,这儿一队二三百人,那儿一股六七百人,但是硬铮军火已没有好多,人心更不齐,你要朝东,我偏要朝西;就是堂勇民壮稍为硬铮一点的州县城池,还不敢去,还说这们高大,这们坚固的省城。何况官兵又这们多,陆军再说不行,守城是绰绰有余,巡防兵又都是打过硬仗火来的,只要上头的饷够,管严点,军队不变,省城是安若泰山的。"

黄澜生犹然有点迟吃道:"难道都是谣言吗?城里都传遍了,说同志会的牛儿炮多凶,又说孙泽培的杀刀队咋个咋个的行,官兵一听见就害怕。"

"孙泽培的杀刀队没看见过。至于牛儿炮,那真笑话,抵敌明火枪倒还可以,要说抵得住快枪,那简直是梦话。光说一件,快枪的射程可以打到三里开外,不等你的家伙拿拢,你们身上已着穿了窟窿了。这些废物,没说攻城,就想打到城脚下,也等于做梦。依我看,全四川的县城破完了,省城还是平安无事的。"

"哼!你不要这样说,还有革命党哩!"

"当真,我正要请教你。我在路上简直没有听见说革命党的话,到了彭山,遇见一个留洋学生模样的人,在向同志会演说,才晓得革命党已于八月十九日在湖北省城武昌举义,大统领举了黄兴,副统领举了湖北新军标统黎元洪,湖北的新军全投降了。不到三天,湖南省的新军,安徽省的新军,也全变了。大批的革命党人已把南京、上海、广东、福建取到手上。山东、河南两省的革命党,也占了些州县。现在革命军已分成两队,一队有十万人马,正从京汉铁路开去,要攻打北京城,推翻清朝,听说是一路无敌,已到了河南。一队也有十万人马，从水路向四川杀来，坐的是火轮船，已过了宜昌。四川各地的革命党正安排响应。他一说完，便奉劝大家全加入革命党造反。说是不久革命军打入成都，成立军政府，凡是革命党人都有官做。不过他只管说得天花乱坠，听的人都不大相信，说他在冲壳子，他们全不信清朝的天下是留洋学生革命党夺得去的。有几个冒失鬼便跳起来骂他妖言惑众，要把他捆送到县官那里去。幸而被大家劝住，我也就离开了，不晓得下文如何。一直到省，又没有听见一点影子。在中兴场问那哨官，他也说不晓得有这回事，只是奉了一个札子，叫他谨防革命党。他还笑说：如其革命党额头上刻有记号，他倒好见了就捉拿，不然他咋个谨防？难道见了过路人就抓住，问他是不是革命党？我把在彭山所见所闻的向他说了一遍，他也不信。只说好像听说湖北有过这们一回事，又好像听说已着官兵打平了。不料一进省城，反而闹动了，连我那蠢老婆也向我说了一长篇。昨天买衣服时，老陕们说得更凶，说他们接到家信，陕西省也起了革命。你住在省城，又是官场，自然知道得更清楚。到底是咋个一回事？"

黄澜生已经抽到第九袋水烟，把烟袋放下了，才说道："我听的消息还没有你晓得的多哩！虽说在官场中，要是不在三大宪衙门的文案房走动，简直不晓得一点儿。近来连文案房也没有信息了。倒是各票号各大商号还晓得一点。在彭山演说的那个人，不消说是革命党特为来鼓惑众人的。他的话虽说不很实在，革命党的势子一定闹得越大了。不然，川东道朱有基朱观察，重庆府钮传善钮太尊，为啥好好的要禀请解任？官报书局总办余大鸿余观察，为啥会奉急札，赶赴川东办理水师？还有哩，前天，黄中时太尊也奉了札子，叫他赶速筹办北路电线。面子上的话，只管说忠州垫江县一带电杆被风雨所毁，其实哩，一定是宜昌的线路不通了。为啥不通？说不定硬是革命党的大军，真个坐着火轮船杀来了。因此，一般消息灵的同寅们才趁着时机先跑了。只有我们这些有产有业，有家室子女的悖时官，要跑也不能。并且内人胆子又太大,奉劝她搬到满城去躲一躲,她也不肯,凤梧,你说焦不焦人?"

吴凤梧定睛看着他道:"你还想朝满城搬吗?你当真坐在黑漆桶子里,硬不晓得陕西革命党大杀满巴儿一件事?"

黄澜生好像触动了机关的洋囵囵,便跳了起来,大声问道:"也是老陕说的吗?"

两个孩子又跑了来,一面告诉吴老叔:他们已经买了好些大的油纸灯影。振邦一面问他爹爹:"妈妈叫我问你,吴老叔在这里吃午饭吗?"

吴凤梧站起来,坚决的说道:"跟妈妈道谢!说吴老叔要拉你爹爹吃馆子去!"

八

"佛要金装,人要衣装,"这确乎是两句通俗哲理话。比如吴凤梧仍然像三个月前第一次着撤了差,逃回成都时那样,只穿了一件变白了的蓝洋布衫子,和一双有了通气孔的鞋子,即令他也和今天一样,身上揣有十来块白亮的龙洋,和黄澜生走进商业场一品香餐馆大门时,他的态度绝没有现在这么昂藏,而堂倌们也绝没有像现在这样奉迎他。

黄澜生志在要听他讲消息,并同他商量自己的大事,便带着他一直走到角落上一间光线不足,稍为有点闷气的小房间来,绝不听堂倌的奉迎,而到那大厅上去。他还以为像七月十五以前,大厅和其他较好的房间,全是那样进一伙出一伙,热闹不堪的样子。

堂倌请点菜。吴凤梧笑向黄澜生道:"澜生,请你帮忙点几样价钱贵的就是了。……"又低声说道:"你不要方我。难道你还不晓得我是头一次买主吗?"

"那吗,我们只两个人,用不着大锣大鼓。来一份鲜爆虾仁,和一份京溜填鸭肝好了。"

"菜太巧了,我早饭吃得早些,已经饿了,再点几样充饥的,还要一个鸡,在外州县简直没把鸡吃好过。"

"那就先来一份三鲜炒面。再加一份宫保鸡。这实在够了,它这里的菜,份量都很多。汤哩,来一份鸭腰汤。酒要陈年允丰正的缸面酒。"

堂倌摆上细瓷杯碟和牙筷,便放下门帘出去了。

黄澜生又才问道:"听说,邮政局天天都派有委员在检查信件,有一点消息的,全扣了起来,送到院上烧毁。他们的消息,又咋个来的呢?"

"这倒没问他们。说不定他们的信还是由大帮脚子捎带的。老陕的脾气,我晓得,他们守旧极了,老师傅定下的章程,他们是至死也不敢擅改一个字。从前我在打箭炉,就看见他们寄信,宁肯多花钱,多等日子,交由大帮脚子捎带,凭你说得邮政局咋个好,好到不花钱,他们也不相信。所以我们四川人才叫他们做陕棒搥,又直,又硬,又不通,哈哈!……"

"你不要笑他们,他们做的才是老实事哩。如今就看得见了,还是他们得到了消息。……只是我不懂,革命就革命,为啥要把满人杀个干净?……"

三鲜炒面送了进来,黄澄澄的一大盘。

吴凤梧先就喝了声彩道:"大馆子的东西是不错,好香啦!澜生,请请,趁热。……味道实在好!又没有明油。咋能一天吃一盘,才是福气啦!"

他一个人差不多就销缴了四分之三。接着虾仁上来,他也是那么大匙的舀来朝口里倒。直过了大半,他方发见黄澜生是拿着象牙筷子在一颗一颗的检。

"好鲜的东西，太好吃了！你咋个不用调羹呢？"

"还有菜哩，一则我不十分饿。……如其革命党进了成都，满城里不是也会开红山吗？"

吴凤梧这才喝起酒来。点点头道："我想，一定要开红山的。我听王文炳跟我讲过啥子《扬州十日记》《嘉定屠城记》，说满巴儿打到南方，杀了我们汉人不知有多少。凡是男的，不论老少，杀一个尽绝，女的便尽数抢去，老丑的当奴当婢，年轻好看的陪着睡觉，糟蹋死的也不少。所以讲革命的便要讲排满，替我们祖宗报仇，也得把满巴儿杀一个干净。说起来自然是惨一点，叫我来动手，我就没有这胆子。革命党大概都是杀人不眨眼的代王们，我们咋个赶得上！"

"这样说来，幸而我没有搬进满城去。内人的见解真不差，以后倒要听她的话了。……只是凤梧，我再问你一句要紧话。依你看，革命党来了，像我这样的人，该不至于着啥子冤枉，吃啥子大亏嘛？"

这是极有干系的话，他又不是深知革命党的人，他如何能不假思索就断定呢？

他思索了又思索，末后说道："这个，最好去找和革命党通气的人问问。我们全在黑处，革命党的为人行事，全是在过猜，到底猜得对猜得不对，全不晓得。"

黄澜生皱着眉头道："晓得谁和革命党通气呢？我又隔了行的。"

"人倒是有的。和楚子材同学的那个王文炳，我看他一定和革命党通气。我同他在新津谈起来，他是五体投地的佩服革命党。革命党的书，他也看过不少，刚才所说的那两部记，他几乎背得。他并且说他曾经做过一篇文章，登在上海的革命报上。……"

"着，着！你说的这个人，确乎像！他平日说话，就那们飞飞扬扬的。你不是已找过他，会着了没有？"

"没有，他的同乡说，倒是八月底回来的，却时常不在家。连几夜不回去的时候也有。恰恰昨夜回去过，今天一早又出门了。"

"你还去找他不？"

"咋个不呢？我现在虽说弄了几百块钱，像眼前用法，到年底就要光了。自己的前程，不能不打算。照你所说，和我到处听来的，革命这件事似乎是不可免的了。与其等别人干开了，自己才挤上去，那吗，好油汤都着别人先喝进了口，所以常话说的，挨刀也得挨头一刀，好在我还有点队伍，意思就打算找他找个路子，投靠着革命党，成哩，大小做个官，就不说封妻荫子，光大门庭，饭总有吃的。不成哩，拼着跑滥滩，也不过官还原职。"

他说得那么高兴，酒简直像水样灌进口去。

黄澜生的心好像也定了些，脸上有了笑容。举起酒来喝了一口道："世道真不同了！造反的话，敢光明正大的拿到馆子里来说！……如其在两月以前，我是不答应你去当反叛的，如今倒要喊赞成了。本来，……"

隔壁大房间里有了客了，似乎有好几个人。堂倌争着在大声喊："打热帕子来！……泡龙井茶来！……"

黄澜生低声问道："你说你还有点队伍，有好多？"

"有八十多个人。……你以为数目不大吗？哈哈！你不懂！我的人数虽少，家伙却硬铮，有二十六支新式五子快，有二十支九子枪，有十八支双响劈耳子，其余全是后鞘毛瑟，并且弹药都很够。这都是我千辛万苦，寻方觅计，巧取豪夺弄来的。人也硬铮，都是我在新津、大邑、蒲江，几县团防里用心用意挑选出来的。我敢这们说，不怕四方八面有多少了不起的强敌，只要我发出一声喊来，就是赴汤蹈火，他们也会去的。不容易啦！老哥！就是这个小队伍，也费了我好几个月的心血啦！所以在新津撑持时，说是周鸿勋担了大头，其实若没有我老吴，早就完事了。前后开了六次火，无一次没有我的队伍，幸而好，也只消耗了一些弹药。"

菜已吃来差不多,酒也喝过三壶,黄澜生遂问起他新津的事情。

新津的事情虽然没有成功,然而在吴凤梧的生活史上,占的地位究竟是很重要,值得他自喜和欣然向人叙述。因此,他便摸着酒杯,旋喝旋说起来:"说起新津的事情,不是我夸口的话,如其不是我老吴在中间撑住,那里会支持到二十多天,才让跟了朱统制,如其大家始终听我的话,恐怕新津到现还在我们手上。说起来,令人叹息!一伙人只晓得崇拜侯保斋,说是他的名气大,南路一带的哥老会非他出头不能号召,甚至于说赵尔丰也害怕他,把个侯保斋说得比关老爷还凶。其实,并不凶,那天估着抬他出来时,他急得要哭了,连连说他是大清朝的好百姓,不愿临到老死来当反叛。我早就向王文炳说过,与其把个不中用的侯保斋扛出来做招牌,倒不如把周鸿勋抓紧的好。他那时尚疑心老周不大可靠,不赞成我的话,滚在侯国治他们一路。还幸而老周和我同过事,向来就佩服我,肯听我的话,我切实招呼着他,才没有弄到跟他们翻脸。这也因为老周为人太直了,在雅州时带了一点过失,害怕被调上省,着赵尔丰鸩治他,不得已才加入同志会。既加入同志会,更是赵尔丰的对头,他如何又好倒过去呢?及至跟官兵抵敌了两阵,大家看出了老周的力量是比他们大得多。王文炳倒信了我的话,要想把局面变一变,却不行,侯国治他们已不听他的吩咐,并且还嫉妒起老周来。我同王文炳老周等相商,最好是我们退出新津,朝彭山开,明知官兵的大队全在南路,济河一带是没有好多人马的,我们从这面跟他一搅扰,他必然手忙脚乱,要把南路大兵移过来的。那时,新津也保守住了,我们的声光也更大了,澜生,你说这主意该是对的?……"

隔壁吃酒的已八马五魁划起拳来。

吴凤梧继续说道:"他妈的,那般人又生怕我们走了,他们支不住。因此,就老呆在新津,天天拿油火、鸦片烟、姐儿、晏子,把老周弄得迷迷胡胡。及至朱统制派人来接头,他们答应了,还不等老周晓得。我猜他们的意思,一定是把我们留在后头,跟他们断后,他们好清清静静的逃躲。说不定还把我们卖跟官兵了。因此,到开花炮打进城来,楚四爷才跑来通知我们,说他们已要走了。那时真跟了我们一个措手不及,我的队伍不大,并且驻扎在一块,倒还容易拖起跑,我就先跑了一步。老周自然生了气,听说他一到城门,碰见侯保斋他们,登时就变了脸,一个口令,弟兄伙就乐得开了枪,并打了个大启发。……"

"打了个大启发?"

吴凤梧哈哈笑道:"把你考着了吗?这是袍哥话,抢人钱财就叫打启发。……侯保斋因此而死,料不到楚四爷也因此而伤。……"

"目前周鸿勋在那里?"

"在邛州和雅州府一带。"

"你的队伍呢?"

隔壁划拳声音中,忽杂有一种又秀气,又有点放娇的媚声。

吴凤梧便凝神一听道:"好腻呀!这又不像唱小旦的破竹篙声音,定然是那一个旻子娃娃。"

他急忙起身出去,约有五分钟之久,才笑着进来道:"硬着我猜准了,原来是王念玉这个娃娃!……"

九

在黄澜生决定不再说搬家到满城去的第四天,孙雅堂走来给他说了一个恶消息:"驻扎龙泉驿的陆军变了一队人,被一个姓夏的排官统率着,向川东开去了,并且拉起了革命军的旗子!……这们一来,四川的事简直就弄糟了!"

黄太太道:"一队人有多少?"

"这倒不很清楚,想必不很多,大概有几百人罢。"

她便笑道:"一两万陆军,变个几百人,算啥子!巡防不是已经变过好几营了吗?你们从前也议论过,不要紧的呀!"

孙雅堂瞅着她道:"二姑奶奶,你的话也不错。只是有一点,陆军不比巡防,巡防大都是从川北一带招募来的穷苦人,只晓得下操、打仗、拿月饷,百个人里头就有九十九个半是认不得字的,就多变几营,也不妨事。他们志在发财,只要你不追究既往,一招便会回来,即不回来,也带着财喜溃散回家去了,不足虑的。陆军就不然,他们是征来的,都是好人家的子弟,读过书,有些还下过考。他们并且懂得点时务,很容易受革命党的鼓吹。就如这一次打仗,陆军到处得民心,就因为他们说过争路是对的,他们的职务在保卫国家,安排将来同外国人打,要估逼他们去自残同胞,他们只好把枪朝着天上放。所以在筹防局里,大家一说到陆军,都有点不放心。听说田徽葵王□他们两位早就主张叫陆军把枪支弹药缴到军械局,意思就防他们要变,要革命。不想他们却公然说,如其这样,他们宁可自行遣散。赵季帅也怕把他们激变了,才没下手谕的。……"

黄太太打岔道:"陆军这样的不可靠,为啥又要练它呢?这不是养虎自害吗?"

"对啦!北京那般王公大人,都能有你二姑奶奶的先见,武昌的革命党还能起事?这都是吃了维新党的亏了!你看,武昌的事就是新兵变了才闹成的。澜生,这两天消息很不好,倒不晓得确不确,是由重庆传来的,说陆军部大臣荫昌在河南打了个大败仗,着革命党生擒活捉过来,革命党已攻到直隶省,说是摄政王有挟着宣统安排向东三省逃走的样子。"

黄澜生连连点着头道:"已听见好几个人说。本来宣统登基时就不吉利,为啥子要称摄政王?从前清朝入关,也是一个娃娃皇帝和一个摄政王,以天道循环而言,失国出关,自然也应该是一个娃娃皇帝和一个摄政王。我在前三年就替他们耽起心了。"

他的太太道:"这些前朝后代的话不说好了。孙大哥,你只说龙泉驿的陆军咋个变了就会弄糟呢?"

"自然啰!你想,陆军早就是那样不听用的。又听见武昌以及好几省的陆军都变了,都起了革命,他们难免不动心的。如其再有革命党混进去跟他们一鼓吹,还有不生变化的道理?龙泉驿虽只说变了一队人,这比如一匹布已着剪了一个口,自然一撕就要破的。所以我们局上一听见这消息,大家都不约而同的认为四川的事从此糟糕。并且听见人说,赵季帅竟骇哭了。或者过一点,不过四少爷田徵葵等确实着了慌。"

黄太太笑道:"陆军要变就早点变,要革命就早点革命,惟有这样交运脱运,乱糟糟的,真不好过!我倒说句良心话,只要不杀人,可以照常过日子,路上通了,东西来得到,不像目前又贵又买不出,任凭咋个都好,不说革命,就是着外国人占了,也只那们一回事!"

两个男子全笑了起来道:"你倒达观,别人却要訾议你是凉血动物了!"

孙雅堂道:"本来,像我们吃笔墨饭的,革命不革命倒和我没甚相干。革了命,还不是有官,做官的还不是要请朋友办公事,只要有人情,事倒不会没有。不过这次在筹防局,相处得很好,月薪也还不菲,并且等乱事平了,很有希望在特保里插个名字,大小弄个官来做做。不想又要革命了,前功尽弃,说来未免可惜一点!"

他是那么的在感叹。

黄太太道:"只要你拿得定革命党硬可成事,你何不找个门路,先投到革命党里?将来不是也好做官吗?"她说时微微睨了她丈夫一眼。

"谈何容易!我们的行道不同,晓得革命党在那里呢?并且临渴掘井,也有点来不及啦!"

大家又说了些别的话。

黄澜生到毛房小便去了。两个孩子恰不在跟前。

黄太太急忙向孙雅堂低声说道:"澜生已经找着了路子,所以近几天来,他是很放心的。这话大有干系,你不能向第二个人说!我告诉你,他找的是王文炳——就是楚子材的同学,你会见过的。……"

"王文炳是革命党吗?好极了,我就去找他。……他住在那里?"

"我不晓得,澜生才晓得。但你咋好问他?他向我嘱咐了又嘱咐,叫我千万不要向第二个人说。因为是你,我们不同了,才告诉你的。……"

他笑嘻嘻的连忙把她的脸颊捧着,亲了一下。

"你就是这样,总是喜欢动手动脚!我以后再不帮你的忙了!"

可是不等孙雅堂告罪,她又低声说道:"你不要问澜生,我告诉你,你只去找吴凤梧,他现在也投入了革命党,这也是澜生说的。但你千万记着,不要说我在指示你!……"

十

这时候,电报业经不通,陕西革命党起事,屠杀满人,已经是全城皆知。偶尔从重庆传来些消息,那更说得厉害了。本省虽还没有革命党起事的事情发生,但是川西、川北、上下川南、上下川东、各路的府州县等,很少没有土匪袍哥同志会和民团等起来占据城池,抢劫衙署局所的。甚至强夺县印,把县官杀毙,新任县官募兵前去,还没有走到,不是兵溃了,便是兵变了。弄到以前许多不惜出乖露丑想钻营一个实缺的官儿,现在藩台衙门挂了牌,奉到了札子,竟自不敢走了。

龙泉驿的陆军一变,谣言更大。首先证实赵尔丰实在因为恐惧,不得不要出于和平一途的,便是七月十五被捉去的人,竟于兵变的第二天,接连释放了好几个,并且还是以礼遣走的。

这样一来,不但给人民添了许多谈论资料,并且给一般作过威福的官吏开了一个自便之门。他们比一般人还相信得真的,便是清廷是必然会倒,革命党必然会取得天下,革了命后,本地的绅士自然都抬了头,以前自己所处的地位,将来必要让给向不在眼中的一般人。如此一来,即不为将来的利禄计,只就本人安危着想,也尽有趁着劫运未到之时,早点布置一下,将来或者有点保护。因此,一般尚在来喜轩受着拘囚的阶下客,早已变成好多人的眼中肥肉。

后来,据孙雅堂向黄澜生说起来,路广锺献的殷勤最多了。他差不多每天都要到来喜轩去一次,比尹良,比周善培,比其他的人还去得勤。并且每去必要极欢乐的谈许多话。还差不多每天都要送许多"内人亲自做的"点心,或是好菜去。出来向人谈到那些人,他一定要说:"都是兄弟多年的老朋友。七月十五那天,不是我兄弟舍命相救,挽着四少爷求情的话,他们早已冤枉死了。就是事后,也费尽了我的心血,才办到那样优待。唉!老头子带的过真不小!想来,他和蒲先生罗先生等,定然前世一劫,所以以前才那们不听善言。许多人不晓得兄弟的苦楚,还捏造兄弟许多谣言,说我想升官发财,真是活天冤枉啦!"

路广锺因为没有着端方揭参过,所以他还可以自行遮饰。周善培哩,便做了一篇四千多字的禀帖,系向端方自辩他的诬枉。并且排印出来,四面八方的发出去。把一切罪过全推在端方一个人身上说,"四川路事,自五月改归国有之命下,以至七月十五,凡经三变,而至于今日之大乱。一曰,五月二十一日保路同志会之成立;一曰,七月初一日之罢市;一曰,七月十五日之逮捕诸人。"他说这三变都是端方一人所激成的。文中把端方的阴私手段,揭发不少,自己辩白的地方也很理直气壮。一般与之无仇的,自然很同情他的话,然而曾经吃过他的亏，受过他的奚落的，依然不肯相信他说的是实在话，反而把端方那篇幽默的短批，念得甚熟的道："周秃子一辈子尖酸刻薄，到底也着了端方这一下！"接着就背那批语道："查该署司罪恶昭著，众口一词。本大臣俯顺舆情，据实参参，该署司不惟不自惭内疚，反指公论为谣言，肆其老奸巨猾之手段，直欲以笔墨空谈，嫁祸移恶于本大臣；而谓是非公论，必俟千载。吾谓是非公论，端在乎庶人，该署司欲取好两面，其可得乎？孟子曰：盆成括小有才，自杀其躯而已矣！吾诵斯言，吾为该署司惧之。"背到末后两句，还一定要把头在空气中画上几个圈道："有趣！有趣！"

四少爷和田徽葵只是呆若木鸡，并打不出什么自行解脱的主意。两人的心中，始终以为这次的事，全误于老头子的优柔。"若是七月十五，趁势把蒲罗等的脑袋砍了，这伙川耗子还敢出头来造反吗？咱们抽出大兵，武昌事情一起，大兵即刻顺流东下。革命党总没有西藏蛮子那么难平？这时，咱们大功告成，老头子自然入了阁，咱们的顶子也全红了。咳！一著错，全盘输，总归一句话，老头子的运气不济，带累了众人！"

王棪哩，到底打算精些，他自与饶凤藻一谈之后，他已看准了一条路子，想到他那门生的身上去了。

说是他的门生，就是当他做华阳县知县时，下手捉拿的革命党杨维。

那时的革命党尚是人人得而诛之的叛臣逆子哩，他是做官的人，何曾就观察到数年后的革命党会走到这步红运，这是他那当刑名师爷出身的父亲指教他的："汪兆铭犯下那等滔天大罪，照大清律例，是该凌迟处死的。摄政王尚且赦之不杀，只是办了个监禁。看来，革命党未必便是罪大恶极，说不定终有出头的日子。摄政王这样做，赵次帅也只这样做。你们做小官的，却何苦尽当仇人，让人家只是恨你们哩。他们高高在上的都有打算，你们奉行故事的为什么不学个乖呢？"

于是王棪才略施小计，把杨维收做了门生。时常送些钱啦，书啦，甚至鸦片烟啦，去收买着他的心。

他现在想到这位门生身上，不禁得意到微笑出来道："圣人说的未雨绸缪，这话真有道理！杨维是道地革命党，将来定然大用，我的官既着参了，如其清朝不倒，将来就能起复，也不知要费多少神，花多少钱；何况革命势子这么大，清廷一定会着推翻。自己又和谘议局同志会这般绅士结下了死仇的，将来这般人出了头，安保他们不要报复。假使我此刻先就投了革命党，只待局面一变，我也便是道地的革命党人，不说没有人敢来寻仇报复，或者道台这个前程，尚不至于除脱？"

他本不打算再去同他那位聪明的父亲商量的了，倒是他父亲留心他的事，自己赶来向他说："现在局面变成这般模样，赵季帅尹惺吾诸公都各人在作打算；你平日官声又不大佳，虽然丢了官，算是闲人，但是当此大乱将来之际，却不能拿承平时代的目光来看，到底该打个主意才好。"

他才把他的想头说了出来。他父亲捻着几茎虾米胡子，沉吟了好一回，方摇摇头道："前半截的意思倒对。我以前叫你留点余地，便是为的今日。不过即便投身革命党，似乎可以不必。一则清廷三百年的江山，纵令着革命党人夺去，未见得便不能恢复；再则，你以前捉拿过革命党，和一般绅界的人又历与不洽，你就投身给革命党，他们也未见容纳你；还有，革命党大都是留洋学生，大言喜事的少年们，和我们气味迥然不同。我们可以伺候顶古怪的上司，却未必能将这般少年巴结得上。……"

"那吗，你老人家的意思呢？"

"也没有什么，只是给他个和而不流，尊而不亲。就想做什么，也等局面大定之后再看。"

因此，王棪有一夜微服小轿，只带一个小跟班，到文明监狱去探候杨维时,据说,硬是遵了他父亲的教,只是向着他这位门生致了很多的殷勤,并说了很多的消息,力言他不久决可出狱。约定了,出狱时他来接他,还一定要他先答应,出狱后就在他"舍间下榻。"临走时,除送的东西不计外,还特为留赠二百元,以为零用之需。

这出探监新戏,不知如何,不久就传遍了官场。有人甚为欣羡的问他是否有这件事。他并不否认,只是说:"也不过是老师去看看门生罢了,说我有别的打算,却太弯曲了。我到底做过官,吃过朝廷俸禄的啦!"

十一

黄太太虽然私下向孙雅堂说她的丈夫近几天来很是放心,其实也只是那两天的观察,自她说过这话之后,黄澜生旧病复发,依然又那样见神见鬼起来。

黄澜生之所以如此者,第一,是他只会见过王文炳一次。同他讲到革命话头,王文炳诚然很是激烈,像是一个为国为民,不顾身家性命的革命党。但是切实问他到底是不是呢?他又不肯断然的回说是,或是不是。

他微微把他的心腹吐露了一点,王文炳倒慨然答应替他关说。但是一直等了他三天,没有得到他一点回信。他便有点着慌,心想:"革命党的路子,真不好走呀!"本打算不再走这路子的了,但一想起《御批通鉴》,直接的便感觉到改朝换代,不是什么寻常事情,如其不先找一个护身符,将来怕未必能容你舒舒服服的过日子。并又听人谈起王寅伯探监的故事,他更引起了一点嫉恨:"他们为啥这们会钻,几年前就把路子钻出来了?可见会做官的,到底不同!我这个人就太老实了,离乱年间,惟有老实人吃亏,若不及时搞干一下,说不定还要吃大亏哩!"

因此,第四天便亲自去找王文炳。据他同乡说,几天没有回去过,不晓得到那里去了。

幸而那天傍晚,吴凤梧找了来,悄悄向他说:"澜生,这下好了,我们不要再找王文炳。他那个革命党,未必是道地货。我今天找着了一条正路子,倒是笔端的。"

他大为欣喜,问道:"是咋样的?"

"天地间怪事真多!我不是向你说过,在彭山演说的那个留洋学生,很像是革命党吗?那时节,因为不晓得省内省外的情形,还以为他在打胡乱说,所以没听他的话,也没同他靠紧。这几天,着王文炳弯酸一阵,心里正为失悔,不想运气来了,澜生,你看,今天公然把他碰着了!……他姓尤,说是邹县人,叫尤铁民,在日本留过学的。……今天是在香荃居饭铺里碰见他,他同行有三个人。我先向他打了招呼,又把饭钱会了。本想到他栈房里去说话的,他约定中午到我家里来。……自然说得很好。我先把我的行径,详详细细告诉了他一番,他因为在彭山看见过我,晓得我是同志会,是赵屠户的仇人,所以很相信我;他就老老实实告诉我说,他们一共八个人,是奉了统领黄兴的命令,回来革命的。有两个在重庆做运动,有两个在泸州做运动,说是不久之间,都要举事了。又说龙泉驿的兵变,就是他干的,夏之时也投入了革命党。他到省已有六七天,正在陆军里做运动。……他晓得我有一队队伍,并且很行,我还没有向他说要投靠的话,他公然就邀约我一同革命,我立刻就答应了。……来不及谈你事,我们说的话太多。他叫我把队伍暗暗移到省城附近来等着,他明天就要到重庆去,我明天也就起身到南路,看还可以多拖点队伍不?……我已经算是革命党了,你又何必再投进去呢?我先跟你一个打算:我们两个人,还分啥子彼此?若其革命成了事,我自然拉扯你升官发财,若其革命不能成事,我一个人跑滥摊,绝不带累你,顶多你只帮补我几个钱,这绝不是客气话,你我两人,为啥我要鸠你呢?……此刻来找你商量的,就是我出去拖队伍,要使几两银子。尤铁民只拿了五十两跟我,这咋个够?我打算跟你先借几十两,此外,请你再预备一些,等队伍拖拢了,说不定还要用。……"

黄澜生毫不悭吝的站了起来道:"目下的几十两,家里倒有,你等一等。"

"还有一句顶要紧的话,干这些事,是半句也不能向人泄漏的。你咋个会告诉了孙雅堂?"

"告诉孙雅堂?我没有啦!"

"不是你告诉他,他为啥前天会找我问王文炳的地方,说是他也要投革命?"

黄澜生恍然若悟道:"是了,这一下连内人我都不能说了!……你等一等,这几十两我只好同你到新泰厚号上去取,免得问起来,又打麻烦。我穿马褂去。"

第一件使他不放心的问题,算是得了解决,他应该像前儿天一样悠然自得了罢,然而等到吴凤梧走后,他第二桩心事,又无端的勾引了起来。

他不放心的第二桩,还是搬房子的事。

在前,他认为九里三分的成都城垣之内,最称平安可以作为乱世桃源的,是满城。直到会见吴凤梧之后,才暗暗佩服他太太和他幺姨妹的执拗,私心庆幸没有搬去。如今因为陕西事件传来,仿佛有好些人皆在传说满城里的满人都已横了心,家家户户都备有快枪利刃,只要大城一有变动,他们便要大队的杀将出来。"他们既已知道革命党是要杀满人的,他们安排先把本钱捞回去,免得像西安省城的满人,猪狗般只让汉人屠杀。"这不只是有人这样传说,而且他还听见徐独清说是亲眼看见过,偏僻街道,硬粘贴有不知什么人假造的总督部堂告示,说现当预备革命之际,满人必有不平,或有乘机屠杀行为,仰尔军民，谨慎提防。诚然这是挑拨两方恶感的手段，但是可以知道确乎有人在挑拨，虽然不见得是尤铁民他们干的。只管赵尔丰和玉昆都有煌煌告示，极力解释说汉满本是一家，断无互仇之理，叫人民放心，不要为邪说所中。可是这好像傅隆盛等在春和茶铺所批评的："赵尔丰的告示么，只当狗屁！从七月十五以来，何尝说过一句真话！"

他于是一计算，西御街恰就是进满城去的四条道路中顶重要的一条。他的公馆距离满城的大东门仅仅半条街之远。如其满人杀将出来，他的公馆就是顶好开刀的所在。

"何况我又同革命党挨近了，这更与满人势不两立。我自己只管嘴紧，但是老婆已经告诉人了，别人那能顾你死活，说高兴了，偶尔泄漏半句，一下传到满人耳朵里，我这一家人还有不着他们洗杀干净的吗？"他更焦思到了这步。

这样一来，西御街真是危险地带。"知命者不立乎岩墙之下，"于是搬房子的念头，又把他烦扰得坐卧不安起来。

他暗自恐怖到忍不住时，只好又找他的太太商量。

这回说是要杀人，说是一种报复的仇杀，不分男女老幼，碰着了便要杀个寸草不留。这一点，便把黄太太的心动摇了。但她到底稳妥一些，还叫罗升老张等先到外面去打听一下。而打听的结果，说来比老爷所讲的更加几倍的凶，似乎满巴儿就要动手了。

太太遂计算搬往那里去的好："妈那里倒有房子，可是太近，仅仅隔两条街，晓得平安不平安。陶表哥家在东门上，房子也有多，要搬去，刚主二表哥不消说是愿意极了。可是大表哥又住在一块，闹翻了脸的，七八年不见面，如今骤然走去，太难为情了。并且二表哥那个填房老婆，又是一个醋婆子，动辄做眉做眼，也令人讨厌。胡家二舅那里哩，又挨近制台衙门，他们还不肯在那里住。徐独清家更不方便，也太窄。孙大哥住在北门上，倒好，只是他已说过，几弟兄住在一起,又没有分家,忽然加了我这一家人,那如何可以?并且他家娃娃又多,又烦;大姐和我,表面上没啥子,骨子里却是你争我斗的,让她看笑话,也值不得呀!……"

无处可搬,赶快另看房子哩,谈何容易!虽说大城房子比满城里的好,但是仓卒之间,要找一院合心惬意的,却也很难。

还有,自家的房子和这些东西,又叫谁来看守呢?罗升菊花是要带走的。问何嫂与老张,都说人不论贵贱,都有一条性命;意思是主人走了,他们也要走的。倒是看门老头子胆大,他说:"一个人生有地方,死有地方,该死在那里,命中早已注定。就是要躲,也未必躲得脱。我是六十四五的孤老汉,还怕死吗?我不走,任凭满巴儿咋个杀人,我不走!"但是他那疲癃残疾的,设或满巴儿不杀来,而来的是些强盗偷儿,他能怎么样?

黄太太一直到这时候,才第一次想到走了差不多二十七八天的楚子材。她也和她的丈夫在八月二十五那天的感想一样:"如其他在这里,倒好托跟他了。他别的不行,但是我所吩咐他的,他是可以不要命的非做到不可,这却是我试过来的。"

一想到楚子材的长处,她这二十几天在脑际差不多快要淡忘得干干净净的那个强壮少年的影子,便又明显出来,把她的心神全摄住了。"唉!他为啥还不来?我真个有点想他了!他难道把我忘记了吗?但他来了三封信,又无一封不那样殷勤的在问候我。……"

太太且把大计决不下,老爷自然只好皱着眉头走来走去。如其孙雅堂不来说了另一种消息,太太已决然要朝陶家搬了。

十二

那一天,大家正要吃午饭时,孙雅堂特特从筹防局走来,一进门便大声唤道:"澜生,我来报个好消息跟你!"

大家连忙让他就坐。照规矩添上一份碗筷,黄太太也照规矩笑着说道:"便饭便菜,太不成敬意了。"

"是好消息?是恶消息?"

"自然是好消息。局面大变,蒲罗诸人快要释放了,官绅学商联络一气,四川事情,大有办法。"

黄澜生笑道:"雅堂好几天没来了,太太,叫人烫一壶酒来,好听他的佳音。"

"没有菜哩!"

"开两个罐头,不就有菜了?……雅堂,你自然从筹防局听来的,该不会是谣言嘛?"

孙雅堂正正经经的道:"怎么会是谣言!说这话的人,是制台衙门里当差使的。他说,伯英、子清、表方、慕鲁四人,原定于今天释放的,因为赵季帅要慎重其事,七月十五捉拿他们时,闹得那们轰轰烈烈,又经过一场全城文武官员会议的把戏,如今要放,自然不好随随便便;一则绅士们办的保结,也没有办妥,所以才改定于二十四日礼遣。"

"事情却怪啦!前天尚自听人说起,有人去要求赵季帅,其他的人都释放了,蒲罗张邓四个人,何以还拘留在署?要求也释放了罢。听说,他还不肯,态度很是坚决的。何以一下又转变了,竟自说起定期礼遣来?"

"本来,他原先和王寅伯他们商量好的,是把四川的事分成两截来办。一截是争路的事,一截是谋反的事。争路的事,他认为是应该的,所以也才赞成于前,其所以闹到扮①人者,只缘一方面受了端午桥的愚弄,一方面受了谋反事件的牵连,偶尔生了一点误会。现在事

---

① 扮,擒拿之意,读若歹字平声。——作者注

理已明,所以他把人释放了。至于伯英四人,他认为是与争路事件无关的,而是借路事来谋反叛逆的首要,他正在请旨究办当中,这如何能够释放呢?……"

黄太太把酒杯举着一让道:"请酒,请酒。照你这样说法,赵尔丰的心思还是很细的哩,却也辣毒呀!"

孙雅堂干了一杯道:"还不是不得已了!因为他前后的举动太矛盾,比如做公事一样,要自圆其说,只好这样无诬不成辞的分开来讲。"

"那吗,他为啥子又要定期礼遭呢?还不是矛盾的办法吗?"黄澜生这样问着。

"也是不得已的事呀。如其不是今天听那个人细说起来,谁也莫名其妙,其实说过了,也没啥子,依然是得失两个字在那里捣鬼。端午帅在重庆参了他一摺子,已经有上谕下来,这是你已晓得的。"

"这倒不晓得。只看见周法司上端午帅的禀稿遍街贴着,晓得周法司是着参了,关于赵季帅的上谕,却不知道。好几天没到院上去打听,我们局子更是无形的烟消火灭,所以许多事情都不清楚。"

三杯酒过去了,罐头的凤尾鱼禾花雀也进了口。

黄太太说道:"所以一天到黑,才见神见鬼到处听些谣言来骇自己。我早就说过,现在孙大哥的局子是有真消息的,你没事,何不去向孙大哥那里问问呢?总不肯听!还以为我没见识,故意替孙大哥在吹嘘,这下,该知道我说得对了!"

两个孩子饭已吃完,跑到桌边来吵着要吃鱼。黄澜生红着脸,一人检了一尾,并不像往日之要吆喝太没规矩。

孙雅堂笑了笑道:"上谕大概很严厉,跟着端午帅的六言韵示一出,赵端两方,自然就成了水火了。听说端午帅初到川境时,他们两个还是一致的在商量如何对付绅民,后来不晓得咋个的,端午帅忽然就变了,和绅士们很接近。跟着成都绅士又公推邵明叔徐子休两人,偷偷到重庆去诉冤，又不知说了些啥子厉害话，于是端午帅就据实把四川的事变电奏上去，因才有上谕下来。若照端午帅的告示来看，上谕一定叫放人的，因此，雍䜣他们关于路事的绅士，才得脱了缧绁之灾，说不定端午帅那面还有啥子新命哩。现在端午帅又从重庆起身来了，说是已到资州，如其按程而进，再四天就要抵省了，老赵又咋个不着忙呢？"

"哦！我明白了。他之不能坚持到底，非弄到放人不可，就因为端方快要来了。与其等他来做人情，自己不如抢个先。"

"自然是这样的。但是也得亏绅士们善于看水经，晓得端午帅的行旌越近，他的办法就越少，然而上谕是咋个的，仍旧不晓得；并且知道老赵又是负气的，如其将他逼紧了，他有本事拼着丢官，把伯英四人竟自置之死地，也说不定呀。因此，他们才赶快商量个办法，表面上说是四川的事情，不是一味用兵可以办得了的，加以省外的革命独立，又闹得那们凶，如其不赶快把本省乱事敉平，恐防革命党乘机起事，官民都要遭殃。为今之计，只有先把人望所归的四人释放出来，而后官民一体，互相捐弃前嫌，先成立一个官绅学商联合大会；首先把真正的同志军和民团劝令释甲归田，其次再鼓励官兵清剿土匪，再次才来办理善后。只要大局一定，端午帅尽可不要再来，众绅士是有词可以谢之的。"

黄澜生不禁把右手拇指一竖道："着呀！这办法是不错的，赵季帅当然要嘉纳了。"

"倒还不那们直爽，听说他要求的，要一般有名的绅士先具一个保结，担保四个人放出来后，不能离开省门一步，如有逃亡，保人抵罪。其次，要绅士们先去一个电跟端午帅，说川西盗匪遍地，省门万分危险，叫他即便驻节资州，无庸西上。再次，要四个人出去后，切实宣布他的德意，使他足以重振威信来收拾川局。……"

黄太太笑道："这才没意思啦！明明知道人家是急于要出来，凭你要求啥子,自然都会答应的,倒是爽爽快快的放了,人家还多感激你一些,那时,你要人家咋个办,人家难道敢不听你的话吗?"

孙雅堂连连点着头道:"是啦!是啦!赵季鹤这回简直昏了,所做的事,无一不笑人。即如要放伯英他们了,才饬谕警务公所,转令各区派人把以前宣布伯英诸人藉路倡乱的告示,赶速撕毁。狐埋狐捐,真何苦呢?其实,你就把痕迹泯灭干净,难道人家就相信你以前没有那回事吗?依我的愚见,倒是不这们做还好点。……"

黄澜生道:"雅堂,据你看,现在既这样乱糟糟的,蒲伯英他们出来后,到底能不能收拾好?"

"说是一下就收拾好了,怕没有这们容易。不过,他们到底是有声光的,解铃还是系铃人,或者等他们出来一号召,比起现在,总有一点办法罢?"

黄澜生大以为然的道:"你这话说很对,至少,我相信成都总不会再出乱子了。"

因此,他搬家的念头又才暂时放下。他的推想,官绅学商既然联合起来,蒲伯英诸人又放了,革命党如尤铁民等人断乎没有机会再闹事;革命党不起事,满人当然不会恐慌,几天来的谣言,也只是谣言而已。

就因为各警察奉命满街撕毁告示,全城的人便都晓得蒲先生等要出来了,尤其是以前办过同志协会的一般朋友们,热烈的商量着,如何来欢迎他们。

傅隆盛向着他那条街的街众,则主张挂红放火爆。他的理由是,凡打了官司,从监狱里放出来的,因为有瘌鬼附身,所以亲戚邻居必要给他挂红放火爆,好把瘌鬼骇退。"罗先生他们虽没有坐监坐牢,但是着兵看守了七十天,也和坐监坐牢差不多了,我们照老规矩是应该这样做的。"

他又笑着一转道:"他们七月十五进去时,是赵屠户拿排枪来当火爆,拿人血来当红绫。他们明天出来,我们便拿火爆来当排枪,拿红绫来当人血,也才有趣!"

或者这也是一般人的见解都如此。所以在二十四这天,吃过早饭时,从许多街,许多巷,陆续涌到制台衙门辕门外来欢迎罗先生蒲先生等的群众,都不约而同的,每一小群人的手上,全有一道红绫,一竹竿盘着千子响的火爆,约略算一算,足有百多道红绫,百多竿火爆。

大堂直到辕门,依然排列了那么多雄赳赳的巡防兵。所异于七月十五日的,便是他们今天的态度都那么和平,九子枪全随随便便的挂在肩头上,看见百姓们照样快要挤进辕门了,也只摇着一双空手叫道:"退后点!……退后点!……就要出来了!……"

从仪门起直到大堂上,则是拥挤如市的人夫轿马。这比七月十五那天,还为热闹。那天只是全城文武官,而今天还加了一般绅士,和各首要的亲戚故旧。

外面是这样的又热闹,又欢欣,人人都是笑容满脸,似乎一件什么可喜的事情立刻就要显现了的一般,而内面大花厅上,主客官绅之间,不也正应酬到十分融洽,十分亲切的时候吗?以往之事,彼此都暂时搁在心上,当主人的,故意摆出一种又和蔼,又慈悲的面目,连连打着拱说:"收拾危局,还要多多仰仗诸先生的大力!"当贵客的,虽感到一种开笼放雀之乐,一自清晨看见来喜轩四周和楼上的兵丁撤去,就恨不得插翅飞出,先自己保证一下是不会死了,而后再来追怀宿怨,然而此时则不能不装做感激涕零的样子而答说:"这是议绅们的责任,敢不竭力尽心,帮助大人来整顿全川?"

他们正商量到官绅合作,究应如何的合作,而绅士们出去,先应作一个如何的表示时,辕门外的欢迎群众,业已等得有点不耐了。

傅隆盛捧着一道红,挤在最前头。起初尚只专心专意的在等候罗先生出来,忽然一掉头,他那徒弟小四,正执着盘有火爆的竹竿,笑嘻嘻的站在他的肩下。这使他猛想起从前一次挟着他,从枪林弹雨之中,逃跑出来的景象。还不是这个地方?还不是这些丘八?"他们为啥子那一次便穷凶极恶得同吃人的夜叉一样,现在又这样规规矩矩起来?唉!那一次好险啦!枪就那们哗哗叭叭的响,子弹就那们嘘儿嘘儿的飞,幸而小四才受了点轻伤。如其死了,今天不是已变了冤鬼,还能来跟罗先生放火爆吗?我们这们替罗先生拼命,看他现在出来,能够跟我们一些啥好处?别的不说,四乡的土匪不要再抢人,吃用的东西不要再这们贵,我们做买卖的,总该像以前一样,天天都能开张,进几个钱。还有那些为他死了的,伤了的,又看咋个报答人家呢……?"

来作盛大欢迎的群众中,怀有这类想头的,或者不只他一人。因为有几个人也正噪噪喳喳在说:"我们以前都把罗先生他们当作救国救民的好人,因才吃了迷魂汤似的听他的话。他咋个说,我们就咋个做。他喊我们争路,我们就争;喊我们办同志会,我们就办;喊我们罢市,我们就罢;到七月十五他们打来了,喊我们来援救,我们就舍死忘生的扑来援救。如今弄到兵荒马乱,民不聊生,他先生今天太太平平的出来了,我们也望他先生还我们一个太平日子来过才对啦!"

今天拿着红绫火爆麇集在辕门外的民众,似乎已不是七十天前拿着先皇牌位,如疯如狂奔越而集的民众。人只管还是这些人,如傅隆盛等,但是七十天前,大家的心地全似一张白纸,上面只印了一行"援救我们的罗先生!"而今天则有种种的欲望,种种的要求。欲望要求之后,还有种种的责备。

罗先生他们似乎还有点不大明白这种重大的意义罢?所以他们在大花厅把事情商量停妥之后,先是欢欣,后是坦然的,偕同别的官绅们,巍轩轩乘着家里备去的大轿,一到辕门,看见热情的群众,蜂涌而上,争着把红绫向他们的轿上绕来,不等他们开口说话,那比七月十五的排枪声还为震耳的千子响火爆,已在轿子前后燃放起来,一直哗哗叭叭的把他们送到谘议局,他们真是说不尽的高兴,因而自信:"人民还这样的在爱戴我们,那我们的话,人民一定仍是相信的。现在我们好好的出来了,怕不只须一纸通告,两场演说,他们就会欢欣鼓舞,解甲归农的了?以前,我们既能把他们提得起来,今日,自然也能将他们放得下去。老赵如此要求我们,看重我们,且先做一个样子给他看罢!"

他们如此的自信,以为四川的治乱,果就系于他们的身上,于是通告发出了,是用那位八十多岁老翰林伍肇龄领的衔,文章是:"全川伯叔兄弟公鉴,近因乱事日亟,民不堪命,赵督帅蒿目时艰,为大局起见,与在省官绅协商,请蒲罗诸先生共图挽救之法;以期官绅一气,开诚布公,保地方之治安,拯生民于涂炭。现蒲罗诸先生等已于二十四日,一律礼请出署。我全川伯叔兄弟,关怀此事久矣,用特飞速奉闻;并请广为传播,俾众周知;所有因争路肇事之处,更应详为开谕,劝其解散。现赵端两帅悯念地方糜烂,均极痛心,如能和平就抚,决不轻戮一人,亦断不追咎既往,天日在上,肇龄等亦当同负其责。公等肇事之初,本为捍卫桑梓,保护善良,而众同胞转因此受无穷之苦;富者破家,贫者丧命,流离颠沛,惨不忍闻,仁人义士,亦必有所不忍!窃愿力为挽救,不负初心。至铁路事件,现已有正当办法,决不为外人所有。其他善后抚恤各事宜,蒲罗诸先生既出,即当官绅协定,迅速施行;顾瞻四方,无任涕泣!"

十三

通告的效力却是等于一张白纸。

核实说起来,全川的乱事,诚然以争路事件做了火药。以七月十五逮捕蒲罗事件做了信管,但是在新津攻下的前后,变乱性质业已渐渐变为与争路与蒲罗不大有关的匪乱。此刻就把蒲罗请出来,和平招抚,已经费事,不过一部份人心还安定,抓住这一部,理落别一部,比较还有措手之处。但这绝不是赵四少爷、田徽葵、王桉诸人所知道,却也不是远在北京的那般王公们所愿意;他们还不是同赵四少爷们一样,正厌恶绅气的跋扈,民气的嚣张,愿藉赵尔丰的蛮劲,一手压将下去,好放心唱京调?

及至武昌举义,自太阳历十月十日,太阴历八月十九之后,革命消息传将进来,四川乱事的性质,又为之一变。这一变就太复杂了,仔细分析起来:正宗革命者,占十分之一;不满现状而想借此打破,另外来一个的,占十分之一;趁火打劫,学一套成则为王,败则为寇的旧把戏的,占十分之二;一切不顾,只是为反对赵尔丰,而并无别的宗旨的,占十分之二;纯粹是土匪,其志只在打家劫舍,而无丝毫别的妄念的,占十分之三;天性喜欢混乱,惟恐天下太平,而于人于己全无半点好处的,又占十分之一。然而与起因的争路事件,已是毫不相干,与蒲罗事件,更是南辕北辙,就在他们的梦想中,也未必寻得出丝毫影子。现在却拿了一味不对症的药来投下,当医生的诚然奇蠢,而当药物的也未免太不自量了!

就因为药不对症,绅士的通告,等于一张白纸,四乡还是那样乱法,城里的吃用东西,日形不足,使钱也就越高了。这不但一般思想简单的民众,对于蒲先生罗先生感觉了一种深切的失望。

如像傅隆盛在春和茶铺——他以前是多么勤苦的一个工作者。自从争路以来,他渐渐把他的本业荒怠了,变成了个极喜欢谈空话的老人。自从七月十五以后,生意更不见好,两三天不卖一把伞的时候也有,他对于自己的本业,越是心灰。成日的坐在春和茶铺里顽弄舌头,自己铺子的事,全交给那个再醮给他的老婆去了。——便是公然的这样在批评他们:"以前原本太平无事的,就为了他妈的一条啥子铁路,毫不相干,硬叫我们起来争啦!争啦!他妈的,争得好!就为了他们几个，闹到兵荒马乱，我们这些良民百姓，更锣儿也没有！锤儿也没有！……只说他们出来了，有点啥子好办法。几天了，他妈的，还不是跟老子一样！只是天天去陪赵屠户谈些闲话，冲些壳子！……他们倒对啰！安安逸逸的。饭有吃，衣有穿，老子们哩，颠转弄到连生意都没有了！……再照这样下去，老子们倒要造反了！……"

便是好多绅商，也觉得他们的办法太少，就有，也还是办同志会时那一套。

据说，有几位性情急一点的，便亲自走去找着他们问道："现在四川全省糜烂至此，出城五里，就不清静，柴炭油米，一天一天的不济，且不说远，就是九里三分之内的人民，已经困苦不堪。赵季鹤因为没有办法，才请了你们出来，如今对你们是言听计从，请你们天天到衙门去议事，人民也把你们看成神圣。天天长伸着脖子等你们援救，你们到底有啥好办法呀？怎不早点拿出来呢？如其再这样因循下去，四川的大乱是要引动的，弄到那样，你们的良心安吗不安？"

又据说，平日言词最为犀利，态度最为潇洒，号称足智多谋的蒲先生，竟自垂头丧气，默无一言；半会，叹一口气，以为他要说话了，结果还是叹气。邓先生罗先生虽不如此沮丧，但也只能说："现在是非常时期，办法是要慢慢想的。我们又不是神仙，那能一个呀呀呸，就令匪徒们改恶为善，就令糜烂的四川转危为安？还不是要细想办法，还不是要集思广益？老哥们旁观者清，有啥别的好办法吗？请多多赐教！"

其实，这个时候，正有一件绝大的事情发生，不但为一般人民所不知道，便是号称消息灵通的孙雅堂，也只模模糊糊听见了一点风声，而于内情，仍然同别的人一样。差不多快要到九月底了，才由几个身亲其事的人辗转传了出来。然而也只少数的人晓得，固无怪大家只是在暗地里瞎抱怨。

据说事情是如此的：当其端方刚到四川，尚正打算着怎么样来同赵尔丰会商，以强力来把四川这个乱事镇压下去之时，北京资政院忽然一个奏摺，把邮传部大臣盛宣怀参了个永不叙用。事机一转，端方赶快见风使帆，掉身站在四川绅民这面，轧实的把赵尔丰等人奏参了，自己倒得了个好处。

这已经使得赵尔丰暴跳如雷，把他恨之刺骨了，因而才使出种种方法，偏不要他一帆风顺的来到成都。不想到九月二十四日，才把蒲罗诸人放了，和仇人们刚刚言归于好，正打尖利用这般感恩图报的仇人，帮忙着把自己地位弄稳固，而使端方永远戴一顶四川总督的空帽子，不能到省接事，再从各方面把他扼制到自感不便，各自打包滚蛋，也和对付岑春煊一样。才这么样着了手，而次日忽然又由端方转来一纸上谕，偏偏是资政院和端方奏参他的结果，内阁议交大理院审判，大理院则奏称："案关激变良民，情节极为重大，自非将在案各该员等提解来京，严行质讯，不足以折服其心，而伸川民冤愤之气。相应请旨饬下署四川总督端方，迅派妥员，将资政院原奏赵尔丰、周善培、王棪、田徵葵、饶凤藻等五员，一并押解来京，送交臣院，讯取确供，再行按律分别定拟。并由总检察厅电饬该省高等检察长，将激变情形，详细调查，并将全案卷宗检齐送院，俾免狡卸而重宪典。"

自己高坐堂皇，行权使威，随便唤人为首要，自是快意的事。而七十天后，忽然把自己弄成首要，虽然文明之世，不致锒铛就道，但这押解来京一层，又岂是威镇西方的大帅所能心甘的？这自然比起二十天前，接到饬令回任的上谕时，更要使他气愤了。而一般在被押解之数的人，也都惶骇到不了，什么锦囊妙计全想不出，大家只是痛骂端方是个无耻小人。但是一想到倘若他到了省城，把前后压着的上谕一宣布，首先军民等就要反了，即使他不再下毒手，而押解一层，岂能幸免？脸面丢尽不说了，而性命能否保全，还是问题。因为端方之批周善培的禀帖，不是有"孟子曰盆成括，小有才，足以杀其躯而已矣!吾诵斯言,吾为该署司惧之!"的话吗?可见他正得意洋洋的等着在。

为今之计呢?奉旨而行吗?太不甘心了!不奉旨,那就只好照田徵葵以前痛快的说法,反了罢!盐运使杨嘉绅则献了一条妙计。第一,仍本着以前的宗旨,无论如何设法,甚至遭刺客都行,绝对不许端方再前进一步。第二,所有消息,一概慎密的压下,不可泄漏半字。然后把省外革命独立的消息,加倍传扬开去,使得人人都相信清廷已是河山半壁,或者竟有不能支撑之势;一面则将四川乱事的消息,也加倍的传出去,使得清廷知道四川不但是匪乱,并且革命党已乘机窃发,响应长江各省。如是,新任不能来,自然只好仍由旧任征剿。一面更要好士绅,优加礼貌,使其归附于己;对于百姓,稍稍加以恩惠,民心自然也定了。然后抚循士卒,坐观风势,如其革命之势不成,清廷仍有中兴之望,则为朝廷守此一片土,纵然无功,旧罪也就不必再论;如其各省独立,清廷倾覆,那更好了,我们就雄据四川,自立为王,俟新朝既定,而后纳土称臣,功名且不必论,富贵总是可以长保的。

如此妙计,当然被采纳了,而表面上则仍是:"收拾危局,还要仰仗诸先生的大力!"

但诸先生仍只是那一套:不是舌,便是笔,舌不及笔,于是又痛哭流涕的来了一篇"哀告全川伯叔兄弟。"

不肖等无才无德,徒以厕身国民之数,常欲为国家,为地方,勉谋公益,遂为我全川伯叔兄弟所不弃。比因争路破约一事,与我伯叔兄弟共持正理,共矢热忱,知进而不知退,遂有七月十五日之祸。当不肖等被难之时,自问理直义正,心迹无他,遭此奇变,未尝不胸怀愤闷,恨恨于一身之屈辱,从此幽闭深室,与我伯叔兄弟闻问断绝,荏苒七十日,固已屏死生于度外,置理乱于不闻。然犹以为遭祸者，特不肖等少数人，而我全川伯叔兄弟固安堵无恙也，呜呼痛哉！呜呼痛哉！孰意不肖等幸获生还，而此七十日中，我伯叔兄弟以不肖等受冤之故，慷慨赴义，率率展转，而受祸者已不可纪极。近二三日，再履人世，粗访陈迹，知我伯叔兄弟死者断胆暴尸，存者流离颠沛，而祸患日长，且不知流极所屈，呜呼痛哉！呜呼痛哉！不肖等何足云冤，我伯叔兄弟之冤，乃千万倍于不肖等。不肖等数人不冤，而我伯叔兄弟乃因不肖等而相率受祸，且多有一瞑不再视者，则我伯叔兄弟之受冤，竟为苦不堪言矣！一念及此，恨不即死以谢我伯叔兄弟，且知虽万死犹不足以对我伯叔兄弟，复何心肝，复何面目，偷容视息，于此苦恼伤心之世界哉？惟思此身一日未死，皆我伯叔兄弟所赐，即皆我伯叔兄弟灵爽所凭，与其浪掷而死，不如仍为我伯叔兄弟尽力而生，虽不足妄言报称，庶几得自减罪戾于万一；且我伯叔兄弟不欲不肖等冤死之心，亦未必不在于此也。不肖等今日所哀告于我伯叔兄弟者，窃谓祸毒不可以再延，大局不可以再坏，当初之宗旨不可以不回头，此后之幸福不可以不自惜！何则？保路同志会之创立，非徒快意气也，盖为合同失败，路权授人，则国危而我辈之身家即不可保，其争之也，将以求国势之巩固，及我辈身家之安全也。然则，共保身家，实保路同志会之宗旨，而冒险触祸，自置身家于危地，且弃绝将来之幸福，此非保路同志会之宗旨也。我伯叔兄弟所至有今日之举者，盖由所欲不得，迫不容已，非其初即好乱乐祸也。今全国政治上之变动如此其大，（借款合同内载明：我国若有政治上之变动，则此约作废。）则借款合同，当然作废，决不使路为外人所有，然则保路同志会之目的，实已贯彻无阻，现在惟应力返和平，以谋将来之幸福而已。若犹冒进不止，必至使祸毒日延日广，大局日坏日甚，川人身家之灾亦愈久愈惨，则岂当初之宗旨哉！此不肖等所以哀告我伯叔兄弟，而愿急急回头者也！约既废，路既保，保路同志会之事已完，则斯会可以终止，危身家，害性命，非保路同志会之宗旨，则兵戈亟宜罢休者，此义甚明，我伯叔兄弟不可不熟思而审处之！若夫保路同志会其名，而破家亡身其实，此道甚误，我伯叔兄弟不可不明辨而慎择之！至于息事归农，力挽和平之后，官府决不追究既往，此言已累见诸文告，并曾亲对绅士力矢开诚布公，决无虞诈，若犹虑其空言不足取信，则不肖等愿以幸获之余生，与在省诸先生长者，恳求官府，凡我伯叔兄弟所痛苦者，有如苛捐杂税之剥削，有如刀兵盗贼之骚扰，有如食盐加价之昂贵，举其大不便者，悉去之；此外则遭乱地方钱粮当分别减免，无辜之死亡破家者，当核实赈恤，因乱失业者，当设法安置，凡此种种，必竭其心力所至，次第见诸实行，以为官绅一气，共维大局之券。不肖等一己之恩怨是非，与夫嫌疑诽谤，一切誓不计较，惟期使我川人得再享和平之福，身可再死，言不能食，我伯叔兄弟其终可以相信矣！嗟乎！祸变以来，两月余矣！蔓延者数十邑矣！死者、伤者、鳏者、寡者、匿者、逃者，生命不知凡几矣！劫者、焚者、耗者、弃者、荒者、芜者，财产不知凡几矣！目前正当小春下种之时，若再旷日持久，兵不入库，农不归田，则大兵之后，继以凶年，我全川七千万人之生命财产，岂复尚有孑遗？夫不肖等区区数人耳，我伯叔兄弟犹不忍其冤死，岂全川七千万人之生命财产，反不能忍忿息争以全之？我仁慈善良之伯叔兄弟，必不然矣！咽枯泪尽，庶听一言！蒲殿俊、彭兰莱、颜楷、蒙裁成、罗纶、王铭新、邓孝可、叶茂林、张澜、胡嶸、江三乘。

赵尔丰果就本着杨嘉绅之计，也就于官绅协议之后，发了一通拍致全川官绅的电，前半也是一番呜呼痛哉，后面便说："兹幸全体官绅联络一气，协力同心，共维大局。特议定弭乱办法数端，经本督署部堂逐一核定，用资众守。一曰官绅协商减轻人民担负，以恤民艰也。……"说是此次被害地方的粮税，应由官绅查明，分别禀请捐免，并抚恤遭乱伤亡，和贫难各户外，其他即应停减者，如（甲）因为抵补土税①，而盐斤的加价，"查此款，原案系每斤加钱四文，每年收数约一百二十余万两，今议全数豁免。"（乙）新厘金和老厘金，"查此款，老厘系全省各局卡普通抽收，新厘系川东局卡抽收，全年收数共约五十余万两，今议新老厘一律免收，并将各厘卡立与裁撤。"（丙）打官司的诉讼费，"查此款，定章每案收钱十千文，以一半解充省城司法经费，以一半存留各属备充本地公用，兹议解省一半讼费，免收免解。"（丁）彩票捐，"查彩票无异赌税，最为病民，现已饬局结清帐目，定期裁撤。"这四项算是略示小惠的办法。此外便是"二曰各地方官绅协力整顿团防，维持地方治安也。……"这是安靖匪乱的办法。照规矩说，这些文章和办法，本足以收买民心，使匪乱渐定的，不知为什么，大家看见听见，总是一个哈哈，很不相信这便是救世良药，而实际情形还不是那样紧绷绷的，并不见得稍有转机。

在暗地里瞎抱怨的人们，于赵尔丰倒不说什么，觉得那仿佛是毛厕里的垫脚石，而于蒲先生罗先生却是半点也不放松，老是睁着眼睛，要看他立刻就来一套崭新的把戏。他们不要支票，他们要现货，并且是那样着急的等着在。

---

① 这虽不是四川特殊的名词，阅者中或者有不知道在前清时叫鸦片烟税为土药税的罢？土税即土药税的简称，禁烟之后，因无此税，所以要抵补了。——作者注

十四

九月二十九日,是龙老太爷整七十岁的阴寿。世道再乱,礼不可亏,至亲们尤其是女儿女婿们,照规矩是该回来乐一天的。

清平世界忽然乱了两个半月,把几十年来人人的按部就班,一丝不紊的生活,搅了个乌七八糟;尤其是把成都人善于寻乐的精神,弄得烦恼异常。即如龙幺姑小姐是八月二十七的华诞,年年此日,是如何的乐法!头一天,是三个姐姐三个姐夫凑着钱,包席叫洋琴给她预祝;正日子是妈妈出钱,照样的包席叫洋琴,给她做生;整二十岁那一年,到第三天,她还掏出私房钱来酬了一天客,依然包席叫洋琴。来客除亲戚外,还有一桌淑行女子学堂的同学哩。

而今年,就连黄澜生也因闹着搬家躲难,把她的华诞给忘记了。后来只管说要补祝,她软软的一阻拦,大家也就算了。

如此难得聚在一块儿乐一乐,人人说起都觉得太怪。并且想到世乱荒荒的,晓得何时才能太平,与其成日的怯神怕鬼,倒不如趁机会快乐下子,纵然有什么意外,到底值得!一则经了两个多月的惊恐,大家也有了点习惯的适应性,只要没有更新的变化,是不能再与人以激刺的了。

大家便在这种心情当中,借着做阴寿的机会,居然不缺一个的全来到龙家,而且依旧吵吵闹闹的各自把新闻故事说了一遍之后,便摆出麻将牌来,一搏便是两桌。

男客们的牌设在客厅里;和女客小孩们距离得远些,而男客们似乎也打得熟悉些。因此,他们虽是在打牌,仍然那样谈论着目前的事情在。

黄澜生道:"雅堂,这两天你简直没听见一点儿新消息吗?"

"局子上是没有。和平之说一出来，我们局上就变成了一个清静的寺院，委员们大概都各有各的要紧事，也不来吃茶谈天了。不过，大家总是那样惊惊惶惶的，伯英他们只管天天都轮得有人到院上，赵季帅只管天天都在会客，都在表示愿意同绅士合作，大家好像都有点不大相信这局面是可以和平下去。……"

徐独清道："就是我们学界中的人，还不是这样？却也说不出来是个啥道理，总是大家一说到四川的前途，心理上天然就感到乱了两个多月的局面，断乎不是这样容容易易就解决得了的。总觉得还有一个大变局，不久就要发生了。这在心理学上，……"

韵侠坐在他的对面，正摸了牌，便笑道："又是心理学了！显得你是在教三理的先生，三句话就不离本行！"接着打了一张六条，他急喊碰起，放下来，是一对九条。

"哈哈！讲三理的先生，你那眼镜子怕又不合光了？真老火！六条这们稀的，咋个会看错了？"

黄澜生坐在她的上手，把牌摊了下来道："恰恰是个嵌张。……他就不看错，我也要和的。……开了和了，多谢幺姑小姐这张牌。"

"不要你称谢，只要你晓得感激，莫把人家顶得那们轧实就好了！"她忽然感得这句话不该如此说法，忙拿眼睛向众人一扫。

孙雅堂一定没有注意，他正一面搓牌，一面答复着徐独清的问话："仔细理落起来，我同伯勤还是同辈哩，不过瓜葛亲戚，也难得去理了。以前之没有来往，就因为三巷子刘府上传教的事，先严是不信刘教的，曾经和伯勤口角过，一直到前五年先严去世了，又有往来的。最近，因为打探消息，才多去了几次，彼此也还谈得来。只是雍耆生疏些，也太谨慎，从他口里是听不到啥子的。倒是偶尔碰着他的那位女婿尹硕权，还直爽，只要他晓得的，不等你深问，他便倾囊倒箧而出了。武人性情，毕竟不同些，但是也没有听见说独立的话。你这新闻，是从那里听来的，恐怕又是谣言了？"

徐独清道:"是一个教英文的朋友告诉我的。他是浙江人,他又从一个同乡的口中听来,说老赵这几天接了好些电报,……"

"啊!你们也在打牌啦!真个是黄连树下弹琴了①!"

"刚主才来?……我们正在等你!加下来打五抽心!"大家一齐这样说。

韵侠更站了起来道:"我让,你们四个男人家打好了。"

"我不打,我不打!我是来报新闻的,我刚从商会上来。……"

孙雅堂道:"不错,今天官绅们在商会上开会,一定有些新闻。"

"有一件是和你有关的。一个商界朋友提议,请求督帅把筹防局即日撤消,将款子移来办省城的赈济,已议决照办。"

韵侠先就笑道:"啊荷!孙大哥的饭碗除脱!"

孙雅堂神色不变的笑道:"本是个暂时的局面,我倒从没把它当成铁饭碗。再说句良心话,筹防局实在也该早撤,几个月来,办了些啥子事,挂名委员三四十人,除了搓麻将,喝好茶,谈天而外,就只拿空钱,你几百,我一千,前天看见庶务处的总帐,已经用到九十二万多两;民脂民膏,拿来这们胡使,的确也太可惜了!"

韵侠仍是讽刺的笑道:"你总也拿了不少!现在树倒猢狲散,自然乐得来发感慨!"

"幺姑小姐,不要太把人挖苦很了!我们弄笔墨,办公事的朋友,又不经手银钱,有啥子拿的?干巴巴一个月六十两。……"

黄澜生发着牌道:"不要尽说笑了,刚主,说是近两天来,颇有人在传说四川要独立的话。你在商会上,可曾听见?"

徐独清道:"商会上一定还没有,学界中知道的人尚不多,只是官场才……"

---

① 意为苦中寻乐,此种用词,蜀人语之言子。说此种词,谓之展言子。——作者注

"你不要这们鄙视商界哩。现在许多新闻,还是商界知道得早些,传到你们学界,每每已是旧闻。"

韵侠笑道:"又要斗嘴了!我不管你们那一界,总之,你说,四川独立的新闻!你听见说过没有?"

"倒没有。……这一定是谣言,如其不是,商会上那里还有不晓得的?今天听见的是湖北革命军已经到了夔府,陕西的已到了广元,这才焦人哩!……"

罗升忽然进来回说,吴凤梧在大门外立等黄澜生出去,有要紧话说。

孙雅堂道:"此人这一响鬼鬼祟祟的,不晓得干些啥子?既找到这里来,必有啥子消息。"

黄澜生不像以前坦直了,仍然不忙不慌的打着牌道:"他改了行,在做生意。我托了他一点小事情,想是办好了,来跟我的信的。"

韵侠的牌和了。黄澜生把钱付后,慢慢站起来道:"刚主,请代我打着,我同他谈一会儿就来。"

陶刚主道:"你就约他进来说不好吗?幺妹很开通,并不躲避男客的。"

孙雅堂微笑道:"你莫这样说,各人都有点私事,不见得全可令人晓得的罢?"

黄澜生把马褂穿上,瞥了他一眼,一面走,一面笑道:"到底不大方便。"

吴凤梧迎着笑道:"耽搁了你的牌局了。事情实在很紧急,又不能缓。"

"你是那天回省的?队伍呢?"

"话长啦!到你府上说去。"刚走了几步,"何必多走两条街,不如就到荣乐轩茶铺去说好了。"

黄澜生迟迟疑疑的道:"茶铺里那们多的人。"

"你放心,茶铺顶方便了。各人都有各人的话,谁管你说些啥子,只要把调子打低点就行。"

等堂倌把茶泡好了走后,他果就轻声的说道:"我是昨天下午进的城。楚子材大概明天才能进城。"

"楚子材也来了,难道他也……"

"他是特为跟我帮忙,来找他同学彭家麒的。也得亏他向我提及,我正愁队伍来了,暗在那里的好。他前天就帮忙我带了十五个弟兄先到彭家院子,把交涉办好了。昨天我又才带了一批去。还有一批在路上,明天才能拢。他要等着把第三批安顿了,才进城来看你。他着急死了,一定要我留在那里,那咋行呢?尤铁民前天就转来了,正等着我在。"

"他也转来了?下面的事呢?"

"他说,早妥帖了。他们喝了血酒,他就起身,打从小川北路,不分昼夜,赶了五天,前天才到。他说,重庆容易,城里只有两哨巡防兵。他们的学生军就有三百人,炸弹有一千多颗,夏之时的陆军招到了五百人。他说,定的今天举事,军政府的正副都督也公举定了,正的是府中学堂监督杨庶勘,副的姓张,成都地方虽然难点,但是陆军已有两队人答应了,只等重庆起事消息一到。他们就动手。怕的是赵尔丰还有那们多巡防,都是不懂啥子叫革命,叫独立的浑人们,一下打将起来,那就糟了。"

黄澜生有点害怕的样子,便道:"那一打起来,不是要乱杀人吗?"

吴凤梧笑道:"又不要你去打仗,你把大门关好,难道就杀进你府上来了?说起来,制台衙门附近,倒不是安全地方。如其你当真害怕,到动手前,我通知你,你同你的夫人儿子躲到彭家麒那里去,倒是一法。"

他大为高兴道:"我还没有想到城外去。当真,他家离省又近,才二十里。七月十五那天,楚子材同振邦就在他家住过,说是院子很大,又清静。"

"今天来找你的,就是以前那句话。这们多人,要吃饭,还要穿草鞋,尤铁民说是现在没有好多钱,请各人打着主意。成了事后,不必说了,加倍奉还。就有挫折,也请放心,重庆会如数寄来的。所以我特为再来找你,顺手哩,说不定今天下午就带出城去。"

"要多少呢?"

"自然啰,五百不多,三百不少,只看你的方便。"

黄澜生便沉吟起来。

堂倌来冲了茶后,吴凤梧又轻声说道:"尤铁民说,陆军还有两队。已举有代表来同他接头,大约今天,或者明天,就可定妥。算来,举义是一定成事的,就只成立军政府,人却不够。还要接收这们多的衙门局所。他问我有那些能干朋友,开跟他,等成了事,他就委派。名单我已开跟他了,你是头一名,……"

"你写的是我真姓名吗?"他有点骇然。

"我咋个会那们蠢法!我把你的名号各取了一个字,又把你号上的字改一个同音。姓自然不好假得,所以写去的是黄涛孙,成都府成都县人氏,年三十四岁,曾办过同志协会。"

黄澜生笑道:"这才由你打胡乱说一番哩!"

"现在这个世道,不打胡乱说,能够出头吗?……到底你能借好多钱跟我?倒不必依我说的数目。……"

"凤梧,你我至好,难道我还瞒你?不是今年二月'三合裕'倒了我五千两,你说的这数目,何尝算大。又吃亏新繁郫县的租谷,不能去收,佃客们也就乐得不送来。所以现在手边上的现金并不多。加以闹事以来,局上差使又有名无实,两个月的薪水,没有领到一钱。我也晓得你借去的钱,势必还我的,但是要我拿得出哩。我不是惜钱的人,你知道。如今充其量,只能拨得出一百元,不晓得你要不要?"

吴凤梧颇为满意的道:"我以为你说了一番,顶多借几十块钱跟我,那我就没法了。虽说彭家麒也答应了我一笔数目,到底是新交,总要过了手才能算事。既有一百元,我便不怕了,还是在新泰厚去拨付吗?那我们就不在这里尽耽搁了。"

十五

两个人由新泰厚银号出来。黄澜生把新买的一只金表摸出来一看:"啊!耽搁久了,已经三点一刻!……我不到你府上去了,舍亲处一定在等我上席。"

这好像是命定的不容许他去多谢他的丈母,才到南新街口,忽碰见了王文炳同着两个中年人迎面走来。

打了招呼之后,王文炳殷勤给他们介绍道:"这是谢秋谷谢先生,这是李所中李先生,都是以前铁路公司里的同事。这位是……"

黄澜生连忙自道了姓名,本就要告别的;他是已经挨近了地道革命党,护身符似已稳稳拿在手上,何必再去联络王文炳?他心里是这样的着想。

然而王文炳却拉住了不放手道:"多谢过你好多回,恰恰遇着我今天请客,既碰见了,咋能如此走开!"

任凭他把理由列举到十位数,王文炳始终不放手,甚至说出这样的闲话:"黄老先生不赏脸,是不是因为请得不至诚,没有备帖?不然,就是有不满意我的地方。本来,二十几岁的中学生,也没有资格来高攀你老先生啦!"

谢先生李先生又那样在帮忙挽留。

有求于他的时候,那么不容易会见,现在不求他了,偏又碰着他如此殷勤。这道理,黄澜生真不解了。

他们走进总府崧记大门时，黄澜生不意的想起王寅伯之于杨维，遂暗自责备："我真个太老实了！为啥连骑两头马，踏两只船的打算，都没有呢？只管吴凤梧那面已有了路子，而王文炳这面，我又何必要推开？就说王文炳不是道地革命党，但他在同志总会也是著过劳绩来的，将来局面倘有变动，不见得不会出头，那吗，于我也有好处。何况今天无意碰着，他又这们殷勤，说不定也有点因缘。并且探问一点消息也是好的。世间上有心栽花花不发，无心插柳柳成阴的事，太多了，王寅伯的办法，不就是这样吗？"

这下，他才真正的高兴了，高踞首座，和大家有谈有笑起来。

几杯酒后，谈到当前的时务，谢秋谷好像深知内情似的说道："赵尔丰也太不行了，到了现在，他还不敢出头来说独立的话。你们算算，天下十八行省，未曾独立的有几省？如其他要当清朝的忠臣，就该带起大兵，杀出省去。不能，就应该通达时务，趁这当口独立了，倒是对的。还这样狗舔油锅：不舔又香，舔又烫的，何苦哩！"

王文炳一个哈哈道："你着啥子急？老赵要能这们明白，他早就不干胡涂事了。这个人，不走到山穷水尽，他是不转身的。你们宽心等着，不出十天，包管有变。"

李所中连连点着头道："文炳的话，定有来由。"

又拿眼四面一看，仅远远的有两席人。堂倌也不在跟前。便悄声问道："你连天都帮着罗先生在搞笔墨，总听见了些秘密话。都是至好，何妨告诉我们一点？"

"倒没有啥子秘密话，只晓得湖北、湖南、云南、贵州好几省的军政府，天天都有电报打来，叫四川从速独立。如其老赵再坚拒不肯，他们便要派大军来川了。"

李所中笑道："这是人人皆知的，何待你说。"

"我原本说过，没有啥子秘密话呀！"

李所中道："你真狡猾！你不是明明说，不出十天，就有大变，这不算秘密话吗?"

"就作兴是秘密话,那我实已告诉你了,何况这还是我私人的推测。我再把我们的推测说跟你罢:说不定老赵还要一直硬到底,兵在手上,钱在手上,谁敢奈何他?一下惹毛了,像七月十五的手段,再来一回,也不晓得的。所以蒲先生罗先生他们,至今言论行动尚不能自由,谁敢打包本说他们就没有危险了?"

谢秋谷摇着头道:"这,他倒不敢!"

黄澜生道:"也难说罢?七月十五以前,谁又相信他会那们来一下呢?"

"现在却不能同那时相提并论了!我倒听见一点秘密,有人说,端午帅已派有几个代表到省城来和绅士们联络,意思要绅士们起来宣布独立,公举他到省来做正都督,颜雍耆做副都督。说资格,都与老赵差不多,而端午帅还是满洲旗人,玉将军一定帮他的忙,你老赵敢不交事吗!"

王文炳道:"我也有所闻,并且知道派来的就是刘师培,朱山,不过绅士们不敢答应,他们又害怕老赵,又害怕革命党……"

谢秋谷道:"咋个会说到革命党?城里真个有革命党吗?我倒不肯相信。"

因为说到革命党,黄澜生便注意起来。但是大家的话头并不朝那方面引。王文炳只是含胡的笑着让大家喝酒。

他很是惊异尤铁民这个人,他们何以竟不知道?王文炳是在同志总会里办过事的,就说不是道地革命党,至少也应该和他自己一样,是挨近革命党的。只要与革命党通气,那里有不知道的道理?

他觉得这确有试探一下的必要。一则,大家都在谈说秘密话,好像大家都是个中人,只有他才不是;二则自己不谈一点秘密话,似乎不足以应酬别人;而重要的更在证明一下,到底有没有尤铁民这个人,以及有没有革命这回事。如其他不花了几十两和一百元,他倒不这么留心,他现在稍稍有点怀疑吴凤梧之为人了。

他又吃了两筷子菜,喝了一杯酒,待大家谈锋稍钝,方插了一句话:"我听见一个陆军上的朋友跟我泄漏了一点秘密,说陆军里头,硬有革命党在做运动。"

李所中很随便的一笑道:"何待说哩!陆军里头自然是有革命党的。你们看,龙泉驿兵变,不是革命党煽动出来的吗?"

王文炳似乎留了心了,追着问他是什么人说的,可不可以给他介绍会一会这个人。话说得是那们诚恳。

他大为得意,带着又把王文炳报复了一下,学着他以前的态度,似乎答应了,却又不能十分作准。这种圆滑的对付,官场中原本是作兴的。

谢秋谷始终肯定说陆军里不见得有革命党,"如其有革命党在煽动,陆军早就变了。这些都是谣言,靠不住的。"甚至于说龙泉驿陆军之变,并非革命党煽惑,而是因为闹饷。"队长是外省人,应付不开,陆军才鼓噪起来,互相开枪。跑是跑了几十个人,并不像外间说的拉起了革命旗。这因为我有一个亲戚做龙泉驿区官,逃跑回省,向上司禀报后,亲自对我说的。"

黄澜生也像半醺了,多年来不与人争胜的脾气忽然的又勃发了。他遂笑着向王文炳说道:"谢先生是不相信的,但陆军上的那个朋友却说有个尤铁民,……"

"尤铁民,有他?……他到了成都?那一定要生大变化了!"王文炳是那样大撑起眼睛的说。

"你晓得这个人吗?他当真是革命党?"黄澜生心下业已坦然。

王文炳把右手拇指一伸道:"四川的革命党,恐怕以他的资格最老,声名最大的了!今年三月广州事情,他也在数,同黄克强一道逃出,听说右手带了伤。他是我们向来就很佩服的一架豪杰。笔下也行,《民报》上几篇文章,做得火辣辣的,令人读了很爽快。他果然来了,这事就非同小可。黄老先生,你可晓得他住在那里?"

黄澜生大笑道:"我若是晓得他住在那里,那我也投入革命党了。只是从陆军上的那个朋友口里听见说。……"

"贵友到底姓甚名谁?座无外人,何妨告诉我呢?"

黄澜生只是笑着摇摇头道:"时候还没有到,到了,我自介绍你去。"

"现在已是时候了!……"

谢秋谷道:"文炳到底是少年,还喜欢与闻这些险事。革命党是何等可怕的人物,我们避之尚恐不及,亏你还要去寻找他。就是黄老先生,我也要奉劝,这等人总以不与亲近为是。……"

王文炳笑道:"迂腐到了你,真可说找不出第二个了!并且你又在赞成独立,又怕革命党,也未免矛盾了罢?"

"并不矛盾。独立,不过官由公举,不由朝廷钦命;制度还是这个制度,并没有好多更变,顶多,把名称改一改;而官吏百姓,名分等级,总是率由旧章,无改乎孔孟之道的。革命则不同了,我虽没有看过多少革命书,但平等自由,无君无父之说,却听熟了。别的姑且不说,光说平等,这就与我们中国太不合式。我们中国,士农工商各有其业,上下尊卑各有其等,自从三皇五帝以来,夷夏之辨,便在于此。而革命党首倡维新,就说要平等,这岂不是叫当儿女的和父母一样?叫当奴仆的与主人平起来坐?官若爱百姓,百姓就可以说,我同你一样的人,你敢爱我!这下,冠履倒置,全国人都变做了禽兽了!……"

王文炳摇着两手道:"算了,算了,你的盛世危言式的高论,请收拾了罢!等几天,空了,我找几篇文章你看,你才晓得平等的真谛哩!……"

然而黄澜生却很受了他这番伟论的影响。到谦罢,与大家告别,坐着过街小轿回家时,竟把这番伟论想了又想,确乎有点道理。在前，以为革命党之可怕，只在丢炸弹，打手枪，暴烈强横，毫不依理；还没有想到革命党的平等自由之害，乃如此其烈。平等的害处，谢先生已是说得头头是道，从而推到自由的害处：恶人可以随便杀人害人，强盗可以任意抢劫奸淫，一句话说完，强而有力的，任何事都可以做，惟有良善懦弱的吃亏。这样一来，还成个什么世界？无怪乎一般关心世道人心的，一提到革命，便视之为洪水猛兽，真无怪其然了！

革命党如此可怕，为何自己还要去附和他们呢？"没奈何了！他们始终是要闹的，既然躲不脱，不如也变成一个革命党，或者还可以苟全；光是怕，不中用的！"已经到了西御街了，他只好这样为自己解释。

他才忽然想起为什么竟自回来了？太太还在丈母家，"今天真糟糕！独我一个女婿没有上席，太太一定又有话说，并且知道我是同吴凤梧走的，已经要费唇舌，为啥子又对直回来了，不先到丈母家去陪她一道回来？"

连忙叫轿子掉头，但是已经进了大门。

看门老头子正待进去取门灯，眼睛不甚看得清楚轿内是那一个，站立一边道："老爷还没有回来，只太太回来了。……"

"太太已经回来了？"

"啊！才是老爷。……是的，太太回来了好一阵。……楚表少爷一到，叫我去外老太太家接太太，刚下了席，太太就叫去雇轿子，……"

黄澜生兴匆匆的一进侧门，便高声唤道："子材来了吗？原说你明天才来哩！"

菊花何嫂在厢房里挂蚊帐，整理床铺，两个孩子也在那里胡闹。

楚子材笑着从堂屋里出来，迎面便作了一个极其恭敬的长揖，然后彼此问了好，仍然相让到堂屋之东的书房内来。

及至把楚四爷伤病情形,以及如何请医调理,到近来才全好了的应有的话谈完了,才听见黄太太大声在阶沿上说道:"床还没有铺好吗?亏你两个能干啦!我把啥子事都做完了,还看不见一个人影儿!点得灯啦,天要黑尽了!罗升哩,还没有回来吗?一块午时茶,不晓得要到那儿去买?"

十六

黄太太很是责备她的丈夫:"现在好了!啥子事都把我瞒得紧紧的!十五年的夫妇,你竟这样的看待我吗?以前,你瞒诳过我没有?那一桩事,不先告诉我!连你嫖小旦,嫖耍子,包野老婆,都要向我说的,为啥现在这种大事,公然瞒起我来?我有啥对不住你的地方?你说,你说。"

黄澜生也撑起眼睛说道:"我才瞒了你一回,你便不自在了,你瞒我的地方多哩,你看我追问过你不曾?多少事我都在装疯!……"

黄太太气得满脸通红,跳起来,冲到他的跟前,很使劲的伸着一根指头,指着他鼻尖叫道:"我瞒过你啥子?总不外又要说我跟孙大哥他们好了!我就跟他们好,难道亏负了你那些?你又为啥不早追问我呢?只要你问,你看我瞒不瞒你?我这个人有本事做事,就不怕你晓得!再老实告诉你,没有嫁跟你以前,就跟他们好过了。你默到说了这些自己打嘴的话,就把我的七寸子卡住了吗①?不行的,你打错了主意!你又说嘛,除了这件事,我还瞒过你些啥子?"

两夫妇原本是两个人,各有各的性情,各有各的见解,各有各的嗜好,在彼此真正要好的时候,彼此怜惜,彼此原谅,彼此牺牲,自

---

① 喻言短处被人知道,犹蛇之七寸子被人卡住,卡即掐也。——作者注

然不会有口角的事情发生。或者，简直就照以前中国人训练女子的办法，从小就拿《女儿经》《女四书》《女诫》《列女传》以及诸种专讲三从四德的书籍或故事，老老实实把她们教成一种什么都不能自立，只有依赖男子，而后才能生存的贤淑贞静的典型人物，那吗，在凡事认为当然，以及凡事容忍的条件下，庶几自结发到老死，不会有什么争执。然而已经不能希望全般的夫妇皆能如此，只管费了男子二千年以来的心思脑力，以及唇舌，并且牺牲过不少的有作为的女人在忍气吞声百般酷虐之下，而有成绩的贤妇他还那么帮忙着，但在婚嫁之初，犹然不免叫亲友们殷殷勤勤致着和谐的预言，故所以"脱幅""勃豀"这些名词和事实，仍旧随时看见听见；可见就么办已不容易了！何况自从维新以后，喊着男女平等，男女平权，女子是国民之母等等自己打破枷锁的话头，虽然为人妻的，不见得全都实行了，可是脑经里总模模糊糊有了这些利器，她们自然要利用它来保护她们天赋的权力。但是，可以说"勃豀""脱幅"，也未见得就增多到若干倍。据说，这在夫妇间，还有许多好处。第一是，使男子随时有所警惕，使他在家庭中就感觉到凡人都各有其个性和人格，即是历来视若无物的弱女子，都是有的；倘要和平相安，便须调和容让。如其只许你自由发展，而不顾及别人，或竟侵犯之，那你必要遭到奋争，甚至大感烦恼痛苦；夫然后你也才晓得要想得到别人的好感，必须你本身先给了些好感和好处与别人。孔门所讲的治国必先于齐家的大义，该这样解释；而经书上的"刑于寡妻，以御于家邦"的精义，也该这样讲。第二是，至亲至于母子父女，彼此尚有不能全然把心腹披露的时候，亲到夫妇，自然各人的心奥里，多少总有一些在好言好语时断难说得出口的事情。假如彼此仍旧像少年情人那么好奇，你要窥探我的心曲，我要窥探你的心曲，而彼此又提防着生怕被猜穿了，或有使对方不快，又要多方的遮掩，多方瞒诳；这么一来，彼此误会越深，结果就大有不堪设想之处。倒是一下吵了起来，在忿怒之际，一切无所顾忌，彼此旋吵旋解释，还能得到彼此的原谅。第三是，两夫妇处得太和气了，没有一点波折，这比如是一片平流的水，永远在那极平坦的草原中。流来流去，这已经会使不甘平淡的人性，感觉一种无聊；又是每天每顿吃的，全只那一样蜜糖牛奶，这如何能令喜欢五味的人过活得下去？夫妇间太和气了，到末了，一定连话都没有说的，而彼此依然要发生一种不足之感。倒是隔不许久，瞎吵一场，大家呕半天气，又从新设法和好，在精神生活上生生造出些凶滩急湍，酸咸苦辣，经过一度紧张，一场激刺，也便有一段畅快的美感。

　　黄澜生夫妇之吵闹，就合了上面所说的第二第三两种理由。并且他们还有个一定的方式，除了在他们婚嫁后第一年半上，头一次因了一点不要紧的小事，一下吵将起来，那时，彼此都是新刃初试，各存了一个必胜的决心，继续吵了两天一夜；黄太太抵死不让。把自祖奶奶传下的保身利器，全用了出来，又哭，又饿，要抹喉，要吊头；然后才把丈夫打下败阵。但是还隔了一天，到第三夜上，才凭着床的调停，当丈夫的公然认了输服，递了降表；算是只这一次，她使出了全身本事。以后，老是一动手，她就取着攻势，气势凶猛到使他不敢正眼看她；吵了之后，她还要数数落落把他批评半天，凡是他自以为是的，全给批评得半文不值；然后，气冲冲的抱着水烟袋，一连抽上十根纸捻。她从没有流过眼泪，从没有说过一句软话，老是待黄澜生的气散了，喊着极其亲热的名词，偎在她身边，说多少没骨头的话，这出戏方才结束得了。

　　有时，在她才要吵闹时，他就连忙笑了起来道："何必又生气呢？生气，人总要吃亏的。就作兴我说错了，好不好？"

　　或者在她盛怒之际，他忽然收了兵，定眼看着她，啧啧赞美道："今天是我故意逗你发气的。你一发了气，确实比笑起来还好看！"

　　几年以来，黄澜生已把他太太的脾气摸得很是清楚：同她吵闹起来，一味的硬，一味的强过她，一味的提出她的短头来做攻击之资，那是不行的，她宁死，也不退让，除非安心同她闹决裂。——在那时，七出已成了一个过去的名词，尤其在仕宦人家中，即令太太闹到有两个七出的条件，也绝不会自动或被动大归的。一则是体面攸关，家丑不可外扬；再则风气已是如此，大家也不觉得怪异，至于后世的离婚，那时还不作兴。两夫妇决裂的办法，就是男子另外安一个家，讨一个合意的小老婆，而把太太置之闲散之地而已。——这又非黄澜生所能办得到的，他是那样的潇洒，那样的怕用心，那样的图舒服；而且已是中年，而且和太太的感情，到底还未闹到闻声相恨的程度。但是也不能一味的软，一味的屈服，一味的牵就；她是不知止境的，你退一步，她便要进一步，所以当她攻击时，就非防御不可。待她到三竭之时，稍稍反攻一下，然后先行议和，于是夫妇又鱼水和谐起来。

他操得有这种术，同时又使她诚心诚意的相信：她每次只管占了胜利，而他到底是不易与的，总要用着心思来博取他的和平，而不敢任心任意的放肆。

因此，他们这一次的勃豀，还不是依着老规矩，一霎时雨霁云消之后，黄太太气哼哼抱着水烟袋，以消余忿之时，她的丈夫也才心平气和的，坐在她身边椅子上，向她解释这回投靠革命党，实在关系太大了，如其不成事，立刻就有杀身之祸的，所以未曾向她说者，就是怕她不当心，又告诉了孙雅堂了。

"你是啥子话都要告诉他的，"他的手顺便就搭放在她那浑圆的肩头上，又微笑道："我说句正经话，你对孙雅堂确实太要好了！"

她把肩头一侧，离开了他的爱抚，仍那样马着脸道："我硬是对他要好，他从没有使我发过气！我的话硬是半句也不瞒他，因为他是好人！我问你，你们这们多年的连襟，他拿过啥子亏跟你吃，你这样的防备他？"

"固然没有吃过他的亏，可是，……"

她瞅着他道:"可是啥子!我明白告诉你,我头一回叫他去找吴凤梧,因为想着他是靠人吃饭的,如其不先找个路子,临时靠人,又那能靠得住?我们尚是便家,你就不做事,并不要紧啦,你还在找路子。顺水人情,跟他帮个忙,并不费你的事,他倒满心满意的感激你,你又何乐而不为呢?再说明白点,我对他也说不上就好到如何,好到像你自己打嘴说的那些冤枉话;我不过想着是我的姐夫,他如其没有事情,他们家的底子,你难道不晓得,能够坐吃好久?弟兄们又那样的可恶,没一点顾盼,大姐同她的儿女媳妇那就受罪了,孙大哥又是个好强的人,到那时,你闭着眼睛想想,可不可怜?我们既是至亲,与其到那时候才雪中送炭,何不早点帮个忙。别人也感你的情呀!……"

黄澜生笑了起来,拉着她的手,——她也不像刚才那样坚拒了——紧紧捏了一下道:"所以我说你是好些人的观世音菩萨!你一辈子得人爱,受人敬的,就在你的这些大慈大悲上。你自己一天到晚,弄来心里毫不宁静的,也就在你一心一意总在替别人打主意。大概凡是跟你好的人,每天都要在你心头画个到的。……"

这一番语言的爱抚,比什么还有力量,立刻就使她抿着嘴,忍不住的笑道:"你不要把我当成不解事的小姑娘来逗我了!与其这时候凑合我,起初不要横得像一条牛,稍为让我吵下子,不就好了吗?我晓得你是不存好心的,先打了我一鞭子,生怕我翻脸,赶快又跟我一块糖吃,以为就把我诓着了。其实,并不行,你越这样做,我倒越是生气。告诉你,你怕我把你们事情向孙大哥说吗?我偏要说!除非再瞒我,把我瞒得紧紧的!"

"还瞒你做啥?这回,因为事太险了,吴凤梧已经在那们说:成哩,大家好,不成哩,他一个人担当,我还不是这个心,成了哩,一般亲戚朋友,都有好处,尤其是孙雅堂,我更要找他帮忙的;不成哩,大家少担些惊恐。却没有料到楚子材今天就慌着进了城,一见面先就告诉了你!"

她斜溜着眼睛一笑道:"可见人有千算,天有一算。其实,你把这道理跟我说明白了,我难道就蠢到不知厉害,当真就跟你泄露了?我心里还不是有个打米碗,若是说不得的话,我也未必然就要告诉孙大哥。老实的,再说他和我好,到底是我的姐夫,能有我们关切吗?你要是出了点啥事情,孙大哥那能替代得你?更不必说别的那般人!你只从这上头想想,我为啥要不对你好呢?我劝你再不要瞎起疑心了,我是对得住你的!"

"好了,话已说明,无谓的胡闹的两点钟!楚子材快要回来消夜了,请你到厨房去看看,老张安排了些啥子菜?"

十七

黄澜生家敞厅侧,那间为楚子材所住宿的厢房,成了一个临时会场。西下的粉红色的夕阳,挂在和窗子正对的一株冬青树上,几乎连冻绿色的叶子都着上了粉红颜色。如其清明的天气,在今年的十月真是第一天。

吴凤梧呷着叶子烟,坐在靠床一张高椅上,继续着说道:"……我也不懂得,尤铁民说得那样定准,十月初一,一定独立,正都督副都督全举定了,为啥子今天初三了,还没有一点消息?现在重庆到省的电报又是通的,初一独立,初一夜里就该有电报来的了。……"

黄澜生坐在桌旁椅上,抽着水烟道:"不过这种电报,电报局上的人肯送出吗?"

"尤铁民说他们用的是自己编的密码电报,就是电报局的人员看了,也不懂,他们既不晓得说的啥子,自然不会扣留的了。"

楚子材手上拿着几张报纸,坐在床边上,翻来复去看了一会,顺手把报纸向床一撩,向着和吴凤梧并排,只隔了一张茶几而坐着吸地球牌纸烟的彭家麒道:"这也奇怪!南京光复,汉阳打了胜仗,把清兵打死多少,打伤多少,云南是咋个独立的,贵州又是咋个独立的,这些远地方的事,都登载得这们详细,为啥重庆的事情,反而一字不提?这真是丈八灯台,照远不照近!"

彭家麒道:"报上也没有,或者重庆真个还未曾独立罢?"

黄澜生问楚子材道:"你今天会见王文炳,他是咋个说的?绅士们到底是咋个在商量?"

"他说,绅士们没有一定的主意,有的只管赞成独立,却不晓得咋样独立法。有的尚不敢相信赵屠户真个能让他们独立,以为他又在使啥子害人的毒计了,对他很是疑虑。倒是王文炳着急得很,他说,到底是秀才造反,三年也不会成的。他问我晓不晓得尤铁民的住处,他真想找着他,同他去共事了。"

彭家麒笑道:"这样看来,王文炳历来骟他是革命党,可见是假充的。这东西,以后非结实奚落他一顿不可,看他还敢那样大言欺人不?"

吴凤梧站了起来,在房间里来回走了几步道:"不要把尤铁民看得太重了,还是不行!要是我来,既然把陆军运动了两队上手,又有我的一队,还等啥重庆独立了才响应。择个日子,把队伍拖进城来,一排枪,攻进制台衙门,将老赵砍了,桅杆上拉起旗子,不就成了事吗?你们不是说过,报上登的武昌举事,也只是工兵一营先动的手?队伍上的情形,我是知道的。比如有一哨人,只须变了一哨,那三哨定然就不稳了;如其你要用这三哨来打那一哨,这简直是肉包子打狗,有去没回,不过,难的便是巡防营向来跟陆军便不大对,只是陆军动手,倒也未必独立得起。尤铁民既是看到了这一点,那便应该在巡防营里做点工夫才对啦!"

黄澜生道:"你咋个不向他说呢?"

"说过了,只是找不着线索。我又不便出头。并且时间也太迫了。"

"如此看来,革命党独立还是同官绅独立一样怕未必成事的了,凤梧,你倒得另打主意。拖了那些队伍,那来许多钱供给?如其独立不成,着官兵打听到了,哼!……"

吴凤梧毅然说道:"我已同彭兄商量过了,再等三天,倘然再无影响,我就把队伍开进城来,冒个险,跟老赵拼一拼。拼赢了哩,我们就是正副都督,你们一个是藩台,一个是学台,拼不赢哩,打他妈个启发,各自跑滩。"

彭家麒也挺身站起道:"我是打过仗来的,巡防兵并不好凶。我们有百多支硬家伙,在黑夜里跟他一哄,他晓得我们有好多人马。到那时,只要尤铁民运动的陆军果真可靠,岂不一下就响应了?所以,我叫吴管带去跟尤铁民约定,三天内他不动手,我们就动手!"

他那慷慨激昂的样子,十足表现出一条什么都不怕的好汉来。

黄澜生很是忧愁的道:"你两人把事情看得太容易了。省城之内,大兵云集,你们百多人,就想举事,不是自寻死路。……"

楚子材也从床上起来,把纸烟咂燃了一支,说道:"我赞成黄表叔的话。老彭跟我一样,有好大的本事?也只七月十六那天,我们一同在墙头上观了一次战,要说那样就算打过仗,这连我们那位十一岁的振邦表弟也是战士了!在我跟前,你冲啥壳子!"

"你只是一张嘴,老子后来在崇庆州打过两回仗火,你晓得吗?"跟着猛的一拳打在楚子材的背上。

楚子材啊呀了一声,车过头去说道:"君子动口说,小人才动手脚。"

"我就是小人!"拳头又举起了。

他笑着向上房跑了去道:"让你,让你,乱世道妄冲歪人,你总要悖了时说不出口的!"

吴凤梧笑道:"你们在学堂里怕也是常常这们罢?楚子材看起来一大堆,却没有一点胆量。"

黄澜生道:"他倒是个脚踏实地的老实人!……我还是要奉劝你们,不要太冒险了。古人说,死有重于泰山,有轻于鸿毛。我固然也胆小,但我毕竟痴长了你们十岁二十岁,世上的事看得也多些,凡事总要三思而后行。孔夫子也说过,人无远虑,必有近忧。何况以性命相搏的事,那能这们轻率?你们还是先去跟尤铁民讲讲,看他到底还有别的方法没有?好在现刻官绅们都在商量组织独立,想必大家都有了这种倾向。他与其运动陆军,倒不如劝他去跟官绅们合在一起。我看王文炳之急急于打听他的地方,说不定罗梓青他们也有这意思。如其办到不流血就独立了,你们也算做了多少阴德事。"

彭家麒道:"黄老先生的话确有道理。总之,我们要革命,要独立,只是把赵屠户推翻,把赃官们拏来正了法,也就罢了,何必一定要打仗呢?到底打仗也还没把柄!"

吴凤梧摇着头道:"尤铁民昨天已跟我说过了。他说,成都这般绅士,一多半是啥子党,一小半是保皇党,和他们革命党全然不同。这伙人出头独立,已经是靠不住的,并且照现在的形势,赵尔丰那里肯当真让他们独立,充其量也不过叫他们出头来负个名义罢了。若是真正独立,非赵尔丰先走开不可,要他走开,那只有一个方法,就是把他依赖的兵弄来反正。除此之外,你就跪着请他走开,他还是不的。他还说了许多道理,我记不起了。照他这样说来,再加以王文炳跟老楚说的话,绅士们的那种举动,那里还有啥子希望。……"

暮色已渐苍然。罗升掌着洋灯出来,振邦婉姑也跟了出来。

婉姑便扑到吴凤梧怀中,同他天南地北的说着。

振邦则向彭家麒问起他于七月十五六所看过的种种,便是细到一根草,他还是记得那么毕真。

房间里全被孩子们的声音充满了。

吴彭两个人公然同着孩子又说又笑，把他们的大事似乎全忘记了。独有黄澜生蹙着两道浓眉，沉思到四川的大事，沉思到自己的前途。

猛的门帘一启，冲进一个人来，慌慌张张的说道："澜生，大局大变了！你晓得不？"

大人孩子全惊住了。大人是为他的话，孩子是为他的声音。

"啊！凤梧兄也在这里！此位呢？"

"雅堂，你且说听见了啥消息，好吗坏呢？"

孙雅堂似乎是走来的，一定走得还很急忙，瓜皮帽揭在手上，满额头沁出些油汗。他拿出黄太太新近才送给他的一方印花绸手巾，一面揩，一面说道："我刚从颜府听见说重庆着革命党占据，已经宣布独立。……"

三个大人全愕然了。吴凤梧连忙把婉姑抱放在地上，站起来问道："孙哥，你听见那个说的？实在不实在？"

"雍耆才在谘议局同大家商量四川独立的事，没有等会散，就回府来了。恰遇着他妹夫尹硕权也在那里，我们正在摆龙门阵。他亲口告诉我们，说今天上午，谘议局同商会便已得到了消息，一般绅士们便趁此到院上去问赵季鹤。老赵亲口承认说重庆是独立了，川东道朱有基，重庆府纽传善，全投降了。……"

吴凤梧道："不必再说了，那还有啥子假的？我找尤铁民去，时机已到！……"

彭家麒道："我跟你一道去。"

黄澜生也是那样心神不定的，一路同他们两个交头接耳的走了出去。

婉姑牵着孙雅堂的手道："大姨爹，妈妈在里头，你进去嘛！"

刚到堂屋门外，振邦就大声喊道："妈妈！大姨爹来了！"

黄太太的声音在后面答应道："快请大姨爹在我的房间里坐！"

卧室里也点了一盏保险洋油灯，照得透明。书房是黑魆魆的。

孙雅堂坐下了，振邦把妈妈常用的水烟袋拿来送去道："大姨爹，我们楚表哥又来了。"

"那我晓得的。咋个没看见他呢？上街去了吗？"

两个孩子一齐说道："没有，我们出去时，……"

黄太太笑嘻嘻的一手捋着鬓边头发，撩开前面房门门帘，走进来道："孙大哥才来的吗？大姐那天回去，人好嘛？……澜生呢？"

"爹爹送吴老叔彭家麒出去了。……妈妈，楚表哥呢？咋个没看见他？"

楚子材也从前面房门进来了："我正在毛厕里。……啊！孙大姨夫来了，才到两天，还没到府上来跟大姨夫大姨妈请安哩！都好吗？"

两个人特意的周旋着，黄太太转到后房去了。

黄澜生蹙着眉头进来道："雅堂，如其你所言不假，明后天，城里恐怕要出事！……太太呢？邦娃子，你妈妈在那儿。"

黄太太的声音在后房答道："我在小解，你找我做啥？"

"有要紧事，趁着雅堂子材都在这里，我们好生商量一下。"

黄太太似乎还坐在马桶上，问道："你又有啥子要紧事了，说嘛！我还是听得见的！"

但他却向孙雅堂说起吴凤梧尤铁民他们正在运动陆军，据说已运动到手好几队人，吴凤梧也把他的队伍拖到簇桥左近等着了，"说是只等重庆独立的消息一到，他们就动手响应。……"

黄太太拿着一张湿手巾，一面擦着手，一面走了出来笑道："怪啦！你的隐密事，有砍头干系的，向我千嘱咐，万嘱咐说不得啦！孙大哥，你们看，就为上次我叫你去找吴凤梧那件事，不知道他咋个晓得了，前天夜里，"她便掉头向着楚子材说道："就在你到学堂去后，他还跟我大闹了一场，说了多少自己打嘴的话。你现在倒是贼不待打自招供了，与其今夜还是说了，那天夜里何苦惹我生气呢？你想想，你说些啥子话啦,能在人跟前说得吗?"

黄澜生红着一张脸,颇不自然的笑道:"够了,够了,也着你报复够了!我们还是说正经话罢。……尤铁民是一个很激烈的道地革命党,和重庆革命党是通气的,他们约定了,一方在重庆独立,一方就运动陆军在省城起来响应。他们都说,重庆独立是很容易,巡防兵并不多,他们的学生军同龙泉驿变去的陆军,共计起来,有千多人。省城就难多了,光说巡防兵,就有十几营,他们又运动不进去。尤铁民又不主张同正在组织独立的官绅们联合。他是要用陆军和吴凤梧的队伍把老赵哄走,自己来当都督。说不定明天夜里,他们就要动手攻打南院的了。……"

孙雅堂摇着头道:"谈何容易!巡防兵现刻调驻在制台衙门内的,已有八营,就打五百人一营,这就是四千人,此外驻扎在附城州县的,这两天又纷纷的朝城里在开。巡防兵都是赵季鹤一手训练出来的死党,你几队陆军去进攻,济得啥子事?除非是全镇全标的陆军!然而还无把握,巡防兵纪律虽不好,说起打仗,那是拼得命的。陆军是有名的文明军人,那如何是敌手!只怕一打起来,城里就糟糕了!"

黄澜生用手把大腿一拍道:"着呀!着呀!我害怕的恰就在此!刚才送他们出去,吴凤梧也说,这是两抢的事,谁也不能有把握说一下就可成功。如其一败了,官兵各不相顾,那时,烧杀房掠,谁能禁止?他又说,巡防兵在不打仗时,官长们还把他们招呼得住,打起仗来,那就是他们的世界了;打败了,不用说他们是要捞本的,就打胜了,他们也要随便乱来一下。……"

黄太太道:"你是不是又要搬家了!"

楚子材惊异的问道:"要搬家?"

孙雅堂道:"就搬,朝那里搬呢?九里三分之内,那有乐土?"

"吴凤梧向我说过,城外好。"

黄太太喊道:"城外更不清静!冯家二表嫂,三表嫂,不是还要朝城里搬？你说另自搬到一条偏僻点的街道，倒可以，出城，却不行！"

"你听我说嘛，出城，也要看地方。簇桥并不远，也清静，彭家麒家，说是也可以住的。……"

振邦早跳了起来说："彭家么，那真好顽啦！妹妹，我们到沟里扨螃蟹去。……"

楚子材道："现在全驻扎的是老吴的队伍，多烦啦！咋个住得下？"

"凤梧的队伍，明天就要开进城来了。我们明天中午去，不恰恰就错过了？"

他的太太看了楚子材一眼，坚决的说道："我总之不走！西御街又不在制台衙门附近，我偏不肯信乱兵就杀来了。好在子材也来了，你害怕，明天你只带着儿女们出城，子材陪我在家里看守，好不好！"

孙雅堂沉吟着道："据我看，吴凤梧他们未必能够起事。因为雍耆说过，今天上午，他同罗梓青、徐子休、周紫庭、邓慕鲁，还有商会上的廖矮子，一般人特为到南院去请见赵季鹤，质问他：商界教堂，日来传出种种恶耗，并听说重庆已独立了，——这是一个美国教士特为去向他们说的，不然他们还是不晓得。——何以院上没有一点消息？如其不尽是谣言，就请他不要再隐瞒。他们说得好：'人民的耳目是掩不完的，倒不如使其明白知晓，还可减少许多猜疑。如其这些传说果是谣言，就请把真实消息宣布出来，也免全城人心惶惶。'到这时，雍耆说，赵季鹤竟哭了起来。自然事情是真的了。他们又再问了他一番，他才点头说：重庆是在初二——就是昨天——独立的。官投降了，兵也投降了，政府也成立了，叫蜀军政府，都督是一个姓张的。……"

黄澜生张着两眼道："不是杨庶勘吗？"

他的太太睖了他一眼道："你顺竖要打岔，听孙大哥说下去嘛！"

"只说的是姓张的。赵季鹤又才叫人在他签押房里拿出一道电谕,就是大家已经晓得了的,着他仍回边务大臣原任的那道上谕。日子是八月二十五,真亏他,直压到现在!问到北京消息,他说自从武昌起事,东路电线就不通了,拍来了全是革命消息。北路电线刚刚着手,陕西又出了事,自然也不通的了。直到九月二十,才接到一位朋友的密电,说摄政王已逃到奉天。由奉天打了个通电,大意是:京师失守,余仅以身免,各省督抚世受国恩,各保疆土可也。他之所以早不宣布,还恐这信不实在,要等一个真消息。既然事已至此,他也没有办法了,现在只有请大家泯除意见,同他商量一个啥子好办法来把四川地方保全,不要太过糜烂。雍耆说,他说到这里,又伤伤心心的哭了起来,说是以前那种叱咤风云的气概,一点都没有了。罗梓青当时便说:'既然北京已经失守,监国已经逃到奉天,足见大清国步已移,各省纷纷独立,大清自然更无恢复之望。为今之计,要保全四川地方,除了独立,也没有第二条路了。'徐子休接着说:'本来,四川旧政府,已经失去人民信用,再以旧政府的名义来发号施令,是绝对不行的了。《易经》有言:穷则变,变则通。倒不如光明正大把政府改一个新局面,或者就请督帅出来组织,把川省巨绅招用一些,组织成一个官绅联合的新政府,或者就叫军政府。使人民耳目一新,善后办法,比较的就容易了。'雍耆说赵季鹤很是犹豫不决的,他说:'我出来组织,不是成了叛臣逆子了吗?'大家听了这话,便告辞出来,一到谘议局,邓慕鲁就说:'各位先生,你们听清季帅的话没有?他是不便出来组织军政府的。他既不便,那我们就着手组织好了。'他们当下就商议起来,先写了一封公函给赵季鹤,请他赶于明天,便召集全城官绅,在院上协商独立。说是语气写得很重,谅他绝不敢再违反。澜生,这样看来,明天就要商量独立了。现在是全城皆知,难道军营里不晓得吗?既然晓得,我看他们便不会再冒昧起事。起事本来为的独立,为的革命,为的反正,赵季鹤既已甘心让出,这还有啥子不行呢？倘再举事，岂不成了无的放矢？据我看来，吴凤梧他们不在昨天今天举事，便不能再动手的了！"

黄太太点着头道："孙大哥的话是对的。狗不逼急了，不会跳墙，人不到无路可走，那个肯拼命？……世上的事，变得也太大了呀！想不到七月十五，杀人不眨眼的赵屠户，不到两个半月，竟变成婆娘家了，动辄就哭。其实，有志气的婆娘，还不像他这们容易的流眼泪。我就不大肯哭的，孙大哥，你该信嘛！"

黄澜生只是捧着水烟袋，凝神聚气的抽着。孙雅堂、楚子材、和他太太继续谈论的话，似乎都没有入耳。

振邦的一句话，才把他警觉了："爹爹，我们明天早点到彭家去，吃了早饭就走！"

十八

其实，孙雅堂所告诉给黄澜生的，只是一种表面的文章，后来据王文炳细说起来，大家才恍然于四川独立，原来就是端方所促成。

端方自从把赵尔丰等据实揭参之后，很是欣然于自己之机警，一方面既把盛党的嫌疑洗了个清楚，不复再被人骂为奸臣。一方面又抓住了四川的绅士，买得了四川的民心，不复再被绅民疑为祸川的罪魁；所以他于九月十五日，统率着一营湖北新兵，打从重庆起身，循着东大路，两三日一站的慢慢西上时，他是何等高兴。他自光绪三十四年，因为于安葬——照官话讲应该说是奉安——慈禧光绪时，偷着用照像镜把殡仪照了几张，犯了隆裕后的盛怒，要按大不敬的罪名，结实把他处治一下的，幸而结果，只得了个革职永不叙用。你们想想看，一个以做官为职业的旗下名士，又曾煊煊赫赫做过总督巡抚等封疆大臣，一下投之闲散，他能安吗？所以闲了三年，他实在非出来不可了,恰逢盛宣怀又是老朋友老同志,他也正要一位有勋望的人来帮助他,实现所谓铁路国有政策。于是乎他才不惜委曲一点,俯任了督办川汉铁路大臣的这个职务。

以他的欲望和大才,谁也知道他就这个职务,只算是暂时的,而他目的,起初是两湖总督。但是两湖总督瑞澂,也是一个小鬼,他能甘心让他吗?所以于他驻扎武冒时,便极力的周旋他,防范他,并且给他画计来运动四川总督这个更为肥美的大缺。因而他其次的目的便是四川总督。又何幸四川竟因铁路国有的政策,引起了罢市风潮,赵尔丰越发处理不善,他越是高兴。但是,料不到四川总督却落到岑春煊的头上,却也得亏瑞澂赵尔丰的运动,岑春煊仅走至武昌,自己到底如了愿,"岑春煊未到任前,四川总督即著端方署理。"

也明明知道赵尔丰已变成了自己的生死冤家,他握着大兵,虎踞在成都,要望很顺遂的就走马上任,实在不能。何况他已用出种种方法,虚轰骇诈的示意不要自己就去。但是,又相信他到底是清室臣子,既有朝命,他敢抗不交代?疆臣造反的事,在有清一代,除了三藩外,倒还没有听见过。自己也带有几营鄂兵,因就先行派了几名属员,和一营兵,打从小川北路到省来布置。一面也是示意:"我硬要来呀!凭你如何,是挡不了驾的!"

他虽然还没有接事,但是朝命已下,到底算是相去只一间的四川总督,所以旌旆西上,照规矩是该沿途视问民间疾苦,延见士绅,一面享受地方官吏至丰至盛的供应的。况他既是旗人,又是名士,封疆大臣的派头,安能轻易的就打折扣?如其他那时果有真知灼见,而不自安于小机小智,趁着事变未亟,放下架子,从重庆乘传而驰,在九月二十四日以前赶到成都,他后来的结果,也决不会是那样,他那时本着做太平总督的阅历和见解,自然见不及此,即是幕府中一般名士,又何尝有这种识见,所以该得一走到资州,听见川西和省外的局面越是变坏,并闻赵尔丰恨之刺骨,不惜以兵力来拒绝他去接事,他遂只好暂时驻下来，观望形势。

这时，已有上谕叫他迅派妥员，把赵尔丰等五员押解进京，送交大理院，以凭严行讯质。但是他远在资州，还没有接事，这岂是他办得到的；虽然心头高兴，却解不了实际上的困难。何谓实际上的困难？就因听人报说，川南一带的同志军土匪，有联合着向资州扑来，和他算帐的消息。

原来眉州嘉定一带的混合同志军，纠合了好几千人，也颇颇有些快枪利器，看见富顺自流井是个肥美地方，又无大批官兵驻守，乐得把人马开出，乘虚杀入这两处，把包袱装一个饱。据说周孝怀那篇四千多言的禀帖稿子，恰就在这时飞了去，一下，就把几个带队的首领激怒了。"哦！四川的事情，才是端方在主动呀！帮助盛宣怀打条，要把铁路收回去卖跟洋人的，是他；不顾民情，把李稷勋改为钦派宜昌铁路总理的，是他；叫赵屠户严重对付，不惜杀尽川人的，是他；现在移祸于人，奏参赵屠户等的，也是他呀！这杂种，好坏呀！把四川害到这一步。他还想来做四川总督，天也不容！既然他已走到资州，那不如先找他去，把这篇胡涂帐算一算，而后再到自流井去！"于是大队人马，便浩浩荡荡，改道向资州杀来。因此，他也才赶快把到了成都才三天的那营鄂军，电调到资州保卫，而憎恨周善培的心，也与周善培之憎恨他一样。

但是常驻资州，如何是了？湖北陕西两条路，已经不通，为今之计，仍然只有到成都去。一打听，赵尔丰已经变计，不再做恶人，竟自乘其刚到资州，便把要首们释放了，以要好绅士；看他办法，不但横了心不受朝命，并且还在打自保主意，若其贸然前去，很好，周善培已把秘密揭穿于前，他正好一盆火整个奉还，那时，处在他的势力之下，加以绅民交哄，这亏吃得一定不小。于是他思之思之，又同幕僚们一商量，方今潮流所趋，各省纷纷独立，大抵都是绅士出头，要求疆吏允许。如今，不如利用时机，即以四川总督的资格，去和绅士接洽,请他们出头来宣布独立自治。这一定是绅士们所愿,而条件只是公举他来做正都督,即以曾经到过重庆的那位代表邵从恩做副都督,其余官吏,全用四川绅士;这么一来,既可揽得四川人的心,而赵尔丰也在无形中坍了台,都督也就是以前的总督,姑且就了任,再想以后恢复名实的办法。好在四川绅士都不甚有多大魄力,只要略施小术,便可置诸掌握之中的,于是,才派了一个曾由同盟会而投降与他的经师刘师培,和那由同志会代表而投降于他的诗人朱山,联袂上省来,和邵从恩、徐炯、蒲殿俊诸绅士商量独立自主的事件。

他有这个打算,难道赵尔丰果然就是蠢人吗?他如其没有打算,他也不会趁着端方未到,叫人示意绅士们来把蒲罗诸人保了出去;也不会派着一个姓吴的参谋,来密与邵明叔等商讨,如何才能自保之道;也不会叫绅士们出头来组织官绅联合,以谋四川善后的会议;也不会听了邵明叔的建议,力远田徵葵、王棪诸人,而每天都要请几位绅士到衙门去欢谦议事了。并且在二十五日,一得到押解进京的消息,他更决了意,绝不俯首听命,以封疆大臣之尊,去仰狱吏的鼻息。再一横观大势,独立省份,已经过半,清廷的倾覆,似乎只在瞬息之间了;与其效忠去当阶下囚,曷若趁着潮流来独立,既不失为俊杰,又可保持富贵。于是遂加派周善培来和邵明叔等商量,由他出头来宣布四川独立自治,看可不可以?

他正在作这种商量,端方来得比他更爽快,所以他一听见消息,遂大为震怒,把一般心腹谋臣招去,说道:"午桥如此可恶,难道我就不可以光明正大,吩咐四川绅士出头宣布独立?与其让他远在资州来卖这个空头人情,不如我就近卖了,四川绅民还感激我些!"

那姓吴的,和周善培杨嘉绅等,是极其赞成他这样做。他们的意思:旧政府的信用是失完了的,如其再蝉联下去,政令一定不行,改组一下,势有必需。不过方今天下,正在混乱,到底鹿死谁手,谁也看不清楚,与其自己出了头,将来形式一变,清朝忽又中兴了,这却如何下台？倒不如让绅士们去独立，将来清朝不倒，自己可以卸过，自治果成，要不失为赞助者。

然而田徵葵等则站在反对地位上，他们也有理由："让绅士们宣布独立，他们就成了主人翁。我们倘将兵权交出，我们就失了保障。从此，我们的身家性命，都交给了他们。而他们又是我们的仇人对头，谁能担保他们后来不寻仇报复，那时，我们失悔也就晚了。"

第一次虽然没有商量出一个结果，但是时势越逼越紧，端方又来了一个电报，指名要请蒲罗邵徐命驾到资州去面商大计。他不曾通知蒲罗邵徐，对直就回电代为拒绝，这已是一个楔子；跟着就是重庆革命党起而独立；于是他当夜就决了意，把周孝怀叫去商量了一下，第二天一早，周孝怀遂奉命来拜会高等学堂监督周紫庭，正式提说："季帅甚愿四川绅士出头来独立。"

据说，这下，倒把这位有德无才的周监督骇了一大跳。定睛把周孝怀看着道："怪哉！赵季帅何以会想到这上头？他岂不知道四川一独立，就没他的地位，军权政权财权他都得交出？以他那样权威自喜的人，如何能轻让与人，这恐怕不是赵季帅的真心罢？凡事不出以真心，到后来未有不失悔的，等到失悔，而权已在人，那时想再收回，不是又要发生波折吗？并且我敢说，权既下移，那就不能够再收得回去的了！"

周孝怀自然要把端方逼迫他的种种，加倍渲染出来，而于最近押解进京的朝命，却隐了不提。因为有他在内，一说了，显见他的赞成独立，原来一大半是为的自己。但是周紫庭终于摇着头道："这只是一时的愤激，可见更非出于季帅的真诚，小不忍，则乱大谋。孝怀，还是去奉劝季帅，多多审慎一点好些。"

这可把周孝怀为难了。如其四川绅士硬不出来独立，这盘棋简直就会弄僵。因为他们还有一种商量，势非要做到四川绅士出头要求独立，这出戏是唱不圆的。

到底凭他生花的妙舌，把赵尔丰的真诚，代为披沥得毫无隐饰，于是周紫庭方信了，便说："既然如此，我可先为代向诸绅士露个意思。孝怀，最好还是把明叔约去，等季帅当面与他谈一谈。明叔这个人，安详精细，见事理又甚明，他如以为可，我们再商量进行的办法罢。"

四川独立的内情，据说全如上述，而初三日几位绅士上院质问，本是排好的一出戏，赵尔丰不把押解进京的新命拿出，而出以示人的，乃是回任川边的旧命者，也是应有的戏文。并且商定先由绅士在谘议局宣布四川组织独立自治，再由赵尔丰定于初四日在署招集全城官绅正式商议办法。

因此，在初三的夜里，谘议局一公布，全城人民方突如其来的听说清朝已倒，摄政王已逃，革命党已在重庆独立，赵尔丰没有办法，只晓得哭，绅士们已在谘议局会议，要求赵尔丰把事情交出来等他们独立。"怕的就是他舍不得交出来，大家又要逼他，他那藏脾气，不会出事吗？"

一大部份人民在这样着想，一大部份绅士也在这样着想。却不知道赵尔丰正在做戏，能够演到绅士来要求他独立，才是他的妙算哩。并且他很用心的在防备，怕把军权落到四川军官手上，政权落到蒲殿俊罗纶这几个精明剽悍的仇人手上。他的意思，最好把军权交与提督田振邦，政权即交与与人无争的邵明叔。他曾向邵明叔说："明叔，这样好了。你就出来做都督，我把事情交给你，也放心些。"

"这如何使得！独立自治，本是全川人民的事，照大帅所说，岂不是私相授受了？都督一职，照法理说，是应该等全川人民公选，在公选之前，大帅的事，只有按照外省独立的成例，交与谘议局议长代管。伯英诚然不是大帅所愿的人，但这种大事，不比寻常，个人的私恩私怨，是不宜参杂进去的。这一点，还望大帅顾及。"

因此，到初四日制台衙门大花厅上开会时，赵尔丰才只把时局的情形大概说了一番,——自然说得极其不堪,而重庆的革命党便是他顶好的口实。——便提到四川的政局实在有更新的必要。

他刚说完,杨嘉绅先就站了起来,恭恭敬敬说道:"事到于今,职司以为只有独立之一途。论理,我辈皆是大清命官,实在不该口出此言。无如朝廷已不存在,我辈便失所凭依,如今服官四川,从责任上说,便是国民一份子,眼见川民同胞,痛苦至此,心实伤之!若不及时扶持他们独立自治,第一,似乎不足以解他们的倒悬;第二,深恐客军入境,惹起纷扰;第三,革命党到处潜伏,现重庆已经举事,他处倘有响应,则四川将更陷于糜烂之境。我辈但为保全地方,保全人民设想,实在不能再牢守以前的腐败思想,纵令天下后世如何议论,我辈为臣不忠,我辈也只好默尔受之,为多数同胞受点牺牲,又有何不可?所以职司是绝端赞成四川独立自治的!"

他领了头,尹良也就跟着说赞成。大家拿眼去看将军玉昆。他便急忙站起说道:"兄弟虽是满官,可是满人入关将三百年,与汉人通婚,也历有年所,彼此早是一家人了。本来中国,确如维新党人所说,是中国人的中国,并非爱新觉罗氏一族所得而私之的。今爱新觉罗氏既已不能统驭,则各地人民各各起来自保自治,又有何不可?今日在此会议之所,不但兄弟一人诚心赞成四川独立自治,即我满城全体,旗兵三营,也无有不赞成的。不过所望于将来政府诸君者,端在乎不分疆域,和衷共济,则目前川民,庶乎可以出水火而登衽席矣!"

于是乎各司道以及各文官,都统、提督、统制、标统以及新旧各武官,全都赞成;列席的议商学各界绅士更不必说,独立自治是不成问题的了。

其次说到组织,由绅界提出,当然照外省办法,成立一个军政府,公举都督一人或正副三人,为全省统治机关的首领。

赵尔丰呢?如何安顿?亦由绅界提出,请他遵照八月二十五日上谕,出关回任川边边务大臣。

据说，这本是暗中接头时早经议定，在众人想来，原本不成问题的了。但是当日却发生了异议，第一，是兵队问题；赵尔丰要在巡防陆军之中，由他检选精兵二十营，作为边军，带进川边去。此外的兵权要由他指定一个人来接管，这是陆军军官不答应的，他们不愿再受赵尔丰的管辖。第二，是协饷问题；赵尔丰算来，川边每年须得四川协助经费一百二十万两，他要在交代之初，先在藩库提取一年的整数，这是准备独立的绅士们不答应的。因为知道现在各地纷乱，税收毫无，独立以后，需用浩大，所赖者就只现今藩盐两库所有的存款，如其被赵尔丰提去了这么一大笔，那将来不是立陷于穷竭？第三，是绅士们要求他交卸之后，即行束装赴边，这又是赵尔丰不答应的，借口，则说是一时来不及，并说川边入冬严寒，自己已有这一把岁数，非到春暖气和，是不能走的。

因了这几个枝节问题，便把会议场中的气象，弄来很是紧张。独立自治，以及何时交代，似乎都有点动摇了。并且好像是安排好了似的，便这时候，田徵葵气势汹汹的站了起来叫道："此等大事，也不应该如此草率就决定了！大家既已把下情呈明，理应静候大帅发落。到底该不该准如所呈办理，这权柄还是在大帅手上，应请大帅详加审查，我辈是不能立逼大帅就俯允的。商量的时候也久了，大帅想已过劳，我辈就此告退了罢！"

官绅协商独立自治的重要会议，便这样无结果而散。绅士们自然很是生气，知道受了他的愚弄。陆军军官们，尤其是几个四川籍的军官，不大舒服，说他太反复了；看他的意思，兵权仍是不肯交出，纵交出，恐也要交在他亲信人员的手上。"我们四川军人，依然要在外省长官的下面仰其鼻息，依然出不到头，那我们独立自治，不是虚有其名了？如其真独立，那吗，四川的兵，就该四川人带！"

恰恰这时，由南路调回的巡防兵，又开到了两营。会议情形一传出，人心早已不安，又见呼风打哨的巡防兵，挤了一街，住在制台衙门左右各街的居民,首先就感到一种威胁。于是连什么都不顾了,只打了小包裹,带着妻室子女,又同前月一样,纷纷向北门一带躲了去。

十九

黄澜生这天更是如坐针毡。他害怕尤铁民吴凤梧等举起事来,两方在城内一开仗,说不定会闹到争城以战,杀人盈城的光景。那他便应该希望官绅协议独立,能有成功免有流血之惨的了。但他又有点可惜他那几十两,一百元,如其吴凤梧举事不成,他不但这两笔本钱丢了,似乎他的前程也很少希望。从这方面想,他又是盼望革命党独立,到底于他一个人要好些。"顶好是像武昌革命一样,兵全变了,一下冲进辕门,连巡防兵都能深明大义,归降革命党这方;打死几个清兵,大事就定了。于是七畅不惊,军政府成立,附和过革命的全般起用。"他想到这上头,心里更像油煎一样的着起急来。

他本打算到下午一点钟时,带着两个孩子出城到簇桥彭家去的。似乎他的太太也很体贴他,怕他胆小受惊,吃了早饭就把两个孩子打扮好了;并给他们把需要的衣服打了一个小小包袱,好像他们要出行几天似的;又嘱咐他们切不可私自到沟里去耍;又同丈夫商量,叫把罗升带去照管两个孩子。倒是楚子材还软软的劝他说不要走的好。

他也因为要听一个实在消息,不打算就走。昨夜曾经向吴凤梧孙雅堂再三嘱咐过,要他两人在今天下午定来报个实在信,所以他也就不再出门去各处打听,而只在家里等。

他因为心里不安,觉得孩子们走动说话都很烦。他的太太也很体贴他,便把孩子们全交给菊花,诓在后面围房里去唱灯影儿,扮姑姑筵儿,让他一个人愁眉苦眼的,时而背负着手,时而捧着水烟袋,在他书房里，或是在堂屋外面阶沿上，或是在敞厅和厢房里，走来走去的转圈子。自己把楚子材叫在房间里，悄悄谈着话，不忍心再打扰他，就是两个人说到惬心快意，要大笑时，也都蒙着嘴，极力把笑声忍住，不令钻入他的耳去，使他感生烦恼。

到下午两点钟后，孙雅堂先来了，黄太太楚子材也才一齐出来，大家同到书房里。

孙雅堂坐在靠壁那张紫檀密藤心的美人床沿上说道："澜生，消息不好呀！"

因为是他说的话，他向来是报喜不报忧的，这不但黄澜生吃了一惊，便是他的太太也不像刚才同楚子材密谈时那样的安闲。她先张着两眼问道："是咋个的，孙大哥？难道革命党当真要起事了吗？"

孙雅堂把他那弥勒佛的脸绷得紧紧的道："照我在商会上听他们说起，今天会议的情形，吴凤梧和他所说那个尤啥子的，恐怕真个要动手了，这真出人意外，昨天老赵明明示意要人家来独立，他不愿当叛臣逆子，今天忽然又变了卦，提出了种种要求，好像有点恋栈的意思。一句话说完，这个位子让出来也可以，但他却先要获得一种优待条件，最好是大家当傀儡，他来提线子，所以会议成了一场空。"

跟着他就把听来的制台衙门大花厅上会议的情形，添盐加醋的说了一番。"大家说起这事，很是气忿。都说他太奸狡了，把大家用绳子套上了，他却来讨价还价。与其百般将就他，真不如把陆军巡警全运动出来，跟他一拼，据说，端午帅也派有人上省运动独立，并赞成由绅民另举都督出来管事。他们又打算去和端午帅接头请他上省。虽然说老赵现时已萎了，不再像以前那样强横，但是牛性总还在的，俗话说的兔子逼反了，还要咬人，他到底是一个尚未交卸的总督，把他太抹杀，太逼紧了，他甘心吗？横竖官是丢了的，就跟你一个蛮干，你们怕了，还得再去将就他。别的不说，这们一来，我们这九里三分的成都便会成了地狱了！"

他说得那样的悲观,黄澜生越发胆怯起来道:"照这样说,就是尤铁民他们举事,也一定不行的了。"

"也说不定的啦!革命党人,鬼计多端,照你说,他们已把陆军运动了好几队人,如其他们再多运动几队,或是把巡防营也运动到手,那时节,举起事来,还是未可限量。怕的就是百姓们总不免要遭点劫。以前大家都想做到不流血,就平平安安的独立起来。像这样,恐怕无望了,终不免要闹到杀人放火的。"

黄澜生道:"太太,看来,我们还是全家出城的好。子材也同我们一道走了罢。东西哩,关锁了就是,要着抢,要着偷,也顾不得了。雅堂,你躲不躲一下?"

"我不。倒是丈母住在韦陀堂,她那里距南院更要近些,你一定要出城,不妨约着丈母幺妹一道。"

黄太太深以为是。她丈夫自然也是这样在打算。他们正要去收拾一切,吴凤梧已到了敞厅,慌慌张张唤道:"澜生,快来,事情出了大变化了!"

连黄太太不大见男客的,并且是不大高兴见吴凤梧这个人的,——为的是他很拘谨,见了女主人,老是把眼睛低垂着,随便应酬几句话,便没有再说的了。——也急急忙忙,跟着三个男子,一齐来到敞厅上。

吴凤梧先给黄太太作了揖,不及问好,便转向黄澜生说道:"幸而我没有冒昧,老早把队伍隐进城来。尤铁民运动的陆军,着赵屠户把军官们传去,扣留在衙门里。并调巡防兵围住,勒逼着叫两队人把军械缴了,一齐看押在东校场的营房里。还下谕要拏尤铁民,他已逃跑了!……"

黄太太问:"赵屠户咋个会晓得了呢?"

"这就不知道,一定有人密告了。并且听说连朱统制都着扣留了,传谕陆军,如其要变,先就枪毙朱统制等。并且附城的巡防,全调了进城,四城门的守兵,也一律换成了巡防。陆军全调住凤凰山营房,不许擅自走过驷马桥。驷马桥扎了两营巡防,田徵葵亲自去犒赏了一夜。巡防营无论官与兵,全告了奋勇,说是敢有来侵犯大人的,就是他们的亲生父母,他们也要杀他个片甲不留。……"

孙雅堂道:"是几时的事?我一点三刻钟从商会到这里,还没听见说哩。"

"就是一点过钟的事。我正在尤铁民佃的房子里等他的命令,他叫人拿了一封信来,说是事已泄漏,他业经出城,叫大家赶快遣散。我跟着到东校场去打听,从一个老同事,就是才由犀浦调回的伍管带的口中,听见了这些消息。我又转到南院,前卫街口,走马街口都扎满了的人,左近街道的百姓,全在搬家,情形不好得很!"

黄澜生道:"革命的事,不是烟消火灭了?"

"岂但烟消火灭,恐怕你我都不免有点儿后患哩!如其老赵这样硬将下去的话。"

"有后患?"黄澜生夫妇一齐这样的问,并且当丈夫的脸色已经惨白了。

"澜生,这不是我故意说来骇你,我们干这种险事的,总得处处防备,自然只求没事便好!……"

"请你不要说空话了!"

"好的。不过也是我胡乱推测的,不一定作得准呀!因为我想,尤铁民的事,一定有人去告密。是啥子人呢?一定是受过他运动,知道他内情的人。这人,说不定还晓得我在帮他的忙,因为尤铁民向他们弟兄演说时,曾经提说过我;并且有天开会,又当场把我介绍出来,说我的队伍,有五百多人,全是不怕死的南路刀客们。这是说我这方面的话。你哩,因为我曾向尤铁民夸奖过你的义举,说你如何的在跟我帮忙。他钦佩你极了,说这是值得鼓吹的,一定要问你的真姓名,我咋个能说呢?偏偏彭家麒不懂事,昨天说到我队伍上的给养尚够时,他便把你的身世姓名全告诉了他,我阻拦他时,尤铁民还怪我有心隐人的善。他以前说过要替你鼓吹,所以昨天既晓得你这个人,他便大为高兴,说这倒要吩咐他们,举义时,须得注意这个人,要好生的保护他。如其他竟吩咐出去,说不定那告密的也晓得了你!……"

黄澜生脸色更白,又搓手,又踢脚的道:"这是你把我害了!我好端端的一个人,这下弄糟了!出了这们大一个枒!咋个办呢,太太?"

他的太太虽不如他那样胆怯,却也很是耽心,正想抱怨他:"为啥事前不跟我商量,独行独断的,现在出了祸事,便找我打主意了?"

吴凤梧已说了起来:"澜生,这莫怪我!干这些事,本如押红黑宝一样,不赢就输,不输就赢。如今虽遭了一点挫折,安知将来没有好处?现在权且躲避一下就完了。我是已叫彭家麒出城,吩咐我的几个队长,赶快把队伍分股拖往崇庆州一带去。我便在亲戚处去借住几天。你顶好也就借孙哥那里住几天。我想这股风一定不会久的,十天半月,也便过了,我们还不是可以逍遥自在?"

他临走时,又说:"我的耳目长些,有啥子消息,我叫人跟你送信来。我走了,你最好此刻就同孙哥一道走!"

但是孙雅堂一直没有开腔。

黄太太看了他两眼,便向她丈夫说道:"我晓得孙大哥那里不方便,小孩子又多,太烦。不如在妈那里去住几天,又近,要送信也方便,幺妹会当心你的饮食,我也少劳多少神。底下人我会嘱咐他们,随便啥子人来找你,全说到郫县收租去了。如其衙门上的差人来,我会应付他们,拼着几百两银子,光脚板鬼还可买得爬皂角树哩!只是,孙大哥,这事的干系不同了,你是全般皆知的,如其你泄漏了一点风声,我是要跟你拼命的,平日的啥子交情,我一概不管!子材在我身边,我倒不必耽心你,就把你抓去拷打,谅你也不敢说!……就这们罢！你就去，衣服同别的东西，我跟着叫子材送来。"

二十

独立自治，既然在谘议局公布过了，那能因为一点周折，便废然而返。再向众宣布："前途困难甚大，我们不独立了。"岂不成了儿戏？岂不要令一般人耻笑绅士们太没有力量了？再而周凤翔也说："干大事的，那有只会走平路，而不肯爬坡坎之理。并且赵季帅好好的请我们独立自治，他自然有种种的要求，我们总要给他一种优待，和一种保障，也才使他能够安心。于今要望他无条件的就把事情交出，自然不行。我看，大家还是把孝怀找来商量一下，等他来转环，倒是一个办法。"

大家果然把气愤压抑下去，一面把周善培找来，一面又叫邵明叔去会晤那姓吴的，结果才探得了赵尔丰的真意所在，的确如周紫庭之言，他是害怕一旦把事交出，什么都没有保障，而川绅当中，同他是仇人的又很多，那时有人寻仇报复起来，谁能保护他？所以他希望先得一种保障的条件。其次，就是他实在不愿意交了事就进川边去，因为他的四少爷曾这样致过疑虑："倘若把咱们骗出关去，他们把打箭炉扼住，兵饷经费，一文不给，那不把咱们困死了？如要杀出，他们大兵重重，那能一下就打得到成都。立刻要咱们走，那不行！不如仍旧驻扎在衙门里，看他们如何干法，若是干不了，咱们出头来重振旗鼓，也容易些。"

于是几个绅士密议了一番，便决定先拟几个独立条件，交给赵尔丰去审核。要是可以，就请他画诺，绅士们便好出来组织。这就是当年所谓的"绅定四川独立条件，"是一位在日本学过法律的大竹人陈崇基号子立的手笔。条款都经众人斟酌过，据说并无遗憾。它的全

文是:

一、现因时世迫切,请帅出示晓谕人民,川中一切行政事宜,交由川人自办,暂交谘议局代表蒲殿俊管理。

二、督印交藩库封存,由川人择期宣告独立。

三、移交以前,所有一切军队,请帅酌量并和,务求统一。

四、西藏为四川屏蔽,望帅担保全四川之心。仍遵朝命赴边,办理边务事宜。所有兵饷及行政经费,概由川人担任。

五、宣告之后,仍请帅暂缓赴边,以便遇事商求援助指导。

六、军提都统各宪,由绅面达。事后,如愿驻川,仍待以相当敬礼,如欲回籍,需用川资,由川人从厚致送。

七、驻防旗饷,照旧发给,事后,再为妥筹生计。

八、凡行政司法各官,仍希照常办事,不愿留者,听其自便。

九、凡省中文武官吏,力为保护,不得侵犯自由,不许人民挟怨寻仇。

十、请帅即饬巡警署,不必干涉报馆议论,以便先事开导,免致临时惶骇。

十一、自宣告之后,无论满蒙回藏,与汉人一律待遇,不分畛域。

此外,还附了一条军政府组织的概略。军政府内,设都督副都督各一人,其下分设军政、司法、财政、民政、学务、实业、交通、外务、盐政十部,军政府下,又设兵备、教练二处;其余局所,暂仍其旧。这一条,算是请教的性质,并不必要他核定。

据说,这十一条的用意,都很细密。面子完全给了赵尔丰,第九条,不但给了他一个人的保障,就连其他不放心的人,全可放心。而重要的第五条，自然更合了他的意。他们难道不知道赵尔丰之不肯交了事就走，是存有观望之意？容他盘踞在心腹之地，岂不是等于在卧榻之侧，养了一只猛虎？他们到底也思索过来，一定要他走开，远远的滚到川边去，自然是好事，但是也有坏处；因为川边是时，尚有边军数营，是赵尔丰交与他的参谋西昌举人傅嵩炑统领着在，他这一去，又要挑选若干营精兵，如其再把那强悍的蛮兵全招抚了，他的威力还可侮吗？倘若大局稍有变动，他统着全部大军从川边杀出，谁能抵当得住？倒不如就利用他不想走的计策，让他住在省城，佯为优礼，他没有兵权在手上，也就不能做什么了。他们尤其相信的，只要他把事情交出了，便是一个闲员，无权无勇的，敢做什么？

但是，赵尔丰到底也自有他的打算。一则，泸州也独立了。称为川南军政府，正都督凭公推举，仍是原任永宁道道台姓刘的，副都督是泸州绅士姓温的；知道形势所趋，越发的不利，说不定数日之后，东门外的牛市口，南门外的红牌楼，西门外的五里墩，北门外的凤凰山，都会宣布独立自治，而成立军政府了。二则，也看出绅士们急于要独立，大有欲罢不能之势，他正好在这中间，大做其文章。三则，就从条件之上，看出一群老酸，并无多大的阅历，只晓得如狂如疯闹独立，而要求自己宣布交印，却于最要紧的兵权财权，如何接受，竟自没有打算到。于是他得意了，便安排了一下，定于次日，十月初五，再召集官绅，仍在制台衙门大花厅上，会商独立。

人众到齐，"绅定四川独立条件"由绅士先提出来朗读了一遍。自将军以下，都觉得这已很好了，别省独立之际，对于旧日官吏，不是戕杀，便是驱逐，那能像四川这样优待保护？并且答应行政司法各官，都能蝉联？或者是戏文中早安排定了的情节罢？杨嘉绅先就说："绅士们既是如此优待原任官吏，那我便甘愿留任，帮忙到底。待兄弟下去后，就通饬各局，照常办事好了！"而田徵葵却挺身站起，很庄重的向着赵尔丰喊道："大帅，这事到底还须审慎！倘然听信他们甜言蜜语,把政权兵柄一概移交出去,我们在此跟随大帅效力的,那能人人讨好川绅!从今以后,我们的生命财产,便全在别人的掌握中,要斩要杀,还能有我们分辩的地步?这不但我辈如此,就大帅的本身,仍一样的呀!"

他喊得那么有力,那么动人,赵尔丰好像被他提醒了似的,果蹙起眉头,不再说什么,而一众官吏也一齐为之动了容。

绅士里面,赶快站了几个人起来,极力保证说,这是过虑的话;四川的绅士,不比别省,向来就没有仇视官吏的举动,何况这次还处处要仰仗各公?"如其果像田观察所说,那吗,四川绅士就太无人格了!"

后来,还是由周善培、杨嘉绅、尹良等出头调停,认为大势所趋如此,纵要坚持不交,也不可能了。不若趁众绅在此,再由官方提出若干条件,交绅方认可,以为交卸后的保障。赵尔丰方才打起精神,和一众官员即席拟定了"官定四川独立条件"一十九条:

一、不排满人。
二、安置旗民生计。
三、不论本省人外省人视同一律。
四、不准仇官,及有他项侮辱言动。
五、保护外国人。
六、保护商界。
七、不准报复。(此次战争日久,官兵民匪,皆有伤亡,以后无论何人,不准互相报复。)
八、不准仇杀。(此在军事以外,指个人私仇而言。)
九、不准劫狱。
十、不准抢掳。
十一、不准烧杀。

以上十一条，违者，严行惩办。

　　十二、万众一心，同维大局。

　　十三、谨守秩序，实行文明。

　　十四、旗兵现练三营，统归陆军统制管理。

　　十五、所有一切军队，除选带边军外，悉交第十七镇朱统制官接管。

　　十六、边务常年经费及兵饷，共银一百二十万两，由川担任。

　　十七、边务如须扩充，军备饷械子弹，由川协助。

　　十八、除原有边军外，应再选带八营。

　　十九、藏款仍照旧协济。

　　官定条件，前十三条，一望而知是借来陪衬的，而主要则在最后六条。一是把川边的事稳了又稳，一是最主要的把兵权分掌在赵朱二人的手上。赵尔丰不能完全没有兵权，自不必讲，而朱庆澜虽是新派，虽不是自己的死党，到底是清朝旧吏，曾有同官之雅，不怕他一有兵权，便作威福。其次，到底是浙江人，令他加入新政府去，总难与四川人同恶共济，并且还可隐为旧日同僚，和外省作宦于此的护符。还有，他的为人，向来驯谨，叫他执掌兵权，尚可隐然操纵。这下，更可不怕川绅如何了。

　　当时在座各绅，又何尝没有见及于此？但是，第一，要赶快把事情结束，恐怕迟久生变。第二，因为目下各种人材似乎皆备，独无带兵的大将，要是一下将兵权拿过来，一众书生，真不知如何耍法。第三，朱庆澜气味尚好，似乎还可暂时相信。第四，条件本是写在纸上的，即令盖了脚模手印，将来只要握了权柄，要翻脸不承认，还不是可以的。因此种种，大家不待再磋商，只把眼色交换了一下，便欣然认可了，并说："督帅思虑周到，以后遇事真要恳求切实指点了！"

然后,才议决了,制台衙门的事情和印,准于初七日午全交蒲殿俊接管。绅士方面即刻便组织去了。

会议之后,田徵葵虽然佩服他大帅的妙计,但是他和朱庆澜向来就不甚对,心想:"自今以后,所有的兵权全在老朱手上,大帅说是遴选边军八营,设若他故意安插一些他的心腹,那将来一定弄到不服指挥,反而受了他的累了。"于是,他便赶紧下了个密谕,示意城内全数十一营巡防,纷纷上禀,表示不愿同着陆军旗兵巡警等投诚新政府,如其不能再跟随大帅效力,那就宁可全体缴械回乡,至死也不敢辜负大帅平日养育之恩。

因此,赵尔丰便函告蒲殿俊朱庆澜,说明巡防兵全体的请求,似乎不好故意违反。为今之计,只有把这十一营全拨为边军,全交与统领李克昌统带,并一齐调到制台衙门,和左近各街的庙宇祠堂公所等处驻扎着。因这原故,便在藩库提取大锭银子二十五万两,以作边兵的经费。

赵尔丰虽说把政权交出,让四川人独立自治了,但就大体而论,到底没有受什么损害,自己乐得躲在幕后,休息着冷眼旁观。

二十一

黄澜生枉自在他丈母家躲了两夜一天。不过他终觉得这样做一下,究竟平安得多。所以到他躲去的第二天,吴凤梧亲身去向他的太太报说:"不要紧了,革命党的事,赵屠户已不敢再追究。并且今天又在请绅士们会议独立的事。我看,独立是独立定了,文明监狱里的革命党已全释放。我们只算运气不好,受了一场虚惊,自己劳阵神,又花费了澜生许多钱,一场空花,真值不得!请老嫂子立刻就遣人去通知澜生,叫他回来了罢!"

到他走后，黄太太仍在敞厅上，等楚子材送了他进来，便笑着说道："澜生老是这样一天到晚，见神见鬼的。自从你走后，差不多没有一天不看见他是那样蹙起一双眉头，唉声叹气的。一会儿怕兵，一会儿怕匪，一会儿害怕革命党起事，闹到后来，自己又钻头觅缝的去投靠革命党；拿起钱来买惊受，我真不懂是啥名堂？劝他哩，不惟不听话，反而把我瞒得紧紧的，那天不是你告诉我，我至今还着他把我蒙在鼓里哩。所以，我想来很是呕他的气。十五年的夫妇，这种大事，竟自不先同我商量，他那里还把我放在心上！我倒事事都在体贴他。他却这样的在报答我！倒也不只这一桩，有时，我生了气，觉得还是不管他的好！各自快活各自的！世道这样乱法，大家都已这个岁数了，快活一天算一天，难道还有啥子想头？"她确乎有点悲哀了。

他遂把她挽进厢房，两个人挤在床边上坐着。他搂着她的腰肢，一手伸到她胸前去，着她轻轻的推开了，又伸过嘴去，也着她拒绝了。

他道："你才说要快活哩，咋个又不自在了？"

"唉！我也莫名其妙。心里头一想到这些地方，就不高兴。从前还不这样。心里头不高兴的事，要丢也便丢了开去。越到如今、越是丢不开。我这个人，真是过不得一点不如意的日子，稍为一点事情，便像钉子样，牢牢的钉在心里，如其没有第二件事情来替代，要想拔去，实是不容易啦！"

"近两天来，你倒是快快活活的。"他又凑着她耳朵，说了几句惟有她才听得见的话。

她忽然打了个哈哈道："像这种时间，谈何容易，一年里能有几次！他那天夜里能离开我！这回，只算你的缘法好，忽然碰着了。可是也只有这一次，今天跟他送信去，他一定跟着就要回来的了。"

楚子材忽然眼睛一闪道："我有了一个计较。这们好了，我们简直不要通知他，让他多住一晚，明天再去告诉他。"

她摇着头道:"不好罢?他晓得了,更要生疑心的,一定猜得到是我们商量好了在诳他。并且好缘法也只该有一次,大家回想起来,才有味道。"

他两只手箍着她的腰肢,一半跪在踏脚板上,仰着脸很是恳挚的道:"好表姊!我的乖妈妈!小妈妈!可怜你的儿子,简直跟讨口子一样,残汤剩饭,你多赏一碗,救救你的儿子罢!"

她摸着他那骚疙瘩已渐渐在少,而青春弥满的脸颊,得意的发出一种迷人的巧笑道:"你真是一个无赖子呀!这些古怪话,那里去学来的?你是诚心诚意的爱你的小妈妈吗?……你能永远不变心,到她活到五十岁,还这样如疯如狂的爱她吗?……你纵然娶了妻,就是一个年轻的美人,你也不会把她丢在脑后吗?……你现在只有我一个人,自然会说这些话了!你们男人家,有几个是真心实意的?我看得多,连自己的丈夫,还靠不住哩!还说只能与共欢乐的情人?……"

他还是那样的纠缠着,要她允许,并跳起来将她紧搂在怀中,把全身气力撮到嘴唇上,热烈得像火一样,紧紧贴住她的嘴。又咬她的嘴唇,又把她的两颊额头,无一处不吻到。她一面迎受,一面吱吱格格的笑,一直吻到项脖上了,她方怯痒的躲着,把他两手推道:"好了,好了,……看有人来。……等我告诉你一句要紧话。"

他好像眼睛都野了,一种强烈到禁抑不住的愿欲一齐摆在脸上,两手用力的握住她的两膀,死死的看着她。

她感觉两膀微微有点痛楚,又感觉一种如火的刺激,钻进她的肌肤,钻进她的血管,一直传布到她的心的深处,立刻又幻成一只无爪甲的小手,在那里爬搔着,使得她有点飘然的光景,她不由把眼睛闭了闭。

然后,她才告诉他:"你放心,你只管去告诉他,只要你不估着接他回来,他是乐得不回来的。"

于是她便把澜生的秘密,和她以前所想到的缘法,细细的同他密谈起来。他们谈得那样的忘其所以,要不是振邦兄妹跑来打了岔,楚子材竟想不起要去告诉他表叔的一件事。这时已是下午四点多钟了。

他走到龙家客厅,孙雅堂已经作了头报。老太太和幺小姐全在那里。

孙雅堂说:"两种独立条件,都已交到昌福公司在排印,大概今天下午就可贴出。只是这张宣示,要用木刻,四个刻字匠正忙着在刻。大概赶到三更,可以赶完,明天上午才贴得出来。就因为如此,百姓们不晓内情的,还是那们惊惊惶惶的在搬家。……"

楚子材问道:"大姨夫,你说的是那方面的消息,我一点不懂哩!"

韵侠哈哈一笑道:"你又不是秀才,自然不会脚不出户,就能知道天下事的!……孙大哥,把你抄的那张稿子交跟他去看罢,免得打岔人家的龙门阵。"

她那几句犀利的话,才把楚子材要想窥探她秘密的眼光打了回去,连忙红着脸,双手把孙雅堂递过来的稿子接着,坐在窗子跟前一张高背椅上,看了起来。

> 尔丰不德,不能出我四川父老子弟于水火。乃者,内乱未宁,外患日逼,朝纲解纽,补救无从;若再不筹通变,必至横挑外衅,重益人民之流离荼苦,恻恻此心,良所不忍!特与将军都统提督军门司道以下各官,绅商学界诸人,协商一致,以四川全省事务,暂交四川谘议局议长蒲殿俊,设法自治。先求救急定乱之方,徐图善良共和政治。尔丰部署军旅就绪,即行遵旨出关。谘议局为通省人才所萃荟,其意思言论,为通省人民所信仰,以尔丰之愧对川人,惟当拭目以观其设施,尚复何颜对于川人,别有陈说哉?虽然,尔丰固可指天誓日,此区区爱国家爱人民之心,自筮仕作令,以至今日,服官数十年,转历十七省,实无一

刹那之顷，稍敢变易。此次再来督川，亦无时无事，不本上爱国家，下爱人民之初念。不幸智虑有所未周，遂为吾父老子弟所疑怨，往事无足证说，今日以四川全省事务，暂交四川谘议局自治者，嗟乎！尔її此心，为何心哉！果为爱吾父老子弟与否计，吾父老子弟必不忍待尔丰之剖解，而亦自瞭澈也！尔丰不敢曰：吾父老子弟前此之不当疑怨我，亦不敢谓：吾父老子弟以后遂信用我，但此区区之心，始终既惟重爱吾民，四川虽自治，以后困难问题，方循环之不知所终，尔丰虽将离去，而与吾父老子弟前后周旋，至今已九年矣，桑下三宿，尚有因缘，周旋九年，宁能恝置？因是之故，遂难自默。幸以吾言为然，实为四川将来之福，苟以吾言为非，吾亦聊尽临别之谊！第一，奉告人民。呜呼！吾至亲爱之父老子弟，亦知今日之四川，为破坏之四川乎？亦知今日以后之四川，为四川人自治之四川乎？往日受治于国家，地方之不治，国家之患也；今日四川自治，地方而不治，四川人之患矣。以今日之大势，即地方已治已安，犹有种种恐怖激刺之事，若益之以内患，四川其能久存乎？尔丰对于四川之将来，良有无穷莫大之希望；然内患而不速宁，恐眼前便难自保。吾父老子弟苟不愿四川之久存，则尔丰无言矣，不然。则愿吾父老子弟辗转告戒，速复向日之秩序，慎守固有之家业，一心合力，视大势之转移，图四川之强固。如此博大之四川，忍任其陆沉乎？吾父老子弟其信斯言耶？第二，奉告我军人，呜呼，我至辛苦之新旧军将校士卒！乱起以来，苦我将校士卒至矣！今日以后，四川归四川人自治，军队多为四川子弟。有应保全四川之责，而为四川全体尽捍卫之义务。乱而速定，吾军人其可稍休，如其未能，抑有外侮之来，以四川子弟，对于四川人尽当尽之义务，吾恐后此军人之劳，或十百于今日。既曰义务，知我军人后此必愈劳而愈自乐！统制官朱庆澜，我军人所至敬爱之长官也。四川新旧军将校士卒即以尊重敬爱之心，谨守朱统制官之命令。今日之后，苟有对于四川境内人民生命财产，有毫毛之损害者，愿我军人视为切己之私仇，毁家之私敌，捐竭顶踵，以击御之，必使四川境内人民，各无烽火盗贼之虞，而后军人无忝报施桑梓之义，我军人其信之耶？安辑人民，抚恤士卒，则当事诸君子之职责也。于此，奉告我当事诸君子。呜呼！尔丰不德，愧对四川，其能补尔丰之过，而出四川人于水火者惟望，诸君矣！以诸君之才之识，吾知内乱不难立定，外侮不难立绝。虽然，以尔丰鳃鳃之虑，当此祸患不已，疮痍未复，凡前此总督所肩至难极大之任，一惟诸君是赖是责，况当多难之顷，吾知施设之难，必倍蓰于曩日。尔丰望治之切，不能不望我当事诸君，一志合力，降心沉识，远观大势，深察乱源，博揽人才，厚积兵备，既与四川共治，尝派只贝宜蠲，即有谤议之来，消融之量宜广，必使内地百司庶人皆各有安其乡土之心，才士各有发舒能力之地，而后基础可以奠安，事业可以发达。尔丰以可为之四川，付之诸君，即以至大之责任，委之诸君，今日以后，即为自治之日，即为诸君担荷之日，尔丰虽去！属望无穷。知诸君必有以塞尔丰之望，且必有以塞吾四川父老子弟之望也。呜呼！尔丰去矣！所不能已于言者，惟我当事诸君，我军人，我父老子弟，幸听吾言，尔丰有补过之日，身去而心实安；如曰非也，尔丰对于四川，始终重爱吾民之用心，皇天后土，鉴其无私，他无求矣！虽然，尔丰爱四川者，终望我当事诸君，我军人，我父老子弟，幸听吾言也！特此宣示。

他看完了，孙雅堂遂问他："你看他这篇东西做得咋样？我觉得还情文悱恻的。"

韵侠接了过去道："狗屁东西，还值得尽研究。"

"那又不然，人之将死，其言也善，他虽不算真死，到底不可以人废言。……自然不能拿公事来论,若论公事,其不合格式也和岑西林告蜀父老书一样。……我们只取他一句'党派只见宜蠲'而现在才在动手组织,为几个还不能定的位置,就那样的闹起意见来:你说我是那一派,我又说你是那一派,以后多少事那不只有闹意见的了?所以我很是灰心,伯勤又一定要我答应,说秘书局都是不懂公事的,我再不去,恐怕都督府,连个条告,也拟不起了。他向胡雪生也是这样说的。"

黄澜生道:"我劝你还是答应的好,吴凤梧说过,……一如你所说的,不可以人废言。……挨刀也要挨头刀!……"

龙老太太道:"唉呀!这是啥子话,说得多骇人的!……不过雅堂也不要太看深了,管他这些那些,总之挣钱吃饭。"

"挣钱吃饭,倒是小事。只是初排头的事,太烦。如其答应了,等不到领照会,明天打早,就得进皇城去了。"

韵侠笑道:"你怕累吗?又不是年老八十的!"

孙雅堂便站了起来道:"既然都赞成我去,那我便向伯勤说去。……这下,天下太平,澜生,可以放心回府了。我只替你想不通,那些钱花得真冤枉!你的事,等我进了皇城后再设法。……子材,你们大概也耍不久了,一独立,自然就要开课啦!"

只他和黄澜生两人对面时,他方说起吴凤梧来报信的话。

黄澜生果如他太太所料的说道,"局面到底还未大定,回到自己家里,总有点心悬。你表婶没叫你一定要我回去吗?"

"倒没有。并且说,如其表叔当真害怕,就多住几天。倘若思念表妹,明天叫罗升送来。"

黄澜生两眼一撑道:"怪啦!她这回这们贤淑了!怕是反话罢?你看她说话时的神情,是咋样的?"

"绝对不是反话。说话时的神情很和平。"

"那就好。请你回去跟表婶说,叫罗升再送三斤绍酒来。世乱慌慌的，你老侄还是多在舍间不要乱走的好，如其要移进学堂，总得等我回来了再说。"

二十二

真的，直到十月初六日上午，赵尔丰那篇宣示四川自治的文告遍街张贴出来之后，全城人心，才算安定了。巡防兵都归了营，赵尔丰一移交了，似乎他们的威风也随之而稍为减了一些。搬家的仍然搬回，因此挟着包袱，携着儿女，或者坐着轿子，轿后捎着箱笼的，仍然在街面上纷纷起来。

制台衙门不能计出，军政府便设在皇城里，这是已经众绅士议决。而谘议局便是筹备独立的机关。

这时，人人都知道军政府的正都督，即是七月十五拿去的首要，现任谘议局议长的蒲殿俊，副都督哩，是现任陆军十七镇统制官朱庆澜。两个人也算是人望所归，大家都相信，明天一独立了，四川立刻就太平，立刻就强盛，至少也可恢复七月初一日以前的那种安宁，那种繁庶。

黄澜生因此也不能不回到家里。他虽然不像一般全不知道内情的百姓们，存着那种过度妄想，但他到底相信蒲伯英这个人毕竟是有本事的。

因此，他同他太太在书房里谈到独立时，很是乐观的说："物极必反。自从七月十五大变以来，这日子也过够了！尤其近一个多月，把人害得坐卧不安，你只算算，我们光是闹搬家，就闹了好多次？"

他的太太笑道："那是你无中生有的庸人自扰。就如像投靠革命党一样，真可不必，冤冤枉枉花了一些银子。起初问你，总说可以捞本，现在独立了，太平了。做官的还是做官，过日子的还不是这样过日子,这些银子,简直是丢在水里去了!"

黄澜生低着头,思索了半会,才要说什么时,楚子材同着孙雅堂已走进了侧门。据说,两个人恰恰在大门口遇见。

楚子材顶惹人注目了,他吃午饭走时,还是一条漆黑油光的大松三把的发辫拖在背心上,——就因为他的发辫又粗又多油,所以他每件衣服的背心全是三寸多宽,二尺来长,一条油腻痕。不穿时,挂在衣架上,很令人生厌。黄澜生他们已是中年人,气血不如少年人的强盛,所以就有油腻痕也不厉害。——此刻回来,发辫已经没有,头上的发,变成了一个鹤尾形式。这不但看门老头子同罗升都很诧异的看着他,笑问:"楚表少爷你变成洋人了!为啥要把好好的一条帽辫子剪掉?"就是他表叔表婶也怪他剪得太早了点。

表婶尤其不甚惬意的道:"何苦恁早就剪了,僧不僧俗不俗的,怪难看,如其明天独立不成,我看你把这头发咋个再生上头去!"

他笑嘻嘻的把一个纸包递与表婶道:"这是那把头发,表婶要是淘得神,把它清理出来,恐够有好几绺假发了。……表婶倒不要这们说,学堂里的人全剪了,连我们那个极腐败的监督土端公也剪了。今天赵尔丰已经在交事,明天那里会独立不成的。……还有,遮阳帽博士帽全城都买空了,我把东大街总府街商业场的洋货铺跑遍了,都说在中午就卖光了,你看剪发改装的有好多呀。"

孙雅堂正同黄澜生并坐在那张美人榻上,正正经经的微谈着。

黄太太转身走过去,一手扶着黄澜生所坐的这方榻臂,问道:"有啥子密事吗,我听不得的?"

孙雅堂抬起脸来说道:"你早猜到了,明天独立得成,独立不成,还在两可之间哩。我同澜生正说到这件事上。"

"咋个又生了变化了?我不过随便说了一句,何尝晓得内情呢?"

她丈夫向她把手一挥道:"你不要打岔,听雅堂说,这事很有干系。我倒不晓得还这样复杂。……只不晓得尹昌衡到底听不听他的话?"

"或者会听的。颜老太爷把他拉在书房里,很说了一会,我只在隔壁听见了一句:'且等独立之后,明天让他们把事接了,再开口不迟。'后来,他出来,倒和颜悦色的。我想,今天既是报期的喜筵,丈人峰又这样的在招呼,或者不会出啥子事了。"

黄太太道:"我又要打岔了。你们到底说些啥子话,我咋个不懂呢?"

孙雅堂道:"是这样的,我今天到谘议局时,就听见有人在传说:明天独立,恐怕要出事。因为赵尔丰把四川的事全交与蒲伯英,便有好些人不服气,第一是革命党人,有个啥子姓董的,公然出头来说:'独立就是革命。革命,只有革命党人才可以干的。谘议局的议员,已经不是革命党了,蒲伯英更是啥子宪政党的人,同保皇党一样,他不配说独立的话。他如其和赵尔丰私相授受,不把我们革命党请去共同商量,或者把独立的事分些给我们,那吗,看罢,看明天他们独立得成,独立不成!'这已经把好些人骇着了,要不是赵尔丰派了个姓李的营长,带了一队人到谘议局来保护,说是那个敢来捣乱,就枪毙那个,恐怕谘议局办事的人早已跑光了。革命党明天到底捣不捣乱,大家已是没有把握。……"

黄澜生惊异道:"我还不晓得尚有这们一桩事!"

他的太太道:"何不把吴凤梧找来问问?"

"倒是对的!"他果然就叫罗升拿一张名片去请吴管带即刻就来,"如其没有在家,就问他太太,他到那里去了。能够去找,便跟着去找,不要耽搁!"

两个孩子从后面出来,一下看见楚子材,便又笑又跳的吵说他是短尾巴狗。当爹爹的很是嫌烦,楚子材连忙把两个诓到厢房里摆龙门阵去了。

黄太太又继续问孙雅堂:"尹昌衡又咋个呢?他也是革命党吗?"

"幸而他不是,如其是,一定早闹糟了。他就因为在陆军里很有些势力,所以他也很不平的。说蒲伯英不过是个谘议局的议长罢咧,充其量会说几句话会做点文章,咋个就该一手遮天,连他们这种能文会武的人,也不找去商量商量?或者把兵权分些跟他,却完全和赵尔丰打住一气,把四川的兵权整个交跟一个外省人。他大骂蒲伯英目中无人,并且不公道。昨天也曾公然向着人说:他这样胡涂,就想把四川霸占了吗?老子偏要同他开个顽笑,看他明天独立得成,独立不成?这话今天传到谘议局,伯英才连忙托人去给颜老太爷说,请他代为把尹长子劝住,无论如何,把大局顾全。等赵尔丰认真把事交了后,再说后文。我倒不是专为这事到颜府,因为尹长子今天要亲自到颜府报期,伯勤招呼有我,我也从中跟他们打了好些圆场鼓。颜老太爷既那们劝说了一回,或者他明天不致有啥动作了。"

黄太太笑道:"也怪啦!为啥才报期,女婿就上了门?"

"这是尹长子主张的。他说日本男女,从没有避面的,我们中国,也该这样开通起来才对。何况他同颜小姐已经下过聘,就算是夫妇,咋个还不好见面?颜老太爷也很维新,认为女婿的话是对的,每逢女婿走去,总要把小姐叫出来见见。甚至两个人还在一处窃窃私语哩。"

他们的话头一转,便转到尹昌衡的私人生活上去了。黄太太听见他正太太还没过门,家里已经讨了两个姨太太,她遂大不以为然。而孙雅堂却很夸奖他,说他是个英雄,就是这些,也是英雄的行为。黄澜生则不置可否,他一心只等着吴凤梧在。

差不多要黄昏了,吴凤梧才来,却是同着王文炳一道。

黄太太因为要知道当前的一切,便主张把大家都邀到书房来坐,她说:"现在这个世道,也跟乱离年间差不多了,还躲避啥子生人?颜家尹家都那们开通的,也没见人说他们不对啦!只有王文炳一个,我没有见过。怕啥子呢?我再大几岁,当他的妈妈都可以了!"

黄澜生才同着楚子材把两位客从厢房中一直陪到书房。

王文炳见了女主人,作揖问好,是那么样恭敬殷勤。却因也是把头发剪短了,据说是初四日谘议局刚刚开会宣布四川要组织独立那天夜里,他就剪去了。因为剪得太短,不能梳得很慰贴,额前蓄留的短发有五分来长,四面撑起,又没有戴帽子,显得一颗头有巴斗来大。小孩子跟着在那么笑,黄太太虽没有放出声来,却也合不拢口,水一样的眼波,时时在他与楚子材的头上漾过去漾过来。

但他似乎不大觉得,只是很生气的样子,向着孙雅堂楚子材在说:"蒲伯英这个人,真令人莫名其妙。昨天,我们都以为大家既公推他出来身当这种大事,那他一定要和向来同过事的人,有商有量,或者先把几个重要位子,决定找这些人出来担任,也才对啦!不想事一落到头上,反而就像着炸雷轰憃了似的,只凭胡雪生一个人去胡闹。一般共过患难的老朋友,无论说啥子,都不听。若干大事情,一齐放着,军政府明天就要成立,你们猜,现在忙着在商量的是啥子?是在研究咋样的行礼?穿啥子礼服?外国人来参加,该咋样的招待?十部部长没有定人,科长科员就许了无数,都是一些不相干的老酸。以前在同志会出过死力的,着胡雪生一手压着,说要避嫌疑,就连谘议局的同事们,也不用一个,说是政治上没有阅历。……"

楚子材笑道:"你这样的气大,是不是没有抓着事情?"

"不瞒你老弟说,我一定要做事,胡雪生倒把我扼制不住,只是不屑于。并且那种零乱的样子,我也不大看得来,皇城里头我不晓得咋样乱法,……"

"孙大姨夫就是从皇城来的。"

"雅堂先生恭喜进了军政府了!"

孙雅堂微微笑道:"倒不是胡雪生拉扯进去,是颜伯勤苦苦劝我到秘书局,在公事上帮帮忙,是啥子职务,我还不晓得,仅仅拿了伯勤一封信。王先生说得不错,谘议局里,实在乱得不成名堂。我起初跑去,简直找不着接头的地方,信是叫我亲呈伯英,但是伯英到院上,同赵季帅办交代去了,说季帅交了印,还要留他们吃便饭,……"

"这倒是确实的,他回谘议局时,已在下午。一回来,就着一般人围住了。你那时看的景象,还好哩,这时你去看看,只要他坐在那间房子里,那间房子的窗眼中都是人。大事哩,放下了,小事哩,你也在研究,我也在研究。我既没有职务,看不顺眼,只好跑来找老楚说空话。雅堂先生既在秘书局,为啥也有空闲出来?"

"第一,今天尚无公事可办,其次在颜府陪客。我是由皇城到的颜府,那里面正忙着在布置。我看庶务局一般朋友,倒还有点条理,几处要紧地方,都有了眉目,大概今夜是一个通夜了!"

到此,同黄澜生坐在屋角两张洋式木椅上,低声谈着话的吴凤梧,才掉向坐在书案侧的黄太太说道:"老嫂子只管放心,不会有啥子事情的。"

孙雅堂也便让黄楚两个人并坐在美人榻上,谈说他们的话,自己抓了一张圆凳,坐了过来,向吴凤梧说道:"凤梧,我还没听见哩,你看,明天军政府成立时,革命党到底生不生事!如其真个不免,我明早就不进去了,免得受误伤。"

黄太太道:"吴管带说的尤铁民……"

吴凤梧连忙笑道:"老嫂子还是这们客气!论我跟澜哥的交情和跟老嫂子的岁数,也不该这们称呼呀!老嫂子要是不改口,真就把做兄弟的太看外了!"

这几句话却是黄太太喜欢听的。但孙雅堂已追着在问:"凤梧,还是请你说罢,你到底是个中人。"

"我是啥子个中人,你不要无端的诬枉我!说句老实话,你以为我当真投入了革命党吗?我不诳你,革命党的边边,我是摸着了一点儿,自从尤铁民一逃,连这一点儿边边都说不上了。现在我顶悖时,前半个月,要不碰见尤铁民搅那么一下,我的队伍老早安整出去,至少又可弄到几百块钱。如今，我自己手边上的钱用光，并把澜哥也带累了。弄到现在，上不沾天，下不落地，自己谋不到一点事，队伍上还等着要钱使。……"

黄澜生道："已往之事，不必再提，多更一件事情，多长一番见识，以后不要这们再傻就行了。"

孙雅堂道："现在事情尚没有定哩，倒不必就发牢骚。只是你说，革命党明天……"

"明天咋个？同我一样，没事！你不晓得尤铁民已经下重庆去了。我敢说，只要尤铁民一走，这里的革命党只算剩了几张嘴，造点谣言骇人，倒是对的，果有啥子本领，又不等尤铁民来，才能闹独立了！……"

王文炳恰走了过来，便插嘴道："我起初还不晓得老吴跟尤铁民走上了一条路。如其早点告诉我，等我跟他接个头，他也不得失败跑了。"

"你有这们大的本事吗？我起初还猜你也是革命党，原来还要我们来引进。彭家麒说过，他要结实的奚落你一顿，看你还假不假惺是革命党。"

他的脸上确实有点不大自然的样子，强勉笑说："是你猜我是革命党，我自己又何尝吹过我是？不过学界中的同盟会会员，我却认识几个，……"

幸而黄太太看出了他的窘状，连忙拿话支开道："我想着，你们说赵屠户交了印，还留人吃酒吃饭。自己堂堂一个总督，两个月前，是何等威风，现在逼得没法，把事情交跟仇人，要是我来，气也气死了，那还有心肠来陪人吃酒吃饭！"

黄澜生向着孙雅堂道："这也出人意料呀！我起初还猜他受了朝廷那么重的恩典，从知县一直做到封疆大臣，任凭如何艰难，他总不会负恩的。就只剩孤城一座，他也应该守住，实在不行了，也该学古大臣的样子,朝服殉节。他已是如此,我看其他的人更不必说了!"

楚子材道:"我在学堂里,却听见有人说,尹藩台倒准备着要服毒殉节哩。说他是旗人,……"

吴凤梧哈哈笑道:"我刚才碰着他坐了乘小轿向磨子街一个门道里进去。那样笑容满脸的,会死吗?"

黄太太起身笑道:"管人家死不死,今夜难得聚会在一起,明日要独立了,我去吩咐几样菜,消个夜,大家喝一杯,庆祝庆祝。"

五个男子全拍着掌叫道:"赞成!……赞成!……"

第二部份

一

成都在历史上是建过好几次国都的,照规矩说,关于兴衰陈迹,一定很多。但是成都也和中国其他建过都的城池一样,所经的兵燹太多了,而尤以明末清初,盖当西历十七世纪开头,着陕西张献忠先生无识无知的那么一次空前大破坏之后,纵然以前还遗留了一些残迹,也如大水冲洗过的一样。你还想寻觅五担山吗?没有了。你还想寻找扬子云的读书台吗?没有了。你还想寻找丞相祠堂吗?没有了。你还想寻找浣纱溪和工部草堂吗?自然也没有了。——近今有的全是清初改筑城垣之后,民有余力,因而发生了一种思古之幽情,想象而点缀之的。——全没有了,诚如大水冲洗过的一样。

及至康熙年间,四川布政使司和钦命的川陕总督,重新由保宁迁入成都,披荆斩棘,重新把成都收拾出来,作为四川全省的都会,据典籍所载,中间已旷废过一十八年;人烟是没有了,废城之中,但有成群的虎狼。又说,大慈寺的和尚清除水井时,井中全填满了人骨。待到重新成为全省政治枢纽之地,移民渐多,数年之间,又居然繁盛起来。然而可以指数的古迹,则只有一座烧毁了,仅仅剩下三个琉璃砖洞的明蜀王宫的宫门;和在宫门之南,相距百余丈远处,横跨御河而过的三道宽大的石桥；和中间大桥南头，一对丈许高的石狮；和又在御河之南百余丈远处，一道高约三丈，长约二十余丈，涂成红色的王宫照壁。张献忠先生为何还肯剩下这么多的建筑物，不完全破坏了才走？据说，是他开拔甚急，只以油浸锦绣将宫外华表包裹着烧断后，实在来不及再拆毁这些了，因此，才得将这王宫故址遗留给清朝官吏，规画修造出一座很像样的贡院，作为三年大比，抡才选士时的尊严地方。

设想贡院建筑之初，从大门直到红照壁，二三百丈之地，一片空旷，站在三桥上，向北望去，宫墙巍然，碧琉璃砖带映着夕阳，却是何等景色！宫门之上，高楼杰阁，宫门之外，复有大池两个，小石桥跨之，御沟之水，潺潺流过。桥南大石坊一道，刻着为国求贤四个大字，东向的石坊刻着腾蛟，西向则是起凤。不必走进宫门，这气象实在已够尊严！

如其你进了宫门，你的眼界更好了。迎面是一道三楹的高二门。这便是考试时点名授卷的龙门。极宽广的院子，全是绝大石板平铺的地面。二门进去，又是一片青砖铺地的广场，当中巍然峙立，而气象甚为雄壮的，是一座纯然北京营造方式的六楹两重的明远楼。楼北，青砖广场更大了，每当考试时，木板矮屋，编着天地元黄号头，东西分列成若干小巷的考棚，就在这个地方。直北上去，和明远楼遥遥相对的，是为至公堂。据说，堂基就是蜀王宫的宝殿。却也不错，一直到现在，那地面上尚剩有三四十枚绝大的石础，你可以想到当十五世纪，王宫初建时，光是殿柱，便是一人合抱不了的巨材。贡院的至公堂，诚然不如当年王宫宝殿，但那营造也够堂皇富丽了。正堂三楹之外，是彩画的卷篷高轩，轩之外，是护有雕花石栏的露台、台高于考棚广场五尺许，当中是一块镂刻融纹的石阶，临陛一道石坊，刻着抡才谕旨，蓝地金字，颇为辉煌。东西各有石阶两道，一直通将下去，扶手石栏也是镂有花纹的。

至公堂后，除了正副主考和各帘官的院落厅堂而外，还有一个绝大池塘，据说，便是唐时摩诃池的遗迹。此外，空旷之地还多，西边内墙之外，是丰豫仓；北边内墙之外，是鼓铸制钱的宝川局；东北角内墙之外，是宝川局积年弃存的炭渣堆；在平坦的成都城内，尚为制度所限，不许建筑高楼的时代，这炭渣堆却也算得一个高地，登到顶尖，在天气晴和时，东可以望见五十里外青葱如黛的龙泉山。西可以望见百里远近，时有积雪的玉垒山，少所见的成都人，便呼之为煤山，正北由宝川局出去，才是宫墙的后宰门。

就是由上帝手创的山川陵谷，还有绝大变迁的时候，自然更无论于人之创造了。所以自光绪末年，废止科举以来，贡院的内外已是大变而特变。首先红照壁就变成若干家铺子的后墙，韦陀堂和三桥之南，以前搭盖席篷的临时铺子，和贫民居住的地方，全变成了整整齐齐的瓦屋街道。而两个大石狮也挤进了人家，把它那怪模样的脸，直贴在人家的后壁上，三桥之北，也渐成街市，而皇城坝更成了回教徒出售牛肉的有名地方。

通达金河的御沟早已污塞，只管红桥亭臭水渠边，还剩有一块足以供人怀想的石头，刻着不许打鱼，而大雨积潦时，到底还有点沟的作用。而在为国求贤的石坊前后左右，全变成了医卜星相，以及卖武打、卖西洋景、打金钱板等等的会场，成都人呼之为扯诳坝者是也。

贡院里边，虽然从大门进去，直到至公堂，规模仍旧，可是壁坏窗欹，丹漆剥落，也没有人再留心了。并且其余地方全变了学堂，有留学预备学堂，有通省师范学堂，有工科学堂，有补习学堂。房屋全变了样式，自不必说，日本是我们维新的前辈，日本的学堂是如何布置，我们也应该如何布置，便是绝好的推光漆的木板壁，也拆脱了，而易以中间空着尺把宽的间隙，两面涂以泥壁，垩以青灰，界画出来，骗人骗己的说是砖砌的东西，雕花的窗棂也卸去了，而易以极不坚固，并且从不能关闭严密，起初尚嵌以玻璃，玻璃碎了，依然糊以白纸的极不好看的窗子。摩诃池或者是可靠的古迹,然而于维新无干,也积渐由渣滓的填塞,变为实用的操场了。

明明是蜀王故宫,明明是贡院,而民间却偏要尊称之为皇城。故其左近,乃有东西华门街,东西御街,东西御河沿,以及后宰门街,各种连带而及的名称。

辛亥年成都独立时的军政府,恰就选在这个皇城里。初六日上午,已有许多人在里面布置,灯彩等不必说,大门城墙壁上悬挂的许多长招牌,也全取下了。

二

成都毕竟也独立了。依照太阳历算来,是一千九百一十一年十一月二十八日,后于中华民国纪元前一年武昌起义独立的一个月又一十八日;依太阴历算来,则是辛亥年十月初七日。

盐市口开伞铺的掌柜傅隆盛,因为在头一夜过于高兴,同着本街许多关心世事的街坊,群集在街公所中,先议论着四川独立的好与坏。有一个人焦心独立之后,还要不要皇帝,如其不要皇帝,四川不是就没有朝廷来辖治了?"我们的蒲先生,怕不就是三国时候的刘先主?那时,大家起来争夺天下,蒲先生却从那里去找个孔明来六出祁山?并且他又没有五虎大将,他咋个抵敌得住?"

卖零剪的何掌柜更其是一个精通《三国演义》的识字的小商人,摇头说道:"那倒不怕啰!四川东有夔门三峡,北有剑阁云栈,只要多派些兵牢牢守住,外面的人就是飞也不容易飞进来呀!……"

傅隆盛哈哈笑道:"你们说的都是些古话,现在不是这样了!现在是天下十八行省,省省独立,你不犯我,我不犯你,那里还像三国时候,你争我夺的。并且告诉你们,没有皇帝,没有朝廷,还有许多好处。第一,我们从此再也不纳粮上税。第二,朝里没有奸臣,天下就没有赃官,以后的官员全是由本地方的公正绅粮出来做;他们是本地方的人,自然会留心本地方的事,家里又有钱,这便不像以前那些外省来的贪官,他管你百姓是死是活,他只晓得任用师爷差狗,欺压善良,把我们的地皮刮去享福。第三,我们一独立,把那些卖国奸臣撵走,我们立刻就强盛了,洋鬼子不敢再走到我们地方上来横行。……你们不信吗?你们只看,不是从前奸臣琦善把梅花桩卖跟英国鬼子,英国鬼子能打进广东吗?不是岑宫保那年把红灯教打平后,向洋鬼子们说了些硬话,近几年来,洋鬼子能这样的平靖,那般吃教的能这样的驯善吗?可见洋鬼子历来就是欺软怕硬的,只要我们硬铮起来,没有奸臣,没有汉奸,做官的同百姓们一样,不怕他们,他们只有那点点子人,敢歪!……还有第四,做官的一好了,地方自然平静,你我做生意的,也不像现在坐吃本钱。我想天下太平之后,五谷丰登,就是那些讨口叫化的,也一概有饭吃,有衣穿,有房子住了,……不过!做到这步,确也不容易!照有些人说,蒲先生比罗先生行得多。罗先生是毛脚毛手的,蒲先生要是打点主意真巧!就比如这次独立,不是蒲先生画了些圈圈,赵屠户那能好好生生的就答应了?那杂种,是啥子好人?……"

话头一转到赵尔丰,议论便庞杂了。但是也有一种公意,便是蒲先生他们既吃了那样一回大亏,实在不应该再如此宽待他:又答应他回到川边原任,又答应每年协助他一百二十万两,又把巡防兵拨给他统带,又要求他仍住成都,随时向他请教。最合公理的办法,是该把他捆去砍头祭旗的。

继后因为一个警察兵走来,向众人打了个招呼道:"各位都在这里,那我就不必再找朱街正了!"

警察兵本是顶讨人厌的一种东西。自从周孝怀留学日本回来,无中生有,顽了这套把戏,警察兵就成了成都大多数人的眼中之钉,肉中之刺。他要动辄干涉人,不许你自由自在的把尿撒在街上,犯了,不管你是什么人,总要着他估逼着跪上一两点钟。有什么不平的事,又不许你自由自在的在街面上吵骂和挥拳,犯了,就着挡到局里,打手心、打屁股。做生意的人夜里睡觉,不愿再起来,这是人家的本等,上全堂药铺竟自因为有人半夜去买药,打门叫户的,把人家吵来不能睡,人家生了气,硬不开门卖给他,这也算犯了法了,着警察局把主人传去,责备他无公益心,处罚了三百块石板修街。这已经令人大不舒服了,它还兴出多少捐来,最好笑的,连当婊子的脏钱也要,名字叫花捐;最无聊的,是夜里睡觉时候,打二更以后,谁还在街上走?纵然有事上街,谁又没有一个灯笼?它偏偏要兴出街灯,不管做什么的,总要上几十文钱的灯油捐,钱虽不多,却近于烦扰,而警察兵来收捐时,又不大客气。诸如此类,更使人把警察兵直当成了一种癞狗了。

但是自从七月十五之后,巡防兵可厌的地方,更有过于警察兵,而他们似乎也能利用这个机会,来把他们污染在众人心上的仇恨,设法拭去。第一,就是他们不再像以前那样严厉的来执行他们的职权,你就有犯法的行为,他们也能够睁只眼闭只眼的马虎过去。第二,就是他们会笑了,同你有什么话要说时,也会拿出平常人的面目,很和蔼的来向着你;并且很能通融的来同你促膝细谈,尤其自九月以来,市面越不安,警察兵的态度越和善了。

以此,经众人一让,那警察兵也便坐了下来道:"这几天改朝换代,当主官的忙极了,我们倒清闲起来。好在如今讲平等,大家都是同胞,我们也不犯着只跟主官挣劳绩,专当别人的讨人嫌!"

众人问他警察局以后归那个管,回说:"自然是归军政府管。今天军政府已派人到总局调了一百有枪的弟兄到皇城去了。只是听说于大人把巡警道辞了,不晓得明天军政府派那个来接事。我们总望派一个有膀臂的能干人来,把我们九月份的饷先发了才好啦!"

警察兵还谈了一些消息之后，方从荷包里摸了一叠纸出来，从中取了一张，递给傅掌柜道："局里叫送来的，说是军政府发下的国旗样子，请大家赶做两面，明天好挂起来庆祝军政府。……啊！还有一件，也是局上吩咐的，明天正午，蒲先生朱统制就职，请各街派一两个代表到皇城内去庆祝。……不吃茶了，我还有好几条街要走哩。"

傅隆盛打开那纸，众人围着一看道："这就是国旗吗？却没有黄龙旗好看啦！"

据那样子和说明，是只用一幅见方的白布，容易极了，在当中用墨画一个大圈，圈内用红写一个大汉字，然后绕着大圈，匀匀均均画十八个较小的黑圆圈就行了。这比起在黄色绸子上画一条张牙舞爪的彩龙，自然容易极了，不过黄色是正色，龙是皇帝的象征，虽然清朝制定这黄龙国旗，在光绪二十七年以后，普遍民间，还不到十年，却是这种色，这种纹，众人早已有了它的意念，所以一看便懂，而对这新国旗的含义，不免就有点胡涂了。

傅隆盛同众人研究了一会，大为恍然道："我明白了！当中的汉字，是指我们汉人。明天独立，是我们汉人翻身的日子。红的写在白的上，是喜庆意思。外面的十八个圈，一定指的是天下十八行省了！我猜一定是这个意思，你们看，该对啦！"

自然，谁还有比傅隆盛掌柜更猜得对些的？纵然中间那个黑圈是象征的什么，傅掌柜没说出，众人自然也就没有想到。只是把朱街正找来，叫他即刻就拿去做。好在朱街正就是裁缝，他的隔壁，正有一个旗幡灯笼铺。

朱街正问道："这旗子该做多大呢？"

"管它的，想来比龙旗大些就得了！"

就因为傅隆盛谈得太晚了点，又那么样的有精神，躺在床上，一直睡不着，而侧耳一听，街上也好像通夜都有人声。

独立这一天，刚刚天亮，他就起来了。一出房门，连忙从斗筐大的天井中,把天色一看,兆头很好,好几天阴云郁结的天上,公然有了粉红颜色的影儿了。

他好像自己有了什么喜庆事情一样,心里是那样说不出的快活。一夜没有睡好,也丝毫不感到疲倦。坐在高椅上,把生叶子烟卷好,叭燃。差不多叭了半袋,才悠然唤着徒弟小四道:"起来得啦,太阳快照着屁股了!……先到老何架子上去,再赊两斤二刀肉来,叫师娘好生把它做成熬锅肉,我们先来庆祝一下!……今天停一天门,不做生意!……听清楚啦!今天停一天门,不要又懵懵懂懂去下铺板!"

等他走到春和茶铺,不但街上的人已是熙来攘往,而茶铺里也已高朋满座了。

朱街正站起来打着招呼道:"傅掌柜,大家已把你公举出来了,快过来商量!"

他笑嘻嘻的道:"公举我做啥子!落到我脑壳上的,一定不是啥子好事情!"

好几个声音竟把左右前后那一片瀑布似声潮掩过了,抢着告诉他:"咋个不是好事情?是公举你当本街代表,同朱大爷一块到皇城去庆祝独立呀!"

于是大家就商量穿戴什么衣帽去。光复独立,是全四川的大喜事,这和以前办皇会一样。不过,以前参与喜庆的衣帽容易办,一顶红缨大帽,一件红青羽毛缎长褂,生意人们又不须乎穿官靴,戴圆领,便是光脖子,便是元宝鞋,只要不是光脚板,而穿有白布袜的就行。但这是清朝的衣冠,今天是我们汉人光复的日子,却不宜。那么,穿什么,戴什么,才对呢?

有一个人,因他的老表在一个学堂里当司事,曾从他老表口中,听见过许许多多的新议论。便道:"我听见说,军政府是作兴尚武的,军装才算礼服,如其要穿礼服去庆祝,那只好找军装了。"

大家都有点愕然道:"那却不容易找啦!作兴就找到了,好像也不大好穿罢？首先就是那一双皮鞋，这岂是我们的脚插得进的！……"

"还有哩，这条帽辫也该剪掉它！"

傅隆盛朱街正一齐摇着头道："把帽辫剪掉，我却不赞成。……"

街上一伙小孩子又在叫，又在笑，吵做了一团。只隐隐听见："看啦！……看断尾巴狗！……看假洋人！"茶铺里许多吃茶的也哄然立起，长伸着项脖往街上看。

像是一群学生，发辫全剪掉了，有把短头发长披在项脖上，好像戏台上装扮的头陀，有剪得很短，一直把后脑骨都亮了出来。只有两个的头上，各戴了一顶青呢有搭搭的帽子，一个戴了顶下操的草帽，其余都是光头。走在顶后面的一个，穿了身浅蓝色的洋装，两只手很不惯的分插在裤侧口袋里。手臂似乎过于长一点，袖口齐在手腕下两寸高处，口袋外面露出的那一段黄手腕不算外，并且两个肩头也高高的耸了起来。

傅隆盛呸了一口道："活像一个猴狲儿，何苦要瀰做洋人呢？我想那一身绳捆索绑的东西，穿得也不自在罢？"

这伙人似乎在街上已着小孩妇女们嘲笑惯了，所以走到这里，被小孩子跟着那么样的笑喊，他们并不像要发气，要回骂的样子，仍是嘻哈打笑着，昂昂然的向顺城街走了过去。

大家重新坐了下来道："剪了帽辫子，真不好看！我们的帽辫子是不剪的。"

傅隆盛重新把叶子烟叭着道："好看不好看，倒不在乎。只是独立就独立，为啥要学洋人？难道我们一独立，就该投降洋人吗？照这们办，倒不如还是等清朝来坐天下的好，再说他们不对，到底是中国人啦！"

他这一番感慨，把朱街正的话也勾引出来："傅掌柜的话不错！我们中国的事，就坏在样啥都学洋人。比方我们四川，不要闹着学洋人修他妈的啥子铁路，何致先把我们当百姓的骗来出钱，把钱出够了，又着奸臣拿去卖跟洋人？闹他妈的这几个月，到底这条铁路又咋个了呢？如今清朝江山闹丢了，又来闹独立，并且更凶了，连穿着都学起洋人来！我看，将来吃的住的用的，无一不要学洋人，我们不如简直变成洋人好了，何必还自称是中国人呢？昨天夜里，我就和王洪发生了一场气的了。他杂种，不知着了啥子人的吹吹，喝了几杯黄汤回来，闹着要把帽辫剪去。我问他为啥要剪呢？圣人说过，身体发肤，受之父母，不敢毁伤，那能把大把的头发，一下剪去的道理？他杂种，跟我强辩说，剃头还不是毁伤头发吗？我说，这是朝廷制度。他说，以前朝廷是满清，满清是胡人，我们现在独立，就是不要胡人当我们的管头，我们要光复汉人的江山，自己作自己的主人。我一下就生了气，甩毬他两耳光，我说，既是闹光复，那就应该把头发蓄起来，照戏台上打扮，梳起髻子，戴网巾，才算是我们汉人的制度，为啥子要学洋人呢？……"

四五个人全跟着傅隆盛拍起掌来叫道："对呀！对呀！汉人光复就该照汉人的制度！……我们反对剪发学洋人！我们要把头发蓄留起来，挽髻子，这才是正南正北的大道理呀！"

三

虽说是正午才行礼，其实从上午八点钟起，蒲殿俊朱庆澜等一进了皇城之后，各街各巷的百姓们全向着皇城挤拥而来。他们不完全来庆祝，他们只是简单的来看军政府，来看闻所未闻的都督的。

傅隆盛毕竟像赴神会当会首似的，穿了双新鞋；夹袍上又套了件方襟铜纽的青羽毛的单马褂；一手仍拿着他那根不能离开的叶子烟竿。此时正滚在人浪中间，挤过了为国求贤的石牌坊。

他感觉得太挤了，回头去向挤在他身后的朱街正说道："朱大爷，这样子很有点像七月初一要罢市时的铁路公司了。……唔！恐怕比那时的人还要多些哩！铁路公司没有这样的大呀！"

挤进了二门，只见明远楼的内外广场，全拉上天花红彩。其中的人，比任何戏场中的人还多。幸而明远楼下扎了好多持枪的警察和巡防，一面向挤去的人拦阻，一面大声喊道："等行了礼后，各位同胞再请进去参观！……现在还没有行礼哩！……有标记的各代表，就请进去！……"

傅隆盛和朱街正赶忙从袖子中摸出他们的标记，一手向前挥着，一直挤向阶沿道："我们有！我们有！"

明远楼内的广场，人就比较的少了些。但是把帽辫子剪掉了的，却占了多数，十个人中，大概就有六个是鸭子屁股。衣服的穿着，也更出奇：有穿操衣裤，和蓝布长衫，青宁绸窄袖马褂的，自然是学界中的人。这般人的帽子真怪，有呢的铜盆帽，很像已不作兴的燕毡大帽，只是帽檐是平的；有金瓜式，好像戏台上的家员帽，只多了一只帽搭；也有像军帽一样的遮阳帽，各式各样的帽子都有，好像开了一个帽子赛会，然而独没有红缨帽，瓜皮帽，和戏台上的那些帽子。

此外，便以穿长袍的占多数了。可是长袍上面，也便不同，有套背心的，有套窄袖对襟马褂的，有套阔袖大襟鹰膀子的，如他之套着方襟铜纽大袖而无领的马褂的，却没有几个人。

他们到此，便也学着众人，将那三寸宽，用墨写着某某街代表的一条白洋布标记取出，斜系在左肩之上和右胁之下。

人们各自蜂屯蚁聚，在广场中移动着，或是手舞脚蹈，旁若无人的谈论着。要不是至公堂的露台上，站立了那么多持枪的兵警，大声奉劝"同胞们，这是礼堂，不要拥上来呀！"的吆喝着时，众人自然乐得再上一层去了。

由明远楼进来的代表，还那样纷纷不绝。

至公堂檐口外撑出两面新的大国旗,大到足有二丈见方上下,微风吹拂,旗就是那样飘飘摇摇。

　　堂的中间,设了一张绝大的大餐桌,上面蒙着白布。桌上摆了些什么,太远了,看不清楚。但见堂内堂外,以及中门左右,人来人往,好像很忙,不知是些什么人,也不知忙些什么事。

　　由明远楼进来的人更多了。不只是代表,还有整队而来的学生们,学生们仿佛他们就是主人翁一般,结着队,意气扬扬的一直走到露台下,横列在各代表的前头,把顶好的地方全占去了。他们的脑后,不消说,全是鸭屁股。

　　广场中的人差不多要站满了。太阳影子直逼下来,幸而天花遮蔽了一大半,不然,一定要流汗的。

　　人声正自哄哄,想必时候到了,只听见至公堂上,一派军乐声音,呜呜伊伊的奏了起来。广场中的人众,更自汹涌了,都要挤到露台下去,看这个空前未有的典礼,是如何的举行法。

　　军乐奏了一会,至公堂的中门忽然闪开,首先出来的,是一面五尺见方的小国旗;其次便是身穿蓝呢军服,头戴金边军帽,一手提着柄金色指挥刀的正都督蒲殿俊,副都督朱庆澜;再次是四十几个外国人;再次是百十个全剪了发辫,有穿洋服,有穿军装,也有穿长袍短褂的,不知是些什么样的人。

　　"万岁!……万岁!……大汉中国万岁。"先从至公堂上喊起,一直把广场全传遍了,并且有举手的,有拍掌的,有脱帽的,有戴着帽子鞠躬的,秩序乱得很。

　　傅隆盛同朱街正幸而紧紧站在距露台两丈远处,还看得清楚堂上行礼的情形:两个都督差不多一样高矮的站在正中,向着国旗,一齐把右手举起,举到帽檐边。副都督到底是道地的军官,这军礼行得很自然,而且两腿似乎也并得很紧。正都督好像是随便站着在,行军礼的手仿佛也有点抖。

朱街正更悄悄向傅掌柜的耳边说道:"你看见没有?正都督一脸不高兴的神气,这为的啥子呀!"

其余的人都一齐走到都督跟前,把右手举了举,就算行了礼。洋人便一个一个来跟都督拉手。

"万岁!……万岁!……大汉中国万岁!"堂上堂下以及广场四周又这么大吵起来。

傅隆盛诧异的道:"那不是路广锺吗?妈的!他咋个也穿了一身军装在那里?"

"我早看见他了,那边还有个穿军装的,不是盐道杨嘉绅吗?……看看,周秃子也在那里!啊!还有王壳子哩!喜欢得么样合不拢口了!"

"唉!见他妈的鬼!路小脚这般人的脸皮也太厚!胆子也太大!我只怪军政府,为啥不把他们拿下,还让他们来行礼?"

罗纶已单独一人走到高轩檐口,展开一张白纸,双手执着,高声说道:"大汉四川独立军政府宣言!……"

但是在"万岁""赞成"以及咳嗽喧闹的声浪中,只看见他的大口,一张一阖,傅隆盛竭尽耳力,也只听了个大意,似乎是:"我们国家日弱一日,外患也就越发紧逼起来,尤其在这个时节,我们四川更其危险。现在喜得我们得到了独立自治,我们大家就该化除畛域,结为一体,来把这残破的局面收拾起来,整顿起来,不要辜负了七千万父老兄弟诸姑姊妹的希望。"

又是一阵"万岁",所谓空前未有的独立大典礼,便这样举行过了。都督和其余的人全退了进去,至公堂上,仍只剩一张大餐桌,和一些兵警。

庆祝的学生们仍整队的冲了出去,代表们也只好跟着出去。这比进来时更难了,从明远楼外广场起,一直到三桥,全拥挤着要进来参观军政府的人,并且还不只是各界的男子。今天独立了,在许多人的心中，凡是以前种种不便，种种拘束，似乎这汉字旗一扬，全都失去了它的性能，不足置齿的了；因此各界的女人们也敢于破天荒的走出她们的堡垒，——外言不能入的阃——公然毫不怯懦的麇在男子丛中，也奋勇的要拥进皇城来观光。而女人们，据说又是最长于骚扰的，只要有两个女人聚在一块，那你的耳根就难清净了，何况是大股拥来的诸姑，更何况是久蛰而动的姊妹？所以就如傅隆盛之古拙，也不能光如在戏场中那样横冲直撞的毫无顾忌，只好来的人潮中，徐徐找路而行。

假如来去的人都能如二十几年后，受过行的训练，全靠左而行，或全靠右而行，也还不致如那时来者在去的人丛中觅路，去者又在来的人丛中觅路；把个傅隆盛掌柜累到满身是汗，一件方襟铜纽青羽毛的马褂，揉得稀皱，方挤到西御街的街口。

一条三桥街全是人，几乎没有一点空隙容得你横插过去。于是傅隆盛只好抚着他那马褂而站住了。

恰西御街口，以前张贴总督部堂告示的地方，正煌煌贴了张大汉四川独立军政府的宣告。他随着停立在旁边的人，重新看了遍，原来就是将才①罗先生所念的，只是后面多了一行年月日，大刻着黄帝纪元四千六百零九年十月初七日。

他的耳边，忽然听见一个熟悉的声音说道："我以为从黄帝以来，总有七八千年了，咋个才四千多年？这是那一位算的，该没算错罢？……"

他回过头去，楚子材先向他打着招呼道："果然是你，傅掌柜？……你这身衣服，咋个的？"

"啊！楚先生，道喜道喜，我们今天是汉人了！你的帽辫也剪了？"

---

① 将才，又可谓才将，即普通话的刚才之意。——编者注

"你的帽辫不剪吗?"

"我是要把头发蓄留起来,安排照我们汉人的古装,挽髻子,戴网巾的。……"

黄澜生看着楚子材笑道:"如何,老侄台?可见我所说的是公意呀!"

傅隆盛忙问:"这位老爷是……"

"不敢当,现在都是汉人,都是同胞,那里还有老爷小人这些腐败的分别。我兄弟姓黄,老兄的贵姓,……"

楚子材给他们介绍之后,傅隆盛便谈起在至公堂下庆祝独立行礼的一段,他觉得那礼节太草率了,"至少至少,蒲都督也该向我们庆祝的人演说一番才对啦!我还有不懂的,就是周秃子、王壳子、路广锤这伙坏东西,为啥也挤了去?难道蒲都督他们便不晓得四川的事,就是他们几个搞烂的?蒲都督他们的性命,也几乎就送葬在他们几个的手上?俗语说的,量小非君子,无毒不丈夫,要是我姓傅的掌了权,今天还能好好容他们嘻皮笑脸的站在旁边吗?"

旁边早围上一大堆人,一定以为傅隆盛在传播什么新闻了。有两三个大姑娘,把一张脸涂抹得白处太白,红处太红,戴着窄窄的帽条子,插着粉红纸花,一大把帽辫子,扎了三寸多长一段朱红头绳的根子,互相牵挽着,也挤了上来。

黄澜生眉毛一皱,赶快走开。楚子材也忙跟在他后面走了。

四

独立那一天,吴凤梧也在皇城里。他虽不是什么代表,也没有什么职事,但是得亏他那一身旧军装。皮鞋本没有了,是赶着在陆军制革厂的售货所买了一双崭新而黑黝黝的,并且打早就跑到旧同事伍平伍管带的家里,借了一柄指挥刀,佩在腰间。在蒲都督还未进皇城以前,他就意气扬扬,对直走了进去;还一路向守卫的军警还着军礼,并一路问到至公堂内较深处的秘书局来。

皇城里的人,全是那么忙忙慌慌的,好像每个房间,都有许多的人走进走出,每个房间,都是人声嘈杂得像一个小小的戏场。剪去了发辫的不少,随处都是,然而也有没有剪的,大概是一般不重要的人,和一些听候差使的杂役。

秘书局是一所小院落,也和其他地方一样。吴凤梧碰见好几个人,打算问他一声孙雅堂在那一间房里,到底来了没有?但是不等他开口,人家已是着急万分的走开了,或者竟自同别的人谈着话,一直没有瞅睬他。

一间房子里,像是有孙雅堂的笑声。他走到窗口上一望,有三四个人围着在说笑,孙雅堂坐在中间一张凳上,正凭着一个剃头匠人把头发解开,拿着一把大剪刀在给他剪。

吴凤梧笑着跨了进去道:"把我好找呀!原来在这里。雅堂兄,忙吗?"

"啊!凤梧兄,早啦!请坐请坐。……你戎装起来了,倒还威武啦!哈哈!"

几个正自说笑的人,拿眼角把他一挂,仿佛他的那双崭新而黑黝黝的皮鞋,也不足以邀青睐似的,态度是那么冷淡;他笑着脸,弓着腰,正想一个一个的领教尊姓大名,和恭喜在那一部,或那一局办事,藉以应酬应酬,看将来还可代为吹嘘一个位置?不但是,他的那身军装,虽足以受守卫军警们的敬礼,而在这般文人跟前,却依然保持着它那"不足与言"的固有性在,虽然今天是独立了,口里说着文武平等,都督尚且要穿着军装行礼。

也好,大家走干净了,他倒可以同孙雅堂细谈了。孙雅堂也算是一位老朋友,自然不会那样势利的。

果然,孙雅堂亲切的向他说道:"你既然穿着戎装跑进来,你脑后那条猪尾巴,为啥还不剪了?"

"你倒会骂人呀!自己刚刚剪了,就骂人家的是猪尾巴。"

孙雅堂一手执去剃头匠人递给他的那面小圆镜,一手伸去摸那剪短了的头发,微笑道:"这就叫作有诸己而后求诸人,无诸己而后非诸人了!……凤梧,你我不是外人,再奉劝一言,凡是穿军装的,帽辫早已剪了,从初二以来就剪。独你一个有条辫子拖在军装上,看起来确实刺眼,倒是穿长衣裳的不觉得。"

他连忙立正,行了个举手礼道:"多谢金言!我们找饭吃的,咋能使人看了刺眼?我便将就这位剃头师傅,把我这条猪尾巴剪了罢!"

他把帽子揭了,坐在凳上,微微笑了笑道:"本来,在昨天从黄澜生家分手回去,就打算剪了的,偏偏老婆不答应,说好好的人为啥要做和尚?……你莫先取笑我!彼此一样,谁不要受老婆的啰唆?其实,不管她,老婆们又有好多的见识!即如黄太太,著名的能干,以前难得会见,近来连会了几次,还不是那们!……得罪,得罪、我忘记了是你的小姨妹。我这个人,就是这们太直了,所以到处得罪人。平心而论,像黄大嫂那们精灵能干,又大方,又庄重,又能同男子们谈说得上,不惊不诧的,实在少有,我也跑了些地方,实在还没有看见一个像黄大嫂这样的太太哩!无怪我们的澜生兄,竟变成一个七擒以后的孟获了,哈哈!"

他觉得头发剪得太短了,没有孙雅堂那样像只鸭尾股的好看。剃头匠人说,他是剪过好几位军界中人的帽辫,全是这样,他们还指定要这样,"你不信,请你把军帽戴上,再照镜子。"

孙雅堂也帮着说这样就好,比拖起一条帽辫的好看得多。

剃头匠人走后,他才细问孙雅堂军政府到底是怎样组织的,是不是像官绅所订独立条件上所附的那种组织?

"本来是法制局的事,并且还没有决定,说是要等都督行了礼,才画行。大概军政府比如就是一个具体而微的小朝廷，也仿照北京的办法，成立参谋、军政、司法、财政、民政、学务、实业、交通、外务、盐政十部，这是独立条件上已经规定过的。此外又设三局，我们这里就是秘书局，事情顶烦了，照法制拟的，有局长一人，参事四人，下面又分民政、财政、学务、司法、交涉、实业、交通、盐政八科，只除了参谋军政，又算是具体而微的一个小军政府了。……"

"雅堂兄，你担任啥子呢？局长如其有分，费心把兄弟拉扯拉扯，找碗饭吃。"

孙雅堂抱着水烟袋，摇头摆脑的笑道："论本事，像我兄弟，担任个把局长，那倒无愧。不过跟都督的交情还不够，听说局长和四个参事，已经拟定了人，都是跟都督有绝大交情的。要是八科长中有我一个位置，那吗，老兄和澜生自不愁无事可做，不过有点难的地方，澜生还懂得一些公事，老兄……"

"说老实话，耍笔头我却不行。你们秘书局全是耍笔头的事，这倒委实有点困难，还有别的地方呢？"

"别的就是法制局，分编纂、审核、文牍三科，这更不行，这全是他们法政学堂的人包办了，连我们光懂公事的人，还不行，你自然更无分了。此外，就只一个庶务局，也分八科，我不大记得清楚，大概是总务、收发、会计、印刷、稽核，这几科，除总务要办公事外，其余倒是尽人而能；还有购置、设备、杂务三科，若是照别的衙门情形来说，这三科不但事情轻巧，并且还很肥哩。正当这诸事草创之际，正好赚钱的时候，只要胆大心细，上千的弄法也不会露马脚的。……"

吴凤梧笑道："我倒不想赚钱，只是这些事，我自量还做得下。雅堂兄，鼎力方圆方圆①，科长我不敢当，……"

---

① 方圆者，维持也，近乎是下等话，缙绅先生难言之。——作者注

"你倒说得好,告诉你,昨天夜里为争一个小科员,几乎连头都打破了。就因为事情又容易,又肥,所以争执也越大。听说局长科长科员,人已是拥挤不堪,你有好大的腿肚子,敢去挤?我也不能为力呀!我的位置,还在靠人家的嘴劲哩!"

吴凤梧很是丧气的,把军帽顶在右手食指上,用左手打着盘旋道:"偌大一个军政府,找一个小事,也这们难呀!"

孙雅堂不经意的说道:"你是军界,咋不在你本行中去想法子?听说军政部还没有定人,照情形看来,尹硕权很够资格,并且他初六那天,答应维持独立之时,就明明的提说过,军政部长舍了他,那里去找第二个人,蒲都督说不定也只有找他。你难道不晓得陆军里面,他有很大的势力吗?你这们精灵的人,为啥不去找他?"

"我也想到了。只是我现在手上无兵,只有百十人一个小队伍,又没有通过天的。他已经有那们多脚爪了,那里还看得起我。论起来,我们是老同学,提起我,他或者还记得,就他陆军里面的脚爪中,也都是我的同学哩!"

"既有这样的渊源,你还迟疑做啥?你也在外面跑过滩的,难道烧冷灶的办法,还不懂吗?你管他要不要你,总之撩住不放手,况你还有队伍!如今的事,正在开头,脚爪越多,越是好事,只要你先不做得穷极饿极的样子,别人那里有不要你的道理?如其你再放下身子,卖点力气,恐怕人家还离不得你哩!"

这话把吴凤梧点醒了,他跳了起来道:"对呀!孙哥,你哥子真是读书人,见事见得明!我就照你的金言做去,将来如其有点好处,定要加倍报答你的!"

孙雅堂只冷冷的一笑,大约他有两种想头,一是:"你有啥子大出息?顶多当个小科员,当个管带,能报答我些啥子?难道我还要求你帮忙吗?"一种是:"你么,算了罢!有求于人时,话是这样的甜,人家来求你时,就东支西唔了,前次已经领教过,但愿以后只有你求我的!"

机会也太好了,秘书局院子里,忽然走来了一伙穿军装的人。窗子外面好几个人在说:"副都督参观秘书局来了。"

吴凤梧向外就跑道:"说着萧何,萧何就到,那不是尹长子吗?"

孙雅堂跟着走了出来,他已向大家行了礼,并且极亲切的和尹昌衡谈得很好。

尹昌衡身材有那么高,虽不壮实,架子毕竟是好的。穿起军服,委实像一位英雄。他自己也知道眼神不大够,所以每当遇着生人,他总要把两眼瞪起,眉头微蹙,做出一种武概。并且很托大的,仗恃他的资格和他的地位。然而吴凤梧竟自把他当成了老上司,一路同他谈着他所喜欢听的话,而旧日同学之谊,却半字不提,只在谈话中间,稍微卖弄了他一点舍得出力的本事。

他们跟着朱庆澜走出秘书局,说是要回到都督公事室去时,尹昌衡才因了他的一番话"部下城外还有些队伍,如其大人将来要调遣时,部下是可以效力的,"而大大注意了他,笑了笑道:"凤梧,你我老同学,现在又各不相属的,你怎么这样称呼起来!如其你真心要帮我的忙,我们还是弟兄称呼亲热些。"

"这却不敢,大人转瞬就是部长,部下还要靠大人的提拔哩!"

"你真腐败透了!就是服从长官,也不能这样称呼得使人肉麻呀!你再这样,就显得你把我看成外人,我们还可共事吗?"

他并且故意落后了几步,轻声问道:"你有好多队伍?可是巡防兵?"

吴凤梧或是猜着了他的用意,或是有意要卖弄他的本事,他一直没有说明白;只是告诉人,他那时是这样回答的:"是袍哥队伍,没有定数的,光拿枪支计算,两三营人可以编够。此外还有两三营巡防,也可以拉得过手。"

这好像更投合上了尹昌衡的心理了,他很高兴的把他肩头一拍道:"好的,今天下午到我家去细谈罢,此刻不必再提了。"

他们走到都督公事室来,那也是一个院子,里面很多的人。蒲殿俊已来了,正在穿着朱庆澜带来的那一身军服,房间里全是人,听去很是嘈杂。只隐隐约约听见几句:"伯英,我的照会,……伯英,那件事我来担任。……伯英,你得听我说,……伯英,这个人是顶可靠的!"

此外,走进走出的,便是周善培、王棪、杨嘉绅、尹良和赵尔丰、玉昆等人的代表。路广锺则更挽起衣袖,在罗梓青、邓慕鲁旁边,奉命维谨的,提起笔,不知写些什么。

吴凤梧很是欣羡的把他们瞅着:

尹昌衡则挺然叉手坐在一张新购置的大餐椅上,两眼如空的瞪着,似乎正在计画如何才能把军政部长的照会拿到手上。

五

独立那天下午,街上悬挂汉字白旗的,和剪掉帽辫的,成了正比例,警察兵几乎无一个人不剪,而陆军军人更其剃成了个和尚头。

天气也真好,上午的太阳还只在云幕里躲躲闪闪,偶尔露一露面,一过正午,云幕全收,晶明的太阳,全身涌现。黄澜生是顶喜欢以天象来占卜人事的,遂为之大喜道:"子材,你看今天的天气,很有点意思。据说,蒲伯英他们十二点钟行礼,偏偏上午还倒阴不晴,此刻却大晴了。以此观之,这独立的事,真有点上合天心了。"

他们遂商量着要到街上去看看。

西御街的行人并不多,大概少城公园还没有打开,说不定连满城的大东门尚没有开哩。

他们初意打算到皇城去看看的。及至走到东头,已望见三桥大街的人,潮水一样,一阵涌过去,一阵又涌过来,走到街口,他们全站住了。

光是楚子材,他还有本事挤到人丛中,随潮而进,只是拼着鞋袜不要,拼着一身衣裳揉个稀皱。然而黄澜生却无此一鼓劲,他说:"只是去看一看皇城,也未必有从前科场时候好看啦,如此的去拼,实在不犯着。"

就这时节,他们碰见了傅隆盛,虽没有亲身去庆祝,从他的口中听来,也知道便是那么一个情形而已。

约有半点多钟,人潮稍稀,傅隆盛先横身向东御街而去。此时,头一批参观了皇城的已出来了。妇女们毫无顾忌的,一路推推攘攘,并大声又笑又吵的道:"龟儿子!挨千刀的!你擅你的老祖宗!……张姆儿,才冤枉哩,挤你妈的这一场,有啥看头?一点看的也没有,倒不如在屋头打我们的斗十四,还安逸些。……哎哟!老娘的脚呀!瞎了你妈的狗眼,乱窜些啥子!……你龟儿,要找你妈的生门来投生吗?……王嫂嫂,你看见蒲都督没有?他龟儿那些死兵啰,硬不准我挤上去。他们说蒲都督就在里头,他龟儿,偏不要人家进去!……"

黄澜生向楚子材笑道:"你听,好阵仗!像这样没有受过教育的女人们,还敢提倡男女平权吗?要提倡男女平权,起码也得像你表姊那等人。她虽是处处都要争强,都要同男子一样,但她却也不把丈夫就糟蹋得像鞋底泥一样,像这样能分彼此,有己有人的,也才配讲平等啦!子材,你说对不对?"

跟着,他们也横身穿过人丛,走到三桥南街,人更稀疏了。黄澜生提议到韦陀堂龙家去坐一坐。

这是第一次,楚子材竟软软的拒绝了,说他要去看两个同学的。

他从他的表姊口中,知道黄澜生一到龙家,必是吃了午饭,甚至要耽搁到打二更才回去的。他有两天没得到机会同表姊密谈了,这不是个好机会吗?他本想去找王文炳的,不去了,一直就走回黄公馆来。

黄太太也是第一次带着两个小孩子站在门口来看街，彼此说起，都很诧异。

她道："说是皇城里很热闹，妇女们进去看的也多，我还没有去看过皇城，今天有这机缘，你陪我们去看看，好吗？"

两个小孩子喜欢得跳了起来。

他大不得劲的说道："那咋个去得！"他遂加倍把那拥挤情形描绘了一番，说到那些下等妇女们怎么样的疯张捣怪，便笑着悄声说道："表叔很凑合你哩，说是只有你才配讲男女平权。"于是黄澜生的话，便扩大了好几倍，从他口中滚了出来。他以为她定会像往常一样，要撇开一切的人，单独同他一个人寻根究底的了，不想今天第一次的举动真多，表婶竟毫无要向他密谈的意思，反而大为高兴的一定要到街上走走。

她说："以前把我们女人硬是当成囚犯一样，不顾死活的把你关在屋里，大厅还不准出哩，敢到大门口来？敢上街走吗？可是也怪啰，从前越是躲避男子得紧，偶尔一两个正经女人走到街上，总要被一般流氓痞子调戏糟蹋到不得开交。后来哩，女学堂一开，风气就不同了，像幺嬢们二十几岁的大姑娘，在街上走来走去，又何尝出过啥子事？我多久就想在街上走走的了，只是打不起精神，今天又是好日子，大家都是喜喜欢欢的，天气又这们好，硬是小阳春天气，我们就不进皇城，走到商业场去看看，倒还有趣啦！"

就不说黄太太的主意一打定了，你休想转移得了，便是两个孩子的兴会，你也休想抑制得下，他是早已知道的，于是只好附和了。

黄太太因为要在街上步行，便不十分打扮。只用泡花水把头发抿光后，淡淡画了画眉毛，脂粉也不再施了，只换了件浅蓝色的夹衫，也不穿裙子，向底下人吩咐了一会，便挽着振邦，叫楚子材带着婉姑，出门走了。计抠头算起，只耽搁了三刻钟，也是为平常所未有的。

打从三桥正街经过时,进出皇城的人虽没有中午那么多,可是已经把黄太太骇着了,紧紧挨着楚子材的肩头,徐徐穿过人丛,走到东御街,才舒了一口气道:"到这阵还有这们多的人,今天皇城里,不是上万数的人吗?"

他们走到了顺城街,景象就不同了,铺子全是打开的,汉字白旗差不多相隔五六家便有一面,从檐口上伸出;而各铺子中,还有正铺着白布在书画的。

晶明的太阳照在雪白的布旗上,反映出一种生涩的光明,把人的眼都射花了。

走到提督街,不但汉字白旗越多,而且游人也更众,几乎有点拥挤了,而且剪头发的也加了数倍。

和尚头的陆军,一队一队的走过,肩章帽章全取下了,仍照常的只左胁下佩了柄短短的刺刀,态度还是那么萧闲而和平。

快要到总府街口上了,忽然从北暑袜街走来了四五个巡防兵,头上依然盘着一大把油光水滑的发辫,身上仍是那件不整齐的号衣,下面仍是裹脚草鞋。九子枪沉甸甸的挂在肩头上,口里哼着小调,从人丛中一直撞了过来。

婉姑害怕了,要抱。楚子材将她抱起来时,一个巡防兵已经撞到黄太太的跟前,口里满是烧酒气味。

她毫不惧怯,撑起两只黑白分明的眼睛,将他瞪着。楚子材正待伸手去拉她朝旁边走时,那兵打了个哈哈,掉头走开了。

到了总府街,她才骂了一句:"滚你妈的!我还害怕你吗?你默到我才十七八岁,没有见过阵仗的小姑娘么?"

街上来往的人有看见了这一出的,遂都站住了,把黄太太看着。楚子材打从一个人身边走过时,正听见那人向他一个同行的说道:"这女人好胆量!一定是一位啥子有势力的人的老婆!……巡防兵也太横了,大家跟他武辣起来,或者还要好些,吃亏就是大家太懦弱了,尤其是女人们,把他们怕得同老虎一样。……"

振邦在他母亲身边,也是气象凶猛的,把一双小眼睛撑得多大,两只小手捏成包子大一对拳头,如其有人来侵犯他母亲,他似乎可以拼命的保护她。

黄太太更其高兴了,旋走旋向楚子材笑道:"人些都是不宜好的,下等人更是这样:服恶不服善。你越是让他,越是怕事,他就越得意了,总默到你害怕他。我这个人偏生古怪,你说你歪吗?我比你越歪!你下流吗?我也不睬!比如刚才那个兵,你若是做得害怕他的样子,你看他更要得尺进步了。我当时心里就想:老实没有人烟了,是深山菁林吗?不怕你,看你敢咋个!……"

振邦道:"他若不走开,我先打他的下三路。"

楚子材笑道:"旁边人也是这样在议论。不想今天这个日子,巡防兵咋个会比往天还横豪?往天我还没有在大街大市上,看见过这种举动,也没有看见三五成群,把枪挂在肩头上胡闯的。难道有啥子人在暗中主使,故意叫他们出来生事?"

"还有那们多陆军哩,又有警察,他们敢生事!顶多,也不过调戏下子女人,如其个个都像我,他们也只好缩着龟脑壳溜开大吉!"

到了商业场了。这是全城精华所在,值此好日子,来游顽的人真不少呀,好在是舆马不许入场,场内虽是人多,尚不像街上那样难走。

到底是小阳春天气,又步行了这么远,个个人都是一额脑的微汗。楚子材因为抱着婉姑,更累得满脸通红。

黄太太道:"找个地方坐坐,我的小腿都有点软了,又这们热法!"

虽然说是开放了,男女可以在一齐行坐,但是茶铺中毕竟还没有女人的地位。只有商业场里,几个大小馆子,是无形中可以容许女宾进去,并且特设有女宾坐位的。楚子材遂说,若是不买东西,只好到锦江春去吃点点心,"他那里有干净洗脸帕,还可揩揩汗水。"

他们刚商量好了,忽然,人丛中挤了一个二十六七岁的男子过来。光光生生一个和尚头,没有戴帽子,一张又瘦又窄的黄脸,鼻梁上架了副度数极深的镍边近视眼镜,身材已经瘦小了,又穿了身绷在身上的紧小衣服。他的眼睛,是一直盘绕在黄太太的身上的。

黄太太因为单独走在后面,登时就感觉了。她却不像刚才之于巡防兵那样忿眉怒目,使人不敢看她,而是微笑着回看了他一眼。

这人于是就走近了,差不多是和她并肩而行了,但是行人是那么多法,走不上两步,终有些人又将他挤开了。

一直走到锦江春门外,黄太太偶尔一回顾,他仍然在三步之外,眼睛直像火箭似的,纷纷向她这面射来。她笑了笑,牵着振邦,掀开门帘走了进去。

里面七八张方桌全坐满了。堂倌穿来穿去,大声的报着这样,报着那样。

楚子材已走到楼梯上,她也只好扶着梯栏走了上去,刚走了一半,那个近视眼男子已追踪而进,眯着眼睛,挨桌挨桌的在看。似乎望见她上了楼,于是也向楼梯边走来。

楼上还剩了一张桌子,客人们才走,堂倌正在收拾碗筷。楚子材道:"只好将就了!"大家拖开凳子,各据一方坐下。两个小孩子先就吵着:"打洗脸水来!"

那近视眼果然跟了来。看见黄太太已坐下了,他遂四面的找座位,没有了,全坐了人。如其他真有胆子,他是可以向他们要求分一张凳子,同桌坐下的,因为一张桌子,照规矩可坐八个人。然而他似乎又不敢。

他挨着黄太太的身边穿了出去,眼睛没有离开过一瞬。楚子材同孩子们正在洗脸,全不觉得,黄太太仍微笑着,佯瞅不睬的用手巾轻轻的扑着汗。

楚子材把面点向堂倌吩咐了，才要同黄太太说话时，她是坐在他的上手，面正对着走道的窗子，她便凑过头来，悄悄向他笑说道："你看，窗纱外面一个近视眼瘦子，定睛在那里偷看我。"

"啊！是他！"他遂站起来，走到窗子跟前，吆喝了一声道："李狗儿，你要做啥？看老子挖掉你的狗眼！"

振邦也捏着拳头，跳了过去，但是所谓李狗儿，业已不见，走道上全是不相干的游人。

楚子材回身坐下笑道："今天你的运气真不好，碰着了勾绞星似的，巡防兵以后，又是李狗儿，我看你以后还是不要出行的好。"

"你认得这个人吗？"

"咋个不认得？他是出了名的商业场的巡抚，每天出了学堂，一定要到这里走半天，专门看女人。幸而是你，没有瞅睬他，如其你瞟了他一眼，他一准上下不离，跟着轿子，一直把你送回去，绝不倒拐的。但是以他那副尊容，和他那穷酸样子，女人们谁肯瞅睬他？"

"你倒不要这样说，一个人只要他心专意诚，鬼神还可感动，何况女人？反而那些自恃得不了的男子，倒讨厌！"

楚子材默然了，知道自己的话有点不大投合口味。她是极高兴男子们追随着她而不舍的。她曾说过，必要这么样，才看得出女人的身份来，如其走到街上，大家毫不看你，或是在回避你，那吗，这女人就尽可不要出来，不要见人，"爱好的，只好一索子吊死了罢！"

叫的面点还没有来，催了两遍，堂倌连连陪着笑脸道："就要来了。今天比新年八节还热闹，买主特别的多，上下二十几桌，没有空过。灶头上太忙了，求买主担待些。"又送上四杯清汤来应酬着。

旁边桌上一伙好像做手艺的匠人们，跷脚横肘的吃得酒气薰人。有两个已把汗衣襟全敞开了，犹然叫堂倌再来半斤大曲，再来一盘椒麻鸡片。

并且大声武气的正谈着今天的政局。一个忽然问道:"陈三哥,你是百门皆通的,我问你,都督是几品官?"

"还不是正一品,跟以前的制台一样。"

"哈哈!你聪明一世,也有不全晓得的。……哈哈!制台一样,你把都督看得太小了!告诉你,制台是一方的诸侯,诸侯自然大了,可是要服皇帝管。比如赵屠户,可是歪了?如其清朝不倒灶,宣统皇帝一道圣旨,叫把他捆押来京,还不是同平常犯人一样,拿囚笼抬了就走?都督就不然了,他首先就没有皇帝管他。……"

另一个声音抢着说道:"我晓得了!都督就比如是一国之王,蒲先生当了都督,就比如是刘先主,所以今天叫作独立,就是独立为王的意思!"

这一解释,更博得了大家的赞许。楚子材正要向着他表婶批评什么,要的爊酱面恰端了来。

但是耳朵是空的,隔座的大议论依然陆续在朝耳里钻:"……所以他才择定了皇城来做军政府。你们想,皇城不就是刘先主住的地方吗?制台是一方的诸侯,一人之下,万人之上的人,他还不敢把皇城拿来做衙门哩。他敢住皇城,这是啥子身份啰!……难怪他才那们福大命壮呀!赵屠户把他拘去,杀了几回,也杀不下去,到底有这们一天,你们还记得不?七月十五那天,一个上午的晴天,把他们拘去后,天就忽然变了,一连几天的风雨。可见是天上的星宿,你要害他,天都不答应!"

黄太太忍不住了,拿手巾把嘴掩着,笑得把面碗一推道:"我不吃了!"

她站了起来,一直走出锦江春的楼门,站在行人仍是那么多的走道上,两头睄着,一直没有看见那个所谓李狗儿的近视眼瘦个子。

从楼栏边看下去,真是好看。每家都是两面新旗,相对挑出,密密层层的,被斜阳照着,俨然是一条白光的旗巷。楼上的生意小些,旗子比较不多。

楚子材带着两个孩子出来笑道:"他们还听得不想走哩,你却笑得忍不住了!"

他们又走了半个钟头,方分乘了两乘小轿回去。天还是那么晴明,旗子好像越多了,行经三桥正街时,看见在皇城内进出的人,犹然像赶会的一样。

六

皇城外,果然像个古老的大会场。

虽然不见明文宣布,但由大家口里说来,都说皇城因为是大汉光复原故,准许百姓们自由游览三天,好动的成都人,自然不会不来的。而各街各巷中的各住户各杂院的姑姑奶奶们,因为平日震于皇城这个名字,而又难得有机会进去;意想中的那个金銮宝殿,真不知是何等的壮丽,既然准许妇女也能进去,所以她们老早就打扮起来,仿佛到青羊宫烧香似的,成群结队往皇城里走。

只管说军政府时代的皇城,已丝毫没有皇家气象,至公堂绝非金銮殿之比,而比较壮观的明远楼,也尘封积垢到好像穿了一件腐臭的脏外套;青砖和石头的地面,也因风雨的剥蚀,步履的磋磨,又早已失去了它的那种坦平如砥的美观,克实说来,真无丝毫可以观览的地方。但是姑姑奶奶们终于要来,甚至有一天进出几遍的,一则自然由于她们穷檐矮户住久了,一旦走到这种宏壮的地方,光是那三道碧琉璃砖所砌,一丈四五尺高的宫门,已经使她们要忘形的喝采了;其次,以前在一年之中,只正月二月,公许她们上庙烧香,和顺带一游青羊宫的会场外;其余只以前尚有神会戏时,偶尔得去坐坐高板凳,然而总提心吊胆的怕出事,自信稍有二分姿色的,还是不敢冒险今日何幸得了这正明光大的机会,男子们纵然不大以为然,却也不能不暂时的放任而相信在这堂堂皇皇的地方,也断乎不会出事,乐得出来活动活动。末后,或许还存有一种不好的念头:让自己给陌生的男子们多看几眼,而自己也好把陌生的男子们多看几眼,在可能的条件下稍许得到一种心情的安慰。

妇女们成群结队的地方,男子们自然也要成群结队,只管大家口里否认绝不是为的去看妇女。

加以从皇城门口起,一直到至公堂止,并没有一个守卫的兵,又没有一个维持治安的警察,或者是军政府中的人特意如此,以示与民同乐的意思罢?有些人则说因为独立了,大家都能自治,以前专制时代,动辄干涉人民,压制人民的办法,已是用不着了。

以此之故,那一般惯于赶会场做小生意的,便利用起这种自由,在为国求贤的石牌坊之周遭,摆出了无数的摊子。除了正当的荞面、凉粉、抄手、素面、豆花、鸡酒、花生、油糕、各式各样的零吃摊子外,还有打着小锣小鼓招致顾客的西洋景,说着江湖话出卖狗皮膏药的武士,这已经够使军政府门外热闹了,并且还有名为卖糖人,其实就是各色赌博的摊子,更是星罗棋布。只要你一走到为国求贤的石牌坊侧,你就听得见除了零吃摊子上,各色叫卖喊坐的声音外,顶吵你耳朵的,就是赌博摊上掷骰子,以及呼幺喝六的声音了。

在前,赌博摊子本是犯禁的,只在新年里头,无形的准许摆设几天,可也只能躲在偏僻地方,还生怕着警察兵看见了。现在因为大汉光复,巡警道旧的交了事,新的尚没有拟定,在这脱笋时候,就是向来执法如山的警察兵,此时也恢复了他的本性,并不必脱去制服,公然就站在一个较大的摊头伸出了手去。并且因为和一个守军装库的巡防兵争执一个六和幺的乔色,争到脸红筋涨,破口相骂,几乎打了起来。

这是黄澜生于独立第二天,到皇城里去找孙雅堂时,亲眼看见的。他正看见许多人围了过去相劝,他便进了皇城,混着一般姑姑奶奶,和一些乡下老,小孩子,以及军政府的执事人,一直走到至公堂。他虽没有什么标记,但他那整齐的长袍短褂,和他那挺胸凸肚的气派,并又是剪短了头发的,——他的头发是昨天下午着韵侠估着亲手给他剪了的,虽然他心里还不大以为然。——也尽可以代替标记了,所以驻在至公堂上的兵,连问也不问他一句。

他一走进至公堂,只见里面人来人往,许多小院子中,全有人在出入。他一连问了好几个人:"请问一声,秘书局在那里。"泛着眼睛,看了他一眼,因而就走开的,便是三四个人。只有一个,像是学界中的朋友,才答应了他一句:"我还是才进来的,也正摸不着头脑哩!"

他站在一条过道上,正在彷徨,心想:"这真比啥子衙门都烦了,为啥不多做几个招牌来悬挂呢?不然,就多派几个人,站在过道上指引,也对呀!"他忽然碰见了一个人,真似旷野中的指路碑了,连忙招手唤道:"文炳兄!……"

王文炳便忙撇下他同行的两个人,走了过来道:"黄老先生么?你打算会那个?都督公事房里是人山人海,挤不下了。……"

黄澜生谦恭的笑道:"我是先朝小臣,今日算是草茅下士,和都督向无渊源,倒用不着去叩见。只打算到秘书局去会会孙雅堂。……现在老兄总恭喜了,不知恭喜在那一处办事?"

王文炳蹙着眉头,叹了一声道:"到孙雅堂那里去说罢!……他还不是不大得意的!"

孙雅堂忙站起来让着坐道:"只好空坐了,茶炉子倒是有的,茶碗却忙不过来。庶务局的老爷们,大概只顾及得到都督的公事房,我们这些局所,……唉!文炳兄,你又太弸高雅了,如其你不把照会退了,我们也可以得点好处,沾点儿光啦!"

王文炳案头上一巴掌,啪的一声,把铜笔架都震倒了。瞪着两眼生气道:"孙先生,你还这们说哩!他妈的,太看不起人了!这些人,再不行,也不是当小买办,当跑腿的,经罗先生那们撩着说了几点钟,亏得他会请我去干这种事!……"

黄澜生拱了拱手道:"文炳兄到底恭喜了。只为啥又不屈就呢?自古以来,大材小用的事多哩!"

孙雅堂把水烟袋递给黄澜生,一面笑道:"文炳兄的事,在别的人求还求不到哩。庶务局购置科的科长,在这时节,真是第一种肥差使,他偏偏认为是俗事,不肯干。文炳兄,到底还未脱弃学生气习!……"

"这算是学生气习吗!我辈出来做事,虽不说一定要担任啥子重大要务,但是多少也得做点与同胞有关的事,那能低眉折腰,来当跑腿的,买这样,买那样的服伺众人?说到借此赚钱自肥,那更可杀了!我王文炳也说不上高雅,却总不应该这样贱视呀!"

孙雅堂笑道:"文炳毕竟是少年气盛,像我哩,忙了这们几昼夜,那一样公事不是我主办的?连一个第一级科员还没有落到手,如其是你,岂不又要拂袖而去了?我们到底是有了点阅历的人,知道自己没有好大的奥援,还不是只好将就下来再等了!"

王文炳的嘴角连连往下挂着,很有点瞧不起的神气。

"那也倒是,该值得你生气,该值得你不平!我们虽说近几天来,忙得不得开交,毕竟是新进,没有一点劳绩。你就不同了,从闹同志会起,里里外外,不知出了多少气力,反而得不到一件称心乐意的事。我就不知道蒲都督用人,是以啥子来做准则?"

王文炳才有点悦意了,说道:"你不知道,谁也不知道,比如说,藩库里现还存有二百五十几万两银子,藩台这个缺,可多要紧。有人向他推荐张表方去接藩台的事,他没有答应。盐道衙门的盐库里,也存有一百七十几万两银子,有人告诉他,杨嘉绅那狗蛋,坏透了,虽是赞成独立最早最力的一个人,但是未必可靠,不如派邓慕鲁去,把老杨调为军政府的盐政部长,他不听。还有人主张,巡警道的事,托罗先生去接收,因为巡警有五百支快枪,巡警教练所有二千支快枪,罗先生是有气魄的,如其把巡警抓到手上,军政府就较为有力量了,他还是不听。他妈的!独立两天了,一天到黑,一晚到亮,都在同一伙不相干的人说闲话,闹闲气,以前一般同过患难的老朋友,一个也不用。并且多少重要位置,也没把人拟定。啥子猫儿狗儿都钻了进来,反而以前出过气力的全挤不拢去!雅堂,你说得不错,叫人咋个不生气呢?亏他还知道我这个人,居然照会我去当一名跑街的科长,真真太蔑视人了!"

黄澜生问孙雅堂道:"你的照会到了手不曾?不是第一级科员,是第几级呢?"

孙雅堂打开抽屉取了一件公事给他,是一张楷书的照会:

为照会事,今有秘书局民政科第二级科员一缺,孙君高瞻堪以充任。希即立赴该局任事,以重要公,须至照会者!　　正都督蒲殿俊副都督朱庆澜印章。

王文炳道:"就以雅堂的事而论,也令人不平啦!通通都是新进,说资格哩,都说不上,那吗,就该论本事了。你们那个贵科长,试问有啥本事?……"

孙雅堂看见窗子外面有人走过,便哈哈一笑道:"你的牢骚也太大了!……现在你作啥子打算呢?不如仍找罗先生去跟你另自吹嘘一件大点的事情罢了。"

他摇着头道:"罗先生本身的事还没有着落,那能找他再吹嘘?论理,一个中学生,一下就当了个科长,比许多监学先生,教习先生,还高,在蒲先生眼中看来,也真对得住罗先生了。他却不晓得我这个人,并不在乎做官,并不在乎一步登天,只是想做点有意思的事。却也不论事大事小,总之要是于同胞有益的,就派我当个保正,我也觉得比当科长好得多。我把我的意思告诉了罗先生,他很以我的话为然，并赞成我把照会退了。我看罗先生他们正在密议，说不定别有啥子打算，我只安排着还是帮他的忙好了。"

孙雅堂正色说道："你是一定行的。我想来，罗先生的声望并不在蒲都督之下，他要做事，何必定要蒲都督找他，难道他自己就打不出天下吗？你这主意顶对了，比如椿盐井，既看清楚了，就该不换手的把它椿穿，那才是对的。若是东跳一下，西跳一下，不说别的，东家先就把你看白了。"

一个杂役进来道："孙先生，科长请你去有公事商量。"

孙雅堂站了起来道："已是第十一回了，今天才小半天哩。就是一个说帖，也要商量。"

黄澜生也站起来道："你的事正烦，我走了，得空到舍间来坐坐。"他复凑着耳朵，同孙雅堂喊喳了一回。

孙雅堂低声说道："能为力的地方太少！依我看，还是得等几天再说。现在浑水里头，顶行运的是学界，其次是商界，你们老官场，正不是时候。"

王文炳走到房门口，回头说道："黄老先生一道走吗？"

在快要走出至公堂时，黄澜生忽向王文炳道："罗先生现刻在这里吗？可不可以引我去会一会？我对他先生是久仰的了。"

"你看好多的人！此刻一定会不着的。"

两个人走到至公堂，只见露台下面无数的官轿，进来游览的男女老少到处都有。

"你的轿子呢，在那里？"

"我们现在还说得坐轿子？没有那身份了！是走路来的。"

"其实，大家都该走路，轿子到底腐气。我以后就做到部长，宁可骑马，还有点尚武精神，一坐轿子，便腐败了。黄老先生，我还要奉劝你一句，如其你打算以后到军政府做事，这衣冠却不能不改革一下。长袍马褂，是清朝的制服，瓜皮帽更不应该要。顶好是做一身洋服来穿起,人就觉得时兴了。……"

黄澜生大笑道:"你先生的话,未尝不是,不过像我们这把年纪,穿起洋服,那才是四不相哩。你们年轻人,倒可以做一身来穿穿。"

"做是不容易,成都还没有这种裁缝哩。我已向朋友分了一套,他是放在金堂家里的,已派人回去,不两天就可取到了。"

他们已来到皇城门外,似乎赌博摊上越发热闹了些。

黄澜生道:"文炳兄,我又要说一句老腐败话了。堂堂皇皇的军政府大门,像这样赶香会似的,似乎在观瞻上有点不大好罢?"

他点了点头道:"论理,人民也有人民的自由。独立军政府,本不比以前的衙门,为政的深居高拱,同人民简直隔了一道高墙似的。独立以后的官,第一不应该有官气,第二要和人民同起同坐,同甘同苦。不错,外表的尊严,不该弸得那们厉害,像这样乱糟糟的,实也太不好看。里面的人,自然也晓得,不过既说了与民同乐三日,才第二天,似乎不好就干涉。糟糕的就是巡警道尽没有定人,就要干涉,也无从着手呀!"

"这是我们私下议论的,蒲先生这个人,以前那们风利有名。这回一登了台,好像就有点茫然了,许多事都现出一种忙乱的样子,你觉不觉得?"

"不错,我看他以前的确像一把风快的刀,现在这刀口竟是钝的,连一块豆腐都不大斩得断了!"

七

三天的同乐,一瞬的就过去了,市面上的现象,也和军政府里面一样。表示着人民有绝对自由的,除了遍街遍巷,掷骰子,押纸宝的大小赌博摊子外,便是以前严厉禁绝了的鸦片烟馆,又公然开张鸿发起来；还是照旧的在烟馆门口，垂下一幅温江火麻布做的门帘；以为标识。而附带的煮烟铺，自然也立刻发达了。

关于这两种自由，所谓上等人，是全然不以为然的。只管上等人中，也有在禁烟时间，仍那么一榻横陈，吞着云，吐着雾，怡然自得，以为南面王之乐，莫过是也；而公馆之中，只管男女不分的，终日终夜在推牌九，打纸牌，搓麻将。即是所谓普通人，也大大看不顺眼，傅隆盛掌柜那天在街公所里，便曾向朱街正大肆批评，说本街戴老三的烟馆，实在不应该打开，"贼龟鳖蛮，不论啥子人，都聚集在烟馆中。把好人拖累了，害得倒死不活的，且不必说，只那烟灯旁边，就是打滥条，开方子的好地方。若其让他搞下去，以后街面又不会清静了。"然而朱街正只摸着胡子道："我们有啥子办法？警察局都不管哩！"

"赌博摊子，也摆得不成话了！果然都聚在皇城坝，还算归了总，子弟们不见得都跑了去。如今街头巷尾，无地不有，大哩，几两银子的输赢，小到几十个钱，也可下注。这般靠赌摊为生的，是啥子好人？子弟们输极了，不说偷盗等事，做得出来，就弄到下浑水，做些没廉耻的事，也平常呀。本街中那家没有几个没定性的子弟，就是我那小四，向来老实的，昨前天来都有点不对了。"

所得于朱街正的回答，依然是那两句"我们有啥子办法？警察局都不管哩！"

在前，警察局本是全般人民最瞋恨的所在，于今才几天，就令一部份的人思想它的功绩了。大家很是盼望来一个能干的新官，起码也得像徐樾徐道台那样，——如其像周秃子，似乎又太讨厌了。——听说军政府所照会的巡警委员是舒迭生，有一小部份的人便失望了。

其次，顶自由的是帽子。军政府并没有规定清朝衣冠，到底还该不该穿戴，也没有规定何种衣冠，方是独立以后宜穿宜戴的。只于都督行礼时，穿了一次军服。似乎军服是礼服了，却也不然，其余的人，除了本身在军界中的，穿的是军服外，穿洋服的也有，穿日本和服的也有，穿清制的长袍短褂，脚下一双皮鞋，头上一顶博士帽，或是一顶遮阳便帽的也有。军政府中如此，市面上自然更加热闹了。大概在学界中，和新的军界中的，头发都已剪去，一多半都戴的是下江来的便帽和博士帽，以及本城立地仿制的三分不大像的遮阳帽。到底没有剪掉头发的仍占绝大多数，一多半仍旧不急急于改装，依然是他那一身，而长拖着一条发辫，其余，便有好些如傅隆盛所主张的，既然大汉光复，便应该汉装起来。首先将头发梳到头顶，学道士样，挽一个髻子，戴一个发网。大概衣服改起来不大容易，又费钱，又不大方便，于是便只在帽子上设法，因而街上便有了戴青缎四方巾，当额绽一块玉牌，脑后拖两条飘带的，有戴家员帽的，有戴无翅的公子巾的。不过都没有戏台上那么花梢，那么好看。

在头一天，这种帽子出现时，街上的孩子们又有了追逐欢笑的资料了。他们把喊"短尾巴狗"的呼声，变而为"员外来了！……家员来了！……花鼻梁公子来了！……啊！还有戴鸭屁股帽的邻居伯伯哩！"然而被喊的，却不惭不怍，昂着头仍自大摇大摆走他的路。

傅隆盛虽然是主张光复汉制的人，但他看见这种装束时，到底违反不了他那知美丑的本能，而甚感觉得穿着窄小的清代衣服，时兴薄皮底缎鞋，而独独戴一顶到底是不是汉制，还待商讨的帽子，实在不好看，不好看到使人翻胃！

他那时正在春和茶铺里，同着剃成光头的陈占魁一桌坐着在，便笑道："这两天也不知是看惯了吗？或是硬该这样？光是把帽辫子剪了的，已经不大刺眼，那些就是穿着这等衣服，只戴一顶洋帽子的，也很四称；穿洋装的更其没有谈论了，觉得皮鞋踏得的橐的橐，把片胸脯挺了出来，到底威武得多。你看刚才那几个戴方巾的，为啥子那们不好看？是没有看惯吗？还有那些不称的地方？"

陈占魁这时快要算是老兵了，自然有了他的见解，并且也敢于发表出来,尚往往得到傅掌柜的赞同。他遂如其所欲言的说道:"光换了帽子,自然不行,除非像戏台上一样,身上还该穿着那种又宽又大的衣服,脚下厚又阔的靴鞋,走起路来,还该那们一步三摆的,自然就受看了。"

"这们看来,光复汉制真太难了。如其都穿戴起来,不是满街戏娃子了,哈哈! ……只要踏着方步,高拱手,低作揖。真不用再进戏园了,哈哈! ……"

"岂但难看,其实也不方便。像我们以前,那一条帽辫,真是累赘,不梳哩,又痒,梳哩,又费事,倒是这一晌剃光了,又方便,又舒服。我说,独立后啥好处都没有,两个月的饷,还是没有关着,只有把头发剃了,我们硬得了好处了。"

"我也晓得把帽辫子剪了,自然好些,又省钱,又免得把衣服的背心弄脏。不过,想着剪了头发学洋人,又有点不服气。前几天还打算把我们汉人制度光复起来,今天看了那打扮,心里又不大愿意了。……"

其实,光是戴方巾,戴公子巾,还算是好的了。在几天以后,竟有把头发梳到前额,挽一个英雄髻子,拿青纱帕缠一个宽檐包头,并且在英雄髻前,有插一朵假珠花的,有插一朵菱形彩胜的;因为纱帽一勒紧了,眉梢眼角自然高高吊起,这确乎有点像戏台上不开脸子,不挂红须的马俊,于是自然而然就有在鬓角边戴一朵红绒球的了,自然而然就有在眉心抹一笔红痕了,自然而然就有把两绺头发剪得尺多长,从两边鬓角拖到腮边的了,还有自然而然拿墨把眼角延长的了,这是巡防兵特有的打扮,没有人敢模仿。

这一般古英雄一出世,加之近代的武器又不离身,于是街面上也就自然而然发生了一种恐怖的阴影。不但傅掌柜再不愿提倡复古,就是顶胆大,并能把乱世妇女所遭受的最后关头也看破了的黄太太,也不敢再在街上步行了。而茶酒馆中,和赌博摊子上,便几乎无一天不有英雄在用武，不有英雄在施展威风的了。

警察不敢管事，怯懦得和安分良民一样，使人大为感觉军政府的无能。而以前足以使军人不敢生事，见了就得立正行礼的配粉红袖章的宪兵，也看不见影儿了。

同时，四城门外的同志军也远自数百里，整队整队的开进城来，庆祝军政府的成立，也算自由行为之一种。从初十日起，几乎无时无刻，不有呜都都的过山号声，从大街上吹过，而一直吹到皇城。

同志军本是城里人因为□恨赵尔丰，悬盼了两个多月的豪杰们。所以当其初初开进城时，许多人一听见消息，都欣欣然挟着一颗好心，特为拥到大街上来瞻仰他们的盛容，以为至低限度，总比眼前那般挽英雄髻的队伍强多了。

然而他们所瞻仰的盛容乃如此：前头四柄过山号，其次一面大旗，大写着某某路同志军统领某。其次全是单行的队伍，拎梭标的过了，接着是拎羊角叉的，接着是拎长柄单刀的，接着是拎明火枪的，接着是拎四瓣火前镗枪的，——顶少的数目——接着便是曾为城里人所震惊过的饭碗粗的大抬炮和牛儿炮。豪杰们的衣服：长短俱备，五色齐全，下面倒整齐，一律光腿草鞋。豪杰们的容貌：枯草般的发辫盘在脑顶，有白布缠头，也有戴着变黑的破草帽的，脸与身材都很瘠瘦，并且从人巷中经过时，个个都有点怯生生，深恐遗笑大方的模样。其次又一面白布大旗，大概写一些庆祝什么的字样。其次就是押队的统领了。统领坐在一顶三人抬的打枪鸭篷轿内，大抵四十多岁的年纪，有些胡须根子洒在脸上，又大抵不很胖，也不很瘦，红褐色的脸色，摆出一副和善的笑容，一点不似传说的杀人不眨眼的那种凶横样子，大抵口里总叼有一根又长又粗的烟油浸透的叶子烟竿，而烟竿从脚帘上伸出，又大抵是架在轿杠上。发辫自然是盘在头上，而在发辫上必又左五右六的缠上一条青纱帕。身上只管是长袍短褂，而短褂的胸襟，大抵是敞开了，而在挺长的短褂上，必要系一条颜色鲜丽的

551

湖皱腰带。领口也大抵是从短褂直到汗衣全不扣的，四五层衣领分披在项脖两边，把里面系肚兜的银项链也露出了。脚上大抵是打有牛皮补钉的方头鞋子，从脚帘下直伸出来，表示他们态度随便。

以如此的盛容，怎么不使一般期望过切的人们感到一种滑稽的失望？他们在最初看见时，真不敢相信他们的眼睛，"把巡防兵和陆军打得弱弱大败，不敢正眼而视，使赵尔丰等人用尽方法，也不能敉平的，果然是这样的人物吗？怕不是的罢？"他们尚以为这一定是些不关紧要的队伍，而真正和官兵相抗的，必另外有一般很可观的豪杰们，或许还没有进城。

巡防兵自由发威，和同志军自由庆祝之时，还有一种也令人心大为不安的自由，这便是自初八以后，随时随地的开会了。

秘密会自然知道的人很少，可是终于有人知道，而最使人发生恐怖的，也便是这种会。

恐怖的阴影越展越大，而首先深切感到的是黄澜生。

黄澜生在快要独立时，虽然也如一般人一样，生怕在新旧移交之际，发生什么不祥的事变。但他那时尚比一般人多晓得一点内情，尚有一种坚实的信念把他支持着在，他信蒲伯英罗梓青这般议绅，都是当代的豪俊，他们既能赤手空拳，借一个争路的题目，把一个安静的四川搅成一团糟，已经看见他们本领之大；而值此残破之后，又敢于出头来把这一盆火顶在头上，那他们一定是有人所意料不到的绝妙办法，只要把权柄操在手上，或许不费吹灰之力，就把四川措于泰山之安了。所以，在那几天之中，任凭许多人述说种种绅界里不好的消息，他是毫不放在心上，而所省省然的，就只是他的前程问题。他本是有钱的人，也不一定要做官挣钱，不过既做了十多年的官，一旦放下来当寻常百姓，终于有点不惯。寻思当此新旧代谢之际，又不一定要论资格，只要和绅界，和革命党，和维新派挨近，趁着浑水，捞他一个官，——自然总要比他现身所是的候补知县大些的——也才不辜负他这个人。就是在独立后的两三天,他还在作如是想,而依然相信蒲先生的好办法不久就要施展出来。因此,他就目睹了皇城门外那种不良的现象,虽觉观瞻上太不雅了,而于他的信念,尚没有动摇,心中所思想的,仍只是"争的人既这们多,又这们凶法,自己又始终没有和绅界,和其他有力量的人挨近,看来,科长已经没分。以孙雅堂的那种靠山,尚且只是一个第二级科员,那吗,自己只要好好的捞得一个第二级科员,也就可以了。大概第二级科员,顶小顶小,也一定小不下候补县去的,只要加以搞干,终有升迁之一日,那又何必一开口就嫌馍馍小呢?"

但是他这不嫌小就的念头,先就给他一个同寅的,一瓢冷水浇了个冰冷。

他这同寅,是江西崇仁县的人,分省到四川三年,得过一些差事,都不大好,手边上并没有多少钱,独立之后,是不能不找一只饭碗来捧的。那天在街上碰见了黄澜生,便殷殷勤勤同他谈了起来,并一定要到他府上来坐一会。一坐下了,就告诉他一个恶消息,说是千真万确的,军政府的人已一致议决,凡军政府里十部三局,以及军政府外各司道府县,各厅处局所,无论是实缺,是差使,一概不用外省人。就是在四川落了籍的,只要曾经出来做过官,当过差使,把原籍填写过的,便不认为是四川人,而是外省人。他还举证说:"听说胡雪生为人甚是公道,并且是蒲都督帷幕中顶说得起话,顶见信任的一个人。他前天曾向蒲都督建过议,说我辈旧官场中,亦复有才能出众,素负声誉的人。当此诸事草创,人材缺乏之际,何不把府内府外的位置,一概分为正副两名,即照都督的例,正的由四川绅士担任,副的即遴选旧日官僚担任。他说绅士们阅历都太不够,办起事来,一定不行,倒是旧官僚,一切都熟悉,只要不把事权完全交在他们手上,他们到底是可用的。澜翁,如其胡雪生之言可行,岂不是四川的福气吗?我辈几千人,也不致大起恐慌了。……"

黄澜生当然同他是一样见解,当然要问他的下文。他说:"蒲都督也颇以胡君之言为然,当下就想先从军政府里办起。不想别一般绅士全不依了,并把我辈痛骂了一顿,说得一文不值。并攻击到胡君,说他是汉奸,听说会议时,吵得很厉害,大餐桌子都推翻了。这么一来,不但我辈永无出头之日,听说诸人中有激烈份子,还变本加厉,要把我辈驱逐回籍。澜翁,你看四川人可是有良心的吗?"

"这太厉害了!独立以前,我倒听见说过,说四川绅士要排外。那时是同排满之说,一时并起的,后来排满没有实现,我以为排外也一定是谣言了。"

"绝非谣言,绝非谣言,这话传出来时,有凭有据。我辈已打了传单,在江南会馆组织了一个十七省救亡会,明天开一个大会,先给四川绅士一下反哄,叫他们知道我们客籍,还是不弱哩。然后再举代表去见蒲都督,质问他为什么要排外?话说清楚,客籍中不得了的实在不少,硬要叫他多多录用一些才对。澜翁,你虽然落了籍,我看还是在被排之列的,明天大会,何不来参加一下哩。如其不出头来闹一下,四川人眼中便太无人了!"

黄澜生经他同寅这么一刺激,心里已是大为不高兴,而孙雅堂的信来,也露了一点消息,即是旧日做过官的人,休想再出头找事了。

同一天,又从楚子材口中,听说王文炳告诉他的,军政府里有几位明白人,已看出了前途的大危机。第一,是赵尔丰不肯就走,仍然虎视眈眈的盘踞在制台衙门,手下巡防兵十一营,又是全无军纪的那样在市面上招摇;虽然不知赵尔丰葫芦里是什么药,并且他交事之后,只管没有动静,然而其坐待时机,却是显然的。第二,兵权操在外省人手上,蒲都督不惟不想法子把兵权取得,并且还把一个军政部长死死扼着,偏不拿与尹昌衡,以致四川军人,很是不满,陆军中间大有组织,秘密会议,天天都在开,连吴凤梧也滚到那边去了;文人不平,还不要紧,只是吵骂一场而已,如其军人不平起来,那就得另想制法了。第三，革命党人因为没有挤进军政府，而众绅士又甚为害怕革命党的激烈，不敢相近，别的事也不分一些给他们，以致革命党很是气愤；听说尤铁民又来了，还带了许多钱来供给革命党的使用，他们正自在计画，如何弄起风潮来，好把军政府抓到手上，同重庆的蜀军政府联合起来，把四川的假独立改为同湖北一样的真独立，实行排满，排绅士，排官僚。危机是这么四伏，而蒲都督简直打不出什么主意，去同他商量，他总闹着小脾气的说："我也是一个人啦！啥子事都要叫我办，我如何办得下！并且办出来了，你们又动辄批评我这不对，那不对。稍为慎重一点，你们又怪我太迟延。我现在一做了都督，简直就成了众矢之的！用人哩，也要由你们的主张，不依就不对。朋友们也太多，一天到晚，都在问我要事情，都在向我上条陈，而你们也只是用嘴，又不代我去做。像这样，这个都督我真不愿意当了，那个愿意，就让那个来罢！"因此，他们才商量了一个补救的法子，叫罗梓青先生出头来招抚四路的同志军，凡来省庆祝的，就极意同他们联合，没有来的，就派人出去联合，王文炳就是被派之一人。但是据他说，招抚同志军倒不是难事，难的就是没有钱，没有枪械。而蒲都督哩，去请他在藩库里提拨一点经费出来，也不肯，说是那不能动，须留待别用；请他把军械库和机器局的枪炮提拨一些，他也不肯，说何必还要造乱哩，这些造乱之具，理应一火而焚之的。所以王文炳的断论，很是愤慨而悲观，他说："像这样搞下去，一定要弄出大事而后已的。这一下，乱将下去，那就不像七月十五以后了，前途的希望实在太少。要利用同志军来作万一的补救，他是没有把握的。"

这绝不是王文炳随便乱说的话，就事理上想起来，也一定如此。这一来，竟把黄澜生信赖蒲都督大有办法的心，完全毁坏了。他惶惶然的说道："我不想蒲伯英才是这样一个名实不符的人啦！四川的事，一定要搞糟！赵季帅的信用早失，在前席着全胜之势，已那样不行，如今在啥子都已解纽之后，还有啥用处？我看，成都这地方，要遭劫了！孔夫子说过，危邦不入，乱邦不居，太太，我们又得想方法了！"

这次的黄太太，已经不是以前"稳坐钓鱼台"的黄太太，她看见过挽英雄髻子的巡防兵，又看见过贼头贼脑的同志军；她以前那种不怕事的胆子，已经缩小了。加以听见楚子材刚才又说过，那姓奎的体育学堂学生找着他，请他代为在大城的中城或东门一带，找寻一所偏僻的房子。说是满城里头气象太不好，明白事理的满人，生怕大城的汉人要排满，要报仇，弄到像陕西那样屠杀事件，因而想尽方法，要和汉人亲近。然而这种人并不多，其余都是一种浑虫，他们首先感到汉人独立了，旗饷或者会无着，这就是最可恨处。他们说的，汉人既这样恶毒，要把我们饿死，那吗，我们不如先动手打出城去，杀他一个尽兴。"把咱们将军拥出来当大元帅，赵尔丰当副元帅，先把大城汉人杀尽，守着城池，等候外面的援兵。咱们主子才是真命人主，汉人本是咱们的奴才，现在反了，自然要说咱们主子逃跑了，其实咱们主子还统着百万大兵在北京城哩。他自会来救咱们的。"这不只是说，并且在独立的第三天，有两个剪了发的学生到满城去找朋友，竟着一伙浑虫揪住，打得寸骨寸伤。幸而拼命逃出小东门，才被街坊救了。那时，要不是将军亲自出来弹压，向羊市街的街众，低声下气的陪礼道歉，并出钱派人，把受伤学生送到平安桥教堂医治，那一天，已会惹起绝大风潮来的。但是，浑虫太多了，全是那样不知死活的在胡说胡闹，就是将军也不大招呼得住，他们还甚怪将军以前太懦弱了。看情形，早晚是要出事的，并且最初一定是汉人先吃亏，满城乱人先杀出来，流一些血，而后把汉人激怒起来；巡防兵再说不好，到底是汉人，到底有顾盼，还不要说陆军是有新思想的，他们能束手看你满人行凶吗？那一下反哄过来，玉石俱焚了。所以那姓奎的学生很是焦急，宁可房屋财产全不要了，只想把家里人口悄悄搬出来，逃一条性命。

这是满人亲自述说的，自然不比谣言。他虽没有说西御街到底危险不？但是以他不提说到黄家来躲避，而指定要在中城东城，这已明白指示出，凡接近满城的街道，全不是平安地带。她正自在着想，将如何的躲避哩。

她偏着头道："你说想啥方法呢？还不是只有搬家了！这次我不阻挡你，凭你想往那里搬，就往那里搬罢！"

八

社会比如是个大的木桶，礼法秩序便是维系这木桶的箍，倘然这箍被虫蛀朽断折，则木桶的分解，断乎不止是一片两片，而是整个分解的。所以独立以后的成都无秩序的零乱现象，并不只是市面，并不只是军政府里，即是原有的各机关局所也是同然的。

这时最急须的，是要得一个好的箍桶匠人，赶快运用他那巧妙而灵敏的手段，趁这木桶将解未解之际，急速打一道牢固的新箍，把那旧的替代了。但是蒲先生似乎尚未解此，或者想到了，而所用的材料又不大对，不惟没有把这大桶维系好，反而把它分解的力量加强了。因此，乃有警察不听命令，学界的人开会登报攻评接管提学司事务委员徐炯。至于接管布政司事务委员蔡镇藩，更是彷徨无措，被人攻打得体无完肤。

军政府此时更热闹了，各路同志军的统领或代表，有单独坐轿来的，有带了少许队伍来的，打从至公堂的中门，昂然而进，昂然而出。中间最令人感生兴趣，一哄传出来，而皇城坝竟自拥了许多人在那里等着看的，便是自流井同志军的女统领王大脚板，也率队到军政府来了。

就在这个时候，新街上竟出了一件占夺小旦的事，是一个风流的绅士罢？带了两个久未登台唱戏，而专赖平日爱他们的一般老斗，出钱为生的小旦，在一家小酒馆中，调笑喝酒。风流绅士快乐得忘了形，把两个倒男不女的小旦，左拥右抱，这面贴个脸，那面亲个嘴，口里说的，自然是些富于诱惑的肉麻话，而两个小旦也是毫无顾忌的，忸怩出许多难看的举动。这时，一伙巡防兵恰从酒馆门外走过，似乎从窗隙间瞥见了，本都走过了的，忽然七八个英雄突的回身，走进酒馆，理直气壮的掀开门帘，抢到房子中间，齐吼一声："好狗日的东西，快活呀！两个两个的抱着耍！……"风流绅士脸都骇变了，还未等他开口，左右开弓的耳光已打得他鼻血长淌。而金丝眼镜、金表、金戒指、以及装有银元的小皮包，也着这么一打，打来不见了。两个小旦则没有着打，但被几个英雄押着，说："陪老子们到营盘里睡觉去！"

总府街也出了一件巡防兵打报馆的事。独立之后，一切自由，言论不消说更自由了。那时新出版的报纸，真有如雨后春笋。因为太容易了，并不经过什么手续，只须写一面招牌挂起，坐一个人在外面，就算是发行部。编辑的事，不消说，除了剪刀面糊，本城新闻有的是投稿的访事，不够哩，捏造一些外来的专电和通信，只要你会捏造，任凭说什么都可以的。而社论时评，更可由你任意骂人，越是骂得厉害，就文章不通也没人笑你。并且费用也不多，印刷可以欠帐，洋纸可以赊入，份数也少，有二三百份，满够张贴和送人了。然而也就因为言论自由，有一家报馆，连登了两条关于巡防兵横暴胡行的新闻。主笔先生大概正无题目做社论，便抓住这新闻，做了一篇"忠告巡防兵"的文章。本来料定巡防兵并不会看报的，就看了，也不会懂。然而事乃有出人意料之外者，却不知什么人竟告诉了巡防兵，说报馆在挖苦你们，说你们都是生番，强盗，要请军政府来惩治你们，砍你们的脑袋。说话的人或者无心，或是出于开顽笑，然而英雄们当此军纪全废之际，即是他们的官长，尚且不敢向他们说一句重话，这如何能受报馆的骂？于是一声喝打，二三十人便拖起家伙，直向总府街奔来。沿途闻风加入的又是六七十人。可是一众英雄一直没有弄明白到底是那一家报馆在骂他们,及至跑到总府街,报馆如林,挨手数去,便不下三十来家。如何处呢?英雄们大略会商了一下,管他那一家,要清问是清问不出的,顺手打他一两家,他们自然知道是惹着了歪人了。然而事又有出人意料之外者,着打的两家报馆,——也不过把白粉黑字的招牌,和发行所的柜台桌椅,和茶碗等事,打个稀滥而已,人是早躲了。——恰没有登新闻做社论的那两家。

占夺小旦的波痕,漾而为各个小旦的家里,全有了英雄的足迹。有几个较为有名,较为体面,较为娇嫩的,不胜英雄的眷宠,偷偷的躲到老斗家去了,于是就犯了英雄的大怒,把个院子搅到天翻地覆,日月无光。直到左邻右舍的人出来陪礼厮劝之后,方忿然把小旦的东西抢走个精光,以示薄惩。

打毁报馆的波痕,漾而为军政府代他们多出一口气,把着了冤枉打的报馆,重又加了一个十字封条,朱语是"造谣毁军、扰乱治安"八个字。而一般主张言论自由的先生也只好在暗地里瞋恨,而不敢责备军政府一句,更不敢再提论巡防兵的不是了。

军政府也深知军纪败坏,是顶不好办的一回事。但尚以为也只有巡防兵如此,陆军到底要好些,他们是有新知识的,他们知道爱护人民社会,断不会像巡防兵之暴乱,现在只好等一切制度都改定好了,把巡防兵慢慢调出城去,再慢慢将警察整顿起来,市面自然而然就可恢复了,然而新化街的一战,又把大家的幻念打了个粉碎。这一战,正由于陆军同巡防兵那一天在新化街,为争夺一个妓女,巡防兵自是不让人的,拔刀就砍,开枪就打。如其所遇是绅士和平民,自然该他们得胜,不幸陆军也是有武器可凭,并且也是集团的活动,有恃而无恐的,于是盛怒之下,便也照样还报过来。两方动手不到半点钟,巡防兵死了八个,伤了十七个,比较的势孤,才自行认输退让了。陆军方面死伤的人数虽也相当,但仗恃人要多些,毫无所畏;并且这一来,陆军军人遂都感染到军纪原来是可以不顾的,以前各种禁忌,一自独立,原来就没有了;不特如此,再把巡防兵的行为一看,再把军政府对待他们的办法一看,再把这次争风的冲突结果一看,"啊!我辈军人,原来比任何人都可自由些啦!"于是乎自兹以后的陆军,便也和巡防兵差不远了,于是乎外籍军官,顾到军纪既废,本身将来的危险太大,遂纷纷向着副都督辞职,并且怀疑的说:"这怕是四川人使的手段?故意纵容军士,把纪纲破坏得干干净净,首先就不讲究服从。他们四川军官常常都在秘密会议,也不知如何在同军士们勾结。像这样,一旦变故发生,我们客籍军官只好牺牲了,不如先行辞职走开的好!"

果然,同时一般四川高级军官对于副都督,也甚不礼貌。副都督的命令,几乎等于一张白纸。听说,那位新任军政部部长的尹昌衡先生,更当面责备过他道:"朱副都督,你要知道,责任是不好负的呀!现在四川闹成这个样儿,兵骄将横的,如其将来出了别的事故,我们四川人是要拿手枪对付你的!"因此,朱庆澜便在日常的会议席上,正式的告退说:"诸位同胞先生,鄙人现在身体很不好,夜里常常睡不得,副都督职务太重,加以鄙人能力有限,自己感觉实在担任不下,务望诸位同胞先生准许鄙人辞退,另举贤能,以充任此职,鄙人明天就要买舟东下了。"

自然是辞不准的。并且众人也知道他的辞意所在,不外乎两点,一是四川军官对他不满,他们答应代他疏解;一是军纪废弛,军人不受约束,无形的于他面子上太不好看了,他们商量了许久,却找不出一个较善而又较为有力的办法。末了,才由一位讲善知识的朋友提议:"羞恶之心,人皆有之,好高之心,亦人皆有之,与其严刑峻法,以杀止杀,不若用些好话以激发他们的天良,俟他们自行悔悟,自行改善之为计!"因此,才有"军人资格最高,诸君幸各自重!"的格言式的军政府告示张贴出来,而一方面才有陆军、巡防、警察、旗营、四部借商会地方,定期开会,互相解释嫌怨,从今和衷共济,维持军政府的联欢运动。

九

黄家只管议决要搬家,到底也只议决罢了。

其初,由黄澜生主张,把东西收拾封锁起来,只是人,随带点金银细软,避到簇桥彭家院子去。但是经楚子材亲身去一探听,从双流一直到南门,四十里间,全被南路开来的同志军驻扎满了。不但各乡镇的客店、庙宇、祠堂,以及住家人户,没有一丝隙地,就是周遭四五里内的农庄院子,也到处是人。彭家麒的家里,依然被吴凤梧的队伍挤得只剩了五间房子给主人住,连厨房里,连堂屋里,全开着稻草地铺。这如何还容得下黄家的人去呢?

其次,由黄太太主张,搬到东北门去。然而容易吗?佃房子哩,早已是无房可佃了;孙雅堂陶刚主等家,业已被乡下新避进城的亲友们挤满了。算来,要避,仍只有韦陀堂街龙老太太家是空的。

韦陀堂街本来是比较偏僻的街道,但是军政府一成立,它便成了由南门到军政府的通衢。一天到晚,陆军巡防同志军,以及流氓痞子,人夫轿马,是不断的从那里在经过。而左近几家客店,全住的是较为有力量的同志军。这般人,也沾染了巡防兵的恶习气:头上挽着英雄髻子,身上散披着各种颜色的短衣服,有枪的肩头下挂着枪,不就后臀上带着雪亮的杀刀,腰带上插着雪亮的匕首,脸上摆出一种不讲理的横像,似乎巡防兵见了,也得退让十步的光景。韵侠幺小姐那么不怕事的女豪杰,也已奉着妈妈,搬到东升街胡二舅家去了。

无处可逃可躲,黄太太焦得不了,只好叫黄澜生楚子材常常到外面去打听风声。只要风声不紧,有什么事,但把大门结结实实的顶上，也便可以不怕了。

因为商会内的四部联欢会似乎有点关系，黄澜生便约着楚子材，在十二点钟的时节，赶了去旁听。可惜去迟了一点，陆军和巡防的代表已经演说过了，坐中七八百人，正在听旗营代表戴恩伯的演说。

他一上演说台，便冲着三面，深深行了三个鞠躬礼，而后笔端的站着，恭恭敬敬，打着他们驻防旗人特殊的京川混合的调子说道："兄弟姓戴，神行太保戴宗的戴，名叫恩伯，皇恩浩荡的恩，伯仲叔季的伯，任务是驻防旗营执事教练官。今天代表旗营，特为来共诸君联络的。……诸君，兄弟虽说是旗人，但是，自从我们祖宗入川，二百多年，也和诸君家世一样，从外省迁来，六七世，八九世，完全变成四川人了。我今天不但算是四川人，并且还是四川独立之民，所以是有资格来和诸君说话的。……诸君也是知道的，自从今年五月争路事起，一直到七月初一，保路同志会成立，我们旗营是全体赞成此事的。七月十五事变，我们将军首先反对，并用六百里的滚单，单衔入奏，大家想也知道。可见我们旗人，和我们将军，历来就和四川人结为一体，苦乐与共的了。……何幸四川独立，军政府中各位大人先生订立条件，对于我们旗民生计，允为设法，如此优待，我们旗人更是感激不了！……诸君，你们要晓得，我们驻防旗人，所受于爱新觉罗一族的压制，还不是和诸君汉人们所受的一样？别的不说。只就兄弟军人中说罢，譬如一份马粮，其名虽曰月领七两，但是每月当中，除旗米若干，除折扣若干，实得只军米八升，饷银三元。一家大小的穿吃，和亲友间少不了的人情应酬，都要靠这三元钱八升米来支应，诸君试想，能吗不能？这还是马粮，至于步粮，自然更少了。……我们旗人，尤其遭受爱新觉罗一族毒计的，就是只准我们当兵，不准我们经营商业，和做别的事情谋生，这就把我坑死了！所以弄到现在，我们旗人吃不饱，穿不暖的，一百人中就有九十几人。若其四川再不独立，我们旗人，是啥子事都不能做的，只有死路一条，何幸独立了，这无异把我们救出了火坑！所以我们旗营和全体旗人，是非常热忱要维持军政府到底的！并且还不甘自外，我们从今以后，要去掉旗人这个称呼，我们全是四川人！是中心悦服蒲都督朱副都督的四川人！……"

一个穿短衣裳的大汉子，霍的站起来叫道："戴代表，你的话说得倒好，我问你，为啥还有多少滥满巴儿在满城里惹是生非？无原无故的打汉人，骂汉人是奴才，说要搬你们的主子来制服我们，说要排汉！前几天羊市小东门，还几乎打死了两个学生，这又是咋个的呢？"

这正是黄澜生等人要想质问他的话。

"诸君，有所不知，满城里男女老少好几万人，贤愚不等，有明白的，自然也有愚蠢得可怜的。即如挨近满城好些街上的小孩子，一看见我们走来，便赶着喊我们亡国奴！亡国奴！我们仔细一想，都是中国人民，只是爱新觉罗一族不做皇帝，我们原来就没有啥子国的，所以也只当作无忌的童言，谁去计较？满城里那些愚人的言动，还不是同大城小孩子们一样。即如那天打人的事情，我们已经公共议决，把那惹事的人，打了一顿，关在旗营里，不准出来。并且，现在旗兵三营，拨归朱副都督节制，我们当军人的只晓得服从，绝无异心。至于其他的人，兄弟敢担保，从此再没有那天那种事情了。诸君不信，只管调查。现在汉人移住在满城里的，不下二三百家，如其真有啥子意外，这些汉人还敢在满城居住吗？外面传说我们旗人要如何如何，都是靠不住的谣言，还望诸君维持！我们满城里谣言也重，可是我们都不去听它！"

戴恩伯在一阵巴掌声中跳了下去。接着就有人提议，请陆军巡防各代表回去，要求各营军官，劝告弟兄伙，维持军人名誉，听受军政府的告示。自尊自重，不要再在街面上生事；并且帮同警察，维持治安，免得外国人看见，说我们野蛮，只该受专制政体的压制，不配当独立自治的文明人。

讲演快要完毕,大厅子上的席面已摆好了。黄澜生便同楚子材先离坐出来。

楚子材道:"这下,城内该不致于出事了罢?"

黄澜生也颇为宽心的笑着点了点头道:"我想,一定没有事了!……唉!几天以来,到处都在开会,这里闹着组织政党,那里闹着监督政府,正经调和军政,维持市面,像这里这种会,就再没人出来组织了!你看,子材,大家这样融融洽洽的谈笑一堂,任凭啥子干戈,不是都可化为玉帛?我想,像罗梓青他们,何以见不及此,却偏偏要去绕弯子,抄小路,联络同志军,要以同志军来维持军政府?这也可谓智者千虑,必有一失了!"

"我也是这种想法。王文炳约着明天会面,我想把这意思告诉他,叫他去转告罗先生,如其罗先生能够采用,也是全城人的幸福啦。"

"好极了!好极了!就这们办罢!你表婶今天就因听见市面情形太差,又害怕兵变,又害怕满人按出来,又害怕同志军作乱,这下好了,你可以先回去告诉她一声,免得她瞎着急。只要兵队不生变化,同志军是不会作乱的。我要到北门去会两个人,再听点消息。"

楚子材很是高兴的答应着同他分了手。他想到表婶喜欢吃淡香斋的渣食,前几回忘记带回去,幸而被这混乱的局面搅得她心绪大为不宁,没有受她的抱怨。"今天带了好消息回去,她一定不再着急的了,心里一宽舒,难免不又要抱怨我走到总府街,也不把渣食跟她买点回去,显见得我口里只管说得好听,其实心里并赶不上她的孙大哥,他们是随时都想着她在,随时都在体会她。"

他已走过了商业场的前门,心里正挂想着回去之后,她是如何的高兴,定然像以前心里只知欢乐时一样,一面吃着点心,喝着好茶,一面和他谈说些极好听,极动情的言辞,谈到彼此忍不住时。"悖他妈的时!闹啥子独立!这回上省,才快活了几回。要不是闹得人心惶惶,她何致于愁眉不展的,动辄就生气,动辄就骂人太讨厌了!把人家火一样的热情,反而当成了冷水。"

肩头上忽着人拍了一下道:"往那里去?连人也不招呼了,有啥子心事吗?"

"啊!是你!却没有看见你。你从那里来?听说你忙得很,天天都在开秘密会议,你的队伍又开来了,这是我昨天出城到彭家院子亲眼看见的。"

吴凤梧一身呢军服,就只没有悬挂指挥刀。样子比以前尊严多了。顺手把第一楼茶楼一指道:"吃点洋点心去!联欢会人又杂,席又坏,我简直坐不下!……"

"咦!你在联欢会?我咋个没看见你,黄表叔也没看见你?"

"我却是看见你们,人太多了,不好招呼。"

两个人上了楼,在大餐桌上坐下。吴凤梧抢着把茶钱付了,便叫拿两份西式蛋糕来,他拿着刀叉,吃得那么熟练,一面便向楚子材说道:"我看见你同澜生进来,正是戴恩伯要演说的时候,我很替他捏了一把汗,算来今天的会上,只有他的话顶不好说了,不想他公然说得那们好法,我们真不可以把满巴儿看轻了。"

"你又不明白了,特别选出来当代表的,自然不同寻常。凤梧,我想这个会开后,成都该可不出事了?"

吴凤梧笑了笑道:"何以见得呢?"

"何以见得?我想,大家既把误会解释开了,自然就不会再起冲突,再闹事情的了。"

"哈哈!你这些话,全是表面话。你却不知道,现在顶不安静的,并不在陆军巡防,或者旗营警察的误会冲突,而在军政府的人,没有把节制军队的实权抓在手上,军队里各各都有打算,不服它的命令,不受它的调动,这才是真正危险的地方。这种危险,那里是这种专说门面话的联欢会所能解释得了的。王文炳他们不明白,只顾去联络同志军,默到把同志军搏到了手,便拿来制服陆军巡防。这打算真是笨极了,他们却不知道,他们越那们办,一般当军官的越是生了异心。但是,我又不好说得,前天碰见王文炳,就是我到簇桥料理队伍的时候,曾经向他探了探口风,他还是那们没有好多打算的样子,我自然不好说了。"

楚子材抽着纸烟道:"那又不然啦,老王向我说起来,还不是感叹的说,那是没把握的事。大概权不在他,他也就不爱研究了。"

"或者是的。所以你说成都不会再出事,那咋能呢?单拿他们联络同志军的事来说,也太显然了,明明可以不出事的,故意弄得军心不安,就不有人从中播弄,已经不容易办了,何况,……"

"那些人在播弄?你既同他们在一堆,总晓得的。"

吴凤梧把两盘蛋糕直吃了一盘半,方放下叉子,要了张洗脸巾,把脸嘴拭净了,才笑道:"这个却不能告诉你,于你没有好处的。你只须知道,成都这个局面,是个极不安定的局面,不要太高兴了,就得啦!"

"我倒要问你一句实在话,若是这局面生了变化,你看,成都城里危险不危险?"

吴凤梧沉吟的说道:"该不会有啥子危险罢?只不过军政府的人有些升沉,你们当学生的,更不怕了,与人无争的,你耽心啥?"

"不光是为我,我一个人自然不怕,即使有啥子烧杀事情发生,出城一趟,走他妈的,不就完了?……"

"哦!我晓得了,你是为澜生家在着想。其实,只管放心,你可以去向他说,局面再不好,城里治安总不会大乱的。可怕的就只那些毫无纪律的同志军,我是过来人,难道不晓得吗?那般野兽似的东西,说不定要趁着浑水,生点小事,可是不怕,陆军巡防有二万多人,全在城里,他们也不敢咋个,烧杀绝不会有,老实的,堂堂一个省会,咋能乱来得!我想,就掳掠也说不上,你去向澜生说,叫他只管放心好了!"

他既是个中人,如此断言,自然是可相信的了。所以楚子材更其放了心,急于要去买渣食,要趁着黄澜生未回去之前,去和表婶密谈了。

十

虽然吴凤梧那么断言成都不会有什么危险发生,而只是军政府的人有点升沉,但是端方在资州被杀的消息传来,大家到底为之骇了一跳。

在这两个月中,做知州知县的,诚然着同志军和变乱的官军戕杀了好几个人,然而官是那么小,势是那么孤,仅仅官场中人听见,有点为之寒心外,在一般人说起来,并不感到什么。并且自独立以来,许多独立地方的官吏,还身任了都督,或是其他事情;而重庆是革命党独立的,川东道和重庆府两个较大的地方官,还好好的被保护着走了。所以在这个时候,忽然听说杀了一员更大的官,先是一般退任的官僚就不能不惶恐起来,奔走骇汗的,你跑来告诉我,我跑去告诉他了。

端方之被杀,是成都独立后几天的事。他之那条联络绅士,运动独立,想把赵尔丰弄倒,自己在独立自治的狂澜中来得一条生路的妙计失败之后,他便坐困资州,真就想不出更好的办法了。刘师培朱山一般人,全是讲经数典,吟诗作赋的文人,其余也只是一些讲究伺候上司的官,更说不上什么经纶。他于无法之中,只好终日摩挲着随身所带的古董,以遭愁怀,希望独立的绅士们感激他曾经奏参赵周田王等,而保全诸人性命的大功,容许他长在资州吃着燕菜席,等世界清平了,再平安的回家去享福。

其实,独立的绅士们未尝不这么在想,而人民和同志军也并不怎么恨恶他,赵尔丰周善培等虽恨之次骨,但现在自己已是无权无势的人,又能够把他如何?假设不是他自身所带的鄂军三十一标几营人,因为听见湖北独立成功,急于要回去,并想顺便建立一点功勋时,他断乎不会着杀的。

据说,鄂军情形不稳,他在头一天也就知道了。一到次日天明,就连忙把几个管带请去,放下钦差大臣的架子,极力欢笑着向他们说:"兄弟并非满人,我的祖宗原是汉人。因打败了,着满人抢去,估逼投降的。我原姓姓陶,所以兄弟自出来做官,别号就叫陶斋,以志不忘本来。如今话说明了,我们都是同胞,若是容许兄弟革命,这是兄弟求之不得的,如其不容许,兄弟也知道诸位跋涉数千里,委实太辛苦了,现在四川乱成这样儿,各处衙门都如水洗一样,没有钱,兄弟身边尚有私蓄四万元,敬以奉赠诸位,作为出川盘费,料想诸位一定可以答应的罢?"

据说,几个管带果然被他哀告动了,都默默的退了出去。他正自大为欣喜他的手段,同着他的兄弟正自商量,等军队走了,他们就上省来找徐炯,找邵从恩,这两个曾经求过他恩典的绅士时,忽然厅堂之上,人声喧哗,约有四五十人,携着枪刃拥了进来,大声吆喝:"把他捉来砍了罢!满洲官没有一个好东西,我们不受他的骗!他做两湖总督时,杀过我们多少人啦!"这等声势,自然不是口舌金钱所能退得了的,凭他再怎么哀告,终于一身衣服被撕了,五花大绑的捆了起来。他的兄弟跪在地上,不住的磕头说道:"求你们把我哥放了,光杀我罢!"结果,连他一并捆起来。

据说,仅仅把他两弟兄砍了,其余随员共二十一人全逃跑了,没有波及一人。而端方的头,尚被几斤食盐腌着,随着这几营人一直走向湖北去了。

这件事影响所及,因才有杨嘉绅的卷款潜逃。

杨嘉绅自从独立那天,改穿着军服,并挂着指挥刀,偕同周善培、王棪、路广锺、几个极力要和绅士们亲近,以释前嫌的退任官,在军政府观礼帮忙之后,一连几天,他都打早就进了皇城。一肚皮的四川财政纲要,滔滔不绝的,把个蒲都督听得来目昏脑胀,只是点着头说:"彦如兄高明之极!不过目前四川,尚言不及此。今之所急,只在制度如何改订,人民的自由如何保障,彦如兄如其能在这上面帮点大忙,那更好了!"

大概他就因此把蒲都督看明白了,也因此把军政府的人看明白了,便本着他向来的智慧,思索了一条道路。然而不是端方被杀,或许他也不会那样快的就实行。

他的计画,在那时节真是巧妙极了。黄澜生吴凤梧等人,初听见时,真是说不尽的佩服。黄太太也说:"这简直像《天雨花》那些大传书上说的了。"传到傅隆盛诸人口里,更其小说化起来,并说他把盐库全搬空了。大家都气势汹汹的,要告着奋勇去追他。一会儿又传说已经被军政府派去的追兵,在江口追上了,杨嘉绅全家都着杀在江口。而别一般人则否认是官兵追杀的,说是在黄龙溪就遇着了大帮土匪,他带去的盐务营也变了,伙同把他卷去的款子抢光后,才把他杀了的。

其实,并不如此,他是安安稳稳的出川了,比之田徵葵、周善培、王棪等之走,还威风,还安稳。

他是这么样走的:那时府河虽然还不顶通,江口等处虽然还有一些变像的同志军把守在那里,阻扰行商,但是也只能阻扰行商而已,如其是多有几支枪的队伍,他们仍只好不出头。这情形,杨嘉绅一定知道,所以他才放心大胆的先在东门外使人悄悄的包了三四十只,可以一直驰行到嘉定叙府去的大半头船,然后把盐务营三百人分调上船,下的手谕,是说奉军政府札子,派到叙府去办公事。因而把家眷和从盐库中提取的白银三十万两,一并送到船上。船头立着崭新的汉字旗,舱门上贴着军政府的新封条。

一切布置好了,他才从从容容先坐着大轿,到军政府来议事。脸上是那样的和气,谈风是那样的健,规画是那样的周详。议事完后,又到几家当事的公馆中去闲谈。因此就把轿夫遣了回去,出门是另自叫了一乘小轿,一直坐到东门外大码头。一上船,就叫船夫子连夜开行,说是公事很急迫,如其赶于次日晌午得到江口,每人重赏牙祭肉半斤。所以到次日晌午,军政府的人发觉他卷款潜逃,立刻点兵一营,分成水陆两路赶去时,已相差一百二十余里,并且一过彭山地界,便不是成都军政府的力量所能达到,而是罗八千岁周鸿勋等同志军的势力范围,纵然把电报打去,也未必有效。并且他有三百支快枪,顺流而下,谁也挡不住他。

杨嘉绅一走,而各衙门各局所更其不安宁了。加以都是同胞,都是共同办事的同胞,谁管得着谁?新官们又都是读书明理的维新派,很知道平等自由,当然是独立自治的真谛,否则便成为黑暗的专制了。何况今日的官并不是官,以前那种派头更是该扩而清之的。所以在上的越是实行平等,而小至于一个司书,也便获得了拍着上司的桌子,大声谩骂,勒逼着要预支三个月薪水的自由了。

他们也有理由。他们说:"即如盐务公所,放着许多余利,而把我们的薪水拖到一月不发。我们只管枵腹从公,但杨嘉绅却席卷而逃,军政府把他无计奈何,所苦的只是一般小员司。劝业公所却好,所有存款,先就拿来平均分了,每个人足足预领到四个月薪,那怕你们新任旧任再逃了,也没相干的了。"

不但一般小官和员司们骂着吵着,要欠薪,要预支,并且军界中也着传染了。

军政府的执事人员,大概也想到了巡防兵陆军等,那么军纪废弛的在城里游荡招摇,实在不是妙事,顶好还是按照陈法,无论陆军巡防,一律开出城去,分驻在扼要的地方,一则不在都市上,使他们不至为繁华所诱,好专心一致的去操练,免得生事,再则军政府的势力范围太窄了，把兵分驻出去，也可把这范围扩大一些，安排的是军队开出了，再把有力的同志军招编两镇人，派两个心腹军官来当统制，专驻在城里，一以拱卫军政府，一以安慰出过力的一些同志，料想都是同志，自然比什么还可靠了。再把警察切实整顿起来，而后成都的治安便可恢复，军政府的基础也更稳固了。

可惜他们直迟到第九天，一切都已纷解，而别有用心的人，机构业已成熟之后，方来着手。所以军政部的议案方一提出，军界的代表便应声而至，他们所陈诉的，简直像预定的似的，他们说："自从变乱以来，弟兄们大小百余战，出生入死，辛苦是辛苦够了，牺牲是牺牲够了，虽然报不出劳绩，得不到都督的奖赏，但是弟兄们有欠饷二月的，有欠饷三月的，在开拔之前，总得请求都督发清，弟兄们把家室安了，也才能够安心出去为都督效劳。"

都督为之一惊道："怎么说，你们军饷竟会欠到两三个月？赵制台办移交时，却没有提说过，难道他忘了吗？断不会的！"

代表们又诚诚恳恳的说了一番，欠饷是实，营务处是有案可稽的，而后都督才说："既这样，本都督接事也才九天，你们归入军政府也才是九天的事，所欠两三个月，全然算是赵制台任内欠你们的。凡事须问经手，你们的欠饷，得去问前任赵制台要，与我军政府无干。而叫你们开拔，这才是我军政府的命令，你们须得奉行的。"

事问经手，这的确是一种理由。代表们自然只好跑到旧院去要求赵尔丰补发，而得到的答复，则是移交时，藩库存银二百五十万，盐库存银一百余万，即是各县解来上兑的银款，未及入库，暂时缴存在各银号内的，也都一并移交军政府去了。"你们的欠饷，自然有案可稽，但制台绝不能以自己的私囊，来代补发。所有银款，既都移交出去，你们便不能再问旧任，就是以前的事，也得去问军政府，因为军政府既接受了旧政府的移交，那吗？旧任的事，军政府不能推诿的。"

新旧蝉联，这也是一种正当的理由，代表们便又转到皇城来。

那一天，代表们就这么在此推彼让之间，东西奔走了五六趟。大家都生了气，便坐在皇城里面，不再走了，口里吵闹着："既然藩库里尚有那么多钱，为啥要扼在手上，不把我们的欠饷补发跟我们？难道也要学杨嘉绅吗？各自把款子卷逃了吗？那却不行，我们拼命来的钱，不能这们白白的就丢了！如其存款几百万赵制台没有移交跟你们，我们自然该问他要，钱又在你们手上，你们却把我们朝外面推，又要我们开拔出去，现在三曹对案，你们尚这们东推西推的，如其开拔了，你们还承认吗？我们拼命的钱，不是就肥了你们一般人了？天地间那有这样不公道的事！大家要这样蛮横不讲理，那吗，我们也会蛮横的。到那时，却不要怪我们弟兄伙目无王法了！人不要命，何事做不出哩！"

这些言动，似乎都有点像预定的。朱副都督到底是外省人，到底是统过兵的，知道这些不好听的话，大有来头。便来商量于蒲都督和军政部长，欠饷似可答应补发，即使目前百废俱举，需用孔殷，不能全数发给，到底得发一半，方可把军心安得了，也才能够指挥调遣。然而军政部长则疑心他别有用意，"此人该不是以此来要结军心罢？他正感着在受排挤，而又是个心怀叵测的下江人！"蒲都督虽不如此着想，仍旧很信赖他的，但觉得他这办法太把军政府的面子损失了。军人既是以服从为天职，那就不比别的人，把命令置诸脑后，而来要挟补发欠饷，并且出词不逊，如其因为他们胡说八道，而就害怕了，答应他们，这不但失了军政府的威信，还开了个恶例，使他们相信，凡他们有所求的，都可以要挟出之，从兹以后，太阿倒持，军政府岂能再指挥他们？"所以，依我说，此事是万万不能允可的。就是要发饷，也只能这样说，本都督们念尔等辛苦效顺，姑准各赏恩饷一个月。以往欠饷作罢，不准再事要挟，否则按照军律惩办，决不姑宽。似乎必如此，而后我们才有权威。前几天就是听老兄的话，对他们太宽纵了。所以他们才得尺进步，啥子都逾越轨范起来。"

军政部长也力赞此说,并主张:"作战以来,每队都有缺额未补,若只根据旧日名册,按营头拨发,一定有不实不尽之处。并且两都督就任以来,尚未观过兵,也是一件缺憾。不如借此机会,叫他们从新实造名册,全体集合东校场,两位都督亲自点名发饷,一则得使他们亲睹威仪,心怀敬畏,二则也不致使国家有用之钱,归于中饱,倒是一举两得的事。"

朱副都督只管不以为然,而蒲都督却颇颇听得入耳。于是再同腹心的谋士一商量,都认为这办法较善,政府与都督的威信,这一下便撑起了。但是代表们得到了这样的结果:都督准发恩饷一个月,三日内集合东校场,静候点名,点名三日内支发,支发三日内照指定地方开去驻扎操练。大家很为怨忿,因而别有用心的人便更得到了机会来布置了。

十一

就这么样已经使人感到"要出事,"而这几天恰找不着吴凤梧和王文炳的影子。孙雅堂只是忙得一天到晚的起公事稿,夜里要忙到半夜才能睡,他向去问消息的黄澜生得意的说道:"一个秘书局,三四十个人,而能动手起稿的,只我们两三个人。其余的位份只管高高乎在上,然而全是画黑板的朋友,凭你说啥,都不晓得。顶可笑,有天我们几个有吃饭的,有会人的,有上毛厕的,没有一个人在房里,一位参事来找人拟个打给蜀军政府,请他截阻杨嘉绅的电文稿子;把几位科长忙杀了,也急杀了,几个人攒在一张桌上,你凑一句,我凑一句,足足搞了点把钟,交去看时,那参事恨得跳起脚来,大骂了一顿,说是没有一行通的。几位科长面红筋涨,回不出话。后来才把我请去。……澜生,这也是公道自在人心,虽然才几天工夫,到底贤愚高低，也分别出来了！……参事说，还是雅堂行得多！我看，以你这样的才能，屈在下僚，未免可惜。如今独立了，用人那能还讲交情资格，你只管委屈点，不出半月，包你升到科长，那般饭桶，我真要叫他们滚了！他还拍着胸膛，跟我丢了个海誓①。……哈哈！澜生，公道自在人心，可见一个人，不愁没际遇，只愁没有真实本领！"

再谈下去，就是他那件公事办得如何的得意，那件公事是他所开陈的。其次，就是他的忙了，"我自从当毛盖子②以来，也就过多少县馆，从没有像现在这样忙过，几乎除了吃饭，睡觉，上毛厕之外，连喝茶抽水烟的时候都没有，像今天能同你这们坐着细谈，真是稀有的机会！所以，我们来去只管很近，自从进了军政府以来，也没时候来看你。你府上的人都好吗？"

及至说到消息，他却半点也不知道。只说了一件于黄澜生稍有关系的，便是十七省客籍联合救亡会上了个呈子，来质问军政府用人，何故要排斥外籍不用？俨然是一封李斯《谏逐客书》。据说，批答的稿子，便是他的大手笔，力言政府并无此意，"方今用人之际，本府一禀大公，惟问其材能是否胜任，不问其籍贯是否川人。况夫，三百年来，土著全非。执途人而问之，孰非客籍？若然，则排外之说，显系无稽！诸君细思，亦将莞尔！"如其不是科长来就商一件什么稿子，他还要背下去的。

黄澜生也只好走了。他今日所看见的军政府，仍然各处都有人急急忙忙的在走动，大概也因看了几次，似乎顺眼了一点，大不似第一回所看见的那种茫无头绪的乱法。就只同志军来府庆祝的，仍那么多；他走大客厅经过时，从红呢夹板吊帘角上看去，五光十色的统领和代表们，犹然坐了一客厅。并听说都督等接连几天，都在开筵招待

---

① 丢海誓，发誓为证也，海字读为平声，此语通行下等社会中。——作者注
② 以前称谓学幕者的名词。——作者注

他们，他们同都督和罗先生的感情都很好。不错，这从他们在客厅内那么欢笑的声音中，是可以推测得到的。

他正由热闹的赌博摊间穿出，走到为国求贤的石牌坊下，忽然看见牌坊上大大的贴了一张白纸，印着胡桃大的黑字：

中国同盟会定期开会布告：本会定于十月十五日午，在石牛寺高等学堂门外，召开大会，讲演本会宗旨政见。凡我军民同胞，务希届时前往参与！此告。正会长孙文（缺席）副会长董修武告。

他大为惊异，心想："革命党公然出了头了！……孙文是革命党的头子，报上已经说过，怎么又叫同盟会呢？……唔！同盟会，一定是革命党的官称！……副会长董修武，好像没有听见过这个人？……不管他，总之，他们敢于公然出头，这阵仗一定不小！只不晓得有没有尤铁民？"

他一想到尤铁民，便想及了他的几十两，一百元。"要是他有熬劲，早三天革起命来，军政府的都督，怕不是他做定了？我的事，就不如吴凤梧所说的那们天花乱坠，大概内而一个参事，外而一个提调，总可以的，那像现在，连一个科员都望不到手。并且弄得人心惶惶。我想，革命党的本事一定要大得多！只看重庆独立了十多天了，何曾有过像成都这个样子。龙老二昨天来信，还不是说市面很安定，蜀军政府人才甚茂，他也打算出而仕矣！龙老二那们一个老实胆小的人，尚愿出来做官，可见革命党是行！龙老二的运气也真好！……"

他因了这关系，他便深深感到同盟会之亲切。本来别有两三处公开的大会，他也决定不去了，遂一直回家来邀约楚子材。

他的太太说，刚才彭家麒走来，约着他到学堂去了。"你今天到底听见了些啥消息？成都该不会出事罢？子材是信死了吴凤梧的话。

就看见巡防兵在街上行凶打警察,就看见同志军在饭铺里估吃霸赊的,还是说不要紧,不会出事。本来,事不关己不劳心,他再说对我们好,终是外人,如其真正出了事情,他有啥子?挟起屁股一趟,新津才是他真正的家!难道他真能跟我们同生共死吗?所以我近两天一看见他那萧萧闲闲的样子,我就是气!我不肯信像这样的市面,会说不出事的!"

黄澜生蹙起眉头道:"我也是这们在想。只是得不到一点实在消息。我看,若果是劫数,那就难逃了!"

本来是一个快乐的人家,似乎也着愁云笼罩住了。只有不知不识的小孩子,和知识短浅的何嫂菊花,没有一点心焦的样子,依然太平无事的吃饭、睡觉、做着自己份内的事情。黄澜生则只是欣羡,他的太太则只是生气。

十二点钟既过,天上微微漏了些日影。黄澜生便打从半边桥、汪家拐、向高等学堂的操场走来。

这操场原本是一片菜园,属于以前尊经书院。后来书院改办为高等学堂,才将菜园之半,踏为一片大大的操场。自从宣统元年,全省运动会在此举行之后,人们就多半呼之为南校场,和原有阅兵的东校场,及武备学堂门外的大操场,为人们呼为北校场的,鼎足而三了。

黄澜生刚刚走出文庙西街的街栅,就见日影云光之下,平坦操场中间,临时搭起一座高台;台上台下,正拥了许多的人,一阵阵拍掌之声,传了过来,台口上正站着一个穿洋装的人,在那里指手画脚的。

大概在独立之后,开会演说已成了惯常的事。每个大庙宇,和每个大会馆,以及有固定会址之处,差不多无一天不有几处在开会。开会的广告,不但在报纸上占了很大的篇幅,即在街巷的墙壁上,也贴得花花绿绿的。因为如此,所以开会的就是革命党,就是用了孙文的名义,而围绕在演说台下的,也不过三四百人的光景。

如其在有坐凳的会堂中，这个数目本是可观的了，但是在这足容万把人的大操场上，却太见寒伧。黄澜生因而大为诧异："怎么？革命党开大会，才来了这们一些人！"

但是会场中，毕竟也相当热闹，在演说台不远之处，卖零吃的摊子，到底来了十多副，算是还留住了许多人，不致使一般专门凑热闹的，略站一下就走。

黄澜生并非势利，算是对于革命党过于注意了，所以才起了点丧气的心情；跨下石阶去时，脚下已没有初来时那么起劲，幸而不断的拍掌声，才把他吸引了过去。

台口上犹然是那个穿洋装的，此时相距十来丈，已看清楚了，大概是个三十来岁的少年，模样很是斯文尔雅，并不像想象中立眉竖眼，满脸摆着一种武辣样子，而又顾盼非常的革命党。声音也不洪大，在他所站的地方，只断断续续听得见几句："我们孙中山先生！……我们孙中山先生！……"一句一顿，而台上台下的巴掌声，则和文章的圈点一样，一直依着句读打了下去。

黄澜生因为太注意了，在一会儿之后，他更发现台上台下拍巴掌的，始终是那么几个人。再看听演说的，十分之九是学生。这么一来，会场的景象越觉寂寞了。

但是，在这个穿洋装的演说之时，到底还有那么多人，到底还不断的在拍掌，而这个人指手画脚完了，深深向台下鞠了一个躬，退到大餐桌之后，接着另自走出一个人来，而台下的人便四散了一小半。

就这时候，他看见楚子材彭家麒二人，一路笑着说着，走了过来。

"啊！子材，你也在这里？我还特为回家去约你哩！……彭君是今天才进城的吗？"

彭家麒说是专门来找吴凤梧的。因为他的一个队官，同黑骡子的一个外堂管事，发生了一点小冲突，他虽是从中调解开了，毕竟须得吴凤梧去打个招呼，不然，日子长久了，将来难免不要出事的。

黄澜生道："找他，怕不容易罢，他这一晌，连人影都没见。"

彭家麒笑道："我们运气却好，在他家里没找着，跑到这里，倒无意的碰见了。"

"他还有时候来听演说？又奇了！他在那里？找他来问问消息。"

楚子材道："已经走了。我看他那神气，并不是来听演说，他还同着别一个穿军装的，走到台上，同上面的人很周旋了一会。那样子，像是一个代表似的。"

"你们认得刚才演说的那个人不？就是那穿洋装的。"

"哈哈！笑话极了！那就是自称同盟会副会长的董修武啦！刚才碰见高等学堂两位同乡的在说，成都的革命党早就想开个会的了，因为找不出一个较有声望的党人出来当会长。杨维和他们不同派，黄芳又到泸州去了，尤铁民倒行，却不在省城。……"

"前几天多少人不是说他又来了，还说他带了好多钱来？"

"自然是谣言了。后来，说是才想到董修武，他才从日本回来不久，就扯个幌子，说他是孙文派回来的，到底诓得着人。于是才把他找去，商量了两天，叫他把演说稿子拟好，躲在帐子里，足足演说了一天一夜，所以今天上台才那们流利。……"

"我来迟了一步，又害怕挤上去，不晓得他说的啥子？"

彭家麒道："也没有啥子精彩，我看，还赶不上我们那位假哥革命党人的王文炳。老王确实来得，他能无中生有的说出一大篇道理。董修武的演说不过把孙文提倡革命的经过，说了一个大概，依我听来，顶要紧的，就是那几句：革命之后，人民便是国家的主体，主权在民，人民就应该出来参政，一个国家和一个地方的事情，那能只让一般取巧的人去从中把持？……"

黄澜生大为欣喜道："着呀！这几句话，就有精彩了！一定是指着军政府而言的。"

是时，演说台口上又换了一个人。

楚子材呸了一声道："走罢！走罢！半日学堂监督兼商业场巡抚事李狗儿都登台了，还有啥子听的！"

十二

十月十八这天，全城的居民仍照常的清晨就起来了，全城的商店仍照常的清晨就将铺板下了，吊的招牌挂了出去，各官署办事的人员也照常的吃了早点就各自办公去了；茶铺里依然是高朋满座，酒菜馆里依然是鸡鸭鱼肉的准备着；一切都与平常无异，而稍稍有点不同的，就是从早以来，打着英雄髻，穿戴得奇奇怪怪的巡防兵，和剃光了脑壳，穿着整齐军装的陆军，却不像往常一样的大街小巷触目皆是，连带而及，赌博摊子和鸦片烟馆中也清静了。

但是，大家也不诧异，知道今天全城的军队都集合在东校场，听候两位都督去点名。大家尚正期待有这么一天，因为太苦于军队之无纪律，终日成群结队，招摇过市，并且恶得同魔鬼一样；虽未普遍的，直接的，受过他们什么损害，但是心理上总不愉快，总希望点了名就发饷，发了饷就一齐开拔出去，而后成都城内便平安无事了。

然而也有些人很知道今天这个日子是一个关头。从早起来，就省省然的，生怕有什么事情发生。这倒不一定是些什么高明人，才这么样，即如傅隆盛，稍为有点儿世故的，在头天下午，听见陈占魁说："明天都督要点兵，弟兄伙今夜都须回营。只是大家都在抱怨，欠饷不发清楚，就要我们开拔，这份粮，老子们不吃了！听说，老营里的弟兄们，更闹得凶。他们说，早晓得独立以后，是这样，倒不如早点听王大人他们的话，大家把枪械缴了，领点钱，各自回去的好。他们好像有个商量，要等都督点名时，再向他当面要求，硬要他答应把我们的欠饷补发清楚了,我们才走。"

答应了自然圆满,不答应呢?因此,傅隆盛就害怕起来。到底结局如何?他是思索不出的,只渺渺茫茫,感觉到"恐怕要出事!"

所以,他未及吃早饭,在春和茶铺同一般街坊说到眼前的景象,大家愁着眉头说:"像这样无条理,无头绪,乱糟糟的弄了下去,真不是一个了局"时,他遂摇着头道:"今天恐怕要见分晓了!"

倒是中上等人,如黄澜生的,反而不在意下。因为他相信吴凤梧的话:"乱是要乱一下的,但不要紧,也只是军权有点转移,和你们普通人全没有啥子关系。"

吴凤梧还笑着说:"如其不乱一下,我这一个管带前程,真就会弄到永远丢了。这也是蒲都督太不公道,像我们这些带兵的,他简直睬也不睬。要是大小安置几个人,大家又何必要这样七拱八跷呢?我看他将来还是不能不要放开一些,再要像目前这样一抹不梗手的,不把我们这些人放在眼里,你看,我先说在这里,还有些坡坎跟他爬哩①!"

吴凤梧是一个个中人,他虽没有明白说出在干些什么,但是所说的话,总不是随随便便的。所以,黄澜生不但大放其心,毫不觉得会要出事,并且还甚为吴凤梧高兴,"倒好,这样来一下,也可得一个位置,免得大大小小的事,都着他们那一伙人把持完了。等他们武的先把门路打开,我们文的又打主意嘛。"

楚子材因此也逍逍遥遥,照旧到学堂找同学的去了。

但是,事情终于暴发了,满街的人像山崩一样,铺板也和火爆似的,砰砰訇訇,各家抢着关了起来。这声势比起七月初一初二罢市,七月十五逮捕首要时,还来得厉害。凡在街上飞跑的人,全是惊惶以

---

① 七拱八跷,不平也。一抹不梗手,满不在乎也。爬坡坎,办事棘手也。皆蜀语。——作者注

极的吵着:"东校场兵变了!……开了红山了!……"

这时,黄澜生正打从新泰厚银号回家,恰恰走到盐市口,轿夫不抬了,放下轿子,立逼着他出来。

他不肯出来道:"只有一条半街了,讲好了的,为啥不抬拢?浑帐东西!"

轿夫似乎也反了,不怕他的骂。仍然说:"下来!下来!我们要回铺子,各人都有性命的!"

"多添几碗茶钱,在我公馆里也一样可以躲。"

轿夫似乎也廉了,不要他的钱,仍然说:"下来!下来!……"

他只好捧着二百两整封银子,走出轿来。轿夫连轿木都不及要了,倒抬着轿子就走。

街上的人,已是稀稀的几个。铺子全关完了。他很是胆怯的,捧着银封,站在一家铺子门前,不知道该走吗?该站?

一个半肥的老头子,短紧身上披了件已经翻黄的青哔叽马褂,提着一根粗叶子烟竿,从顺城街急急的走来。一面大声的喊说:"没事啦!……是地皮风!……大家把铺子关了做啥?……"恰恰也走到这间铺门前,拍着门叫打开。

"咦!你老爷姓黄吗?"

"是的,我叫黄澜生。……眼熟得很,在那里会见过你大爷?"

"贵人多忘事!独立那天,在西御街口上,楚先生不是介绍过吗?贱姓傅,……"

"啊!傅大爷!……"

铺门开了。傅隆盛一面骂小四和王师乱听谣言,一面就让黄澜生进去歇一歇脚。

"到底是一回啥子事,把全城都惊了?轿夫从新街抬到这里,硬不抬了。我不是这两封银子,沉甸甸捧着走不动,一条半街,倒用不着踌躇。你大爷从那里来?"

"我特为跑到东校场去看点兵,晓得今天要出事。果然出了事。可是兵并没有变,只打死了几个人,不想地皮风就扯开了,闹着开了红山!……"

左右几家铺子,果然因了隆盛号之下铺板而亦打开了。并且许多人都挤到隆盛号来听新闻。

"……我亲眼看见的,难道会是假事情?我去时,全部陆军都排在校场里,好整齐啦!……没有巡防兵,巡防兵全扎在附近各街的街口上,不晓得是啥子意思?……两个都督来了,都穿的军装,骑的大马,有好几十名亲兵跟着,一直跑到将台上。校场里军号一吹,不晓得咋个一回事,有几十个军官模样的人,便飞跑到将台下。……自然听不见说些啥子,只看见队伍忽然就乱了,不像刚才那样一堆一堆的,有一些还站在原地方,有一些便向将台这面奔去。人声自然嘈嘈杂杂的。……就这时节,便听见一阵枪响,队伍跟着就大乱起来,可是都朝营房里在跑。……拼命的喊着,也不晓得喊些啥子。将台跟前躺了几个兵在地下,动也不动,大约就是那阵枪打死的。多少看点兵的闲人,也就是那个时候跑开了,地皮风就是这们扯了起来。……我却不走,只见满校场的兵都在跑,都在喊,两个都督仍旧骑着马,带着亲兵跑了。还没出校场,又是一阵枪声,像是从队伍上打出来的。都督的亲兵着打死了两个。我怕着飞子误伤,才回身走了。但是走过落虹桥,就没有再听见枪声。……兵像是变了,却没有乱杀人。变哩,让他变。他们只是在东校场里变,这倒好些。我从昨夜就捏了一把汗,心想出了事,不晓得是一个啥子样儿,却不晓得只是乱跑乱闹一会儿。……那几阵枪,大约先是都督亲兵放的,后来才是陆军还过来的。只那几个人才死得太冤枉,好在都是兵,跟我们没啥子相干。……怪的是,陆军变了,巡防倒是好好的。北门过来好些街口上,都扎满了,很像七月十五那天。……"

兵变的真象,既然如此,那还害怕什么?闹了好几天的"要出事,"原来只这样儿,那倒出人意外了。好多铺子仍放心大胆的重新打开,大家还欢欢喜喜的叹息了一声:"这下该出了气了!"

黄澜生也是挟着这种心情回的家。——是请隆盛号的徒弟给他叫了一乘轿子抬回去的。——问起太太,她在家里还不晓得有这么一回事。本来,轿子打从三桥街口经过时,铺子没一家关闭,行人仍若无其事的行走着,大概那一阵地皮风,扯到东御街东头就熄灭了。

黄太太才笑着说道:"得亏我们住得远一点,没有受着虚惊。我想大姐那里,一定骇到注了。以前,大家都说北门好,北门不是要道,离制台衙门又远,城里再出事,也不怕。不想今天受虚惊的,反而就是北门。一晌来,你都闹着要搬家,现在如何?倒是我们这里还好些!"

"你把这银子暂时放在立柜里,内中有一百两,是吴凤梧借的。"

"吴凤梧在干些啥子,又要借钱了?到底有没有还的时候?"口头虽如此说,她的心里到底不像在独立之前了。因为近来吴凤梧每到黄家,对于黄太太总是异常的周旋着,口头备极恭维的夸她精明能干,大方,又常常说,要把他的蠢老婆喊来请教。渐渐的,已把她的心情转了过来,觉得这个人虽是卑鄙点,却还不大讨厌。

但是,到吃午饭时,——因为等楚子材,比平日延迟了半点钟,他一直没有回来;黄太太生气了,说不等了,一定又找同学或同乡的吃馆子去了。——看门老头子忽然惊惊张张的跑进来说道:"老爷,不好了!满街的铺子公馆全关了!……"

"哈哈!这一定是那地皮风的余波!"他依然扒着他的饭:"还是去看你的门,没有啥子事的,地皮风,一会儿就平息了。"

振邦要出去看看什么是地皮风。他的妈不肯,正自向他讲解这句话的含意时,看门老头子又那样神魂不定的跑了进来道:"老爷,硬不是地皮风!几个人从门外飞跑过去,一面说,这下糟了!收拾不住了!……"

黄太太道:"或者出了别的事了,现在又是半天,怕不是你说的东校场那件事罢?叫罗升出去打听一下看!……"

孙雅堂猛的跨了进来道:"全街只你们一家没有关大门,你们的胆量真不小啦!"

大小四只饭碗,才一齐放了下来。

"当真有啥子事情吗,孙大哥?"

"你们还不晓得么?兵变了!"

黄澜生哈哈一笑道:"我老早就晓得了!东校场陆军变了,还打死……"

"那是已过的事。现在是,巡防兵全变了!大清银行,天顺祥,濬川源银行全着了抢了!"

十三

孙雅堂一面吃着饭,一面说道:"东校场的陆军,只算是哗噪,所以军政府的人还镇静,没有走。实则今天军政府的人也就不多,因为诸公又定在江南馆大谯各同志的首领孙泽培,吴庆熙,侯国治等,有几十桌,连我们的科长都去了。要不是庶务局一个同事匆匆忙忙走来说:'巡防兵变了!我们局里已听见了枪声!你们还不走吗?'大家还是不晓得,说不定这时节还静静悄悄的老呆在里头。及至庶务局的同事一说,大家才慌了,以为巡防兵一定会来按皇城的,啥都顾不得,一齐朝外面跑。……"

黄太太问道:"不是全都跑光了?"

"也还有不跑的,却也不晓得他们是啥子心思。我顶后走,三道洞子门,关了两道,只留下中间一道,驻守的陆军已把机关枪架起了。看那形势,若果巡防兵按去,说不定要血战一场了。到底守兵太少,才一连人,都督等人又没有在府,连调兵的人都没有一个。并且陆军因要饷哗噪过,到底听不听调,也难说哩。我看皇城这地方,如其我所料不差,那就不说,不然,却是个险地!"

黄澜生道:"你看,我们这里该不致波及罢?"

"我想,不会的,……我出来时,本想奔回家去,街上铺子关完了,轿子没有一乘。……"

"就有,也不抬了,我今天上午已领教过。"

"不错,我连到几家轿铺去雇,他们都不肯开门,我只好走。刚刚走到东华门,就听见枪声打得很密。人都向西头在跑,说巡防兵正在抢银行抢银号,见人就开枪,大十字一带,不晓得打死了好多。然后,我才转身朝你们这里来。越朝西跑,真个越清静,我起初就该一直到你们这里来的,连枪声都不会听着了。澜生,洋枪声音确实有点骇人,我算是听头一次。"

振邦早已吃完,正站在他的旁边听,便道:"我不害怕。我还看过打仗。若是有枪,我也会打的。"

他们果然相信孙雅堂的推测,尚不十分惊惶,把饭吃完,都洗了脸,漱了口,一齐到书房来时,黄太太尚说:"楚子材回来,更有些消息可听的。孙大哥,你今夜不要走了,就跟子材同床罢,我去跟你取一床干净铺盖出来。"

孙雅堂抽着水烟道:"不必,不必,我已说过,巡防兵之变,志在抢钱,既把银行银号抢了,就会散的。陆军和警察,到底跟巡防兵是水火,那里尽让他们横行;不久,秩序一定就恢复了。我还是得回家去,你大姐的胆子,你是知道的,恐怕这时候已经骇了个半死了!"

已是黄昏时候,他起身要走,黄太太终于不放心。他说:"这怕啥子?你听,外面那们清静的。照我的计算,一定没有事了,也和澜生说的一样,气已出了。"

到底先喊罗升开门出去打听了一下,也说街上很是清静,没有什么。于是他又抽了一袋水烟,正要起身,忽然听见震耳的砰呀訇几声,似乎就在门外。

"枪声!"他一下就伏在地上。

黄澜生也本能的跟着他伏在地上。他的太太则睡在美人榻上,婉姑骇得哭了。振邦却是笑嘻嘻的道:"这是九子枪的声音!"

接着又响了十几下。

有好几分钟,黄太太先站了起来道:"难道满巴儿打出来了?……罗升!……菊花!……"

何嫂跑了进来道:"太太,起火了!你看,南门那边的天,通红了!"

这下,就连振邦都骇得说不出话来,跟着大人们奔到后面院子当中。果见断黑的天边,红光直冒,并且四面八方都起了枪声。

黄澜生又搓手,又踢脚的道:"打起来了!说不定陆军警察同巡防兵打起来了!这火,一定是巡防兵放的。放了火,必要杀人,这咋个办呢?"

"罗升跑到那里去了,叫他出去看看。"

"枉然,枉然,起先才回来说清静,就打了起来,还要叫他去看啥子?"

但是罗升确是从外面看了回来道:"老爷,街上乱得很,街口上的当铺正在着抢,起先的枪声,就是巡防兵才去时放的。"

"把我们的大门赶快顶好!该不会抢到我们这里来嘛?"

孙雅堂道:"这火呢?"

罗升默然了,大家也在恐怖中默然了。

夜色越深,火光显得越红,东边天上也红成了一片。枪声时远时近,倒没有起初那样密。

"这样烧法,成都不是要烧光了?"黄太太忍不住,说了这么一句,却是没有人答应她。

街上的人声也是那么嘈杂。

孙雅堂道:"这一定是逃难的。"

"咋个没有哭声呢?"

厨子老张奋然而作道:"等我出去看看。"

大家挡不住他,只好跟他走到大门边。这更把街上的人声听清楚了:"弟兄,不照,不照!""你妈的,好东西不拿,把些布衣裳捞了这一捆!"

"哦!原来是抢东西的!"大家都这么舒叹了一声。老张更其要出去,大家更其不准他出去。生怕大门一开,抢人的便进来了。

街上的脚步声更烦了,"快点,快点,副爷们说是放了火了!"

果然一阵黑烟,遮蔽了天空,骇人的赤焰,跟着就伸了出来。

大人们全打着抖道:"这下,只好开门逃命了!"

老张道:"等我上房子去看看,到底是那里放了火。他龟儿的,抢人就抢人,还要放火!"

罗升也跟他从梯子上爬上房顶。"啊哟!才好看啰!是当铺里起了火!……延烧不出来的,四面风火墙!……他妈的,都在抢财喜,全是滥人们,那里有巡防兵!"

当铺仅仅隔半条街,自然那火势太惊人了。院子里的一草一木,都映得明明白白,与厢房正对的那堵白粉墙,竟自成了红粉墙了。

婉姑紧紧握住她爹爹的手,颤声的说:"我害怕!"她爹爹则正在盼咐房顶上的人道:"你们好生看着,若是延烧出来,我们就好逃啦!……街上还有没有巡防兵?……没有了?枪声还在响哩!……"

菊花出来说道:"太太,原先我们看见的火光,萎下去了。"

孙雅堂道:"二妹,这一定也是烧的当铺,那倒可以放点心了,可见并没有打起来。"

当铺一烧,大门外反而清静了许多。房子上的人说是抢东西的滥人全走了,只一般街邻们站在外面看火。

老张的确胆大,终于从大门房顶爬到墙头,伸手抱住墙外一根电线木杆,溜了下去。他说,他也近乎是滥人,他不怕,要出去看看。

火焰渐渐在弱了。罗升从梯子上爬了下来道:"当铺烧光了。风火墙真经事①,还是那们笔立着在。"

大人们似乎稍为放宽了一点心,都进了侧门,到敞厅上坐下。他们直觉的判定这一夜必然全在烧抢中度过的了,或许到明天早晨,陆军警察才能出来维持秩序。他们这时顶害怕的,就是那砰呀訇的枪声,他们没有听习惯,就是远远的响一枪,他们也要心跳一下。他们以为那枪或许不完全是朝着天在虚放,若把七月十五制台衙门的先例来说,至少砰訇两声,总有一个活鲜鲜的人躺了下去。

因此,神经较为更脆弱的黄太太,才叹了一声道:"只要没有枪声,光是抢,倒还不要紧呀!"

她的丈夫就从而说道:"太太,如其巡防兵真个抢上门来,我们便一齐躲到柴屋子里去,让他们抢就是了,再不要顾东西了,性命要紧。"

"那还待你说?……倒也是的,是祸躲不脱。孙大哥,你看,上月澜生要搬家,我还打算把东西放到当铺里去,幸而没有呀!这一关既躲过了,或者不致于再着抢。就着抢光,我也不呕气,为啥呢?是祸躲不脱的,我只求不要再放枪就好了。"

孙雅堂叹道:"我看你们运气还高,要着抢,在起初抢当铺时,就着了的。现在你听,街上已清静多了,枪声也只远远的几声。你们这里并不当道,如其不是那个当铺,连这场虚惊也不会有的。就只我那个家才难说哩,我又没有回去。你大姐急也会急死了。我现在只望早点天亮。澜生,看看你的表,可到半夜没有!"

黄澜生把表摸出,就着灯光一看:"啊!还早得很,才十点

---

① 经事,结实不易败也。——作者注

半哩!"

何嫂来问少爷睡不睡？振邦只管打呵欠，却不肯走。他妈妈说："小孩子熬不得夜的，都去睡。叫菊花来把小姐也招呼去睡了。只是都不要脱紧身袜子，如其有啥子事情，喊你们起来时，只穿大衣裳就是了。"

三个大人很寂寞的守在敞厅上。淡淡的月影，蒙在院子当中，大家都不大说话。只是水烟抽过了，又喝茶。枪声还是那么时远时近的间或放几声，渐渐也听惯了，不像起初那么震惊。

倒是看门老头子、何嫂、菊花几个人，似乎很放心，都睡得那么浓。只罗升一个，还时时来经管一下烟茶。

要不是枪声，真是一个很好的夜。到处都是寂静的，连最爱吠夜的狗，也怪，一声都听不见，它们一定也骇着了。

这样的静坐，是容易疲倦的。孙雅堂一个欠伸道："还是到书房里去罢！这里一则有点冷，二则……"

大门上猛的打得蓬蓬的响。三个人登时跳了起来，不约而同全朝上房跑，并且一齐喊着："完了！"

罗升奔了出去。

黄澜生道："再加一根杠子！若是打不进来，我有重赏！……"

黄太太把婉姑从睡梦中抱了起来，正待朝后面跑时，罗升已飞奔进来道："老爷，是老张回来了！"

"杂种！没心肝的东西！这时候，这样的打门！叫他进来，我问他！"

"他还在门外，要问清楚老爷，开不开门？"

黄太太已把婉姑重新放在床上，出来道："等我去问清楚了再开。"

大家一齐来到大门边，正听见看门老头子隔着门板同老张在说话，确是他的声音，再三问清楚，只他一个人，并且说是街上很清静。然后才叫看门老头子先开了牛尾锁,再取下杠子,把门打开了半扇。大家从黑处看出去,果然街上只有一片朦胧的月色。不过大家的心里终是害怕的,等老张一进来,赶快又关锁了。

老张提了个大包袱,笑嘻嘻的跟着大家来到敞厅中道:"托老爷的福,我也检了一点小财喜。"

黄太太骇然道:"老张,你也去抢了人呀!快把东西跟我丢出去,不要拿进来害我们。"

"太太,我那里是抢人,只算是检来的。商业场总府街的铺子,全开着,凭你啥子人都可进去检东西。好的早着人检完了。我是在顺城街,跟着人在一家大公馆检了这几件衣裳。大捧的银元,我没有拿着一个,都着警察兵拿走了。"

孙雅堂道:"警察也变了吗?"

"都变了,陆军也变了,还有同志军,还有穷人,还有妇人家,不过都不及他们有家伙的;他们抢的是银子,是皮货,是好东西,正明光大的排着队伍,叫轿夫跟他们抬起走。街上热闹得很,只要你说个不照,又没有人挡你,有的是东西,凭你气力拿。我是知足的,只拿了这一点,算了罢,命里有时终须有,若果再去拿,还是来得及的。……"

"到底打死了好多人?放了这半夜的枪。"

"半个人都没打死,通通是朝着天在打。他们叫作威武炮,动手时放几响,仗仗胆子。太太,你没看见啰,不说是在着抢的地方,稍为次点的东西,遍地都是,就是街上也这样。多少小娃儿提着箩筐的检,还检不完哩。连城外检狗屎的都进来了。……"

"不是没有关城?"

"像是没有。……"

孙雅堂道:"我再问你一句,街上的栅子可是全打开的?像我这样的人,可不可以走?"

黄澜生道:"你打算回去吗?"

黄太太道:"太险了!我不准你走!"

"孙大老爷这样的人倒走不得。就是像罗二爷,鞋袜俱全,穿着长衫,斯斯文文的人,我也没有看见过。"

"老张,你看我们的公馆该不会着他们来抢嘛?"

老张眨着眼睛,好像故意要如此的说道:"我咋个敢打包本?只看军队来了,警察兵指不指示跟他们,如其他说一句:这家肥,你就是铜墙铁壁,他们也打得进来。"

大家本是倦极了的,也只好强熬着坐以待旦了。

十四

白昼的阳光好像有种力量,可以使人的胆量壮起来。诚然枪声还历历落落的在响,似乎抢劫的行动,尚没有停止,但是大家都舒了一口气,相信难关已过。果然,只能在黑夜里做的事,也随夜色之逝而停止了。

老张照常提着篮子出去买菜。走了半点钟回来说:"连一根葱也没有,满街都是慌慌张张搬运东西的人。"

孙雅堂再问可以走得了不?回说街上已有穿长衫的人,和学生模样的人了。黄太太也不再坚留他,她是疲倦到非睡不可,把事情吩咐之后,将两个孩子交给菊花,她便坦然的睡上床去道:"白天一定没事,好好睡一觉,到夜里好熬夜。"

因此,黄澜生也一直睡到中午起来,他的太太还没有醒。他吃了两个白糖荷包蛋。问罗升,街上的情形如何?罗升仍然说是满街是人,有搬东西的,有背着包裹出城的,有逍逍遥遥出来看的。警察没有看见一个,巡防兵三个五个,背着枪在街上走,样子都很惊惶,不像前两天凶神恶煞的骇人,反而有点害怕别人的神情。

于是,黄澜生便特别穿了一件旧呢夹衫,叫大家把门户看好,便悄然走上街来。

果然,一过街口,满街是人,铺家人户,虽然没有正正经经的将大门打开,但男女老少都站在阶沿边,互相谈着夜来的事变。他先到韦陀堂街,已看见好几个巡防兵,都穿着普通短衣裳,打着大包头,掮着枪,押十来个轿夫,抬了八口大箱,很是沉重的,蜂拥向红照壁走去。巡防兵的脸上,都露出一种憔悴的颜色,眼光果是又惊惶,又疲乏的,一望而知夜来太劳苦,此刻意已遂了,却又害怕别的人来防害他。

他们走后,站在阶沿两边看的人,果有如此议论的:"只要胆大,拿把刀在城外去拦截,立刻就发了财,利也有了,名也有了。……你怕没有人干吗?周老四不是抱了一口袋的银元回来?他说,这伙东西背了打启发的恶名,倒是把城外的同志军吃肥了!"

龙家的大门,仍那么关得紧紧的。向隔壁铺家一探问,幸好没有着抢。他遂转身走入东御街。这里,就看见打启发的痕迹了:一家并不很大的钱铺,铺板全打烂了,横了一地,里面只剩一张破柜台,有几个人站在那里看。还有一家公馆,大门也打倒了,门榜上贴了一张纸条,大写着:"本公馆已被抢搂一空,无可看者,勿劳诸君入内参观。"然而,还是有些人很想进去看看。

隆盛号的掌柜,也正站在门外,彼此打了招呼,都亲切的互相问着:"没着打启发的光顾吗?"

"我真没有想到,兵变了,会打启发。才动手那阵,真骇人呀!一个个凶得要吃人的样子,枪就那们乱放,火也起来了!……顶可恨的,就是一般杂种警察,还带领着他们挨家捉拿的抢!……先动手抢银行银号,抢天顺祥时,我还去看来,银子银元遍地滚。我一直看到抢新泰厚,一个老西还挨了两刀背。……"

"酺？新泰厚也着了？"黄澜生到此，才想起他还有七百两银子存放在那里生息哩。"早知道，我昨天上午全提取了不好？"

他丧气的把他的损失说了。

傅掌柜道："你老爷公馆没着打启发，就算万幸了，几百两的损失，算啥子！我告诉你，全城的当铺、银号、钱店、大商家，你去看，商业场总府街，有一家躲脱了的没有？公家着的更不必说，藩库盐库，不但搬光，还烧成了平地。此外大公馆，没有一家不着，你算算看，大家吃了好大的亏呀！……"

他们太被不意的事变把一切的思想都遮着了，他们一直谈着夜来的惊惶，和眼前的乱象，却没有想到因何而致此的根源，以及将来是怎么样的收束。

黄澜生告别了，他要到东升街胡家去看丈母和幺妹。

东大街反而没有多少人走，走的全是负着东西的兵，大概都是出东门去的，气景很不好，站在街边看热闹的人也少。

他刚顺着街边，谨谨慎慎的溜到走马街口，忽然听见东南东北角上，砰砰訇訇一阵枪响，几个押运着东西的兵，也忙把背上的枪掉过来，拿在手上，气势汹汹的四面乱看。仿佛凡是多看了他们几眼的，就是他们的枪靶子。站在门外的人，遂纷纷的挤了进去，把门关了；向前溜走的人，也都掉转了身。他自然不能例外，还加速度的走得比别的人快。回到青石桥街口，忽然看见十几个普通人，挤在那真武宫的砖墙下，他也站住了。

原来是一张才贴出的告示。

看的人似乎都有点惊诧，正在议论："这是咋个的，赵尔丰又出来了？……"

果然，那告示的衔名，是四川总督部堂调任边务大臣赵。后面也竟署着宣统三年十月十九日。

告示很简单，只四句韵语：昨日之事，已过不论，谕尔兵士，各自归营。该用印的地方，只用朱笔写了一个印字。

"……独立不是取消了？背他妈的时！闹了多久的独立，才独立了十一天，又没事了！还着了这一个大启发，着了这一场惊恐！……这是那个舅子①请他出来的？他妈的，他就出来了，难道就把这事情弄好了？……巡防兵该不是他龟儿支使出来变的？他才好借故把独立取消，出头来收买人民！……唔！说不定哩！"

"呜都都……呜都都……"一阵清冽的过山号声，一直从青石桥吹了过去。大家都惶惑的互问道："这又是啥子事了？"

铺门里的人又全钻了出来，拥在两边来看。号声很快的走了来，一望而知是一大队拿着刀叉的同志军。

恰恰五个巡防兵，各负着一个大包袱，很疲劳的从西东大街走来，两下正碰了头，巡防兵遂站住说道："弟兄，不照啦！这是各人的财喜！……"

十来个同志军便拔出刀来，横着眼睛道："少说这些！把东西枪支跟老子们放下来罢！老子们是进来维持治安的！"

有三个便驯善的听了话。有两个要剽悍些，把包袱一丢，回头便跑。于是发一声喊，有四个身材短小的，跟着就挺刀追了去。

这一出戏演得很合了看客们的心理。大家一齐喝起采来道："报应呀！……好同志军，才是我们的救主哟！……"一群人都欢笑着围了拢去，嚣嚣然的主张把这三个巡防兵就砍在这里示众。

巡防兵也公然把数日以来的英雄架子收拾起来，而仿效着前些时别人之对于他们的办法，苦苦的哀告道："弟兄，让一手罢，……"而同志军则也公然雄武起来，学着他们以前的样子，咆哮道："犯了法，得公事公办，没有啥子让手的！……"

黄澜生本来也是甚为感到痛快的一个看客，但他毕竟心慈些。看

---

① 川人辄以舅子一词辱人，舅子者，妻之兄弟也。——作者注

见三个已着麻绳捆起来时,他便赶紧抽身出来,向西头走了。有百多步罢。便见追去的四个人说说笑笑迎面回来,一个手上提了支枪,一个拿着子弹带子。三把刀上都有鲜红的血。

许多人都如疯如狂的从盐市口这面向锦江桥奔去,口里吵着:"快去看!桥那头着同志军砍死了一个!……啊!打启发的巡防兵悖时了!同志军进城搜赃来了!……南门进来的就有几万,这下好了,我们还害怕啥子巡防兵!"

民众的活气竟复苏起来,而公然押运东西走的,果然渐渐的稀少了。许多人也公然在腰带中插了一把杀刀,跑上街来,大声讲说着要维持秩序,要搜赃。

黄澜生很是得意,急于要回去,把消息告诉太太。本打算还要走去看候几家亲友,却也自己推在第二天去了。

东御街上锣声镗镗,他赶快站在街边,以为又是什么同志军来了罢?才不是的。打锣的是一个陆军兵士,后面是一个马兵,骑在马上,背着枪,手中执着一面汉字国旗,——是黄澜生在今天所看见的惟一的国旗——沿途高声叫道:"同镇同标弟兄!巡防各营弟兄!……军政府的命令!……不得再行暴动!……齐到军政府归队!……"锣声人声一直响了过去,马后果然跟随了几十个背着包袱枪支,而神气很为沮丧的巡防兵,和三四个同样的陆军兵士。

黄澜生不能自己的微微一笑道:"到底军政府也还在呀!"

他走到三桥北街,只见成群结队的同志军,纷纷向着皇城走去。中间押着好几十个,两手被背剪着的巡防兵,还抬了好多的赃物。两旁看的人,不住的拍着手。

他正兴匆匆的走到自己公馆门外,猛的吃了一惊。大门是大大的开着,门内门外站着坐着有二十多个背着枪的乡下人。衣裳穿得那么褴褛,而且一律的赤脚草鞋,枪环上系的不是皮带,而是草绳。这模样,自然是道地同志军了。

同志军何以会跑到自己的公馆里,难道是来搜赃吗?"唔!一定是老张昨夜回来,着人看见去告发了!……"

看门老头子恰走了出来,手里提了只大茶壶,一手拿了四只土碗,交给那些人道:"请吃着茶,饭才上气哩!"

他赶快向看门老头子招了招手。

"啊!老爷么!彭先生正在等你哩!……这是彭先生带来的同志军。"

黄澜生方放了心,很高兴的走了进去。他相信,他家从此可以高枕而卧了。

他的太太正陪着彭家麒在敞厅上,大说大讲昨夜的情形。

彭家麒跳起来道:"黄老先生昨夜受了大惊了!我们一听见城里打了启发,就打算赶来的,因为不明白情形,各队官生怕进城来就会开火,一定要等到吴凤梧的命令再行动。及至楚子材,……"

黄太太便插嘴道:"你看楚子材才笑人哩!他会跑去向人家说,城里房子烧了一半,人也死得差不多了。有这们荒唐胆小的东西!"

彭家麒道:"也怪不得他,他在枕江楼听了那们多的谣言,已骇昏了,又亲眼看见枕江楼着抢,当铺着烧,大桥上打死那几个滥猴儿;城里又是枪声,又是火光,他自然更相信红山是开定了。所以才等不得听一个实在信息,便慌慌张张的跑了!"

"我就怪他这样的有酒胆没饭胆。纵然城里就烧光杀绝,也该在城外等着,今天进城来看看我们,到底是死是活。……不消说,昨夜一趟,是脚不停步奔回新津去了。他的家,才是他顶关心的,我们这些,……"

黄澜生道:"这些气话以后再说好了。……彭君,你们是啥时候进的城?只带了这二十几个人吗?打算驻扎在那里?"

"吴凤梧的信,今天上午才来,叫我代他把队伍全部统率进城,暂驻三桥一带。可惜来迟了一步,只打了半个客店,角头角脑全挤满了的人,这二十二名,实在挤不下。左近可驻的地方,全被别的同志军占去了。所以才带到府上,只求在大厅上将就驻一夜,明天一定设法迁走。我已叫华统领进皇城找吴凤梧去了。"

"我正打算欢迎你们来驻扎哩!……"

吴凤梧的声音同着他的皮鞋一直传了进来。

十五

吴凤梧一直是打着哈哈在说道:"我实在没有料到运气会来得这们陡!我倒有点不大相信这是真的,若果是真的,这不免太怪了。昨天还是一个没脚蟹,事隔一夜,就当了标统。当其尹硕权向我说:凤梧,这第二镇第三标的标统,你来担任了罢!我自己把腿骭结实搯一搯,实在不是做梦。……路上我已想了来,编一标人的队伍,没有多大难事。伍平伍管带,我委他当一个协统,他在粮子上跑了多年,又通皮,叫他独自去招编一协人,那是不愁不成。彭家麒,要是你把簇桥双流的团防和同志军,招得够一营,我就委你当管带。……"

彭家麒也甚为得意的笑道:"我找黑骡子帮忙,一营人或者可以有,只是枪支,……"

"枪是有的,尹硕权已说过,现在急于要人,人够了,就发枪,军械局和机器局的东西,没有受损失。他现在虽当了都督,但是把没有变的陆军,和今天招回去的变兵,合计起来,还不到一协人,所以他很着急。……澜生,军需官这一席,确非请你担任不可。话说明白,现在编队伍容易,而难的只在钱。目前只要有五百两银子,就可招到一千人,若得早点成立,点名发饷,本钱立刻拿回,以后军需就掌管全标官兵的薪饷,只要稍稍打个扣头,澜生,你算算看,是多大的利息!"

他犹自迟疑道:"不是新泰厚吃亏了七百两,我倒……"

他的太太站了起来道:"吴老叔,这样好了,我替他答应下,你只管把札子拿来就是了。到是孙雅堂的事情,你咋个说?"

吴凤梧大为欣喜道:"好的,老嫂子到底是一架豪杰,当兄弟的真佩服你!以后该跟澜生商量的话,我对直来找老嫂子,或者还靠得住些!雅堂的事,何待说呢?只要他肯,就请他当我的书记官。楚子材呢?我也得请他做一个啥子才对啦!悖时时候的朋友,总得拉扯拉扯。"

"那们胆小没出息的人,你找他做啥?让他守在家里吃老米饭,不好吗?"

"老嫂子的法眼高明,既这么说,我就不找他了。只是要求老嫂子一件要紧事,兄弟足足饿了一个整天,有现成饭,赏一碗吃。"

"哈哈!连我们的午饭也忘了!今天睡了半天,啥子事都颠倒了。"她一路笑着走了进去。

黄澜生到底很是喜欢,虽然不晓得太太有什么把握,替他把这个立刻就要出钱的事答应了,所以他才笑问道:"尹硕权罗梓青这样草草率率,只经了你们二三十人的商量,就把正都督副都督的招牌拿了出来,不怕大家说闲话?不怕蒲伯英朱子桥出来争吗?"

"蒲伯英朱子桥,现还不晓得逃往那里去了,还敢出来争?取消他们都督资格的通告,明天就要张贴出来,从此没有他们的事。至于大家,那更用不着提说,一伙没出息的老酸,经得啥子事变!昨天的事情一发生,全找不到半个人影儿,只有一个罗梓青。还敢于到军政府来找人商量,所以才把副都督拿跟他。到此,也才看出了我们武的到底行得多,就昨夜那们紧急法,我们毫没有惧怯过,还不是在商量办法。只吃亏陆军太容易受影响,本打算拿他们来制服巡防的,不想一出营房,就溃散了,简直招呼不住。打启发的倒少,跑散的多,比如周骏一协人,从凤凰山调进城来弹压,一过驷马桥,只剩了四五百人,到文殊院,便只剩了二百多人。只这一点,出乎我们的意料,所以一发而不能收,出了这们大一个拐!……"他又微微一笑道:"却也一样没有料到蒲伯英他们这们不经骇,要是他们死守在皇城里,顶多也只有叫朱子桥负责滚蛋完事!……而且一般绅士,也丧德够了,收拾局面的事,不先来找我们商量,却跑到老赵那里去号哭求救,还想把老赵抬出来做菩萨。老赵也太胡涂,公然就出了告示,说他再出头来担任一下。……"

"这告示我看见过,并没有说担任的话,只叫兵士们回营罢了。不过他不该拿出四川总督的官衔,和填写宣统年号。"

"可见得总是不该的。他们也不想想,老赵有啥本领,要请他出来。他以前因为有十几营巡防做他的爪牙,大家才害怕他,如今巡防全变了,能归队的,恐怕不到三营,我们已经要设法去招抚过来。从此老赵只有卫队一营了,他还有啥子本领,要叫人听他的话。无怪革命党人说,这般绅士全是无见识的,以后只拿些虚名跟他们,不要他们再掌实权,免得出事。"

"革命党人也进了军政府了!是那些人?担任的是些啥子事?"

"我只认识董修武和杨维两个。杨维是他自己要的军事巡警总监,也同我一样,才在着手招人哩!"

罗升来请吃饭,说饭摆在倒座内。太太盼咐,天气凉了,都不是外客,免得端出来不热乐。

黄太太招呼着众人坐时,含笑说道:"今天实在没有菜,对不住!吴老叔,喝不喝一杯酒?"

吴凤梧笑道:"老嫂子,为啥尽跟着侄儿侄女这样喊我?如今我同澜生一块儿做事,就算是的的亲亲的两弟兄。我记得我比你小四岁,恰恰我行二,客气哩,喊我二弟,不客气,喊我老二,不更亲热些?"他的态度越发的洒脱而自然了。

"那吗,你也不要喊我老嫂子,本来不老,也着你喊老了。"

"嫂嫂说得对,遵命就是。……酒不喝了,我的事情还多!"

都坐下了,刚刚一方一个人。黄澜生问道:"两个娃儿呢?咋个没看见?"

"你回来前一刻钟,妈打发鲁嫂来看我们,说妈和幺妹刚从二舅家回去。两个娃娃听见,一定要去看外婆,我叫何嫂一路送了去。"

吴凤梧正向彭家麒说:"我看,你不如吃了饭就出城,事情总宜早点着手,我们吃粮子饭的,第一个口诀就是'快!'……嫂嫂吃了饭,就请先拨一百两银子交跟他带去。拖队伍,我是内行,一动手,就离不得钱的,其余的费用,你那里若能筹得出,就更好了,将来在正饷内扣还罢。这二十二名弟兄,你就带去,做你的粮底子。……"

黄澜生道:"不如就扎在我这里,也好保护我们。"

"你还怕吗?照老二……莫呕气呀!我是依你的话在称呼你!……照老二说来,变兵都逃了,没逃的,他们正在招抚,今夜保可没事了,还怕啥子?"

"嫂嫂倒莫这样说,现在的事变大得很。同志军来了这们多,都在喊着要搜赃。我是同志军出身的,这般人我最知道,还不是见钱眼红,比起巡防兵来,还更为小见,一根针都看得上眼,防备还是该防备。不过这二十二名,让老彭带去,我叫老华另自挑四个像样点的来跟你守夜。只要草席四张,破棉絮四床,叫他们睡在大门里,再赏他们烧酒两碗,花生半斤,黄军需官,包你打开门的睡,也不会出事的。"

虽是一顿极寻常的饭菜,而下饭的菜又那么苟简,但是大家吃得极其香甜。就是黄太太平日只能吃两个平碗的,也居然添了半碗。

彭家麒洗了脸,就带着那二十二名战士走了。

吴凤梧算是喝了一杯茶,吃了半袋叶子烟,才走的。走时,曾特意向黄太太说:"雅堂那里,请嫂嫂派人去通知他,叫他明天上午一定到皇城来会我,许多事都是要等书记官来办。……他也老火,为啥今天就不到皇城？不然，局长都当了。要捞鱼，就该趁浑水，像他那样胆小，是不行的。嫂嫂得便，可向他说说。"

只他们两夫妇时，黄澜生才问到她究有什么把握，敢于把事情代他答应了。

她笑了笑道："告诉你，我现有私房五百元。妈和幺妹那里，通融个千把两，也容易呀。还有胡二舅家，陶二表哥家，我已问过，他们幸而没有着抢，都是可以通融的。充其量，四五千块钱罢咧！也就把老二扶持起来。老二感恩知己，以后这个标统，不就是你当了！"

"哈哈！你真厉害！我看这标统还是你当了罢。就今天这一下，你已把他放在手掌心内了。……"

十六

自从十九以后，成都市面变得越是稀奇。杨维虽是就任了军事巡警总监，但军事巡警却还没有上街。社会的治安，完全依赖着各行袍哥出来维持。

袍哥本来每街都有，在前原是犯禁的，一自同志军进城，因为当统领的全是袍哥，于是一般真假袍哥，全放下了他们本等职业，而出了头来，自充着本街的首领。——竟自有一条街两个首领，三个首领，而又不肯联合，则由街坊调停，各分若干户口，置诸其下。——他们的办事处，名字叫公口。设备倒简单，只在街公所中，或是指定任何一家铺子，当街摆一张方桌，四把交椅，大红哔叽的桌围椅帔，陈设得好像办土地盛会一样。桌上除了本公口的大红片子外，便是签筒笔架朱盒，则又似各衙门中的公案。有些还在两边摆列几只兵器架子，举凡南阳刀羊角叉梭标等古武器，森然插在架上，则又似已废的卡子房，和四乡的团防局。

每一公口,必有一位首领大爷,其下有内外管事,有同党弟兄,凡要受保护的,到公口上领取片子一张,贴在门口,表示这一家人已是这位大爷的臣民,就可得到平安。

公口的确也有势力,凡是进城的同志军统领,经过各街,都须先把片子送来拜会。公口一声吩咐:挨家都得备梭标一条,杀刀一把,可以说不到半天,你就看得见满街都是拿梭标带杀刀的武装汉子。再一吩咐:各家夜里都须把门灯点上,每家出壮丁一名,巡街守夜,而夜里,的确全城雪亮,刁斗不绝,再一吩嘱:入夜二更以后,各街把栅门关上,除了火灾,除了执有邻街公口片子的,一律不准开栅通过,那你真就休想跨得过一步去。

凡进城的同志军,无一不讲义气,不尊重公口,所以公口也才会商了一下,向各统领讲妥,各自把弟兄伙约束住,三天的酒饭,算公口上供应了。公口上那来的钱?挨家摊派。人民出了相当的钱,居然得了平安的保证,自然也乐于出。

公口对于同志军也有好处,便是各街中有巡防兵藏匿赃物银钱的地方,——倘那夜打启发的是公口上的人,或与之有关系的,自然除外。——就由公口报与就近驻扎的同志军,开一伙弟兄去搜出来充公,有抵抗的,立刻处死。

就因公口与同志军打成一片,而全城民众又甘愿受公口的支配,大家武装起来,甚至小孩子如隆盛号的徒弟小四,出街时,也在屁股上带一把风快雪亮的杀猪刀,使得以前似乎比老虎还为狞恶的巡防兵,只管拿着九子快枪,竟自变得比老鼠还胆怯了。尹都督也就得亏这种无形的力量,从二十日起,就亲身出马,一个人东奔西驰,凭他那一句:"我就是尹都督!"竟自把成群结队,恐慌万状,驻扎在各营房,各庙宇的变兵,全招抚了;点验了枪支子弹之后,小数银钱不问,而成整的银子和衣裳货物,则一律叫输入军政府,说是将来清还各商人各住户。据说,才两天,军政府竟变成了一个绝大的成衣兼匹头铺了。

政府中人看出了袍哥力量之大,相信将来治理四川,这是可以利用的。便首由副都督出头,联合各统领,和全城有势力的大爷,成立了一个大汉公,罗副都督兼任了大爷。于是,军队政商各界的人,便从风而靡,全都变成了袍哥。一般士绅平民也大批大批的拿着钱到各公口上去找恩拜兄。

直到几天之后,城内渐渐安定,——并非安定,是大家的耳目,已经渐渐的在习惯了。许许多多在太平时节极可惊诧的事,因为每天都要看,都要听,便也成为故常。即如同志军也挽英雄髻,也戴花,也到处赌博,也到处钻烟馆,傅隆盛却不议论了。城内也有藉故搜赃,因而抢人,也有假充同志军,到处派款,也有在新化街争风杀人,也有估奸良家妇女,种种事情的,各家报纸却不批评了。谣言也是很凶,也闹了几夜满人要杀出大城来报仇,西御街就是要道,黄澜生一家却不闹着搬家了。——军政府才赫然震怒说:"赵尔丰本是交卸了的人员,总督印信已缴,怎么敢于出头招安变兵?该赵尔丰意欲何为呀!"于是才派人出来,把赵尔丰的韵文告示撕了,把制台衙门辕门内竖立的招安红旗下了。并利用各路同志军憎恨赵尔丰的意思,把孙泽沛的"沛"字营,吴庆熙的"熙"字营,以及向称有名的几路同志军,全指定驻扎在制台衙门的四周。

又过了几天,傅嵩炑统领边军八营,由打箭炉向内地开拔的消息,知道的人便多了。同时大家又传说田徵葵并没有走。他同周秃子王壳子等,都躲藏在赵尔丰那里,他们正等着傅嵩炑出来,就要举事了。这番话在同志军中间传说得很厉害,大家很是忿忿然的。

那时湖北革命军战事不利的消息,又已传到成都。北京部文有寄到军政府的,又从而知道清廷还没有倒,宣统犹然做着他的皇帝在。

因此,到十月三十那天,吴凤梧在黄澜生家,——他的一标,犹然在组织中。他是忙极了,成天的到处奔走。因为用钱关系,不能不隔一两天,便要到黄家来同黄太太接洽一次。又因为黄家方便些,那个敞厅和厢房,也变成了他的临时办公地方,孙雅堂便移铺在楚子材的床上,而不再回去。什么伍协统、华管带、以及其他若干人,几乎每天都要来画一个到。黄家如此热闹,黄太太很是高兴。——同大家谈到时局时,他慨然的说道:"赵尔丰不除,军政府到底危险得很。若是傅师爷的边军一到,你们看,老赵一定要出来把独立取消,依然当他的四川总督。我们这些人,不免要遭他的殃哩!"

大家自然又害怕,又愤气的,搔着手掌道:"他有好凶吗?也只有卫队一营!我们不如邀约一下,趁边军没有拢,把他衙门按了。不就除了祸根?尹都督他们为啥还这们容留着他?"

吴凤梧点头微笑道:"你们都想到了,难道尹都督他们连这点儿聪明都没有吗?我只怕太迟延了,要出事,老赵还是一个鬼哩,何况还有周秃子他们在内。"

所以,到冬月初二夜里,孙雅堂向黄澜生夫妇,才谈到刚才在军政府得的消息:"赵尔丰硬是心怀叵测!傅嵩炑出兵硬是他的指使!并且还去信催促傅嵩炑迅速前来,好保他复任!这事已经闹穿。说起来,也是天意。因为他遣去送信的一个戈什哈,那天的下午,走到簇桥,在茶铺里找着黑骡子的外管事,要他拿张片子,通知前途各码头,说是他要到打箭炉去。这管事很是疑心他必有啥子秘密事情,便留他在簇桥过夜。趁他吃鸦片烟去了,叫人把他包裹打开一看,天理昭彰,老赵的信,着搜出了。当夜就通知黑骡子,把这人绑了,解到成都,缒城而上,送到军政府来告发。所以两天来,军政府都开着军事会议。恐防不是今夜,就是明天,便要捉拿赵尔丰了。"

黄太太道:"赵屠户也是呀!既是交了事,为啥还这样不安分,三心二意的,真不想活了!这一抟去,还有不把脑壳砍了?"

倒是她的丈夫,偏生有了平日不曾有过的特见,迟疑的说道:"未见得有这事罢?彭家麒这几天都在来,他同黑骡子在一块,却未听见他说哩!"

"你总是这样,别人说的,总不对。我问你,他若其不做这事,他为啥不走,老等在成都?"

她的丈夫仍然不下气的说:"他咋个走呢。只一营卫兵,四面八方都是他的敌人,一出城,马上就要着同志军围住!"

"那吗,十月十八以前,他不是有十一营巡防兵在手上,他又为啥不带着走呢?"

孙雅堂像是有意的这样打岔道:"这几天还有多少人说,十月十八巡防兵之变,就是他主使的。他是立意要把成都烧杀一番,而后去,不想巡防兵才不肯听话,打了启发,就心满意足了。……自然,这话说得太过,巡防兵那样横行,军政府全然不管,咋个不要出事?恰恰碰着陆军闹饷,自然是个好机会,那倒不须老赵来指使,迟早总要出事的。倒是路广锺该死,巡警之变,确乎是他在主持。前天被人在江口拏住了,已经押在军政府,只怕老赵的事情一过,就要算他的帐了。"

他们一直谈到半夜才睡。因为都留着心在,诚然知道军政府如其要捉拿赵尔丰,必然早有安排,但他到底还有一营湖南卫兵,果是拼死抵抗,他又有机关枪,又有开花炮,怕也会打一些时,大家说不定还要遭点无妄之灾哩!所以一直没有睡好。

果然,在天色刚明时,远远的一阵枪声,接连又轰隆轰隆大响了几下。大家赶快起身,以为一定轰轰烈烈打了起来,其势总不下于十月十八那夜了。然而直到把脸洗了,口漱了,却无下文。华管带走来,才知道赵尔丰已在军政府大门外,如了一般人的意:身首异处了!

事情的经过,后来据吴凤梧详细说起来,大家方才恍然,在十月底,尹都督即命人把赵尔丰的护卫营营长陶泽琨,许了三千两银子,一个统领的头衔,买通了,叫他在初二夜,先设法把全营的枪柄缴了,他们的队伍扑进衙门,就由他率领去捉拿赵尔丰。到初二傍晚,他们犹然不放心,怕陶泽琨不可靠,还把炮队调到东门城墙上面,把两尊炮口调准,对着制台衙门。同志军是半夜就把衙门外的东西两辕门围了。陆军是五更天,由第一镇统制周骏率领前去,扑进衙门,刚刚天亮。卫队还多半未起,自然说不上抗拒。周骏当时就说:"赵尔丰王棪等谋反叛逆,现在只是捉拿首要,诸人无罪。你们赶快随我开到北校场,点名缴枪,每名赏洋五十元,还有筵席哩!愿留下当兵的,即刻报名,即日起饷。愿回家的,别赏路费十元,外给假条护照。如敢违抗,即行枪毙!"结果卫队全散了。而后才由队伍开了一阵枪,扑进二堂。陶泽琨果不失信,挥着战刀,当先领队,直向赵尔丰的卧室杀来。

四少爷九少爷跑得很快,赵夫人也在枪响时,就跳墙走了。赵尔丰仅仅穿了一身棉短衣裤,不及跑,便躲到床下。陶泽琨刚刚进房,赵尔丰一个极爱宠的大丫头,名字叫作来龙的,便迎面一手枪。陶泽琨毕竟非凡,侧身一避,顺手一战刀,就把这位十六岁的美丽姑娘砍死在地上。

赵尔丰才自己从床下出来,瞪眼看着陶泽琨道:"反了的,才是你!"据说,若不得亏周骏带人赶到,说不定陶泽琨竟会把他放了。

赵尔丰被十几个兵士把他拥出来时,众人一齐欢呼起来:"赵屠户拶到了!"是时,东门城墙上的大炮才放了,幸而两炮都没有打准,一齐打在相距了两条街之远的火神庙里,确乎把正殿中梁,打了个粉碎。

赵尔丰便在沿途欢呼称快的声中,一直被拥到学道街。他喘着气道:"给我喊一乘轿子来!……不然,就把我杀在这里罢!"

"老狗日的!还要坐轿哩!走!自然有你死的地方!"全街都这么在喊。结果被七八个兵,将他软抬着走了。

到军政府时,自然看的人更其多了。尹都督巍然立在至公堂的檐前阶沿上，虎虎作气的冲着赵尔丰喊道："你就是赵屠户？赶快给我拉出去砍了！"

赵尔丰到底厉害，也是挺然立着，大声问道："我与你有何冤仇，却要杀我？我到底犯了什么罪？你说！"

尹都督答应不出了，堂上堂下的人哄然喊了起来："杀了就是！还问他做啥？"

自然这是群众的公意，赵尔丰便被拉到大门外。

"跪下！"

"为什么？"

"好砍脑壳！"

他盘膝坐在地上道："就这样砍罢！跪是不行的！"

普通犯人的血，据说把包子蘸了吃，尚足以壮胆，何况是一个曾有威望大臣的血？因此，若干的人，早预备了好些陈包子，陈锅魁，就连傅隆盛也抢蘸了两个。

赵尔丰一死，一个制台衙门也光了。贵重东西和金银等，则不知走往谁家。乃至一草一木，都被百姓们搬了个干净。

尹都督因为建了这个奇功，只管告示早已贴出，说赵王诸逆，业已斩首。他犹恐人民不甚周知，复叫人擎起一面"四川正都督尹"的大旗在前面走，后面便是一根长竿挑着赵尔丰的须发皓然的头，再后面便是他本人八面威风的跨在一头大黑马上，缓缓的择着热闹街道走来，一路听着人民的欢呼和赞美。不想走到中东大街，忽然着一个刺客伏在一家铺子的楼房上，啪的几手枪打来，打死了一个过路人。而大黑马也着打死了。尹都督毕竟神灵保佑，飞跑进军政府时，竟一点伤没有，只是把脸骇白了。

就这一天，周善培王棪的公馆也着同志军搜了一个空。不说两个首要完全无踪无影，便是贵重东西也没有捞到好多。然而周秃子王壳子被捉住了，被杀了的谣言，一天总有几起，把一般欢喜看热闹的人,也被骗了好多回的朝城外跑。

孙雅堂则批评军政府秘书局的人太不行:"一篇宣示罪状的告示,都没有弄好。为啥不把赵尔丰勾结边军的证据录列出来?"

黄澜生到底做过官,因赵尔丰之被杀,心里确实不好过了几天。

他的太太却很高兴,认为赵尔丰一杀,诚如吴凤梧所言,军政府便稳固了;他的标统也没有问题。她热烈的靠着他在筹画一切,并催他早点报成立。

十七

吴凤梧标部报告成立的一天,也是王文炳被委任为新津县知县的一天。

吴凤梧的标部设在陕西街药王庙内。成立那天,按照时兴办法,全部军官军佐都须行一种特殊仪式。所以到正午十二点钟之时,大家便集合正大殿之上。殿上药王孙真人的神桌上,设着刘关张三义的牌位,点着大蜡,大家一排一排就了位,由标统穿着军服,戴着军帽,下面自然是长鞯马靴,先恭恭敬敬拈了香,便一齐跪下,整整齐齐磕了九个头。而后跪着,由司礼的宰一只雄鸡,把鸡血全滴在酒里,大家手上各执一杯,一齐发着顶伤心的誓言:"如其如何如何,雷打火烧,永世不得超生!"而后把血酒喝了,一齐起来,再团团互相磕了一个头,便算一齐都变成了袍哥了。而后分配等级:标统吴凤梧,自然是龙头大爷,两个协统,当了圣贤二爷,桓侯三爷,书记官孙雅堂,军需官黄澜生,则是内堂管事大五爷,华管带,彭家麒,和其他几个管带,是外堂管事小五爷,依次而下,是六爷八爷九爷,兵士们则一律充任了大老幺,小老幺。一个新集合的一标人,居然团为了一体,而公口的名字,已由孙雅堂拟定为凤鸣公。

并且还按照老规矩,由孙大爷穿了常服,坐了一乘四人大轿,带了一个外堂管事。到全城各大公口去拜客。各大公口也准备了些花红火爆,等他一到,就给他燃炮挂红,表示致喜之意。

全城有那么多公口,所以到直下午五点钟,天已黑尽,他还一直不能到黄澜生家来。

黄澜生今天是特为在聚丰园包了一桌鱼翅席,一以庆祝他们就任之喜,一以给标统补寿,一以给王文炳祖钱。因为黄太太也要入席作陪,不便多约外人和同事的,依然是常在家里来往着的几位,和几个亲戚。

陶刚主徐独清来得最早,孙雅堂是喝了血酒,便同男主人一道拢的。三点五十分,王文炳才来,算是已经迟了一点五十分了。

他穿的是一身哗叽洋装,因为是借来的,过大一点,不过大家都不觉得。他一进书房,不及取帽子,放手杖,就向大家笔直的把手伸出,而第一个应该同他握手的是孙雅堂,却莫名其妙的定睛把他看着。

"把你的手伸出来握呀!这是文明礼节,我们穿了西装的就应该行这礼节!"

"啊!原来如此!"然而伸出的却是左手,因为他的右手捧着水烟袋在。

以次也有左手,也有右手,大家把握时,都新奇的笑着。最后到了黄太太,起初她不肯伸出手去,觉得男女握手,就和亲嘴一样,势非达到某种程度,是不可以的。然而王文炳一只大手,老是那样伸着。她的丈夫和孙雅堂等,又那样笑着在说:"怕啥子呢?这是西洋礼节,男女是该握手的。现在反正了,更不比从前。"

而后她才毅然把右手伸出,笑到抬不起头,把王文炳的手紧紧捏住。

振邦婉姑都拍着手的笑道:"妈妈不好意思呀!"

大家重新坐下时,黄澜生先把徐独清陶刚主给他介绍了。大家便说着恭贺他做了民之父母的应酬话。

王文炳蹙起眉头说道:"现在的官叫做公仆,意思就是众人的奴隶。你们想,当一个人的奴隶,已经不是好事,何况要当一县人的奴隶?我一听见他们要找我出来当奴隶,我早就愁着了。暗中辞了不晓得好多次,然而他们总不答应。罗先生说得更好:如今初初反正,一般人犹然腐败脑经,总还以为做知县的,一如各位说的民之父母,自己把父母官的架子拿起,只晓得作威作福,隔桌子打人;就是叫他们改,也是改不了的。你是新人物,你若不出来做个榜样跟他们看,岂不使我们在政府中的人,更为难了?我仔细想了想,这倒是的。如其大家都不肯出来做点事,那吗,愿意出来的,只好是那一般老腐败;人还是这样的人,官还是这样的官,做法还是这样的做法,那吗,又何能谓为反正?而且罗先生不比别人,既如此的求我,我又为啥不帮他一点忙?因此,我才决定牺牲,答应下来。硬打算如罗先生所说,做一个榜样跟众人看。我明天就去上任,连轿子都不坐,就这样打个包裹!一个人走了去!……"

孙雅堂大为骇异道:"难道你连老夫子都不请了?你可晓得州县易做,朋友难求,一个刑名老夫子的好歹,和州县官的考成,是大有干系的?"

"哈哈!雅堂先生,你说的还是清朝时候的古话,如今可不是那样,刑名并没有好多关系。因为现在并不必要讨上司的好,克实说来,都是公仆,也不能说上司卑职的话。以前的多少公事,现在满可以废除,十分不得已,一封信足以了之。我既安排做个榜样,自然就该从这些地方,先做起来。我已想停当了,接印之后,绝对不用仰尔军民人等一体知悉这种腐败的告示,我是要用岑春暄告蜀父老书的那种文章来告新津县的父老兄弟的,所以我这个朋友,很是难找。……"

黄太太在初时还不甚觉得什么,一听见新津县这个名字,再举眼把座中人一看,不由大大感触起来,更不由的冲口而出道:"你何不找楚子材呢?"

王文炳好像有点作难的样子道:"子材么,我知道他的笔下有限。……我倒是要找他,看看啥子合式的事情。其实,为他设想,还是该把中学读毕业的好!"

大家谈锋一转,便转到杀赵尔丰的事上。他们都很感叹赵尔丰一世的威风,结果仍闹到砍头。"如其他交了事就走,何致酿出十月十八之变,何致把自己弄死!死倒罪有应得,只是那陶泽琨也太不是个东西了。听说不以他为然的人,很多很多,将来难免不遭报应。倒是路广锺作恶多端,为何还不明正典刑?尹都督还要引据独立条件,说是应该保护。赵尔丰尚拿来杀了,何独要保护一个路子善呢?"

在平时,黄太太岂有不加入议论,而大大发抒她的伟见的?然而此刻,不但没有参加的意思,反而感到一种嘈杂。

她遂趁众人谈得正有劲时,单独一个人走到倒座中坐下。叫菊花斟了一杯茶来,一面细细的抿着,一面就回想到和楚子材相处的那几天。

楚子材这个人,诚然百无一取,尤其使人生恨的,就是毫无一点男儿汉的胆量,动辄便朝家中跑。但是他那驯柔的性情,不把自己看成一个了不起的男子的性情,业已足令一个中年而又刚强的女人,惬心称意的了,更加他那在无人时,比火还要热的情爱,真够以使人通身为之熔化,尝味着一种永不能够餍足的滋味。这滋味之可珍重,是无价的,是要以光阴去易取的。光阴一过,便永远得不着它。她计算来,只十八岁的半年中,孙雅堂给过她这种滋味,其次就是二十岁初嫁给黄澜生的前三个月,重尝了一次,此后这滋味便淡了,淡到与清水一样了。陶刚主徐独清们更说不上。他们先就是那样平平坦坦的,没有一点起伏。而且再算来,光阴过得已多,眼前诚然还有不少足以安慰遣怀之人,可是都不是火,足以烘得通身都将熔化的滋味,是失却了。假使从那时不再重尝这滋味,倒也罢了,以往的陈迹,早已销磨,认定此生便是如此下去,还心安理得一些。不幸又还有这种运气,把那已失的滋味碰见。然而稍尝辄止,如其没有已往的经验,或者还不觉得得之则乐,失之则为可悲,偏偏又有了这经验,偏偏又深深知道再活下去,碰着的机会,便没有了的,她安可把这难得的东西,让它轻飘飘的就飞逝了?

她放下茶杯,决然把脚尖向地板上一顿道:"我要他!我正要他!他那比火还热的心,我是不能离的!"

已经黑尽,四处都点上灯火。吴凤梧和彭家麒还没有来。

快七点了,主客饿到不堪,黄太太主张先把中点开来吃了。而黄澜生孙雅堂又觉得这样做,对标统未免不敬了。

恰恰彭家麒乘轿而来,罗升跑进来禀报时,大家都一齐肃然站起,以为标统一定同来了。

彭家麒微微有点酒意的笑着进来道:"你们还在等么?标统不会来的了!"

"咋个的?"主客都一齐在问。

"白痰白大爷留他吃酒。因为把王念玉跟他喊来,他就乐得忘了形,把王念玉抱在怀里,啥都不管了。我催了他几次走,他不肯,末了,才说跟你们道谢!"

大家都感到一种懊丧。

黄太太问道:"王念玉是个啥子人,能使他这样的着迷?"

王文炳笑道:"一个娈子娃娃!老吴几个月来就垂着涎的了,安得有了今日!……"

黄太太很有点生气的样子,呸了一口道:"吴凤梧这东西,到底是个下作材料,吃屎狗终是改不了的!……我们还要等吗?"

大家让着出去入席之时,她不经意的向王文炳说道:"你明天到新津,叫楚子材跟着就上省来罢!我这两个娃娃天天都在念他,你一定说到呀!"

李劼人自传[1]

　　李劼人于一八九一年六月二十日（清光绪十七年辛卯五月十四日），出生在四川省省会成都北门经历司街（此街后已改名几次）一个无产的小市民家。父亲幼孤，在他的外家涪州（今涪陵县）彭家坝抚养到十八岁方回成都，小考[2]入学，即在成都教私塾，并承继祖业中医。我出生后，家中人口计有：一位曾祖母，于一九一一年去世，得年九十四岁；一位姨曾祖母，于一九〇六年病故，约得年六十以上；一位祖母，于一九一六年病故，得年七十三岁；一位叔祖父，系姨曾祖母所生，于一九〇五年病故，得年四十岁，虽娶了妻，却无子女，其妻亦早死。

　　我三岁时，父亲就被一位在江西省做县官的亲戚聘到江西去办文牍，父亲也就留在江西，靠笔墨和行医为生活。到我九岁，父亲以他所积得的几百两银子，捐了一个典史指分[3]江西候补。即在这年，我便随同母亲去到江西省会南昌。母亲是带病去的，一到即病，三个月

---

[1] 原件毛笔直行书写，无标点，无段落，每页行数无定，每行字数无定，底笺左下方朱书"李劼人用笺"。由曾智中据手稿整理，除酌加标点及注释、酌分段落外，一如其旧，标题系原题。1981年四川人民出版社版《李劼人选集》第一卷曾将此文缩编改写，删三千余字后刊发，另行命题为"自传"，而这些变动编者并无任何说明。——编者注

[2] 旧时童生应县试、生员应学政府考的俗称。《警世通言·老门生三世报恩》："再过几年，连小考都不利了。"——编者注

[3] 清制，内外官员分发，由吏部抽签而定。自捐纳行，候补官可出钱自请分发到某省某衙门，称指分。——编者注

后起床,而右腿竟废了,从此不能行走。我六岁在成都外家发蒙读书,到江西去时,已将"四书"读完,正读《诗经》《书经》《礼记》等书。父亲因为捐官,把积蓄用完,母亲与我又去到江西,母亲又重病了几月,所以我在南昌的一年,过得异常穷困,连我的衣服都进了当铺。

要不是后来开了课吏馆,父亲每月考上优等得奖,我们几乎饿饭。记得父亲得了一个小差事,携同家属到抚州府东乡县去时,全家行囊只有两挑,而一挑是书。东乡县约住一年,父亲又调到抚州府的知府衙门任收发差事,同时兼了新创办的医学堂监督,薪资收入每月有三十多两银子,生活比较宽舒。我也才进到临川县的官立小学堂乙班读书,读了两年,抚州开办印刷局,父亲又送我去学排字工。

才三个月,父亲就得病死了,父亲得年四十一岁。我才十四岁,父亲死时家里只余两块洋钱,一切棺殓,幸由那时抚州府知府、四川人王乃徵帮助。父亲死后,一切事情当然落在我的头上。冒着酷暑,步行一百八十华里到南昌,找同乡,找亲戚,四处发信求援。

累了几个月,亲戚的援助来了,方得搭了一只米船,偕同病母,扶着父亲灵柩,由抚州河岸启行。不幸又在九江遇风,米船触礁,除了人和灵柩救起外,所有行李和父亲积存的许多书籍,全部损失。又得家在湖北的亲戚帮助,才又搭乘轮船到宜昌,改乘木船,一直回到成都。

这时,家里只有曾祖母、祖母和病母三代寡妇,而我哩,又无兄弟姊妹、诸姑伯叔,真正算是一个独丁。全家生活只依赖曾祖父教书、行医所积的三百两银子和祖母娘家帮助她的二百两银子,共五百两银子,放在一个商号生息,每月收息金五两六钱。不久,我又设法把我家多年未制作的一种极有效验的朱砂保赤丸的方子找出来,由祖母制作出售,不到三个月居然卖开,每月有七八元钱的净利。这不但把必需生活费用解决,甚至还节余出来,把曾祖母身后所需的东西作了些添补，那时她已年过九十了。

湖北亲戚每年帮助我五十元钱的学费，因此我才能考进四川高等学堂附属中学堂去读书，那时我已十六岁了。这时中学是旧制五年毕业，读中学时就喜欢看《民报》《神州日报》《民呼报》《民立报》等；师长中间又有几位同盟会人，如监督刘士志先生，英文教师杨沧白先生，平时肯亲近他们，所受影响甚大。同学中有王光祈，有曾琦，有郭开贞（即郭沫若），有周朗轩（即周太玄），有魏嗣銮，有蒙尔达（即蒙文通），有张煦，还有一些现在在工业方面有成就的人，相互之间也有一些影响。

辛亥年，四川铁路风潮发生之时，我是以附属中学学生代表的资格参加的。民国元年，附属中学停办，将未毕业的丙、丁两班学生，并入成都府联合中学的新甲、新乙两班，于民国元年末毕业，那时我已二十一岁。许多同学毕业后，有的到北京、到上海，投考高级学校，一部份便考入高等学堂读书。我哩，因为辛亥上半年湖北亲戚死了，没有帮助学资的人，家里于我中学读毕业后，绝对挪不出费用来供我再读高级学校。因此，我只好废学求业，那时有一家报纸《晨钟报》征文，我曾写了两篇含讽刺性的速写投去，居然发表了，并要我继续写，只是没有酬报。但不久这报纸却遭当时的反动政府封闭，我连这无酬报的职业也失去了。

民国二年末，我的母舅杨砚愚做了泸县县知事，聘我当第三科科长，办理统计，并代他办文牍。民国四年春，他调任雅安县县知事，我也随他到雅安。八月，他辞职卸任，我也回到成都。在这二十二个月内，我获得了不少的社会知识，并深切知悉在旧民主革命之后全国大小反动政府所作的许多丑恶事件。满清时代的官场情形我已曾看了一些，如今再把这些丑恶情况一看，使我对于辛亥革命的成果及其意义发生了怀疑。因此回到成都，便确定了我不再跨入官场的方向，以后有几次再当科长的机会，我都拒绝了。

那时，成都一个新办的印刷公司叫昌福公司，附带出版一种纯文艺半月刊叫《娱闲录》，我写了四篇小说投去，题名叫《儿时影》，是写私塾的黑暗面，都登出了。并且在十月《娱闲录》停办，主持办《娱闲录》的樊孔周，也是那时的商会会长，因为反对袁世凯叛国，借商会机关报的名义，创办一种日报，叫《四川群报》，来鼓吹反袁，聘我为主笔，月薪十元。我除了写反袁世凯的短评外，主要是写商会日报用的短篇小说。

直到民国七年六月《四川群报》被封，我已充当了编辑，月薪仍是每月十元。短篇小说大约写有百多篇，现在只记得四十几篇是在"盗志"这个总题目下写的，全部写社会各个角落的黑暗面，绝大多数材料都是取自二十二个月在泸县、雅安县的所见所闻。写《儿时影》时用的笔名是"老懒"，写"盗志"也用这个笔名，写短评和其他许多短篇小说以及杂文等用的笔名，很多现在记不得了。又因屡次移居之故，致所存日报散失净尽，所有作品也无从收集了。

民国七年下半年，昌福公司因营业不振（这由于樊孔周被一个军阀刺死后，经营不得其人的原故），又要求我出头约集《群报》同人，再办一个日报，名叫《川报》，我暂任社长兼总编辑，月薪仍是十元。《川报》北京记者仍是我前推荐与《群报》的记者王光祈，添了一位上海记者周太玄、日本通讯记者曾琦。就中以王光祈的力量最大，反袁世凯帝制自为和反张勋拥溥仪复辟的消息、文章，他来得又快又多而又有力。

到民国八年（一九一九年）五四运动起来时，他在北京是参加了运动的，是《每周评论》发起人之一，因此那时《川报》上几乎每两天便有他的鼓动性最强的通信文章和电讯，成都之所以接受五四运动精神的原因便在于此。到六月，少年中国学会在北京成立之后，我和成都六个朋友也加入了，并得了总会同意，在成都成立了分会。又由分会会员每月集资（也有一两位不是少中学会会员的，如吴虞，号又陵，曾延年，号孝谷，等，便是），办了一个新型周刊，叫《星期日》，来发扬五四运动精神。

那时周太玄、李璜已到巴黎，办了一个通信社，叫巴黎通信社①，业务颇好，人手不够，写信来问我能不能去，我当然高兴地答应了。亲戚朋友们都赞成我走，每人送五元、十元。涪陵县那位亲戚，因我帮过他儿子的大忙，把他的儿子从最危险的境地救出（是民国三年的事），很感谢我，送了我五十元。那时家里只有一位不能行动的母亲，而朱砂保赤丸更为行销，每月有净利十多元，可以不待我供养。放在商号生息的银子又抽出二百两（每月月息一分的），一部份作我到上海的旅费和改装费，一部份便用来把上年订了婚的妻杨叔捃于起身前七天娶了过来（妻是我的表妹，是我母亲同堂侄女，小我八岁，那时我二十八岁，妻未满二十岁）。

我是八月末由成都动身，同时把《川报》的职务交与了卢作孚，同行去法国勤工俭学的十人内，有曾在中学同学三年的胡助和亲戚何鲁之，和后来同我创办纸厂的王怀仲。在上海等船一月而后，同各省各地大伙勤工俭学朋友，乘坐无等级舱到法国马赛时，已是一九一九年的年底了。

在法国巴黎，前后两次只住了一年半，害过一场要命的急性盲肠炎和腹膜炎。住过几个城市，住过补习学校和公立中学，住过两个大学——即蒙北烈大学、巴黎大学。都住的文科，选读过《法国文学史》《近代批评文学》《雨果诗》等课。住得最久的为蒙北烈，同在一地留学的有周太玄夫妇，有李璜的大姐李碧芸女士和胡蜀英女士。

巴黎通信社早关了门，我带去的钱不多，后来的生活全靠向成都报馆通信和上海杂志写文章以及翻译文学论文、短长篇小说的稿费。通信和部份翻译稿用的是笔名，只部份短篇小说和《人心》《小物件》

---

① 原文如此。——编者注

《妇人书简》《达哈士孔的狒狒》《女郎爱里莎》《马丹波娃利》几部文学作品用的"李劼人"真名,并且都在中华书局出版,在这期间自己创作的只有一部中篇小说《同情》。

这时曾琦、李璜已在德国柏林组成了"国家主义",曾写信到蒙北烈来征求我与周太玄的意见。我和周太玄曾联名回了封信,痛斥他们的思想落后,表示拒绝。同时我们还拒绝了另外一个不大光明的政治组织,那就是少年中国学会会员康白情、孟寿椿等在美国加里佛尼亚搞的一个什么党。

我是一九二四年暑假回国的,经过南京时,黄仲苏在东南大学当教授,要推荐我到东南大学教法国文学,我拒绝了,因为那时东南大学复古空气很浓,与我的怀抱大异。及回成都,四川高等师范校长傅子东找我去教书,我不肯,因为听见这人不大正派。

一般从法国回来的同学,大批的都在那时四川督理杨森幕府中当秘书,要我去会杨森,我不肯。因为在上海就听见这人是个妄人,及回成都,看见他办的新政大都有名无实,而且比一般军阀都蛮横无识。卢作孚那时在给杨森办通俗教育馆(他在泸县当杨森的教育处长时,曾约请过共产党人、也是少年中国学会会员恽代英和共产党人萧楚女等教书,著过成绩,好像也影响过杨森),这时也来问我要不要出来办教育,并盛言杨森是前进的军人,可与合作,但我也拒绝了。我依然进入《川报》当编辑,写评论。

不过三个月,《川报》被杨森封闭了,并将我同两位同事逮捕到宪兵司令部,要打要杀,说报馆言论反对了吴佩孚。其实只是为了一件小事得罪了秘书们,秘书们恨我不合作,向杨森力求封报馆、逮人。而我那时也因写了几篇讽刺短篇小说,发表在上海的报纸和杂志上,用的真名,被杨森看见,说我有意同他捣乱,所以他才连"新文化军人"的虚名都不顾了。在宪兵司令部关了八天,为许多正派朋友(其中有叶秉诚老先生)营救,才复允许了放人而不准办报。

从一九二四年十一月到一九二五年八月，我便在家里继续翻译了一部佛洛贝尔的长篇小说《萨朗波》，又翻译了一部法国中非洲属地黑人马郎的长篇小说《霸都亚纳》，又翻译了法赫儿的一部长篇小说《文明人》。又写了几篇短篇小说。短篇小说都登在上海的《文学周刊》《小说月报》《东方杂志》，都无存稿，在一九四六年收集了一小部份，在中华书局出版一本短篇小说集叫《好人家》。《萨朗波》则在商务印书馆出版，《霸都亚纳》在北新书局出版，《文明人》仍在中华书局出版。

一九二五年八月，国立成都大学成立，首任校长为张澜。当时成都教育界中一些先生们不满意张校长，都不与他合作，我于是便公开说我愿支持张校长，并且还愿约些朋友来帮助他。这样我才到大学教书，并在半年后兼任了当时最难办理的文预科主任。一九二九年暑假受张校长之托，出川约聘教授，曾在北京、上海、杭州来往半年。

一九二五年有几个朋友仍打算办报，这时的问题便是印报的纸张，四川只有手工制的纸张，质料非常不佳，而且极受纸商操纵，不按期交货，偷工减料，随时涨价——一句话说完，就是绝不遵守合同。因此我建议，不如先行集资，自己办个机器纸厂。朋友们大为高兴，叫我约人。我遂写信，兑路费，把在法国格罗卜造纸专门学校刚毕业的王怀仲约回。商量之后，我们资力不大，费了九牛二虎之力，才由王怀仲与我把在乐山办蚕丝业成功的一位陈宛溪老先生说动，他出头主持，投入资金一万元，他又约股二万元。由我们成都方面朋友四面奔走，凑了一万元，共四万元。先作一个试验性的小厂，用稻草、竹子制浆，来造机器纸。

这样，这个嘉乐纸厂便在一切条件皆未具备的情况下办了起来。先天既然不足（资本少，在天津订制的机器又小又不好；必需的配件又要买日本货，运路长，时常接济不上；没有技术人材，什么都要王怀仲和他约同一道回国当工程师的梁彬文亲自教），而那时长江又在用兵，四川的苛捐杂税又重，造出的纸质量极坏，成本又高。但和洋纸比起，到底便宜了一半，前途好像是有的，只是渺茫一点。

资本家信心不坚，不肯再投资。这一下，却累了我这个发起人，几年教书、卖文的收入，除家中省俭用费外（我母亲是一九二六年病故的，得年五十九岁。我的女儿李眉，又名远山，于一九二五年大暑日出生，这时才一岁多，所以家用比前更省），全部都拿去支持了嘉乐纸厂，并且还欠了几千元的债。

到一九三〇年暑假，成都大学校长张澜为当时军阀所扼制，不能安于其位。原因是张澜先生思想左倾，所言所行，大都不利于那时的军阀。张澜先生要到重庆去，军阀正欲他走。我不能劝张澜先生不走，我自己度力在张澜先生走后，绝难于以个人力量对付那些军阀；甚至还有一个流氓文人，正在为军阀画策。因此在张澜先生走之前，我便提出辞职，张澜先生不允许。我遂借了三百元，在我佃住的房子里，经营起一个小菜馆，招牌叫"小雅"（这时我的儿子李远岑已一岁多了，我儿子是一九二七年十二月下旬出生的），我同我妻亲自做菜，一以表示决心不回成都大学，一以解决辞职后的生活。

张澜先生果然一去不回，那个流氓文人果然趁这时候强接了成都大学，并画策为军阀每年抽出教育经费二十多万元，以归私囊；而以下流手段，估将成都大学、师范大学、公立四川大学合为国立四川大学，反对的教授解聘，反对的学生开除。

我自离开大学，自己生活费用已成问题，嘉乐纸厂我更无法兼顾。恰巧陈宛溪老人已死，这工厂只好关门。

一九三一年冬，成都是最黑暗的时候，我的儿子刚满三岁，竟被一个连长支人绑了票。幸而有人帮忙，经过二十七天，费了无数气力,一共花了一千元,算是将儿子赎回①。这一千元,是好友刘星垣慨然相借,经了好几年,才陆续还清。这时,还有几位朋友,如李培甫,知道我很窘,大家凑了六百元,要借给我。我不愿多累朋友,婉言谢却。不料因此反而得罪了朋友,说我瞧不起人。

一九三一年到一九三三年三月,几个中学校又找我出来教书。我答应了,每周教上三十八小时,因而弄起了胃病。

到一九三三年三月,刘湘在重庆派人秘密到成都来找我,说是为了和平统一四川,减少人民受内战疾苦,要请我到川北阆中去说田颂尧合作。我觉得倒是好事,遂辞了教书职务,到重庆去和刘湘面谈,才晓得他的用意,原来要我拆田颂尧的台。他已经派了几次代表去过,田颂尧都不相信,指明要一个向不在军政界当过走狗而社会上又略略知名的一个人去作中间人,以便大家好说真话。不知何人推荐我,而刘湘、田颂尧等军阀我从前也都会过面的,所以便请了我去。我当时知道绝无结果,又怕被刘湘的利用,并且"三·三一惨案"之后,我对刘湘等人恨之次骨,怎愿为他的私人利益而奔走呢?我当时提出,为了四川人民起见,我可以到阆中去,但不受委托,不要分文盘费,只做到把话说通,将来如何,由两方面去面商,我不再做中间人,更不当任何方面代表。

其时,卢作孚正任私营民生实业公司总经理,他很同意我的见解,并在经济上支持我。我到阆中的次日,正同田颂尧谈话时,电报传来成都方面刘文辉与邓锡侯又火并起来,田颂尧要支援邓锡侯,而杨森这时恰住南充,怕他从中出兵为刘文辉之助,便请我赶回重庆说刘湘,一面出兵向成都共打刘文辉,一面出兵监视杨森,以免掣田颂尧之肘。我与杨森是交过恶的,也害怕他乘机蠢动,我回不了重庆。

---

① 李眉在为其父所作《年谱》编后说明第四条中写道:"《自传》中称,1931年冬,其子远岑'刚满三岁'被票匪绑架;但其子生于1927年12月,应是刚满四岁。"——编者注

于是以四天半工夫,跑了七百多华里,回到重庆;仅给刘湘去了一封信,说形势既变,前之所谈,当然作罢。

我也不能再回成都,卢作孚遂留我到民生公司,提出两件工作由我选择,一是作民生公司总务经理,一是作民生机器修理厂厂长。我觉得后者有意思,因为我已感到四川机器工业太不发达,很想以民生机器修理厂为基础,以三年工夫,充实扩充为一个制造工厂;首先能制造川江行驶的中型轮船,能一次修理两只大型轮船,能制造小型抽水机和制配木炭汽车。我之作此计画,虽未明显感到一九三七年的抗日战争之必然性,但却已朦胧看出国际局势之不妙,长江一有阻碍,而机器工业一切依赖汉口、上海者,必致无法生存。

卢作孚最初非常同意我的见解,我们甚至订出三年完成的计画,连在重庆青草坝建筑船坞的计画都作好了,一总计算,须五十万元。我因此又到汉口,聘请了一个总工程师,七八个高等技工,回来开办工徒学校,打捞一只沉没的英国商轮,利用本身设备和技术,改修成"民权"轮,以为吸取经验之用,但不利资本家。

到底是资本家,第一年刚过,卢作孚就把我的计画作了修改,而公司中十分之九的人都攻击起我,说我有意使公司受损。我争执了半年,无效,我遂于一九三五年五月(即是在民生厂届满两年日子),坚决辞职,回到成都。

那时,我立意以写作小说为专业,因此学校找我教书,我一概摒绝。先写出了《死水微澜》,在中华书局出版,得到版税三百多元,足够四个多月生活费。其次又写出《暴风雨前》。

这时,嘉乐纸厂因社会需要机器纸甚亟,而外货又贵,日本货虽便宜,但在九·一八之后,一般人都不愿用。在一九三二年春季,成都几家报馆曾开会找我出席,说明要爱国,不用日本纸张;要求嘉乐复工,他们愿意全部采用,只是要先将价钱讲好。那时一令瑞典报纸,在上海卖五元,到汉口卖六元,到重庆卖九元,到成都卖十二元；日本报纸在成都每令卖八元，是不能再少。而嘉乐黄色报纸，经他们评定，只能作价四元半，多一角算嘉乐不爱国。但经工厂人员仔细算来，不计苛捐杂税和运费，只计工料，也得五元。虽然和报馆的合同未曾签订，而乐山一位有气魄的商人，居然看准了这工业到底有前途，投了资断不会蚀尽。因此他便有条件的和我们商量，接办了这厂。

到一九三五年秋末，我再被约请到乐山开会时，工厂的根基果然逐渐稳固。首先是工人技术比较熟练，许多零件已可找到代用品，尤其是职工把工厂当作了自己的东西。这时还没有公司组织，我主张建全会计制度，有了利润，先酬职工，再还借帐，再计股款的年息。

到一九三七年，我的小说《大波》写到四分之三，嘉乐纸厂也做到收支相抵之外，偿还了部份对外借款。七月七日，日本对我国的侵略战争突然爆发，于我于工厂也发生了大的变化。

就我个人来说，我又公开的投入政治性的爱国运动。直到一九三九年五月四日，嘉乐纸厂厂长王怀仲因为到重庆接收新订的造纸机（那时大后方只有嘉乐一家机器造纸厂，抗日战争一起，外纸不能来，手工纸不适用，一般人才知道嘉乐确有前途。于是正式成立股份有限公司，组织董事会，制定章程，增加股本到十六万元，投资的很踊跃，其他化学工厂也来合作了。因此便向新迁来重庆的顺昌铁工厂订了两部造纸机和一切配件，并向美国预订了相当数量的毛布和铜丝布），在顺昌铁工厂办事处被日本飞机炸死。我那时是董事长，工厂的责任当然落在我的肩头。

恰这时，又有坏人窥伺，要吞没工厂，不能吞没，就设法破坏。幸得全体工人保护工厂，帮助我把坏人打败，强勉把机器接回安装。但我不是工程人员，在技术方面难于指挥。所以到年底，我只好带着病（严重的风湿病，身体的左边几乎偏废），趁飞机到云南昆明，亲去邀请前工程师梁彬文回来当厂长。

梁彬文那时在利昌转运公司当经理,老婆又是一个不明道理的法国女人,这时正当发国难财的时候,即使梁有事业心要回厂,他老婆也一定不肯。我费尽唇舌,梁彬文方答应兼任厂长,但只管技术方面;三个月后回厂,住一个月,把技术规程制订后,还是要回昆明;同时还要求高薪,还要求将来分红时必特提酬报。我为了大局,只好答应,而回来向董事报告时,又受诸董事的责难。

结果一九四〇年暑假中,工厂新机几乎安装完了,梁彬文才回来。不过一周,他父亲病故,又回长宁奔丧,从此回昆明,再催再请也不回来。我累得要死,而工厂仍不能上轨道。

拖到一九四一年四月,不能再拖,恰好另一造纸工程师陈晓岚(本任民丰纸厂工程师,在抗战时回川,约人在重庆办了一个半机器半手工造纸厂,失败了),正到乐山筹画另一造纸厂,我遂约聘他任厂长。他允许了,但条件是:一、重庆那个失败了的工厂,要折价合并;二、将来嘉兴路通,他仍然要回民丰;三、我必须住在工厂,负经济方面责任。我都答应了,遂由董事会通过我以董事长兼任总经理。

自从一九四一年六月一号,我便全副精神都投入了这个内忧外患的纸厂中来,到一九四三年四月,我第五次由重庆赶回乐山开股东会时,不意又被以前打算吞没破坏嘉乐的那个坏人所复鼓动起几个不明内情的大股东,在股东会上要我辞去总经理职务,说我年来生意作得不好,应赚的钱不赚,以股东应得的钱照顾了职工。种种责难,我当然辞职,回到成都。

我那时已住在成都外东十里沙河堡的茅屋里。这茅屋是一九三九年春日本飞机开始轰炸成都前夕赶修的所谓"疏散房子",但在我李家,却是破天荒的一件事。因为自我八世祖由湖北黄陂县逃荒,一路贩卖布匹和行医,入川定居以来,到我修建了这几间茅屋,才算有了自己的住宅。今后可以不再随时耽心搬家,数十年来所置备的几千本中国书（现已达二万多本）和报纸、杂志，也不致再像以前那样散失了（书籍的散失不及报纸、杂志，前者只是百分之三四，后者则是百分之百）。我住宅所在面临菱角堰，为了邮差投递方便，才在门楣上自题"菱窠"二字，意若因此菱角堰之窠巢也。

忙累了几年，一旦乡居，身心倒为之一爽。这一年，我又翻译了一部讽刺发国难财和美国大富翁的法文小说名《单身姑娘》，是威克妥·马格利特所作，曾在法国惹起过风波；全书不甚佳，只有段落可取，在成都一个书局印行，发行数很少。又改译了三部书：一是莫泊桑的《人心》，二是都德的《小东西》（原名《小物件》），三是弗洛贝尔的《马丹波娃利》，都在重庆交与作家书屋出版（在重庆发行三年多，只得过贬值法币一万元的稿费，此后消息杳然，甚至连样本都未接过一册）。

我虽离开乐山，但却摆脱不了嘉乐纸厂的纠缠，因为那个坏人本意在吞没纸厂，至低限度也要操纵自如，把我排走之后，次一目标是厂长陈晓岚。但这一点，却不为董事、股东、职员、工人所许，大家都明白，工厂那时的生命在乎技术，若技术无重心，工厂可能要垮——因为那时四川的机器造纸厂，重庆、宜宾都有了，而且都是官僚买办资本经济，力不说了，即设备方面，也强得多。所不能超过嘉乐的就是原料的采用，嘉乐用稻草，成本低，操作技术有经验，产量多。但是若把重心动摇了，工厂是立不住脚的。加以嘉乐有个良好的风气，就是赚了钱，股东只能分得合法利润，职工的福利必先顾到，更多的钱则用来充实设备。坏人们的打算当然与此相反，所以到他动摇到工厂重心，工人们早愤慨了，认为在破坏他们的生活。以前被其利用的几个大股东也明白了，认为损到本身利益。大家都派代表，来找我回任总经理。我已厌烦了，不愿再和那般坏人去斗心机，也明知道只要工人团结，工厂必然存在。为了工厂，我也只能在重庆、成都作些业务上的调度。不过，我到底不是生意人，做起来很苦，而且也屡屡受损。

到一九四四年，恰好利昌公司改组，梁彬文回到成都。我认为此人既是工程师，又作过几年经理，做生意的经验是有的，虽然思想不大纯正，或者可以引导他走上正路。于是通过董事会聘梁彬文任总经理，把董事会和公司迁到成都，免被那坏人操纵。这样，我被减轻了一些事务上的烦劳。

可是一九四五年抗战胜利以后，美援物资一倾销，大后方许多工厂倒闭，嘉乐也就根本动摇。加以陈晓岚回到嘉兴民丰，梁彬文蓄意转工为商，我为了要挽救嘉乐工厂，真不知过了多少关。要团结内部，要抵抗外部，要弄钱维持工厂生命，又要应付那日益混乱的币制，不使受损太大。

到一九四八年，梁彬文病死，法国女人要美钞十万、黄金千两，作为抚恤，算我为嘉乐受苦到达顶点。但就在这些时间，我的文艺活动仍未完全放弃，还改译了一次弗洛贝尔的《萨朗波》，为成都《新民报》写了二十五万字的一部未完的长篇小说名《天魔舞》，是针对那些买办资本家和特务们而作的，写得并不精练，可是已受到了警告。加以旧文协成都分会仍然存在，每次开会，我任主席，并管理经济；一九四八年那次年会，还是在成都嘉乐公司里召开的。再加以我又常在报上化名写文章，批评时政，反对蒋中正的叛乱行为，所以蒋家特务便还了我一手。

他们并不直接加害于我，却造了个谣，言我的儿子李远岑是共产党人，是四川大学里学运负责人。便由四川大学校长黄季陆的中将秘书签发了逮捕证，于一九四八年十一月某日到宿舍去抓他（他读的是农学院农业经济系，于一九四九年暑假毕业）。幸而他还机警，又得同学的帮助，本来已和特务对了面的，却被他跑脱了。特务没抓到他，便大队到沙河堡我家来搜查。没有人，拔队回城，在东大街遇见我女李眉（即李远山，她是一九四八年暑假在四川大学农学院园艺系毕业，因她加入民盟，"反饥饿"时曾出过头，毕业之后大家认为她太"左"，找到几处职业，都被负责人拒绝了，一直空闲在家。远岑逃脱，隐藏在一处亲戚家，她给他送东西去了后回家），一个特务和她小学同学，认识她，遂把她抓了去（后来才知道特务到我家来，除搜查李远岑外，也要抓李远山的），收押在宪兵团。

这是给我的警告，次一步要抓的便是我了。因为自文协开年会的第二天，特务便去搜查了嘉乐公司。恰逢星期日，没有人在公司。继后，公司所在巷道大门口和公司隔壁，都住了特务，监视出入的人。若再有集会，必抓人无疑。还有就是李眉抓去，经过二十七天，得亏一个与蒋系最接近的有力人，平日虽然会过，不算熟人，这人却自告奋勇，每天打电话给特务头子徐中齐，力保李远山无他，要他放人。当然说话和写信的人不少，而且有势力的也不少，这样李远山算是在一九四九年一月中旬释放出来。徐中齐给我一封亲笔信，最可注意的有一句话，看似寻常，无异警告，话是"俟有机会，再面谈一是①"，请想我与徐中齐这个特务素不认识，如何能面谈？要是面谈，非抓我不可了。我怕家里明白这意思，登时把信藏过，绝口不提。

而一九四九年这一年，是我公私交迫，躲也不能躲的一个厄年。但是，我没有气馁，一心一意，只在设法抢救工厂，直到解放前一月，即是说到一九四九年的十一月，以工厂而言已到了绝境，停工已经几月，钱已用罄，全体职工当卖衣物度日。然而解放的光明越来越近，大家之所以咬着牙巴苦苦熬度，就凭了这点希望。

在这苦难日子里，我为排遣，还写了半部近乎地方志的东西叫《说成都》。上半部已完，内容是说大城、说皇城、说满城，全是考证，约十五万字。准备将来得空，将下半部写出，内容是说沟渠河流、说街市、说名胜古迹、说特产，一并写完，再作修改。但这无关

---

① 谓一切。鲁迅《致许寿裳》："昨得手札，属治心学，敬悉一是。"——编者注

乎文学作品。

一九四九年十二月二十八日,成都解放了。第一个感到解放好处和快乐的,我敢说是我,是我全家,是我们的工厂。工厂堆集如山的纸,没人买,也不敢卖;才解放,《川西日报》一口气就买光了,工厂立刻复活。我的子女也敢大摇大摆走了出来,儿子准备暑假后申请复学,女子不久就到梓潼县人民政府工作去了。我也被聘为成都市(也近于川西区)第一届各界人民代表会议代表,有了政治上的地位。一九五〇年八月被委任成都市第二副市长。至于所兼各种职务太多,不必详列。

一九五二年三月,嘉乐纸厂批准公私合营,自此我才完全卸除了嘉乐纸厂的责任。在公私合营时,核定资本为五十万元,我有股本一万零二百元。到进入社会主义时,当然都是社会所有了。

一九五四年春,西南文协在成都开会,被推介入中国作家协会——到底介绍者为何人,因系团体推介,无从知为何人。

一九五四年夏接到作家出版社来函,洽商修改《大波》。曾于九月出席第一届全国人民代表大会第一次会议时(一九五四年被选为四川省出席全国人民代表大会代表),再度洽商,仍按原书次序,先出《死水微澜》,再出《暴风雨前》,后出《大波》,得到同意。回川后即先着手修改《死水微澜》,一九五五年三月交去,十月出版。次即修改《暴风雨前》,六月寄出,大约一九五六年一、二月出版。一九五五年九月方着手重写《大波》,现尚在写作中。因系业余为之,又是放弃前作,重新创写,颇费构思,故不能速。

妻杨叔捃,尚存,出生于一八九九年十月十一日。女李眉,又名远山,出生于一九二五年八月四日,一九四八年四川大学毕业,一九五〇年春到梓潼县人民政府工作,一九五〇年秋调成都文联工作,一九五一年夏调重庆西南文联《西南文艺》工作,与王岳(四川大学同学,共产党员,这时在西南局工作,订婚已四年)结婚,一九五二年五月三十日生一女，从母姓李名菡，一九五三年起寄养我家，一九五四年西南局撤销，王岳调北京外交学院学习，为了照顾，李眉亦同时调学外交。子李远岑，出生于一九二七年十二月六日，一九五一年四川大学毕业，考入北京人民大学农业经济教研室学习，一九五三年毕业留校任教员，一九五五年七月调本校讲师，一九五四年十月在北京与黄尚莹（四川大学同学，解放后先在《川西日报》工作，继因病回乐山，病愈在乐山百货公司工作，为了照顾，于一九五四年九月调北京人民大学工作，与李远岑订婚已六年）结婚，一九五五年八月八日生一子，名李诗云。

一九五六年一月五日　亲笔自传
原件藏李劼人故居博物馆

李劼人简历

真实姓名	李劼人
字号	
笔名	前后所用太多,随用随忘,不能备载。
生年	西历一八九一年,中历辛卯年出生
籍贯	四川省华阳县
学历 请注明何年 毕业所学科目	中华民国元年毕业于四川高等学堂分设中学堂,民国八年自费到法国留学。曾入巴黎大学文学院蒙柏烈大学文学院习法国古典文学、法国文学史、法国近代文学批评及雨果诗学等,并未参加学位考试。
履历 所任职务及 在职年月请 详细注明	中华民国二年冬至四年夏任四川省泸县县公署暨雅安县县公署第三任科长,四年秋至六年夏任成都群报主笔及编辑,六年夏至八年夏任成都川报发行人兼总编辑,同时与成都少年中国学会四川分会会员创办星期日周刊,十三年秋重任川报总编辑迄川报被杨森封闭为止,十四年任四川志诚法政学校国文教习、四川省立第一师范学校国文教习,十五年春至十九年夏任国立成都大学文科教授兼文预科主任,二十一年春至二十二年夏任四川大学讲师及各中学国文教习,二十二年夏任重庆民生实业公司民生工厂厂长讫二十四年夏,二十四年秋起任嘉乐机器制纸公司董事,二十六年春任嘉乐公司董事长迄今。

续表1

真实姓名	李劼人
著作及译作请注明出版年、出版处、作品性质（如小说、戏剧等），译作请附原名及原作者	译作（皆小说） 1. 人心 Notre cœur【法国】莫泊桑 Guy de Maupassant 著，初译本民国十一年上海中华书局出版，再译本民国二十三年中华书局出版，三译本民国三十二年作家书屋出版。 2. 小物件后改名小东西，Le Petit Chose，【法国】都德 Alphonse Daudet 著，初译本名小物件，民国十二年中华书局出版，再译本民国三十二年作家书屋出版。 3. 马丹波娃利 Madame Bovary，【法国】佛洛贝尔 Gustave Flaubert 著，初译本民国十四年中华书局出版，再译本民国二十五年中华书局出版，三译本民国三十二年作家书屋出版。 4. 妇人书简 Lettres de femmes，【法国】卜勒浮斯特 Marcel Prévost 著，民国十四年中华书局出版。 5. 达哈士孔的狒狒 Tartarin de Tarascon，【法国】都德 Alphonse Daudet 著，民国十四年中华书局出版。 6. 女郎爱里沙 La Fille Élisa，【法国】爱德亚·龚枯尔 Edmond de Goncourt 著，民国二十三年中华书局出版。 7. 文明人 Les Civilisés，【法国】发赫尔 Claude Farrère 著，民国二十年上海商务书馆出版。 8. 萨朗波 Salammbô，【法国】佛洛贝尔 Gustave Flaubert 著，民国二十年，上海商务书馆出版。 9. 霸都亚纳 Batouala 法属中非洲人 马郎 René Maran 著，民国十七年上海北新书局出版。 10. 单身姑娘 La Garçonne【法国】威克妥·玛格利特 Victor Margueritte 著，民国三十三年成都中西书局出版。 11. 彼得与露西 Pierre et Luce，【法国】罗曼·罗兰 Romain Rolland 著，民国三十五年成都晨钟书局出版。 著作（皆小说） 1. 同情 日记体小册子，民国十二年中华书局出版。 2. 死水微澜 长篇一册，民国二十五年中华书局出版。 3. 暴风雨前 长篇一册，民国二十五年中华书局出版。 4. 大波 长篇三册，民国二十六年中华书局出版。 5. 好人家 短篇集一册，民国三十六年中华书局出版。 6. 天魔舞 长篇一册，民国三十七年成都新民报社印刷中。

续表2

真实姓名	李劼人
作品发表于何杂志、报纸	长、短篇小说，杂文，评论，游记等自民国四年夏至八年春散见于成都各日报，又自十四年春迄今散见于上海东方杂志、小说月报、文学周刊、大中华杂志以及成都各日报、月刊等，不能一一详记，有时用真名，有时用笔名，皆未留稿。
抗战期间活动	除作文外，并努力增进后方机器造纸工业，以供应西南各地报纸及教科书之用。
现在职业及住址	嘉乐机器制纸公司董事长。总公司在成都中东大街崇德里内，分公司一在重庆中正路一五六号，一在四川乐山县徐家塌，工厂亦在四川乐山县徐家塌，私宅在成都外东沙河堡菱角堰菱窠。
所加入之社团	平生只参加过少年中国学会，此会已于民国十二年自动解散，前、后并未参加任何党派、社团。
评传资料	只民国二十六年春郭沫若君有过一篇评论，三十五年夏成都几家报纸有过几篇小文，已不能记题名及日期。
备注	此表系民国三十七年五月二十七日填具。

原件藏李劼人故居博物馆

干部登记表

姓名	李劼人	曾用名	中学堂时名家祥,民国二年起即废	号		代名	太多不胜记忆	性别	男	年龄	六十岁	属何党派	无
籍贯	四川省华阳县(市)三圣区(乡)			通讯处	永久	成都外东沙河堡菱角堰				来本部何人介绍及其关系			
					临时	成都中东大街崇德里嘉乐公司							
现在何处工作	嘉乐公司董事会	在人民政府作何工作		有何疾病残废		眼近视 血压高				有何专门技术		能写小说	

家庭人员状况	姓名	年龄	是你何人	在何处工作	政治情况	财产及生活状况	从民国二十八年起,始在沙河堡菱角堰堰侧修造疏散草房二幢,共六间,为几代人以来私有房之始。三十三年,由朋友强迫让渡大门外堰尾草地六亩,亦为几代人私有地土之始。此外,毫无积蓄,全赖薪给及卖文所得为生。又因必须照顾穷苦亲戚朋友及学生,致现在负债甚重。
	李杨叔捃	五十二	妻				
	李远山又名李眉	二十五	女	现在梓潼县人民政府文教科服务,行将调省。(于1948年毕业于川大农学院园艺。原参加民盟,今年退党)			
	李远岑	二十三	子	肄业四川大学农学院农经系第三学年。(本应在今1950年夏毕业,因被特务诬为共产党,以致逃亡一年。)			

学历	民国二年夏毕业于前四川高等学堂分设中学堂(为五年制中学)民国八年十一月至十三年夏,留学于法兰西国蒙北烈大学文科、巴黎大学文科。

续表1

参加过什么党派社会团体及其他活动	名称	性质	参加年月	任何职及工作情形	现在与你的关系
	少年中国学会	学术团体	民国八年七月	曾编辑过《少年中国》杂志并撰文	此学会已于民国十二年自行解散。会员共一百零八人。一部份为共产党，如毛泽东是，一部份为青年党，如曾琦是，一部份为国民党，大多数则不参加党派，我本人亦为不参加党派者。

被捕过否？什么原因？何时何地？怎样出来的？何时出来的？	民国十三年十一月任成都川报总编辑，被杨森（当时的四川督理）封闭报馆，捕拘宪兵司令部八天，民国十四年五月，为了反抗杨森乱命，被捕拘于督理署（即今日市政府所在）卫兵室，十四天。第一次由杨森释放，第二次待取保放出。（但自三十七年六二事件后，即随时遭受特务监视威胁，儿子因之逃亡一年，女儿被捕一个月，本人时在死亡危险中。）

有那些接近的亲友	姓名	年龄	什么关系	职业及职务	政治情况	对你影响	通讯处
	此一项很难填写，因接近的亲戚倒不多，朋友却甚多，有共产党，有老同盟会会员，有国民党，有今日参加了政府的各党派，并且有青年党。自然，无党无派的也很多。可以说，对我的影响都不大，倒是许多人反受了我的影响！							

有何创作及发明	除翻译了十几部法国文学作品外，自己写的长短篇小说，论文，杂文甚多，现尚可稽考的只有中华书局出版的："死水微澜"，"暴风雨前"，"大波"，三部长篇小说共五册；"好人家"短篇小说集一册。其余曾散失，或尚未出版。
志愿	愿作一个有益于人民大众的肥料及踏脚石

工作经历	工作经历	自何时止	地址	机关	职务

续表 2

工作经历	民国二年十月	四年六月	泸县雅安县	县知事公署	第三科科长（办统计）
	四年八月	七年五月	成都	群报（日报）	主笔 编辑
	七年八月	八年八月	成都	川报（日报）星期日（周刊）	发行人 总编辑 主笔
	十三年八月	十五年十二月	成都	自由著述 民力报（日报）	总编辑（在川报被封以后）
	十六年一月	十九年七月	成都	前国立成都大学	教授兼文预科主任
	十九年八月	二十年十二月	成都	自由著述，并开设小酒店，招牌叫"小雅"，因儿子被票匪绑去，关张	
	廿一年二月	廿二年五月	成都	四川大学 各男女中学	特约教授 国文教师
	廿二年七月	廿四年八月	重庆	民生实业公司 民生机器厂	厂长（嘉乐公司创始于十五年十月，本人为发起人之一，不过在此之前，本人只任一个股东代表）
	廿四年十月	卅年五月	成都 乐山	嘉乐纸质股份有限公司	董事长（并自由著述）
	卅年六月	卅二年四月	乐山重庆	同上	兼总经理
	卅二年五月	直到现在	成都	同上	董事长（并自由著述）

对目前政治认识	赞成新民主主义 尤其向往于社会主义
备考	上面所填的工作地址，不过取其固定所在，其实在工作期间，因必要时，亦常出省，例如民国十八年，即因聘请教授，出到北京上海杭州等处近五个月。二十二年到过汉口长沙，二十八年到过昆明贵阳，至于乐山重庆，则时时来往，不能记其次数矣。

　　　　　　　　　　　填表人盖章　　　　　　1950 年 7 月 18 日

　　　　　　　　　　　　　　　　　李劼人　　中共川西区党委
　　　　　　　　　　　　　　　　　　　　　　统战部制